三多三少　著

硅谷的鸢尾花

An Iris
in Silicon Valley

团结出版社
UNITY PRESS

图书在版编目（ＣＩＰ）数据

硅谷的鸢尾花 / 三多三少著 . —北京： 团结出版社 , 2024.1

ISBN 978-7-5234-0553-6

Ⅰ .①硅… Ⅱ .①三… Ⅲ .①长篇小说 – 中国 – 当代 Ⅳ .① I247.5

中国国家版本馆 CIP 数据核字 (2023) 第 207730 号

出　版：团结出版社

　　　　（北京市东城区东皇城根南街 84 号 邮编：100006）

电　话：（010）65228880　65244790

网　址：http://www.tjpress.com

E-mail：zb65244790@vip.163.com

经　销：全国新华书店

印　装：天津盛辉印刷有限公司

开　本：160mm×230mm　16 开

印　张：28.5

字　数：366 千字

版　次：2024 年 1 月　第 1 版

印　次：2024 年 1 月　第 1 次印刷

书　号：978-7-5234-0553-6

定　价：68.00 元

序　言

决定为自己的第一部小说写篇序言。

如要按照中国的传统，小说的序言最好是请一位文化界的名人来写。这样既可以提高作者的身份，又能够扩大小说的影响。年少时生活在北京，目睹一位长辈托我母亲的关系，请当时一位颇有名望，身为中国作协副主席的作家写篇序言。事后发现，序言的质量远远超越了那部作品本身。从这段往事我得到的领悟是：如果把老一辈作家对待新人的提携放在一边，名人的序言往往多是碍于情面，文学上未必具有特殊意义。

而如要按照西方的传统，小说的序言则是作者罗列一长串亲人的名字，最后加上一个"我爱你们"的缀语。这种方法的好处是非常简单，虽然表达了作者情感，但内容与读者却未有任何关系。

我曾想在序言中告诉读者：这作品无关风花雪月，而是烟火人间，是写给经历过的人的一个故事。后来觉得也没这个必要。

千言万语浓缩为一句话：将此作品献给一切善良的人们。

三多三少

2023 年 9 月 5 日

目　录

第一章

丽秋瞅了一眼墙上挂的石英钟，知道可以开始了。她打开锅盖，里面摆满了青褐色的螃蟹。海蟹的个头真大，每只都有一斤多，蒸的时间应该要比上海的河蟹久一点吧。丽秋点着火，设定好橱柜上的计时器。

回过头，刚刚还在和她聊天的姐姐，这时已经在餐厅里摆放起了碗筷。丽秋刚要叫房间里的珊珊，但马上就想起来，年轻人出门去接志嘉了。

丽秋的姐姐正围着那个宽大的橡木桌子转着圈。这张她刚到美国，二手买来的餐桌可跟随她搬过许多次家，东西两个海岸都留下过它的足迹。虽说它外表已是伤痕累累，但盖上一块漂亮的大桌布后，却还能显示出它原有的厚重大气。这种老式的实木家具，她和丈夫两人是根本抬不动的。幸好每次搬到新的城市，雇主都会出一笔搬家费，而这实报实销的钱，如果不用的话也落不到她的手上。所以这十几年来，不管是什么样的旧家具，她都一件不落地带在身边。

丽秋觉得姐姐比上次在上海见面时又老了很多。姐姐和姐夫也实在不容易。大学毕业时正赶上那个年代，生物专业的他们从上海分配到江西的一所医学院里去教书，一待就是十几年。后来姐夫抓住了一个来美国做访问学者的机会，折腾了好几年才把家人申请过来。两人如今在洛杉矶一个医学机构的实验室里做基础研究，收入不是很高，一把年纪才刚刚买下现在这个房子。他们搬进新居才两个月，她就带女儿过来沾光。想到这儿，丽秋心中又有些不安。

从窗户往外望去，院子还是挺大的。绿色草坪比一周前刚来时，长高了不少。明天星期天，姐夫应该又要戴上草帽，推着割草机剪草了。

餐桌上已经摆好几样丽秋做的家常菜：红烧烤麸、火腿炖竹笋、五香酱牛肉，还有今早和姐姐去中国超市买回来的烧鸭、烤乳猪。此刻蒸上螃蟹，待会儿再炒个青菜，宴席就算摆好了。今天她可是借别人家的宝地，请自己的客人。

门铃响了，和丽秋估算的时间差不多。丽秋擦干净手，脱下姐姐用旧衣服改成的围裙，赶紧就往大门迎去。打开门，珊珊第一个走了进来。她笑着和后面的人讲着话，进屋后一手扶着墙，一手脱下她白色的凉鞋。粉红色的连衣裙下是她跷起的雪白健美的小腿。

女儿已经长得比丽秋还高了。珊珊的身材纤细苗条，一米六八的个头已经出落得亭亭玉立。洁白细嫩的脸颊，柳叶般略带弯曲的细眉下配有一双水灵灵的大眼睛。丽秋想起珊珊刚入大学时，还被选进了排球队，人被晒得黑漆漆的。还好经过丽秋反复唠叨，总算阻止了她，现今女儿的皮肤又恢复了那白净的光泽。珊珊今年夏天刚刚从上海最好的大学毕业，现在来加州大学洛杉矶分校继续读研究生。这次丽秋是从北京工作的部委，请了三周的长假，专门送女儿来美国读书的。

珊珊身后进来的是她的同班同学——志嘉。他一看到丽秋就马上很有礼貌地笑着叫道："阿姨，您好，又和您见面了。"

丽秋满脸堆笑地望着志嘉，离她为志嘉在上海饯行也快一个月了，今天又在这儿见面了，真是难得。

"你好，你好。快进来。"丽秋转过头冲着旁边傻站着的珊珊说，"快帮志嘉拿双拖鞋啊。"

听到了声音，姐夫这时从二楼的楼梯上走了下来。他和厨房那边出来的姐姐一起来到前厅，丽秋忙着给他们介绍说："这就是我向你们提起的，珊珊的同学志嘉。他今年考入美国最顶尖的大学，还拿到了全额奖学金，准备攻读计算机博士。"

志嘉好像是习惯了这种介绍，态度十分从容。倒是低头弯腰的珊珊，在听到妈妈说"这就是我向你们提起的，珊珊的同学志嘉"这话时，有点不好意思。好在姨父姨母这时都在端详那位有为青年，没人注意到她脸上闪过的那道红晕。

志嘉穿上珊珊摆在跟前的拖鞋，向前走了两步，主动伸手与两位长辈握手，客气地点头说："伯父，伯母您好！"那感觉有点像他平日登台领奖似的。

大门依然敞开着，最后一个进门的是丽秋姐姐的独生子，今年也要升入大学的小弟。

见众人都围着志嘉，小弟一边用左脚的鞋头踩下右脚上的鞋子，一边悻悻地往那边瞥了一眼。

看到小弟一人站在那儿，丽秋赶快上前两步，笑着说："小弟开车子接人辛苦了吧，快进来，姨妈今天做了你喜欢吃的鳝鱼丝。"

小弟今年十八岁，脸上还长了一些青春痘。正处于青春叛逆期的他，烦透了父母的声音。不过对于这位每年回中国都热情招待他的小姨，他还是心存好感的。他一边把那双崭新的高级名牌运动鞋放在墙角，一边口气平和地说："还好。"

"丽秋，你炉子上还蒸着东西呢……"大姐不知什么时候又去了厨房。

"来了，"丽秋回应着，她转身冲着志嘉说，"你们几个赶快去洗手，我们马上就吃饭。"

丽秋回到厨房，扫了一眼计时器，抬起蒸锅放到一旁。她换上炒锅，往里倒入植物油，等油烧得差不多热的时候，她双手握住把手，举起锅子，慢慢地把热油浇在了已经做好鳝鱼丝的大碗里。油噼里啪啦地响着，这道丽秋从她妈妈那里学来的上海本帮菜"响油鳝丝"就算成功了。

丽秋又往锅里添些油，准备炒个蔬菜。当青菜下锅时，她立刻就麻利地盖上了锅盖。听姐姐讲过，这房子以前的主人是位老美，厨房里没有安装油烟机。丽秋注意到炉头上下左右都贴满了防油烟的金属锡纸，她很能体会姐姐初次拥有自己房产时，爱惜的心情，她不禁想到，干脆买一台厨房油烟机送给姐姐一家吧。

丽秋这几天在翻阅当地中文报纸的时候，看到过家用油烟机的广告。换算成人民币，那机器大概是她这个公务员两个多月的工资。虽然她来时，给每个人都准备了一份礼物，但她和女儿再加上志嘉，三个人还要在人家这里打扰几天。如果要是在外面住旅馆的话，那开销可是不止这一台油烟机了。

丽秋揭开锅盖，右手翻炒着青菜，左手拿起一张厚纸巾，一边擦拭灶头边上刚溅上的油渍，一边在心里盘算着这事。

等丽秋端上来最后一盘菜的时候，大家都已经围着椭圆形的餐桌入座了。志嘉和珊珊并肩坐在一排，他们对面是姐姐和姐夫，桌子那一端是小弟，这边留了出来给丽秋。

"怎么轮到我坐主位，姐夫这可是你的位子呀。"丽秋一边坐下去，一边笑着说道。

姐夫这时正低着头往他的杯里倒着啤酒，还没来得及开口，他身旁的姐姐就挥手说道："没关系，随便坐啦。"

"都是些家常菜，大家开始吧。"每只螃蟹都已从中间切开，丽秋先夹了半只放在志嘉的盘子上，另外半只送给了身旁的姐姐。

"自己来。"阿姐客气着。

三个年轻人早就饿了，低头开始吃菜。阿姐是每样菜都拿了些放在她的盘中。她先尝了尝"响油鳝丝"，味道做得挺好，她可是做不出来。妹妹心灵手巧，厨艺有点餐馆的水平。今天下午，她一边和丽秋聊天，一边也是留心看她怎么烹饪。这个小妹，自幼就读书优异，人又长得漂亮出众。高中时更显示出能力强、做事有主见的特点。记得丽秋考大学时，同学都争着要留在上海，她却报考了冰天雪地的哈尔滨军事工程学院。毕业后她在军队里工作了几年，后来转业去了什么几机部。现如今已是北京部委的一个处级干部，亲戚朋友里社会地位最高的一位。

不过人世间很难事事如意，就是这么一个既能干又漂亮的女人却早早地离了婚，这实在让她始料未及。记得丽秋当年在读大学时放假回上海，很多学校里的男同学都想方设法地打听她的住址，纷纷到家里来看望她。特别是等到假期结束返校的时候，总有住在福建、广东，甚至是北京的男同学，绕道先来上海。他们不是说来上海看望从未见面的远房亲戚，就是讲家乡发了大水，从那里北上的火车中断了。总之来沪的原因是五花八门，但目的却只有一个，男同学们都争着抢着要和丽秋乘同一趟火车返回哈尔滨。那些人中，很多都是军区司令员的儿子，或者什么部长的公子。他们的父亲或者母亲都是在当地报纸上、广播里，经常看得到、听得着的人物。

阿姐看着身边一直忙着叫人吃菜的丽秋，她今年刚好五十，齐头的短发烫了一个挺时髦的样式，一双漂亮的圆眼睛，端正的鼻梁。她脸上没什么皱纹，深红色的嘴唇，圆润的下巴，妹妹仍然是一个风韵犹存的女人。阿姐这时注意到妹妹额头上有许多细小的汗珠，丽秋一直忙着做饭，一定是热了，而她家又一向节省，只有在最热的几天才开空调。

姐姐碰了一下身边一直低头吃着螃蟹的丈夫："侬别光顾着吃好啦，开一开冷气……"

姐夫也是觉得有点热，他在纸巾上擦过手后，站起身去开冷气机。

等大家又吃了一会儿，屋内也渐渐地凉快了。丽秋扫视众人之后，便举起了酒杯，兴致勃勃地大声说："来，我们一起祝贺你们这三位青年学子，都考上了理想的大学，祝你们前途似锦，学有所成。"

志嘉举起酒杯在与身边珊珊的杯子轻轻碰撞的时候，用几乎只有珊珊才能听到的声音说："领导又开始讲话了。"

听到这话的珊珊冲着志嘉会心地一笑，粉面桃花的脸上绽放着光彩。

这一幕恰好让坐在边上的小弟看个正着。几天前小姨提起要他去接一位珊珊的同学，今天一看居然是个男的。刚才在车里听到他们的对话，这个非亲非故的人居然还要在他的家里住上几天。珊珊这位表姐一向品学兼优，一直是小弟心目中的榜样。现今突然蹦出来这么一个男的来，举手投足之间还带着一股和表姐长久相处的亲密，这实在让他心里不太舒服。

大家各自喝了一口饮料。丽秋关心地问道："今天下午去接志嘉，你们有没有在洛城加州大学校园里转一转？"

一直没有怎么关心这些年轻人事情的姨夫现在有点被弄糊涂了，他不解地冲着丽秋问道："不是志嘉要去东部那里上学吗？怎么今天又跑去了珊珊的学校？"

"志嘉参加一个国际编程大赛，他上周先去了波士顿，这周才来洛杉矶，今天最后一天正好被安排在洛城校园，所以我们去那接了他。"珊珊替妈妈回答了这个问题。

"那洛大校园怎么样？"大姨对这个话题十分感兴趣，她双眼斜着看了一眼低头吃饭的小弟。

"还好吧，开车转了一圈，校园挺大的。"珊珊也是第一次去她未来的大学。

"恐怕还是东部那边大学的校园好看一些，毕竟那边是私立的。"姨夫发表着他的观点。

"我去的那所大学是公立的。"志嘉插嘴道。

"哦，这我还真的不知道。那么有名的大学居然还是公立的。"姨夫显得有点惊讶。

"不过东部的大学一般都历史悠久，校园古色古香的。"志嘉很快地看过众人，眼睛最终停在了珊珊那里。

"有机会是应该去看看，开开眼界。"丽秋冲着珊珊鼓励地说。

听到志嘉这话，小弟撇了撇嘴，心中嘀咕道："不就是上了个名校嘛，有什么了不起的。你才刚来美国几天，说起话来，好像跟住了大半辈子似的。"小弟低下头，继续吃着他的菜。

姐姐用余光瞥了一眼丽秋。很早就知道她和珊珊要来洛杉矶，也知道珊珊这次不单单是来留学，她也拿到了子女移民的绿卡，两件事情的时间卡得刚刚好。临来时，妹妹电话里提出想带一位珊珊的同学在她这儿小住几日。想到家中也有空房，她随口也就答应了。等丽秋来了以后才又透露，那人是珊珊同班的男同学，因为成绩优异，而且都计划赴美深造，所以两人的关系比较熟络。

不过今天看这餐桌上的架势，这熟络的程度可不一般。一会儿可要好好地问问妹妹。再次细细观察面前这个男生，他个子比珊珊略高一点，黑黑的头发，白净的皮肤，谈吐得体。能从中国考上美国名校电脑博士已是不易，更何况还拿到了全额奖学金。丽秋的眼力看来还是不错的。她又转头端详志嘉边上的外甥女，女大十八变，珊珊已出落得光彩照人。他们也算是郎才女貌，特别是刚才二人相互对笑的那一刻，真有点羡煞旁人。

顺着目光，大姨又瞧见了自己的儿子。这下可又勾起了她心中难过的事。她皱起双眉，转头对着丽秋说："哎，你看看我们家小弟，人聪明得不得了，但就是不用功。几年来，我们一直租公寓住，就是为了他能在最好的学区上高中。没想到他却结交了一批爱玩的伙伴，除了购买名牌物品外，天天就是打游戏。我说他，他就是不听。这次考上的是加大系统中排名最靠后面的一所学校，否则姐弟两个做伴，一起读洛大，那该有多好啊！"

这些话丽秋这几天几乎天天听到，她变着花样不知安慰阿姐多少回了。不知道为什么姐姐今天又当着众人的面提起，她一时不知道该如何接这个话头。

"没关系，本科生进了不同的加大校区，读上一年之后还是可以转学的，我们有一个同学就是后来转校的。"志嘉挺有主意地说。

听了志嘉这话，珊珊突然想起来她是有一个女同学，高中时全家移民了美国，那人先考上了一所加大，觉得不满意，上了一年就转学了。还是志嘉的记性好，要不是他提起，自己还一时想不起来。珊珊于是接口说："小弟聪明，努点力，明年一定能转来洛大。"

大姨盯着小弟，语带斥责地说："这几天，你多和哥哥姐姐在一起，多学习学习人家读书的精神。"

小弟又听到了他极为熟悉的腔调。上个月收到大学录取通知书时，他就为能离开这个家，再也不用听这些乱七八糟的声音而感到高兴。不过在上学这件事上，近来他还是有些感触的。他在和别人讲起他被录取的大学名字的时候，美国的同学反应都很一般，甚至可以用冷淡来形容；而与在中国的亲戚朋友提起时，人家根本就没听说过他要去的那所学校。这和别人各自提起他们入学的名牌大学相比，落差可谓是十分明显。既然还有转学的机会，那他的确应该好好试试。

想到这儿，小弟抬起头说道："好，我会努力的。"

晚餐后，三个年轻人都上楼去了，丽秋和姐姐留下收拾。等在厨房洗完餐具，已快八点。丽秋跟着姐姐去了客厅，坐在了正在看电视姐夫的身旁。丽秋虽然以前也短暂来过美国，但这次她获得了更多了解美国生活的机会。她拿出今早上买的一份中文报纸，打开沙发边上的一盏灯，认真读起来。

到了九点，洛城中文电视台的节目就结束了。姐姐家里也没订什么付费电视，姐夫打了一个哈欠，站起身和丽秋互道晚安后就上楼去了。丽秋继续看着报纸，姐姐这时从边上的沙发上，移到了丽秋的身边。她随意讲了几句以后，便小声地切入了正题："这个志嘉还不错嘛，看着跟珊珊还蛮般配哦。"

丽秋抬起头来，略微含笑地说："你这么看？"

"他们关系确定了吗？"姐姐声音更低地问道。

丽秋放下手中的报纸。女儿珊珊一直在上海和外婆生活。在北京上班的她总觉得对女儿的关心不够，因此每次回沪，丽秋总要带珊珊和她的好朋友出去吃饭。这个志嘉是大学二年级的时候和几个珊珊的女同学一起来的，珊珊的几个女性好友不停地换来换去，但唯独这男孩每次都不缺席。而到大学的最后一年，志嘉变成了唯一出现的人。按理说他们在一起这么久了，应该会有感觉了吧。丽秋也认真地问过珊珊，但珊珊说只是普通朋友关系。丽秋相信女儿在这事上不会隐瞒自己，她也不好流露出着急的心态。

对于姐姐这个问题，不太确定的丽秋只好潇洒地回答道："水到渠成，由他们年轻人吧。"

"那他父母是做啥子的啦？"

"志嘉是独生子，他的父母都在上海一家国营仪表厂工作，爸爸是工程师，妈妈是技术员。"

"那也还好，清清爽爽的……"

丽秋和上海亲戚介绍志嘉时，讲到这里就打住了。她主要是担心讲多了，以后两个小孩子在他们面前没有面子。今天跟阿姐聊天，她愿意多说几句："本来是还好。只是他的父亲在几年前就病逝了。"

"这个年纪不应该啊，什么病呢？"

"哎，几年前他爸爸的那家仪表厂，从西德引进一套设备，要派几个人去德国培训半年。工厂里为了这种不常有的机会打破了头，志嘉的爸爸有幸被选中了。临出国时，肝病又犯了，他爸一来认为是老毛病，二来也是为了赚点钱，想出国回来的时候，带上几大件电器改善一下生活，于是咬着牙还是去了。谁想到去了德国病情就恶化了，没办法他去了当地医院看病。大概也是怕被发现病情，单位会让他回国吧，他看病时居然用了假名字和假地址。医院发现他的病情严重，要让他住院，可又找不到他这个人。后来就这么给耽误了。结果一回国就被送去了医院，过了一个多月就去世了。"

"还有这种事情，真是糊涂啊！"姐姐惋惜地说。

"谁说不是啊，四十多岁，志嘉那时才刚刚高中毕业。"

阿姐感叹："这么看志嘉这孩子也还蛮可怜的，不过老话说得好：白屋出公卿。家里不好就要靠自己努力了。"

姐姐看着丽秋在点着头，便想到丽秋本人就是一个不太看重家庭出身的人。她当初就拒绝了那么多高干子弟的追求，选择了一个普通工人家庭出身的同学。这让她想起来以前的那个妹夫，一直没听丽秋提起这个在美国东部的前夫，珊珊的爸爸。

"大鹏怎么样了，是他会来这里见你们，还是珊珊会飞过去看望他？"

说到大鹏，丽秋的心一下子掉进了冰窟窿里。她不由得浑身发冷地说："他可没说要来，珊珊要去看他，自己打工赚了钱再去吧，我可没有那份闲钱。"

生活中总有一些光彩亮丽让大家羡慕的人，然而在他们盛装外表的背后，都多少隐藏着一两道血迹斑斑的伤痕。大鹏就是丽秋心头上一块永远刻骨铭心的痛楚，任凭时光如何流逝，这道伤口都永远无法完全地愈合。

大鹏是丽秋哈军大的大学同学，山东青岛人，相貌是仪表堂堂，身材更是高大挺拔。他不但是大学里的篮球运动员，而且学习成绩名列前茅。大学三年级的时候，丽秋作为电路课的课代表，在教研室与高一级同为课代表的大鹏相识。后来每次两人见面，丽秋都有点腾云驾雾半梦半醒的感觉。

大鹏毕业以后去了中国科学院在北京的一个研究院，而丽秋随后也被分配到了北京。两人结婚幸福地生活了几年。刚刚改革开放的时候，大鹏考上了第一批公费赴美留学生。出国后，他也积极办理妻子的手续。可那时丽秋正在解放军总参的一个核心保密单位工作，不能成行。于是她就往地方转业。三年后，等关系转到了北京一个部委的时候，这个男人已经变了心，闹着要离婚了。

大鹏在国内因为出身好，形象佳，一直顺风顺水，抓住了许多的好机会。但没想到离婚后，在美国逾期不归的他却栽了人生的一个大跟头。据几个后来陆续回国的同学讲，他博士毕业，进入了美国东部一家有名的大企业。工作一年多以后，他认定他的部门经理剽窃了一项他的发明，背着他申请了专利。没受过什么委屈的大鹏，一气之下就告发了他的上司，一时间闹得沸沸扬扬。公司草草调查后，很快就下结论，说他的指证不足。而他那个经理反过来就找了个借口把大鹏给解雇了。

一般人会就此打住，可大鹏却咽不下这口气。他法律意识强，请了律师控告那家公司。官司后来庭外和解，他得到了一笔补偿金，但不知道为什么，自那以后，他就没能再找到相关专业的工作。

姐姐看丽秋一直低头不语，猜到她可能问得有点冒失。她一半自我圆场，一半宽慰妹妹说："过去的事情就算了，这不大鹏也把珊珊的身份办下来了嘛……"

"你还说呢！"丽秋的心又被狠狠地踹了一脚。

"让他给自己女儿办移民，他一直就是拖着不办。两年前，眼看珊珊快到年龄限制了，我打电话把他骂了一顿。珊珊长这么大，他这个做父亲的为女儿做过些什么！从那以后，他才开始动手，等办了一些文件后又停下了，他说申请儿女要经济担保，他的收入不够，让我想办法给他汇两万美元来。"

"还有这种事情。"大姐张大了嘴，一脸惊讶。

丽秋生性要强，从来没有和别人讲过这件事情，现在说了也就索性说个痛快："我一个月几百元人民币的工资，厚着脸皮去和亲戚朋友借。世界上就是有这种男人，钱哪怕是差一毛，他都拖着不办。说不好听的，珊珊这个美国绿卡是我花两万美元从她亲爸爸手里买来的。"丽秋眼睛一红，随手拿起了面前的报纸挡住了她的脸。

阿姐生气地说道："这可真是太差劲了，现在人来了，应该管他要回来。"

停了一会儿，丽秋放下了手中的报纸。眼泪已经被她强忍着压了回去，她望着姐姐说："我向他要了。珊珊的移民签证办下来了，我向他去要钱还我的债。他跟我说，钱他已经用了，现在没有了。他还和我翻旧账说，当初离婚时他没拿走一分钱，财产统统归了我。他那时一个月才拿几十块钱的工资，他父母生病，寄了一千，他三个弟妹，每人结婚，都是五百，这些他就根本不提。我算看清了，一个男人狠起来会是有多么的绝情！"丽秋气得浑身发抖。

真想抱一抱这个妹妹，上一次抱她还是三十多年前了。大姐一只手搭在丽秋的肩膀上，另一只手在妹妹的大腿上轻轻地拍着说："你一个人，真是不容易啊。没想到大鹏会变成这样一个人。"

第二章

星期日，丽秋早早地起床，给大家做了早餐。吃完早饭，丽秋和姐姐就出门逛街去了。姐夫则是打开车库大门，推出剪草机，准备打扫院子。

珊珊拿着一本书，快步地跑上了二楼。志嘉的房间不大，一张双人床已经占去了大半个空间，屋内右手边靠墙摆着一张写字台，志嘉坐在一张椅子上，在他的笔记本电脑上写着东西。

小弟昨晚搬来的那张椅子，已经被他带回了房间。珊珊觉得坐在志嘉床上或许有点不太得体，于是她索性坐在了地毯上，用背靠着床沿，仰着头和志嘉讲话。

刚讲几句，院子里就传来剪草机那巨大的嗡嗡声。志嘉起身走到窗前往下望去，只见姨夫戴着耳罩，正沿着院墙直线地推进着机器。一股煤油味飘进屋里，跟过来的珊珊把打开的窗户轻轻地关上。屋内安静了许多。

"你姨妈的院子挺大啊，他们在美国做什么的呢？"志嘉眼睛还在望着院子。

"他们是搞生物基础研究的吧。"

"哦，是这样。"志嘉点了点头。

"对了，今早吃早餐时，姨妈跟我说，明天如果我们想在洛杉矶附近玩一玩的话，可以带我们去他们医院附近的植物园，他们早上把我们放在那里，下班时再把我们带回来。"珊珊高兴地说道。

"植物园！没听说过啊。洛杉矶有名的地方不是环球影城和迪士尼乐园吗？要去就应该去这些地方。"志嘉平淡地说道。

"那都离这里很远，我们又没有车子……"珊珊有些为难。

"没关系，我就是随便一说，等你有了车子以后，我们再一起去。"志嘉转头朝珊珊笑了笑，随后走回了他的座位。

"你要买辆什么样的车子呢？你不是先前告诉我，你要问问你在纽约的爸爸吗？"坐定后的志嘉继续问着。

"他的意思是，如果住在校园边上就先不用着急买车。"背着妈妈，珊珊偷着打了一个电话，不过电话里爸爸态度十分冷淡，只讲了几分钟就说有事情挂掉了。

"纽约离波士顿很近，以后你去看他，我可以陪你去。"

珊珊听了这话，心里一暖，有志嘉陪着去那是最好不过了。她高兴地点点头说："好，一言为定。"

这时听到隔壁房间有了声音，从敞开的房门往外看，刚刚起床的小弟穿过走廊，快步走进了斜对面的卫生间。珊珊突然想到去环球影城这些景点可以请小弟开车，一会儿下楼问问他好了。

"你还知道其他今年来美留学的同学吗？"

"我们系的你都知道。电子工程系听说有七八个人，生物系听说走了有一半多。"珊珊一边回答，一边在心里盘算着怎样措辞去问一个昨晚让她睡不着觉的问题。

"你和佳惠还有联系？她现在在美国哪里？"

"她，她还在北加州吧。"志嘉停了一下，然后继续轻松地说道，"我跟她联系不是很多，她今年春节回上海时，请我吃了一顿饭，那时候听她这么说的。"

"今年春节，请你吃了一顿饭？"珊珊吃惊地在心里重复着。佳惠是珊珊的高中同学，是一次妈妈请珊珊好朋友吃饭的时候，才和志嘉认识的，珊珊有些心慌意乱地问："我怎么不知道她春节回了上海呢？"

"她和我说会单独约你，我也就没多问。"志嘉笑了笑，看珊珊还心有不平，就再解释道，"她在美国也学了计算机专业，有大的编程项目，她有时会写邮件问我些问题。"

在大学，经常会有些男女同学请教志嘉有关课程方面的问题，但珊珊万万没想到，居然还有人会隔着太平洋去找志嘉。珊珊想了一会儿，还是心怨难平地说道："下次她要再问，你得让我知道。"

"好，下次就转给你好了，你去帮她吧。她的问题都很简单，你比她聪明一百倍！"

珊珊听了"你比她聪明一百倍"这话，心里好受了一点。生的闷气虽然没有完全化解，但毕竟和志嘉的关系还没有发展到可以要求他，这个不许，那个不能的地步。况且与佳惠相比，珊珊自认为她哪方面都比佳惠强。

下午一点，丽秋她们回来了。一进屋，姐姐就和姐夫讲，刚才丽秋在他们前些时候去看过的那家专卖店，给他们买了一台不锈钢油烟机，她怎么拦都拦不住，丽秋抢着就把钱给付了，还约了时间，过几天就会有人上门来安装。

姐夫正在厨房里热着昨晚的剩菜。听了这事就讲，油烟机这东西，中国家庭实在是需要，否则炒个菜整个屋子都有味道。他们本来是计划买的，丽秋这样也是太有心，太客气了。几个大人坐下来，一边叫年轻人赶快下来吃饭，一边讨论着国内国外的油烟机的品牌和性能。

吃完饭，姐姐让姐夫收拾，丽秋就回了她在楼下的房间。换了件衣服，靠在一张躺椅上，从床头柜的抽屉里拿出一个小本子，退下一支圆珠笔，开始记起账来。今天的油烟机用了报纸上剪下来的折扣券后，也还要四百多元，美国什么东西都是听起来挺便宜，但付款时都要加上销售税，美国的物价很有欺骗性。丽秋一边写，一边感慨道。

　　加上昨天请客买菜的两百元，这几天的开支明显超过了丽秋的预算。丽秋一共有三万美元，其中一半是她几年前在英国进修时，省吃俭用攒下来的。跟姐姐说自己求爷爷告奶奶向别人借钱也是真的，但同事和朋友又能够借多少呢，几千人民币已经很够意思的了。她最大的一笔借款是从妈妈那儿借来的五万人民币。

　　丽秋合上了小本，心里发着愁。三万美元让前夫坑走了两万，本来指望他多少能还一点，现在看来是没希望了。这次两人来美国的飞机票花了一千八，在上海为志嘉饯行时包了三百，来姐姐这里知道要跑很多地方，办事要麻烦小弟，又给他包了个三百元的红包。出门花钱如流水，现在还剩不到七千元了，珊珊的学费还没付，她在学校的房子还没租，这后面好多事还没办呢。想到这些事，心里就有点烦。丽秋的眼睛不经意地落在了身边的床上，床上是一片凌乱。珊珊起床晚也就算了，这么大的人怎么连被子都不知道随手叠一下，这女孩什么时候能长大呢？丽秋心里嘀咕着。

　　正想着起身把床收拾一下，房门一开，珊珊走了进来。等她关上了门，丽秋尽量压住声音地说："你早上起床也不知道叠一下被子，让别人看见多不好……"

　　珊珊这才想起来，今早洗漱完毕，回房间时，让姨夫叫住了，后来志嘉又下来吃早餐，就把这事给忘了。珊珊走过来，摆好了枕头，边叠着毯子，边小声歉意地解释道："早上忙着讲话，我给忘了。"

　　"这么点事情都记不住？"

　　珊珊一早起来就和志嘉待在了一起，她自知有点理亏，低头不再说话。

　　过了一会儿，珊珊换了个话题说道："对了，志嘉想去环球影城和迪士尼乐园玩，我刚才问了小弟，他讲他都去过，他没有兴趣。"

　　丽秋听了叹了一口气，心里想着："这女儿是不是以为她妈妈是开银行的呢？我有多少钱可以供你挥霍？这个女儿太不懂事了，根本不知道父母的辛苦！不对，是根本不知道母亲的辛苦。"

"你怎么天天老想着玩呢？"丽秋有点生气地说。

珊珊这个时候感觉到丽秋的情绪有点不对劲了，她忙着辩白说："是你前几天告诉我，让我利用这几天，多和志嘉出去转一转。现在你怎么又来怪我。"

丽秋是讲过这话，也是想着让他们二人增进点感情。当初她还提议让他们报考同一所大学，只可惜珊珊没有被志嘉的那所学校录取。

"这事先不说了。大小姐啊，我让你问问怎么在大学里当助教，怎么当助研的事，你有没有打个电话去问一问啊？正经的事情抓点紧，行不行？"

珊珊一听到妈妈又叫她"大小姐"心里就像被一根针刺了一般，反感的情绪立刻就被搅动起来。有事说事，老一代的人说起话来总喜欢给别人先扣个大帽子。珊珊转身坐在床上，也没好气地回道："现在学校不是都放假了嘛，你打电话也得有人接不是吗？"

"你可以上网查啊，给人家写邮件啊。你的事情，自己得上心啊。"丽秋直起身子，手抓着椅子扶手，有点激动地说，"你虽然有了绿卡，但上加州的大学，需要住满一年之后，才有资格以本州居民的身份付学费，你这一年不干个助教或者助理的工作，我可付不起你那外国人的学费啊！"

"付不起就先休学一年呗，有什么大不了的。"珊珊也生气了，故意仰起头，眼神高高地挂在房角。

丽秋看着女儿这副无所谓的样子，气得要跳脚。她为了女儿省吃俭用，换来的却是这个臭德行。今天早上逛街看见一件喜欢的衣服，想着珊珊的学费还没着落，十几块钱都没舍得买给自己。再看看女儿这副气人的样子，丽秋忍不住说道："休学一年，你去干什么呢？就你这英文水平，你只能去麦当劳！"

这还真打中了珊珊的痛点。虽然自己托福和研究生考试的成绩都很高，但来美国这几天，看电视，听新闻都会有大段听不懂的。上街买个东西，吃个饭，英文表达也是力不从心，服务员总是笑着让她重复她所说的话，倒是在英国学习过的妈妈，用她那慢条斯理的英文还能抵挡一番，每次都帮她解围。

见珊珊不出声了，丽秋知道终于找到女儿的软肋。生活中，家庭里最亲近的人往往会像拳击比赛的选手一样，利用亲人暴露出的破绽，挥拳猛击，恨不得一招就能分出胜负，制敌于搏击台上。丽秋为了要掌握日后的绝对权威，彻底打消珊珊休学的念头，于是痛下杀招地说："你去麦当劳，你也是个后台翻肉饼的，在前台当收银员，你听不懂。"

这记重拳可算是彻底把珊珊的自尊心打翻在地。平日和妈妈朝夕相处的日子就不多，而真在一起时，能和她不吵不闹地过上三五天那是何其的困难。这次旅行，两个人也算是奇迹般地和和气气地生活快十天了，已经打破了纪录！

珊珊猛地站起来，真是不想住在别人家里和妈妈吵架，特别是在志嘉面前做这种丢人现眼的事情。珊珊咬着牙，压低声音但又是一字一句地说道："翻肉饼就翻肉饼，我愿意！你女儿在美国就配干这个！"说完快抢几步，尽力轻声地拉开房门，走了出去。

丽秋一个人被留在屋中，心里又气又恨。都说儿女是上辈子的债主，这辈子是来讨债的，这话看样子是千真万确。这个女儿在上海跟外婆和亲戚说话都是和颜悦色，唯独跟她那是点火就着，说起话来咬牙切齿，活脱脱一个冤家仇人。以前外婆给她算过命，说是她和珊珊母女二人命里相冲。现在看来，这好像是真的。

第三章

　　快四点的时候，丽秋手拿着一张报纸走出了房间。她扶着楼梯向上走，来到一半的地方就听到珊珊和志嘉的说话声，丽秋放慢了脚步，细听了几句，知道他们是在谈论一位大学里好笑的老师。

　　上了二楼，志嘉房间的门大开着。丽秋故意咳嗽了一声，慢慢地走进了房间。只见珊珊坐在地毯上，背靠着床沿，长长的裙子盖住了竖着的双腿，手里拿着那本一直停留在开篇的书，仰着头，分分秒秒地看着志嘉。

　　"阿姨好。"志嘉从旁边的椅子上站起来。

　　"你坐，你坐，志嘉昨晚休息得还好吗？"丽秋望着志嘉，满脸堆着笑。

　　"挺好的。"

　　"珊珊，你怎么不搬把椅子来呢？坐在地上凉不凉？"丽秋关心地问道。

　　珊珊没有听到丽秋上楼的声音，她也的确累了，于是手撑着地站了起来："还好。"

　　"你们不是要去环球影城吗？阿姨在报纸上找到了一家旅行社，我打电话给你们报了名，明早让小弟送你们去附近的广场就行了，我已经和他讲好了。"

　　"谢谢阿姨。"志嘉从丽秋的手中接过报纸，低头仔细看着。

　　珊珊和丽秋吵完架，一个人在院子里站了一会儿，然后就上来和志嘉聊天了。看着妈妈对她和志嘉这么用心，心里有了一点感动。想起刚才她对妈妈的态度，心里又开始责备起自己了。

"明天要是玩得好，后天你们还可以去迪士尼乐园玩。这家公司的洛城一日游，每天都不一样。"丽秋笑着朝着两个人说道。

两个年轻人互相看了一眼，高兴地点了点头。

位于洛杉矶城西的环球影城是一个热门的景点，每年吸引来自全球各地的游客。虽然他们早上七点半就上了旅游公司的巴士，但司机还去了另外好几个商业广场接人，等进到影城的时候已经上午十点多了。

珊珊背了个背包并排走在志嘉身边，两人按照昨晚在网上一起查好的游园路线，几乎是小跑地从一个景点赶到另一个。上缆车或是坐滑轨的时候，志嘉有时会主动地伸出手来扶着珊珊，珊珊一手支撑着他，一手提着她的裙子，彼此间有比往日更加亲密。

珊珊和志嘉玩得都很开心，等到一点多时才感觉肚子有点饿了。两人在园区的一个餐厅里找到了位子，珊珊把姨妈给他们准备的三明治从包里拿出来摆在桌子上。志嘉说是去洗手，但回来时，他却端着满满一个长托盘的美式套餐和饮料。

珊珊惊讶地说道："不是讲了嘛，他们给我们准备午餐了？我听我姨妈讲，这里的食物都很贵，要比外面高出两三倍。"

"没事，出来玩，就吃点好的吧。"志嘉把托盘放在桌子上。

珊珊一直觉得志嘉虽然家境并不富裕，但穿衣吃饭还是挺有品位的。他在上海请珊珊吃过一次西餐，而且是用他在大学里获得的奖学金请她，这让珊珊既钦佩又感动。

"这有你喜欢吃的炸鸡，我看到了就买了。"志嘉边说边打开了一瓶饮料，插好了吸管，放在了珊珊的面前。珊珊一看，居然是她最喜欢的椰子汁，不由得拿起瓶子，感兴趣转来转去地查看着商标："这里还有卖椰汁！"

志嘉"啪"的一声打开了另一瓶饮料，一边喝一边说："我知道你不喜欢喝冰的，我让那人从后面拿了个常温的。"

珊珊喝了一口，心里感激志嘉的体贴和细心。太阳伞下坐着的志嘉今天穿了一件红色领子的 T 恤衫，清秀的脸庞，洗过的头发干净整洁，适合他的分头发式带着一股英姿飒爽的帅气。志嘉是同学里少数几个不戴眼镜的男生，他那双明亮有神的眼睛现在就是那么含笑地望着自己，这让珊珊心里甜甜的。

志嘉和珊珊手里拿着鸡腿津津有味地吃着。也许是玩累了吧，今天的午餐格外的美味。吃完饭，志嘉笑珊珊脸上还有残余的食物，还没等珊珊从包里掏出化妆的小镜子，他就伸出右手，用纸巾在珊珊的左脸上擦了一下。那两根在空中悬浮弯曲的手指，在从脸旁滑过的瞬间，一不留神地在少女娇嫩的皮肤上留下了一道微红的彩霞。

等那霞光褪去，珊珊想起妈妈昨晚特意叮嘱她，出游时不要让志嘉花钱。珊珊没想到志嘉会为了她特意去买午餐。丽秋今早给了珊珊一百元，在广场上车的时候，两人连小费一共交了九十元，剩下这十元恐怕不够这顿饭啊。

珊珊突然想到出国时外婆和几个亲戚送给她的礼物。她赶紧掏出她的钱包，在最里面的格层处抽出一沓钱来，兴奋地塞进了志嘉手里。

志嘉伸开手心一看，原来是几张百元的崭新钞票，不解地问道："你这是干什么？"

"你在这里，由我请好了。"珊珊笑着说道。她觉得这份礼物用在他们两个人身上最为恰当。

"那也不用这么多呀。"志嘉伸手要把钱退回去。

"还有明天和以后呢……"珊珊坚持着。

傍晚时分，旅游公司的巴士又回到了珊珊他们早上出发的广场。

珊珊给了志嘉几枚硬币，让他打电话请小弟来接他们。

珊珊一个人站在商场门口的步道街上犯起了愁。肩上的背包已经轻了许多，带的水已经喝完了，但包包还是有一些分量，那重量是他们还没有吃的三明治。

在环球影城吃过午餐以后，珊珊又把三明治收进了背包。她希望一会儿走累了或许还会再吃，但志嘉一会儿给她买个冰淇淋，一会儿又让她尝尝棉花糖，一下午的时间，居然再也没想起身上背着的食物。刚才在回来的车上，珊珊才从包里翻出三明治来，发现保鲜膜包着的三明治已经被挤扁了，皱皱的完全变了形。

现在怎么办呢？珊珊心里纠结回家以后怎样解释这没吃完的面包，要不就说实话，两个人在外面买了食物，没有机会吃这份准备的午餐。珊珊感觉姨妈一家在美国的生活还是非常节俭的，听他们说话的口气，他们去这种游乐园也是自带食物，现在她这样做会不会让人觉得她们这些年轻人太过奢侈了呢？

即使不考虑年长者的想法，怎么处理这两个三明治呢？珊珊的外婆一直非常爱惜粮食，而妈妈丽秋在这方面也很严格。珊珊曾在上海亲眼看见外婆把发了霉的，珊珊认为应该扔掉的面包留下来，她用刀把发霉的部分切除掉，在锅上烤过后自己吃。这一切大概是因为外婆那一代人经历过饥荒，目睹过因为缺少食物而被饿死的人。家中的长辈一直把爱惜粮食看得很重，从来不让浪费。

那现在这面包还好好的，如果妈妈坚持不扔的话，谁去吃呢？珊珊担心志嘉可能不会硬着头皮吃这么难吃的东西，她不想让志嘉难堪。要不她吃志嘉的那份，妈妈吃她的。珊珊在脑子里进行着计算机编程的各种排列组合，但无论怎样安排都不能让她感到满意。没想到这个事情会弄得这么复杂！

"小弟一会儿就来。"志嘉走回到珊珊的面前。

珊珊没了主意，敞开书包，拿出那两个三明治，征询着志嘉的意见："这个怎么办呢？"

志嘉看了一眼，耸了一下肩膀说："把它们扔了吧，反正他们也不知道。要是万一问起来，就说我们吃了。"

志嘉的方法最为简单。最简单的方法或许极为快捷，然而未必是最好的方法。珊珊心中有些不安，现在不但要浪费食物，而且还要编出一个小小的谎言。志嘉看她还在犹豫，便一把拿过食物，走到边上的一个垃圾桶旁，一扬手，"当"的一声丢了下去。事已至此，珊珊也只好安慰自己说：这实在是一个无奈的选择。

珊珊的顾虑是多余的。对于大姨，在主题公园里购买午餐超出她的想象范畴。在晚餐的时候，没有人问起三明治的归宿。饭后，珊珊客气地讲不用再麻烦别人，她自己来准备明天的食物。珊珊减少了火腿肉的分量，简单地做了两个很小的面包。

之后的几天里，无论是去迪士尼乐园，还是水族馆，珊珊都寸步不离地跟着。她坚持让志嘉只买一份外面的午餐，让她吃家里带去的食物。珊珊认定这是最好的方法，既满足了志嘉对西餐的喜好心理，又达到了长辈要求他们勤俭生活的期望，可谓是两全其美。

时间过得很快，转眼间志嘉飞往东部波士顿的日子就到了。早上十点多，小弟把车倒出车库，丽秋主动坐上前排副驾驶的位子，把后面留给了珊珊和志嘉。

已经过了上班的高峰，他们很快就来到了机场。小弟把车停在志嘉航班的大楼前，下车帮着志嘉拿出了行李。大家握手告别后，丽秋和小弟都默契地回到了车中，留下了给那对年轻人单独告别的时间。

珊珊有一种莫名的紧张，感觉有人在从小弟的汽车后视镜里观察着她的一举一动，而不远处有几个警察在指挥着交通，时不时地还吹着哨子提醒着等候的旅客什么时候可以穿越车道上的斑马线。大型的巴士缓缓地从身后驶过，车尾的引擎发出沉闷的声音，机器里排出的一股热气吹了过来，掀起了她的长裙的下摆，拂过了她腿上的皮肤，撩动着她纷乱的心房。志嘉站在旅客过道的台阶上，穿梭的人群从他身后走过，珊珊看不清他今天穿的是什么衣服，她只看到那双温柔明亮的眼睛在注视着自己。两个人就这么静静地面对面地站着，珊珊觉得应该说点什么，但实在想不出说点什么好。

时间过了很久，珊珊终于从嘴里蹦出了一句："祝你一路顺风。"

珊珊既读过古典文学里的爱情名著，也看过现代的言情偶像剧。她的心中曾充满过无数风花雪月的场景，她的脑海里曾浮现过众多情意绵绵告别的画面，可万万没想到此情此景之下的她，居然说出这么一句普通而又俗气的话来，那感觉就有点像打了领结穿着燕尾装的服务生给正襟危坐的绅士端上一根油条当晚宴的主菜一样，既没有一丝浪漫的气氛，也没有一毫让人回味的情调，珊珊脸红了，心里满是羞愧。

"什么时候来看我？"志嘉微笑着问道。

身边运动的物体突然停止了，背景嘈杂的声音瞬间消失了，这句话珊珊听得可是清清楚楚，字字珠玑。什么是美妙的爱情？美妙的爱情就是对方在想的事情就是现在你在想的，对方要说的就是下一秒你要说的。这种发现彼此默契后的惊讶，这种心心相印中的喜悦，对于经历过爱情的人来说都是甜蜜而又难忘的时刻。

这就是珊珊此时此刻所求所想，这就是珊珊埋藏在心里的最大愿望。昨天洛大的一名教授终于回复了珊珊的邮件，愿意请她做助理，这样不但可以减轻学费，而且也会有一些收入。珊珊高兴地马上就跑上了楼，把这个好消息第一时间告诉了志嘉。

"等我放假就去看你。"珊珊脸上露出两个浅浅的酒窝，深情地笑着说。

"好，我等你。"

珊珊没有再讲话，只是会意地点了点头。她压抑胸中的情感，她害怕露出她的软弱，她不想让人看到她的眼泪。她现在希望的是这时的志嘉能够勇敢地走上前，把她紧紧抱在他的怀里，在她的耳边告诉她，此时此刻，他有多么不舍。

"你回去吧，好像有人来了。"

珊珊没有听到她所期待的话语。顺着志嘉的眼神，珊珊转头看到一个穿着蓝色制服的人从不远的地方朝着这边走来，他一边走一边大声喊着什么。珊珊又回到了现实世界，那种纷乱的，随机的，从四面八方此起彼伏的声音重新吞没了她。

珊珊又开始紧张起来，现在不但感觉有人从后视镜里在看她，而且那个逼近的蓝色制服人的声音也招来了许多路人的目光。珊珊招了招手大声说："好，再见。"

一辆机场大巴正好从边上驶过，发动机的轰鸣声压住了珊珊最后的那句话。

珊珊快走了几步，拉开车门，钻进了后排座椅。还没等系上安全带，就已经听到有人在车尾敲打着车身。回头一看，正是那名工作人员，而在他的身后，不知什么时候已经跟上一辆汽车，打着信号灯在等这个车位了。

小弟摇下了他那边的车窗，冲着那人歉意地摆了下手，打开左转灯，启动了车子。还好那人没再讲话，而是朝着另一辆停着的车子走去。

珊珊这时回身透过后车窗再朝志嘉刚刚站着的地方望去，他已经不见了，还没来得及在人群中找出他的身影，车子已经加速汇进了车流，路边一辆接一辆停靠的车子，挡住了她的视线，再也看不到自己心上人的影子。

丽秋一直坐在车里，斜望着车外的路人。她统计有多少旅客是携带大件行李，心里计算着大概的百分比。直到有人敲打车子，她才回过神来。汽车开过十字路口左转的时候，丽秋忍不住，借着侧身转向的惯性，快速地扫了一眼坐在后排的珊珊，只见她双目低垂，一副怅然若失的样子。

女儿已经到了恋爱的年龄。丽秋突然回想起她的青春岁月，回想起她甜蜜的时光。时间上看，那好像是很多年前；感觉上说，那仿佛就发生在昨日。不知道为什么，丽秋今天看到女儿和志嘉这对年轻恋人，心中却有了那么一种前所未有、无以名状的感觉。

丽秋不知道这种无法言喻的感觉来自何方，是不是因为最近她不得不接受自己月经停止这一残酷的事实而带来的一种过度的沮丧？是不是因为作为一个女人对生理衰老这一自然规律而产生的一种天然的恐惧？归根结底，丽秋今天除了对她往昔岁月有一种依恋以外，除了对女儿青春美丽的羡慕以外，在她内心深处竟然滋生了一种对女儿青春洋溢的妒忌。一个女人要是羡慕别人，那往往是她没有那人所具有的某样东西；然而一个女人要是上升到妒忌别人的境地，那可就预示着她将永远都不能获得那人的那份拥有。

年过半百的丽秋明白这个道理，明白妒忌不是一个健康积极的心态。丽秋感受到身体的变化，她既感到难过，又感到无奈。沉浸在无奈之中她有时又想要奋起抗争，一种不需要向这个世界作出解释的，一种不需要向任何人证明的，但又是千真万确在她胸中激荡的，需要向她自己展现的抗争！

复杂的心情纠结着她，情感的旋涡让丽秋沉默不语。她在位子上端正了她的身体，她感觉到一个年轻的她，一个真正的她，正坐在自己的对面，那个熟悉的人正目不转睛地望着她的双眼，语气平和但又坚定地告诉她：虽然青春已逝，虽然红颜已改，可她流淌的血液却依然澎湃。纵然孑然一身，纵然孤独终老，可她火热的内心却依然激昂。时间固然不能回头，但她的生命远没有尽头，她的生活一样可以灿烂如初。

第四章

丽秋是一个做事讲计划的人。飞机场离加大洛城分校非常近，所以送完志嘉，他们就去大学附近为珊珊找房子。几处住址都是丽秋让珊珊事先打过电话预约好的。

下午晚些时候，小弟的车子停在了一处环境挺好的公寓前。这里要比刚才看过的那几家强上许多。先前几个地方的建筑都是被圈在一人多高的铁栅栏里，再加上楼房的外表有些老旧，从街上远远望去，颇有点像监狱似的。

这栋楼房是四层米黄色的建筑，房子周围都种满了修剪整齐的绿色灌木，大门的左右各有一个圆形的花圃，里面种植各种叫不出名字的小花。珊珊按了门铃通报了姓名，三个人通过了一道从内部遥控打开的大门，上到三楼。按照号码找到了房间，没等敲门，门里就走出来一位漂亮的亚裔女孩，她大大方方地向他们打招呼，把三人请进了公寓。

小弟到了停车场，才知道这户人家的主人叫 Emily，现今他完全被面前这个比表姐还漂亮的女孩给吸引住了。女孩个子和珊珊一样高，瓜子脸上有一双清澈透明的大眼睛。她上身穿了一件紧身的黑色衣服，转身之际，从侧面望去，胸前展现出一个优美半圆形的曲线。她下面是一条蓝色的弹力牛仔裤，裤子在小腿根部收得很紧，衬托出纤细的长腿。一身简单的装束勾勒出她健美的线条。最让人印象深刻的是，她长发披肩，而在左侧一边，有一缕细细的头发，从根部到发末，全部染成了雪白的颜色，那束白发被乌黑长发衬托得非常耀眼，惹人注目。她的气质超然洒脱，有着一种与众不同的味道。

Emily 站在整洁的客厅中央，微笑地露出雪白的牙齿，她带着有如专业销售员般的自信，用纯正的英文介绍道：她是加大洛杉矶法学院二年级的学生，和在读本科的弟弟合租了这个公寓，这学年她弟弟搬了出去，所以她需要找一位新室友。她双手不停地配合，一会儿左手指着厨房，一会儿右手指向浴室，仔细地介绍着屋内的各种设施。她说起话来，表情极为丰富，很容易让人联想到美国电视剧中那些说话夸张的演员。

Emily 扫视三位来客，判定珊珊是需要房子的人，于是眼睛一直关注着珊珊，领着她走进了边上的一间客房："这个房间要比我住的那间大一点。而且不朝大街，晚上会安静许多。"她随后走到窗前，拉开了百叶窗，楼下面是一片绿色的草地。

"那两个房间的价钱是一样的吗？"丽秋看到环境不错，心中猜到珊珊多半会中意，而她现在开始担心这里的房租是否会太贵。

"是，完全一样的。"女孩不假思索地回答道。

珊珊环顾房间，书桌、椅子、台灯、床和床垫都是蛮新的。白色的墙，干净的地毯，居住环境算是无可挑剔。

"你从哪里来？读什么专业？"女孩问着珊珊。

珊珊用英文回道："从中国上海，我是计算机系研究生院一年级的学生。"

"哦，那我们可以讲中文了。"Emily 居然用标准的普通话回答道。

一看这女孩居然能讲这么流利的中文，大家感到非常亲切。丽秋高兴地问道："你中文这么好啊，你从哪里来的呢？"

"我是香港人，跟随父母在北京生活过，在那里读过三年的小学，因此我国语还好。对了，我有中文名字，大家都叫我爱美丽。"

"爱美丽……"珊珊和小弟异口同声地重复着。

"这个名字好好听！"丽秋笑着说。

来时珊珊说她想找一个英文好的人做室友，现在这个双语流利的爱美丽可再合适不过，更何况她还是中国人，有相近的生活习惯。看着两个女孩高兴地说着话，丽秋清了清嗓子，满脸笑容地走上前一步说道："爱美丽啊，这里环境挺好，我们蛮喜欢，你看看，我们是刚来美国的新移民，房租能不能给我们便宜一点啊？"

珊珊瞥了一眼丽秋。虽然以前每次在上海和妈妈相处的时间并不是很长，但总觉得妈妈是一个国家部委的中级干部，是一个干练豪爽的人，心中挺为她感到骄傲。可最近来美国这段时间，发现她天天也都是为了一些鸡毛蒜皮的小事，算计来算计去。这副样子跟上海的那些她平时看不太起的亲戚几乎是一个模样。珊珊没法劝阻丽秋，她只得保持沉默。

爱美丽想了片刻说："这个房子只有一个停车位。以前我没有车子，都是用我弟弟的。现在我准备开一部我的车子来。这样吧，如果你们没汽车的话，可以每月减一百元的房租。"

爱美丽说完后，又冲着珊珊加了一句："整个公寓住的都是洛城加大学生，平时上下学，大多数人都是乘公交车，很方便。你周末要上街买东西，你可以坐我的车子一起去。"

母女二人听了这话都挺称心。珊珊觉得初次见面的爱美丽为人诚恳，能为别人着想，应该是不错的室友。而丽秋听着更是高兴，房租每月省下一百不说，女儿的车子也可以先不用买了，压在心头的那块大石头算是减轻一些重量，她手头的钱付完各项开支以后，还可以给珊珊再留下一点。

要不是爱美丽的双手插在牛仔裤的裤兜里，丽秋真想抓住姑娘的手拍上两下。丽秋继续说道："我们家珊珊可爱干净，可懂事了，你们一定相处得来。爱美丽啊，你看看，你刚才提到要交一个月房租押金，能不能让我们只先交一半啊？"

珊珊脸都羞红了。倒不是因为妈妈当着外人的面夸她，而是实在替妈妈感到难为情！妈妈真是有点厚脸皮，这边得了一寸，那边还想再进一尺。什么看得到的地方都要试一试，什么摸得着的地方都要刮一刮。可别说多了让人讨厌的话，弄恼了人家不租你。哎，感觉妈妈待人处世真的不行，可别把一件好事给弄砸了！也怪来时，没和她讲清楚，租房应该由她自己来谈。珊珊只好假装什么也没听见，侧身转头望向窗外。

房间里大家各有各的心思，没有人注意小弟，没有人知道他的感受，但也许这正是他现在所求之不得的。小弟一直目不转睛地看着爱美丽的一举一动，她的微笑，她的转身，她抬手拂起她的长发的优美姿势。有过那么一次，爱美丽不经意的目光与他追逐的眼神在空中相遇，伴随着他小鹿乱撞般的慌乱，接踵而来的是爱美丽富有女性关爱的声音："你要不要喝点水？"说完她步调轻盈地去了厨房，回来的时候在他的手里放了一瓶矿泉水。

与自然界的山川、河流、湖泊的改变有所不同，一个人内心世界的改变往往是在默不作声的情况下，在一种悄无声息的环境中发生的。小弟的生命就在刚刚过去的几十分钟里经历了一次剧烈的震荡。而这个天翻地覆的震荡中心就是眼前这个美丽的女孩子。十八年的人生，猛然间跨进一个彩色的世界，他现在满眼都是漂亮的爱美丽，心跳加速，血往上涌。这就是传说中的一见钟情吗？小弟情不自禁地爱上了这个美貌如花的爱美丽。

青年人在经历了闪电般的爱情冲动之后，随之而来的就是无尽的自卑与悔恨。小弟后悔高中时没有尽力用功读书，浪费了许多时间。那时的他觉得只要能离开家，只要能离开父母，上哪一所大学都无所谓。岂不知他是井底之蛙，根本不晓得大学与大学之间有着天壤之别。他要是也考上洛大，岂不是像妈妈说的，可以和表姐在一起，和爱美丽在一起了吗？

没有妈妈的压力，也没有爸爸的劝诫，在洛城大学附近的一栋公寓里，在一个从未想到过的地方，小弟郑重地对自己发下了一个誓言，他要洗心革面，不惜一切代价，都要转学到洛城加大，他要和爱美丽在一起。地球在宇宙中依然平静地转动着，小弟的世界已经彻底改变了轨道的方向。

三人下楼后，刚刚踏出公寓的大门，小弟就迫不及待地说这个地方最理想，是最适合表姐的住处。丽秋也很满意，刚刚爱美丽不仅同意房租的押金减半，而且还主动提出那要交的一半也可以入住以后再给。人家一个二十几岁的姑娘如此大度，丽秋也就不好再提别的什么要求了。

他们回家后就把这事告诉了姨父姨母，晚上珊珊就打电话订下了房子。大家开始准备珊珊搬家的东西。姨妈这几天还一直担心小弟这样忙前跑后会不会烦躁，别小孩子脾气上来，给亲戚脸色看。结果儿子态度热情，行为举止像个成年人。更为惊喜的是，在和表姐相处之后，小弟居然这几天再也不熬夜打游戏了，他不但开始准备开学的功课，而且私下里和她讲，他非常喜欢洛城加大漂亮的校园，他决定一定要转学去那里。

儿子这么大的变化可出乎姨妈的意料，听得她眼泪都要掉下来了。这可是浪子回头金不换啊！姨妈心中感叹：都说近朱者赤，近墨者黑。儿子这才和优秀的珊珊和志嘉待了几天，居然在思想上有这么大的进步，姨妈对珊珊可算是感激万分，对这位晚辈说话格外地客气。在珊珊要搬走的前一天，姨妈咬牙一次送了珊珊八百美元的红包。一来丽秋家也不富裕，妹妹帮买油烟机的钱一定要还给她。二来更是真心实意地感谢珊珊，表姐帮助教育了小弟，让他知道上进。光冲这一点，送多大的红包都不算多。临行时，姨妈一直把珊珊放假就来家里住，这里就是她家的话挂在嘴边，她真心希望珊珊能常来，顺便再带一带这个刚刚开窍的小表弟。

丽秋天天忙碌，倒是没有察觉到小弟近来的变化，看到姐姐一家这么热情，心里有了许多感动和安慰。自己带着女儿来姐姐这里打扰了这么久，没想到她还送了这么重的礼物，感到姐妹亲情的可贵，心里也渐渐地把前夫大鹏的事情放到了一边。珊珊搬去学校，她回国的机票也要到期，这趟陪女儿赴美读书的任务，算是圆满完成了。

搬家的那一天，小弟再次看到了他心中朝思暮想的女神。小弟一边帮着珊珊搬着东西，一边注视着一直在指点什么东西该放到哪里的爱美丽。几天未见，爱美丽换了一身截然不同的装束，她穿了一件加长的白色大翻领衬衫，雪白的脖子上露着一条细细的白金项链，而那长长的衬衫则在腰部随性地打了十字结，趁着忙乱，小弟偷偷望过去，透过不大的衣洞，他能隐约看到爱美丽平滑腹部上的白嫩肌肤。

只可惜，表姐珊珊的行李实在太少，只可惜，小姨丽秋的话又实在太多。搬完东西的小弟只能站在边上看着女人们讲话，根本没有机会插嘴去问爱美丽，他这几个晚上躺在床上想出可以和她搭讪的话题。

好不容易丽秋讲完了话，小姨看了一下手表说，她后天就要回北京了，还要再去买些东西。小弟感觉他就像一个被带出来逛街的小孩，等大人办完了正事，在根本不需要征求他意见的情况下又要带他回家了。虽然有点生气，但转念一想，他现在凭着一个根本叫不响的大学去和爱美丽说话也是件很没面子的事情，小弟只得在心里说：以后还会有机会！

珊珊搬进新居后，很快就发现，她这个室友的名字"爱美丽"可真不是随便起的。爱美丽喜欢漂亮，即使不出门，她天天也都要穿着不同时尚的衣服。这还不算，搬去后一天的下午，珊珊正在厨房里摆放一些她带来的物品，爱美丽的房门突然被打开，只见她穿了一套红色的连衣裙，头上斜戴着压住半边脸的黑色草帽，单手叉着细腰，旁若无人地从她屋里一步步地走到客厅，在临近窗户的地方，突然停住，双腿微叉，摆出一个模特亮相的姿势，那劲头就仿佛是台下正有千万个闪光灯在拍摄她似的。珊珊先是一愣，等反应过来的时候，忍不住小声地笑出了声。珊珊压得住她的笑声，可压不住女人的好奇心，她赶快放下手上的东西，跑到客厅里看，只见爱美丽一副高冷的表情，根本无视这位迟到的观众，她身子来了一个一百八十度转身，红裙裹住的臀部左右一晃，裙边荡漾地在空中滑出一道飘逸的弧线，她两条长腿再次踩着自带的韵律，按原路走回了她的房间。她那股无比自信的气浪恨不得把房子的天花板给掀开一个大洞。等爱美丽再像一个正常人走出来的时候，珊珊已经笑得前仰后合，竖起大拇指夸奖爱美丽刚才的表演有点电视上巴黎时装秀的味道。

一听到珊珊称赞她的表演，爱美丽兴奋得脸上发亮。她告诉珊珊她本不应该成为一名女律师，她其实应该是一位电影明星。她从小就酷爱表演，在幼儿园和小学都是逢年过节必然站在舞台中心的小明星。爷爷、奶奶、爸爸、妈妈，几乎每一个观看过她表演的人都对她赞不绝口。后来从北京回到香港时，妈妈也给她报名参加几个演艺班。她看过的电影，往往一次就能记住主人公的台词，惟妙惟肖地模仿剧情里的片段，逗得大家都很开心。

初中一年级时，家里准备移民美国，爱美丽坚持不走，说要留在香港的伯伯家里，以后在香港拍电影做明星。那次任性可是把父母吓坏了，他们本来也只是让女儿有个爱好，没想到孩子认真了。演艺圈得有多乱，漂亮女孩子进去，岂不是羊入狼群？先是妈妈停了她的演艺班，反复劝导她放弃这种想法，后来对她一向疼爱有加的爸爸也生了气，板起脸骂了她一顿。移民美国以后，虽然在中学也演过几部话剧，但随着年龄的增长，她也渐渐地知道了好莱坞的复杂性，慢慢地打消了成为明星的念头。话讲到这里，突然好像爱美丽身上的一个开关被什么东西触碰到了，爱美丽双手举起朝向空中，脸上浮现出一种肝肠欲断的痛楚表情，眼睛望着远方。动情的声音一浪高过一浪地大声独白道："一代巨星，就这样被无情地扼杀在了摇篮里！这何尝不是我一生的悲哀！这何尝不是一个时代的损失！"说完这话，爱美丽眼神迷离，面容哀婉，伸展开来的肢体全部一动不动地定格在那里，仿佛在等待着厚重的帷幕从空中缓缓降下来的时刻。那控诉的语气，那无奈的表情，那忧伤的眼神，那优雅的姿势都是爱美丽在读洛大时，偷偷跑到表演系，从人家彩排哈姆雷特的场景中学来的。

如果说刚才的时装走台还有点滑稽的成分，那爱美丽这段深情告白真是有点专业演员的水平。爱美丽这种说来就来，瞬间入戏的劲头让珊珊再次对她刮目相看。珊珊不但开始喜欢她开朗的性格，而且钦佩她多才多艺的才华。

第五章

在新住处安顿了几日，珊珊就约了她的指导教授在校园里见面。爱美丽正好也要去法学院，于是领着珊珊坐上了离公寓不远的公共汽车去了洛城加大。因为爱美丽本科也是在这里就读，所以对校园了如指掌。爱美丽中午约了珊珊在学校的餐厅里见面，午饭后带着她在校园里走一走，介绍各个学院的位置以及校园各处的设施。

对于新环境，珊珊最大的感触来自校园里的几处餐厅。这种每次掏出一张纸币，只能换回一盘味道一般，仅够勉强吃饱的午餐实在太贵。珊珊把找回的那几枚硬币放回钱夹时，格外心痛。在交完这学期学费以后，妈妈留下的钱就只剩一千多块了，下个月的房租眼看马上又要到了，自己助理员的工作还在申请之中，什么时候能够赚钱还不一定。珊珊决定要约着爱美丽去买菜，开始自己做饭带便当。

当在超市里的收银台前，看到同来的珊珊推过来满满一车东西的时候，爱美丽有点被吓到了。近前一看，和她空空的手推车里摆的那几样：牛奶、面包、香蕉和几样零食相比，珊珊车上居然装有牛腱、排骨和各种的蔬菜。等到装车时，爱美丽发现在那些生肉、生菜的下面，还有电饭煲、炒锅、炒勺，各式调料和一大包大米。

"你会做饭？"爱美丽睁大眼睛问道。

"对啊！"珊珊觉得她问得有些奇怪，好像是在问一个成年人是否识字一样。

等晚上红烧小排从锅里盛到盘子上时，房门一开，爱美丽从屋里跳了出来，她进了厨房弯腰就闻了闻摆在灶头边上的排骨，那样子让珊珊想起了小时候养的那只小花猫，在嗅到外婆煎鱼味道时的样子。珊珊看她有兴趣，于是邀请道："要不要坐下来尝一尝？"

只有见过爱美丽那一刻表情的人，才能够真正理解心花怒放这个词的含义。只见她脸上呈现了花朵般的笑容，不由分说端起盘子就向厅里小跑而去，随后她又变成了一只小蜜蜂，从餐桌到厨房来回跑了好几趟，又是端汤，又是拿碗筷，等一切就绪时，她发现珊珊还在池边洗着锅子，她又飞了回来，拽着珊珊的一只胳膊娇声细气地说："来嘛，快来嘛，那东西放在那里，一会儿我来洗。"

珊珊看到爱美丽这般娇媚的样子，心想她幸好是个女人，换成个男人，岂不让这声音把骨头都弄酥了。

进餐时，爱美丽承认她不会做饭，上大学以后她才开始试着煮泡面。不过这一切不是她的错，从她有记忆起，无论是在香港还是在北京，她家里一直都有佣人。

像这样的情况，珊珊还是初次听到，于是就聊起了爱美丽的身世。爱美丽姓梁，籍贯广东中山，祖辈几代人先后去了南洋，到她爷爷那代的时候，已经是定居在印尼而且有些根基的华侨了。那时家族已经拥有一个农场和一个橡胶园。她的爷爷天资聪慧，曾经留学过英国，在前辈积累的家业基础上又创办了木材加工厂和航运公司，生意越做越大，成了当地有名的富商。不但如此，她爷爷还为人豪爽，热心于公共事业，在印尼开办了多家中文学校，慢慢地成了有影响力的侨界领袖。爱美丽的父亲和伯伯们就是在他们自己家开办的学校里长大的。

只是后来印尼排华，爷爷一家受到了政治迫害，在印尼的生意受到了巨大的打击。爷爷不得不带着几个年幼的孩子先躲到香港，其后印尼排华风潮愈演愈烈，一些竞争对手煽动民众迫害华商，梁家在印尼的庄园也被一把大火烧掉了。

正逢那时，身为长子的爱美丽爸爸正在自家的船运公司实习，因为平日对员工友善，暴乱的时候，他带着几个船工，夺下一艘轮船，驶出了码头。船上本来是装了工厂里拆下的各种机器设备和梁家的一些家私。但当看到岸上众多的华人难民的时候，有许多他儿时一起长大的朋友和同学，爱美丽的父亲于心不忍。于是他带着水手把装在船上的东西全都扔进大海，轮船停在港口外面，放下全部救生艇，回港又重新载满难民。就这样，他的船救下了几百名华侨。等船回到香港时，他的事迹还上了当地的报纸。一家人在香港团聚后，爷爷当众夸奖他说："做得好，舍财取义，实乃善举！"

因为是爱国侨领，随后爷爷被邀请到了北京参加全国政协的工作。爱美丽一家也随同前往。爱美丽上完小学三年级后才随父母回到了香港，这就是为什么她说起普通话，还带着那么一点京腔京味的原因。梁父回香港之后，创办了货轮维修厂。因为他为人仗义，许多东南亚朋友的轮船都送去他那里保养，生意成功后，办理了移民。来美后，偶然一次参加了水上器材博览会。颇有生意头脑的他，注意到当时美国水上单人、双人摩托艇的生意刚刚起步，价格十分昂贵，利润非常丰厚。梁父看准了商机，就主动联系海运造船方面的朋友，合伙在台湾建厂，仿造日本的产品。几年之后凭着产品的价格优势，大举占领了美国摩托艇低端市场。梁父在美国东西两个海岸的大城市开了十几家销售店，最后把生意卖给了台湾合作者，大赚了一笔。

生意成功后，梁父被一个早年认识的印尼华侨朋友拉进了房地产行业。那人恰巧就是当年梁父离开印尼时船上救下来的数百人之一，他常常提起梁父当年救命的恩情，说梁父就是他的再生父母。梁父对这位同乡十分信任，万万没想到那人却口是心非，设局把离洛杉矶远郊的一块荒无人烟的土地说成具有最大潜力的商业用地，让梁家花了几百万美元在那里投资。其实就是把他早先投资的廉价土地以极高的价钱转手卖给了梁父，这笔生意坑掉了梁父摩托艇上赚来的一半的钱。

生意失败后，梁父并没有气馁，不甘寂寞的他，在吸取了经验教训之后，觉得做生意做生不如做熟。他拿着剩下的钱又回头与摩托艇的伙伴合作，扩大生产规模，计划抢占中高端的摩托艇市场。可这次就没有那么顺利了，几家大厂已经知道了这个对手，他们率先降价打起了价格战，梁父苦撑了几年，但中高端的摩托艇销量平平，而后起的韩国低端产品也进入了美国市场。他们腹背受敌，既没打开新市场，旧市场也很快丢掉了许多的份额，最终公司还是倒闭了。

爱美丽和弟弟就这么跟着父母，在美国大起大落转了一圈。创业之初，梁父因为做生意，大多资金都压在货物上。后来即便有钱了，也一直想重现当初爷爷在印尼的荣景，一心想要做大。所以他一直都缺乏现金，始终没有购买像样的物业。梁父又好讲排场，十几年来一直租住着豪宅，出入也是高级轿车，日常生活倒是光彩亮丽，让外人羡慕。但当梁父再次投资失利，再加上健康原因被迫退休的时候，除了一套供他们自己养老的房子以外，并没有多余的财产。

没想到一顿饭，珊珊知道了她们梁家这么多事情。半带自豪，半带伤感地聊完家族历史以后的爱美丽，站起来打开了厅里的电视机，按住正要从椅子上起身的珊珊，她说厨师已经辛苦过了，收拾的任务交给她。爱美丽三下五除二地将所有的碗碟都叠放在一起，全部端到了厨房，她站在池边，洗起了餐具。

让珊珊没想到的是，从那天起，每当傍晚厨房里开始传出一些响声，爱美丽就会拿着一本书坐在厅里的沙发上阅读。等饭菜做熟了，既不用请，也不用叫，她就会主动出现在珊珊的身后，端菜、盛饭、就餐、聊天、洗碗，这些流程都和第一天的步骤一模一样。珊珊那时正好也有事相求，共同进餐时提出想请爱美丽教她开车，有空带她考个驾照。大口嚼着一块牛肉的爱美丽痛快地答应了。

珊珊没想到她做饭的技能在海外还能派上这么大的用场，心里很是高兴。她在上海和外婆长大。小时候外婆总讲，会做饭的女人才算是好女人。珊珊不懂什么是好女人，但儿时在玩过家家游戏的时候，她总是去选会做饭的角色。后来长大了，寒暑假待在家中，珊珊也不忍心看着年长手脚变慢的外婆太过辛苦，于是站在老人旁边帮着打下手。日子久了，也就学会做那家常的十几样上海菜。在上海大学里的女同学虽然有些人不喜欢做饭，但像爱美丽这样一点都不碰的女孩子实在是没有。珊珊突然感到自己这方面要比爱美丽强很多，这个漂亮女孩原来也有缺点，至少不是一个符合外婆标准的好女人。

两个女孩子起居在一块，很快就变成了无话不谈的好姐妹。两个多月后的一天，爱美丽请珊珊周末去她家里做客，珊珊欣然接受了邀请。自从听了梁父的故事，她就想见见这位传奇式的老人。还有就是珊珊现在已经考过了驾照，她还处于新手刚刚开车上路的兴奋之中，听说去爱美丽家还要经过好几条高速公路，心中不禁偷笑，总算是有机会体验一下高速驾车的快感了。

去的前一晚，珊珊想到去做客应该带点东西，于是从箱子里找出从中国带来的一些剪纸工艺品，摆在床上请爱美丽帮她选一个。爱美丽这才告诉珊珊，明天是梁父的生日。最终她俩选择了一个红色"吉祥如意"的剪纸，放进一个镜框里，当作祝寿的礼物。

珊珊记得爱美丽讲过，梁父生意失败，被迫退休的时候才买了现在养老的住处，猜想他们的住宅应该是不太起眼。等珊珊开到那幢房子的车库前停下时，才发现这个在有门卫社区的房子非常气派。双车位白色车库在左，浅蓝色双进大门在中，右边是有着几扇宽大窗户的房子。房前是一大片绿色的草地，与邻居分界处的围墙旁有一排高大粗壮的棕榈树，伸入空中的大片叶子在草地上每隔几米就投下一小块树影。珊珊到美国不是很久，但还是明显感觉这房子要比姨妈的高上一个档次。

爱美丽打开了大门，带着珊珊走了进去。进门右手边是个高挑房梁的大厅，中央是一盏从两层多高楼顶上悬挂下来的水晶吊灯。宽敞的客厅里摆放着一套古色古香的红木家具。两张宽大的太师椅并排靠在对面的墙边，面朝厅内的左侧坐着一位年长者。两张太师椅中间放了一个雕花的方形茶几。太师椅前方，两侧各摆放一张相同风格的双人长椅，椅座上整齐地放着两个淡黄色的坐垫。厅内靠近大门的一端是那几扇明亮的玻璃窗，从半透明的白色纱帘里，可以望到外面的草坪。大厅每个墙角都有一个半米多高的白色仿古石柱，每根石柱上面放着一盆盛开的兰花。整个客厅陈设简洁而大方，给人一种舒适的感觉。

那位坐着的长辈此时放下报纸，站起身来。爱美丽上前和他亲热地拥抱，然后转身介绍跟在身后的珊珊。珊珊猜出这是梁父，走上去礼貌性的和老人握手，说完生日快乐后，就把准备好的礼物送给了他。

梁父带着笑容，一边请珊珊入座，一边戴上老花镜仔细欣赏着剪纸。看完后抬起头用普通话和珊珊交谈起来，他问珊珊在上海的住址，然后似有感慨地回忆起他年轻时在中国的那几年生活。他说政府那时组织他们这些归国青年去南京、无锡和上海参观新中国经济建设的成就。他对上海印象很深。

因为知道了他的经历，珊珊也就顺着老人的话，梁父兴致勃勃地说参观过上海的造船厂，看到祖国能够制造万吨的远洋货轮时还是非常激动的。老人兴奋地转头找着爱美丽，发现刚才还在边上的女儿已经不见了，他只好又转回头又冲着珊珊一个人说道："你们年轻人不知道啊，我们这一代华侨，那时在南洋很受外国人欺负。我年轻时，在印尼华人创办的船运公司做事，那时英国资本就要入股，而且要做大股东。我们坚持自己独资，结果后来买来的轮船要比别家的公司贵上一倍。那时英国人掌控着印尼各个领域，目的就是要在各行各业搞垄断，阻止任何人和他们竞争。"

珊珊看着梁父浓黑的眉毛下，一双黑色的大眼睛注视着窗外，仿佛是回忆起他那段时光。

"时间差不多了，你也要换衣服了吧。"从背后传来一个轻柔的声音。

听到声音，梁父缓缓地站起了身。他中等身材，除了让珊珊印象深刻的浓密眉毛和炯炯有神的眼睛以外，梁父鼻梁挺立，宽厚的嘴巴，说话时露出方方正正雪白的牙齿，虽然两鬓的头发已经白了，但还是看得出年轻时是个英俊的男人。

珊珊也跟着站起，转过身，面对着的是一个年长的妇人。她烫了一个成熟女性常见的卷式发型，耳边戴着一对墨绿色的耳环。慈眉善目的她上前几步伸过手来，暖暖地握着珊珊的手说："听爱美丽在电话里经常提起你，不知道珊珊长得这么漂亮啊！"

珊珊赶紧叫过伯母，梁母让她再待一会儿，然后不放心地扶着身边的梁父往厅后面房间走去。

珊珊在厅内独自坐了一会儿，就听到房子另一侧传来了钢琴声。珊珊顺着声音走到了另一个小厅里，看见爱美丽侧对着她，正在熟练地弹着一首曲子。

珊珊一直等到曲子结束才凑上前去。珊珊小时候没有条件学钢琴，对学校少数几个会弹钢琴的同学都非常羡慕，没想到爱美丽还有这个特长。

"你会弹琴吗？"爱美丽望着她一眼，继续弹着下一首。

"我不会，不过我喜欢。"珊珊打量着这部支架式的钢琴。

"我们带一台回去。我弟弟爱伦有个电子琴，他早就不用了。"说完爱美丽做了一个漂亮的收尾动作，起身就往车库走。

当穿着唐装的梁父准备启动他的汽车的时候，两个女孩已经把爱伦的电子琴架子拆了下来。她俩把琴装进了她们的后备厢。爱美丽开车跟着梁父的车子驶出了社区。

梁父的生日晚宴是在华人商城的海鲜酒楼里的一间大包房里。梁父梁母热情招呼陆续到来的亲戚朋友，他们迎合着客人，不时地转换着方言：广东话、客家话、印尼话。而且身旁的爱美丽居然也能随着父母，说上那么几句，爱美丽一边收着客人的礼物，一边给珊珊介绍着父母两边的亲戚。

宾客先后入座，大家正在寒暄，突然房间的大门一开，走进了一位穿着旗袍的亭亭少女。让人眼前一亮的是这个婀娜多姿的女孩有一双水汪汪的蓝色大眼睛，金褐色的头发在脑后盘了一个中式发结，中间从左到右穿了一个古式的银色发簪，发簪的末端挂了一块粉红色的玉石，那颗坠物在空中微微地左右摇摆，很是悦目。那女孩穿的黑色旗袍非常雅致，亮眼之处是衣服正面绣了两朵手掌大小盛开的红色牡丹花，左右对称地挂在胸前，既像是要遮掩又像是要凸显她那丰满高耸的胸部。

这位白人女孩面带微笑，信心满满，不紧不慢地等着身后穿着一套黑色西装的男孩走到她身旁，然后她牵着男孩的手走到梁父面前，用带着美式口音的中文说："祝您生日快乐！"

屋子里说话声音小了许多，大家都注视着这个美女。从侧面看，珊珊断定这个旗袍一定是按女孩身材量身定做的。衣服不但用料十分讲究，而且裁剪时下了一番功夫，勾勒出女孩近乎完美的苗条腰身。那感觉仿佛女孩不是在穿着这旗袍，而是旗袍一分不多，半分不少地绷在她的身上。前凸后翘，玲珑有致，落落大方，美艳妩媚。这是珊珊见到过白人女性穿中式风格衣服最漂亮的一位了。

听周围的人介绍得知，这女孩叫林达，边上的英俊男孩就是爱美丽的弟弟爱伦。

酒宴开始以后，珊珊一直留意斜对面的漂亮女孩林达的一举一动。林达在众人的眼光之下，神态自若，而边上的爱伦对她则是照顾有加，每道菜都搁到她面前的盘子上。林达像只小鸟一样，每次稍稍地尝上一口，便就又将食物还给了爱伦。两人全然一副相爱至深、如胶似漆的情侣模样。趁着服务生上菜的当口，珊珊小声问身旁的爱美丽："林达是爱伦的女友？怎么从来没听你讲过呢？"

爱美丽微笑着低声回答："她的故事可多了，三天三夜都说不完。"

酒席上的菜肴丰盛，亲戚也不时地向梁父敬酒。梁母则是一直紧盯着梁父的杯子，他每喝完一杯就立刻又倒满茶水。等吃生日蛋糕的时候，梁父也只是象征性地吃了一小口，剩下的就被梁母收走了。爱美丽告诉珊珊，梁父有糖尿病，但他为人随性豪爽，有时不注意饮食起居，去年发病还被送去急救中心，昏迷了好几天，差一点就过去了。所以现在梁母要寸步不离地看管着他。

饭后的那天晚上，珊珊一进车里就开始问起有关林达的事情，爱美丽才讲了几句，珊珊就错过了高速公路的入口。等费劲调回了头，上了高速后，珊珊又迫不及待地去追问同一个话题，结果在换不同的高速公路时又走错了方向。最后爱美丽生气地告诉她，别问东问西了，她这个新手还是安心开车吧。

好不容易开到住家的停车场，下车的爱美丽打开后备厢，准备抬出那架电子琴。珊珊可是有点着急了，她拉着爱美丽的一只胳膊，嬉皮笑脸地说："来嘛，快来嘛，那东西放在那里，明天我来拿。"

就这样，两人空手进了公寓电梯。一进房间，珊珊一屁股坐在沙发上，双腿一盘大声催促道："靓女，快点讲讲林达吧。"

"靓女"是珊珊刚搬来时，学着广东人的口吻主动称呼爱美丽的昵称，谁知这多少带有几分讨好意思的名字，让爱美丽很是受用。与之相对应的是爱美丽称作珊珊为"乡下小女孩"，珊珊未曾反对这个私下里的称谓。渐渐地这就成为了二人的日常用语。

爱美丽看着珊珊仰着的脸，浑然一副幼儿园小孩等着老师讲孙悟空大闹天宫的样子，心里觉得好笑，她不紧不慢地换上拖鞋，阴阳怪气地说："看不出来呀，你这个乡下小女孩还是蛮八卦的嘛。"

爱美丽模仿着电影里黑社会老大进入夜总会的样子，大摇大摆地走到沙发前坐下，跷起二郎腿，威风凛凛地吆喝道："去，把冰箱里的冰淇淋给我拿过来。"

珊珊猜到这个室友又开始犯飙戏的毛病了，有心不理，但又按耐不住已经被勾起的好奇心，于是大声回道："晚上还没吃够吗？你当心吃成个大胖子，没有男人要你。"说完跳下沙发，三步并成两步走进厨房，拉开顶层的门，拿出了整桶的香草冰淇淋，又抓了一只勺子，跑回去放在了爱美丽的茶几前。

爱美丽并不领情，眼睛一翻，一脸不屑地用挑衅的口吻说道："吃冰淇淋一定要拿碗舀出来吃，直接从桶里吃，会吃到别人的口水的……"

"你直接吃吧，留下一星半点的也没关系。"珊珊随口说。讲完之后觉得说错了，什么乱七八糟的，珊珊把自己给逗乐了。

爱美丽也笑出了声，觉得折腾珊珊也差不多了，于是抱起一个沙发上的靠枕，开口说："真不知道从何讲起。"

爱美丽整理了思绪后继续说："我弟弟爱伦比我小三岁，因为是家族里的长孙吧，大家都很疼爱他。他很乖巧，成绩一向优秀。我们家那时生意兴隆，我爸做事又爱讲排场，所以每年都给爱伦举办个生日派对。等到他读高中时，每次都要在后院办上一场舞会。"

"舞会？"

"是，那时我家在洛杉矶东面一个富人区租了一个面积很大的宅子，庭院里装个两百多人都不显得多。记得爱伦高中二年级时，他就带着他的小甜心林达出现在派对上，给大家介绍说是他的女朋友。我父母也没有当真，觉得只要不影响学习，就尽量不干涉他。谁知道两人是认真的，这一晃，已经在一起四五年了。"

"那他们是真爱吗？"珊珊眨着眼睛问道。

"爱伦肯定是的！至于林达嘛，我以前一直不确定，但是和她在这里住了一年后，我发现好像她也是。"

"她住在这里？"

"是，住了一年。"

"那为什么搬走了呢？"

"还不是因为我说了她几句！"爱美丽笑了笑说。

"你不吃冰淇淋吧，我把它放回去了。"爱美丽起身，拿起桌上没动过的冰淇淋，走到厨房把它放回了冰箱。她回来时，拿了一张纸巾，准备擦桌上留下的水迹。

珊珊伸手一把夺过纸，边擦边问："你都说了她些什么，才让她搬走的呢？"

爱美丽重新坐回了沙发，头倚在靠背上，眼睛望着天花板，叹了口气说："我真的不知道怎么形容林达这个人。我和我弟弟以前都住在大学的学生宿舍里，我读法学院后，可以住在校外，我父母也说让我们姐弟合住，照看一下他。我租了房，叫他来。爱伦一开始不愿意，后来不知道怎么又想通了，来了没有几天，这个林达也就搬来了，林达解释说这里离她的社区学院近，上学方便。可住进来以后，从来没有看见她去上过课。"

"我给你描述一下林达一天的生活吧。"爱美丽直起腰，目光又落到了珊珊的脸上："她每天早上起床后就打扮得花枝招展，吃了早餐就开着爱伦的跑车送爱伦去上课。然后她一个人不是去美容院里做美容做指甲，就是去健身房游泳或者跑步。中午时再去个豪华的商场逛一下，买点东西，吃个午餐。下午不是约了朋友在哪里见个面，就是回到这里休息一下，傍晚开着车再去接爱伦下学，两人在外面吃过晚饭再回来。晚上我和爱伦都要读书，她则在客厅里面看电视剧，不是年轻人的爱情剧就是家庭妇女喜欢的肥皂剧。她坐在这看整晚电视，不时地会被里面的搞笑情节给逗乐，一个人咯咯地笑上几分钟。"

"不过她长得是真的很漂亮。"珊珊略带惋惜地说。

"相处久了，会发现林达是一个极为简单，心里藏不住事情的人。她告诉我她母亲是一个好莱坞的演员，也是个大美人。但除了年轻的时候演过几个小角色以外，后来再也没有工作过。她妈一共嫁过五任丈夫，虽然她们搬过很多次家，但却一直过着非常优越的生活。"

"她的家庭是这样的啊。"

"有点好笑的是，爱伦曾经告诉过她，他以后也想去读法学院。而林达现在就已经开始以律师太太的身份自居了，天天憧憬着未来的生活。"

"她会这样？"

"嗯。每次林达心情好的时候，她还会真诚地开导我，分享她妈传授给她的人生经验。大概意思就是说我长得也很漂亮，根本不需要像一个男人那样努力，她可以教我怎样吸引一个成功男人，嫁人以后就可以一直待在家，做一个舒舒服服的太太。"爱美丽说完就笑出了声。

"都什么年代了，怎么还有人会有这种想法呢？"珊珊有点不解地问。

"生活在不同社会阶层的人，真会有截然不同的想法。我感觉林达这个人非常天真。说起话来有时甚至觉得她像一个幼稚的孩子。如果我要是一个骗子，我都会不忍心对她下手。"爱美丽再次感叹说。

第六章

　　星期六下午三点，珊珊从书桌旁站起身，一边还在想着怎样解那道编程题，一边按时走进了厨房，系上围裙，开始洗菜切肉了。

　　这是珊珊几个月里摸索出来的一套行之有效的烹饪计划：利用周六下午这一整段的时间，把下面一周的煎炒烹炸的食材都准备好，青菜和生肉分门别类地打包，并且在每个袋子上都写上预计做饭的日期，再把它们按顺序摆放在冰箱里的上下隔层里，周中的时候，随手就可以拿出来，这样就能节省时间。

　　刚刚把鸡腿洗干净放到案板上，爱美丽就打开了公寓大门回来了。她放下书包，走进厨房，一边拉开冰箱门拿出她的运动饮料，一边说道："辛苦你了，小女孩！"

　　看着珊珊没有什么反应，爱美丽凑过她的身子，靠着橱柜，扭着头望着珊珊说："还好吧，乡下小女孩？"

　　"还好，对不起，我脑子里还在想着怎样解一道题呢……"

　　爱美丽喝了一口她的饮料后，继续对珊珊说："我有一个好消息，我被正式邀请加入了洛城加大法学院校报的委员会了！"

　　珊珊不太清楚"法学院校报"是什么。她在上海读大学时，也在大学校报里帮忙过一段时间，那里的校报大概就是刊登一些哪个院系的新教学楼、新实验室竣工了，哪一位上级领导来本校视察工作了，哪一个知名教授获得了国家科技进步奖了，诸如此类的新闻吧。珊珊听着爱美丽的口气，看着她的样子，觉得应该是一件好事，于是随口说道："祝贺你！哦对了，我的衣服放在我房间外面了，你赶快去洗衣服吧，晚了洗衣房又没有机器可以用了。"珊珊说完，挥起手里的菜刀，"当"的一声，一下就把案板上的鸡腿剁成了两半。

珊珊的反应有点冷淡，但珊珊提醒的事情的确十分重要。洗衣服一定要抢在别的学生之前，否则就要等到周中了。爱美丽听罢，转身就去了她的房间。很快，她就左手拎着一个大篮子，右手拿着洗衣液，去洗衣服了。

爱美丽再回来时，没再打扰厨房里的珊珊。周六下午这段时间，她也有她的分工。爱美丽先是盘起头发，在额头套上了一个红色吸汗的棉制头箍，然后戴上她的耳机，一边听着流行音乐，一边拉出吸尘器开始吸尘。先房间后客厅，她推着机器，从房间的一头走到另一头，精力十足地像是一个装了新电池的儿童玩具一样。虽然别人听不到她放的音乐，但能看到她是在踩着乐点，动作充满了节奏。从厨房里望去，还以为她是在健身房里跳健身舞呢。等做完了这份工作，她再喝上几口她的饮料，然后又跑去洗衣房烘干衣服。等衣服拿回来了，爱美丽再戴上耳机支起架子来熨衣服，她动作娴熟流畅，像是一个成衣厂流水线上的女工。

这熨两个人衣服的活，不久前刚刚变成爱美丽周末的一项日常工作。这是爱美丽自己提出来的，交换的条件是她再也不陪珊珊每周去超市买菜了。爱美丽不能忍受珊珊买牛肉、鸡肉要去美国店，买猪肉、排骨、蔬菜要去中国店，而买葱姜蒜还要再去日本店的习惯。依着她的方法，所有东西都应该在一家店里全部买完才对。

为了这事，两个人还各持己见地讨论过一次。虽然珊珊认为爱美丽在这件事情上就是一个外行，但她还是耐心地给这个什么都不懂的人解释跑各家店的原因：美国店里的牛肉质量佳，而且价钱比中国店里的便宜，如果遇上打折的话，那就更合适了。而在中国店，可以选择一块精瘦的里脊肉，然后请师傅搅成肉馅，这是做清蒸狮子头必须的步骤。

至于为什么要去日本店买葱姜蒜，那是因为那家店里这些东西最为新鲜。更何况那家日本店就在中国店的隔壁，同一个停车场，根本不用开车。既然来都来了，就不差这几分钟。总之凡事都有原因，但要让爱美丽明白这些道理是非常困难的。珊珊现在也会开车了，平常带着爱美丽买菜实在是一个累赘。爱美丽什么忙也帮不上，每次她手里端了杯咖啡，在商场里游手好闲地转上一圈就想走。两人最终商量的结果就是大家各做各的，互不干涉，双方落得一个相安无事。

洛城加大是采用三个月的季度学制，一个学期上课的时间只有十周。到期中考试的时候，珊珊开始感到学习的紧张和助理员工作的压力了。爱美丽也是要和同学们一起做课题项目，很多时候都要泡在图书馆里。周中时，珊珊总是做了晚饭，自己先吃，留下一半扣在盘子里给晚回来的爱美丽。两人往往只是在晚上匆匆打个照面，各自忙碌。所以周六是珊珊和爱美丽一起做家务的时间，她们就是这样，一个忙在屋里，一个忙在厨房，两人共同分担日常生活上的家务活。

两个女孩一起生活，倒也不是一点矛盾没有。像是每天洗澡，两个人的习惯就完全不一样。珊珊每次洗澡都最少要十几分钟，如果要是洗头那就时间更长了。至于为什么要花这么长的时间，珊珊自己也不太清楚，大概她从小到大都是这样吧。有时她在浴室里洗澡，会突然萌生出一道有难度题目的解题思路，她总想在那温热的水流下多待一会儿，从而获得更多的进展。

与之相反，爱美丽洗澡像她做其他事情一样动作快捷。那速度快得让珊珊看来就像是个男人。多半因为爱美丽是个姐姐，平时一直都有管着她的弟弟爱伦，所以当爱美丽连续几次碰到珊珊在卫生间水汽朦胧中寻找灵感的时候，她就忍不住说珊珊洗澡太拖拉，最后还不忘加一句：珊珊是在浪费加州稀缺的水资源。

珊珊是独生女，和外婆在上海生活时很少有人说她，她当然是不服气。以前对爱美丽的忍让多半还是看在她在生活上对自己的诸多照顾。现在珊珊已经拿到了驾照，车子也会开了，心里底气增加了不少。更重要的是珊珊总怀疑这个来自香港的女孩是不是有一种对内地人的优越感。反正珊珊的忍让是用光了，面对着浴室里满满的白色水雾，珊珊自知理亏不好回嘴，但对爱美丽的嘲讽，珊珊暗下决心一定要找机会以牙还牙地打回去。

于是珊珊总是暗地里留心查看爱美丽洗碗有没有洗干净，吸地毯有没有留下残余的头发，烫衬衫的领子有没有烫好烫平。真让她失望，爱美丽做事，动作不但快而且很彻底。哪怕是珊珊用放大镜在鸡蛋里找骨头也挑不出她的任何一个毛病。还好功夫不负有心人，最终珊珊还是抓住了她的一条大尾巴。爱美丽有个不关灯、不关电器的毛病。有时早上开着屋里的灯就出去上学了。于是珊珊逮住一次机会，面对面地指责爱美丽浪费能源，不注意环境保护，最后还不忘加上几句：爱美丽的行为导致了全球暖化、森林火灾、冰川消失、北极熊濒临灭绝。珊珊把几个月来从美国新闻上听来的新单词都用了一遍，那次回击才叫一个解气。

幸好一个周末有两天。如果说周六是用来工作和拌嘴，那么周日则是用来休息与和好。星期天，两人除了要读书准备考试以外，有时一起去健身，有时也去看个电影。珊珊更喜欢租影碟在家里看，一是她没看过的电影很多，二是自己在影院里听原版的对话还是有些困难。而在家里，珊珊手握遥控器，听不懂时随时可以停下，然后去问爱美丽。爱美丽对电影是来者不拒，她可以在任何一部电影中找到她所适合模仿的角色。当电影被珊珊停下，在给珊珊讲解了她不懂的片段以后，爱美丽有时会来一段即兴表演，演完了还要让她忠实的观众来点评一下。两个人就这样，可以一个晚上在一起有说有笑，嘻嘻哈哈地看完一两部电影。

然而真正让珊珊感到神奇的是，爱美丽在音乐上有超人的乐感和惊人的记忆力。影片中一些优美的电影插曲，哪怕是爱美丽第一次听到，她都能在脑中记住曲调，然后在不用找乐谱的情况下，随即在她的那架电子琴上演奏出来。在观赏电影过程中，珊珊可以对爱美丽从影片中模仿的人物进行一些批评，指正她的对白、手势、眼神不够专业，但对爱美丽弹出来的曲子却挑不出任何毛病。往往爱美丽开始弹琴时，珊珊是本着怀疑的态度，等到看着她把整首曲子弹完时，惊讶到合不拢嘴的地步。

她们借来的许多电影，爱美丽以前都是看过的，不但知道故事梗概，而且还能记住男女主人公关键处的对白。可即便这样，演到动情的片段，爱美丽还是会被感动得哭成一个泪人，夸张的时候一个晚上都能用掉半盒纸巾。而在旁边的珊珊可是从未掉过一滴眼泪，碰到那些让人鼻子发酸的情节，珊珊忍一忍，扛一扛也就过去了。在这一点上，珊珊是受了妈妈的影响。丽秋从小就教育珊珊说，哭在中国文化里是软弱的表现。后来使珊珊印象深刻的是，生活中的丽秋是一个极少流泪的人，除了在外公的葬礼上看到妈妈哭过一次以外，印象里再也没有见过丽秋的眼泪。也许在丽秋生活和成长的环境里，人需要的是坚强。

在该不该流眼泪的这件事情上，两个女孩子还发生过一场激烈的辩论。爱美丽一直奇怪珊珊的心肠为什么会这么刚硬，率先质问珊珊为什么要压抑自己的情感，压制自己作为一个女人那种天生具有的富有同情心的人性呢？说着说着，有点激动的爱美丽开始质疑珊珊是不是一个正常的女人。

恼火的珊珊反唇相讥地问道为什么爱美丽的泪腺那么发达，女人过低的泪点会让大多数男人觉得好笑。两个女人各说各话，又是一通相互指责。这样类似带有火药味的，互不相让的争吵发生过好几次，总是有一个人吵到累了，赌气干脆就起身回屋不看电影了。一般过了不到十分钟，留下的那个人要不是因为缺了讲解员，搞不太懂后面电影的情节；要不就是因为少了那唯一的观众，而失去了表演的兴致。反正客厅里的那个孤零零的家伙，总会耐不住寂寞，一定会赔着笑脸来敲室友的房门，把那个在屋里心里痒痒的人再拽出来。于是二人摒弃前嫌，又和好如初地回到刚才各自的座位上，从停下的地方继续往下看。只不过用不了多久，哭的人还会继续哭，而不哭的人也不会有什么改变，周而复始好不热闹。

经过几个月的省吃俭用，珊珊的银行账户余额开始增多了。她和志嘉也一直保持着联系，珊珊一直计划着什么时候去东部看望她的心上人。

珊珊本想利用十一月感恩节的长假期，但查了一下往返的飞机票，感觉实在是太贵了。另外就是过完节，马上就要期末考试，学习的压力还是蛮大的。去波士顿只能放在寒假的日程里了。

周中的一天晚上，妈妈打来长途电话，原来她在德国出差采购设备，在了解了珊珊最近的生活情况以后，丽秋嘱咐珊珊要经常给姨妈打个电话，有时间应该去看望一次长辈，不要让人家觉得"小鸟"在那里驻足之后，飞走了就再也不回头了。

珊珊听了这话是一头雾水。每次过节都有给姨妈打电话报平安，几乎每次姨妈都挺热情地约她周末去家里吃饭。只是因为自己没车而且课业繁重，所以她都婉言谢绝了。珊珊知道妈妈肯定又是多心了，老一代的人总是会无中生有地弄出一些事情来。在电话里也很难和她解释清楚，所以珊珊也就习惯性地口头上答应了她。

放下电话，珊珊索性就打给了姨妈。电话里，姨妈像往常一样嘘寒问暖，根本没有一点妈妈说的那种感觉。姨妈最后还是提起要请珊珊周末来家里聚一聚，而且姨妈还补上了一句，一定要请珊珊的室友爱美丽同来。姨妈解释说，小弟现在上进心强，立志也要上法学院，蛮想向珊珊的那位室友请教升学的步骤。

当姨妈再次收到珊珊答应会带室友来时，已是周四。姨妈这边挂了电话，那边就通知了儿子。几个月来，小弟一直在催促姨妈去请表姐和她的室友，这次知道了她们要来，马上就答应周末回家。小弟还特意在电话里嘱咐说一定要把家里的屋子收拾得好看一点。

按照以前姨妈的想法，珊珊是一个小孩子，刚刚到美国，以后要麻烦她的事情还多着呢。但万万没想到的是珊珊才来了几个月就打开了局面，现在倒是成了她有求于珊珊，追在人家后面跑了。不过为了儿子，姨妈也心甘情愿。可是她已经请了珊珊许多次了，珊珊都有事不能来，这可惹得小弟不高兴了，在电话里对姨妈发泄不满。姨妈实在是没有办法，那天趁着妹妹丽秋打长途电话来的时候，她借机会婉转地向妹妹抱怨了一下。

如今总算称了儿子的心，姨妈星期五下班就去买菜，准备到晚上九点多。星期六一大早起来就开始收拾屋子、擦地板、弄窗台，好像要过阴历年似的。环顾四周，客厅里有四把跟随他们多年的旧椅子，放在厅里很是碍眼。姨妈吩咐姨夫赶紧把它们搬到车库里躲一躲。另外吩咐姨夫，他不要等到星期天了，提前把前后院子的草都剪了吧。

姨夫真是不知道发生了什么事情，请外甥女和她的同学怎么会搞成这么大的阵仗。不久前，丽秋来的时候都没有这样折腾过。他嘴里嘟囔着说，已经快入冬了，院子里的草长得很慢，上周剪过了，这周根本就不需要费功夫。

一早上忙前忙后的姨妈听了这话，多日积压在胸里的闷气总算找到了一个出口。儿子是个小祖宗，动不动就给她脸色看。现在叫丈夫干点事情，居然也指挥不动，自己夹在两个男人的中间受窝囊气。姨妈火气上来，一边手擦着脸上流下的汗，一边追着丈夫把他从上海到江西，从江西再到美国的所有历史问题全拿出来数落了一遍。一直骂到姨父三步并成两步地逃到了院子里，忙不迭地戴上剪草的隔音耳罩才算是罢休。

当晚姨妈见到爱美丽的时候还是不禁眼前一亮，儿子只提过珊珊的室友相当的优秀，但是这女孩实在是才貌双全，美人一个。姨妈随便问了问爱美丽几个问题以后就被小弟投来的目光给制止了。不过也是，既然是小弟请来的朋友就应该把时间留给他才对，姨妈不敢再出声，静静地听着年轻人的对话。

小弟今早特意剪了头发，换了一件自己最喜欢的高级休闲装。能坐在爱美丽的对面，这么近距离地观察喜欢的女孩子实在是一件妙不可言的事情。爱美丽举止文雅，落落大方，最不可思议的是她那漂亮的小嘴怎么会有时一口竟能吞下那么大的一块食物呢？小弟一边观赏，一边请教他准备的问题：诸如要上法学院，本科时学什么专业最好？如何报考法学院之类。

爱美丽诚恳地讲了她的升学之路，她本科也是在洛城加大，只是她前两年一直不知道应该读什么专业，那时的她还经常跑到舞台表演系去旁听人家的课程。还好辅导顾问发现她数学、物理、英文写作的成绩良好，建议她读工程。因为从工程学院毕业以后，可以报考法学院，拥有这样的背景可以帮助她成为一名知识产权方面的律师。爱美丽笑着说，她那时眼前浮现的是她在法庭上与别人唇枪舌剑的画面，她觉得挺有意思，于是就选择了这条道路。

珊珊看着在外人面前的爱美丽今天还挺谦虚，于是接着补充说，爱美丽成绩优异，前几个星期刚刚成为洛大法学院法律校刊的编辑委员，她当时还不知道那是什么，后来和爱美丽几个同学庆祝的时候，才知晓这是法学院学生在校能够获得的最高荣誉。洛大法律校刊是探讨和研究当今社会最复杂、最有挑战的法律问题，编辑委员往往都是法学院最出类拔萃的学生。他们是今后最有希望成为法律界权威或者联邦法院法官的一群精英。爱美丽同学对她羡慕不已，而且爱美丽是校刊历史上少数几个亚裔女性编委之一。

爱美丽不知道珊珊会这样称赞她，笑着看着珊珊，一直等到她全部讲完，才伸出一只手在空中一扬，停在珊珊面前时摊开了手掌说道："请继续讲呀，我的优点就这么一点吗？继续夸我呀！"

众人愣了一下，随后大家哈哈地大笑起来。珊珊笑到一半接口道："你们要是真的了解她，你们会受不了她的。"

小弟看着爱美丽和珊珊二人相互开着玩笑，带着一种女人之间特有的亲密无间的味道。亲眼看见心中的爱美丽笑得如此美丽自然，犹如春风吹过桃林满眼都是花枝乱颤的景象。一直在父母面前强装镇定的小弟，被这笑声搅乱了心思，像是平静的湖水丢下一块小石子，水纹静静地扩展至远方，余波荡漾。

期末考试结束了，珊珊的各门功课都挺优异，教授导师对她的评价也很正面。珊珊心里总算是踏实了一点。一件事情的结束往往是另一件事情的开始。而对于下一件，珊珊已经有点迫不及待了。

一天晚上，在和爱美丽看电视的时候，珊珊轻描淡写地提了一句："靓女，我下周准备去一趟东部。"

爱美丽听了以后，马上一脸坏笑地问道："小女孩是不是要去会情郎啊？"

珊珊从未提起过志嘉，而且她平时和他联系也都很小心，搞不懂爱美丽怎么会知道的，珊珊一时答不上话来。

坐在沙发另一边的爱美丽朝着珊珊移近她的身体，右手弄成电话听筒的样子，放在耳边，酸味十足娇滴滴地说："嗯，好，你也保重！我先挂了。"

珊珊这才知道爱美丽又在嘲笑她。记得有过一两次，她在厨房里和志嘉通话，被刚刚回家的爱美丽撞到了，她居然就记住了自己的对话。

恋爱其实是一场男女双方在心理层次的情感博弈，它既像小溪潺潺流水般宁静的雅致，也有像万马奔腾般战场的壮阔。在攻守进退几个回合中胜券在握的女人往往会独享那份幸福的喜悦，而对那些势均力敌或者略感劣势的女人来说，从同伴那里寻求外援，从同性那边得到帮助，则是非常必要的举措。

珊珊不知道她在和志嘉的恋爱中所处的地位，但她晓得她想找个人诉说她的心声。接下来的几天，趁着爱美丽和她一起剪头发，一起购买礼物的时候，珊珊把她和志嘉的事情一五一十地全部讲给了爱美丽。当爱美丽问她两个人有没有吻过，有没有亲热过的时候，珊珊只能不好意思地摇了摇头。

在临行的前一天晚上，珊珊还是一直忙着在她的房间里收拾东西，等听到厅里传来爱美丽进门的声音时，她大声向着门外喊道："靓女……"

等爱美丽走过来，珊珊已经把行李移到了地上，一只腿正压着行李盖子，费力地试图关紧拉链，珊珊低着头说："买了速食品放在雪柜，我不在时，你可以拿出来用微波炉热一下。"

爱美丽倚在房门旁，望着蹲在地上的珊珊说："你去看他，有没有忘带什么东西啊？"

一起购物时，本来珊珊想给志嘉买一件衬衫作为礼物，爱美丽说那东西太土，她说洛杉矶最有名的就是篮球队，她建议送男生就应该送一套湖人队的球衣。珊珊以为她指的是那套衣服，于是抬头说："球衣是吧，装进去了。"

"那东西关键时刻根本派不上用场。"爱美丽略带轻蔑的口吻，然后神气活现地一甩手，把一个小袋子扔在了行李箱的上面。

　　珊珊定睛一看，透明的袋子里装的是厚厚的蓝色正方形状的物件。她伸手拿出来，那东西竟然一下子变成四个连在一起一模一样的密封塑料套。珊珊明白那是什么了，立刻羞红了脸说："女孩子出门，哪有带这个的呀？"

　　爱美丽今天穿了一身黑衣黑裤，领口处开叉很大，腰间系了一根白色的皮带，身子斜靠在房门框上，笑道："可别怪我没有提醒过你啊，见面时干柴烈火，到时可是来不及……"

　　珊珊站起身，手里那个东西有点像烫手的山芋，如果现在直接丢回给爱美丽，或许会辜负她的一番好意。但如果带着去波士顿，让志嘉看见，那可真是没脸做人了。

　　珊珊和爱美丽平日里无话不谈，但从未触及过男女之事。珊珊也听爱美丽讲过她在大学里交往过男友，应该不奇怪爱美丽有过这方面的经历，于是珊珊大着胆子十分好奇地问："那到底是什么感觉啊？"

　　"什么感觉？"爱美丽听罢，没有再讲话。她的头向左一歪，眼睛一闭，朱唇微张，白齿微露，双臂抱在怀里，嘴巴里还发出一种由弱到强"哦"的声音。

　　看到爱美丽这副样子，珊珊真是又可气又可笑。珊珊顺手把那几个有弹性的小袋子像甩掉脏东西一样，快速地丢在了爱美丽合拢的双臂上，然后笑着说："这部电影叫什么名字？你看的时候有没有成年啊？"

　　珊珊害怕爱美丽再次纠缠，伸腿从她卡在房门的脚上迈了过去，一边走向卫生间，一边说："明天早上，麻烦你送我去一下机场。"

第七章

当珊珊走进机场大厅的时候，很快就认出了站在不远处的志嘉。珊珊拉着行李快步走向他。同行旅客当中，有一个白人女孩子在人群中看到了她的恋人，她大声尖叫着冲了过去，一跃而起，跳进了伸开双臂等待的那个男人的怀抱之中。她尖锐的叫声短暂地打破了那里的宁静。

人类的情感是不分种族肤色的。当珊珊看清志嘉脸的时候，心里的喜悦之情难以言表，她完全能够理解和体会到那个女孩奔放的动作所释放出来的激情。

志嘉站在原地没有迎上来的意思，他只是在空中挥了挥手就又放下了，直等珊珊走到他的面前，他才出手接过了珊珊的行李箱，问着她累不累，面无表情地拉着箱子向大门走去。

最近一个月因为紧张的期末考试和繁重的研究课题，两人之间的联系比以往少了许多，但志嘉冷淡的态度还是让珊珊有些吃惊。珊珊侧面打量着志嘉，注意到他的头发不但十分凌乱，而且长得几乎盖住了半只耳朵。他一脸疲倦，失去了往日的风采，与分别时判若两人。

进入停车场，还让珊珊意想不到的是志嘉开的是一辆崭新的汽车。这车标志和爱美丽的一样，而且年份看起来似乎更新。没听过志嘉讲起买车的事情，进了车里的珊珊为了打破无话可说的尴尬，主动夸赞起了他的车子。志嘉一边看着后视镜倒车，一边有点心烦地说，买这车时他有些冲动，把他攒的所有的钱都当作头款，等签字的时候才发现，因为没有良好的信用分数，车行收了他的贷款百分之十八的利息。现在他在付高利贷，觉得被车行销售人员给骗了。

　　冬天的波士顿，刚到下午四点多，天就已经渐渐地黑了下来。下了高速路，街道两旁都堆着非常厚的积雪。车子在一个老式的建筑前停下，志嘉没有熄火，他走出车，打开了后备厢，帮珊珊拿出了行李，然后告诉珊珊，他晚上六点还有一个工作会议，他开完会再去她的房间找她，说完就开车走了。

　　酒店里面是古色古香，看得出是不久前重新装修过的。珊珊进了房间，把带来的东西都打开摆好。等洗完澡以后，她就倚在沙发上，时不时地看看手表，注视一下电话，细听房门外走廊的动静。珊珊心里想着今天是星期六，自己在洛城加大时，虽然导师偶尔也会在周六早上开个小组会，但晚上六点还讨论工作可是从来没有听说过的。可见读名校的压力不是一般的大啊。坐久了的珊珊站起身，走到房间的窗边往外看。街道上的树木叶子都早已掉光了，冬日里的路灯显得格外明亮。街边靠旅馆的这一边是一家挨着一家的商店和餐馆，而街道那一边就是志嘉那所闻名遐迩的大学了。

　　晚上十点多，电话铃声吵醒了靠在床边睡着了的珊珊。志嘉电话里告诉她，他在楼下的大厅里，叫她下去一起去吃饭。等两个人走出了酒店，才发现大多数餐馆都已经打烊了。志嘉带着歉意地说他没有想到会议会拖得这么久，他指着不远处的一家快餐店说他们可以去那里。

　　等志嘉端来了快餐，珊珊借着店里明亮的灯光再次打量了志嘉，她发现志嘉明显瘦了许多，再看他狼吞虎咽地吃着汉堡和薯条，珊珊有些心疼，她关切地问道："你的教授经常这么晚开会吗？"

　　志嘉嘴巴里塞满了面包，一时不能说话，他一把抓过面前的饮料，用力地猛吸了一口，等吞下那口食物后，才迫不及待地大声说：

"根本不是什么教授，就是一个在这里读了四年的博士生。"

"这博士生在帮助你？"

志嘉叹了一口气说道："是我在帮他。哎，说来话长。这事我也没和你提，但其实我也是最近才刚刚弄明白的。"

志嘉吃完了最后一口，望着珊珊说："我的老板是电脑领域的一位权威，有许多科研的项目，是学院里最有钱的一位教授吧。想当他的博士生的人挤破了头，我凭着几个编程大赛的奖项，拿了全额奖学金，进了他的门。这本来是件好事。但我不知道的是，这位教授领导下的一项网络技术非常领先，有几个风险投资基金已经给他投资，在硅谷成立了一家科技公司。据说公司的产品开发也十分顺利，几个知名厂商都签了意向书，现在就等产品上市了。今年是研发最关键的一年，教授面对这唾手可得的成功机会，也是激动万分。他从学校请了一年的假，搬去了硅谷，亲自坐镇指挥。而他留下的二十几个学生则被分成了五个小组，由跟着他时间久的老学生带队，他每个月回来一次和那几个人开个会。至于我们这些新来的学生，现在都很难见他一面，一切都要向学长汇报。"

"教授让老生带新生在我们学校也是常有的事。只要能学到东西就行。"珊珊尽力安慰着志嘉。

"一开始我也是这样认为的，毕竟才来，跟谁都是学习。可坏就坏在他硅谷的公司太过成功，从他这里毕业的几个博士全都投奔了那里。据说有的师兄上来就拿个价值百万元的原始股票，这消息传回来，现在留下的带队博士生都坐不住了，不但是想着赶快毕业，而且和以前的哥们都勾上了，开始帮那边开发软件。我现在这个带队的人，就是从那边揽下一个任务，天天和硅谷的人开电话会议，而这边他就干脆把他毕业研究东西丢给了我，压着我给他出成绩。我也是一直在尽心尽力。但前几周，因为期末考试，忙了一下我的功课，他就不高兴了，说是延误了他布置的工作，现在每天晚上开会逼着我给他报告当天的进展。"志嘉一脸痛苦地说道。

"这不是欺负人吗？能不能向教授反映一下情况呢？"珊珊愤愤不平地说。

"反映什么呢？公司处于关键时刻，硅谷团队太忙，人手不够，教授把他学校的这帮老学生先拉过去顶一下。教授只是没有明说，但其实这就是他本人的意思。"志嘉无奈地摇了摇头。

珊珊知道，要是一个博士生和自己的导师搞不好关系，那么以后能不能毕业，什么时候毕业就很难讲了。在国内和国外都听过许多这种不愉快的例子。

珊珊想了想试着问道："你要帮他多久呢？"

"我看要帮他一直到他毕业吧，最快也要明年。他研究方向和我的不一样，我现在给他做的都是测试、验算，一些打杂性质的工作，和我的专业没有一点关系。这就等于我这前两年博士生的时间全都白白地浪费了。"志嘉把手中的快餐包装纸愤愤地揉成一团，使劲地丢在了托盘上，开口道："走吧，那家伙今晚又布置了一项任务，一会儿我还要再给他干点事情，明天还要交给他。"

在回去的路上，志嘉仍然是闷闷不乐。送到酒店大门前，他马上要走，珊珊一把抓住他的胳膊，坚持一定要让他上楼，拿带给他的礼物。进了房间，当志嘉看见他喜爱的湖人队的球衣的时候，才算是露出了这次见面后的一点笑容。他脱掉外套，在镜子前试了试球衫。

珊珊站在一旁，关切地说："明天白天你忙你的吧，晚上我找家餐厅，我们去吃点好的。"

看着志嘉点了点头，珊珊学着爱美丽平日里的样子，上前轻轻地抱着他，柔声细语地说："别担心，一切都会好起来的。"

不知道是不是因为晚上在等志嘉的时候睡了一觉，还是说看到大学里最优秀的志嘉现在这么不得意，珊珊夜里辗转反侧，不能入睡。

想到志嘉面临的困难，珊珊既为他难过，又为他无奈。相比之下，珊珊在洛城加大的学业，虽然有挑战，但经过努力，她总能胜任。珊珊回想起她在学业上一直十分顺利，没有碰到过什么困难。

在上海读高中时，她数理化的成绩一直是所在重点学校的年级前几名，只是她的作文不太好，考大学前的几次模拟考试都是语文拖后腿。报考志愿时征询丽秋的意见，妈妈说一个女孩子最好还是留在上海。谁知道那年高考，珊珊又超水平发挥，成绩是全校第一名。她完全可以考上北京的任何一所知名大学。为这事，外婆还责怪妈妈耽误了珊珊的前途，说丽秋年轻时，自己能跑到冰天雪地的哈军工，但上了年纪后却鼓励她的女儿留在家乡。

不过珊珊并没有埋怨妈妈。作为一个女孩子，她虽然成绩优秀，但不像男孩子那样，有什么远大的抱负或志向。她感觉现在这样挺好，她也不会像志嘉这样，承受着那么巨大的压力。珊珊又重新想到了眼前的志嘉，现在她唯一能做的就是想办法让志嘉赶快振作起来，恢复他当初来美时的积极状态。

第二天晚上，志嘉和珊珊面对面地坐在一家高级的西餐厅里。珊珊面带笑容望着志嘉刚刚在隔壁理发馆剪过的头发，不由地对她为志嘉选择的新发型而感到高兴。这个有特色的法国餐馆也是珊珊从酒店前台打听到的，他们帮忙预定的餐桌位置非常舒服，就在二楼临街靠窗的旁边。从玻璃窗里望出去，既可以居高临下地看到华灯初上的街道，又可以隐秘地观察三三两两在逛街的人们。两人一边读着印刷精美漂亮的菜单，一边猜测着那龙飞凤舞的花哨英文到底是什么单词。幸好有殷勤的侍者及时地帮助，他们选择了各自喜欢的菜肴。

两个人喝着饮料，珊珊想方设法地逗志嘉开心。她有声有色地讲述这几个月里所经历的趣事。故事大多与爱美丽有关，特别是讲到和那个女孩针锋相对的细节，珊珊仿佛又回到了现场，她还能感受到当时她激动的心情，青紫的嘴唇，颤抖的身体，以及那一刻对自己话少嘴笨的愤恨，在回击对手时又不能正中靶心的懊恼。志嘉看着珊珊表情丰富的脸，偶尔插嘴问上几句，听到有趣的地方也不禁笑出了声。

晚餐的主菜非常美味，白色的桌布，浅黄色的餐巾，暗淡不明的灯光，透明高脚的玻璃酒杯，低沉的钢琴乐曲，一切都是那么和谐。珊珊突然有了一种从来没有过的奇妙感觉，忘记了自己从何而来，忘记了自己身在何处，忘记了自己在做什么，眼前只有英俊的志嘉对着她微笑。

珊珊明明知道没有喝酒，但感觉已经有些醉了。不知道是不是因为昨夜睡得太晚的缘故，志嘉的声音好像是从隔壁房间里传递过来似的，蒙蒙地有点听不清楚。珊珊有点头晕但脑子又很清醒，她看到志嘉从他的盘子上优雅地叉起了一块食物，而珊珊在完全没有听懂他嘴里说了什么的情况下，她竟然能默契地把那食物接到她的嘴里，一股奶油的清香润滑着舌尖上的味蕾。是不是恋爱中的女人，能够洞察周围的一切，任何语言都已经变得多余，眼前的一切仿佛在不停地旋转，旋转到目不暇接的地步，或许此时闭上双眼，才能更好地感知这个世界。

出了餐馆，夜晚的冷风吹在珊珊红扑扑的脸上，让她意识到这是在冰天雪地的波士顿。街上的人比刚才来时多了许多，餐馆的门口排起了一条长龙。熙熙攘攘的行人在狭窄的便道上形成了两股逆向的人流。珊珊不时地要闪避对面的路人，还好志嘉立刻牵住了她的手，把她领到了他的右侧。与以往不同的是这次过了马路，走在行人稀少的街道上，志嘉温暖的手也没有再放开她。

珊珊不知道要去哪里，也不想知道要去哪里。人生中第一次有种想让这时光就此停住的感觉。志嘉把和她十指紧扣的手揣在他羽绒服的兜里，两人走得很近，相视而笑的时候，能看到从对方口中呼出的热气在空气中相遇时的缠绵。

一会儿工夫，他们拐进了一条僻静的马路。走路的速度也慢了下来，借着两旁的路灯，志嘉用手一会儿指着一个大楼说，这是我们学校的商学院，一会儿又指着另外几个大楼说，这是我们的医学中心。珊珊的身子侧向志嘉一边，像是一个被大人第一次带进了动物园的小孩，一边听着不同的讲解，一边凭着她的意志与疲惫的大脑进行着斗争。

直到志嘉把她带进了一间屋子里，那地方一定是开了暖气，珊珊感到比街上暖和了许多。房门关上了，还没有来得及看清屋内的陈设，还没有来得及脱下厚实的外衣，志嘉就转过了她的身子，抱住了她。温热的嘴唇急迫地触碰在了一起……

星期一，志嘉一大早带着珊珊去参观他的实验室。志嘉把珊珊带到他的办公桌旁，和他以前寄给珊珊的照片相比，桌子上多放了好几台电脑服务器，占满了大部分的空间。志嘉介绍说他的教授一共有四个实验室，占满了整个一层楼。

因为志嘉中午还要和指导的学长开会，珊珊按照志嘉指点的方向，先回酒店休息。穿越昨晚上走过的道路，珊珊还依稀记得每个建筑大概是哪个学院。住的酒店是志嘉推荐的，因为靠近校园，它的价格要比远一点的酒店贵。珊珊想起这其实是她到目前为止，住过最贵的地方，花了钱但却没有享用，这实在是对不起她打工赚来的钱。珊珊不由得加快了脚步。

珊珊在浴室里待了很久，尽情地享受了一下酒店宽大的浴缸。等出来时，她用一块白毛巾裹住了头发。看看时间还早，珊珊躺在了床上，身后靠了几个舒适的大枕头。

昨天晚上休息得并不好。天刚亮，睡得迷迷糊糊的珊珊就被志嘉弄醒了，他居然又要一起亲热。比起昨晚身体像满满地拉开的一张弓似的紧张，珊珊今早算是放松了一些。抱着她的志嘉还笑着给她看他的防护措施，并解释说这是他们大学学生会在开学时发的，橡胶制品上面还印着他们大学的英文缩写。志嘉颇有些自豪地坏笑地说："我们学校终于攻占了洛城加大。"

珊珊一时没有明白意思，等想清楚的时候已经是面红耳赤了。和志嘉相处多年，没想到一向文质彬彬的他居然会讲出这种露骨的话。珊珊轻轻地在志嘉的肩膀上捶了一下，娇声埋怨道："好难听哦。"

志嘉顺势抓住她的手，把它压在珊珊的枕头上，珊珊光滑的腋下突然地暴露了出来，每一寸赤裸的肌肤都毫无遮掩地展现在一种原始的，一种放肆的，一种征服者的眼光之下。珊珊既感到羞涩，又感到兴奋，既感到屈辱，又感到绽放，既想摆脱自己手上的压迫，又想迎合侵略者的无礼。没等珊珊说话，志嘉的唇吻到她的嘴上，一切的反抗意识随即土崩瓦解，一切抗争的意志随即烟消云散。珊珊用不知什么时候解脱的双手，情不自禁地抱住了志嘉。爱美丽没有说谎，性爱的感觉像是一个天边的传奇，只有感受过的人才能知道它的美丽。

中午珊珊在酒店睡了一觉，醒来之后，知道她要开始收拾行李了，波士顿之行快要结束了。她曾经计划在这里多住几天，可是她银行户头即便在清零的情况下，也只够让她在这种酒店住三个晚上。对志嘉的不舍之情已经慢慢笼罩在她的心头。

傍晚，志嘉准时来到酒店，两人又亲密地手牵手沿着马路向闹市走去。当经过一家有红色龙虾招牌的餐馆时，志嘉停下步子，从身后抱住珊珊，他们前后相依着一起看橱窗里摆放的菜单。不知过了多久，那只抱着珊珊的手从她腰部滑了下来，不经意地在珊珊外衣下面翘起臀部上摸了一把，一个声音顽皮地对珊珊说："就吃这个吧，今晚等会还要和洛城加大打比赛。"

在冰冷的空气中，珊珊那张戴着一顶圆形白帽的脸，泛着红灿灿的光。她不自觉地伸出手，试图在她的身后抓住刚才那个肆无忌惮的毛头小子，但她扑空的手很快又被那个肇事者所擒住。珊珊的头靠在志嘉的肩膀上，感觉志嘉像是变了一个人，胆子这么大，他难道不怕马路上的人看见吗？

吃完龙虾大餐，志嘉知道这是珊珊在波士顿的最后一晚，于是提议去看刚刚上映的电影。离开演的时间还很早，空荡荡的影院里只有他们二人，珊珊跟着志嘉在最后一排位子上坐下。

两人一边脱下外套放在各自身边的椅子上，一边聊着这部电影里的明星。过了一会儿，就看见有三个亚洲女孩子从左边的入口通道处慢慢地走了上来。珊珊注意到三人之中有一个身材高挑，相貌出众，穿着一件非常扎眼的黄色羽绒服的女子。她们几个人有说有笑，走到了影院大厅中间，商量着要选哪一排，最终几个女孩走到了离珊珊正前方隔着十米左右的一排位子。

凭着女人的直觉，珊珊意识到身边的志嘉有了一丝不安，只见他一直望着那几个女生的方向，不停地转换着座位上的姿势。最终他还是忍不住地冲珊珊说："她们怎么还会在这里呢？你稍等，我去问一件事情。"

说完志嘉起身，绕了一个圈，快步去到那群女生后面一排。他先和她们打了招呼，然后就坐在那个漂亮女生身后与她交谈起来，那女孩转着身子和志嘉热络地说着话。边说边脱下她那件黄色外套，露出了里面一件高领白色羊毛衫。女孩和大多数学生不一样的是她的长发染成浅黄色，波浪式搭在她的肩膀上。两个人说话声音不大，珊珊听不清内容，但可以确定的是在讲中文。志嘉赔着笑，过了一会儿他转过头，手指着后排珊珊的方向。女孩也随之向这边望了一眼，因为距离太远，珊珊犹豫了一下，最终没有向他们招手。

两个人聊了一会儿，影院里的人越来越多。志嘉起身往回走。女孩则是优雅地甩了一下她的长发，坐正了她的身体。

志嘉坐回他位子的时候，自言自语地解释道："以为她们回国了，想让她们在国内帮着买几本下学期用的教科书。"

"她是哪个系的？看着不像是学工程的。"珊珊尽量用平缓的语气问道。

"是学商业管理的。"志嘉然后又加了一句，"是打羽毛球认识她们的。"

话音刚落，厅里的灯光就变暗了，开始播放广告。珊珊虽然还有很多问题要问，但还是忍住了。她主动伸出自己的手挎住志嘉的胳膊，头也靠在他的肩膀上。珊珊真希望那个女人现在能回头看到她和志嘉的这一幕，这美好相恋相拥的一幕。

第八章

　　甜蜜的寒假结束了，珊珊马上又期待着暑假的到来。珊珊和志嘉为此制订了许多出行计划。一个方案像上次那样，珊珊飞去波士顿，然后二人一起去纽约游玩；另一个则是志嘉来洛杉矶，然后一起驾车游览加州。

　　然而一直拖到了七月底，任何一个方案都没有能够实现，原因都是志嘉的工作太忙。到了八月，教授又临时派志嘉去硅谷的公司出差了几天。他们的旅行就这么随着志嘉的时间而变来变去，珊珊买了几次飞机票，每次都是因为志嘉在最后一分钟的变卦而不得不取消。志嘉在电话里充满了歉意，珊珊也理解志嘉的处境，没有向他抱怨什么。

　　那一年的夏天，爱美丽可变成了一个大忙人。已经完成了两年法学院的她，在洛城市中心的联邦法院找到了一个实习助理的机会。她天天穿着黑色套装，不时地向珊珊流露出一副她早晚要成为一名联邦法院女法官的气势。两人私底下的时候，她还学着法官对堂审当事双方说话的口吻和珊珊讲话，还会夸张地提醒珊珊对她讲话应该加上"启禀大人"的前缀。珊珊心情好时，偶尔也会配合着叫上几声，满足一下这个想象力极其丰富的室友的愿望。

　　最让人高兴的是经过了一年的努力，小弟终于成功地转入了洛城加大。小弟提出要搬到珊珊所住的那所公寓，姨妈当然是一口答应。正值假期，学生搬进搬出，小弟顺利找到了和珊珊同一个楼层的一套房子。小弟说为了要熟悉学校环境，在临开学前的一个月，就早早地搬了进去。

姨妈目睹小弟这一年来的巨大变化，完全明白珊珊对小弟的影响远胜于父母。小弟能有这么一位优秀，对他帮助又这么大的表姐，实在是非常幸运。姨妈和姨夫心存感激，每次小弟从家里回到公寓的时候，姨妈都会大包小包地让他带来许多食品和水果给珊珊。这弄得珊珊很不好意思，她一再答谢长辈，并请他们放心，她一定会好好照顾这个小表弟的。

不过这些礼物，珊珊或许当真是受之有愧，这个真相只有小弟一个人知道。小弟转学是为接近爱美丽。这个目的他达到了。现今虽然不能说每天都能见到心目中的女神，但几乎每个周末，小弟都会收到表姐的邀请，大大方方地去她们那里吃个晚饭。和珊珊有时不经意地嘲讽爱美丽，说那女孩有点"神经兮兮"的观点完全相反，小弟眼里的爱美丽是集美丽、活泼、才艺于一身活力四射的天使。爱美丽如此优秀，优秀到让小弟觉得无论他多么努力，无论他取得多么大的成绩，当把这些摆在爱美丽面前的时候，一切都根本不值一提。这种埋藏在小弟内心深处的自卑，每分每秒使他痛苦，但又无时无刻地不在催他奋进。当一个人默默地爱上另一个人的时候，这份爱既甜蜜，又苦涩；既享受，又煎熬。相思之苦会让生活中以往任何有滋有味的东西变得索然无味。小弟扔掉了他所有的电脑游戏，他已经无可救药地爱上了爱美丽。

开学之后的一个周六早上，小弟收到了珊珊的一个电话，着急地叫他赶快过去一下。小弟急匆匆地从他的公寓走过去，进了她们的大门，发现两个女孩子手指着天花板在争论着什么。见到他来，两人又抢着对他说，房子里的警报器突然凌晨五点就响了，早早地把她们吵醒了，而到现在她们也不确定究竟是哪一个坏了。珊珊说是客厅里的那个，而爱美丽则说是厨房里的那个。

小弟让女士们都先别讲话，他在屋子中央站了一会儿，果然听到墙顶的警报器每隔几分钟，就会那么有气无力但又足以让人知道它的确存在地叫上一声。因为两个警报器离得太近，还真是不太好确定是哪一个。小弟虽然在家不太干活，但还是晓得类似的居家事情。他向两个女人解释说："这种警报器里有一个电池，每过个两三年就需要更换一次。现在大概是到时间了。"

小弟感受到爱美丽投来的钦佩的目光，他顿时热血沸腾，产生了一种强壮男人保护弱小女子的喜悦。小弟试着踩个椅子去拿警报器，但高度就是差那么一点。等小弟拿了他的学生证，跑到楼下从公寓的办公室借来一个折叠梯子的时候，两个女孩子都已经背着书包准备出门去学校了。爱美丽微笑着夸奖小弟是一个有动手能力的人，而珊珊则是拍拍他的肩膀让他晚上来吃饭。临出门，珊珊不忘提醒一下小弟，离开时，怎样把大门从里面锁住。

小弟踩在梯子上，站了一会儿。确定是厨房的那个警报器后，只用了几分钟就换好了电池。下来后，他收起梯子，把它靠在了大门边上。房间内寂静无声，当小弟的手触碰到门锁时，突然他整个人僵在了那里。

一个大胆的想法从他脑中一闪而过。小弟心跳加快，他的手不自觉地从门旁缩了回来。他站在原地没有动，等了许久，他才蹑手蹑脚地走到窗边。楼下的公寓大楼前没有一个人影，但这非但没有安抚他怦怦乱跳的心，反而越发加快了他心跳的速度。那个近乎离奇的想法，那个貌似做贼的冲动，紧紧地抓住了他，这既让他异常兴奋又让他十分恐惧。周围静得出奇，平日嘈杂的走廊里听不到一点声音，就连马路上也没有一辆汽车驶过。这一刻仿佛全人类都从地球上蒸发了，作案现场只留下了他一人。

刚才那冒险的冲动一定是随着快速流动的血液，循环到他全身每一根的毛细血管，轻而易举地攻占了他身体里的每一个细胞。他的脸变得通红，寒毛竖立，每一根神经都紧绷地感触着世界。环视四周，虽然来过这里多次，但位于右侧的神圣之地，他却从未获得觐见的机会。那地方犹如是群山之中，屹立的一座白雪皑皑的仙女峰，一个不曾被凡夫俗子驻足的地方。小弟先是手扶着身边的椅子，然后依托着墙壁，一步一步地朝着那个神秘的地方走去。他不停地在心里问自己：这是在犯罪吗？如果是，那他为什么不停下来呢？如果不是，那他又为什么这么紧张呢？每向前一步，他的心就往嗓子眼里提升了一点；每向前一步，他就离那充满无限风光的万丈悬崖靠近了一尺。

房门虚掩着，轻轻地推开，他仿佛能感觉到爱美丽正在圣殿里熟睡。窗户的帘帐是拉开的，早晨的阳光洒满了每一个角落。房间里有一种女人特有的香气，淡淡的味道只有探险者才能感受得到。屋内中央靠墙摆了一张小床，白色的床单上放着一个枕头，那一定是天使休息的处所。床靠窗一侧放了一个书桌，一只毛茸茸的黑色玩具小狗趴在桌面上，像是在守护着它主人的领地。另一侧靠墙边处是一个内置式的衣柜，推拉式的柜门半开着，里面挂着各式各样的衣服。迎着光，面对房门的地方放着一个一米多高的抽屉式衣柜，柜子上摆着几个镶嵌着银边的相框。房间四面墙上贴着许多电影明星的照片，大大小小，高高低低，像群山一般错落有致地环绕连接在一起。

小弟仔细看着房间里的每一处，想象着爱美丽熟睡时在床上的姿态。他轻轻地走到那个衣柜面前，低头端详上面的每一张照片。可以看到爱美丽从小到大的几个重要时期的倩影，她笑得总是那么灿烂，那么奔放，她是万花丛中最为亮丽的那一朵。

小弟没有触摸房内任何的东西。倒不是担心留下什么犯罪的证据，他实在是不愿玷污这圣洁的地方。等他转身准备退出去的时候，阳光照耀下的自己在那洁白床单上投射出半个身影。这让他联想到他是不是一个小矮人，背着众人在偷窥白雪公主的寝宫呢？

在洛大这半年的大学生活是小弟一生中最为幸福的一段时光。每天太阳照在他身上都是暖洋洋的，每天走起路来都是轻飘飘的。几乎每一个周末，小弟都会早早地来到珊珊这里，先是帮表姐洗菜，再就是帮爱美丽摆放一下碗筷，然后一周中最精彩的时刻就如期而至：小弟居餐桌正中，两个美女一左一右地围他而坐。他先看看爱美丽那双眨来眨去会说话的大眼睛，再尝尝珊珊做出来的家乡美味。他用眼睛观察，他用舌头品尝，他分分秒秒享受着这个美妙欢快的氛围。每当这个时刻来临的时候，他会比以往更加显得沉默，不是没有话说，而是他的话题实在无聊，白白地打扰这梦幻般的意境，白白地浪费这宝贵的时光。

当两个如花似玉的女人为了什么小事争执起来，需要第三者评判的时候，小弟的生命就被推到了一个绝大多数男人，终其一生也不可能臆想到的至高无上的巅峰！小弟是一个单纯的人，但他却无师自通地悟出了贵人话语迟的道理。为了拖延时间，他总是低着头尽量假装思考着双方的观点，偶尔又抬起头来，专注地盯着其中的一个女孩，让她再阐明一下她的理由。在美女们急切的目光注视之下，他有一种君临天下，指点江山，裁判世界的感觉。这种豪情恐怕只有秦皇汉武、凯撒大帝曾经领略。小弟心里偏向着爱美丽，想让她赢，他喜欢看到爱美丽那胜利之后信心满满的微笑；小弟心里爱着爱美丽，又想让她输，他喜欢注视爱美丽生气之后那忧忧怒气的眼睛。最为奇妙的是，小弟这种在两者之间，近乎有点随心所欲的抉择，居然让身边的女人都觉得他是一个公正的裁判。她们一致认为，小弟既没有屈服于伶牙俐齿的爱美丽，也没有偏袒和他有血缘关系的珊珊。小弟成为一位无冕之王，一个维持两个女人和平的使者。

一次周末，小弟下午照常来到了珊珊的公寓。与往日不同，今天多出了三四位客人。相互介绍之后，小弟得知原来他们是珊珊和爱美丽各自请来的同学。珊珊正在烧菜，顺手就把小弟叫进了厨房。忙了有一个多小时后，小弟也没有见到爱美丽的身影。问了珊珊后才知道，中午爱美丽临时被叫去了学校，校报有一篇要发表的学术文章，需要和一位知名教授再讨论一下。

快六点时，饭菜摆上了桌子，可爱美丽还没有回来。厅里几个刚刚认识的朋友也聊完了共同可以谈论的话题，大家都拿出手机，各自坐在屋内一角，开始查看信息了。珊珊已经让小弟打过一次爱美丽的手机了，按理爱美丽做事稳重守时，即使有事也总是会提前知会一声的。珊珊突然想起前一天新闻上说，洛大的这条大道上最近发生过持枪抢劫的案件，她心里不禁担起心来。

珊珊不安地走进客厅里，拿起电话刚要拨号，这时房门突然一开，爱美丽一个闪身走了进来，她那动作好像是一个逃犯刚刚躲过了一场追捕似的。只见她一脸严肃，一副火急火燎的样子，脱掉运动鞋的她，随便地用右手和几个朋友挥了一下，嘴上说着不好意思，脚下却径直走到了珊珊面前。没等珊珊出声，她左手就变出了两束红色的玫瑰花，在众人的目光之下，学着港剧里的情节，用着广东味的普通话深情地说：“回来晚了，辛苦你了老婆！”说完她双手抱住珊珊，用她的手把珊珊还未反应过来，直愣愣竖直的头，往她的肩膀上压了压，让珊珊身子尽量地依偎在她的怀抱中。

小弟先是一愣，过了一会儿才和大家一起大笑起来。珊珊没有想到爱美丽这时会搬来这么一套戏码，一时不知如何是好，她靠在爱美丽的肩上迅速想着对策。珊珊在上海读大学的时候，隔壁宿舍里曾经有过一个南京的女孩，经常在寝室里公开叫一个要好的室友“老婆”。

别人都说好笑还跑去看，但珊珊没有一点感觉，后来走路都离那女孩远远的，感觉那人有点不太正常。

不承想今天自己也会遇上，被爱出风头的室友捉弄，在众人的目光之下，珊珊是又羞又急。也不知是灵机一动呢，还是哪一根神经搭错了线，珊珊猛地抬起了头，双手反转轻轻推开爱美丽的双臂，一脸的嫌弃，生气地大声说道："你还知道回来！这么晚不回家，你又跑到哪里去了？"

这句台词完全出乎所有人的意料，一向矜持的珊珊居然会按照剧情，主动地去接戏，在场的人都笑得前仰后合，有人竟然鼓起掌来。珊珊也被自己的举动吓了一跳，没想到她也能像爱美丽一样，玩起来会变得这么疯。伴随着大家的笑声，她也低头笑了起来。爱美丽更是没有见过保守害羞的珊珊会有这般反应，平日里都是她在珊珊面前自编自演，今天人多，没想到珊珊居然还和她演起了对手戏，爱美丽笑得格外开心。

大家起哄，要给两人拍张照片。珊珊把心一横，索性今日厚着脸皮把这出戏演到底。她从背后解开了她的围裙，一边从脖颈上脱掉，一边开口说道："我天天烧饭，都成了黄脸婆了，我要去洗个脸，打扮一下。"说完笑着就往屋里走去。

爱美丽从身后一把拽住了她，笑着说："这样最好，这样最好。"说完就拉过两把椅子，把她按下。早有人迫不及待地拿着相机等在一边，两人并肩而坐，闪光灯此起彼伏地留下了这样一幅画面：爱美丽右手抱着珊珊的肩膀，两朵含苞待放的红色玫瑰花举在二人中间。珊珊右手上还攥着刚刚脱下的粉红色的厨衣，自然地放在她的大腿上。两个人的头都相向微微地靠在一起。爱美丽乐得合不拢的嘴露出了雪白的牙齿，而珊珊则是笑得不能自持的眼中含着泪花。

小弟也在众人之间，按下快门记录着爱美丽和珊珊这幅动人的情景。他满心希望生活能够这样一直继续下去：青春无价，爱情无邪，友谊长存，天长地久。世间还有什么比这更加美好的事情吗？

生活中的幸福往往都是悄然而至，当大家都意识到它存在的时候，那多半已经是在观赏它慢慢离去的背影了。

珊珊第二年的研究生课程全都集中在了周一至周四，然而周五却是她最为繁忙的一天。除了早上要参加指导教授的例会以外，她还要动手准备她的毕业论文了。她一整天泡在实验室里，像是一只辛勤工作的小蜜蜂。

这天周五下午珊珊正在读一篇论文，实验室的同学从远处叫她，说有她一个电话。珊珊以为又是教授有事，她快步走到了实验室进门处那个放了一台电话机的铁制办公桌旁，拿起了听筒。

电话里传来一个陌生女人的声音："珊珊吗？你好，我是佳惠……"

"佳惠！"珊珊嘴上重复着，心里稍微吃惊。这是她高中时期随父母移民的同学，不过已经很久没联系了。

"珊珊，知道你来了美国，是我不好，一直没有和你联系。"

"噢，没关系，你还好吧？"

"珊珊，我有话就和你直接说了，你和志嘉还有关系吗？"

这话让珊珊突然想起刚来美国时，在小弟家里听说佳惠在美国还找志嘉帮她写电脑作业的事，珊珊心里一沉，一下子不知道怎么回答。

"我知道你去年冬天去过一次波士顿，我问你，志嘉有没有占你的便宜？"佳惠说话开始略微有点激动了。

这让珊珊更加无法回答了，她不自觉地转了个身，用身体靠住了厚重的桌子。

"我告诉你吧，你得小心志嘉这个人，这小地方出来的人可会利用别人了！他刚来美国就从我家借钱买了一辆新车。最近我有个在那所学校读书的朋友告诉我，他在和一个女同学谈恋爱，而且已经公开同居了。"佳惠一口气说了这么多话。

珊珊觉得自己浑身发凉，捧着电话的手像是在举着一个重磅的哑铃，她换了只接电话的手。她不相信佳惠说的会是真的，志嘉绝不会是那种人。什么"小地方出来的人"？大家都是从小在上海长大，哪有什么大地方，小地方的区分呢？

"珊珊，珊珊，你还在吗？"听筒那边的人一直听不到这边的声音，有点着急了。

"在，我在。"珊珊从喉咙里挤出几个字。

"志嘉非常有心计，他从来不许诺什么，让人感觉他很单纯，反正我是让他给骗了。他和我交往的时候，说你只是他的一个普通同学，我现在给你提个醒，他可是一个野心勃勃想往上爬的人。"

珊珊不知道怎样结束了那通对话，等转身放下电话要走的时候，才发现重重的铁桌子居然是让她靠着的身体，从原来处滑出了脚印大小的一段距离，一侧的桌腿在浅灰色的塑料地板上留下了一前一后两条黑色的印迹。珊珊试了几次想把桌子推回去，但这个沉重的家伙居然纹丝未动。

珊珊低头回到了自己的办公桌，再也没有心思看什么论文了。她脑子里反复地重复着佳惠的话。佳惠是她的高中同学，因为互相都知道以后要移民美国，所以成了一对好朋友。大学二年级的暑假，珊珊在请回国的佳惠和她的几个同学一起吃饭时，她才认识了志嘉。只是珊珊一直有个感觉，也就是大概从那时起，佳惠和她慢慢地疏远了。再回上海的佳惠，除了偶尔给她打个电话，就很少见到她了。珊珊也没有多心，只是以为大家生活环境不同，少了共同的话题而已。

至于佳惠能和志嘉走得这么近，她根本没有想到过。志嘉在大学里算是个受女生欢迎的男孩子，但他就像对待自己一样，做事很有分寸，从来没有听过他和任何女孩有不清不楚的关系。

不过最近寒假快到了，珊珊一直提议去波士顿看志嘉，他既没有同意，也没有反对，但总是说学业紧张，说让那个小老板压得喘不过气来，让她等一等再说。珊珊不想给他压力，只能看着机票的价格每周都在往上跳。

珊珊两眼茫然地盯着面前的论文，却看不进去一个字。那为什么佳惠要打这个电话来呢？珊珊脑子里又开始重复佳惠电话里的声音，慢慢地又想起了志嘉，志嘉的那辆新的汽车，还有那个在影院穿着黄色羽绒服的高挑女孩。

周五整个晚上珊珊都没有睡好，满脑子装的都是佳惠和志嘉的事情，线团也是越缠越乱。周六早上，她更是行尸走肉般地在实验室混了半天，中午也没精神像往常一样去买菜，整个人像生了病似的软绵绵地躺在床上。等到下午三点，好不容易刚刚入睡，就马上被爱美丽"嗡嗡"的吸尘器声给吵醒了。珊珊扶着床站了起来，走出门告诉爱美丽她身体不舒服，她今晚不做饭了。摘下耳机的爱美丽看了看墙上的日历，猜到珊珊也该是不舒服的时候了，爱美丽没讲什么话，只是让她回屋好好休息。

晚上六点，爱美丽叫珊珊起床吃饭。桌子上放着纸盘、筷子和五六个红色的快餐盒子，原来是爱美丽买的中式外卖。珊珊没有胃口，只是随便吃了一点。

也不知道是不是爱美丽真的饿了，还是她很久没吃这家她以前经常光顾的快餐店了，她一个人吃得津津有味。她见珊珊不说话，就打开电视机看起了晚间新闻。

爱美丽既未嘘寒，也没问暖，这种表现让珊珊非常失望。乱七八糟的新闻更吵得她心烦意乱，听了一会儿，珊珊实在是忍不住，拾起边上的遥控器就把电视机关掉了。

爱美丽手里拿着筷子，正夹着一块鸡块准备送进嘴里，转过头来一脸困惑问道："怎么了，乡下小女孩？"

珊珊一脸的委屈，强忍着眼泪伤心地说："好像志嘉那里出事了……"

没等爱美丽再问，她就把昨天下午佳惠打来电话的事情详详细细地叙说了一遍，然后又倒叙式地讲了那个女孩怎么和志嘉认识和怎么交往的。虽然说得有些混乱和重复，但等讲完的时候，等到抓起纸巾擦眼泪的时候，珊珊心里还是好受了一些。

爱美丽一直在听，偶尔也插话问了几个细节上的问题。她的两条胳膊一直支着桌子，再也没碰什么鸡块了。直到听完了珊珊的诉说，她才转动下身子，伸手拿起了不远处的无线电话，塞到珊珊的手里说："你打电话给他。"

"给谁？"珊珊不解地问道。

"给志嘉。"

"说什么呢？"

"就说你刚才和我说的这些呀。"

珊珊本来还带了点期望，听了这话一脸的沮丧，把电话推了回去："人家伤心，你还在开玩笑。"

爱美丽把电话又塞回给珊珊手里，一本正经地说："你就和志嘉讲，佳惠来了电话，提醒你要小心他。你看看他怎么说？"

爱美丽转了一下大眼睛继续道："有可能是这个佳惠追求志嘉不成，现在也不希望你能成功。要不然，她之前为什么不提醒你呢？"

珊珊听了，感觉好像有些道理，看了一下时间，东部晚上也才十点，于是拨通了志嘉的手机。

爱美丽起身要走，珊珊示意让她留下，感觉有爱美丽在身边，心里会踏实一点。

"嗨，志嘉，你还好吗？"

也许珊珊自己不觉得，她那判若两人温柔的声音让待在身边的爱美丽全身直起鸡皮疙瘩。

"我还好。有件事想和你说，佳惠打电话给我了，告诉我说……"

听筒里传来了志嘉升高的声音："你别听那女人说的话，她讲什么都不要相信，她有点神经病了。她老缠着我要和我做男女朋友，我一直没理她，现在她到处给我造谣，说我坏话。"

"噢，是这样……"

"我现在正在开车，我明天再向你好好解释吧……"

放下电话，珊珊心里宽慰了许多，应该是想多了，一切没有想象的那么糟。

星期天的上午，珊珊恢复了正常，又开始准备新一周的食物了。一整天珊珊都把手机放在身边，每过一段时间就会不放心地偷偷拿出来看一眼，生怕错过志嘉打来的电话。

吃午饭时，爱美丽又像往常一样要给珊珊讲一个法院庭审的案例，然后让她回答一些准备好的问题。珊珊很早以前就告诉爱美丽，她缺乏对美国法律的基本常识，根本帮不了她。谁知爱美丽却说这正符合大多数美国法院陪审团成员的标准，那些人也是什么都不懂的。面对总是缠着她的爱美丽，珊珊想起自己写的毕业论文，也需要请爱美丽帮助检查语法，于是她就尽力回答着爱美丽那些听似有点天马行空的问题。还好，这一个案例比较简单，珊珊总算满足了爱美丽的要求，把她给打发走了。

晚上小弟来吃了晚饭，他和爱美丽有说有笑地谈论着什么话题。珊珊尽量敷衍着他们，一心一意地守着电话。可直到晚上十点，珊珊都躺在了床上了，也没有等来志嘉任何的消息。珊珊开着灯把手机放在自己的胸口，不知不觉地睡着了。

不知睡了多久，等醒来时，手机里真的有了一条短信，珊珊打开一看，果然是志嘉的，她兴奋地坐起来，靠着枕头读了起来：

　　珊珊，感谢你在我痛苦时的陪伴。我一直把你当作一个好朋友，请原谅我去年冬天的一时软弱，我想为了彼此长久的幸福，我们还是应该保持同学的关系。

　　另外我学业很忙，压力也很大。请你不要再打电话，写信件，寄邮件或者任何的方式来联系我了。谢谢你的理解，祝你今后一切幸运。

志嘉

　　看完第一段，珊珊异常震惊。而等看完第二段的时候，她又十分迷惑，这条短信肯定不是志嘉写的。她了解志嘉，他不是这种人，志嘉绝对不会对她这样绝情。一定是有人拿了他的手机冒名顶替写的，有可能是佳惠，也有可能是另一个在志嘉身边的女人。

　　珊珊翻身从床上坐起来，旁边的闹钟显示是凌晨一点了。她推开房门，朝旁边的卧室望去，爱美丽已经睡下了。她仍不死心，光脚迈出两步，轻手带上房门。这才确定那房间的灯确实关上了。

　　当她失望地躺回到了床上的时候，她没有想象中的那么难受，她一个劲地在心里告诫自己：这不是真的，志嘉不会这样对她，一定有人在破坏她和志嘉的关系。

第九章

　　期末考试结束的当天晚上，珊珊就乘上飞回上海的班机。之所以这么着急是因为珊珊不想遇到年底回沪探亲的妈妈。珊珊也预订好了回程的机票，赶在丽秋到上海的前一天就飞回美国。当然不让妈妈知道这件事情还需要外婆的帮助，珊珊早早就告诉了老人，这次回去是专门看她的，假期往返的飞机票非常贵，说出来妈妈又会嫌她奢侈浪费。至于说和妈妈见面的事，妈妈工作上已经接手了一个在美国采购设备的项目，她们母女很快就会在美国见面。

　　珊珊这次回来只是为了休息。她没有告诉任何同学或朋友，特别是和志嘉共同认识的人。至于志嘉，珊珊为他已经流干了眼泪。自从那次短信之后，无论珊珊怎样试图与他联系，都没有收到过志嘉的任何回应。万万没有想到，自己会以这种闪电般的方式，从他的世界之中被彻底删除干净，这实在令她非常痛心。每当想起，珊珊的心都会隐隐作痛。这是她不愿见妈妈的真正原因。她不想重温这段噩梦，她还不能心平气和地与丽秋讲述这段伤痛。就像爱美丽建议的，她应该换点别的事情去做，让时间抚平这个伤口。

　　对于个体的人来说，谈论一座城市的大小，是和这个城市的地域面积没有任何关联的。个人所处的城市大小，完全是由他日常生活的轨迹来决定的。上海也许很大，但珊珊的上海却是很小，小到她第一天下午陪着外婆去菜市场，就在马路上遇到她的高中同学舒英。几年未见的舒英十分热情，一直说如果不是一眼看见了外婆，根本不敢在街上和这么漂亮的珊珊相认。

在回家的路上，经过舒英家时，余兴未尽的舒英一定要珊珊上去坐一坐。实在是盛情难却，珊珊不想因为出了国，就给人一种高高在上的感觉，看到外婆应许的眼神，她也就答应了。

舒英一家人是在上海生活三四代的老上海了。她家人的口头禅是说"上海是中国最好的地方"，而改革开放以后，那个口头禅便改成了"上海是全世界最好的地方"。他们家几代人从来没有动过离开这块风水宝地的念头。因此舒英考大学时就报考了师范大学。毕业后，她回到了母校，在那所上海市有名的重点中学当了一名老师。聊了一会儿，舒英提出时间还早，问珊珊要不要一起去看望她们的班主任，现在也是她的同事，孙老师。

这个提议倒是正合珊珊的心愿。孙老师是她们高中三年的班主任，是她们中学里唯一的一名上海市特级优秀教师。她教书育人，待人真诚友善，珊珊高考数学满分也是孙老师认真启发教育的结果。珊珊读大学的一二年级时，还经常和同学一起去看望她，而最后一年出国的时候实在太忙，走时连打个招呼也没顾上。珊珊心里一直有些亏欠，现在正好补救一下。舒英看她愿意，立刻给老师打了电话，两人就一起动身前往。

孙老师的家住在市教育局的家属院内，是一套奖励给她的单元房。舒英到了老师家后则说珊珊昨天刚下了飞机，今天就约她一起来看望恩师。珊珊有些不好意思，笑着拿出路上买的水果。孙老师听了非常高兴，一直拉着珊珊的手在门厅里讲话。直到孙老师丈夫从厨房里端出一些茶水时，孙老师才领着二人进了客厅。她手一挥，声音洪亮地说："正好，小胖也在，他和珊珊一样，也是在美国留学的博士。"

两个女孩子这时才注意到屋内的一角，站着一个高高胖胖的男生。珊珊仔细一看，差点笑出声来。房间里开了电暖器，这人已经脱下了外衣，只穿了一件蓝色长袖衫。可那衣服明显偏小，紧紧地箍在那个胖子身上。袖子在胳膊上短了一截儿不说，衣服在肚子上显然少了两三个手指宽的一段出来，隐隐约约地露出男人挺起的小肚子上一块白肉来。他下身穿上了一条不伦不类的灰色运动裤，腰身的白绳懒懒散散地系在裤子上。最为可笑的是，这个男人知道自己的上衣短了，在两个女孩子的注视下不好意思起来，他的双手不自觉地伸到衣角边上，不动声色地用力把衣服的前摆往下拉，尽量盖住那裸露的肚皮。他的目的算是达到了，但衣领也跟着被扭曲变了形状。男生古怪地站在那里，样子不像是在见客人，而像是一个在老师办公室罚站的学生。舒英已经笑出了声，珊珊强忍着把头转开了。

"小胖过来啊，珊珊，舒英，你们都是认识的嘛。"孙老师在边上提醒着小胖。

小胖这时心里正在暗暗叫苦，他留美快两年了，这次是第一次回国。因为假期短，而且是回家，所以旅行时没有带什么随身的衣服。昨天到了上海，妈妈趁他睡觉的时候就把他乘过飞机的衣服全给洗了。谁知道今天早上起床，他在家里竟然就再也找不到一件自己能穿得下的衣服了。他把以前的各式上衣裤子都试穿了一个遍，有的裤子连拉链都拉不上，更别说扣上扣子。看来美国的牛肉和黄油可真不是吹的，他留在家里的衣服被那边的洋餐全部都给报废了。

早上起得晚，出门时随便套了件衣服，目标是去买些新衣服。谁知路过那个有名的绿扬屯餐厅的时候，他就不自觉地溜达了进去，一个人坐在餐厅里点了四个菜两碗饭，女服务员看他那架势以为他在等朋友，没想到他一个半小时，一个人给菜饭包了圆。结账时，那个女服务员暗地里指着他，与她的同事一起笑他。其实要不是和孙老师约的时间快到了，他还想再点个豆沙锅饼甜点啥的。小胖没想到在这里能撞上女同学，爱吃的他心里这个后悔啊。现在没办法了，只能硬着头皮上了。

小胖向前走了一步，咧开了嘴，笑眯眯地说："两位同学好，很久不见了。"

和小的时候相比，小胖长高了许多，不过整个样子变化不大，还是一个大大的脑袋，圆圆的下巴。从他戴着眼镜的镜片看过去，他不大的眼睛里还是透着一股纯真。

"坐，大家都坐。"孙老师招呼着。

屋子里温度高，女生不约而同地脱着外衣，转身之际，小胖无意中从侧面看到了珊珊女性的美丽曲线，他停留了几秒后赶紧移开了他的目光。

珊珊记得小胖，小胖是她初中同班的同学，高中也都在孙老师这一班。大家都传他是孙老师的一个亲戚，在背后讲他的情况比别人多一点。小胖的爸爸是上海一所有名大学里的一位老师，年轻时被打成了个右派，平反后又回到大学里教书。因为结婚比较晚，岁数很大的时候才生了这么一个儿子，宝贝得不行，家里有什么好吃的都给了这个孩子。小胖从小胃口就好，一直保持着白白胖胖的状态。他这人脾气好，几乎没有和别人吵过架。记起来最清楚最有趣的是他这人反应总是比别人慢上半拍，不管问他什么问题，大家都要在心里数上三秒，他才会有反应。小胖语文挺棒，作文经常被老师拿出来当作范文在班里阅读，他高二时就转到了文科班，高考时，他上了偏文科的另一所上海最好的大学。听说后来也去美国读博士，但不知道具体是什么专业。

孙老师一直在问珊珊的情况，小胖也一直在边上看着珊珊娇美的脸庞。小胖心里琢磨着，那个和自己同学多年但说话不多的小女孩，那个梳了两个小辫子的小丫头怎么一下子就变成这么漂亮的一个天仙似的美女了呢？小胖就这样既不说话，也不插嘴，傻呆呆地望着珊珊。

说了一会儿话，孙老师转过头来问小胖："珊珊说她住在洛杉矶，你住在美国哪里呢？"

小胖的脑子高速地运转着，考虑着怎样回答这样一个极具挑战性的问题。他的大学离旧金山很近，但他大学所在的城市不在旧金山，其实他的大学离加州首府更近，但大多数中国人又从来没有人听说过加州首府的名字，说出那个地名会引起大家更大的困惑，招惹更多的问题。小胖思前想后，权衡利弊，再三斟酌，当机立断地回道："旧金山。"时间刚好过去了三秒。

珊珊心里又笑了，回答一个这么简单的问题要花这么长的时间。这个文科博士居然要想这么久，要是跟他一起聊天，非把她这个理科生急死不成。

"你们俩离得远不远啊？"孙老师继续问道。

"挺远的。"珊珊回答道。

小胖思考到：两点的直线距离不是十分远，只有六百多公里。搭飞机也就一个小时左右。考虑到美国东西海岸几千公里的跨度，这点距离不算什么。三秒之后，小胖答道："挺近的。"

"嗯，远不远要看你们选择什么作参照物！和上海到成都比就是挺近，和上海到苏州比就是挺远。"孙老师善用归纳总结式的发言，让大家笑了起来，仿佛又回到了她的课堂。

几个人继续谈论着一些认识的老师和同学的近况。珊珊感觉得到对面的那个傻胖子一直在瞅着自己，这让她身上总是感觉有点不太舒服。几十分钟以后，珊珊就开口要和老师告别了。这次小胖反应还算快，他笑着说："附近有一个很好的餐馆，今晚有没有时间，请你、舒英和孙老师一起吃个晚饭？"

没等别人说话，珊珊手里拿起了她的外衣客气地说："我今天已经有了安排，和老师聚会还是改天再约吧。"

这一切都被边上的孙老师看在眼里，她没讲话而是转头从茶几的抽屉里拿出一个厚厚的本子，大声说："改天就改天吧，你们俩都给老师留个联系地址，好让老师知道你们在哪里。"

"孙老师还有机会去美国？"珊珊随口问道。

"有，去年学校还派孙老师去了趟新加坡，和那里的中学老师交流数学教学呢。"舒英在边上帮着说道。

"美国人数学都很差，老师去美国，应该可以教美国大学生了。"小胖边说边伸手接过了孙老师递过的本子。

大家听了一笑，舒英追问珊珊这是不是真的。珊珊一边回应着舒英，一边想到小胖这话回得还像是一个正常人。等珊珊接过小胖递过来的本子时，她注意到小胖在纸页上方写下的中文字体是清秀挺拔，而英文也是潇洒流畅，明显比她的手书要略胜一筹。

"你们都在国外，相互也留个通讯地址。大家都是同学，有事可以常联系。"孙老师冲着低头写字的珊珊说道。

两个人交换了各自的邮箱地址，小胖挺有礼貌地也给舒英写了一张。做完了这些，珊珊起身和老师道别，跟着舒英一起离开了老师家。

等孙老师送走她们回到了客厅的时候，小胖还坐在他刚才的位子上。在翻开通讯录看着新添的一页时，孙老师说："你爸妈一直让我给你留心一个好姑娘，我看珊珊就不错。"

小胖心里一热。孙老师是小胖爸爸的堂姐，小胖小时候见她都是叫她姑姑。后来因为进到她班里做学生，怕别人说闲话，小胖就和同学一样，改口叫起了"孙老师"。但这个姑姑是从小看着他长大，对他的爱护有加。难怪他一回上海，父母就催着他来看望这位长辈。

姑姑合起了本子，冲着小胖亲切地说："你和珊珊都在国外，有空应该多和她通信，多关心她。明白吗？"

看着姑姑关爱的眼神，小胖点头说："明白，谢谢姑姑。"

就是在珊珊在上海遇到小胖的同一天，小弟在美国也正准备着一件类似于他要登上月球，一件将要永载他人生史册的大事：和爱美丽约会。

小弟已经好久没有周末去表姐那里吃饭了。记得最后一次去，还是爱美丽从外面订的比萨饼。珊珊随便吃了几块，就回房间写她的毕业论文了。他察觉到珊珊近来情绪异常低落，话不但少而且人也消瘦了很多，她和爱美丽斗嘴的事情再也没有发生过了。

虽然去表姐那里的次数少了，但小弟和爱美丽的交流机会并未受到任何影响。小弟经常发个短信给爱美丽，讲述他学业上的进度，征询爱美丽的建议。爱美丽对他是有求必应，给予了他许多帮助。当然其中很多信息是小弟已经知道了的。

学期结束，小弟意外地获得了工程学院颁发的一份奖学金。虽然数额不大，但在竞争激烈的洛城加大也还是不太容易的。小弟马上就发短信告诉了爱美丽，换来一个他视为极为珍贵的称赞。小弟于是灵机一动地回复道："感谢你的帮助，周末想请你和珊珊一起出去吃个晚饭。"

"你请我吃饭！有这么好的事！可惜珊珊没有这个运气了。"爱美丽回应得挺快。

爱美丽随后解释说，珊珊近来心情不好，决定一个人出去休息一周。她还特意叮嘱小弟，这事不要告诉任何人。

这个叮嘱纯属多余。从万米高空刚刚掉下来的一块馅饼正砸着小弟的脑袋嗡嗡作响。珊珊不在，那这晚餐岂不是变成了他和爱美丽的单独约会了吗？小弟想起了烛光下爱美丽的样子，他瞳孔微张，浑身热血沸腾。小弟赶快预订了一家高级餐厅的位子，然后就开始认真准备那晚他的着装。

都说一个女人会为了一个重要的约会把她的衣柜翻江倒海折腾一翻，其实对于一个男人来说，又何尝不是一样？小弟有几套西服，偶尔穿去参加个毕业典礼还是可以的，但要和爱美丽出门，那就不够般配了。小弟果断抛弃他所有的家当，开车直奔洛城市中心的专卖店，在那里买到了一件称心如意的时尚男式西装。

他刚刚到手的那份奖学金，仅仅够买这件漂亮衣服的一个袖子。小弟顾不得那么多了，在回家的路上，他在理发店里又给他不长的头发修理了一番。回到寝室，他换了衬衫，穿上新西服，在屋里走了几圈。得意之情也就维持了三分钟，他就突然想起了一个新问题：这么新的西服一看就是刚买的，这么穿出去会不会让爱美丽看出什么来呢？要是爱美丽觉察到他内心中埋藏的秘密而开始疏远自己怎么办？小弟穿着西装，站在床边陷入了沉思。

十分钟后，小弟手提着装着西装的袋子飞快地冲下楼。开车直奔大学附近的一家洗衣店。开店的是一个戴着老花镜六十多岁的广东老板，他费了半天的劲才弄明白这个年轻人要加急把这件新西服稍微洗旧一点，还解释说太新的衣服不太好看，洗坏了也不用他负责任。那老头不停地摇着头，搞不懂现在的学生满脑子都在想什么，随即也庆幸他的小孩没有上这个所谓的美国名牌大学。

星期六的晚上，当爱美丽打开房门，光彩照人地站在小弟面前的时候，小弟觉得一切的努力，所有的付出都是值得的。爱美丽盘着长发，穿着一身蓝色连衣裙，脖子上戴着一串晶莹剔透的珍珠项链，配上一双白色的耳环。看着她那迷人的微笑，轻柔的话语，大方的举止，小弟的大脑一阵晕眩，他伸手扶着门框，尽量平衡着他的身体。

小弟尽力掩饰着激动，一路上随口应答着爱美丽的话。他在商业中心的地下停车场停好了车，和爱美丽一起走进了电梯。他的手不自觉地抓住电梯最里面墙上的一根不锈钢的扶柱，总算找到了一个支撑点来锁住他那轻轻飘起的身体。电梯缓缓地上升，小弟抬起了头，这时他看到的一幕，让这位少年终生难忘：他面前的三个随后跟进电梯的男人，都在注视着他身边的爱美丽。在小弟吃惊的目光下，其中的一个年轻人快速地转开了脸，而另一个穿西服的中年男人又延续了几秒，之后才不太情愿地转过了头。而最可气的是一个身体健壮的白人男子，他根本无视小弟那已经变成抗议的目光，把小弟当作空气一般继续贪婪放肆地从头到脚地打量着爱美丽。小弟又转头去看爱美丽，和她微笑望着自己的目光撞了一个满怀。她问了他一句话，小弟因为太过紧张而没有听清楚，他随口回答她说是在三楼。当电梯门第一次打开的时候，那个白人男子在爱美丽的脸上又狠狠地瞟了一眼，吹了一声口哨转身向门外走去。

小弟的心情并没有因为那个粗鲁的男人离开而轻松一点，正好相反，当走进商场室内步道街的时候，他更加紧张了。几乎所有从对面走来的男人，无论年龄，无论肤色，无论身边是否拥有女伴，他们都会抓住一切可能的机会看上他的爱美丽一眼。他们的眼神当中有的带着贪婪，有的带着淫邪，有的带着羡慕，有的带着渴望，他们打量着爱美丽的脸，她的胸，她的腿，她身上的各个美丽的部位。

小弟走在爱美丽的身边，觉得现如今他就像一个四五岁的小孩子，坐在公园草坪上，抱着一个世人瞩目的稀世宝贝。路过的人无不对他怀中的宝物垂涎欲滴，最让他难过和痛心的是他根本没有能力保护他的宝贝。任何一个男人都没有把他放在眼里，他们每一个人都可以走上前来，轻轻伸出他们的一个手指就能把他戳翻在地，轻而易举地抢走他的爱美丽。

这绝对是一个普通男人和一个有十成姿色的女人走在闹市里的时候才能体验的感觉。小弟继续向前走着，他紧张、他恐惧、他无助、他愤怒。他不得不承认一个他一直不敢面对的事实：他根本不配和爱美丽在一起！借着表姐珊珊的关系和爱美丽坐在家里谈天说地是一回事，但和爱美丽在光天化日之下比翼双飞则完全是另一回事。他把这两件事情搞混了。他就像航天飞机驾驶室的清洁员，擦惯了仪表盘的他也慢慢想象自己可以飞上外太空一样。小弟是有只身一人飞去月球的梦想，但他根本操控不了这么一台复杂的航天飞行器。世界从来都是属于强者的，拥有漂亮的女人又何尝不是遵循这样铁定的规律呢？

小弟走到了商场中心各家商店位置的告示牌前,他脸色发白,口干舌燥,感觉穿着西装的上身在发热,而穿着一双薄袜子的脚在发冷。他忽然想不起今晚预订餐厅的名字,他甚至希望爱美丽能看出他的不适,劝说他今晚取消他们的晚宴。对他来说,这或许是一个最为体面的选择。

对于一个初尝爱情的年轻男人来说,世界上只有两种女人:一种女人会让他流着眼泪,在崎岖泥泞的山谷里徘徊,走尽弯路而又伤痕累累。而另一种女人则会在需要的时候牵住他的手,沿着山脊走上一个新的人生高峰,让他带着胜利者的微笑,从一个少年蜕变为一个男人。

"还有多远?"站在身后的爱美丽问小弟。

小弟转身看着爱美丽平静的脸,突然冒出了一句:"你没注意到吗?大家都在盯着你看。"

"看吧,我属于这个世界,可以让他们欣赏!"她带着迷人的微笑。

爱美丽看着小弟稚嫩的脸,心里突然想起了读高中时期的弟弟爱伦,那时的爱伦和她一起出门也会紧张。按照爱美丽的逻辑,这都是因为这些男孩子缺乏登上舞台表演的历练。

爱美丽上前说:"你想让大家也看你吗?我来教你。"

她站在小弟的面前,双手整理了一下他的西装,双眼注视着小弟的眼睛说:"你要自信。也许你现在不知道你会成为一个什么样的人,这没关系,但你一定要相信自己会成为任何一个你所期望成为的人,相信自己比什么都重要!"

爱美丽说完走到小弟的边上,伸出胳膊让小弟挽着她,笑着说:"不要仇视周围的人,绝大多数人会比你想象的要友善得多。你走在这个商场里,既不要在乎别人,也不要无视他们。你和他们擦肩而过，要带着一种欣赏的心态去发现他们偶尔的美丽。就犹如偶尔你会喜欢商店橱窗里摆放的一件展品一样。你要把人们当作一件件会流动的展品，用你的眼睛去观察他们，去欣赏他们，而不是反过来去接受他们对你的审视，对你的评判。"

爱美丽挽着小弟的胳膊说："放松一点，跟我一起走。步子不要太快，也不要太慢，你和我踩着同一个节奏，你要感觉像是在跳舞，那就对了。"

"再说一遍！拥有绝对的自信，带着对世界欣赏的态度，注重周围美丽的事物，当你发现美丽的时候，你也就会变成美丽的一部分。"

小弟挽着爱美丽的胳膊，迈着和她同样的步伐。感觉像一架从跑道上腾空而起的飞机，白色的云朵从身边快速地掠过，眼前很快就变成了湛蓝的天空。神奇的事情真的像爱美丽所说的那样发生了：一个刚刚会走路步履蹒跚的婴儿，一位推着婴儿车的年轻母亲，一款乌黑大气的运动手表，一个滑稽变魔术的卖艺人，一双才刚上市的新颖运动鞋，一位向他投来仰慕眼光的男学生。两人有韵律地走在人群之中，行人变得友善了起来，许多男人的眼光会从爱美丽的脸上不自觉地滑到他的脸上，而许多女孩子的目光会先注视到他，而且有些人还会停在那里不再离开。他挺着胸，胳膊像是挽着盛装之下的一位新娘，他们迎着众人，在大家羡慕的眼光中，神采奕奕地走进了那家餐馆。

珊珊在圣诞节那一天按计划回到了美国。几天以后从众多电子邮件中看到了小胖寄来的圣诞电子贺卡，珊珊还在犹豫要不要回这个不太熟悉的老同学的时候，小胖新年快乐的邮件很快又到了。出于礼貌，珊珊这次回了他一个邮件。等到一月底，小胖春节拜年的邮件又来了，这次还附带了两张照片，说这是他系里面的所有博士生和教授春节团拜聚会的合影。

美国大学里还有春节团拜聚会？这事珊珊听着有点新鲜！照片里一共九个人，从装束和年龄上看，大概是四个教授和五名学生。除了一名年长的白人以外，剩下的都是亚洲人。珊珊联想到洛城加大计算机系光博士生就有九十几人，她不禁觉得小胖所在的这个院系实在是太小了。珊珊这时才想起了一个问题，只知道小胖是留美博士，却一直不知道小胖到底是哪个专业呢？带着点好奇，珊珊这次回信多写了几个字，问了小胖这个问题。

小胖的回信是"东西方比较文学"。这个名词对于珊珊来说，有点像一个普通人在被告知有一个专业叫原子能发电一样。好像完全可以从字面上理解出意思来，但究竟具体干什么还是说不太清楚。珊珊对文科领域的学科分类知之甚少，况且在洛城加大接触过的都是工程院校的学生。珊珊没再追问小胖，一是怕显得她无知，二是怕解释了她还是不懂，反正小胖这个专业听起来理论性很强。

当春天来的时候，珊珊研究生院的课程进入最后一个学期了，珊珊一直在忙着写她的毕业论文。论文写完后，珊珊交给了爱美丽，请她帮着检查语法。爱美丽连续忙了三个晚上，等还给珊珊的时候，几十页的稿子，每一页都密密麻麻地用红笔写上了很多的批注。

珊珊接过手稿时，心里非但没有感激，反而稍有些恼羞成怒。要知道珊珊已经认真修改了无数遍她的论文了，她认为以她的英文水平，一点错误没有是不太可能，但她不承想会有这么多的修改。珊珊心情复杂，既感觉有些不平，又感到有些丢脸。

直到珊珊静下心来，仔细查看爱美丽旁批的时候，这才体会到爱美丽修改她论文时的认真和用心。爱美丽是电子工程学院的毕业生，又在法学院专攻科技专利申请这一领域，她对科学技术方面的文章有一定的了解。她不但修改了论文语法上的错误，而且对珊珊阐述的问题，推导的逻辑，验证的顺序，以及所引用的参考文章都做了认真的点评。看了几遍，珊珊算是心服口服，爱美丽在科技文章的写作水平上比她高出了许多，爱美丽既掌握文章全局，又注重细节，珊珊虚心接受爱美丽大多数的意见，花时间把她的论文又重新改写了一遍。

从上海回来之后，珊珊发现小弟几乎很少到她这里了。即便他来，也是站在公寓房门口，转交一下姨妈托他带来的一些东西。珊珊想到小弟已经是大学二年级的学生了，除了学业紧张之外，还有可能开始交往女友了吧，这种事情人家不提，她也不太好去问。

爱美丽也快毕业了，而且她已经开始面试找工作了。爱美丽一直在考虑她事业发展的方向，有时也不忘征求一下珊珊的意见。她问珊珊她是否应该走当法官的职业道路呢？还是去商业领域做一名专利方面的律师？爱美丽解释说法院法官收入不高但工作稳定，运气好的话有可能成为知名的法官，但晋升的时间会很长。而商业领域是薪水高，工作压力大，成功的人士有可能四十多岁就能退休。珊珊听了，她的第一反应是哪里收入高，就应该去哪里发展。但她来美国久了，知道这里长大的人更偏重于个人的爱好去选择自己的职业，因此珊珊也就支支吾吾地没有真实地表达出她的想法，而只是随口说了些选择要看个人兴趣。在她看来这其实是一些冠冕堂皇的话。

虽然爱美丽找工作开始得早，但珊珊却先她一步拿到了一份理想工作。原来她实验室里一个以前毕业的博士生来洛城开会，顺便回校园里看望老师。珊珊的导师提起珊珊正在找工作，那人恰巧是硅谷一个著名企业里的一位经理，他的组里正在招人。他就和珊珊聊了一会儿，非常满意。那位师兄随后几天安排珊珊到硅谷面试。前后一个星期，珊珊就拿到了那个大公司寄来的工作邀请函，无论是薪资还是福利待遇，都比珊珊所期待的要优厚。公司为了吸引珊珊去硅谷工作，还提供了一万美元的入职奖金。

珊珊认为这实在是一个好机会，也就爽快地就答应了。她告诉了爱美丽之后，当天晚上，就和爱美丽以及实验室里几个朋友到外面的一个不错的餐厅里庆祝了一番。两人十点多才回到家里，珊珊估计中国的时间应是白天，就赶紧跑进房间，打电话把好消息报告给了妈妈，等打完电话的时候已经快十一点了。

刚刚放下电话，珊珊就听到有人敲她的房门，她打开门一看是穿着睡衣的爱美丽。爱美丽表情有点严肃，一边用一只手向后拢着她的头发，一边直视着珊珊双眼说："刚才在外面没有机会和你讲，我想让你知道，无论你搬去了湾区，还是其他任何地方，我都会想念你的。"说完爱美丽的眼睛红了，向前走了一步双手紧紧地抱住了珊珊的脖子。

珊珊的感受和爱美丽有明显的落差。她这时还沉浸在获得她的第一份工作的喜悦之中，至于说和室友爱美丽的分别，她还没有时间顾及呢。

第十章

　　珊珊不单单快要毕业了，而且马上快要在新地方开始人生中第一份工作。这种期盼让珊珊终于从和志嘉分手的阴影之中走了出来。珊珊联系好了公司，准备等毕业典礼一结束就去湾区上班，在硅谷开始一个新生活。

　　爱美丽继续在面试。她更愿意走服务社会，维护正义与公平的职业道路，向往做一名法官。她之前在洛城联邦法院实习时认识的一位法官欣赏她的才华，推荐给她一个职位，她也在等待那里的消息。爱美丽知道珊珊要搬走了，她提出可以送给珊珊所有她在用的家具。

　　珊珊公司给了她两个搬家的选择，可以出一笔钱帮她搬家或者免费让她在公司附近一个有租约的旅馆里住上六个星期。珊珊考虑到她用的家具非常简单，无非是床、书桌和椅子，她觉得住公司提供的旅馆更为划算，因此选择了后者。爱美丽听后又坚持把她那架高级的电子琴送给了珊珊作为留念礼物，珊珊则是买了一块有蓝色皮革带子的漂亮瑞士手表回送给了爱美丽。当爱美丽打开包装盒看到那款时尚石英腕表的时候，她高兴得像一个孩子，当场就脱下她现有的，换上了珊珊的礼物。

　　毕业那天，工程学院和法学院的典礼分别安排在上下午两个时段，两个女孩可以轻松参加彼此的庆典仪式。珊珊那天见到了许多人：小弟，姨妈，姨夫，梁父梁母，爱美丽的弟弟爱伦，还有就是又一次领略了婀娜风姿的漂亮女孩林达。

　　这本该是在珊珊心中最为美好，最为难忘的一天。可是珊珊的心情却被小弟的举动所搅扰。女人天生就有喜欢攀比的习惯，而且这种攀比往往是通过观察身边长期亲近的男性对自己和别的女人的优劣来作出的判断。小弟在早上珊珊那场，只送给她一只浅黄色的玫瑰，而在下午爱美丽的那一场，足足送给爱美丽二十四朵深红色的玫瑰花。这让本来就怀里抱满鲜花和礼物的爱美丽更加无法招架，只好让站在身边的珊珊帮忙拿些礼物。

　　爱美丽生长在美国，亲戚朋友众多，收到的礼物自然就会多一些。珊珊也没存心要和她比试高低，但是她的表弟居然这么明显地差别对待她们二人，这让珊珊心里完全不能接受。想到她平日里对小弟的关心和爱护，而爱美丽只是在餐桌上和他聊天而已，珊珊很难理解小弟的行为。唯一合情合理的解释就是爱美丽聪明漂亮，容貌风度远胜于她，连小表弟也折服在她的石榴裙下了。

　　珊珊站在大草坪上，站在爱美丽的身后，左手提着她的礼物袋，右手抱着她的包装盒，时间长了就感觉她像是一个陪同公主参加活动的侍女，一个影视明星身边的私人助理，一个旧社会富家千金小姐的随身丫鬟。一片从远处飘来的厚厚的乌云笼罩在了珊珊的心头，挡住了天空中的灿烂阳光。在这么美好的一天，在两人即将结束共同生活的时候，珊珊不知不觉地滋生了一股对爱美丽的妒忌。人类的妒忌往往都是这样，被妒忌的人浑然不知，而妒忌他人的一方只身承受着全部的惩罚，独自感受那一份刺心的苦楚。

　　还好珊珊这种对爱美丽负面的情绪没有能够持续多久，那乌云很快就被两人第二天分别时的泪水冲得无影无踪。面对哭成一个泪人的爱美丽，珊珊也忍不住流下了眼泪。两年来姐妹似的朝夕相处，对于珊珊这个独生子女来说是一种从未有过的人生体验，爱美丽的纯真、善良、直率和坦诚是珊珊之前的人生阶段都不曾感受到的。天下没有不散的筵席，世上能够体会到这句话含义的人既幸运，又悲哀。此时此刻，两人除了一个深情的拥抱，一句发自肺腑的祝福，余下的只能是留在心中无法宣泄的不舍。

如果人置身于一个不同的环境当中，任何原有的情感都很快会被新的情感所替代。珊珊加入的是一家在硅谷创立和成长，而后闻名世界的大公司。对于刚刚参加工作的珊珊来说，公司总部的气派还是给她带来相当巨大的心理震撼：十几幢蓝色玻璃大楼组成的建筑群，五层多高巨大的停车大楼，整层灯火通明的实验室，分布在公司园区不同方位的特色餐厅。这一切都给珊珊带来了强大的视觉冲击。

随后一周里，珊珊在她经理的带领下，除了熟悉了本部门工作环境，认识了许多同事以外，还参加了人事部门组织的应届毕业生入职培训。看着身边到处都是像她一样年轻的面孔，处处都是对未来充满无限美好憧憬的眼神，珊珊体会到一种充满活力的空气迎面向她扑来，她的生命翻开崭新的一页。珊珊早来晚走，一日三餐都在公司。每天日程排得满满的，珊珊感受着硅谷快速的节奏，希望能够尽快融入她的团队。

周五晚上，珊珊在公司吃过晚饭回到酒店。在停车场下车时，有一个白人小伙走上前和她搭讪。那人提醒珊珊，他们在公司的新人培训会上见过面。珊珊想起来那天身边是坐了这么一位白人小伙子，他金发碧眼对珊珊非常友好。后来聊天发现两个人居然还是校友，男孩也是洛城加大工程学院的毕业生。虽然以前在校园没有见过面，但校友的关系还是增进了彼此好感，两人凑巧都安排在这家酒店里。

珊珊进了房间不久就接到了小伙子的电话，他向珊珊建议一起去住处不远处的一个酒吧聊聊天。珊珊对这个男孩子印象还不错，只是对去酒吧那种地方十分犹豫。在珊珊印象里无论在酒吧喝不喝酒，那都不是一个安全的场所。珊珊推托自己工作累了，一口回绝了他。

这事没有让珊珊后悔，大约在一个星期之后，她就在酒店电梯里迎面撞到了那个搂着别的女孩的小伙子。这让珊珊觉得当初作出的是一个无比正确的决定。

因为开始上班就一定要有汽车，所以珊珊在洛城最后一个月，倾其所有买了一辆已开三年的二手车。搬来硅谷时，银行只剩下几百块钱了。珊珊现在除了努力工作以外，就只能是盼星星盼月亮地等着她的那份工资了。

当珊珊收到她薪水单的时候，才发现那个数字比她想象的少很多。联邦税，州税，社安金和另外一些杂七杂八的税加在一起，居然扣掉了她三分之一多的钱。那一万元奖金也只到手了五千多元，珊珊开始深切体会高额税费的厉害了。

更让人头痛的是硅谷高昂的房租。珊珊中午休息时，开车在公司附近的各个公寓转了转，感觉硅谷公寓的价格要比洛城高出四五成。最便宜的一间公寓月租金也都接近她半个月的收入。她向几个同事了解以后才知晓，因为公司所在的学区一般，这里附近的租金在硅谷已经算是便宜的了，如果继续向北，靠近旧金山那边好学区的租金，还要更贵。

提起旧金山，珊珊不由得想起了那位同学。虽然小胖一直与她保持联系，但珊珊尚未告知小胖已搬来硅谷。珊珊想是否能够通过小胖认识的熟人，找到一间合租的房子呢？珊珊于是就给小胖发了个邮件，几分钟之后，就接到了他打来的电话，说可以帮她联系房子。小胖提议周末请她吃晚饭，欢迎她搬来湾区。

和男生一起出去吃饭肯定比去酒吧要好。珊珊一个人在硅谷快三周了，不是在办公室，就是待在被一张双人床占据大半个空间的酒店房间里。她也想出去转一转，犹豫片刻之后，接受了小胖的邀请。

周六下午五点，小胖打来电话说他在楼下。珊珊随意穿着一身平日里上班的衣服，随手拿了一个提包就下了楼。出了酒店大门看见不远处的小胖正站在一辆黑色汽车旁边向她招手。走近了几步，珊珊看到小胖今天上身穿了一件白色的短袖衫，下身是一条白裤子，衣服配在小胖身上，白乎乎胖墩墩的像是一只北极熊。小胖头发应该是梳理过，但又叫不出是什么发型，黑色头发趴伏在他的头顶上，盖住了他宽大的额头。他的两束眉毛不知为何前半截浓黑，后半截稀疏平淡，还从未见过人的眉毛会长成这样。

小胖身边的那辆汽车引人注目。车型大方气派，流线型设计新颖别致。珊珊不太懂车，不像男生一样可以轻易地分辨各国汽车的品牌，但这个车应该不是她开的那种家用经济型，是一个有名的高档日本品牌。珊珊记得以前洛城加大的一位教授有这么一辆车。

小胖赔着笑，打过招呼后，快走几步，绅士般地帮珊珊打开副驾驶的车门，等珊珊坐进去后，又轻轻地为她关上了门。车里有股淡淡的真皮座椅的味道，而且非常吸引珊珊目光的是方向盘右边一大片足有一页复印纸大小的侧立式的电子控制盘，上面各种颜色排列着几十个大大小小的操作按钮。珊珊有些意外，小胖是个留学生，车上竟然装有这豪华的设备。珊珊想起来，以前在上海时，大家说过小胖家里有一些海外关系，也许有亲戚在经济上资助他吧。

车子开动，珊珊不晓得要去哪里。她只知道上了高速，一直是在向北的方向行驶。

七月中旬的硅谷还是有些炎热，关了车门的车里在太阳的照射下温度上升得很快。穿着长袖衫的珊珊一会儿就觉得有些闷热。忍耐了一会儿的她礼貌地对小胖说："天有点热，能不能开一点空调啊？"

今天看上去还像一个正常人的小胖，不知是不是被珊珊这个请求激活了他那特有的、缓慢的，什么事情都需要花上三秒考虑的反馈模式。只见他双手握着方向盘，先是瞪大了眼睛看着珊珊，似乎想弄明白为什么她会有这种请求。在完全确定要求的合理性之后，他把眼睛移回了汽车的前方。也不知道他是在回想空调的工作原理呢，还是思考近来日趋紧张的中东局势，反正他没有表情地目视前方，深思熟虑好久。最终他左手扶着方向盘，眼睛向右下方注视着那操控盘，右手的食指在操控盘上方优雅地转了几个圆圈，最终手指停在了一个按键之上。车里立刻响起了一阵摇滚音乐。这车的音响系统极好，珊珊感觉声音从头上，脚下，四面八方向她扑来。还好音量不是太大，这波突如其来的偷袭，还在珊珊的神经可以承受的范围之内。

珊珊弄不懂她要的是冷气，小胖为什么给她放的是音乐。刚好这首从末尾播放的歌曲很快就结束了，随之而来的是一首舒展缓慢的歌曲。她侧耳细听，歌词居然既不是英文也不是中文，曲调更像是首日本歌。珊珊心想小胖的爱好还挺广泛。

可惜音乐不是万能的，至少不能降低车内的温度。见小胖没有什么后续动作，珊珊以为小胖刚才没听清楚，于是再次客气地问："能不能开一点冷气呀？"

还好小胖这次没有再思考珊珊这句话意思的内涵或外延。他又一次低下了头，手指又开始不停地在操控盘的上方画起了优美的圆弧，但他手指就是在空中来回地盘旋，迟迟地不肯降落。

"小心！有车！"珊珊大喊了一声。

前面行驶在高速公路几条道上的汽车都突然减速了，光顾着看按键的小胖明显没有注意到这个变化。珊珊看得真切，他们车子甩掉左右车道上的车子，一头向前面一辆货车撞了过去。说时迟，那时快，坐在副驾驶的珊珊右腿抬起左移，下意识地向刹车踏板的方位猛踩下去。一脚踩空的同时，她抬起了右手挡住了额头，不自觉地闭上了双眼，嘴里不禁大声喊了起来。这时珊珊的肩膀感觉到安全带紧紧地勾住了她的身体，把她牢牢地固定在了汽车的座位上。

停了几秒，珊珊睁开眼睛时，车子已经在高速公路上停了下来。

车子四周围绕着从轮胎散发出来的白烟，车内隐约闻到一点橡胶和路面剧烈摩擦时发出的烧焦味道。他们的车子紧紧地靠在前面的那辆货车尾部。卡车尾部的黄色防撞杠横在他们汽车发动机盖子的上方仅仅一寸的地方。

边上的小胖仍是惊魂未定，右脚还死死地踩着刹车。他一脸茫然地说不出话来。直到前面的卡车重新启动前移，他看清了货车后面的确没有碰撞的痕迹，悬着的心才放了下来。他们底盘较低的轿车车头已经探进了卡车保险杠下面，再晚一秒，后果不堪设想。

珊珊不再要什么冷气了。她用右手试着打开她那侧的电动玻璃窗。

"车窗锁住了……"

小胖好像是听懂了，又好像是没听懂。那个肥肥的，珊珊已经看过许多遍的胖手指头又举了起来。

"不是在这里，在你窗户那边。"珊珊压着心里的怒气，尽量不流露出来她的不耐烦。她心里说道："真没见过有这么笨的人了！"

车窗打开了，珊珊终于吸了一口新鲜的空气，外面吹进来的风让她发觉刚刚居然被吓出了一身冷汗。珊珊把脸转向了车外，耳边继续听着乱七八糟根本听不懂的歌曲，再也没和小胖讲一句话。

小胖选的中国餐厅环境不错，可是珊珊已经没有了食欲。她随便扫了一眼菜单后就推还给了小胖，她侧着身子，脸朝着窗户，眼睛望着窗外，心里觉得今天和小胖出来的决定太过草率了。

过了一会儿，服务员送来饮料，在珊珊边上摆下了一小铁桶果汁。小胖看珊珊歪着身子，不理不睬的样子，于是伸手拿过了饮料，帮她倒在杯子里，又插上了一根吸管，推到了珊珊面前说："天热，喝点吧。"

看着珊珊还是没有反应，小胖在他的椅子上左右交替地向前移动了一下他的屁股，身子前倾，靠近珊珊面带歉意地说："实在是对不起，今天是我不好。实际上这车不是我的，是我向室友，一个韩国人借来的……"

珊珊的脸终于转了过来。小胖心里好受了一点，继续坦白道："其实我有一个两门的车子，上礼拜天我去超市买菜，一不小心在电线杆子上蹭了一下，不是很严重，但一个车门打不开了……"

"那些歌曲是韩国的歌吗？"珊珊看着小胖的眼睛。

小胖吧唧了一下他的嘴巴，不好意思地笑了笑，这大概算是承认了吧。

这个解释让珊珊颇感意外，她语气缓和了一些说："大家都是同学，为什么要借别人的车子？"

小胖脸上既显得有点尴尬又带着少许的委屈，他咽了一下口水，想说些什么但又没说出话来。

珊珊看到小胖道歉后这副忠厚老实的样子，心里原谅了他几分，但脸上还尽力绷着，"你怎么搞的，美国的停车场都很大，还头一次听说有人会撞到电线杆子上。"

小胖没有再解释，又把珊珊的杯子推近了一点说："天热，喝点饮料吧。"

珊珊吸了一口，冰镇凉爽的橙汁沿着食管慢慢地流淌下去，一路向下滋润着干渴的食管，一股积压的怨气也随之顺着鼻腔缓缓地排出了体外。

小胖脸上堆满了笑容，再次递上了菜单说："这家菜做得不错，你来点一个，剩下的我来点。"

吃完了饭，小胖提议去隔壁的中国超市买些东西。珊珊正好周末也需要买些食物，于是就同小胖一起进了商场。珊珊给自己选了几根香蕉和几瓶酸奶，她注意到硅谷的食品价格和洛杉矶差别并不是太大。等结完账，珊珊才发现小胖买的半车食物里居然有一大包是给她的。塑料袋子里面满满地装了桃子、苹果、巧克力、饼干、话梅等各式各样的食物。珊珊再三推辞，看到小胖充满诚意，最后收下水果，把剩下的零食还给了小胖。

两人再次坐进汽车里。珊珊的气算是全消了，她仔细研究了汽车里的装置，发现按动车上的一个开关，那个巨大的操控盘就会自动地折叠收起来，露出后面正常的汽车按键。这次小胖成功地打开了空调，但发动了车子之后还不着急走。而像是一个孩子得到了一个新奇的电动玩具，反复地按动那个开关，他双眼注视着那像变魔术似的翻起又合上的操控盘，就这样来回来去地玩了三四次。珊珊忍不住笑着说："别玩坏了人家的东西，到时候赔不起。"听了这话，小胖这才收起那点天真的笑容，把车开出了停车场。

回到酒店，小胖说明天一早带珊珊去看他联系的几处房子。珊珊坚决要求小胖再也不要借别人的车子出行了。

第二日小胖开来了他的座驾，一辆十年旧的两门轿车。和小胖说的一样，汽车右侧车门剐蹭了巴掌大小的一块地方，但因为靠近门锁，整个车门打不开了。珊珊只得拉开正驾驶的位子，钻到汽车后排的座位。

小胖带珊珊去的第一处住处是在一所大学附近。房东是小胖在上海读大学时的一位学长。那男生在国内时已经成家，现在带着家眷在美国做博士后。小胖得知那人想分租出他们一个两居室中的一间房间。找到住址，公寓外面的环境还不错。里面的客厅不是很大，一个三四岁大的小男孩在屋里跑来跑去，地毯上到处搁着小孩子的玩具。大家都是上海人，几个人就站在屋子中央讲起了家乡话。

那位学长说前一段时间他的父母来这里帮着他们带小孩，最近刚刚回国，小孩子现在跟着他们睡大房，小一点的房间现在正好空着。

至于房租，大家自己人好商量。看着珊珊有点犹豫的眼神，他太太跟着补充道，小孩子已经联系了幼儿园，马上就要入托了。另外小男孩可乖了，既不吵也不闹，每天晚上九点就会关灯睡觉。那个妈妈话音未落，男孩趁着大人在讲话，一甩手，一个塑料汽车擦过珊珊的胳膊横着飞过了房间，"啪"的一声，把电视机旁的座式天线打翻在了地上。

这个举动多少帮助了珊珊，她借着闪身的机会，开始朝进门的方向退了几步。小胖继续和学长说话，他还是招呼珊珊跟着主人进了那个小房间看了一眼，小胖礼貌地又问了几个问题，聊了一会儿以后才告辞跟着珊珊退了出来。

小胖联系的第二个住处是一个朋友介绍的。位于邻近城市的一座单层房屋。开门的是个中年男子，他为人坦率，声音洪亮地自我介绍说他是一个二房东，他租下了整幢屋子，除了他自己住一个主卧房以外，其他三间房间都租给单身在职的年轻人。

和其他在美国的中国人家不同，进这家门时，二房东没有要求客人脱鞋。珊珊很快就意识到这的确非常必要，不脱鞋是为了保护访客的白袜子不被那黑褐色的地毯弄脏。房子的尽头有一间腾空的房间。房间很小，目测大概只能摆下一张单人床和一张小桌子。尽管窗户都打开着，屋里仍然有一种怪味。透过窗户向外望去，后院里一片枯黄，唯一的一点绿色是隔壁院子探出来的树叶。

看珊珊不讲话，小胖又帮着珊珊问起了另外两个租客的情况。二房东说都是单身女性，而且都是在附近硅谷大厂里上班的人。当问到房间带不带任何家具的时候，二房东说房客可以带来，如果没有家具这里也可以提供。说完把他们带到客厅，客厅摆着一张桌子和几把破旧的椅子。迎面的墙上靠着三张单人旧床垫，每个床垫的上面都带着一圈套一圈的黄色斑图。珊珊看了，不禁皱起了眉，有点恶心想吐的感觉。

那中年人注意到了珊珊的表情，笑笑地问她是不是刚刚来到硅谷？也没等珊珊回答，他就以一副过来人的口吻一语双关地说道："年轻人，硅谷是这样的，满街满谷都是名牌大学的毕业生。如果想要到这里淘金，那一定要学会弯下腰来才可以。"

他言语之间没有一丝要挽留客户，推销这个房间的意思。二房东牛气的态度倒不是没有道理的，果不其然，他话音刚落就有人敲门，下一位预约好的人来看房子了。

小胖计划的第三个地方条件就更差了。是一位屋主把一个停放两辆汽车的车库改装成三个出租房间的住宅。楼下的小格间只有一个简易马桶，而洗澡则要跑上楼去和几个租客一起共用一个有淋浴的卫生间。这样的条件比珊珊在上海的居住条件还要差，珊珊再也看不下去了。

珊珊和小胖就这么跑了一下午，花了些时间大概了解了硅谷的房租市场。六点多，小胖把珊珊拉到了一家中餐馆，珊珊心里十分沮丧。本来还为她刚毕业就能拿到硅谷知名高科技公司的薪水而感到骄傲，但没想到那点钱在这寸土寸金的地方只能够勉强维持一个非常普通的生活。这和她对美国现代生活的憧憬相差得可是太远了。

小胖觉得没有帮到珊珊，不好意思地说："我一直住在校园的学生宿舍里，只听说过硅谷住房十分紧张，但没想到会是这么严重。"

珊珊有点苦笑地回道："谢谢你的帮助。哦，对了，今晚该我请你了。我不是很饿，你随便点你喜欢吃的吧。"珊珊的眼神指向了小胖手里拿着的菜单。

"不行的话，你还是一个人租一套公寓，贵就贵一点吧，反正你现在已经有了工作，赚钱不就是为了花吗？"

珊珊看着小胖的脸，觉得他脸上带着那股孩子般的纯真挺可爱：

"是，看样子也只能这样了。"

珊珊和小胖关系还没有熟到可以向他解释：单独租房的账她已经算过了，如果一半的薪水付了房租，再加上电费、水费、电话费、煤气和吃饭，那么她一个月也就只能剩下一千块钱了。珊珊计划工作几年后，能够买个房子，以后可以把妈妈接过来住。按照这样的速度，她心中的目标什么时候才能实现呢？

珊珊这时有些想念妈妈丽秋了。两年前大概也是这个月份，妈妈带着她在洛城加大租房子。那时的她就跟在妈妈的身后，看着她一百块，一百块地和房东讨价还价。当时她为了妈妈的斤斤计较而感到十分丢脸，而现在的自己也没有多么洒脱。看来生活中很多的事情并不是想象的那么简单，那么容易。哎！真可谓是：不当家，不知柴米贵。

想起了妈妈，珊珊立刻又想到了爱美丽，好几天没和她联系了。

手机震动起来了，低头一看，珊珊喜出望外地笑出了声。天啊，这是心电感应吗？电话那头，竟然就是爱美丽！

珊珊甩了一下长发，侧着脑袋接起了电话，嘴上挂着灿烂的笑容，柔声细语地说道："靓女，你好吗？"

对面的小胖把这一切都看在了眼里。小胖从来没有看过珊珊这么高兴，也从来没有听过珊珊这么温柔地说话。眼前的她每一个举动都是那么潇洒飘逸。黑缎子般的长发搭在她的肩上，长长的眼睫毛一眨一眨，仿佛是春天里在花朵上稍息的蝴蝶翅膀一张一合地摆动。特别是她那双漂亮眼睛里所流露出来的喜悦，能够感染她周围的磁场，瞬间一股光环罩住了珊珊娇美的身躯。小胖细心品味着珊珊的美丽，这般俏丽的容颜超过了任何一个他所读过的中外古典名著中的美少女。隐隐约约地体会到贾宝玉初见林黛玉时的心境氛围，朦朦胧胧地走进了大观园里的亭台楼阁，他独自欣赏这良辰美景，细心体会文学佳作中才有的幽幽意境。

"你在干什么？"爱美丽俏皮地在电话里问珊珊。

"在外面吃饭。"

"是不是在和你提过的那个上海英俊小生在一起？"

珊珊心中笑道："小生没有，小胖倒是有那么一只。"她瞥了一眼对面的那个人，也不知道他傻傻地看着自己，脑子里又在想什么？他这表情在孙老师家就见过一次，那眼神里貌似看不出有什么邪念，但这么被人盯着也不是十分舒服。

珊珊侧过头，用落下的长发挡住了她半边的脸继续说道："是高中同学。要不晚上我回去，再打给你？"

"长话短说吧，我明天去硅谷面试，晚上会住在那边的一家酒店里，你到时过来找我吧。一会儿我给你地址。"

"真的嘛！太好了，我一定去！"

放下电话，珊珊转过头，兴奋地说道："我的室友爱美丽明天要来这里了，而且是来这里面试工作的。"

"没听你提起过她。"

"她是我最好的朋友。"

小胖发现一通电话前后判若两人的珊珊，心里不由得感叹女人真是极端情绪化的物种，即便像珊珊这样，接受过高等教育的女人也还是这样。小胖进而推想到，受过高等教育的女性能够改变或者改善这一族群独有的特性吗？这完全可以成为一个博士毕业论文的研究课题，只可惜这不属于他的学科领域，枉费了他此刻和美女在一起时，所迸发出来的灵感。

珊珊看小胖还在慢吞吞地想着心事，便无情地打断了他的思绪："你倒是赶快点菜啊，你不是来过这吗？"

星期一晚上八点多，珊珊背着一个小包，敲开了爱美丽的房间。

珊珊采纳了爱美丽的建议，与其匆匆赶来见个面，还不如来这里住一晚。反正都是住酒店，爱美丽的这家四星酒店要比她长租的地方好许多。

开门的爱美丽穿着一件白色的睡袍，头上还包着一块白毛巾，稍稍歪着头的她既顽皮又可爱。两人才分开几周，却觉得像是分开有很久似的。还好说话还是当初的状态，没有一丝的隔阂。

房间非常大，两张双人床平行地靠着墙，中间隔了一张床头柜。爱美丽靠在她的床上就和珊珊讲起了她的工作。因为美国联邦政府赤字严重，她所等待的那份法院工作被无限期地延后了。现在她碰到了硅谷这家公司面试的机会，这家法律公司是美国最有名的专利诉讼公司。爱美丽生动地模仿了今天面试中遇到几个有趣的人，模仿人家怪异的动作时还忍不住笑起来，她头上毛巾随着她身体的抖转而散开，露出她染成棕褐色的漂亮长发。

珊珊趁着爱美丽吹头发，进了浴室。等出来时，爱美丽已经躺在床上了。这还是两人第一次睡同一个房间，珊珊动了挤到爱美丽床上和她说话的念头，想了想还是觉得不妥。珊珊坐上了另一张床，背靠着几个大枕头，面对着倚在床头的爱美丽讲起了她这几周来的经历。最好笑的那段是前两天小胖带她出去，借了室友的车子，她在车里要冷气而那呆子却给她放韩国音乐的趣事。

爱美丽笑完之后，看着珊珊说道："这个男人为了你去管别人借汽车，我看他非常重视你，是不是他对你感兴趣喔？"

珊珊讲这些纯粹是因为这事好玩，而不是为了要引出她和小胖男女关系的话题，她轻描淡写地回道："他的车不是正好坏了嘛。"

话说到这里，珊珊想起了不久前在洛城加大的毕业典礼。爱美丽有一个英俊的男同学叫约翰，高挺帅气的他特意走到爱美丽的身边和她打招呼。作为一个女人，站在爱美丽身边的珊珊明显能感觉到爱美丽那欲迎还拒的眼神。当介绍家人给约翰的时候，她还略有些神情紧张。因为第二天珊珊急急忙忙开车去硅谷，没有时间拿这件事来调侃这位一向高傲的靓女一番，今天是个机会，应该好好地消遣她一把。

想到这，珊珊带着不怀好意的微笑，冲着爱美丽说道："先别说谁对我感兴趣，你先说一说那个对你感兴趣的人吧。"

"你在说什么？"爱美丽睁大了眼睛问道。

"还在装！那天的毕业典礼，是个人都能够看出来的！你还敢瞒我！"珊珊盯着爱美丽义正词严地说道。

这话起了作用，爱美丽收起了她无辜的眼神，低头想了一下回道："他跟你说了？"

"说了。"珊珊一脸严肃，紧紧地抿住她想笑的嘴。

"他跟你都说些什么呢？"

"他说他爱你，没有你，他会死。"

"那你还不劝劝他？"爱美丽一脸无可奈何的样子，把眼睛移向天花板。

"这种事怎么劝？谁能劝得动？"

"你就可以！你不是他表姐嘛！"爱美丽有些懊恼地说。

珊珊完全被绕糊涂了。一脸茫然地问道："你在说谁？"

爱美丽有些惊恐地回道："你在说谁？"

"我在说你的同学：约翰。"

"哦，不不不……"爱美丽的身子下滑，把她的头埋进了枕头堆里。

珊珊心里琢磨：这都是什么乱七八糟的，她被爱美丽的这般举动弄得莫名其妙。

珊珊一字一句地回想着刚才的对话。突然一个闪电划过了寂静的夜空，就像一只猫不经意地嗅出了鱼腥的味道，就像一个警探偶然撞上了一桩凶案的重要线索。还没等到那闪电之后的雷鸣声传至她的耳膜，发现了新大陆的珊珊掀开被子，滑到床下，光着脚走了两步，一跃跳上爱美丽的大床。珊珊胸中带着一种抓住别人做坏事时无法克制的兴奋，她伸出双手把爱美丽的头从枕头里挖了出来，双腿跪在床上直着身子居高临下望着她大声喝问道："到底是怎么回事？"

爱美丽知道上当了。两人在一起生活，你来我往，刀光剑影，尔虞我诈的算计经历过无数次，但像今晚这样被彻头彻尾地戏弄可还是头一遭。爱美丽又羞又恼，生气地举起一根手指，指着珊珊的鼻子大声骂道："你这个乡下小女孩，才来硅谷几天，就已经学坏了。现在骗起人来，脸不红心不跳。"

珊珊胸有成竹。她抓住了一只狐狸的尾巴，她破获了一桩惊天的大案，欣喜之情溢于言表。她一只手抓住了爱美丽指向她的手腕，顺势压在床上，全然一副胜利者的样子，仰头哈哈大笑起来，学着武侠电影中人物的口吻，夸张地说道："你这女人，连一个未成年的孩子都不放过，你真的好狠啊！"

"哪里来的未成年？他都二十岁了。"爱美丽挣脱了珊珊攥着她的手，尽力坐直了她的身体。

"你们是怎么在我眼皮子底下勾搭上的？为什么我一点都没看出来呢？"珊珊尽用一些出格的话来刺激爱美丽。她觉得每说出一句这样的话来，就会莫名增加一丝快感。

"还不是因为你上次回上海，小弟说请我们一起吃饭，因为你不在，我就和他去了。"

"后来呢？"珊珊笑着继续审问被自己抓住的犯人。

"后来又看过一场电影，回来的路上，他就向我表白，说从看到我的第一眼，他就爱上了我。"

珊珊继续逼问道："在哪里说的？"

"在他的汽车里。"

"汽车里，后来你们有什么亲密举动吗？"珊珊尽量忍住笑。

"你这人怎么说起这种事情，就这么嬉皮笑脸，津津有味呢？"犯人开始反击了。

珊珊被爱美丽的话给逗笑了，感觉自己真像她形容的一样。今天胡言乱语疯疯癫癫得不像原来的她。

"那你怎么回他的呢？"

"我当场就把他拒绝了。他比我弟弟还要小一岁，我对他真的没有感觉。"爱美丽无奈地说。

"我说小弟最后这半年怎么不来我们家了呢！"

珊珊在心中想："要从一个女人第三者的眼光看，拿小弟的条件来和爱美丽相比，这中间的差距实在是差了太多了。"

"我说他毕业那天，会送你那么多玫瑰花，我还傻乎乎地跟着吃醋呢。"珊珊一高兴，说出了自己心中的一个秘密。

只不过这个隐藏的心事就像一滴墨水掉进了涨潮的大海里一样，丝毫不能引起现在正在思潮翻滚的爱美丽的关注。爱美丽叹了一口气说："毕业的那天晚上，他又打电话来，说什么他会永远爱我，用他一生的时间来等我！"

"天啊，小弟好纯情啊！"珊珊能够想象出小弟说起这话时候那稚嫩而又真诚的脸，心里既觉得好笑，又开始同情这个男孩。珊珊想了想，就算是看在姐弟的情分上吧，她大着胆子帮了小弟一句："如果他真心爱你，你就不能给他一次机会吗？"

"这不可能！"爱美丽看了一眼边上的珊珊，然后她移开她的双眼，若有所思地直视着前方说："爱情很奇妙，为它付出的人很多，而真正得到它的人却很少。爱情需要两个人相互吸引，既要有怦然心动，还要有一种毅然决然随它而去的激情。有这两样，本就很难，但仍然不够。爱情最重要的是在你有勇气放开双手腾空而起的时候，能有另外一双不管不顾的手，如你所期如你所愿地握紧你，他也愿意和你一起飞向世界任何一个地方。"

听了这话，珊珊想起了她和志嘉的往事。或许是像爱美丽说的，爱情需要两个人的奋不顾身，两个人的心甘情愿，两个人的无怨无悔，只有这样才算美丽，才能耀眼，也是辉煌！

"听你这么有感触，是不是那个约翰就是那个让你心脏怦怦乱跳的人啊？"

爱美丽神情淡然，像是完全没有听到珊珊的问话一样，眼睛还望着同一个地方出神。

珊珊推着爱美丽的大腿，不依不饶地继续问道："大家都毕业了，约翰去哪里了？"

爱美丽回过神，收回了目光说："他加入了硅谷的一家公司。"

"哎呦呦！"像是一台万吨的起重机碾压到了珊珊的脚似的，珊珊这叫声吓了爱美丽一跳。

"我说你怎么突然来了硅谷呢？我还以为是找我来的，其实是追着情郎来的。"珊珊酸酸地说道。

"正好碰巧了嘛。"看着珊珊一脸不屑的样子。爱美丽知道再和这个女人解释也是浪费时间，于是就说道，"你不信就算了，我困了，我要睡觉了。"说完转头伸手就准备去关灯。

珊珊一手抓住爱美丽在空中移动的手，拾起留在被子上的另一只，然后兴奋地说道："来来来，把你双手给我。把约翰的电话也给我，我这就告诉他，这有个憧憬爱情的姑娘正等着他呢。你想和他做什么来着？哈哈，看我这记性，哦对了，想和他一起牵手啊，共同起飞啊，翱翔啊，漂流啊，海角天涯啊，海枯石烂啊……"

珊珊摇着爱美丽的双手这个笑啊，这是她来硅谷以来，最快乐的一天。

第十一章

很久以前，世界上生活的大多数人是农民。每年的冬天，农民都是闲在家里不能干活，他们要等待下一个春天。后来听说在遥远的地方，有许多人可以一年四季站在一个大屋子里劳作。于是很多人为了更好地生活，离开家乡去那遥远的地方谋生。那个所谓的大屋子就是工厂，去的那些人就叫工人。那个从五湖四海汇集众人的地方，那个人越聚越多的所在地就叫城市。

很久以后，工人的儿女在城市里接受了高等教育。新一代人又听说在那更遥远的地方，有许多人可以坐在一幢大楼里做发明创造的工作，而且有些运气好的人能够最终成为那幢大楼的拥有者。于是很多人为了更好地生活，离开家乡去那遥远的地方谋生。那个所谓的大楼就是高科技公司，去的那些人就叫工程师。那个从世界各地汇集众人的地方，那个各个族裔淘金的所在地就叫硅谷。

每天早上，新来硅谷的年轻人们，在同一座大楼里和那座大楼的拥有者一起工作。这显然是一件好事。这时时刻刻地提醒着他们是有可能成为一群改变命运的幸运儿。

每天晚上，新来硅谷的工程师们，又不得不与大楼的拥有者一起生活在同一个地方。这显然是一件坏事。这时时刻刻地提醒着他们是一群有巨大生活压力的人。

虽说年轻和贫穷加在一起，对人生也许并不是一件坏事，但经历年轻和贫穷双重叠加的这个过程，绝对称不上是轻松或者欢愉。

在珊珊来到硅谷第四周的时候，爱美丽最终接受了她来面试的那个职位。那律师事务所对新员工有住房补助，爱美丽就把福利的文件转发给了珊珊，请她帮助找一处共同居住的地方。

生活中有些事情，真是不知道远比知道要好。读着爱美丽福利手册，珊珊知道律师楼位于硅谷最好的城市，所补贴的住处都是在公司周围开车五分钟以内的豪华公寓。住所不仅有停车楼，而且还有室内游泳池和大型健身房。最让珊珊感到震惊的是，从她公司补偿新员工的住房金额上，珊珊轻而易举地计算出了爱美丽的年薪。那个数字居然是她的两倍。

只听说律师收入高，但想不到会比工程师高出这么多。珊珊有点受了刺激，当她打听到那豪华公寓两间卧室的价钱时，刺激就更大了。房租即使和爱美丽平摊，也远远超过了她的预算。珊珊心里决定还是自己找房子吧。

珊珊独自坐在一家餐厅里等待着爱美丽，她心事重重，一心在想今晚怎样回绝爱美丽。过了一会儿，珊珊看到了爱美丽出现在餐厅的门厅。爱美丽从她公司过来，一身黑色套装，一副端庄干练的样子。她环顾四周，然后就快步向珊珊走来，一路上皮鞋发出"咯咯"的响声。几个用餐的男人都情不自禁地转过头来。

刚刚坐下，还未与珊珊寒暄，爱美丽就叫住了一个从边上走过的服务生，她用广东话点了一份炒粉，然后才冲着珊珊说："我只有二十分钟的时间。你有没有去看那个公寓？喜欢的话，我们明天就去签约。"

珊珊本想告诉爱美丽，许多男士们都有在看她，但看她一脸的紧张表情，于是也就直奔正题。

"我这有一个问题，你那的公寓太贵了，至少对我来说太贵了……"珊珊还想具体讲叙她的难处，但马上就被爱美丽打断了。

"你有一个问题，我就有一个解决的方案。"与珊珊生活过的爱美丽从外套内侧的口袋里掏出了一支印有她公司名字的笔来，随手拿起了一张盘子上的餐巾纸。

"告诉我，你要找的那家一房一浴公寓的价钱？"

爱美丽把珊珊告诉她的数字写在了纸上。

"哦，的确是差得挺多的。这个还是你电话里提到的那个吗？"

看珊珊点了头，爱美丽继续说："你这处公寓在东湾，离你上班的地方很远，你知道早上硅谷塞车的情况吗？"

这是珊珊找到的最为便宜的一室一浴公寓了，其他的事情，她只能克服了。

爱美丽的炒粉来了。她拿起叉子一边吃，一边继续说道："水，你比我用得多，因为你洗澡时间比我长。电嘛，我比你用得多，因为我经常忘记关灯。所以水费电费我们可以平分，算是扯平了。家里的电话和网络，一人一半。至于房租呢，你就出你这个一房一浴的价钱好了，剩下的我来。明天去签约吧。我来看看我的时间。一点吧，我就那个时候可以。"

这样的安排让珊珊没有想到。沉默了几秒，她红着脸说："恐怕不行了，今天下午我已经和那家签约了。"

在来之前的下午，珊珊请假去了东湾。明明计划是去看房的，那里销售代表和她讲这是硅谷性价比最好的公寓，早上已经有三个人来看过了，下午还有四个。如果珊珊想要，最好现在就签约。说完了，他又查了一下珊珊的信用记录，说她的信用分数刚好合格。这套公寓的房型很少会有空房出来，如果今天不签约，明天再涨三百块是很有可能的。一听到又要涨价，珊珊慌了神。乖乖地掏出各式证件当场签了字。

"你交定金了？"

"没有，我身上没有带支票。他让我明天再去送一次。"

"那你明天不去了就是了。"爱美丽冲着珊珊笑着。

"可我签了合同怎么办？"

"任何合同都有三天反悔期，这是商业合同法。嗯，只不过加州租房的合同或许有特别条款，这我不是特别清楚。反正明早你打个电话，告诉他你不要了。"

"他要不干怎么办呢？"

"你要不想让他纠缠，你明天就告诉他你失业了。保证他以后躲你远远的。"爱美丽淘气地笑起来。

爱美丽看了一眼手腕上珊珊送的手表，很快地收起了笑容："你现在知道该怎么做了。我得走了，晚上还要加班，明天下午一点见。"

爱美丽在桌上留下了二十元钱，匆匆起身，快步走出了餐厅。

望着她的背影，珊珊这才想起来，刚才只顾着讲她下午一时冲动签下的合约，没来得及讨论与爱美丽合租的事。珊珊心里清楚她只付了三分之二的一半房租。没料到爱美丽对她这么地大方友善。人家是真心把她当作一个朋友，这种姐妹般的照顾，让珊珊心里油然而生了一股温暖和感动。珊珊暗下决心：她也要尽力，多分摊一些房租，她不能闭着眼睛明码实价地占好朋友的便宜啊！

丽秋独自坐在酒店的房间里，心里很乱。她一直回味着，几天前与女儿的对话。电话里，珊珊气定神闲地告诉她，已经和志嘉分手了。这让把二人合影照片放在床头的丽秋着实吓了一跳。几个月前，过年的时候，她还收到了志嘉贺年卡，怎么现在就分手了呢？在丽秋的追问之下，珊珊显得很不耐烦。女儿说电话里讲不清楚，见面时再谈。

此次来旧金山，是代表部里来采购二十几亿美元的电子设备。项目正式签约仪式应该是一个多月以后，同另外几个部委采购的飞机和农产品一起进行。部里对这次出访非常重视，由小汤，当然现在应该称呼为汤副部长，亲自带队。技术处由丽秋作为代表，来美国敲定该项目最后合同的细节。

很久未和珊珊见面，一直没有机会告诉她：小汤叔叔，已经调到她的部里，成了副部长了。

小汤是上海人，是丽秋在哈军工的同班同学。他个子不高，甚至比丽秋还要矮一点。因为他为人和善，丽秋和同学们都一直习惯叫他小汤。说来奇怪，虽然两人在大学里是老乡，但丽秋和小汤那时的关系却很一般。一个可能的原因，是在丽秋的眼里小汤成绩一般，属于不是很聪明但很用功的学生，这不是丽秋欣赏的类型。而另一个公认的原因是小汤有点"那个"。在大学时，包括丽秋本人在内，大家在政治上都非常积极主动，愿意靠近组织，寻求进步。而小汤不但各项任务都积极响应，而且总是有事没事，往教导员那里跑，时时处处汇报他自己的思想。小汤跑去领导那里次数多了，难免会成为同学们讨论的话题。班上总有一两个敢讲敢说的同学，在私下场合里，奚落他几句。

其实连小汤自己都不知道，他们那几届哈军工的一个突出特点，就是高干子女特别集中。抛开地方官员的子女不讲，光算军队里高级干部的子女就不得了。别说什么少将中将，就是上将大将的子女，那一届就十根手指都数不过来。将军的子女，大多因为跟随着父母的任务调动而搬来搬去，很多人的基础学科知识并不扎实。他们往往都会争先恐后地跑去学科教员那里，请教专业知识。一来是问一些上课真没听懂的问题，二来老师有时会对常来的学生发些慈悲，讲解几道在考试中大同小异的题目。毕竟对于专业课的老师来说，在考试中"血洗"陆海空三军高级指挥员的一帮子女，既不是光彩的工作成绩，也不能轻易向上级领导交代。

正是因为这个原因，班里的多半学生在忙学业。而剩下几个成绩好的高干子弟，闲暇时光都忙着体育运动，哪有时间向组织汇报思想。年级里的政治教导员心里很清楚，手下的这些学生，寒暑假都回北京上海或者各个省的首府。人家听来的最高指示远比自己的更新，更可靠。在政治思想工作上帮助他们，不但有一定的难度，而且还有一定的风险。帮助得好，是人家根正苗红，本应就是如此；帮助得不好，自己说不定还要担责任。

做思想工作虽然有困难，但还要迎着困难而上，而且要出成绩。在这样的情况下，教导员把注意力转移到了小汤身上。小汤成绩不错，思想进步，愿意向组织交心。他成为了解学生思想动态的好帮手。小汤很快入了党，虽说学生的支部书记，轮不到小汤，但小汤还是承担了许多具体烦琐的事项。

小汤毕业后回了上海。凭借哈军工优秀的毕业评语，他被分配在上海的一家大型的军工厂。"文化大革命"期间，他因为出身好懂技术，做事勤恳踏实，和群众关系良好的原因，从车间副主任，进入到工厂里的革委会。慢慢走上了党务道路，后来成了厂里的党委副书记。

改革开放之初，因为缺乏年富力强的干部，小汤以处级干部的身份，被选调进了上海市委。因为工作出色，深受几位领导的赏识，几年时间，连升了几级。最后成了一位分管科技、教育方面的副市长。

以前回上海，丽秋和小汤很少往来。有什么事，像是带妈妈看个病，回北京买个卧铺火车票，她都是找在医院任职的大学同学秀兰帮忙。后来是因为珊珊没有上海市的户口，才去找过小汤。

有一段时间，从外地迁入上海的户口，可能要比人类移民月球还要难。珊珊是北京户口，而她跟着外婆在上海生活。初中时还可以在上海的学校里借读，但中考时，要考上海的重点高中可就难了。为了入籍上海的事，丽秋可是跑断了腿。几个月里把北京部级、市级的大印盖了有七八个。可这文件到了上海，一个科员连打开她文件袋看一眼的兴趣都没有。人家直接告诉她，市里根本没有名额。

就为这事，秀兰帮她联系了小汤，两人一起在市委办公室里见到了小汤。身为副市长的小汤待人诚恳，了解情况后就指派了一位处长，专门解决这件事情。几个月后，珊珊的上海市户口就批下来了。

这么多年没联系，一联系就找人办这么大的事情。丽秋心里过意不去，送礼物不太合适，她就要请小汤吃个饭。

谁知小汤婉言谢绝后，反过来还要感谢丽秋。他解释说，由于种种原因，户籍制度管理比较僵化。以上海和北京为例：一批有北京户口的人，进不了上海；而另一批有上海户口的人，也进不了北京。而这次他解决这个老大难问题的方案，就是协调两个城市的有关部门，进行人员互换。这本身既不增加两个城市的人口数量，也不占用任何的迁入名额，但却能解决两边市民的生活困难。市里面，还要推广这项服务到其他大中城市，丽秋反映了一个普遍的问题，指出了市里面工作中的不足，要感谢的人是她。

丽秋这次对小汤可谓是刮目相看。小汤今非昔比，他做事肯动脑，而且滴水不漏。回想起帮忙这事，就是全程录音，也找不出他半点毛病来。后来还是秀兰出面，张罗联系了在沪的哈军工同学，大家一起聚一聚。酒席上，多年未见的同学相互敬酒。丽秋也主动向小汤敬了一杯。二人相互碰杯，各带微笑，丽秋的谢意尽在酒中，无须言表。

世事难料，丽秋把珊珊送去美国之后。小汤接受进京的委任，成了丽秋部里的常务副部长。丽秋和小汤本是同学，地位平等。万万没想到，小汤摇身一变，成了丽秋上级的上级。

变就变吧，有个同学做领导或许是件好事。当然丽秋没有傻到要和同事去宣扬这个关系。丽秋自打从总参转到北京这个部门以后，就没再换单位。刚来时凭着考试成绩和领导推荐，她得到过一次去英国培训一年的机会。回来没多久，升为了技术处的副处长。自打那以后，十几年来就成了部里一头干活扛重的老黄牛。而她那个处的处长职位，好像是专为部里周转干部而设置的。先是安排了一个部队转业下来的干部，后来又来了一个平调进京的外地官员。七八年之间换了四五位处长，每位都是不抓具体业务，短暂地在这里过渡一下，再另谋高就。

小汤到了北京后，找机会和丽秋了解了一些部里的情况。丽秋作为部里面的老人，如实地向他介绍。印象深刻的是丽秋没有提及她个人的境遇，而小汤已经了解得十分清楚了。数月之后的一次公务出差，小汤向丽秋透露说，这个部是庙小妖风大，人浮于事，需要认真地整顿。

随后一年，小汤在改革部里的弊端上，显示了魄力。他有缓有急，把部里的几派，边拉边打，平衡了各方面的关系。最终成立了几个对外的公司，小汤把许多有资历，但不懂业务的人，都请到那里。丽秋也升为了科技处处长，和丽秋要好的同事都为她高兴。

紧接着，部里就开始承担了国家的重点技术引进。在重大项目上，小汤亲自挂帅，督导进程。丽秋虽然不向小汤直接汇报，但在工作中，还是有许多接触的机会。小汤在技术上很信任丽秋，有了领导层的支持，丽秋做事更加积极，工作开展都很顺利。

丽秋独自坐在酒店的房间里，心里很乱。好不容易这两年她那里顺利了一点，没想到珊珊那水到渠成的事情却翻了车。前些时候，她还建议让珊珊找一找波士顿附近的工作。珊珊则是"嗯"啊，"哎"呀，跟她打转转。后来她打了几次电话想追问和志嘉关系怎么样了，珊珊总是推脱，一会儿说在加班，一会儿说身体不舒服。等她要来美国的前几天，珊珊才冷冰冰地搁下一句："已经分手半年多了。"

今天她一定要好好问问这事，丽秋着急地看了一下手表。他们代表团一行，昨晚深夜才到美国，住在旧金山市中心的一家酒店里。今早参观知名供应商的公司总部，下午中领馆的商务参赞也来与他们会晤。这次行程还是挺紧张的，在湾区住两天后，先飞西雅图，然后去德州奥斯汀，最后从达拉斯回国。加州的行程很紧，所以只能在今晚见到自己的女儿。因为是代表团，根据外事纪律，丽秋按规定，向带队的小汤报告了要和女儿见面的事。丽秋早早地在房间里等着了。

快七点，珊珊走进了丽秋的房间。两人许久未见，彼此都觉得对方瘦了一些。珊珊知道今晚的话题，脸上挂着随时要收起来的笑容。她心里异常矛盾。她想来，想见见妈妈，说说她刚和爱美丽搬进的高级公寓的趣事；她又不想来，不想回忆过往的伤痛，她不想在妈妈面前哭哭啼啼，她不需要悲悲切切地寻求妈妈的安慰。事情已经过去了，多说并无益处。

丽秋本想着是不是该抱抱两年不见的女儿，想些法子安慰她。没承想珊珊进了屋，东拉西扯地讲了一大堆不相干的事情。丽秋真的弄不明白，现在的年轻人这是怎么了，就是蚊子叮一口，还要痒上三五天呢，几年的恋情说断就断？怎么女儿跟没事人似的呢？看她还在兜圈子，没有开口的意思，丽秋沉不住气了："志嘉那里到底怎么回事？"

珊珊真是不知从哪里讲起。用硅谷工程师的话说，准确地描述一个问题，有时往往比解决那个问题还要困难。更何况是描述一段几年的恋情。

"没怎么回事。没有了呗。"

"是他甩的你，还是你甩的他呢？"

"甩"字刺痛了珊珊，她倔强地扬着头，轻松地说："他有了新的女朋友，找到更好的了呗。"

　　每一个"呗"字，丽秋听着都极为刺耳。看着女儿这种洒脱的样子，丽秋气更大了。女儿清清爽爽的一个人，怎么这种大事都拎不清："你，你倒是说说清楚……他到底有没有对你那个呀？"

　　珊珊没想到妈妈会突然问起这事来。心里不舒服，马上顶了回去：

　　"没有，怎么样？有，又怎么样？"

　　"要是没有，那志嘉是城府很深的一个人；要是有，那他就是一个道德败坏的人。"丽秋气愤地高声地说道。

　　珊珊听了这话是又恼又羞。恼的是直到今天，她还是不愿别人说志嘉的坏话；羞的是直到今天，她还在袒护这个背叛自己的男人。珊珊一面憎恨自己，还保存着对志嘉的感情，一面又鄙视自己，竟然是这么一个不堪的贱女人。又羞又恼的她血往上涌，可一时又想不出任何一句反驳妈妈的话来，于是脱口而出："这一切，还不都是你的主意？"

　　丽秋本来看着珊珊这副无所谓的态度，气就不打一处来。不料女儿现在居然还倒打一耙，她气得浑身哆嗦。自从在电话里知道了珊珊分手的消息，几天来积累下来的挫败感、羞辱感一齐顶上了胸口。丽秋高声喊道："你谈恋爱，没成功，还怪起我来了！"

　　"当初就是你，说什么女孩子最好在大学里找对象。当初也是你，说志嘉这孩子有出息，让我多接触。当初还是你，主动邀请他来姨妈家里住几天。你还让我找工作离他近一点。这都不是你的主意吗？"

　　珊珊不想跟妈妈再吵了，她把一包给外婆和妈妈买的东西留在桌子上，转身拉开房门，走出了房间。

　　珊珊站在走廊里，心中十分后悔，后悔今天就不该来。她早就知道一定会和妈妈不愉快。看妈妈一脸气急败坏的样子，没有一句关心安慰的话。今天正好又是周一，从硅谷到旧金山市区的这段路，这叫一个塞。她来硅谷上班后，买的那辆二手车，用了不久，上周水箱还漏水。周末才修好，今天还生怕再坏在路上。她五点就从圣何塞的公司出来了，七点才找到地方。现在是又饿又累。从来没有在这个时间进过城，现在算是领教了。有人说硅谷已经不适合人类居住了，看样子这是真的。

丽秋呆坐在椅子上。珊珊临走时，打出的那一拳正中她的胸口。

女儿没有爸爸，她又在外地忙，对孩子关心太少。她自己的婚姻不幸，于是一心一意想成全女儿的终身大事。请珊珊的大学同学定期吃饭，这的确是她想出的主意；让珊珊邀请优秀的男同学，这也是她的建议。现在怎么会搞成这个样子呢？

志嘉这个小子，人太不地道了。从大学二年级起，就跟着珊珊吃馆子。生日，新年，春节，他一次也没落过。上海的每个好馆子，他都吃了个遍。可话又说回来，接触这么多次，怎么她就没看出来他是个什么人呢？女儿二十来岁，处事不深，让这个小子耍了一把，这也就算了。可她五十多岁的人，中央部委处级的干部，上到部委领导，下到处里的几十号公务员，单位里什么样的人没见过？

女儿被甩这件事情，犹如抽在丽秋脸上的一巴掌，让她觉得火辣辣地疼。别说在国内，就算是来了美国，硅谷高科技公司的总裁，不也得笑脸相迎。这下可好，母女二人，绑在一起，让一个毛头小孩子，玩弄于股掌之间。这要是传出去了，在姐姐和上海的亲戚面前，她的脸往哪里摆呢？志嘉的爸爸早逝，妈妈是上海仪表厂的工人。看他的家境，丽秋觉得吃得住。女儿这么优秀漂亮，哪一点配不上他？一定是他来了美国，开了眼界，傍上了别的女人。哎，有时候小弄堂里走出来的人，要不老老实实的，要不野心大到蛇吞象。花了些钱也无所谓，自己丢了面子也没关系，可是让女儿白白地耽误了青春时光，还付出了几年的感情，这又所谓何来呢？听女儿刚才这么说，丽秋无地自容，心中愧疚！

丽秋鼻子一酸，眼泪流了下来。流就流吧，幸好女儿走了，丽秋不想让她看到自己这个样子。

丽秋边哭边想：刚才是她恼羞成怒，没有好好地说话，还问了个白痴的问题。那个坏小子能有多大的定力？送上门的姑娘，肯定咬一口尝尝鲜。哎，女儿太单纯，受了伤害。不过现代社会进步了，不会像过去的时代，那么注重贞洁了吧。

"叮铃铃……"房间里的电话响了。丽秋猜想一定是女儿。她赶紧走过去，一手拿起电话，一手抓出几张纸巾，擦拭着脸上的眼泪。

"丽秋，不忙吧？"

丽秋连忙压住了气息："汤部长，我不忙，有事请讲。"

"上一次你们写的那个报告，我想再看一次，你那有吗？"

"有，我给你送过去。"话到嘴边，丽秋把"您"改成了"你"。

"不用了，我让秘书小宋来拿一下吧。"老汤在外出差，他是从来不让女同志单独去他的房间的。

"好。"

丽秋放下电话，赶快准备好了文件。无意间瞥到墙上镜中哭红双眼的自己，她庆幸不用面对外人。等会儿，她把文件递出去就是了。

听到敲门声，丽秋拿了文件，走到门旁边。拉开了一个不大的门缝，刚要把东西塞出去，就听到外面传来了老汤的声音："丽秋，是我。"

丽秋低头心想：不是小宋来吗？如果这样掩住门，好像对老汤不太礼貌，于是她打开了房门。

老汤仍然是下午的一身装束，白衬衫，黑西裤，只是脚上的皮鞋换成了一双浅色的休闲鞋。

"小宋和小陈都出去逛街了。年轻人，闲不住。他们跟我提了，我刚才给忘了。"

丽秋眉眼低垂，不敢抬头。

"怎么了？跟宝贝女儿吵架了？"老汤望着丽秋，半开玩笑地说。

这其实也是丽秋比较佩服老汤的地方。他观察力极强，总能猜到别人在想什么。丽秋转身往屋里走，想再去拿张纸巾。

"我看看珊珊长多大了？变成一个大姑娘了吧。"老汤嘴上说着，手扶着门，并没有往屋里走。

"你进来吧。"

老汤下意识地想把房门留在打开的位置。哪知酒店的房门又大又重，根本留不在原地，门慢悠悠地关上了。老汤犹豫着现在拿起文件就走，是不是显得有些不近人情。要是回头再把门打开，感觉又有点做作。

丽秋又在镜中瞧到了自己红肿的眼睛，她索性不再掩饰了，转身面对着老汤："这小孩子真是气死个人！"

"有什么大不了的事能难倒我们的大处长啊？"

丽秋今天听了这话格外的刺耳，感觉像是在嘲讽自己似的。她心里难过，抽泣了起来。

老汤见到往日里漂亮的女强人，今天居然还有这么软弱的一面，心中不禁有些吃惊与怜悯。丽秋可是个非常聪明，做事果断的人，是部里少有的干将。只是她这种性格和作风，在机关单位吃不开。她过于直率，许多大家心知肚明的问题，开会的时候别人不提，她却会捅出来。她做了十年的副处长，也不是没有原因的。

看着丽秋在哭，老汤上前，关切地问："到底什么事情呢？"

"她有个大学男同学，相处了几年，现如今说断就断了。还怪我插手她的事情。"

"小孩子大了，想法不一样，这很正常。"

丽秋想到自己一把年纪，孤单一人，平日里连说句心里话的人都没有，心中难过："我觉得我好失败啊！"

老汤觉得要是拿珊珊和他的儿子相比，那可是一个天上，一个地下了。他儿子和珊珊同岁，读书不行，连大学都没毕业。天天就是忙着交女朋友，一年换个两三个都算是少的。虽说不到花花恶少的地步，但绝非一个正经的年轻人。老汤工作忙，没时间管。他太太又惯着这个独生子。老汤实在是担心儿子的前途，每当想起这事，他就头痛。这事也是没法向外人讲。

看丽秋哭成这样，老汤走上一步，轻轻地拍了拍丽秋的肩膀，轻声细语安慰道："没什么，这没什么。"

丽秋真想靠在老汤的肩膀上休息一下，哪怕只有一分钟的时间。可丽秋忍住了，他是有太太的人，自己不能去破坏人家的家庭。

小汤受到提拔，成为领导干部。他深知自己没有什么背景，无论涉及财物，还是处理男女关系上都格外地谨慎小心。任何出格的事情，他都没碰过。

可今天唯一不同的是，面前的人是丽秋。这可是大学里众人心中的美女，他在校园时能与她说句话，都会耳热心跳。老汤望着梨花带雨的丽秋，真想伸手把她抱在怀里。这是他这一生中距离丽秋最近的一次。他想用这个机会去安慰她，哪怕只有一秒的时间。

人类社会中，每一个漂亮女人，都会引起一场男性的竞争。这和动物世界里，公狮为了成为母狮群的王者而拼命决斗是一样的。从进化论的角度看，竞争中强壮的个体得以被展现，角逐中胜利者优秀的基因得以繁衍和保留。

失败或许并不可怕，可怕的是根本没有经历失败的机会。年轻时的小汤，就是这么一位不幸者。面前这个女人一定不会记得：大学时，他们几个同学第一次放寒假回上海。为了丽秋的一件行李，小汤出了火车站，立刻去找三轮车。小汤人生中第一次，在没有和小贩讨价的情形下，就急匆匆地答应第一个遇到的车夫。当他再回到广场时，丽秋的行李不见了，丽秋已经坐进一个男同学的父亲派来接站的银灰色的上海牌小轿车。隔着车窗，小汤能够看到丽秋正和那男同学的妈妈寒暄。随着小汽车屁股冒起一串白烟，小汤被一个人丢在了冰冷空荡的广场上。

小汤从来没有记恨过丽秋。这实在不是一个漂亮出众的姑娘的错。这一切都是他自己的问题：他爸爸是个工人，妈妈是个家庭妇女。自己是老大，弟弟妹妹还挺多的。他之所以认识了丽秋，无非是他学习成绩好，碰巧考上了丽秋的同一所大学。仅此而已。他不能，也不该，更不配有什么非分之想。

回想起青年时期的校园生活。小汤是一位拿着那个绿色的折叠马扎，在场外观看过无数次比赛的观众。历时最久的一场就是围绕着争夺丽秋的较量。那个男同学的父亲后来犯了错误，男生休学回了上海。不过激烈的比赛，绝不会因为一个选手的退出，而轻易地结束。年级里其他优秀的男生，为了丽秋是轮番上阵。这场比赛明里暗里持续了几年。直到传出丽秋和高一届的，长得最帅的，成绩最好的大鹏牵手时，才算告一段落。

小汤像是一头蛰立在草原之上，体型瘦小的狮子。他目睹了狮王们争霸的全过程。对于抱得丽秋的男人，他有一丝的敬佩；对于落败的同性，他有一分的同情。比赛很是精彩，但这一切与他无关。他心中只留下了一份记忆，一份惆怅，一份无奈。

人生难定，造化弄人。关于丽秋的情况，小汤也从同学那里听说了。大家都是朋友，有些事情，相互帮忙，这都不算什么。几年前，他还在上海的时候，丽秋和几个外地同学来上海，小汤在市内不对外开放，只接待重要领导人的宾馆里，请大家吃了一顿饭。

小汤领教了直爽的丽秋。在饭桌上，小汤怕同学误会，他澄清这顿饭是他自掏腰包，上海市委绝不会有公款请客的歪风邪气。丽秋马上就回道："我们又不是调查组，不用跟我们讲这些。今天我们被召集来，没人带着钱包。"这话引得大家哄堂大笑，连声叫好。

到了北京，小汤近距离观察丽秋，发现她有能力，有闯劲，有些方面比他还强。他暗中钦佩这位女同学。小汤的太太没有跟他搬过来。当他一人在京晚上睡不着的时候，脑中有时也会浮现出丽秋的身影。有过几次在讲台上作报告，扫视台下听众时，与前排的丽秋四目相视。丽秋总带着一种赞许和崇敬的眼神，这给予了他许多的鼓励。

今天看着丽秋，双眉微蹙，红唇微张，真是令人怜香惜玉。只是自己一路走来，从来没有犯过这方面的错误，难道为了丽秋而金身不保？万一耽误了仕途怎么办？

丽秋卸下了平日里的面具，站在那里。身旁的老汤思绪万千，一时不知如何是好。

房间里很静，静到能够听到对方的呼吸声。

第十二章

硅谷的春天是难得的雨季。在几场大雨过后，冬季里黄秃秃的山丘，慢慢地换上了一层绿油油的新地毯，漫山遍野的青草和野花，带来了勃勃生机。

三月的一个周末。好不容易有一天，珊珊和爱美丽都不用加班，她们相约去爬硅谷非常有名的使命山。

使命山是一个十分特别的景点。之所以称之为"非常有名"而不是"著名"是有原因的。它位于南湾佛莱蒙特市的东边，离旧金山一个小时车程。因为使命山地势很高，俯览硅谷，远眺湾区，它在硅谷算得上是家喻户晓的地方。然而对于外地游客来说，使命山远不如金门大桥或者渔人码头那么有名气，极少有远道而来的观光者在这里驻足。因此是否去过使命山，成了区分真正硅谷人和外地人的重要标志。

早晨十点开到了山脚下，她们发现那里已经停了好多辆车子。沿着宽阔的石子路上山，白色的雾气渐渐散去，暖洋洋的太阳慢慢地露出了它的笑颜。三十分钟后，山上的景色开阔了起来。道路两旁，长满青油油的嫩草。放眼望去，前方山丘一个高过一个，此起彼伏，相互掩映，延绵不绝。不知从哪里起飞的滑翔伞，五颜六色的伞翼在湛蓝的天空中和朵朵的白云之间慢慢地穿梭。它们在起伏的绿草地上，留下了快速移动的斑斑踪迹。路旁的栅栏后面有许多不同斑色的牛，它们三三两两地低头悠闲地吃着草。偶尔随意地挪动几步，牛铃声顺着微风，飘进路人的耳朵。这田园的风光，这逍遥的景象，颇有点世外桃源般的意境。使命山让人放慢了脚步，放松了心情，短暂忘却了身后的硅谷，暂且脱离那个紧张的地方。

　　珊珊不知道硅谷还有这般清幽之处，高兴地拿着手机不停地拍着照片。屏幕里不知不觉地出现了一片蓝色的花海。定睛一看，顺着山坡向下，半个山坡上长满了盛开的蓝色鲜花。每朵花的周围都围绕着青翠碧绿，足有半尺多长剑形状的叶子，紧密地靠在一起，分不出根茎。每隔不远，就有一根短小管状的花茎，从绿叶中挺立而出，绽放盛开。花朵有手心大小，浅蓝里又微带些深紫的颜色。三片大的花瓣撑开了花蕊，烘托着里面几片稍短，娇嫩，向内卷曲的雌蕊。花开得像一只张开蓝色翅膀的蝴蝶，在风中摇曳，翩翩起舞。

　　要不是花丛不远处的牛铃声，要不是山坡上没有一丝人家的痕迹，珊珊绝对难以想象这些竟是天然的花朵。她转头问爱美丽："这是什么花？"

　　"鸢尾花。"

　　"真没见过这么漂亮的花。"珊珊不禁感叹。

　　"怎么没见过？这就是那幅，你喜欢的梵高画作里的鸢尾花。"

　　珊珊这才想起她们曾一起参观过洛杉矶的美术馆里，那幅镇馆的梵高作品，画得就是鸢尾花。原来这鸢尾花居然能在硅谷满山满谷地自然生长。

　　"我以后买了房子，院子里一定要种花。"珊珊收起了手机。

　　爱美丽笑了。来硅谷不到一年，不知从何时起买房成了珊珊口头经常提及的事情了。

　　"你新换的工作怎么样了？"

　　"还好吧，工作是一样的。只是忙了很多，周六需要加班。"珊珊回道。

　　放在以前，珊珊根本想不到自己会这么快就换工作。她那位校友部门经理，跳到了一家有前景的创业公司。他看珊珊技术挺强，加薪邀她一起过去。珊珊先是犹豫不决，但听到师兄介绍说，那公司潜力无限，几年后就会上市，就决定尝试一下。

"你那怎么样？接手的那个诉讼案子，有什么进展呢？"

"我们希望和那家侵权的公司庭外和解，现在就看他们愿不愿意了。"

"有什么不同吗？"珊珊追问道。

"对方如果同意和解的话，赔一笔补偿金。不然的话，继续诉讼，赔偿金可能翻上几十倍，但也可能归零，没有人会知道。这是一桩被业界十分关注的专利案件，报纸上一直都有追踪报道。"

自从看到爱美丽，每周都没日没夜地工作七八十个小时，珊珊再也不羡慕爱美丽的高收入了。这种诉讼官司的钱，真是太不好赚了。

两人继续往山上走，爱美丽问珊珊："小胖还经常约你吗？"

"工作太忙，我回绝了他好几次。"珊珊现今有了充足的理由。

"约翰那有什么进展吗？"每次提到小胖，珊珊都会反守为攻。

"见过他三次，在洛城加大法学院的校友会的聚会上。上个星期，因为那诉讼的案件，没有去成。"爱美丽语调略带遗憾地说。

"他条件那么好，你可要抓紧啊。"珊珊已经从爱美丽那里了解了约翰的情况。约翰的爷爷早年毕业于洛大医学院。后来创办了一家知名的人造骨移植公司。他家对洛大有好多捐款，校园里有一幢大楼就是以他爷爷的名字命名的。

这话倒是点中了爱美丽的心思。约翰身边总有漂亮的女孩，她一直在给这个男人机会，只是……爱美丽心中叹了一口气。

"你不是对约翰动了心吧？要不我把他介绍给你？"爱美丽转头问道。

"好啊，我一定打扮得漂漂亮亮地把他迷住。事成之后，必当重谢。"珊珊眨着眼睛，笑着说道。

爱美丽眼睛一瞪，眼露恨意："敢抢我的男朋友，想得倒美，我今天就先斩草除根，以绝后患。"说完抬手就打。

珊珊早有准备。双手压住肩上背包带，拔腿就往山上跑。爱美丽笑着就在后面追，嘴上还煞有介事地喊着："还我男友，还我男友！"

珊珊瞧着爱美丽这副凶巴巴的样子，甚是好笑，加快了脚下步伐。两人顺着黄色的土道，一前一后地向上跑。路上的人被这嬉笑声吸引，有人驻足，有人回头，观望这两位活泼的漂亮女孩，像一对比翼双飞的蜻蜓般从身边掠过。

跑了足有十几分钟，珊珊的身上有些出汗了。她停在了路边的木头椅子旁，卸下背包，拿出瓶子，饮起水来。爱美丽这时也赶到了，掏出她的水也喝了起来。

珊珊一边擦汗，一边解释道："我英文没有你那么好，工作上还可以，感情交流上，肯定不行。约翰还是还给你吧。"

"男女深层次的交流，根本不需要语言。"爱美丽转过头，含笑望着珊珊。

珊珊明白了意思，装怒道："你不是一个正经女人。"

"男女深层次的交流靠的都是眼睛。告诉我，你刚才又想到什么了？"爱美丽理直气壮地训斥着她。

"不和你闹了。老实讲，你是不是对这个长得又帅，家里又富有的约翰动了心？"

"我既不能因为他家富有，就考虑他；也不能因为他家穷，就排斥他。他家庭的经济好坏，不应该作为考虑因素。"

珊珊相信爱美丽所说的话。

"我们继续上山吧，把包给我，我来背。"

随着山势的升高，山路蜿蜒上升。硅谷南端的大片湿地，逐渐地浮现在眼前。湿地的尽头就是旧金山的内湾，蔚蓝色的海水在正午的阳光下，不时反射着白灿灿耀眼的光芒。极目远眺，目光的尽头隐约地显现旧金山市区里的高楼。每隔几分钟，就有一架拉低高度，准备在圣何塞机场降落的飞机从头顶掠过。机尾上航空公司的标志，看得一清二楚。山坡上的树并不多见。就算有，也会聚集在两个邻近山丘的交界处，那个雨水汇集的地方。除了放牧的牛群以外，草地上多了许多野生的火鸡，它们昂首挺胸，大摇大摆地走在山坡上，仿佛在向世人宣告，它们才是这片土地的主人。

"你和小胖进展怎么样了？"

"哎，就那样吧。"兜了这么大的一个圈子，珊珊又要面对小胖了。

"叹什么气啊？他不是在读博士吗？什么时候毕业？"

"还有三年吧，不过他那个博士实在没有什么用处……"珊珊不禁低下了头。

"人家的大学也是加大，公立大学前十名。怎么让你说的好像是野鸡大学似的？"

"他的专业太偏了。是学'东西方比较文学'的。"

"那是干什么的呢？"

珊珊又被刺痛了一下。和十个人讲，十个人都是这样的反应，珊珊为这感到难堪。

"我上次吃饭，也是这么问他的。他眉飞色舞地给我解释了半天。提了许多作者的名字，反正我知道的没有几个。那天我们点了三个菜，那三个菜的配料我都琢磨出来了，但愣是没明白他到底研究什么的。"珊珊一脸苦笑。

爱美丽扑哧笑了："一定是你没有用心听人家讲。"

珊珊不想辩驳。"最后他用了个他教授的比喻，我才算是听明白了一点。简单地说，'东西方比较文学'就是拿中国的曹雪芹和英国的莎士比亚来较较劲。"

"搞学术研究，这不也挺好吗？"

"我问毕业后，他有什么计划？他说他还没想过，一副不为将来操心费神的态度。也许是受家庭影响吧，他爸爸就是一个在校园里教书的老学究，一个两耳不闻窗外事的人。"

"你担心什么呢？我有点搞不懂？"

这其实也是困扰珊珊的问题。每当想起小胖，她就有些烦闷，但又说不清楚为什么。珊珊仔细想了想，慢慢地说："和他在一起，我总觉得要过上曹雪芹式的生活。"

看着爱美丽困惑的样子，珊珊知道她的中文水平有限，无法理解曹雪芹般的穷困潦倒的生活是什么。她只得解释道："我担心和小胖在一起，在硅谷一辈子都买不起房子，要过十分贫困的生活。"

珊珊说完了，心里先是舒坦了一下，可又马上难受了起来。自己才二十多岁，怎么会突然变得这么世俗？以前在上海，经常听到一些亲戚们，家长里短对别人品头论足。谈论的无非就是褒贬这家亲戚房子大，那家亲戚住阁楼。那时候她最鄙视这些人。现在她刚刚工作，真是不知道她怎么也会有这么物质的想法？是不是因为这山下的硅谷？这个天天在创造财富奇迹，但又生活费奇贵无比的城市，最终让她低下了头呢？

"买房真有那么重要吗？租房一样可以生活呀。硅谷有不少人在租房子住。"爱美丽劝慰道。

"我觉得买房是人生必须做的一件事情。移民美国是为了更好地生活，而拥有房子就是一个重要的标志。这不是别人强加给我的观念，这是我自己的想法。正常情况下，如果我不能做到，我会感到人生非常失败。"

爱美丽看到珊珊一脸严肃，听着"房子"，"重要标志"和"人生非常失败"这些词语。感觉这可能是因为珊珊受了东方文化的影响，一时找不出合适的话来回应她。

这时她们来到了离山顶最后的一段路。风越来越大，迎着风面，居然会吹出眼泪来。即便在正午的太阳照射下，还是有些寒意。打开书包，两人把先前脱下的外套又穿上了。爱美丽此刻才发现在包里，珊珊还准备了两副手套，心里赞她细心。顾不得多说，两只被风吹得冷冰冰的手，哆哆嗦嗦地戴上了手套。

宽宽的石子路走到了尽头。使命山的最后一程，是不折不扣的山石小径。不宽的山脊左右，各有一条狭窄，仅容一人上下的通道。山势陡峭，有些地段直上直下，多半是要手扶着岩石才能攀登。好在走的人多了，脚印已经在石头上磨出了印迹，而那些需要用手的地方，也磨得光滑发亮，对于成年人还是不算太困难。珊珊他们沿着右侧，一路爬了十几分钟，终于登上了使命山！

站在山顶，高高远眺，面前的硅谷尽收眼底。它是夹在东西两路连绵的山麓里，南北长约几十公里，东西宽约十几公里的一片平坦谷地。向南看，旧金山海湾平静地躺在那里，内湾一直延伸，把旧金山和奥克兰分成了两座城市。再回首向来的路上望去，刚刚爬过的山丘都默默地匍匐在脚下。满眼绿色，让人心旷神怡。山脚下的停车场早已看不见了踪影，就连刚才休息过的几个山头，也被薄薄的几朵白色浮云遮住了。

站在高山之上，爱美丽兴奋地伸开双臂，举过头顶，纵身跃起，大声喊道："硅谷，我来了！"

珊珊也心中感慨道：人这一生恰似登山。学位，婚姻，买房，诸如此类的人生大事。你努力攀登，最后登顶，过后这一切无非是浮云而已。但如果你始于山底，进而不得，中途折返。那这半路中的浮云，终将变成压在心头的一块巨石，成为你必须永远仰视的高山。浮云是胜利者如愿以偿后的感叹；高山则是失败者壮志未酬时的哀痛。高山浮云，浮云高山，二者相伴，实乃一物，但又相差甚远！

站在高山之上，珊珊激动地迎向大风。她外表平静，内心火热，她在心中大声喊道："硅谷的房子，一定要买！"

珊珊和爱美丽回到山下。刚坐进汽车，珊珊的手机就响了。打开一看，又是小胖。昨天已经跟他讲过了，今天和室友远足。她直接拒绝了来电。

"是谁。"爱美丽探过头来。

"小胖，我跟他讲了，今天出来玩，不用理他。"

"这样不太好吧……"

珊珊可不愿意现在回电话。正想说"晚上再回他"，谁知小胖的电话又来了。

"听听，万一他有什么事情呢？"爱美丽坚持说。

珊珊不得不接起了电话："嗨，我们在使命山，刚刚下山。"

"一会儿，一会儿我们去购物。"珊珊补充道。

电话里是小胖不紧不慢的声音："你们家附近有一个很好的日本餐馆，我想请你和爱美丽一起吃个晚饭。"

"好啊，在哪里？"爱美丽听见了邀请，大声地接着话。

珊珊捂住了手机："你不是说要去逛街吗？买衣服吗？"

"我今天走累了，不想去了。"爱美丽果断地回道。

这人变得挺快啊！珊珊一边在心中感叹，一边移开话筒上的手："好吧，在哪里？几点？"

"约六点吧，我们先回家，洗个澡，让他把地址发给我们吧。对了，麻烦他订个位子，周末人多。"旁边的爱美丽插嘴，把事情都安排好了。

那家日本餐馆装潢雅致。每张餐桌都用竹子隔成了小小的房间。两人抵达餐馆的时候，小胖已经在里面了。初次见到爱美丽，小胖礼貌地站起身，与爱美丽握手。寒暄之后，爱美丽就率先坐在小胖对面的外侧椅子上，挡住了珊珊进到里面座位的路。

爱美丽随即讲起了爬使命山的事，全然不理会站在身旁向她使眼色的珊珊。小胖看在眼里，赶忙往他里面挪了一下，空出了一个位子。笑着招呼道："坐这里吧。"

小胖一边听着爱美丽讲话，一边拿起茶壶给她倒茶。等转到珊珊时，一缕淡淡女人的香气，从珊珊未干的发梢上飘散进了他的鼻孔里，甚是享受。小胖忍不住抬眼望去：娇美脸庞上散发着粉红色的光泽。这让他突然想起了李白的诗句，"清水出芙蓉，天然去雕饰。"小胖灵光一闪，三国时，那周瑜周公瑾的美女小乔，大概也就是这个样子吧。想到身边坐的是"小乔"，小胖身上顿时产生了一股少年英雄的豪气！

"水出来了。"小胖一惊，手上一抖，低头再看，可不是吗！白色的餐布上，已经被打湿了一个大圈。他心里一边指责为什么这日本的东西都做得这么小，一边也埋怨自己怎么又这么不小心。他嘴中忙说着："对不起，对不起。"爱美丽眼疾手快，从几个盘中抓出餐巾布，压在了桌子上，水患算是被控制住了。

珊珊脸都红了，低着头不敢抬眼看人。没料想旁边这个傻胖子，这么快就来出丑。对面那个女妖精，指不定在家要取笑她多久呢！

爱美丽叫来了服务生，擦干了桌子。小胖赶快给女士递上了菜单。珊珊拿过来一看，价格虽没有想象的那么贵，但也绝对算不上便宜。想到小胖是靠奖学金生活，心中虽生他气，但还是于心不忍。这顿饭本可以她来请，只是现在说，又怕伤了小胖男人的面子。珊珊于是点了个乌冬面。

小胖像是看出了她的心思："吃完一碗面，就吃不下别的东西了。请爱美丽吃饭，点些寿司和生鱼片吧。"

小胖转头对着爱美丽说："我帮助教授发表了一篇文章，学校奖励了八百元。教授挺够意思，分了我三百。你们也运动了一天，今天大家敞开肚子吃。"

说完他一下子就点了八九样大份的寿司，还要了一瓶清酒。

菜上了许多，服务员也放下了厚厚的竹帘子，房间里还是蛮安静的。小胖给每人都斟满了一杯酒。珊珊本想推脱说一会儿开车，但看另外两人兴致很高，难得爱美丽周末休息，她也就不再讲话了。

小胖举起杯子，微笑地说："爱美丽，很高兴认识你。珊珊一直跟我提起你对她在生活上的照顾，她妈妈我小时候见了都叫阿姨。来，我替阿姨敬你一杯。"

"我们是相互照顾。"爱美丽笑着也举起杯，朝向珊珊说："来，小女孩，永远美丽！"

珊珊万万想不到小胖会有这样的开场白。她从小一直没有父亲陪伴，小胖居然以兄长的口吻说出这么一番话来，让她惊讶之余，心中竟然有一股莫名的感动。而爱美丽对她的爱护，她深藏于心，总是不知道如何表达她内心的那份情感。珊珊赶忙举起酒杯，挡住了自己的眼睛，酒杯轻轻一碰，仰头饮了一口。假借酒辣，拿起餐巾擦了擦，算是没让人看到她湿润的眼眶。

小胖是个美食行家，菜肴都很对女孩们的胃口。特别是一道名为"龙球果"的招牌菜，寿司裹着烤过酥脆的虾肉，又盖上一层新鲜的牛油果，上面再浇上巧克力颜色的调味汁，飘香入口。珊珊和爱美丽吃了许多。小胖想再叫一份，二人看着桌上盘子中满满的食物，都不约而同地摆手说不。小胖歪着头，眼镜滑落到鼻梁中间，睁大了眼睛，从眼镜框上方直望着她们，一脸茫然地慢声说道："我还没吃呢。"两个女孩被这个有点像玩具熊的表情给逗笑了。

大家有说有笑地吃了一会儿，爱美丽放下筷子，望着小胖问道："我孤陋寡闻，请你给我介绍一下，什么是东西方比较文学吧。"说完她的眼光还扫了一下珊珊。

第十三章

小胖给珊珊讲过一次"东西方比较文学"。那次从"比较文学的欧洲起源"讲起的形式，显然不是很有效果。他不得不翻译学术里的专有词汇。最终把珊珊给转晕了。事后的那个晚上，小胖陷入了深深的自责。现代社会，肚子里再有知识，也都需要有让别人快速知道的本事才行啊！小胖认识到自己的不足，他最近可是花了时间去琢磨这件事。

学习的机会总是有的，而且就在身边。小胖的教授是位新加坡的华人。教授六十岁了，精力大不如前。自从招进小胖做了关门弟子后，他待小胖不错。每次有至亲好友来湾区探访他时，他都会带上小胖和访客一起吃个饭。饭后如有需要，他就委托小胖，带访客去旧金山附近的名胜地方转一转，算是尽地主之谊。

最近教授接待了一位他的亲戚。那人正好也是对这门学科一窍不通。小胖这次破例，把吃放在第二位。餐桌上，他竖起两只耳朵虚心地听老师介绍。教授毕竟是教授，人家绝不拘泥于细节。他讲起比较文学来，就像是宇宙中的卫星，从太空中俯瞰地球一般，而且介绍专业来，还能联系实际生活，让人感到趣味。

小胖已经得到了真传，现今是信心十足："东西方比较文学，概括地说，就是东西方文化的比较。文化这东西很神奇，在单一纯净的文化环境中，基本所有人都很难意识到文化的存在，因而也就不存在所谓的'比较'。也只有当不同文化共同存在的时候，各自文化的普遍性、独特性才能比较并且辨别出来。人类社会的方方面面，点点滴滴几乎都受到文化的影响，作者以及作者的文学作品，只是一小部分而已。"

"我的教授提出了一个理论就是：越是看得见的东西，越是受文化影响快；越是看不见的东西，或者叫作非物质的东西，越是受文化影响慢。"

小胖生怕枯燥，赶紧举了个例子："饮食是看得见的东西，因而受文化影响快。珊珊的妈妈是上海人，但在北京生活一段时间后，再回上海时，家人做馄饨的时候，她却要包饺子。"

珊珊和小胖聊过这事。最可笑的是妈妈不但喜欢吃饺子，而且还要蘸点醋。珊珊的外婆可没少笑话这个离开了上海，变成北方佬的小女儿。每当外婆看到丽秋独自享用饺子的时候，她一定会借机挖苦一番。她每次都对珊珊讲："去，给你妈剥头大蒜，这样吃得才过瘾。"

"饮食受文化影响迅速。许多亚洲新移民能够部分或者完全地改变他们传统的饮食习惯，适应和接受相应的西方饮食。"

"那么，你能举一个非物质的例子吗？"珊珊挺感兴趣。

"非物质的东西，最好的例子就是思维方式。对待同样的问题，东方人和西方人，习惯于运用自己的传统思维方式，产生完全不同的解决方法。最好的例子就是：东西方在对汽车发动机研究和开发上所采用的不同方法。"

"一九零八年，美国福特生产的'T'型汽车，就是四缸发动机了。在这之后，东西方各国都要提高汽车发动机的马力。以美国为首的西方粗犷思维方式就是：提高马力的方法就是增加汽车的气缸数，所以大马力的六缸和八缸发动机都是西方人发明并且推广开来的。以日本为首的东方节俭思维方式就是：增加现有四缸发动机的热效率，做到精益求精。这就是为什么日本四缸汽车，以省油高效率而赢得世界市场。"

"思维方式很难改变。抛开美日技术优劣高低不谈，单从东西方文化所主宰的思维方式来推演，我们可以对今后很多事物进行一个合理的判断，甚至是准确地预测。"

"那你就用东西方不同文化，不同思维方式，来预测一下硅谷的房市吧。"爱美丽笑着问。

看着珊珊不像以前那样眉头紧锁。小胖心里很是高兴。可这硅谷房市可是个天马行空的话题了。估计问自己的教授，他也说不出来几句，因为教授自己已经有了房子，根本不关心这事。

看着珊珊投来的目光，小胖决定来个临场发挥，就当作一次论文答辩吧。不是吹什么都和文化有关吗？小胖以最快的速度，整理了一下思路，脸上镇静地说："房价上涨是世界性的。大背景是一九九一年的苏联解体。人类过去一直面临的战争危险消失了，东西方国家迎来了一个整体的和平时期。"

"西方的文化更具有开拓精神，愿意从一个地方搬到另一个地方。特别是从发达的地方搬到不发达的地方，从而获得更大的经济效益。总统布什家族就是早年间从波士顿搬到了德州发展。这就是一个好例子。美国人从硅谷搬到外州的人很多。"

这第一段好像说得还可以，小胖笑了笑，继续道："东方的文化有农耕文化的因素，传统上人们更习惯在本乡本土内活动。除非迫不得已，离开本区域的人很少。亚洲人从硅谷区域内的一个城市搬到另一个邻近城市的人很多，但真正搬出硅谷的人很少。"

"而硅谷实际情况恰恰是这样：受东方文化影响的中国人、印度人、越南人，搬来了硅谷以后，大多数人不愿离开，因此越聚越多。而受西方文化影响的白人，迁出的人多。硅谷亚洲人口总数不断在增长，白人的比例在不断地下降。"

"时间长了，文化影响的堆积效应就会越来越明显。从这个角度预测，亚洲人越多的地方，房价越容易上涨。所以只要硅谷的亚洲人在增加，房价会一直上涨。"

"嗯，说得有道理。看样子，我也要在硅谷买房子了。"爱美丽随后转向珊珊说道："什么事情都要讲出个道理来。你听听，人家博士讲的是凭理论，不像有的人完全是靠感觉。"爱美丽借机又踩了珊珊一脚。

小胖这是即兴发言，自己感觉还算满意。听了爱美丽的称赞，心里不免有了一丝得意。他双手一拍，夸张地说道："我找到毕业论文的题目了，我快要毕业了！"

珊珊被逗笑了。她今晚喝了一点酒，放松的身体软绵绵的。看小胖谈吐得体，讲得有理有据，心里也挺高兴。她现在对爱美丽也格外地宽容，不去理会她在言语上的挑衅。

吃得差不多的时候，借着爱美丽上洗手间的空当，珊珊小声问小胖："你身上的钱够不够？要不刷我的信用卡吧？"

小胖一副无所谓的样子，大大咧咧地说："当然是刷卡了。教授分我的钱，要月底才能拿到呢。"

珊珊听了，不禁心想：穷人家养出来的阔少爷！哪一个上海男同学不是精精明明的，怎么会出了你这么一位呢？

爱美丽回来时，还带回了几个装食物的盒子。大家又聊了一会儿。等要打包的时候，发现盒子根本派不上用处。小胖一个冲锋，打扫光了餐桌上的战场。小胖要找服务员买单。

"这顿饭，我请了。"爱美丽笑着说。

还没等两人插嘴，她继续道："刚才，我已经结完了。不为别的，麻烦你们二位帮我花点钱。都说在硅谷工作攒不下钱，我正好相反，我在硅谷天天上班和加班，根本没时间花钱。昨天我打开电脑，银行户头的数字吓了我一跳。自己什么时候变得这么富有了！"爱美丽美滋滋地冲着珊珊就是一笑。

珊珊见到旁边的小胖一句话不讲，只是一个劲儿傻笑。知道指望他回爱美丽的话，恐怕是来不及了。她本来想感谢靓女，但想到那岂不是和这个小胖子绑到了一起。她转念迅速地回道："没问题，帮你花钱这事，包在我身上了。"

第十四章

爬完使命山之后的一年，是非常忙碌的一年。忙碌到住在一起的两个女孩，再也没空出去玩了。爱美丽诉讼案中的被告公司，拒绝庭外和解之后，输掉了联邦初级法院的审理。那家半导体公司，花大价钱聘请了全美顶级的律师事务所，组成了几十人的团队，继续走法律抗诉的道路。这个专利案件上诉到了联邦地区巡回法庭。硅谷的报纸和电视也都争相在头版报道此案，一些业内人士评论，此案诉讼金额的规模应是美元亿元级别的大案了。

爱美丽到硅谷满两年时，长时间高强度的工作，让她动了离职的念头。这个案件双方的领头律师，都在法律界里大名鼎鼎。猎头公司和几家知名律师事务所，都先后联系爱美丽，当数字超过爱美丽薪水五六成的时候，爱美丽告诉她的老板，公司的合伙人之一，她有了更好的去处了。

爱美丽不但聪明，而且勤快，特别是在查考调研以往美国专利法律案例上，给案件的主管资深律师留下了深刻印象。几个合伙人商量过后，赶紧给她开出了新的薪金计划书：

第一，底薪增加四成。

第二，一周中任何一天，只要有为公司工作超过两个小时，公司全额报销当日三餐。

第三，免费提供最好的医疗保险。

第四，事务所破例给予她高级律师资格，如果本案获胜，除了一般的奖金之外，可以参加本案件的分红。

爱美丽在商业世家长大，耳濡目染，对商业成本和公司运作有一定的了解。她听得出来，前三点，其实花不了公司多少钱。她是刚刚毕业，薪水并不高，公司即使涨上一倍工资，也没有多少钱。第二条、第三条，那就更不值一提了。倒是第四条才是关键。老板和她一对一谈话时，她就毫不犹豫地问到具体分红的百分比数字。

老板没想到这个新入行女孩子这么老练，推三阻四地讲了半天公司历史、文化传承，特别强调了他年轻时多么埋头做事，从不和公司计较个人薪资。当然，他没有讲他是如何同公司斗法，最终取得了这家公司合伙人身份的那一段往事。

五十多岁近乎秃头的老板，最终拿出笔，在一张白纸上写下了一个分红百分比的数字。当他转过纸，推给爱美丽的时候，他面孔的那副样子，就如同他当年在结婚证书上签字一般，不仅带着真诚，而且还有些神圣。

爱美丽拿出了笔，就在同一张纸上算起了一亿赔偿金，她能拿多少；两亿，她又能拿多少的数字。考虑公司能获得一半的赔偿金，以及自己没日没夜地辛勤工作，她指出分红的份额实在太少了，远低于行内流行的奖励机制。爱美丽要求在现有的数字上增加一倍。

老板听了吃惊地张大了嘴，头顶残留的头发差一点全部竖起来。他脸部近乎有些扭曲，痛苦得像刚刚听到他亲人离世的消息一样，一个劲地解释这已经是他从另外几个股东那争取来的最佳结果了。再改动这个数字，他要等到下个月的常务会才可以。两人一来二去又谈了半天。他见爱美丽态度坚决，便只好说他再去想点办法。

走出房间的老板心里清楚，这事根本不用通过什么常务会。他写给爱美丽的分红指标，其实是已经批准的最高上限的三分之一。而让他没有料到的是，这个漂亮小丫头，居然是这么一块难啃的硬骨头。

顾及这个案子的重要性，爱美丽是在承担两个人的工作量。权衡潜在的丰厚利润，他在一周后和爱美丽一对一例会上，除了再次夸奖爱美丽的才华以外，还加重语气地说，爱美丽是他职业生涯里见过的最难谈判的对手，他对爱美丽非常尊重。然后再三强调这个新方案是他通过巨大的努力才换来的。在读过新合同的主要条款之后，老板摘下了他的老花镜，压低了声音对爱美丽说道："我不用提醒你，这是个保密条款。我给你算了一下，如果我们赢了这官司，你有可能获得七位数字的分红。"

看爱美丽没有异议，他身子往后靠，提高了声量："好好干，年轻人。你将是一个前途无量的女人！"这是一句他少有的实话。

而另一个影响两个女生在一起的原因是：爱美丽有空休息的周末，她都会挑选最漂亮的衣服，精致地打扮一番后出去和约翰约会。挂在靓女脸上的笑容，不由得让珊珊觉得好事将近了。

果不其然，不久后爱美丽就告诉珊珊，约翰要请她们二人一起，周末共进晚餐。珊珊以为是一起赴约，谁知爱美丽在家里留下了地址，那天下午一个人早早地就跑了出去。傍晚珊珊先到了餐厅，和印象里一样，随后来的约翰确实是一个英俊的男子。他六尺多高，蓝色的眼睛，笑起来露出一排雪白的牙齿。他穿着一套浅颜色的休闲西装，衬衫领口自然地向外翻开。比起两年前，在毕业典礼上见到的小伙子，他现在多出了几分男性的成熟和稳重。

他们算是第二次见面。闲聊了几句话，就在离约定的时刻还差几分钟的时候，爱美丽出现在大厅的入口处。她光彩照人，美若仙女下凡。新做的头发，淡淡的晚妆，吊带的浅绿色裙子露出她白皙的双肩。这是一件珊珊从未见过的时装，裙子面料上绣着浅绿色的花束，薄薄的一层从隆起的胸前开始。缤纷的花朵避开了那平坦的腹部，绕到腋下，然后才顺着身体两侧向下蔓延，然后又在下半身正中央的位置上，再次汇聚成群，相互叠加在一起。裙衣托衬出爱美丽东方女性那种特有的苗条身材。

约翰看得都入迷了，向珊珊说了一声抱歉后，匆匆就迎了过去。他握住爱美丽的手，绅士般地伸颈去吻爱美丽的脸颊。爱美丽面带微笑，大方左右相迎。目睹那一刻场景的人，都会有珊珊一样的感叹：生活中才子与佳人，公主和王子的故事，虽然少，但还是存在的。

那顿晚餐十分丰盛。珊珊本来有心开开爱美丽的玩笑，说说她平日生活里的点滴趣事，也借机会挖苦一下这个总是压她一头的靓女。几次话到嘴边，珊珊竟然不忍说出口来。那晚的爱美丽轻声细语，眼神中毫不保留地挥霍着爱意。她少了往日风轻云淡的自信，增添的是女人热恋中的似水柔情。此情此景，唤起了珊珊在波士顿和志嘉那晚的回忆。珊珊看见了往昔的自己：一只温柔依人的小鸟，一朵美丽盛开的鸢尾花。珊珊不忍打扰，她甚至觉得这不是因为爱美丽是好友的缘故，她不忍打扰的是那绚丽的爱情，那个女人一生中绽放异彩的时刻。或许有些人不曾经历过它，或许有些人不承认它的存在，然而珊珊相信爱情，经历过爱情，而且同伴爱美丽的爱情就活生生地绽放在她眼前。

相信爱情是一回事，而寻找到爱情则是另外一回事了。生活有时甚至让人体验到：不相信爱情的人，更容易遭遇爱情。因为爱情之箭总是从背后射来，射中的大多都是那些转身逃离潮起潮落情海的人。

大概是因为珊珊相信爱情，所以她没有爱情。在创业公司繁忙地工作，算是一个原因。遇到一个心动的人很难，更何况是在快节奏的硅谷。虽然身边有一个嘘寒问暖的小胖，可珊珊都尽力与他保持距离，尽量和他只做普通朋友。

世界里的单身女人，似乎总是绕不开她们身边那些随叫随到的男人。当珊珊知道了小弟来硅谷实习时，她没了主意。看着姨妈的面子，凭着姐弟之情，她是一定要招待小弟的。可请他来家里，显然对恋情中的爱美丽不太合适。而约小弟出来，她似乎也没有那么多的话和他讲。思前想后的珊珊决定叫上小胖。他们都是男人，万一小弟有什么想不开的，年长的小胖还可以开导他。而且自己也能通过小胖，了解和掌控小弟的情况。

小胖的表现还是让珊珊十分满意的。他对小弟挺热情，三人见面后，他还经常主动和小弟联系。周末时还带着小弟去郊游，两个男人成了朋友。小弟一切正常，这让珊珊放下了心，三个月的实习快结束的时候，她还邀请了爱美丽，大家一起在外面聚了一次。

这个不讨厌但又没有什么感觉的小胖，在小弟走后又经常邀请珊珊吃饭。珊珊很想回绝，但又不愿让小胖觉得她利用完了人转身就走，于是就去了几次。有一回，两人吃麻辣火锅。汤底是越吃越辣，而小胖还越辣越吃，弄了个满头大汗。小胖外套也脱了，眼镜也摘了，白色的衬衫上还落了几滴鲜红色的汤汁。他自己吃得手舞足蹈不说，还一个劲地催珊珊快点吃。小胖笨笨地透出孩子般的傻气，蠢蠢地透出可爱的真诚，就在那一刹那，一股暖流冲进了珊珊的心房，珊珊心软了，主动拿起餐巾给小胖擦了擦他额头上的汗。小胖就眯着眼笑，眼睛都笑得没有了。这让珊珊感觉他像一个可爱的孩子，而小胖的爱也是那么的纯真。

动了心的女人是管不住自己的。从那以后，珊珊对小胖改变了态度。爱美丽忙于事业，又和约翰恋爱，放假还要回家看望父母。珊珊和小胖相处的机会越来越多，相处的时间也越来越长。

一个周六晚上，小胖接到了珊珊打来电话的时候，他正在开车回家的路上。电话里珊珊说没有去过旧金山的金门大桥，问他明天要不要一起去。

车中的小胖兴奋地嘴里说一声好，脑袋也跟着点一次头。这样反反复复地来了好几次。

小胖所在的大学位于湾区的北面戴维斯市。离硅谷挺远，单程开车要一个半小时。想到明天又要跑远路，小胖把教授的朋友送回了酒店，连忙又把车子加满了汽油。回家洗了澡，在镜子面前还照了照，刮去了不多的胡子后，又找出剪刀把耳边稍微长过的头发剪掉了一些。

选件合身的衣服，现今对小胖来说并不是什么难事了。自从珊珊来到硅谷以后，小胖就坚持每天去大学的体育中心锻炼身体。小胖穿上一件质地良好的衬衫之后，便在镜中欣赏着自己：最近不仅胖肚子收进去了一点，而且圆圆的脸也好像瘦了一点，成功地把他那不太大的眼睛向外扩展了一圈。小胖对他坚持不懈的运动成果十分满意，难怪珊珊要主动约他出去玩了。

世界上的事很是神奇：有的男人在与喜欢的女人交往之后，会无缘无故地自卑，而有的男人则会莫名其妙地更加自信。小胖幸运地属于后者。

小胖在国内读书的时候，班里总有人谈情说爱。就像那些人不理解他为什么只喜欢读书一样，小胖也不太理解那些早恋的人。大学时，当看到有的同学在食堂相拥，在宿舍楼外的树下接吻时，小胖都会飞快地移开他的目光。小胖没有这方面的意识，更没有这方面的需要。

这个状态一直维持至大学快毕业。察觉到同寝室所有的男生都已经成双入对，小胖那时突然开始担心起自己是不是发育得不太正常？是不是过高的体重影响到了他的内分泌系统？或者是积累的多余脂肪导致了他荷尔蒙分泌紊乱？这种担心有一个明显的害处，那就是他不能向任何人倾诉，甚至包括他的父母。思前想后的他决定去做个检查，他真的去了医院。只是站在门诊大厅时，他不确定要挂号哪个科室。即使挂了号，见到了医生，他也不知道该如何开口。他总不能对着医生说："大夫，我对女人没兴趣，您看看这会是什么病？要不给我开点治疗的药？"

第一个缓解小胖病情的人，是他的韩国室友，就是那位借车给他的哥们。因为专业相近，他们有时需要相互交换一些图书。小胖无意中注意到，那个斯斯文文的韩国人，在给他的书中夹着一张手工制作的书签。那是一个有三根手指宽的折叠极其精美的长条卡片，书签正面露出一条雪白而又粉嫩的大腿。小胖出于好奇，一层一层地拔开了书签。那条厚厚的折纸里，竟然跳出了一个让小胖面红耳赤的裸体女人来。这幅图片唤醒了小胖对一个他忽略的世界的兴趣。

第一个真正治愈小胖的人是珊珊。小胖印象里的那个小女孩，竟然在孙老师家里变成了一位比那印刷纸上还要漂亮的姑娘。遇到珊珊的那个夜晚，躺在单人床上的小胖辗转难眠。回想着珊珊的倩影，不知不觉之中，身体的反应再一次印证了他是一个正常的男人。这股惊喜，这种快乐，激荡在小胖的大脑之中。小胖终于认清了自己：他是一位品位极高，一直沉浸于古今名著之中的谦谦君子，只有像珊珊这样美丽脱俗的女子才能唤醒他那颗沉睡的心！这是何等惊喜的发现，这是小胖对他前半生经历的最佳总结。

爱情唤起了沉寂多年的冻土，裂缝之中展露出了嫩绿的新芽。小胖对自己的体形感到不满意；小胖对文学作品中爱情的甜蜜有了亲身的体会；小胖对经典著作中男女之情的真实性不再怀疑。他的专业，他从事的研究，乃至于他的生命都证明是有意义的。这一切都来自于美丽的珊珊！

正值盛夏，因为一股内陆传来的热浪，硅谷的气温打破了纪录。早上十点的时候，小胖已经在珊珊公寓的楼下等着了。珊珊上身穿了件黄色圆领衫，下面穿了条粉色长裙，斜挎着一个白色小包走了出来。

小胖一看连忙说："你穿得太少了，一定要加件厚衣服，金门大桥的风很大，而且很冷。"

珊珊一脸怀疑："今天华氏九十九度，一大早冷气就自动打开了。

这么热的天。就算海边凉快二十度，也还有七十呢。怎么会冷？”

“一定要带，你看我都带了这么厚的夹克衫。”小胖说着指了指后位上的衣服。

见小胖如此坚持，珊珊不太情愿地转身回到她的公寓，随便拿了件厚实的外套。

旧金山海湾的金门大桥蔚为壮观。虽然大桥的长度和高度，已经被世界各地后来居上的各种桥梁所超越。但那座红色的挂索大桥，在灿烂的阳光照射下，映衬在碧海蓝天之中，南北飞跨海湾的磅礴气势，构成了一幅壮观的画卷。

珊珊被这美景吸引，跟着小胖爬上一段石阶，翻过一座山坡，全幅的景象顿时就跳入了眼帘。百闻不如一见，珊珊不停地摆着各种姿势，让小胖给她拍摄各种角度的照片。游客很多，好的取景地点，总是要花些时间排队等候。

海风非常大，即使在正午的太阳下，也会有些寒意。珊珊双手紧紧插在她外套的兜里，看着身后戴着帽子穿着夹克衫的小胖问：“你怎么知道这里这么冷？”

“我昨天来过。”

“你昨天来过这里？金门大桥？”珊珊不敢置信。

“是，我昨天带教授的一个好朋友来这里逛了一圈。”

珊珊情不自禁地掏出手，攒成一只小拳头打在小胖的胸膛上，生气地说：“你为什么不早说，要知道你昨天来过，我就换个地方嘛。”

“我喜欢和你在一起，去哪里都是一样的。”

末尾这句话变成了另一只小拳头，打回到了珊珊的心坎上。

小胖看她愣在那里，便顺势把珊珊拉进了怀里。

海风凄凄，阳光悦目，珊珊闭着眼睛。过了一会儿，珊珊感觉小胖在悄悄地亲吻她的脸颊，这个发现打消了她想睁开眼睛的念头。

白色海鸥从他们头顶掠过，惊喜的叫声在空中响起。

第十五章

星期天下午，珊珊坐在桑拿室里，她闭着眼，有节奏地调节吸入体内的热气，不时地用毛巾擦着从额头流到眉毛上的大粒汗珠。直到运动手表设定的时间响起来，她才快速地起身，冲出了热气腾腾的房间。据说跑完步以后再做八分钟的蒸汽浴，这是最为有效的减肥方法。珊珊和爱美丽因为事务繁忙，整日困在办公室里，两个姑娘的体重都达到了她们的警戒线，她们不得不采取这种有些极端的办法来控制自己的身体了。

冲完澡，回到了楼上，珊珊先在浴室里吹干了头发，然后进厨房按下了电饭煲。

在这个公寓里居住三年了，珊珊特别喜欢这里的厨房。它的室内不仅明亮宽大，而且全部的厨具设备都是乌亮发光的不锈钢。水池前的窗户可以远眺到硅谷连绵起伏的山丘。这几年紧张的生活让珊珊发现了一个规律：在硅谷，不，也许在世界任何一个忙碌的都市，越富裕人家的厨房越是漂亮，而越漂亮的厨房越是没有人在使用。

珊珊真的很少在这个漂亮的厨房里烹饪。爱美丽的事务所包了她的一日三餐，而珊珊也花去许多时间在创业公司的餐厅里。硅谷的生活让她们保持了一处一尘不染的厨房，平白地浪费了这么一个珊珊从前做梦也想不到的拥有完美设施的地方。

不过今天是个例外，珊珊准备了几样菜。爱美丽早上又去事务所加班。中午打电话说，她会回来吃饭，并且会有事情要和她讲。珊珊其实早就猜出了个大概，正好她自己也有个好消息。两人正好一起庆祝一下。

她们的公寓面积要比洛城加大时的公寓大出一倍。不过现在的周末，再也看不见那个头戴耳机，身穿紧身衣，在客厅里像是一个上了弦的小兔子一样，精力十足地吸地毯的爱美丽了。自从她的薪水提高以后，她就雇了家政公司每周来打扫卫生。同样，爱美丽再没有工夫洗熨衣服了。专业的洗衣店每周都会上门来取送她的衣物。爱美丽也会把珊珊的脏衣服一起塞进服务袋里。而珊珊觉得她是个工程师，日常上班穿着极为普通。所以她每次都从爱美丽手中抢下袋子，挑出她的衣裤在家里自己洗。

过去一年除了体重之外，她们两个的生活变化并不大。身边变化大的人要数小弟了。他大学毕业后，也搬到了硅谷。与实习时不同，现在每次和珊珊见面，他都会打听爱美丽的情况。珊珊只能如实地相告，爱美丽不但和约翰约会，而且已经开始一同出门旅行了。去了一次纽约，最近的一次还去参加了约翰家的家族聚会。

小弟听完了这些，总是低头不语。珊珊看他这样，心里为他难过。她本想安慰他：和一个不爱自己的人在一起有什么意思呢？但想到这种大道理人人都懂，能够知行合一的却是极少数。以她的个人经历而言，爱情是陷进去容易，走出来难。她每次都叮嘱小胖，让他多劝劝小弟，交往一些同年龄合适的女孩子吧。

还有一个好的改变就是珊珊的初创公司终于有了起色。公司不但赢得了新一轮的风险投资，而且研发的产品在经历一年多的反复调整之后，终于打开了市场，销量翻倍上涨。公司员工也从珊珊加入时的五十多人，快速上升至一千八百多人，形势一片欣欣向荣。

五点一过，爱美丽抱着一把鲜花走进了门。虽然平日里忙，但爱美丽在生活上还是蛮讲究情趣的。她总是时不时地带点什么新鲜东西回家。上周是从一家有名的饼店买回来些十分可口的西式牛油甜点。

珊珊喜欢鲜花，但她又是一个实际的人。每次在店里见到吸引她的漂亮花束时，她大多会记下花名，并安慰自己说，以后她在房子的后院一定要种上这种花。

爱美丽拿出花瓶，装了水，插上花，摆在客厅里的茶几上。但又觉得有些不妥，她把两人在大学时那张合影相框挪到了花瓶前边，又打量了一下照片里的自己，微微地冲自己笑了笑。

珊珊准备了三样菜，其中的糖醋小排是爱美丽的最爱。爱美丽进了厨房，出来时手上拿了两个杯子和一瓶红酒。

很久没有品尝珊珊的手艺了，爱美丽低头不语，把面前的菜肴吃了个精光。最后还是珊珊忍不住，笑嘻嘻地问道：

"靓女，有什么事情要告诉我呀？是不是约翰向你求婚了？"

爱美丽一时接不上话来，只得笑笑说："还没有那么快吧。"

"那他带你一起去见他的家人是什么意思？不就是准备求婚了吗？"

"说实话，我也是这么想的。他家的聚会还挺热闹。他爷爷有三儿三女，孙辈大概快有二十多人了。每年都选择一家度假酒店，召集分散在东西两个海岸的亲戚们聚在一起。"

"那他是怎么介绍你的呢？"

"他说我是他的女朋友。"

"他父母和亲戚是什么反应呢？"

"他的父母挺友善的。只不过，嗯，只不过第二天我和他们出去玩，当约翰不在身边的时候，有个亲戚总把我的名字喊错。后来他的嫂子解释说，我和约翰去年带来的那个女孩子，长得实在太像了。"

"真的会是这样吗？"珊珊看过许多豪门恩怨的电视剧。她自言自语地说道："会不会他是故意的呢？"

这句话让爱美丽稍稍一怔。爱美丽一向不让负面的想法在脑中停留太久。于是她反问道："你是不是和小胖已经达到亲密无间的地步了？"

珊珊避开她的眼神，平淡地回道："还好吧。"

"看你现在红光满面的样子，是不是小胖的爱情把你滋润了？"

"你又来了，根本不是你想象的那样。"面对爱美丽的挑逗，珊珊故作反感。

"你这小女孩还敢嘴硬。我不在家的时候，小胖来这里住过！别以为我不知道！"爱美丽像是在法庭上的一名检察官，带着一副随时可以扔出重磅证据的气势。

珊珊心虚得很，不敢贸然回怼爱美丽的质问。爱美丽不在家的时候，周末晚上都十点多了，珊珊不忍让小胖再开一个多小时车回校园去。于是让他在客厅的沙发上睡了几次。只是后来情况有点失控……

可谁又能想到，这种男女之事竟然像一颗威力无比的原子弹，在小胖大脑里，在那片荒芜的戈壁滩中剧烈地爆炸了。据小胖自己的描述：一道白光，天地初开地震撼了他的灵魂。那白光随后释放出来的无穷无尽的能量，在他脑中形成了一股排山倒海的冲击波，瞬间碾压了各种知识、各种科目、各种流派、各种争论、各种观点、各种方法、各种论据。一切障垒都瞬间土崩瓦解，一切都化成了悬在空中的粉尘颗粒。

当尘埃落定，什么知识都是那么一清二楚，什么含义都是那么一目了然。一切的一切交织在一起，有机成网，融会贯通。顷刻间他脑洞大开，才思泉涌。这让他激情澎湃，不能自持。他挑灯夜战，创作的论文获得了他教授的大加赞赏，随后竟然发表在顶级的学术期刊上！凭着论文，他还去了法国参加了比较文学的国际讨论会，他的博士毕业也应该为期不远了。

"到底有没有，你从实招来？"爱美丽的声音打断了珊珊的思绪。

低着头的珊珊收起了脸上残存的一丝笑意。抬头看到那不依不饶的爱美丽。只见她一边大声说话，一边还卷起了她的衬衣袖子，像电影里审问官要给犯人用刑似的。珊珊认定爱美丽是虚张声势，拿不出什么铁证，她绝不低头："先别说我，那你和约翰出去玩又是怎么样呢？"

"我们租了两个房间，但晚上只用了一间。你还想问具体细节吗？"爱美丽眉开眼笑地讲着。

"我不听！我不想听。"珊珊领教过了，爱美丽言语上的大胆是远远超出她想象的尺度。

珊珊站起身，把吃光的糖醋小排的盘子拿进了厨房。爱美丽多半料到她会有这样的反应，冲着她的背影哈哈大笑起来。

珊珊在厨房里迟疑了片刻，真想不通这个女妖精是怎么知道的。她每次都非常小心，住过的客厅她都有仔细清理，公寓有两个卫生间，她俩又是分开使用。不管了，她还是有心里话要和爱美丽讲的。珊珊回到了餐厅的座位上。

"小胖人挺好，脾气也好。"爱美丽曾经见过珊珊对他说话挺凶，她猜测这可能是一种她不太熟悉的爱情表达方式吧。

"嗯，是。他喜欢大学里的校园气氛，但就是他对未来没有什么太大的规划。总是事到临头再想办法的人。"

"他毕业以后可以去教书啦。"

"就怕他专业太偏，找不到。以前催了他很久，想让他换个专业。因为已经读了好几年了，来不及改了。万一他找不到大学的教职，就让他去社区学院教书，或者去高中也行。"珊珊说着她的计划。

"不要担心，心理学讲，我们百分之九十的担心都不会发生。你别太悲观了，现在美国经济一片大好，就业机会非常多。"

珊珊心里好受了一些。看着空空的酒杯，忽然想起今天是有事情要谈的，于是问道："说了半天，你到底有什么要告诉我呢？"

爱美丽也想起今晚的初衷，她并不着急，先是给两人的酒杯倒上半杯红酒，然后又压住酒杯的底座，在桌子上慢慢摇动，一手还托着自己的下巴轻声说："我们的案件赢了。"

声音不高，但十分有穿透力。珊珊激动地大声问："你们的那个诉讼案件赢了？"

"是，上周四，联邦巡回上诉法院判决对方败诉，我们彻底赢了。"

"为什么彻底赢了，万一对方上诉到最高法院呢？"

"这样的案例，最高法院是不会受理的。那家公司正为赔偿金做准备。"

"赔偿金多少钱？"

"赔偿金还在算，看他们违约的年限和未来的产品是否能绕过这个专利。应该不少于十亿美元。"

"你能分多少钱？"珊珊更加关心这个问题。

"至于我能够分到多少嘛……"爱美丽说到这里，犹豫了一下。算了，她不想瞒着珊珊，她想让珊珊一起分享这份来之不易的喜悦。她用两个手指做出了一个优美的 V 字形。

"二十万？"珊珊兴奋地问道。

"两百万！"爱美丽大声说完，然后把酒杯举过了头顶。像是在宣告：三年多来没日没夜地辛勤工作总算是有了一个圆满的回报。她就是在硅谷，这个世界上以创造巨大物质财富而闻名遐迩的中心，这个以男性为主导的世界高科技的重镇，在她二十七岁的时候，凭着自己的本事和努力，跻身社会精英，成为硅谷传说中的"年轻百万富翁"！

珊珊跟着"啊"地叫了一声。她也拿起酒杯，在空中轻碰杯身，抿了一口后，放下杯子，站起身来，跑了过去，抱住了爱美丽，在她耳边说："我真的为你感到自豪！"

爱美丽被珊珊的真诚称赞所感动，她们的头靠在一起，肩膀相拥，眼睛里闪着泪花。

"你哭什么，今天应该高兴才对？什么时候把这两百万美元取出来，在我们的客厅里用钱摆成一张双人床，来一个躺在钱上睡大觉，怎么样？"珊珊望着客厅，仿佛已经看见那大床一般。

"这想法挺有创意，只是有一个技术问题。事务所聘请的专业会计师告诉我们，从避税的角度出发，我最好今年拿一半，明年初再拿另一半，这样可以省下十几万元的联邦和州税。"爱美丽解释道。

"你打算怎么花这笔钱呢？"

"我写了一个清单：第一项是送给乡下小女孩一束鲜花。这个已经做好了。"爱美丽举手指了一下那边桌子。

"谢谢。"

"第二项就是我准备送约翰一块手表。"

"哦……"珊珊撇了撇嘴，出声道。

爱美丽不加理会地继续："最后，真的像小胖说的那样，我想在硅谷买套房子。既然我们在这里发展，早买比晚买好。你那么喜欢房子，有时间可以帮我看看吧。"

在餐桌边上待久了，两个人便转移到了客厅。爱美丽背靠在沙发的一头，半躺在长沙发里，对着盘着双腿坐在对面沙发里的珊珊问道："哦，该说说你的好事了？"

珊珊心里一沉：她本来是有件大事的，可现在就有些黯然失色的味道了。算了，自己不和她比就是了。

"我们的公司宣布今年十月份要在纳斯达克上市了。我那些原始的股票期权，可以赚上一笔了。"珊珊把一大笔的"大"字给省略掉了。

"我老是听周围的人讲硅谷创业公司期权，那究竟是怎么回事？"这问题爱美丽一直没搞清楚。

难得爱美丽有不懂的事情，珊珊提起了精神，兴致勃勃地说道："期权是一种创业公司对员工的奖励，留住初始员工的一个机制。一般所给股票的成熟期会被分为四年。像我加入的这个公司，当初他们给了我三万股。我必须在任职满一年后，才能开始持股，先拿四分之一，也就是七千五百股。剩下三年股份，会分成三十六份，每工作一个月就获得一份，这样持续积累。"

"你现在有多少股份了？"

"我也快三年了。这期间公司又再发一些股权，但数量不多。第二年时给了四千股，第三年时又给了五千股。所以现在手中拥有的，大概有两万三千股。"

"你的成本是多少钱一股呢？"爱美丽继续问着。

"创业第一批人的股价可能只有几分钱，或者几毛钱。我加入公司的时候，公司已经成立三年了，那时是六块多钱了。据说我们上市股价定在十八元一股。"

"那应该快有二十八万元了。"爱美丽算出了数字。

"后来两次给的，股价都有上升，成本变成了七块多和九块多了，好在股数不多，所以就算二十七万吧。"

"你准备怎么花这笔钱呢？"爱美丽笑着问到同样的问题。

这个珊珊早就计划好了。当初买的那辆二手车绝对是个错误。这几年修车花的钱足有七八千元了。珊珊是学软件的，对汽车一窍不通。每次她去修车店，都得花个五六百元。珊珊不明白，到底是她的汽车质量不好呢？还是美国修车行的人是专门欺负女人的骗子？

"我要买个新车，不需要修的那种。"

"是，应该，我劝过你。其实你早就可以买了。一个月贷款才几百块。"爱美丽不想再费口舌了，珊珊不愿付贷款利息，这她是知道的。

"然后呢？"爱美丽继续问。

"据说税要扣掉一半，买了车后，那二十七万也就剩十万多了吧。我要在硅谷附近的城市，买一个小一点的房子。"珊珊嘴上回着，心里想着：今年自己二十六岁了，国内同学都已经做妈妈了。这些事都和小胖谈过，他什么都不往心里去，既不吭声，也不说话，一点为将来的打算都没有，有的时候真想开口骂他几句。

"买了车子，买了房子，那然后呢？"

"哪还有什么然后？钱都用光了，没有了。"珊珊一脸茫然。

"刚才还笑我小气，我好歹还先想着你，给你买了那么大一束花。你这个乡下小女孩，在硅谷发了财，满脑子想的就是买个小房子和你那个小胖仔腻在一起，你有没有想到我呢？你这没良心的。"爱美丽笑骂完了，还不解气，拿出身后沙发上的枕头扔向了珊珊。

珊珊知道说错了话，情急之下脱口回道："我拿了点小钱，不是已经给你做了你最爱吃的糖醋小排了吗？一盘子我一口没尝到，全部都进到你的小肚子里了。刚刚吃完人家做的好吃的，牙缝里的肉还未剔干净，现在放下筷子，张嘴就骂厨师。说，究竟是谁没有良心！"说着她也不甘示弱，有样学样把手中接下来的枕头扔了回去。两个女人开心地互骂着对方的不是，久违的亲热把她们带回到了以往的岁月。

第十六章

丽秋在等老汤。炉头上炖着腌笃鲜，几样刚刚买回的蔬菜已经洗好了。天慢慢地黑了下来，她估摸着老汤快要到家了。

她脱下围裙，快步走进房间，坐在一把木头椅子上，面对着书桌正中摆放的支架式的圆镜化起妆来。年轻的时候，丽秋很喜欢打扮。她现在有了一种回到从前的感觉。她也像单位里的年轻女孩子一样，买了一些以前并不关注的高级化妆品。与那些女孩子不同的是，她精心地化妆不是为了出门，而只是为了留在家里欣赏。

忽然她隐约地听到走廊里传来的脚步声，她赶忙起身走出了房间，站在客厅里细听，绿色木制大门外的脚步声只作了短暂的停留，就继续向上层走去了。

这是一套位于三层的单元房，是七十年代建造的，非常普通的五层红砖居民楼，房子是老汤从他的朋友那借来的，据说是这家人出国移民后空下来的房子。这栋楼是一家医院员工的宿舍。靠近大街的是新盖起的漂亮门诊大楼，这座老式的旧楼房稍微不太搭配地隐藏在了那座新式建筑的后面。

这公寓有两个房间，比丽秋从部里分的那套还要小一些。丽秋还会每周回她那里几次，主要是向周围的邻居同事们展示一下她的存在。不过在这件事上，她应该是多虑了。那幢她住了十几年的筒子楼，同她一起搬进去的老邻居，都先后搬到部里新建的住宅楼去了。新来都是些年轻人，与她熟识的人已经很少了。

这个借住的房子有现成的家具，是极其简单朴素的那种。虽然丽秋已经在这住了一年多了，她既没有对屋内的家具做任何的改动，也不曾在室内做任何的装饰。除了带来的一些衣物以外，她只是换了新的床单和被褥。唯一增加的一件摆设，如果可以算的话，那就是在厨房外狭小的过道的餐桌上，摆放了一个白瓷花瓶。花瓶里面插了一两朵丽秋从楼下花店买来的玫瑰花。起先是红色的，后来换成了黄色，因为那是老汤喜欢的颜色。北京的天气干燥，鲜花都保存不了几天。丽秋总是会在一朵花凋谢之前，再补上新的一朵。玫瑰给屋子里带来了一线生机。在瓶中插花成了丽秋的一个爱好，也渐渐地变成了她的一个坚持。

今晚丽秋心情非常好，花瓶里摆上了两朵玫瑰：完全盛开的一朵是几天前买的，含苞待放的那一朵是丽秋刚才下楼时选回来的。

丽秋把炉头的火关小了一点，她又走回了房间。镜中的她真是老了，她白净的脸上新添了一些皱纹，不知什么时候起，还生出了一些淡淡的褐色斑点。丽秋感叹：看来谁也抗拒不了老去的命运。

丽秋一边擦着面霜，一边想起了年轻时的她。那个美丽的，甚至有些心高气傲的少女。时过境迁，她现在感到不仅是她的皮肤慢慢地在衰老，而且她那颗心也渐渐地朽迈。她已经老到了有一天，在陪妈妈去庙里烧香拜佛的时候，她居然也会跟着上一炷香，跪在地上为她个人的事情许愿。这在她年轻时是根本无法想象的。丽秋做了，做得不仅自自然然，而且还诚心诚意。丽秋变了，变得知道要放下自己，学会向生活低头。命这东西，有时候专治不服它的人。

都说是四十而不惑，五十而知天命。丽秋的人生经历和体验恰恰与这常理相悖。她年轻的时候，不仅觉得自己有理想，有朝气，而且那时她活得很清楚，很通透。那时的人也都单纯与纯朴。然而现今过了五十岁的她，面对社会的发展和变化，她感到越活越困惑，越老越迷茫。

比如她和老汤算什么关系呢？丽秋不敢去想，她回答不了这样尖锐的问题。偶尔心里会有一个名词不受管制地跳出来，那是多么不堪的字眼。丽秋从来没有想过自己会和那个短语有任何的瓜葛。难道她真的沦落到这个地步了吗？难道女人真的不能把控自己的人生？这一切实在是她当初没有想到过的。

生活中的事，没有经历过就很难明白；而感情中的事，即使经历过了也未必就能够邃晓！

丽秋离婚之后，别人也曾给她介绍过对象。或许因为职业和身份的原因，她的选择并不太多。与她年纪相仿的，大多是要找年轻小姑娘。即便有少数的例外，她过去后还要去当后妈。丽秋总觉得她把女儿放在上海的妈妈那里，她跑到别人家里带孩子，实在是说不过去。她也试着交往过六十岁左右年长的男人，那些人的孩子虽说都已长大，但那些成年儿女又总是以为她要去抢他们父亲的房子。优秀的男人本就少，更何况对于一位中年女人。

然而女人对爱情的渴望，并不会因为年龄增长而降低。两年前，从旧金山回国之后，丽秋有时居然会对老汤有那么一丝情不自禁的思念，那偶尔不受控制的遐想和冲动让她感觉自己是多么幼稚和可笑。她那时脑子里不断地提醒着自己，千万不要做出什么傻事来。然而当爱潮再一次来袭时，那理智的声音一次又一次被淹没。她有一种久违的疯狂感觉，一种本当属于她的感觉！

当她一个人寂寞地等待老汤的时候，丽秋曾经想过，年轻时在什么情况下会遇到老汤呢？理智的推演会让她非常失望，即使当初没有珊珊的爸爸，下一个，甚至再下一个也都不会是他。两个人相识是一回事，两个人相爱则是另一回事。历史不容假设，人生又何况不是如此。

丽秋和老汤相爱了。在他们五十多岁的时候，他们在一起了。老汤初次来这房子的时候，丽秋还担心两个人会不会感到尴尬。后来发现两人有说不完的话题。年少时在上海成长的趣事，年轻时在哈尔滨校园的生活，校友的同学现在的状况。在这个小房子一起度过的时光里，他们居然有那么多说不完的话。每一次见面都是那么快乐，快乐到他们忘记了年龄。一个冬日的下午，老汤坐在餐桌旁，胳膊支在桌上，手托着下巴，暖洋洋的阳光透过绿色边框的木头窗户，照射在他的脸上。他说话的神态和语气，让丽秋回想起几十年前一起乘火车上学的小汤。他们一同回到了青春的岁月，他们身不由己地拥抱，情不自禁地亲吻，水乳交融地在一起。

每当想起两人甜蜜的缠绵，丽秋就会不自觉地在内心里笑。老汤身体非常棒，五十多岁的人，精力还是那么旺盛。而且每次他都要开着一盏灯，也不知道这是男人什么样的心理。

对于久违的温存，丽秋褪去了少女的羞涩，像是久别重逢的夫妻，享受着老汤的爱抚。她甚至感觉老汤不仅进入了她的身体，而且闯入了她的灵魂。他先是偷偷地吸吮那深处漂泊的东西，随后越发变得放肆，肆无忌惮地侵占了她。侵占一个人的肉体或许会有伤害，而侵占一个人的灵魂则会是无声无息。她先是被束缚在原地不能逃脱，进而情不自禁地越挑越旺。荒凉的土地迎合着入侵，渗出的潺潺溪水最终竟然开出茂盛的花朵来。激发出来的耀眼光芒，把她彻底地融化在他的身体里。

最初在一起，丽秋会忘记一切。后来丽秋意识到相爱的人心在一起后，便再也舍不得分开。这份情感也许并不值得拿出来向人炫耀，但这绝对是一份真爱的情感。丽秋摆脱了挣扎，跨出了阴影。她既没责备和羞耻，也没有歉意与抱怨。

男人是什么？婚姻又是什么？对于女人而言，世上到底是先有了男人，还是先有了婚姻？婚姻是什么？爱情又是什么？对于人类而言，世上到底是先有了婚姻，还是先有了爱情？彼此相知相爱的人在一起，难道这个理由还不够充分？彼此情投意合的人在一起，难道这个缘由还不够充足？

丽秋和老汤在一起时间越长，她越会向他吐露一些她的心事。她提起过女儿珊珊在硅谷生活不易。谁知老汤听后，就说要帮助她，给她一笔他的积蓄。丽秋婉言拒绝了他的好意。丽秋不是不需要，而是她要保住一个女人的尊严。女人若收了男人的钱就会矮上一截，即使男人没有那种居高临下的意思，女人也应该坚守这个底线。她和老汤是平等的，他们在一起是两情相悦，他们的爱情里容不下金钱。

他们在一起时，丽秋十分快乐。不过老汤工作繁忙，不能经常来她这里。痛苦也会趁着丽秋孤单的时候，搅扰她的心扉。她痛苦的根源是她不敢憧憬明天，他们的明天。憧憬是人类具有的一项奇妙的功能，它既会给人带来期盼，也会给人送去忧伤。被爱情遗忘多年的丽秋，被生活折磨得疲惫不堪的丽秋，不想再为明天而烦恼。因为她只想活在今天，因为她也只能活在今天。

天完全黑了，老汤用钥匙打开了门。掩上门，刚转过身的他就看到迎过来的丽秋：新烫的短发，淡淡的脂粉，燃情的口红，紧身的毛衣，隆起的胸部，粉色的拖鞋。平日里，他会伸手抱抱丽秋，有时还会在她脸上留下一个亲吻。

老汤脱了外套，换了丽秋放在他脚边的拖鞋。丽秋帮他挂好了衣服，就转身回到了厨房。老汤周中到这里，都是吃过晚饭的。但丽秋每次都要给他再做点好吃的。

老汤走进了房间，坐在了那硬硬的小沙发上。他把脚习惯性地架在了茶几上。这种老房子室内都建得有点低矮，房顶的电灯也有些昏暗。不过不知道为什么，他喜欢这里，这地方总让他想起当年在上海闸北工厂宿舍里的时光，他有一种回家的感觉。

　　说起家，他有时会想到他的太太，那个他在工厂里认识的人。判断一个男人年轻时的境遇，完全可以从他那时娶的女人那里看出些端倪。老汤其实也没有什么怨言。老婆家里姐妹多，高中毕业后就当了工人。人长得还不错，结婚以后，做事也勤快。在老汤当上厂领导后，她就上了电大，后来成为一名干部。

　　有人说，想知道一个女人结婚以后会变成什么样子，最好的办法是去看看那女人的妈妈。老汤那时不知道这个道理，其实知道了也没用。在老汤看来，女人其实没有什么优点缺点之说，女人有的只是特点。不同时期的同一个女人，她的特点有时是优点，而有时却又变成了缺点。

　　老汤太太最大的特点就是把钱看得太重。经济不富裕的时候，她节俭持家，可随着老汤的步步升迁，他这个太太让老汤开始头痛了。

　　起先是太太要进那家国营工厂开办的开发公司做办公室主任。已经调到了市委的老汤坚决反对原单位的这项安排。但架不住老厂长、新书记一起找他，非说他太太干事有多么认真负责。后来的那几年，太太在那公司干得很有起色。这女人就天真地以为那是她的本事了，其实这些项目都是凭借他在市里的关系拉来的。

　　老汤被调往北京，这本是他太太一个全身而退的最佳时机。她也一起跟到了北京，可没住几个月，她就耐不住寂寞又跑回了上海。带着不读书的儿子开办了另一家公司。想到这，老汤不禁叹了一口气。

　　"过来吃点东西吧？"丽秋站在房门口说道。

　　"我刚才吃过了，不饿。"

　　"给你煮了你喜欢的汤。"

　　"哦。好，我马上来。"

　　老汤说完话并没有立即起身。相比之下，丽秋太不容易了。总想着怎么帮帮她。丽秋也跟他讲了钱被前夫骗走的事。如果那个大鹏要是不出国，怎么也不至于混得这么惨吧。老汤悻悻地想着。

还好丽秋的女儿挺有出息的，年轻人能脚踏实地做点事有多好啊。珊珊要比他的那个招摇过市的儿子强百倍。

丽秋又叫他吃饭了。老汤站起身，心中想着：最近一件事接一件事，真是忙啊！

老汤走了过去。餐桌上摆了一碗冒着热气的汤。丽秋细声地说道："上班累了吧，补补身子。小心，有点烫。"

桌子上放了三样青菜。看着老汤大口吃着她刚做的新鲜蔬菜，丽秋感到很高兴。她把那个花瓶往桌边移了移，那朵盛开的玫瑰花瓣掉下来了几片，其中的一片还飘落到了地上。丽秋看到了，但没有时间理会它。

吃完饭，丽秋站起身正要收拾碗筷。

老汤说道："你别走，我和你讲件事。"

丽秋坐回到椅子上。

"还记得部里成立的那个对外公司吗？"

"记得，一口气派了好几个副部长的那个。"

"现在呢，这个公司要在香港成立一个外贸分公司。"

"哎呦，我们平头百姓可从来没有听说过有这种事。"丽秋故作夸张地回答。

"那当然了，这肯定是知道的人越少越好。"

"公司里的那帮人不得打破了头。"丽秋心想：为争这种外派的肥缺，闹出了人命她都不会吃惊。

"我想派你去任那边的经理。"老汤望着她说。

丽秋完全没有想过会有这样的可能。手僵在那里，心里想着：她提了正处长后，可没少受别人的妒忌。同龄人会眼红，就算是已经是处长的那几位，话里话外也都是酸溜溜的。

"怎么会轮到我呢？我都不在那公司。"丽秋疑惑地问道。

"说来话长。"老汤把空碗往桌里面推了一点继续说："本来计划一个经理，两个副职。我推荐你做管技术的副经理。以后有什么敏感的设备，部里可以通过这个公司从香港购买。但最后讨论的结果是，在香港的人员不宜过多，尽量精简，所以现在就成了你当经理，再配一个副手。"

"哦，原来是这样啊。"

"至于那副经理，他年龄比较轻，才三十多岁，所以你当经理，把一把关，什么事情多带一带他。"

还没有等丽秋消化完这个与她相关的新消息，老汤口气平缓地继续说道："再有就是再过三个星期吧，新的任命就会下来了，高部长会退下来，我接任他的工作。"

"恭喜高升啊！老汤。"丽秋脸上笑成了一朵花。这消息可是一直有人在传，丽秋也听到过几次了。光从老汤在主席台开会的位置就可以看出来，他不断地往中间移动，现在每次都坐在老部长的边上，接班的气氛蛮明显的。

"咱们开瓶酒庆祝庆祝吧。"丽秋越说越高兴，站起身后，她才想起来，这里不是她的家。根本没有什么酒。

"不用了，不用了。"老汤显然是没有那么兴奋。

"正部级，相当于少将了。那你可是我们这届同学里第二位将军了。"丽秋笑得像个孩子。

这么比较，老汤还从未想过，他听后露出了今晚的第一次笑容。他开始和丽秋数了数留在军队里的同学。丽秋高兴得像是回到了学校里的一名在教室里与人争论题目的学生。她说话的声音不仅大，而且还几次打断了老汤的话，纠正他说的同学名字和在职单位的错误。

最后他们确定老汤是第三名。第一个将军是二炮部队的，在新疆基地工作多年。长征运载火箭发射有突出贡献，前几年，晋升为了少将。另一个是国防科工委的和丽秋比较熟的同学，大概是去年提成了少将。

两人又说了一会话。丽秋去厨房沏了一壶茶。女人的直觉告诉她，老汤今晚心情不好，为了逗他开心，丽秋才装了一会儿疯。现在给老汤倒了一杯茶后，她又目光灼灼地望着老汤说："大将军，我敬你一杯。"

老汤犹豫了片刻，看着丽秋手举在空中，等待他的样子，他才慢慢拿起杯子，回视着丽秋说："你是第一个知道我这事的人。"

丽秋深情地望着他，轻碰了茶杯："爱你，为你感到自豪！"

老汤躲开丽秋的眼神。在老汤看来，丽秋这个女人的特点就是勇敢，一个敢把爱恨说出口的女人。老汤极少会把"爱你"说出来。他或许对丽秋说过为数不多的几次，都是在那瞬间他无法控制自己的时候。

老汤无声地深吸了一口气，然后平静地说："这个地方，我不能再来了。你的新工作，上面有几个人已经知道了。下个星期就会有消息传出来了。你也赶紧搬回家去住吧。估计上门看望你的老同事不会少。记住，凡是给你送礼的，就说要搬家，没有地方放。请你吃饭饯行的，就说业务交接忙，没有时间。总而言之，一概不要，全部回绝。"

老汤眼睛转回到丽秋："弄不好，你就会变成部里下半年一直被人谈论的人物了。越是这个时候，越要夹着尾巴做人。你晓得吧？"

老汤为丽秋考虑得这么仔细，可丽秋一个字也没有听进她的耳朵里。

那天晚上，老汤待到很晚。他走的时候，站在过道里，穿上外套，戴上围巾，换上皮鞋，转过身来，一脚踩在了刚才跌落在地上的那片花瓣上。他隔着十分遥远的距离抱了一下丽秋："你去了香港，胆子放大一点，尽快把局面打开。你有闯劲，我看你行。有时间学学广东话。"他试图笑着说那最后一句话，可当他看到丽秋那苍白无色的脸时，他的笑声早早地夭折了。

老汤拍了拍丽秋的肩膀，没有再看她一眼，转身打开门，走了出去。他踩的那片地上的花瓣也同他一起不见了。

老汤的这些话，没有一句是丽秋想听的。她想听什么呢？她自己也不清楚。

丽秋全程紧闭着嘴。因为她知道她一出声，就会哭出来。她真想求老汤明天再来一次，哪怕就一次；她真想扶一扶他的围巾，告诉他要当心自己的身体；她真想紧紧地再和他抱一会儿，哪怕什么都不说呢，就是静静地再抱一会儿。

如果以后不能来这里，那他们怎么见面呢？她是不能去老汤的部长宿舍楼，那个地方进出都是要登记的。老汤也不会去她的住处，一个到处都是同事的地方。

老汤或许是对的。部里的几个头头已经知道了她的安排，既然老汤推荐了她，风言风语立刻就会跟着来了。这个时候再见面，不是给别人送把柄吗？

和老汤就这样结束了吗？一切来得这么突然，发生得没有一点征兆。丽秋潜意识里，知道会有这么一天，但没有想到就在今晚。

丽秋的眼睛模糊到看不清任何的东西。呆立了许久，一个念头突然闪过。她擦了擦眼眶，随后走到了每一间屋子里，打开了每一盏灯。她开始仔细审视这个房子里每一个地方，每一处角落。

这个简陋的地方竟然是她俩的全部！她们不曾逛过一次商场，去过一次公园，外出吃过一次晚餐。她们所有相爱的时光都发生在这个不大的公寓里。这将是一个她离开后，再也看不到，再也回不来的爱巢。

对这个住处的感觉十分奇怪。它既不是旅馆，也不是她的家。不知不觉地，她已经习惯了这里，忽然今天发现自己马上要从这里搬走了，她有一股莫名的惆怅。

灰色的水泥地面上，露出一些细细的裂纹，不规律地向四周蔓延开去。整面的白色墙壁上没有悬挂任何装饰。炉头上还有一点刚才炒菜留下的油迹。池里杂乱地摆放着两副用过的碗筷。

这间屋子的书桌放得不太合适，应该摆在离窗户更近一些的地方。那间房的床放得还好，但还是应当向左再靠一靠，离右边有镜子的衣柜远一点。这样每天早上起床时，她照镜子穿衣服会更方便。这屋窗帘应该换个浅颜色的，现在深色的把房间里弄得有点压抑。那屋墙顶的灯应该换一个更亮的灯泡，或者干脆换成一个多盏的吊灯。

丽秋在布置她的家。她不放过每一个细节，像一个初次结婚的小女人一样，她力求在每个细微处都要达到完美。当一切的家具摆放得恰到好处的时候，当所有的装饰都让她称心满意的时候，丽秋闭上了双眼。她不仅仅要在心中铭刻住，她更要在脑海里彻底地烙印出她新家的每一处布置，每一处场景。她要拥有，在记忆中完全地拥有，拥有她在这爱情小窝里每一次深情的拥抱，每一秒难忘的时光！

瞬间即是永恒，如果有一天离开这个世界，她愿意将脑中的这一永不磨灭的记忆呈现在她生命最后的追念片段里！

餐桌上白瓷花瓶里，还留着那两朵黄色的玫瑰花。今天选来的那朵依然是楚楚有致，含苞欲放。往日的那朵则是荣景已过，日渐式微。

她曾经盛开，她今夜凋零。

第十七章

这一年的十月，一连几个星期，硅谷的气温一直徘徊在华氏九十多度的高温，秋老虎在湾区抖起了威风。

星期三上午十一点半，爱美丽正在参加会议。突然身旁的手机震动了起来，爱美丽下意识地看了一眼，马上关掉了它。

珊珊极少在爱美丽上班的时间打来电话。她最多是寄一封邮件，或者是发个手机短信。爱美丽在笔记本电脑上，打开了一个新邮件，正准备问珊珊什么事。还没来得及打字，珊珊的电话又来了。爱美丽本想再次关掉，可忽然又担心起来，会不会珊珊出了什么事情，记得最近她又提过她的汽车有些异响……

想到这里，爱美丽向旁边的老板抱歉地打了个招呼，抓起手机，起身快步地走出了会议室。轻轻地关上了门，站在过道边，匆忙地接起了电话。她低着头，小声地问道："怎么了，小女孩？"

"五十一了，五十一块五了。"伴随着多人的尖叫声，话筒那边传来了珊珊高昂亢奋的声音。

爱美丽有点摸不着头脑："什么五十一了，五十一块五了，你在说什么？"

"我们公司的股票啊。我们公司的股票今天上市，开盘就是三十九块，现在已经五十多块了。"

爱美丽这才想起来珊珊上周末讲起过这事。其实最近几个月来，珊珊天天在谈论她公司的股票上市计划。爱美丽听得都有些疲劳了："为你高兴，我们晚上一起庆祝。现在我还在开会呢。"

"我也是百万富翁了！"珊珊向爱美丽喊出了这最后一句话，也是最重要的一句话。收起手机，像是一个胃酸都挤到喉咙眼的病人，突然吃了一副特效胃药一样，珊珊胸闷难熬的感觉顿时消失了。

在众人的欢呼声中，珊珊和大家一样，心中充满了难以言喻的激动。公司一层的餐厅里挤满了人，头顶上悬浮着五颜六色的气球，有的被人伸手重新击回到高高的屋顶，有的则是落到了地上，时不时地发出"砰，砰"的声音。墙上挂的几台电视都在播放着相同的频道，屏幕上流动地显示着各种股票的最新报价。屋内的每一个人都是那么兴高采烈，大家手中拿着饮料，三五成群的人有说有笑地聚在一起。大家一起在等待公司的创始人兼执行长，今日华尔街的焦点人物，在中午十二点进行的实况专访。

珊珊拿了食物和饮料。看到电梯里的人太多，她就走进了楼梯。楼上办公室像是周日一样安静。回到座位上，她赶紧打开电脑，股票涨到五十三元了。珊珊记起组里被同事封为股票专家的越南小伙子，他早就告诉过大家，他们的公司是网络新贵，十八元的初始价位实在太低了，股票上市后一定会翻倍。看样子，这个人说得还真准，以后还要多听听他的意见。

打开信箱，买房的经纪人已经又送来了当天新上市房子的邮件了。自从爱美丽提出要买房子，珊珊就开始了行动。她从众多经纪人中选出了一个经验多、口碑好的包经纪，让他帮着买两套房子。

每到周末，包经纪就带着她去参观市场上的展示房。爱美丽要买的独立屋，房子的定位在两百万美元上下，而珊珊的独立屋则是五十万元左右。这几个月在硅谷买房的经历，珊珊真可谓感触良多。

珊珊第一个感触就是有钱真是太好了！如果买房的钱达到爱美丽的那个级别，那可供选择的房子，以及房子所附带的配置，完全超出了她的想象。有宽敞后院的房子，是在几千尺平整草坪的中心建上一个大游泳池；有的房子盖在半山腰，夜晚可以俯瞰整个灯火通明的硅谷；而要是选远一点的城市，那么这个价位甚至可以买到一个带网球场的房子。珊珊沾了爱美丽的光，算是开了眼界，过了一把有钱人买房子的瘾。

与珊珊对买房乐此不疲的态度刚好相反，爱美丽去了几次就不想去了。她推脱说工作忙，而且还要和约翰约会，买房的事就让珊珊看着办吧。爱美丽提出了几个简单的标准：她既不要什么大草坪和游泳池，也不要什么夜景房和网球场，她只想要一个离上班地方近，交通方便，社区安全的住处。爱美丽的要求激发了珊珊的第二个感触：越是把买房不当一回事的人，越是可以买好房子，大房子。

珊珊的第三个感触就是买房可谓是判断一个人社会地位的最快捷，最准确的方法。虽然她们俩同样生活在硅谷，但爱美丽未来的房子和她要选的房子是属于两个完全不同的世界。

珊珊那五十多万元的房子，大概是在硅谷能买独立房的边缘价位了。不仅房子老，而且地方偏。即使有那么一两个房子里里外外都收拾得漂漂亮亮的，但那所房子所在的马路一定是被大小汽车塞得满满当当的。一过晚上六点，就找不到停车的位子。而且几乎毫无例外，在离那栋房子不远的路上，一定会有一两家住户的门前草地一片枯黄，车库里堆满了杂物，几辆破旧汽车挤满车库前的车道，直至延伸至公共行人走道。相比之下，爱美丽所关注的小区里，街道宽阔，车辆稀少，大树成荫，鸟语花香。每栋住宅前，不是漂亮的花圃就是精心修剪的绿地。每片社区的不远处分布着大小有致的公园。街道上偶尔遇到的行人，大家都会相互礼貌地打声招呼，一幅祥和宁静的景象。

这些细微而又真切的感受，珊珊憋在心中无人诉说。她觉得应该让小胖也来体验一番，让他也受些刺激。珊珊曾抓着小胖，让他陪同了两次，后来知道他通宵达旦地在赶写他的毕业论文，才最终算是饶过了他。

珊珊又看了一次公司的股票，已经涨到五十四元了。跳动的数字，跳动的心。珊珊默默地说："还好，她手中三万股的公司期权，现在也价值上百万元了！"她立刻写信通知经纪人，她的目标也调高到一百万。珊珊信心满满，脸上笑成了一朵花。

自公司上市之后，珊珊就养成了一个每天早晨六点半自动醒来的习惯。那是西海岸股市开盘的时刻。若不是周末，她就必定会用手机查看当天她公司的最新股价。那一阵子，股市狂飙，只要沾了高科技边的股票都在上涨。

组里的越南小伙子的编程技术一般，经常会向同事请教。珊珊每次都是和颜悦色地解答他的问题。作为回报，小伙总会给她讲解些股市的最新动态，当然珊珊最为关心的还是本公司股票的前景。根据那小伙子的技术分析，公司股票在触及五十多元高点之后，会有一波技术回调，而再次筑底应该是在四十元左右。看珊珊眨着个大眼睛似懂非懂地听着这些专业术语，小伙子就把公司股票的价格图形打印在纸上，并在上面用铅笔画出了一些直线来。其中一条下行线刚好与另一条上行线交叉在了四十元的方位。

说来就是那么神奇。公司股票经过上蹿下跳一阵折腾之后，真的就回归至小伙子所预见的四十元。这时候他又解释说，公司的股票正在筑底，有闲钱的人应该在这里进场加仓。翻译成大白话就是：现在是掏钱买自家公司股票的时候了。小伙子预估公司的股票可以在一年内涨到一百元，他还拿出几家市场评级机构的分析报告，其中一家机构给出了一百二十元的目标。

珊珊一来二去被说动了心。工作这几年攒了四万多元，她一直存在银行拿百分之三的利息。既然撞大运，撞上了这么一家前景良好的公司，她索性就应博它一把。珊珊一咬牙，把存款全部拿了出来，加上当月的工资，一口气买了一千股。因为申请股票账户时耽搁了几天，买的价格变成了四十三元。珊珊提着心，吊着胆，盯着自己手中的股票就像盯着自己初次上幼儿园的孩子一样，真心希望它能够好好上涨，天天向上！

公司里像珊珊这样的人，为数可不少。因为是新近上市的公司，员工的原始股票都被视为内部股权，受到监管的限制。他们的股权一定要在半年以后，才能交易卖出。这一百八十天的起起伏伏，这四千三百二十小时的上上下下，真是对公司股票拥有人的一种煎熬，对一只脚已经跨入财富大门人的一次考验。股票这样火热，大家都是还没拿到现金的百万富翁，从未有人经历过这种悬在半空中的感觉，没有人能够控制自己那狂想的翅膀。每天上班的时候，人人都在电脑上打开一个观察股票价格的窗口，每隔几分钟就忍不住去查看一次，大家在心中计算着增长的财富，众人在脑中规划着美好的未来。

数周之后，股价从珊珊那个买进的价位缓慢地小步上升，晃晃悠悠地又回到了之前的五十六元的关卡。珊珊用她现金购买的股票，一个月竟然赚了一万多元。这让珊珊有点想获利了结了。这时组里的股神再次喊话，宣称这只股票马上就会有重大突破，告诫大家切不可乱动。包括珊珊在内的几个组员，早已被这位年轻人几次精准的预测所折服，大家就像一群纪律严明的战士一般，深夜之中潜伏在敌人战壕的前方，冒着危险，耐心地等待黎明时那冲锋的号角。

十一月的一天，公司公布了第三季度的财务报告，盈利超过预期。消息一点多发布后，股价盘后立马跳上了六十一元。次日开盘，股价更是一路狂涨，跃过了七十元的关卡。公司内再一次欢声雷动，珊珊猛然意识到，她和爱美丽一样，也快有两百万美元的身价了。天啊，幸福从天而降，硅谷真是一个创造奇迹的地方！

珊珊人生中初次感受到了有钱的滋味。这是一种出行时突然从乘坐破旧的老式牛车，转换成高级轿车飞跃式的变化。这种有钱所带来的自信感和满足感，美妙至极：以前不敢进的名品店，现在也可以逛一逛了；以前不曾试的高级衣服，现在也可以穿一穿了；以前点菜时快速略过海鲜类的菜品，现在也可以尝一尝了。

在一次大方请小弟吃饭的时候，小弟意外地带来了一位他的女同事。那女孩面貌清秀，文静典雅，更重要的是她家庭环境和成长经历都与小弟十分相似。珊珊这个当姐姐的终于见到了小弟久违的笑脸。痴情的人总算是走出了苦涩而又难忘的初恋。感同身受的珊珊当晚就打电话向姨妈报告了这个好消息，这可是跟她公司股票上市一样让人高兴的事情了。

爱美丽这段时期不仅工作繁忙，而且增加了一个额外的差事：家庭关系协调员。起因是她的弟弟爱伦从大学工程学院毕业了，本来计划继续攻读法学院，但他的女朋友林达提醒，他们是时候该结婚了。于是爱伦找了一个工程师的职位，一边工作，一边准备婚事。

爱美丽的父母那边没有预见到儿子高中时结交的女朋友，真能够坚持到现在。他们眼中的这个白人女孩是一个娇滴滴的大小姐。她读完了高中以后，既没有认真读书，也没有努力做事。这样的媳妇不太符合他们梁家传统的择偶标准，因此不赞同这门婚事。

弟弟爱伦这边，早已被林达不嫌弃他家境不像以前那样宽绰而感动到痛哭流涕的地步了。他哪里还能容忍父母挑剔他心上人的缺点，和父母沟通了几次以后就火冒三丈地与他们吵了起来。

爱美丽只好周中在硅谷上班，周末飞回洛杉矶进行调解，这样来回进行了好几次。双方虽然各执一词，但都把她当作了申诉的对象，指望她公正地找出解决问题的办法。

爱美丽对林达相当了解。在她看来，这个林达是现代生活里的一朵奇葩。不过看着弟弟那种没了爱人就要死要活的样子，她也能理解这段年轻人单纯的爱情。最后她劝慰父母：林达虽说是个依赖男人的女性，但两人还是真心相爱。弟弟娶了她，会带来男子汉顶天立地一家之主的责任感。这种责任感会变成一种积极向上的动力。这是父母和姐姐不能给予的一种鼓励，这对于男人的成长，成熟和成功都有好处。这也是父母一直希望他能够拥有的品质。现在林达姑娘愿意帮助儿子找到这种感觉，这何尝不是一件好事呢？

父母听了女儿的一番劝导，觉得有些道理。儿女婚姻的事情，不能和他们从前在印尼或是香港相比了，最终两位老人同意了婚事。梁父对女儿疼爱有加，自从爱美丽成为律师以后，他对女儿的意见相当地尊重。他心中为女儿骄傲之余，略微有一种不便向外人吐露的遗憾：只可惜爱美丽是个女儿，要是儿子，那一定能振兴梁家的家业！

硅谷又到了四月的雨季，连绵的小雨哗哗啦啦地下个不停。天色阴沉，整日里见不到一丝的阳光。

如果时间可以停止，珊珊一定愿意让它停留在那一年的一月。如果时光可以往复，珊珊一定想把它定格在那一年的一月。一切发生在那一年一月的事情都是那么美好，那么值得回忆。

那年的一月，珊珊公司的股票随着大市一路上涨，站稳了九十元。有时股票一天的涨幅，所带来的利润比她一年的工资收入还要多。这让珊珊切身体会到市场里资本的力量。公司里的越南小伙子也在那个时候离开了公司，据说他已经从大牛市里面赚了几百万元了。他辞职专职去炒股了。周围的人都极其羡慕他的能力。

还是那年的一月，经过六个多月对房地产的近距离观察，珊珊建立了对关注区域内上市房屋的敏感性。在一年中房市最为清淡的时段，也就是新年元旦前后几天里，珊珊在硅谷最好的学区里看中一套房子。那房的地理位置极佳，而且价格在小区里还算低。房子挂牌的当天晚上，珊珊就叫经纪人带她去看房。珊珊真心喜欢这房子，可她的股票那时还是不能兑现，于是第二天就拉上了爱美丽。爱美丽对房子也是赞不绝口，夸奖珊珊眼力好。

虽然是老房子，但住了三十多年的老屋主一直不断地装修升级。房子是一套四房三浴三车库的两层独立别墅，院子不大不小，方方正正，院墙四周种满了成年的橘子树，枝繁叶茂，十分隐秘。现金充沛的爱美丽果断地下了买单，在一番讨价还价之后，一月二十日以一百九十五万元成交。这次买房珊珊算是露了一手，她颇为得意。她让经纪人多加注意。等到她的股票解禁，她也要在这个区域再买一套同样的房子。

还是那年的一月，珊珊的生日刚好是周日。珊珊猜想爱美丽也许是要感谢她买房的功劳，所以准备了一个她所见过的最漂亮的生日蛋糕。三层奶油蛋糕布满了各种颜色的水果，最高层的中央矗立着一位白雪公主，她的头高高地昂起，翘起了鼻子，注视着远方。那姿势跟珊珊的心情是一模一样的。

爱美丽那天格外高兴。晚上众人离开以后，她告诉珊珊：约翰主动提出要陪同她一起去参加弟弟爱伦的婚礼。她花了很久的时间引导约翰，给予他许多次的暗示，约翰最终明白，他应该提前飞去洛杉矶，在婚礼的前一天，带着准备好的礼物，登门去拜见爱美丽的父母双亲。

看着爱美丽说出这消息时脸上的兴奋之情，珊珊无法联想到这个天真的女孩，就是平日里那个穿着端庄，表情肃穆的女律师。看着爱美丽说起约翰时，爱意的眼光，灿烂的微笑，微红的嘴唇，含蓄地用词，珊珊感触良多。有人说爱情中的女人不是在犯傻，就是昏了头。这样的说辞珊珊不能认同。因为眼前这个和她相处多年的女子，恰恰是在当下，在爱情中沉浸的她才最为美丽，犹如一朵鲜花绽放，就像她们喜欢的那株在硅谷山坡上盛开的鸢尾花，在阳光下灿烂，在月色中娇羞，在众人面前夺目，在爱人面前芬芳。

还是那年的一月，珊珊公司赶上了电脑特别供应商的一次降价促销的活动。以前卖一千两百元的笔记本电脑，现在只卖八百元了。正好小胖在写论文，便请珊珊替他购买了一台。小胖随后还给了珊珊一张他的个人支票。

然而现在已经是四月了，珊珊的一切都改变了。

四月初的一天，珊珊的公司在股市开盘前三十分钟，突然宣布公司过往几个季度的财务报表里被审计公司发现有一些错误，公司现在正在全力配合调查，争取以最快时间重新发布过往的报表。在这段重新审计的期间，公司将暂停发布新的季度报告。

消息一出，公司股票从八十八元瞬间跌到了三十元。珊珊花自己积蓄购买的股票顷刻间损失了三分之一。珊珊犹豫是不是应该卖掉手中的一千股，可又不舍得一下子就亏掉她辛苦攒下的一万多元。她没有立刻卖掉，想再等等看，一旦回了本金，就立即出手。

谁知屋漏偏逢连夜雨，伴随着公司的坏消息。股市纳斯达克股指迎来了盛世之后的大崩盘，各种股票都连续几个星期大幅下跌。而她公司的危机也愈演愈烈。先是公司的财务总裁被解雇，随后不久公司的创始人兼执行总裁也辞职了。等珊珊缓过神来，下决心卖了她的一千股时，四万多元的投资已经变成了九千多元了。即使这样，后来再回头看都会觉得万分庆幸，到四月底的时候，公司股票跌成三块钱了。珊珊近三万股的股权已变成了一堆实实在在的废纸了。

也是四月，爱美丽和珊珊搬入了新居。珊珊对新住所感到十分陌生。在搬进去之前，爱美丽曾经高高兴兴地和她一起商讨如何装修房子，珊珊认为完全没有这个必要。以前房主把房子已搞得挺好了，再装修就是白白地浪费金钱。一向讲道理的爱美丽这次变得固执起来。她坚持把房里的地毯统统换成了木地板。

换就换吧，珊珊撇着嘴心里感叹：有钱人就是爱瞎折腾。爱美丽新地板居然换成了浅颜色的，太阳从窗外照进屋，晃着她都睁不开眼睛。这还不说，新的家具选得一点都不好看。客厅里的沙发简单地就是在几根立着的木头上挂了个超大号的淡黄色的布质网兜，不伦不类地戳在那里，奇奇怪怪。还说这是某个知名设计师的产品。她觉得爱美丽的装饰审美可不是一般的糟糕。此外这房子虽然地理位置好，但她上班比以前远了，每天排队进高速就要等上十几分钟。不过这样的局面恐怕不会持续很久了。股市暴跌后，各个公司都开始裁员，她公司已经走了一批人了，她也面临着失业的危险。

还是那年四月，珊珊终止了每周和经纪人一起去看上市屋的约定。现在不要说百万元的豪宅，就是她当初计划的五十几万元的房子也都变成了痴人说梦的妄想了。她和爱美丽同时来的硅谷，现今的差距真是天壤之别。珊珊心里充满了挫败感，可她却无处倾诉。

四月实在太长了。小胖在这个月里通过了他的论文答辩。他理论上算是毕业了。小胖兴高采烈的笑脸让珊珊莫名其妙。她想不明白，这毕业就代表失业的博士，有什么可以让人高兴的呢？小胖申请了六十几个大学的教职，大概因为经济不景气，几个电话面试之后就再也没收到任何回音。这个让人恨的小胖，他自己什么事情都不着急，整日里东摇西晃地还挺忙。更让珊珊生气的是小胖给她买电脑的那张支票，因为搬家一直没兑现。等到前两天去银行存款，小胖的支票居然跳票了。这回馈给珊珊的信息非常明确，毕业博士的银行户头连八百元都没有。珊珊的投资以及事业一败涂地，而她的另一半甚至还不如自己！

星期六的早晨，阴雨绵绵，珊珊十点还躺在床上。回想着四月的倒霉事情，她心里烦透了。爱美丽回洛杉矶了，小胖还约她今天出去，她实在没有兴致，还是躺在家里休息吧。

第十八章

　　小胖今年忙得可谓是昏天黑地不亦乐乎。六年能从比较文学专业博士毕业，在大学的文科院系中，也算是比较快的了。小胖和父母都感到非常高兴。至于毕业以后的出路呢，他在上海的父母并没有发表什么意见。但小胖却能感受到，他们更想让自己回国发展。

　　美国经济陷入衰退，他申请的几十所美国大学都没有任何的回音。小胖的教授，那位六十多岁快退休了的新加坡华人，对他晚年收的这名弟子十分喜爱。小胖对专业颇有悟性，特别在当今这个世事纷杂的大环境中，他还能够静下心来，不受搅扰地专心致学，这实在是难能可贵。小胖为人憨厚，举手投足之间，教授不知不觉地看到自己年轻时候的影子。小胖在学术期刊发表的那几篇论文，不仅融会贯通教授的学术理论，而且还有所突破，大有青出于蓝而胜于蓝的势头。教授着实欣赏他，只是没有女儿，否则招小胖做女婿的心都有。

　　这样一个得意门生，教授一心想把小胖留在学术界里，帮助他获取大学里的教职。教授拿出了多年积累的人脉关系，到处给小胖写推荐信。只是不巧，刚好赶上了各大院校都在收紧编制，一时没有找到理想的职位。一次饭后，喝了点红酒的教授推心置腹地向小胖分享了他的人生经验。

　　其实在教授眼里，中国是一颗冉冉升起的明日之星。这情况和他当初来美国读书时是极其相似的。那时的新加坡，香港以及东南亚的经济也都是刚刚起步。他毕业时，因为成绩优异，找到了大学里的职位。而其他大多数的同学则没有那么幸运，先后都回到各自的家乡。

其中不少人心有不甘，临别时都表露出对他留在美国大学的羡慕之情。可几十年过后，归国的人在当地的高等学府里都先后成了院长、系主任或者知名教授，事业上都比他要风光许多。教授建议小胖，国内现今在比较文学方面还很落后，如果他现在回国，在上海选上一所知名大学，在院系里卡住一个好位子，耐住性子熬一熬资历，等以后老一代退下去，他的前途将是一片光明。

小胖对恩师的肺腑之言十分感激。这都是几十年前老前辈的亲身经历，现今的中国留学生是没有这样的远见，绝大多数人还是一心一意地要留在美国。小胖真希望这些话珊珊也能听到。他应该和珊珊好好地商量一下。只是最近珊珊因为公司不景气，心情不佳，说什么事情她都异常烦躁。

另外也怪他做事马虎，偏偏在这种时候，他给珊珊买电脑的支票还跳票了。开支票的时候，他的账上是有钱的，没想到她会等上几个月，又好死不死地非得选在月底他钱不够的时候兑现。虽然这事他在电话里解释过几次了，但珊珊态度冷淡，好像还是在生气。

今天一早，小胖从银行里取了八百元现金，希望当面能够得到爱人的原谅。

听到门铃声，珊珊本来不想开门，但小胖从大老远跑来，电话里又讲给她买了早餐，她心有不忍，下楼给他开了门。小胖还是一脸笑容，眼睛笑成了一条长缝。一进屋，就在桌上摆好了油条、豆浆、生煎包、米团和猪耳朵。珊珊没好气地说，她还没有洗脸，让小胖自己先吃。小胖一听，立即就把油条放进了烤箱，说要等她一起。

家乡的早餐美味可口。嘴上说不饿的珊珊还是吃了根油条，尝了两个生煎包。在喝过一口温热的豆浆后，她的眉头稍许舒展了一些。看珊珊吃完了，满嘴里正在咀嚼猪耳朵的小胖赶忙站起身，走进厨房，给珊珊冲了一杯咖啡，小心地放在了她的面前。趁她拿起杯子喝的时候，飞快地从兜里掏出了那八百元，压在了调料瓶下面。放下杯子的珊珊，瞟了一眼桌上多出来的一叠纸币，没有作声。

两周不见，小胖开始给珊珊讲最近大学里发生的新鲜事。看珊珊脸色渐渐地红润了起来，他才慢慢地把话题转向了他要表达的方向。

当小胖有声有色地描绘出老教授关于归国执教的那番前景之后，珊珊目光凝滞，语调平缓地对他说："你回上海做了大教授，那我怎么办呢？"

小胖一时语塞，因为的确没有考虑过这个问题，他只能随口答道："你可以继续做工程师，上海那么多外企，你有海外工作经验，那还不好找吗？"

珊珊脸上闪过一丝不悦，她没好气地问道："你知道上海市每年应届毕业生有多少吗？你知道每年又有多少外地毕业生涌入上海吗？"

小胖显然不能回答这些上海市统计局才掌握的数据，他又不想招惹珊珊生气，只得低声下气地回道："上海那么大，总有你能做的事吧。"

听了小胖没有油盐的废话，珊珊的气又被搅动了起来。她声音拔高了一截："我早就跟你说过，要有个整体规划，你就是不听。要是我们准备回国，那我就应该去读个工商管理硕士，这样才能往管理方面上发展。中国人口那么多，干技术的人不值钱。海归的人才只有做管理才有优势可言，而不是做什么工程师！"

"你是提过这件事情，后来你自己说你性格不太适合学商科专业啊。"

没料到小胖还能这么回嘴，珊珊声色俱厉地驳斥道："那是在美国。你什么时候跟我说过要回国了？两个不同的国家，那情况能一样吗？苹果和橘子能放在一起比吗？"

小胖看珊珊脸色都变白了，赶忙放软了身段，歉意十足地说："对不起，是我考虑得不够周全。"

他观察片刻之后，鼓足勇气地说出了他的心里话："我是这么想，我们两个都来自上海，我们也算是从美国最好的大学毕业，你是硕士，我是博士。我们回国有身份，有房子，有家人，有朋友，有同学，我们的生活不会差到哪里去的。我们又都是独生子女，我们结婚以后，可以生一双儿女，你在家照顾小孩也行。无论怎样，我们生活一定会幸福的！"

屋里有了片刻的寂静。餐厅外，后院里树上的小鸟不知道什么时候唱起了歌。一只从邻居家跑来的松鼠，顺着木栅栏爬了下来，在草地上从一头跑到了另一头，寻觅着它的食物。

珊珊心里十分委屈。她不认为自己是一个多么追求物质的女人。她也不是说一定要住什么大房子。她也为两个人的未来考虑过。按照之前的打算，他们可以买一个小一点的房子，小胖一时找不到职位也可以跟着教授继续做博士后。她先一个人赚钱，以后经济好了，小胖还是有机会。怪就怪她财迷心窍，把几年的积蓄买了那该死的股票，现在竹篮打水一场空。这件事情实在是太丢脸了，她没好意思和任何人讲过，这让她心里窝着一团火。现在小胖又突然提出回上海，她实在没有这个心理准备。难道她费尽力气的留学之旅就这么草草地收场了吗？难道她的美国梦就这么快地结束了吗？她和小胖，一个投资失败，一个找不到工作。难道这时候两个失败者凑成一对，失魂落魄地逃回上海吗？

望着小胖幼稚的脸，珊珊尽力平复自己激动的情绪，压着声音说道："你知道都是什么样的人，才会读完书就立刻回国吗？人家要么是有显赫的家世或背景，要么是有些过硬的关系与人脉。我们有什么资本和那些人相比？你说有房子，上海的大学已经不分配房子了。是你带着我和你父母一起挤着住，还是你要搬到我家与我外婆一同凑合着过？你说有朋友，有同学，现在每个人都在忙着挣钱，人人都实际得很。我们从海外风风光光地归来，当然会是高朋满座；如果我们的生活过得还不如人家，别人会嘲笑我们这些留学生的。你说养两个孩子，国内的食品不安全，小孩的奶粉要买进口的，靠你大学教书那点薪水，哪来什么生活质量可言？你平日里关起门来读书，我不说你也就罢了，现在的上海根本不是你想象的那个老样子！要是回国，那你就自己回去吧，我可丢不起这个脸！"

小胖一字一句仔细聆听着珊珊的讲话。他的眼睛从开始时与她的双目对视，渐渐地移到她圆润的脸庞，然后匆匆地掠过她雪白的脖颈，快速地拂过她两座隆起的秀美山峰。

女人什么时候能够清醒地看清一个男人呢？那多半是在她把自己的身体交给那个男人之前；男人什么时候能够清醒地看清一个女人呢？那多半是在他得到那个女人的身体之后。

小胖徒步攀越过那两座山峰上的每一寸土地，领略过那山峰之间深谷中的每一处美景，那是让他流连忘返的地方，那是使他获得灵感的圣地。也许正是因为拥有这样的经历，小胖现在能够清醒地看待身旁的这个漂亮女人。

毫无疑问，这是他深爱的女人，这是一个掌握他喜怒哀乐大权的女人。或许得益于这些年读博过程中，思辨能力的训练，他今天忽然有了一种兴致，蓦然有了一种胆量，让他可以静下心来，仔细地，近距离地观察这个心目中的女神。这就犹如他曾在夜深人静的时候，在镜中端详他自己一样，不带任何感情色彩地审视个体灵魂。

珊珊是一个矛盾体，是一个她自己也许都不太清楚的矛盾体。珊珊漂亮，温柔，善良，是一个为别人着想，渴望爱情的女孩子。但同时珊珊又是一个软弱，犹豫，为世俗所缠累的女人。

世间的纠缠既像珊珊曾经所形容的那样，是一座座让人仰头而视的高山；世间的拖累也像小胖所体会的那样，是一条条让人喘不过气的枷锁。人如何能够跨越那屹立的高山，打破这沉重的枷锁呢？唯一的办法就是要拥有一个伟大的信仰。

珊珊和他的对话其实就是这个时代的一个缩影。他们所处的既是人类历史上物质极度丰富的一个时代，但同时也是人类历史上信仰极度匮乏的一段时期。物质和信仰两者之间的落差之大，这在人类历史上是绝无先例的。他们所处时代的生活是没有任何前人的经验可以借鉴的。

小胖非常痛苦。因为他今天拿不出任何一个让人内心震撼的信仰，说不出任何一个让人所信服的主义，能在心灵深处打动面前这个女孩，从而能在精神层面上化解他们的争执。他们有幸在一起，他们又不幸找不到一个共同的人生目标。而那些信仰，那些主义恰恰是他们父母和前辈所拥有的财富。现今时代洪流中漂泊的他们，既抛弃那所谓的害人信仰，又丢掉了常人所说的无用主义。现在的他们两手空空，进退两难！

这是一个可悲的时代！珊珊是可怜的，小胖自己又何尝不是一样。留在美国还是回去中国，任何一个选择都是为了实现个人的价值，都是为了各自更好地生活。而所谓的实现个人的价值，其实就是无序地，纷乱地向着各个看似光明的地方乱撞。本质都是为了得到更多的物质财富，然而没有人知道得到了更多的物质财富之后要做什么。大家只能靠着惯性继续着之前的运动，直至耗尽生命中最后的能量，在三维的空间里终止于一个随机的位置。这个时代的生命是遵循着一条不知所往，不知所从，不知所以，不知所终的轨迹。这是一个多么让人悲哀和无语的世界，这是一次多么波澜壮阔的巨大浪费！

小胖今天有错在先，明明是来给珊珊消气的，现在看她气到铁青色的脸，他不再回嘴了。

丽秋来到硅谷已有三天了，珊珊将她从飞机场接回了新家。这是她和爱美丽第二次见面，爱美丽亲切地称呼她为"阿姨"。本来她要和珊珊一起住，爱美丽坚持说房子大，一定要她自己住一间空出来的客房。丽秋的确是有失眠的问题，加之又有时差，她怕影响珊珊休息，于是也就答应了。在参观完新房子后，丽秋大加称赞爱美丽漂亮能干，称她是硅谷里的精英一族。

隔天晚上，小胖请丽秋和珊珊吃饭。小胖知道珊珊爱吃鱼，特意点了一条两磅多重的红石斑，清蒸石斑味道做得很好。丽秋席间没有怎么说话，她仔细观察小胖。印象中，是在上海见过这个白白胖胖男孩子，在她参加为数不多的家长会里，也模模糊糊地记得小胖的爸爸在大学教书。小胖是一个本本分分做学问人家出来的孩子。在上海大学校园里，倒是有这么一小批与世无争的知识分子。

这次来，丽秋还未从志嘉造成的心理阴影中解脱出来。她不敢再轻易发表意见，而更愿尽力倾听珊珊的想法。珊珊断断续续地讲了许多：股票失利，硅谷买房化作了泡影。小胖一时找不到大学教职，动了回上海的念头。还有就是小胖的支票跳票，给人不太成熟可靠的感觉。

丽秋睡到中午才起床，两个年轻人都上班去了，她随便吃了点东西，便在院子里太阳伞下的藤椅上坐着想心事。小胖是一副憨厚的样子，看得出他对珊珊的爱要比女儿对他的多一些。这或许对女儿是件好事。与志嘉相比，珊珊对小胖言语间有些骄横。年轻女人恋爱时，就像宇宙中的电子一样，只能保持正负两种状态中的一种。要不卑微地仰视白马王子，要不高傲地把对方踩在脚下。

小胖支票跳票是个小插曲，不是什么人品问题。珊珊非说小胖做事不可靠，是不可信任的人，这有点夸大其词了。但小胖对钱这么大大咧咧也是有问题。他离成为一位知名教授还差着十万八千里呢。居家过日子哪样离得开钱，珊珊这么关注买房子的事也是情有可原的。丽秋为两个年轻人考虑着未来可以选择的道路，留在美国或是回上海都是各有利弊。

如果留在美国，小胖找一个正经工作是不成问题的。毕竟是大学的博士，智商和能力绝对是有的。珊珊多半会在经济收入上胜过小胖一头。从传统观念上看，男人需要在经济上比女人能力强才好，这样的婚姻才更加稳定。但在丽秋这个过来人的眼里，这件事情也不一定。

男女都获得高等教育之后，在以脑力劳动为主体的现代社会里，男女在整体智力上的差距几乎微乎其微。男女平等是大势所趋，是人类社会的巨大进步。男女在经济地位上更倾向于平分秋色。如果女人还要坚持在婚姻中必须要找到比自己强的男人，那将是一件越来越困难的事情。随着越来越多的女性加入接受高等教育的行列，未来的社会将无法提供给那么多女博士、女医生、女教授、女工程师等众多优于她们的男性配偶。这些取得成就的女人将作出什么样的抉择？

丽秋其实就是一个例子。当初她是个尖子生，潜意识里就有非要找到一个比自己强的男性的念头。如果那时有进步的认知，那她的视野就会开阔一些，选择就会增加许多。全世界的人都在高呼男女平等，全世界的女人都在为此而声嘶力竭地摇旗呐喊。但在丽秋看来，男女不平等的思想，其实在女人脑中扎下了牢固的根基，盘根错节的坚固程度并不亚于在男人那里。男女平等的思想变革不仅仅要在男人那里开始，更应在女人这里继续！这场社会的革命一定要在女性和男性之间同步地进行！

太阳转过了一些角度，午后的阳光照到了丽秋多半个身子。丽秋站起身，把藤椅往阳伞的阴处移了移。她掀起她的裙子，让她大腿的皮肤尽量留在阳光下。她每天在香港的中环写字楼里上班，很少能晒到这样的阳光。

至于回上海是另一条路，丽秋没有珊珊那么悲观。回到祖国，回到故乡，好处是立竿见影的。小胖学有所长，学以致用，两人的社会地位比在美国高许多。这对年轻人剩下的只是如何提高生活质量罢了。上海房子是个问题，珊珊精神压力这么大，也是和家里的经济条件不太富裕有关。一直以来，丽秋很想在这方面给女儿一些实质上的帮助。她最近倒是遇到了这样一个赚大钱的机会，这次来也是借休假的间隙，她最后再全盘仔细斟酌这摆在她面前的一条超出常规的出路。

第十九章

丽秋在香港工作已经一年多了。各项业务开展得挺顺利，公司不仅完成了几个引进的项目，而且部里下属的几个企业也通过她们这条渠道，向东南亚出口一些产品。公司因为有背景，所以香港各个商业机构都争相与他们接洽，再加上丽秋能力强，做事认真，讲究信誉，因此积累了一些人脉。

公司的副经理小赵，远比丽秋想象的要好相处。那人三十多岁，父亲是部里的一位离休老干部，为人精明，办事肯动脑筋。因为小赵的太太和小孩还留在内地，所以他往返北京和部里各部门联络，协调各方面的关系。而丽秋侧重于在香港方面的事务，两个人合作得挺默契。

丽秋偶尔也回北京开会。她接受老汤的建议，尽量保持低调。要是去部里办事，她都会特意换上从前穿的旧款衣服。即使这样，她被女同事碰到，大家围住她嘘寒问暖问东问西之后，总会有人夸她穿在身上的香港衣服样式时髦好看。这弄得她有些哭笑不得。

因为工作无须向老汤汇报，她和老汤接触的机会极少。有一次下午在部里开会，在三楼会议室的楼层里，离着十几步远的地方望到了他。老汤本该转进走廊那一头的一个小会议室，只见他在拉开那扇大门后停了下来，思考了片刻，忽然像是想起了什么，转过身，顺着没有人的过道迎了过来。他大方地和丽秋握了个手。他手心有一点点凉，头发稀疏了不少，两鬓的头发也有一些发白。白色衬衫的领口倒是非常干净，应该是有熨过的。他微微隆起的肚子上系了一根黑色皮带，穿的皮鞋擦得锃光发亮。也不知道他太太现在有没有来北京照顾他，也不知道他有没有按时吃丽秋嘱托的保健药品。

老汤所说的话，丽秋在半梦半醒的状态下没有听清楚。她只是赔着笑，"嗯"啊"哎"啊地回应着。只记得老汤好像开了个什么玩笑，他独自仰头笑过后，冲她挥了一下手，转身又去了长廊那头的房间。事后那天晚上，丽秋在家回想到白天的这段邂逅，她先是笑自己，后是恨自己，折腾了一整夜。次日在京办完了事，她就一刻不停地赶紧跑回了香港。

上个月时，从北京返港的小赵带来了一个坏消息。他打听到部里的各部门为了香港这个公司的职位争得不可开交。现在上层有人提出要实行任期制，外派人员为期两年。期满后应该尽量让更多的人去这个岗位锻炼。丽秋早知道部里很多人眼红，但还是没想到变化会来得这么快。她以前的处长位子已经有人了，她再回部里也不知道能干点什么。

神通广大的小赵倒是显得不慌不忙，他胸有成竹地说出了一个准备好的计划。他和丽秋可以花钱买个南美洲洪都拉斯的护照，合法地留在香港。然后在香港成立个公司，他可以找人出资，他和丽秋入股。生意上，他会把内地企业的关系带过来，丽秋负责在香港的营运。小赵讲中国现在经济起飞，只要丽秋和他精诚合作，这该是一个千载难逢的赚钱好机会。

说实话，丽秋可从来没有想过玩这么大。她来香港是一心一意地为部里创建公司，没想过以后怎么样。部里提出要任期换人，这其实也说得过去。多少人眼巴巴盯着这个外派的肥缺，好的位子也应该大家轮流坐。

小赵的计划虽然听起来是十分吸引人，但她毕竟是五十多岁的人了，这分明是弃官下海。这么做，违不违法？这么干，违不违反部里的规定？部里要是不批怎么办呢？还有她的工龄呢？她可是干了大半辈子的人了，不比小赵这个小年轻，能像他那样说不要就不要了吗？

丽秋虽然习惯了一个人独来独往。但遇到这样的大事，心里还是拿不定主意。她想找个人商量。可上海的妈妈，洛杉矶的姐姐，硅谷的女儿竟然没有一个能和她说得上话。丽秋思前想后，觉得还是要和老汤商量一下。于是她外派后第一次给老汤打了个电话，说有点事想和他谈一下，希望回京时，他能安排个时间见面。

一周后的一个下午，丽秋在北京西城区的一家酒店的咖啡厅等着老汤。一点半，老汤穿了一身黑色的西服，打了条红色领带准时地出现了。原来他上午在这里参加了一个外事活动，午餐后有这么一会儿空闲时间。

丽秋知道他忙，于是开门见山。她本来只想讲和她自己有关的，看能不能在部里办理个停薪留职。这样她如果下海，也算是留了一条后路。可等看到坐在对面的老汤，与他四目相视的那一刻，丽秋放松了紧绷的神经，她平静地把洪都拉斯的护照和小赵能拉来投资人成立公司的事情一并全讲了。说出来之后，丽秋感觉轻松了许多。

老汤静静地听完，沉吟了片刻才开口说："小赵这个人嘛，我还是听说过的。他还算比较靠谱。至于停薪留职嘛……"

老汤停了一下，低头想了想，然后才抬起头望着丽秋说："作为老同学，我可要劝你一句了。好处可不能两头都占啊。如果你提出停薪留职，那明摆着你的心思不在工作上了。即便以后能回来，最多也只能安排个闲职。而且更重要的是如果这次批准了你，那下次部里再派去香港的人，以后也提出这样的要求，那怎么办呢？"

看着丽秋没有回话，老汤压低了声音说道："我给你出个主意吧。不是说两年的任期吗，那你就尽心尽力地把它做完。然后你就申请提前退休。珊珊不是在硅谷吗，也该结婚生小孩子了吧。你母亲不是在上海吗，年纪大了，身体不太好吧。总之理由你随便找一个。这样你既可以保住退休金和医疗待遇，也可以把北京分给你的房子留下来。"

丽秋思考着老汤的方案。老汤身子往后一仰，靠着沙发说："你这么申请，好处是手续简单，而且没有人能够拦得住你。部里也有先例，别人挑不出一点毛病来。至于干部退休之后住在哪，干什么，那就没人管了。当然你的退休金可能会少一点，但这也无所谓了。"

老汤看了一下手表："行，下午还有一个会，我得走了。"说罢他就站起了身。

丽秋跟着起身，刚要开口。老汤就说："不要送了。"

老汤再次凝神望着丽秋的双眼，他的表情既带着些男人特有的严肃和沉稳，又带着亲人的关怀与温馨："你再好好想想这事。依我对小赵的了解，这条路应该可以。"

丽秋仿佛回到了从前，有种久别重逢后熟悉的温暖。曾经有过多少个整日忙碌后身体疲惫的夜晚，那犹如细细潺潺的思念的泉水，不受控制地从她心底突然涌流出来；曾经有过多少个生活中触景生情的片段回忆，就犹如那塞外的游牧骑兵，猝不及防地攻占她那层层设防的心扉。这时候的丽秋渴望一个胜过千言万语的拥抱，她抬着头，望着老汤，脚下准备向前迈出一步。

不远处的几个侍者停止了攀谈，转头望向他们这边。酒店大堂里弹奏的钢琴乐曲悄然地飘进了耳朵。丽秋的身子一直僵在那里，无可奈何地目送着老汤匆匆离去的背影。

丽秋一个人吃了晚饭，边等珊珊，边继续想着白天的心事。女儿的问题归根结底就是一个字：钱。她在香港这段时间，北京部里那边的工资照领，公司除了提供了一套公寓以外，每月还补贴了七千港币的生活费。这算是非常丰厚的收入了。但要帮助珊珊买房子，那还是杯水车薪。这次了解了珊珊的真实情况，丽秋下决心提前从部里退休。为女儿，也为了她自己，她别无选择只能再拼一把了。

至于珊珊要不要选择小胖呢？丽秋觉得她可以公开自己的想法，给女儿做参考。可最后还得珊珊自己拿主意。她本是个后卫，她再也不敢跑在前头冲锋陷阵了。丽秋现在知道自己老了，眼光不行了，读书看报都要靠老花镜了。她真是害怕再次看走眼，落下埋怨。她实在是承担不起为女儿选择如意夫君的重任。

就在同一时刻，珊珊的车停在自家车库门前已经好一会儿了。妈妈来了好几天了，可珊珊心里还是十分烦躁。珊珊想请妈妈为她的终身大事出谋划策，可丽秋却是始终不愿表态。妈妈反倒是对爱美丽口若悬河，一个劲地夸赞人家漂亮啦，能干啦，能买大房子啦，是美国精英啦。珊珊表面赔着笑，可妈妈的每句话都像针一样，反反复复地刺痛她。称赞一两句不就够了吗，有必要这么来来回回地夸赞别人的孩子吗？

和小胖子这段感情怎么办呢？小胖改行留在美国？还是她们一同回国？如果回上海，她将要做什么呢？各种的问号一个接着一个。以前大家都说，没有选择的生活是不幸的，其实有太多选择的生活更会让人迷茫。以前大家都说，过去父母包办的婚姻不够人性，其实现代的自由恋爱苦恼更多。现在的珊珊真希望妈妈能够帮她选择，告诉她可以还是不可以和小胖结婚。她的脑子里一片混乱，她情愿接受她所信赖的人为她选择的道路，她愿意遵从妈妈的建议，闭上双眼迈出她人生中那重要的一步。

然而让珊珊失望的是，进屋后母女二人的对话相当平淡。丽秋讲了和小胖回上海的利弊，也讲了两人留在美国的得失。至于是否应该和小胖在一起，珊珊却没有得到一个明确的答案。

八月初的一个星期六早上，珊珊正在房间里认真阅读新买的专业书。现在再也不用去加班了。可在硅谷不用加班未必是一件好事。公司现在不景气，大家都在准备跳槽。每当换工作的时候，硅谷工程师的知识和经验就会面临就业市场的一次无情检验。知识在不断地更新，而个人的经验不见得越多就越有价值。每过三年五载，技术就可能产生一次飞跃，产业的方向就可能发生一场变革。毕业快五年的珊珊也感受到这样的压力了，她要不断地学习，跟上硅谷科技快速前进的步伐。

过了一会儿，小胖打来了电话，说他就在珊珊家的附近，想来看她。还没等她回话，小胖就把电话挂了。

小胖最近很忙，珊珊已经几个月没有见过他了。自从上次见面以后，因为他教授的大力推荐，小胖六月去了新加坡和香港的三所大学面试教职。回程停留在上海，除了看望父母以外，他把同样准备好的申请材料，通过他在大学里的父亲，送了一份给他母校的文科学院。

后来香港的大学又有了第二次的面试。小胖又在上海停留了几天。他母校以前的系主任，现在的文科院的副院长请他去学院谈一谈。出乎小胖的意料，学院那天搞得还挺隆重。院长、副院长和几位过去教过小胖的教授都会见了他。

学院对他有回国教学的愿望十分重视。老师们对小胖印象深刻。因为当初拿全额奖学金赴美留学的文科学生本来就少，小胖是那届学生中屈指可数的一位。而能坚持在美国完成这个专业的博士，并在国际学术期刊上发表过论文，还有意愿回母校教书育人的学生，除了小胖，再也寻不到第二个人了。小胖从上海打电话给珊珊汇报这些情况的时候，讲起这些细节还挺自豪的。珊珊听后，却是非常难过。偌大的上海滩，如果在做一件事的时候，既没有人跟你争，也没有人跟你抢，那这不就很能够说明问题了吗？真的不知道小胖这人是聪明还是傻？珊珊只能在心底发出这样无奈的感叹。

珊珊给小胖打开门。今天小胖头发整齐地梳理成了一个漂亮的分头，黑色浓密的头发蓬松有序地侧立开，比平日里精神不少。

很久没有见面的他们有一点生疏，珊珊把他让进了屋里，却不知道说点什么好。她本想给小胖倒杯水，但她的身子就是站在那里，迟迟不肯行动。

小胖站在餐厅里，中间与珊珊相隔一张巨大的餐桌。他望着珊珊说："我大学的聘书昨天下午已经传真过来了。学院给我争取到了海外归国优秀青年学者的待遇，安排了住房，给予启动资金，三年就有晋升副教授的资格。条件还是蛮优厚的。"

珊珊的预感变成了事实。她的心往下一沉，脸上挤不出一点笑容。她只能礼貌性地淡淡地说："恭喜你了。"

要不是看到珊珊面无表情的脸，小胖真想告诉珊珊：昨天晚上他打电话回上海告诉父母时，他妈妈在电话里都哭了。大学里的爸爸提前知道了消息，他为儿子要升格和他做同事而笑得合不拢嘴。爸爸已经打电话通知了上海所有的亲戚，就盼小胖回国，大家一起去老正兴庆祝。妈妈说上次见到他这么高兴，还是那年生小胖的时候呢。在电话里，妈妈最后加了一句，他们都希望珊珊也能一起回来。

小胖试探地轻声问道："要不你和我一起回去看看？"

珊珊没有看他的眼睛，孤零零地站在那里。

"我的意思是说，你只是先回去看看。我先去那里试一阵子，你看看情况再决定？"

珊珊没有讲话。男女在恋爱之中，分不清什么是奋不顾身，什么又是善意欺骗。有多少情侣为彼此那奋不顾身的誓言所感动；又有多少情侣最终又从彼此善意的欺骗中醒悟。也许爱情中的奋不顾身和善意欺骗本来就是一码事，一个出于愿望，一个出于现实。

如果生活教会了珊珊什么的话，那一定是人必须活在现实之中。珊珊不愿欺骗眼前这个爱她的男人，她同时更不愿欺骗她自己。珊珊扪心自问："她爱小胖吗？"她觉得答案是肯定的。珊珊再问自己："她爱小胖，爱到愿意毅然决然地放下一切和他一起回上海吗？"珊珊不得不承认，她回答不了这个问题。

如果非要她现在给出一个答案的话，那么这个答案一定不是像小说或电影中的那种女主角甘愿为坚贞不渝的爱情而和情人一起奔赴海角天涯的情节。她来自上海，她了解那里的生活，她身在美国，她也知道这里的情况。这两个地方的差距不是有天壤之别，但让她选择，让她现在选择，她选择美国。

这是她几年前的选择，同样还是她今天的选择。这和爱不爱祖国，爱不爱家乡没有一点关系。这就是她，一个女人，在她这个年龄时期作出的一个现实的选择。她活在现实当中，而且愿意留在这个现实当中。她在美国还有很多的人生目标需要实现。她和小胖的爱情没有深爱到让她放弃这一切的地步。理想和现实永远都会有差距，电影里那种海枯石烂的爱情情节，谁又能保证那是真实存在的呢？也许那是作者对现实残酷的一种无奈抗争，对理想世界的一种美好憧憬，对虚幻梦境的一种精神寄托！

小胖看着珊珊紧闭的双唇，他渴望奇迹能够发生。他想过，他想过今天跪下来求珊珊，或许珊珊会被感动，心软地答应他的请求。他甚至考虑过牺牲他自己，留在美国转行做一个其他的工作。但他有种预感，如果那样，他迟早有一天会后悔他今天的这项决定。他同样预见到，如果和他一起回国，珊珊有一天也会后悔的。如果其中的一方终将为此而懊悔，如果悲剧终将发生，那么他是在帷幕徐徐地拉开的那一刻隐身幕后好呢？还是要等至曲终人散男女主人公相恨相仇时的那一幕，才黯然退场好呢？

就如他以前想过的一样，他找不出一个在精神层面上崇高的理由去感动和说服珊珊。他的回国不是像五十年代华罗庚那一代人的归国，他既不是为了选择真理，也不是为了国家民族复兴。身处这个时代的洪流之中，一切都是为了个体的利益，美其名曰：为实现个人的理想而奋斗。

物质可以与另一种物质进行交换，但物质永远不能感化另一种物质。他的理想并没有比珊珊的更为高尚，他的志向也没有比珊珊的更为远大。珊珊的选择不应受到无谓的指责，珊珊的选择应该受到世人的尊重。

在这样一个选择人生的十字路口，如果试图利用女人天生的软弱去改变她们的初衷，这何尝不是一个卑鄙的计谋。在这样一个决定前途的紧要关头，在道义上以女人应该为爱情而献身的名义去绑架胁迫她们的意愿，这又何尝不是一种无耻的行径。

小胖绕过桌子，走到了泪眼蒙眬的珊珊面前。慢慢地把她搂进了怀里，在她耳边轻声地说："我先走了。我希望你能够记住，你是我……你是我一生中的最爱！"

三周后，在旧金山机场，小胖用快递送来了一束鲜花。花丛中央挂着一张小胖工工整整手写的卡片："永远美丽。"落款是"爱你的小胖"。

第二十章

　　小胖走后，珊珊一直在忙着换工作。经过几次面试，最终又回到了当初来硅谷的那家知名公司。虽然知道那地方工资不是很高，但经过这么一次在创业公司的洗礼之后，珊珊真切地体会到了工作稳定的重要性了。大公司产品成熟，种类繁多，市场占有率高，不会因为某一个产品的失败而引发生存危机。加上福利好，周末的时间可以完全由个人来支配，大公司还是有一定吸引力的。

　　也是在那年的夏天，小弟和女友决定搬回南加州。知道珊珊现在单身了，小弟在告别时，含蓄地遣词用字，小心翼翼地安慰着表姐。人生真是瞬息万变，如今姐弟两人的位置产生了转换。珊珊既为小弟的长大而欣慰，也为她自己的遭遇而难过，心情非常复杂。

　　爱美丽不仅知道来龙去脉，而且也清楚珊珊和小胖分手的原因。作为多年的好友，她真心想帮助珊珊，可又实在是不知道从何帮起。小胖人好，但珊珊不愿意回去也有道理。规劝朋友做违背意愿的事也不太符合爱美丽的理念。

　　看着珊珊经常愁眉不展的样子，爱美丽也想不出什么更好的办法，只能多花些时间陪伴珊珊。好在现在有了一个大房子，她们发现住在这里好像有做不完的事。爱美丽拉着珊珊，更换了室内所有的窗帘。她们从筛选窗帘材料，到选择花样花式，再到色泽搭配，两人分工合作，前后忙了好几个周末，总算是给珊珊烦闷的生活里增添了一些乐趣。等把屋内装饰得满意后，又把注意力转向了屋外的那个大院子。

院子一直按照原有的格局请园丁定期来打理的。爱美丽指出院子前后还有一些空地没被利用。珊珊从未拥有过可供她支配的土地，也从未尝试展现她在园艺方面的才华。爱美丽的话的确勾起了她的兴趣，于是两个女孩一拍即合，兴致勃勃地产生了要美化家园改造地球的伟大理想。

一个周末的早上，她们一起去了园林大卖场。两人左挑右选，直到她们在花圃丛中看到了那熟悉的紫蓝色的鸢尾花。盆养的鸢尾花要比硅谷使命山上野生的矮小一点，但紫蓝色的三朵花瓣还是让珊珊轻易认出了它。鸢尾花是法国的国花，象征着纯真的爱情和真挚的友谊。一对姑娘不约而同地选择这个花卉。

她们估算着院子中空地的大小，最后挑选了六盆鸢尾花。回到家，当准备挖土栽苗的时候，两个女人才发现手边根本没有任何工具。她俩对视一笑，然后就迫不及待地开始互相指责，吵累了才又跳上车，再回去购买各样器械。

再回家时，后备厢塞了满满一车的用具：手套、铲子、锄头、水管、肥料一应俱全。花盆上注明鸢尾花喜好阳光充足的地方，珊珊就选了一小片远离树荫而靠近房子的空地。土壤板结如石，手里的铲子根本派不上用场，珊珊只得换成了新买的小锄头。她举过头顶，用尖尖的一头，朝着地上抡圆了就是一下。谁知那块地下面正好埋了院子里喷水系统的主水管，浅埋在土里的塑料管子虽然硬实，但也禁不住铁锄头这么一击，水柱顷刻间喷出三米多高。蹲在一旁的珊珊被这突发的事故彻底吓呆了，甩掉了手中的锄头，大声地尖叫了起来。喊声唤来了爱美丽，她也被面前的一幕吓傻了，想象不出到底发生了什么。她呆滞了一会儿，才如梦初醒般笨手笨脚地把还坐在地上，头发和衣服都湿透了的珊珊，从浸满水的泥地上拖了出来。

望着高高喷起的水柱，两个女人束手无策，乱作一团。珊珊急到想打紧急电话报警。爱美丽还稍稍冷静一点，她拦住珊珊，抢过电话打给了约翰，向他求救。

约翰在电话里告诉她们，他马上过来，同时让她们先去找到院子里的控制喷水管子的阀门，把源头关上，水就会停下了。爱美丽和珊珊如同接到了圣旨，总算是找到一件可以做的事情了。站立许久的她们瞬间变成了两只慌乱的小蜜蜂，开始在前院和后院里来回来去地乱飞，翻来覆去地找那个救命的阀门。屋外所有的开关，所有像是开关的，她们都试过了一遍，但怎么也没有找到那个该死的什么东西。慌乱中，爱美丽湿着脚冲进了屋里，关掉了几个屋内水管的阀门。最后两个人实在跑累了，气急败坏地站在院中大声埋怨当初的那个卖房包经纪太不专业了。移交房子的时候根本就没有交代她们院子里的喷水系统。她们就这样一唱一和地骂起了狗头经纪，围着和房顶齐高的大喷泉，急切盼望着约翰的到来。

好不容易等来了约翰。下了车的他并没有去后院，而是三步并作二步地跑进了院前车库。还没等她们过去查看，院子里的水竟神奇般地停住了。她俩还没缓过神来，约翰就从车库的侧门闪身出来。他穿着一件短袖蓝色 T 恤衫，宽宽的肩膀下露出粗壮的胳膊，男人胸肌的线条从贴身细密材质的衣服里显现出来。他下身穿了一条合身的白色高尔夫长裤，脚下露出浅黄色的休闲鞋。他脸上带着微笑，双臂先是合在胸前，当看到两个惊魂未定的女人时，便两手向外那么一摊，仿佛在骄傲地说："看看，王子来了，一切麻烦都解决了！"

像是在孤岛上被困多日的人，终于望到了划着小船前来营救的水手，爱美丽睁大了眼睛，眼中迸发出压抑不住的爱意。她光着脚丫，沿着房侧的小路，向约翰飞奔过去，在还差几步的时候，她笑着纵身跃了起来。高大的约翰像是站在舞台中的一个芭蕾舞男演员，他两腿微屈，双手迎合，一把稳稳地接住了爱美丽，随即腰身旋转，原地三百六十度把爱美丽在空中甩了一圈。爱美丽两臂紧紧围绕约翰脖子，身子下行，湿漉漉的一双脚刚好落在了约翰的鞋子上面，她翘起脚跟，忘情地和约翰热吻起来。

一切是这么自然流畅，站在一边的珊珊猝不及防地把爱美丽这恩爱的举动看了个清清楚楚。她的心被重重地打了一拳，赶紧转身避开这让她既尴尬又难过的一幕。她绕道后院走进了屋内。要不是今天是她闯的祸，她一定马上回到楼上自己的房间；不，她要马上开车躲去一个清静的地方。

等了好久，爱美丽才牵着约翰的手回到后院。三人才一起走到了水管破了的地方。地面上冲出了一个篮球大小的洞，里面满是污水。约翰在问清珊珊事情的经过之后，蹲下来伸手探进水里面摸了摸。他向爱美丽做了个鬼脸，再冲着珊珊平静地说，只是管子被砸破了，并不太严重。他要了园丁的电话，和他们约定了维修的时间，这件事就这么迅速地解决了。

爱美丽从厨房拿了纸巾，替约翰擦干了手，她带着他在庭院里转了一圈。爱美丽一直拉着约翰的手，好像生怕小孩子会在院子里乱跑似的。约翰已经来过新房多次了，参观后院倒还是第一次。爱美丽问他有什么建议，约翰指着一个角落说，那里还可以再种一棵柠檬树。这样他喝茶的时候就可以配上最新鲜的柠檬了。

最终两人有说有笑地走进了屋，兴致盎然的爱美丽立刻就请约翰来看新近更换的漂亮窗帘。约翰十分喜欢，连声夸奖爱美丽具有艺术家的眼光。爱美丽喜悦之余也没忘记提到说，很多都是珊珊的主意。约翰又转身冲着珊珊微笑地点了点头，绅士般地赞许说："相当有水平。"

珊珊没有心情再观看这对情侣耍花枪了。她找了个借口回到了房间。待在屋里无所事事的她突然瞟到了那只小胖送给她的大熊猫。一股恨意油然而生，思前想后都是小胖的错。她胸闷难忍，浑身难受。

她从椅子上跳起来，走过去一巴掌就把傻傻的大熊猫打翻到床下。感觉还是不够解气，她抓住熊猫的胖耳朵，拖着他走至墙边的柜门旁，大力地拉开，抄起一个最大的袋子，随手就把那笨家伙扔了进去。这番动作让她好受了许多。环顾四周，继续行动，她由里至外，凡是跟小胖有关的，凡是能唤起小胖记忆的，有一件算一件统统地扔进塑料袋里。

两个多小时，珊珊清理的物品塞满了三个袋子。没承想和小胖四年多能积累下这么多物件。生怕明天她会改变主意，珊珊一不做，二不休，提着袋子立刻走下了楼。当在院子里掀开垃圾桶盖子，瞧见袋中那张天天陪她入睡的熊猫无辜圆脸的时候，珊珊萌生了一丝怜惜。停留了几秒，珊珊还是用力把袋子扔了进去，并解气地对她过去的好朋友说："不是我狠心，要怪只能怪丢下我们的那个人。"

次日早上，珊珊在空空的房间里醒来，时钟已经指向十点了。她下楼吃了点东西，就回房间里读书了。下午三点多的时候，听见爱美丽卧室那边传来了洗澡的水声，珊珊知道她晚上又会出门了。珊珊昨晚没有睡好，她换了衣服，躺在床上休息一下。

这一睡竟然睡到六点多。珊珊起来后给妈妈打了个电话。妈妈在香港已经成立了她的公司，现在更加忙碌了。珊珊日常的作息已经乱了套，她很晚的时候才吃了晚餐。一个周末就这么快地结束了。

九点多，珊珊正在厨房里洗碗，听到爱美丽回来的声音。爱美丽不像往常周末那样，只打声招呼后就跑上楼。这一次，她站在珊珊的身后，立在厨房正中央的位置。

珊珊回头瞅了她一眼。爱美丽穿了一件红色的连衣裙，腰上系着一根白色腰带，配着双黑色的长筒皮靴。她两手背在后面，昂首挺胸，光彩照人。

珊珊已经习惯爱美丽每个周末都会打扮入时地出去和约翰会面。

今天这身衣服以前好像也见她穿过，没有什么稀奇的。她擦干了手，转过身来。再次仔细打量着爱美丽。要说不同，今晚爱美丽化的晚妆倒真是精致到位。不知涂了什么品牌的口红，双唇惊艳迷人，灯光下很是扎眼。珊珊在心里评判着这个与她年龄相仿的女人。

"珊珊，我知道现在或许不是最好的时机，但你是我最好的朋友，我希望你能最先知道，我和约翰今晚订婚了。"爱美丽嘴角微微地抖动着说道。

珊珊眼前一黑，仿佛房内突然断了电似的，几秒之后世界才恢复了照明。她心里好生难过。该来的一定会来，躲是躲不过去的。珊珊所担心的事情，根本不像别人所说的九成九不会发生；她的人生体会是所有让她担心的，都是十成十的一定会应验。她当初顾虑小胖毕业会找不到工作，后来又害怕小胖会抛下她一个人回上海。最近她又忧心爱美丽会和约翰成婚，那她就要搬出去自己找地方住了。果不其然，样样都是毫无例外地如期而至地砸在她的头顶上。

这房子，她花了多少的时间，她费了多少的精力！是她去年每一个周末都忙着寻找每一处的房源；是她在圣诞节后的第一天，相中了这个刚上市的房子；还是她把这宅院强力推荐给的爱美丽。现在可好了，忙碌了半天，到头来是给他人做了嫁衣，给别人做婚房。更可笑的是她竟然傻乎乎地上个月还帮着别人家挑选窗帘，她昨天还操心着人家院子里该种些什么样的花花草草。现在一切都与她无关了，约翰可以轻松接手，院子可以按照新主人的意思来继续。可怜她现在又要到外面去找公寓住了。她和爱美丽一起来的硅谷，人家现今是应有尽有，而且样样都是最好的；而她却还是两手空空，孤家寡人一个。人与人的差距怎么会这么大呢？她的人生真的是失败！想到她自己这一切的不如意，珊珊眼泪夺眶而出，一下子哭出了声来。

看到珊珊哭了，爱美丽再也控制不住自己，她的热泪就像断了线的珠子，顺着脸颊滚滚地淌了下来。她上前一步，张开双臂一把将珊珊紧紧地搂在了怀里，哽咽地说："我也一样舍不得你……婚礼还有好几个月呢，在那之前，我们一直都是在一起的。即使我搬走了，我周末也会回来看你的。再说你也可以去我那里啊！"爱美丽双手绕在珊珊的身后，左手上新戴的戒指镶嵌的钻石，晶莹剔透，闪闪发光。

靠在爱美丽肩膀上的珊珊，此时她的脸由白刹时间变成了通红。她也紧紧地搂住了爱美丽的身躯。一侧羞红的脸深深地埋在爱美丽的长发里，另一侧则滚烫地暴露在外，无处遮挡。珊珊必须这样拥抱下去，她实在不敢再看爱美丽那张秀美的脸了，那是一朵盛开美丽的鸢尾花。

善良是人类的一种优秀的品质，更是人类一种高贵的传承。善良不是孔雀开屏，只会在夏日的阳光之下才荣光绽放，而在冬日的寒风中则黯然地收起。善良也不是一种人生舞台上的表演，在顺境时拿出来装点门面，而在逆境困苦时则偃旗息鼓，揣入怀中不予示人。

一个人的善良可以启动另一个人的善良。珊珊此时羞愧难当无地自容。她为自己狭隘的想法感到悔恨，她对自己的自私和嫉妒深感愧疚。抛开其他的不讲，爱美丽的人品和格局绝对胜她一筹。难怪妈妈和周围的人都夸赞这个女孩，珊珊今天算是心服口服。如今她从心底为爱美丽的喜讯感到高兴，由衷地分享好友幸福来临时的那份真挚的喜悦。

生活会有坎坷，但这不该是抛弃或者隐藏我们善良的理由。珊珊这一刻下定决心：她也要做一个像爱美丽一样善良的人。她曾经拥有，她今日重拾，她愿重新开始人生的旅程。

第二十一章

星期一早晨七点，珊珊在楼下吃完了早餐。像往常一样，她在桌子上也给爱美丽留了一份。再过几分钟，珊珊就准备开车去上班了。硅谷早上的交通糟糕透了，珊珊总是抢在高峰之前出门。

这时楼梯"咚咚"地响了起来，爱美丽穿着睡衣飞快地跑下楼。她一只手拿着电话，另一只手捂着话筒慌慌张张地说："幸好你还没走。你公司不是就在圣何塞飞机场旁边吗，你等我一下，我和你一起走。"说完，她转身就跑上楼去了。

十分钟后，爱美丽旋风一般地冲了下来了。她一身便装，肩上斜挎着她的电脑包，来到跟前，端起餐桌上的那杯果汁，仰头一饮而尽，抓起珊珊包好的食物，严肃地说："走吧，我路上和你讲。"

汽车出了小区，珊珊急着问道："出什么事了？是谁的电话？"

"林达。"爱美丽低头看着她的手机。

"你父母生病了？"

"是我弟弟今早被送去了急诊室。"

"是爱伦！"珊珊很是吃惊。

珊珊上一次见到爱伦是去年和爱美丽还有约翰一起参加了他的婚礼。爱伦是仪表堂堂，高高壮壮的新郎官，而他的新娘林达则是金发碧眼，婀娜多姿。一对新人真可谓是郎才女貌，让众人羡慕不已。珊珊还是初次参加老派广东华侨人家的婚礼。婚礼保留了内地许多已经看不到的传统习俗和礼数，不仅热闹，而且排场。晚间的婚宴更是包下了洛城一家海鲜大酒楼，宴客的酒席摆下了五十多桌。他们梁家在美国，中国香港，以及印尼的亲戚来了许多人。珊珊帮忙收取客人庆贺的红包，鞋盒大小的礼盒满满地装了两大盒子。婚后，爱伦就按计划入学了洛城加大法学院。爱美丽还翻箱倒柜，把当初她读书时的笔记都找了出来。据爱美丽讲，美国法学院的第一年课程是百年不变的，都是学习美国宪法。而这恰恰是法学院最难学习的科目。有了她的笔记，爱伦学业就会轻松一些。

"爱伦怎么了？"珊珊关切地问道。

爱美丽关上了手机，焦虑地说"那个林达一早打来电话，她情绪激动，说话颠三倒四。她大概意思是说：最近学校考试，爱伦睡得很晚。昨天晚上一点起来给小孩喂奶的时候，他还在书房里读书。今早看见他趴在桌子上睡着了，叫了他几次，他都没有醒……"

"小孩？他们这么快就有小孩了？"

"是，生了一个女孩子叫凯林。我上个月回去，就是去喝她的满月酒。你那段时间忙，没有打扰你。"爱美丽转头看了一眼珊珊。

"你现在飞洛杉矶，有飞机票吗？"

"没有。我打了电话给航空公司，他们说我可以在机场的柜台那里等，一般总会有空位。"

"你打电话请假了？"

"还没有，等会我到候机室再打。这周还特别忙。星期四还有案件要出庭，我要订张机票，最迟周三晚上一定要回来。"

"把你放在哪里呢？"车子进入飞机场内的环形路了。

"随便吧，只要是国内航线，我每个公司都问一下。"

珊珊把车子停在航空楼边上，伸手抱住爱美丽说："别太担心，有事给我打电话。"

星期一早上，恐怕是圣何塞机场一周中最为繁忙的时段了。形形色色的人把本就不大的机场挤得满满当当。旅客中有来硅谷参加商业展览的，也有来硅谷推荐产品的，还有从外地赶到硅谷上班的。可以说圣何塞机场的旅客数量算是衡量硅谷经济的一个"晴雨表"。

飞洛杉矶的航班差不多每小时一班，爱美丽赶上了九点的那一趟。一路上爱美丽忐忑不安。她不禁心想：她读法学院时，也熬过几次通宵，也有过头晕眼花的症状。按理说年轻人身体应该没问题。希望弟弟只是一时的劳累过度而已。

十点十分，飞机刚刚在洛城的飞机跑道上降落。爱美丽忙不迭地打开了手机，在两三条留言中，直接打开了林达的那一条："我在洛城城东的长老医院，刚才医生讲，爱伦已经过世了……"电话里传来了林达呜呜的哭声。

晴天霹雳，爱美丽不敢相信自己的耳朵。"天啊，这怎么可能呢？从小一直活蹦乱跳的弟弟突然就这样没有了吗！"

出了机场，爱美丽坐上出租车赶到了医院。在急诊室排了很久的队，好不容易轮到了她。护士查了电脑，证实今早是接收了一位姓梁叫爱伦的病人，可爱美丽的名字不在家属的名单里，医院不能提供其他任何有关患者的信息。

爱美丽不肯放弃，她拿出证件追问道："我是他的姐姐，我只想知道他现在是什么情况？"

护士爱莫能助地摇了摇头。爱美丽不得已只好从长长的队伍里不情愿地退了出来。她打电话找林达，电话关机了。站在医院的大厅里四处搜寻林达的影子，快速辨别着周围每一张面孔。这个林达不是说在医院吗？她现在跑到哪里去了呢？

正在这个时候，手中的电话响了。爱美丽低头一看，原来是妈妈，爱美丽赶紧接起来。

"林达今早打来个电话说爱伦送去了急诊室，我让她打给你，现在怎么样了？她的手机一直没人接……"梁母亲急切地问道。

爱美丽脑子高速运转，迅速地拼凑出了两个方案。她权衡轻重，很快声音平静地回答道："妈，我已经在医院了，爱伦在里面还没有见到他，我正在找林达，知道新消息，马上告诉你。"也许是出于职业习惯，爱美丽咬牙坚持着，事情在没有被完全证实之前，她拿定主意先不要告诉父母。

待在医院，显然是浪费时间。还好，爱美丽让刚才的出租车等在了外面。她找出弟弟的住址，决定去他大学的研究生公寓。大约过了二十多分钟，出租车挤进了一条狭窄的巷子，在尽头的一幢四层楼房的街道边上停下了。楼前面不太宽敞的停车场里，停着三辆警车。爱美丽确定了地址以后，拿出几张钞票给司机当作小费，告诉他继续在这里等她。

上到二楼，不远处有一个警察。走近一看，他站的地方刚好是爱伦的住处。那人身后的公寓房门虚掩着，隐隐约约地能听到屋内有人在讲话。警察听明爱美丽的来意，便告诉她现在警方正在勘查现场，所有人都不能入内。他让爱美丽过一个钟头以后再来。

爱美丽没有地方可去，就站在楼道里。过了四十多分钟，四名警察才从屋里走了出来。其中一名女警，左耳下边挂着一个摇摇晃晃的黑色口罩，戴着蓝色橡胶手套的右手里提着一个黄色的塑料箱子。刚才问过话的警官示意爱美丽，她现在可以进去了。

爱美丽轻轻地推开房门，厅里坐着林达。见到爱美丽，林达说不出话，站起身，上前和她抱在了一起，失声痛哭。

林达整个人变了一个样，往日的美丽荡然无存。她脸色煞白，头发杂乱，脸和身子都胖了许多，再也看不出那动人的曲线了。爱美丽拍着她的肩膀，嘴上说着安慰她的话，她的心却像一艘一直在海水中下沉的轮船，在此刻最终碰撞到了海底坚硬的礁石。刚才看见警察，爱美丽已经意识到事情的严重性了，她最后的一线希望在与林达拥抱的时候，化为乌有。爱美丽不得不承认一个事实：弟弟真的不在了，她再也见不到爱伦了。

过了许久，爱美丽渐渐忍住了哭声，擦着眼泪问道："到底是怎么回事啊？"

林达抽抽泣泣地说："早上来了救护车，送到了医院。医生检查后说人应该是在凌晨某个时间去世的，他们已经回天乏术了。"

"那是什么原因呢？"

"医生讲，从症状上看，应该是吸毒过量导致的休克。医院立即报了警，警察就带我回到这里，检查现场。"

"吸毒！爱伦吸毒！这怎么可能？爱伦不会做出这样的事情。"爱美丽坚定地说道。

"我也不信，只是刚才警察在他书房里找到了一些白粉。他们拍了照，把东西都拿走了。"林达指着边上的一个房间。

爱美丽站起身，顺着林达手指的方向走进了旁边的书房。屋内的家具都被拉起的一条黄色的警戒线围了起来。房间中间靠墙处摆了一个宽大的书桌，上面堆放着一堆小山一样高的书籍，笔记本电脑还打开着，桌边还放着一本爱美丽借给弟弟的学习笔记。书桌上方的墙上还挂着弟弟的一些照片，有一张姐弟俩小时候一起在香港海洋公园的照片，爱伦淘气地歪着头靠在她的肩膀上。爱美丽的眼泪止不住地流了下来。人去楼空，世事无常。

爱美丽知道现在不是她该难过的时候，她苦恼将如何把这样一个坏消息告诉她的父母呢？屋外铃声响起，林达接到了一个电话。爱美丽侧耳倾听，打来的刚好是梁母。她压抑的心情稍稍减轻了一点，一块压在她心头的石头短暂地移开了一些。爱美丽深深地换了一口气，像是一个在桑拿房中强忍多时，终于抓住机会跑出房外吸口新鲜空气的人一样。爱美丽潜意识里一直在逃避这个给父母的电话，这个电话对他们来说是过于残忍，而对自己也是严酷的挑战。生活中的强者未必出于自愿。爱美丽没有勇气去向年迈的父母报告他们的儿子突然去世的消息。面对这样如此巨大的变故，她倍感自己的无能与无力。

等到林达打完了电话，爱美丽才略带愧疚地从房间里走进厅里。林达一边用纸巾擦着眼泪，一边对走过来的爱美丽说："你父母到长老医院了，你赶快去陪陪他们好了。"

说完她就拿出了一个皮制旅行包，一边往里塞着东西，一边说："这个地方我一天也不能待了，我妈妈今早赶到了医院，把凯林接去了她那里。我今晚也会搬过去。"

"好，这边的事情就交给我来处理。"说完这话，爱美丽心里好受了许多。

"这是一套钥匙，所有文件都应该在那边的柜子里，我其实什么都不知道，家里的事都是爱伦管的。"

爱美丽提醒林达给医院打个电话，把她的名字加进亲属的名单。她马上去医院，要再看爱伦一眼。

爱美丽回到父母家的时候已是傍晚时分了。因为路上塞车，她赶到医院时，父母已经离开了。车库前停了两部汽车。大门没有锁，爱美丽轻轻地推开了门走了进去。门右边的客厅里摆放着那套中国传统样式的红木家具。左边太师椅上坐着梁父，右边的是她远房二伯父。

爱美丽先与亲戚打了招呼，然后走向梁父。爱美丽看着父亲，他忽然间老了许多，白色的头发占满了他多半的额头。两鬓的头发微微地盖住了耳梢。他的一双大眼睛里带着伤痛和疲惫，嘴边还有一圈毛渣渣的胡须。梁父像是要起身，珊珊快步走到他椅子前，伸出双手抱住了他的脖子，让他不要起来。

梁父没有说话，他抬起右手，声音低沉地说："去里面看看你妈妈吧。"

爱美丽拍了拍梁父的肩膀，忍住了眼泪往房后面的卧室走去。隔着老远，就听到了低低的抽泣声。房门开着，妈妈躺在床上，背靠着垫高的枕头上，床前的两把椅子上坐着二伯母和她的女儿。

梁母看见女儿，支撑着身子想站起来。二伯母伸手扶起了她。母女相见，泪如雨下。爱美丽怕妈妈太过伤心，她只能先止住泪水。在众人的劝慰下，梁母稍许平静了一些，她拉着爱美丽的手往外面走。

餐厅里布置了临时的灵堂。方桌上铺了块白布。临时找来的白布并不够大，桌子的四个边角还露在外面。白布正中间摆放着爱伦大学毕业时的照片，爱美丽接过妈妈递过来的一炷燃着的香，站在桌前，双手举香，鞠了三个躬后，把香插进了照片前面的香炉里。梁家是印尼华侨，祖籍广东中山，虽然在海外多年，但都一直保守家乡的传统。爱美丽耳濡目染，对这些风俗礼仪并不陌生。

礼毕，爱美丽简短地讲述了去林达那里以及回医院的情况。她没有讲她未被允许见到爱伦，因为医院还在等待警局的验尸报告。她只是说医院现在的诊断是爱伦吸食海洛因过量。爱美丽在大学读书的时候，只是听说过有人在校园里贩卖毒品，有的学生买来是为了好玩，也有的学生是为了减轻课业压力。虽说毒品泛滥，但爱美丽从未见过身边的人有这样的行为。爱美丽怎么也想不明白弟弟爱伦在美国长大，应该知道毒品的危害。为什么还会这么不小心，放纵自己做出这么愚蠢的事情来。

第二十二章

星期四，爱美丽没能按计划赶回硅谷。在洛杉矶有太多事情离不开她。这几天，她马不停蹄地处理爱伦的后事。她联系了医院，办理丧葬和墓园的手续，申请了弟弟寓所的退租。今天下午一点，她来到位于在洛城西边林达母亲的家里，有很多法律相关的文件都需要林达签字才能生效。

林达家的房子是在一处富人区的半山腰上。房子占地大，外观十分漂亮。爱美丽记得林达讲过，这是她妈妈第五任丈夫的住所。林达高中毕业后，她妈妈才和这个退休的银行高管结的婚，她们母女应该还没在这里住很久。

在客厅接待她的是林达的母亲。她仪容华贵，皮肤保养得光泽亮丽，手指上戴着硕大的漂亮钻戒。她穿着得体，从身材和容貌上看，要比她实际的年龄小许多。林达母亲讲她的女儿情绪还很不稳定，正在楼上休息。有什么事，爱美丽可以先和她谈一谈。

爱美丽从厚厚的一叠文件中取出一张手写的事项表，望着林达母亲说："我在和医院协调，爱伦的遗体明天应该可以送去丧葬墓园了，我们想问问林达有没有特别的衣服，想让爱伦穿戴的？我会把衣服准备好，送过去。"

"谢谢你，想得这么细心，我想林达现在这么难过，这具体细节就请你和你父母决定吧。"

爱美丽点头后接着说："在丧葬园区，我已经安排了最好的美容师服务。爱伦化妆过后，我准备带我父母去和他告别。时间定了，我也会通知你们，我们可以分开或者一同前往。"

林达母亲摇了摇头，毫不迟疑地说："为了林达的身体，这个我们也不去了。"

"爱伦的葬礼应该可以安排在下个星期的周三至周六的任何一天。我父母让我问问你们，看哪一天最为合适？"

"这个你们自己挑选吧。我计划下周带她去迈阿密，到她舅舅那里住几天。让她和几个表妹说说话，交些新朋友，散散心。林达不能参加葬礼了。"

来之前，梁父梁母再三叮嘱爱美丽，林达不曾在外面做过事。他们要求爱美丽事无巨细，尽力尊重她弟妹的意见，凡事尽量为她考虑，一切以亲家的方便为准，一定要减轻她们的负担。爱美丽今天写出了一个详细的计划，可万万没想到的是，她们居然不准备参加葬礼了。那下面诸多具体的事宜，根本不需要再问了。

"你讲完了，我问你些问题吧。爱伦去世后，他们财务状况怎么样？"林达妈妈郑重其事地问道。

爱美丽翻开银行账单的文件夹子，回答说："他们还有十一万的现金存款。"

爱美丽并未解释，爱伦去年结婚时收取了三十多元的礼金，信用卡消费记录显示，两人在夏威夷六天的蜜月期间，花了有七万多美元。这两个年轻人生活极为奢侈。

"我女儿太不幸了，剩下这么一点点的钱，应该都归她所有。"林达妈妈盯视着爱美丽说。

"是，我父母也是这个意思。"

"你是律师，爱伦住在校园的公寓里，能不能追究学校防控毒品不严，起诉获得赔偿呢？"

"这个可能性极小，因为我们很难证明爱伦个人的行为和学校宿舍的管理有任何的联系。"

"爱伦有购买人寿保险吗？"林达母亲的问题一个接着一个，看样子也是有备而来。

这其实也是爱美丽一直在找的文件。除了爱伦有一个大学给研究生购买的一万元基本保险外，爱伦不曾购买任何个人的人寿险。爱美丽自责在这事上，她没提醒过弟弟，这明显是一个不小的疏忽："这也是我要问林达的问题，看她是否知道爱伦有否购买保险。直至目前为止，我还未找到任何相关的文件。"

林达妈妈深深地叹了口气："我问过了，林达这个单纯的孩子，什么都不知道。"

"哦，原来是这样啊。"爱美丽用笔在纸上的一行小字旁做了一个记号。

"最后还有一件事要和你们讲。"林达妈妈清了清嗓子。

"他们两人的小孩已经在我家里好几天了。我先生身体不好，我精力也不够。这么小的婴儿不能长期住在这里。林达根本无力抚养这个小孩，这你也是清楚的。林达还年轻，她需要开始她新的人生。我们打听过了，有慈善组织专门收养没有能力的单亲女性的孩子。我们准备把凯林送过去。"

爱美丽的脑子"嗡"的一声，简直不敢相信她的耳朵。林达难道是不要她自己几个月大的女儿了吗？这实在是匪夷所思。爱美丽根本没想到过这样的问题。她心里发慌，脑子发胀，不知如何作答。为了掩饰她的狼狈，她嘴里跳出了一句法庭上惯用拖延时间的语言："事关重大，我还是想听听林达本人的意见。"

时隔几日，当爱美丽再见到林达的时候，林达已经恢复出她往日漂亮的外表。她金褐色的头发精致地盘在脑后，脸上铺有一点点的淡妆，蓝色束身腰带收紧了腹部，再次勾勒出她身材的曲线。落座后的她，没等爱美丽开口，涂着粉色口红的嘴唇便上下开启，语调柔和地说："我妈妈说的，都是我的意思。我的情况是糟透了，我需要换个环境，吹点海风，好好地休息一下。"

林达说完这话，下意识地望了一眼斜对面的妈妈。目光相交后才又转向爱美丽。

爱美丽还是追问了她对凯林的态度。林达满脸的无奈，一直说她真的不舍得女儿，但是她实在没有别的办法。

眼见没有回旋的余地，爱美丽只得拿出带来的一些文件，详细解释后递给了林达。旁边林达的妈妈伸手接了过去，她从楼上叫来了她的先生，让他逐一地仔细查看过后，才示意女儿签上名字。

这样一来一回，花了许久才办完这事。时候不早了，爱美丽起身时告别时，看着这对母女，她诚恳地叮嘱道："如何安置凯林，我要和她的爷爷奶奶好好商量一下。这件事情最好由我来和他们讲，请你们等我的消息。"

林达点了点头说："好，我等你。"

爱美丽开车先去了爱伦的公寓。林达已经拿走了她的东西，房子里一片狼藉，地上丢弃着各样的杂物。爱美丽从衣柜里，选了爱伦结婚时穿的礼服，然后按照墓园清单的要求，凑齐了一个大包裹。她现在就可以把这些东西送到殡仪馆去了。真正让爱美丽头痛的是怎样妥善地安顿凯林。她想不出非常满意的解决方案。

晚上回到梁家的时候，只见楼下灯火通明，梁父一个人坐在客厅里的红木座椅上，像是在等什么人。爱美丽走过去，尚未开口，这时妈妈也从里屋走了出来。她一声不响地从站着的爱美丽身边绕过，径直坐到了梁父那侧的客人的椅子上，空出了梁父身旁，那张日常梁母所坐的太师椅。

没等爱美丽反应过来，就听见梁父指着他身边的那张宽宽的椅子说："来，今天你坐在这里。"爱美丽的眼睛疑惑地转向梁母，只听梁母语气平缓地说："你爸让你坐，你就坐，听话。"

爱美丽略有不安地走到那椅子边上，从未和父母以这种姿态讲话，拘谨的她下身只坐了一半的位子。爱美丽感觉今天梁父精气十足。他修剪了头发，发式又恢复到以前工整的样子。两道浓黑眉毛下面的眼睛炯炯有神，神情中减少了这几日的悲伤和焦虑，增多了一种沉着和冷静。这让爱美丽感觉梁父更像是她印象中的父亲，哪怕遭遇再大的困难，他都有一种成竹在胸的稳健气概。这让她心里多少踏实了一些。

爱美丽避重就轻，她把给爱伦入葬的服饰，在墓园下葬的方位，葬礼的时间和安葬的流程都讲得详详细细。直到最后，她才不得已地加了一句："林达十分伤心，她妈妈会带她去佛州休养几周，她们不会参加爱伦的葬礼了。"

"我看根本不是什么休养，是赶着去找下一任丈夫去了！"梁母愤愤不平地说。

爱美丽无言以对，只得保持沉默。

"我当初就不赞成爱伦娶这个女人，哎……"梁母看到梁父投来的目光后，停住口中的话，深深地叹了口气。

"另外就是爱伦人寿保险的事情，我今天问了林达是否知道爱伦有无人寿保险，她说不清楚。文件里显示，爱伦工作的那一年，他有买。去读法学院后，就没再继续。这是一个巨大的错误。"

"我看这个错误犯得好！好事能变坏事，坏事也能变好事。"梁父在旁边说道。

没等爱美丽说话，梁父接着说："今天下午，林达的妈妈打电话来。她说是你讲的，爱伦没购买人寿保险，林达没有能力抚养凯林，她让我们想办法，要不然她们就准备把小孩送去孤儿院了。"

爱美丽一愣，心感诧异。她明明当面说好，这件事情由她和父母来提，她们为什么还是抢先打了电话呢？她来不及细想这其中的原委，只得接口道："林达的妈妈是这么和我讲的，我起初不信，叫出了林达来证实，林达也的确是这个意思。"

"那我们今天就谈谈凯林吧，爸爸妈妈老了，想听听你的意见。"梁父审视着爱美丽说。

爱美丽坐在太师椅上的身体不由地往前移了移。她躯体直立，双腿并排支撑在地板上，双手合在一起放在腹部，目不转睛地望着父亲说："去孤儿院肯定不行。林达现在好像是计划再找一个丈夫，她现在带着一个孩子，也实在有她的困难。我觉得我们先请个保姆把凯林照顾起来。几年以后，等林达安顿好了，再把孩子送还给她，毕竟母女不应分开。这个计划我还没和林达讲，我想先听听你们的建议。"

梁母听完，双眼低垂，没有迎合爱美丽转过去的目光。

"糊涂！你愿意看着梁凯林以后跟着她的妈妈，不停地改换着姓氏长大吗？跟着什么样的妈，就会成为什么样的人！"梁父手敲了一下边上的茶几，他明显不赞同这个爱美丽一下午费尽心思想出来的办法。

爱美丽没预料父亲反应会如此之大，更没有料想到他会这样地考虑凯林的前途。

梁父看了爱美丽一眼，声音比刚才柔和了一些说道："在林达家还未提这事之前，你妈妈就问过我，凯林跟着林达好不好。我想既然是个女孩子那也就算了吧。但是今天他们既然对凯林是这样一个态度，那我们可要好好地想一想了。"

"我不同意把凯林交给他们。"梁母抬起头，脸色严肃，语气坚定地表明了态度。

梁父望了一眼梁母，然后回视着爱美丽说："我也想了，今天的社会，男女其实都是一样的。我看不出你比爱伦差在哪里。凯林也是我们梁家的血脉骨肉，这个孙女我们要管，一定要管！"

"我没说不管凯林啊。"爱美丽觉得有为自己辩护的必要。

"我问你，你的这个方案，要是林达不同意怎么办？电话里，她的妈妈语气非常坚决。"梁父问道。

"又不要她们出钱，应该不会吧。"

"你还没看懂吗？这不是钱不钱的事。林达的妈想让她女儿轻装上阵，不带任何的拖累。"

"哦，这个我还没有考虑过。"爱美丽低下了头。

"既然你没有考虑到，那我和你妈替你考虑了，你把凯林接下来，过继给你，你来照顾她。"梁父身子前倾，一字一句地说。

爱美丽眼睛盯着她手上闪亮的订婚戒指，为难地说："爸，你不要这么武断，好不好？你们不能为我做主，我要仔细想想，自己决定我的事。另外我也要和约翰商量一下，我要考虑约翰的感受。"

"这事和约翰有什么关系？"

"我上周和约翰订了婚，还没有顾得上跟你们讲呢。"

梁父沉思了片刻，然后说："那倒是应该和约翰讲一下。你和约翰说，对于我们中国人来说，如果家族中有人不幸先走了，剩下的兄弟姐妹有担负培养那人留下子女的责任。我们广东中山梁家能有今天，就是因为世世代代一直坚守这个传统，坚持患难与共，得以生生不息。这个道理要给他讲清楚。"

停了片刻，梁父重新说道："我不知道约翰会怎么说，告诉他，他可以重新考虑这桩婚事。"

"爸……"爱美丽低下了头。

"如果约翰不同意，那只能说明他不够善良，也不够爱你。那你和一个不够爱你的人一起生活，又有什么意思呢？"

"爸，我求求你，你别再说了。"爱美丽快哭出来了。

"爱美丽，不是我为你做主，是老天给你做了主，选中了你。我们移民美国是为了更好地生活，但即使到了美国，出了变故还是要有人站出来扛。爱伦走了，我们也老了，现在梁家就要靠你了。今天我和你妈商量过，决定让你坐家里这个主位子，就是想让你把梁家撑起来。这是你的义务，也是你的光荣。爸爸是过来人，你一生不会为你这个决定感到后悔的，你早晚会明白这是老天赋予了你一项义不容辞的使命。"

第二十三章

珊珊把汽车停进了车库，看到通向客厅的过道里亮着灯光。难道是爱美丽回来啦？她心里一阵高兴，赶紧冲进了屋里。

客厅里只开了一盏台灯。灯光下爱美丽的头依在沙发一边的靠背上，她身体侧躺，两腿微缩，身体蜷在一起，好像秋天里落在地上的一片枯叶，整个人陷进了软软的沙发里。珊珊赶忙打开了屋里的大灯，让房间里明亮了起来。

"你回来了，靓女，为什么不告诉我，我去飞机场接你？"珊珊走近前，蹲下去，伸手搭在了爱美丽的肩膀上。

"饿了吗？我给你做一份你爱吃的肉丝炒年糕吧。"

"我在飞机场吃了点东西，现在不饿。你弄自己的吧。"爱美丽无精打采地说。

"我吃过了。你的手怎么这么冷，我给你泡杯麦茶吧，你等着。"

几分钟过后，珊珊端来了一壶热茶，倒了满满的一大杯，递给爱美丽。爱美丽直起身来，捂住了茶杯，一股暖意渐渐地温暖了她的双手。

"一切办得都还顺利？"珊珊试探地问道。她从爱美丽发来的一两条短信里，知道了爱伦过世的消息。

"你不知道这几天我经历了些什么……"爱美丽把杯子放在了茶几上，伸手梳理了一下她的头发："还记得那个大美人林达吗？要不是亲眼所见，我真的不会相信。她和我说她伤心难过，不能参加她丈夫的葬礼。这我还是可以勉强理解的，她居然当着我，望着我的眼睛，说她不要她女儿了，让我们家想办法，不行的话，她们就送凯林去孤儿院。"

"天啊，怎么会有这么狠心的母亲？"珊珊惊讶地问道。

"她怪爱伦没有买人寿保险，还说她没有能力赚钱养活她的女儿。她打扮得漂漂亮亮地准备去找下一个有钱的丈夫了。"

"靠嫁男人而活的女人也真是太可怜了！"珊珊悻悻地说。

"哎，她既可怜，也可气。她有手有脚地学一个技能至少可以养活她们母女二人吧。何必一定要完全依赖男人呢？这可能真是受了她妈妈的影响。真是什么样的女人都有，一种人，有一种活法。"爱美丽终于表达出一直压在内心中对林达的不满，她后悔当初袒护弟弟，让他娶了这么一个花瓶式的女人。

"那你爸妈肯定不同意把孙女送去孤儿院的。"

"你没有看见我爸和我谈话的那个凶样，根本没有一点商量的口气，根本没有设身处地顾及我的感受，他直接叫我把凯林接过来，让我养，让我做她的妈妈！"爱美丽拉高了她的声音。

"让你领养凯林，做她的监护人？"

爱美丽点头说："是，他们就是这个意思，我还没有答应。"

"中国的老辈人好像是这样……"

爱美丽无可奈何地说："是，我爸妈都说这是一个传统。我家几代人生活在印尼，每一辈人里都发生过类似的事情。"

"对父母宽容一点吧，有时候他们说话很直接，我妈对我也是那样。"珊珊在心里有些愧疚。想着爱美丽家里的情况，她接着说："也许，我是说也许，如果同样的情况发生在你身上，你爸爸也会这么要求你弟弟爱伦的。"

爱美丽没有作声，但这句话倒是让她听进心里去了。天天忙碌，没能让她有时间从这个角度思考过这个问题。

"我给你出个主意，你就顺了老人的意，领养凯林。然后你每月出钱请个保姆，把小孩子放在你父母那里带，你经常回去看看她们，那不就行了吗？"珊珊关心地说。

爱美丽长叹了一口气，摇着头说："后来我也是这么想的，可等我把这想法一提，我爸就火了，他拍着桌子对我说，他们要的不是我的钱，他们要的是我的担当！对凯林，对爱伦，对家族的责任！"

"哦。"珊珊想象着梁父那激动的表情。

"我妈妈也很激动。她说女人养孩子就一定要带在身边才会培养出感情。他们风烛残年，是靠不住的。凯林需要的不是一个住处，凯林需要的是爱，需要的是一个属于她的家。"

"嗯。"珊珊被这番话打动了，鼻子竟然有一种酸酸的感觉。梁家的长辈是真心为孙女凯林的未来着想，考虑得长远。作为一个女人，梁母说那些话时的语气，眼神和神情，仿佛真切地呈现在她的眼前。

"我真的不知道该怎么办才好。我父母对我的期待太高了，我实在达不到他们的要求。"爱美丽的脸上露出了极为痛苦的表情。

珊珊还是第一次见到，在别人眼中，那个无所不能，充满了自信、活力、智慧的爱美丽，竟然也会如此的软弱和迷茫。生活的考验是一场接着一场；上一场的顺风顺水，并不代表着下一场的一帆风顺。

"如果你做凯林的妈妈，那可要和约翰好好商量一番了。"

"这就是我最大的任务！我已经写了一个长长的邮件给他，讲了全部的情况，我约他明天早上见面谈一谈。"爱美丽声音低沉了下来，迟疑了片刻，眉毛一挑，眼睛一亮，声音大了一倍地问道："你说，约翰会怎么说，他会不同意吗？"

人类的情感非常奇妙，但凡遇到重大事件的时候，但凡在等待命运仲裁的关头，世人所问的问题，与其说是要寻求一个答案，不如说是在追索一个希望。

就在一瞬间，珊珊领悟出了这个道理。她来不及分析约翰的想法，在瞅见爱美丽一眨一眨的眼睛里流露出的那种焦灼而又渴望的神态时，珊珊确定无疑回答道："我想约翰会同意的，他是一个善良的人，应该会同意的。"

爱美丽的脸上露出了一丝舒解的微笑，她对好友的回答十分满意。心情稍微宽慰了一点的她，像是在自言自语："我也是这么想的。他是真心爱我的，我会用一生好好地报答他。"

爱美丽的眼神停在了一个地方，思绪飞到了远方。等待的过程或许是一种无穷无尽的煎熬，但等待的过程中又何尝不是一段畅想美好未来的宝贵时光。爱美丽的憧憬无边无际，她仿佛在和约翰一起牵着凯林的手，漫步在绿色的草地之上，微风吹来，掀去了孩子的帽子，阳光洒在每一个人的脸上，五彩缤纷。

茶壶里的水已经冷了，珊珊拿着去厨房加了些热水。等她再摆回桌上时，爱美丽开口说道："小女孩，请你帮个忙。"

"你说，靓女，我能帮你做点什么？"

"我结婚之前，把你那十几样上海菜教给我吧，我以后可以给约翰煮饭，他很喜欢吃中国菜。"

珊珊还没听完就开始摇头了："这事可不行……"

"为什么？"

"你这个大小姐，资质太差，连白糖和盐都分不清楚。能把你教会做菜，那可太难了，神仙也不一定能干成。"珊珊继续慢慢地摆着头。

"你又来踩我。"爱美丽想起以前有过一次，珊珊煮了一锅糖水，叫她放点白糖进去。爱美丽极少下厨房，她抓起一个白色的罐子，丢了几大勺子盐进去。自此落下了话柄，今天珊珊又拿出来开她玩笑。

看到爱美丽愁眉舒展了一点，珊珊非常高兴，安慰她说："中餐并不难，我现在每周教你做一道。中国菜讲究就是要调料齐全。你出嫁时，我买齐一整套送给你当嫁妆，然后每个月我去把调料给你补齐。配方我都给你写好，你在手机上就能看到。包你成为一个名厨，让约翰离不开你。"

听到这个计划，爱美丽的眉头舒展开来。特别是最后一句，很让她开心。她为结婚写下了一个长长的清单，单子上重要的一项今天总算是圆满解决了。

"约翰家里有几个孩子？"珊珊像是随便问。

"有两个弟弟，怎么了？"爱美丽皱了下眉。

"如果他同意了，他家里反对怎么办？你不是说他家拥有一个大企业吗？有钱人家会怎么看待凯林呢？"

爱美丽心里一惊：珊珊这个问题提得非常好，是要从约翰的家庭视角来审视这件事情。乌云再次笼罩在爱美丽的心头，短时间的欢笑像一朵飘浮的白云瞬间被大风吹散得无影无踪。爱美丽像是一个在海里溺水多时的人，刚刚竭尽全力地冒出水面吸了一口气，一个更大的海浪拍打过来，将她的头又狠狠地压了下去，身子也随着洋流迅速地卷向了黑暗深处。

珊珊感到爱美丽又陷入了担忧，于是赶忙安慰她说："现今呢，家里赞成的婚姻不见得就能成功；家里反对的婚姻也不见得就会失败。你看看你弟弟不就是个例子吗？"

"听着也有些道理啊！我会是哪一种呢？"爱美丽心中问着自己。

爱美丽回到了她的房间，虽然今天忙碌了整天，但此刻的她却没有一丝的倦意，打开电脑，回复了一些公司重要的邮件后，已是十一点了。

洗漱完毕，躺在床上，不知道为什么，她却怎么也睡不着。虽然胃中并没有感觉，可爱美丽还是怀疑自己是不是饿了，算一算在飞机场吃的三明治也是五六个小时之前的事了，她翻身起来，披上件衣服，蹑手蹑脚地走下了楼，在厨房的冰箱里找了些东西，快快地吃了。

再回到房间里已经快十二点了，更换一个厚枕头，再次关了灯，翻来覆去还是不行。爱美丽觉得她出门多日，房间里很闷。她打开灯，拉开窗帘，几个窗户都留着拇指大的缝隙。这显然不够，她把两个窗户打开至一半，关上窗帘，关灯继续睡觉。

就这样，一会儿闷，一会儿冷，一会儿热，一会儿燥的爱美丽辗转反侧更换着各种睡姿，但就是无法入眠。等再次打开灯的时候，竟是凌晨三点了。爱美丽索性拿了三个枕头垫到背后，靠在床头想心事。她先想起爸爸讲过的家族迁徙的历史，梁家在往昔的艰难岁月里，亲人是如何相互扶持。她又想到珊珊许诺说要教她厨技。爱美丽一向自信，她想象她很快就会成为一位烹饪大师，她会在约翰的面前摆上精美的菜肴。最后她担心起了未婚夫，除了美食，怎么才能打动约翰呢？可以告诉他，如果他家里也发生了类似的情况，她也会做同样的事情。

不知过了多久，爱美丽看见了一大片绿色的草坪，几个跑来跑去的小孩好像在争抢着什么东西。看久了，发现他们是在采拾草坪上盛开的蒲公英花，每个小孩在捡到那白绒绒圆球似的花朵后，都会迫不及待地猛吹一口气，随后望着蒲公英的小花随风飞舞。那群孩子们越跑越近，最前面的男孩竟然是爱伦。他穿着一件白色衬衫，和他在小学毕业典礼上的着装一模一样。他手里举着一大朵怒放的蒲公英花，像是运动员捧着手中的奖杯，在向周围的人炫耀一圈之后，他吹起了天真烂漫的种子，漫天飘荡！

不知什么东西卡住了爱美丽的嗓子，让她发不出一点声音。她使足全力才喊出了爱伦的名字，但惊讶地发现她还是躺在她房间里的那张床上。

周六十点多，高尔夫俱乐部的餐厅里空空荡荡。只有一个服务员接待着两三桌客人。在餐厅的另一头，另一个服务生有条不紊地围绕着一张长长的餐桌摆放着刀叉，准备晚些时候的派对。

约翰坐在爱美丽的对面，他头发蓬松有型，下巴干净滑爽。一股淡淡的爱美丽所熟悉的男士柔和的香水味道散发在空气当中。他一边优雅地吃着西餐，一边不紧不慢地告诉爱美丽，他前几天寄了哀悼卡片和花篮给她的父母，他们昨天回复了致谢信。

爱美丽听着，偶尔点点头，然而在她平静的外表下却是心潮起伏。自从今早在梦中见到爱伦，爱美丽的感情就有点像是脱缰的野马，难以驾驭。

"怎么了，亲爱的？你为什么不吃饭啊？"约翰关切地问道。

"约翰，我必须对你诚实，我现在必须向你坦白一件事情。"爱美丽最终开口了。

"你讲，我在听。"约翰放下刀叉，拿起餐布擦了擦嘴，然后静静地注视着爱美丽。

"我一直在为我们这次见面做准备，我打算和你商量我的侄女凯林的事情。但今天，当我和你在这里进餐的时候，我突然意识到，其实在这件事情上，我已经作出了我的决定：我会收养凯林。从她的爸爸，也就是我弟弟去世的那一刻起，她也许就变成了我的一部分，只是我一直没有敏锐地感知到，直至现在。"

"谢谢你告诉我你的真实想法。"约翰微笑地说道。

"或许我今天对你的表述过于简单，过于直接，这或许并非是最好的方式。我考虑过我可以换一个方法，把这件事情包上一层糖衣，设法巧妙地放进你嘴里，让你慢慢地吞下去。但我决定不这么做，因为我爱你，我想在你面前保持一个真实的自我，说出我自己真正的感受，免去那些虚伪的修饰。"

"过多的糖分对身体不好，虽然吃起来味道不错。"约翰保持着他往日的幽默。

"我爸爸为了说服我，讲述了我家从前的历史，许多感人的往事，我都是第一次听到。过去家中有人落难早逝，施以援手抚养那人子女的都是家中的兄弟姐妹，这是中国人的传统，也是我们梁家的传承。"

"你跟我讲过你父亲，他的确是一个经历丰富的人，令我尊敬的长辈。"约翰点着头。

"对于我来说，我过去不是十分明白他说这些话的意思。也许是因为我在美国长大，我认为我是一个美国人，尽管有时候我不得不提及我是华裔美国人，但中国指的是我父辈所来自的国家，这个地域名词对我没有任何特殊的意义。"爱美丽的双眼凝视着约翰。

"然而从凯林这件事上，我知道了我能生活在美国，就是因为我的先辈坚守实行了家族里的信条。我理解了我父亲所讲的道理。恰逢今日，又遇坎坷，新一辈的人中，将由我来承担起对梁家的责任。当我顺从这个召唤的时候，我的内心感到无比安定。这让我相信我是一个中国人的后代，我为此感到骄傲。"爱美丽的浑身抖动了起来。

爱美丽接过约翰递过来的纸巾，边擦眼泪边说："对不起在这件事情上，我没能事先征求你的意见，我向你道歉。我的情况现在有了改变，公平起见的话，我觉得你可以重新考虑我们的婚事，无论你作出何种选择，我都会表示理解。"

爱美丽本来想从左手上摘下那枚订婚戒指，大大方方地放在约翰的面前。她右手的手指触碰到了钻戒的边缘，但还是犹豫地停在了半路。爱美丽心中十分不舍，她在心中安慰自己说："着什么急啊。先别冲动，先听听他怎么反应再说。"

约翰眨了眨眼睛，轻声说道："这是一件极其不幸的意外。现在一定是你极度艰难的时刻，我们应该先把我们的事情放在边上，让你专心处理这么大的家庭变故。无论你做什么样的决定，我都会支持你。你决定收养凯林，我认为这是一个对大家都非常好的选择。"

第二十四章

　　珊珊这周非常忙。她先是把房子里里外外收拾了一遍，二楼的一个房间装饰成婴儿室。然后足足跑了三次才购齐各式各样的婴儿衣物和玩具。最难的是要为凯林请一个有经验的住家保姆。找了中介公司，面试几个人都不太合适。恰巧她公司里有一个上海来的同事，她妈妈移民美国帮助带小孩，现在小孩子都上小学了，老人闲着没事，可以过来帮忙。

　　盼星星，盼月亮总算盼到小公主驾临寒舍的那一天。看见凯林时，凯林正在汽车后排座位上睡得正香。爱美丽双手轻轻地把婴儿椅提了起来，几个人前呼后拥地把她接进了屋里，小椅子刚刚放在客厅的地板上，凯林就被弄醒了。

　　凯林睁着浅蓝色的大眼睛环视四周，头向右一转，偏大的帽子就从头顶滑到了一边，露出了绒绒稀疏的黄色头发。她小嘴紧闭，鼻子微微翘起，审视着周围陌生的环境。珊珊躲在爱美丽的身后，望着凯林的小脸，又是激动又是兴奋。

　　凯林像是要坐起来熟悉环境，她两条小粗腿踢开了盖在身上的被子，穿着一双红色袜子的小脚在躺椅垫子上用力地一蹬，椅子随即就轻轻地前后晃动了几下。继续加大力度，凯林被这振荡给逗乐了，开心地张开嘴，显露出她粉嫩色的牙床。围观她的几个女人也都跟着笑出了声。

　　爱美丽把凯林的婴儿座移至沙发上，解开她胸前的安全带。伴随着凯林哼哼唧唧的声音，大家便开始忙碌了起来，阿姨忙着热奶，爱美丽忙着换尿布，珊珊手里拿了个玩具，站在一旁表演即兴的节目。

当珊珊从爱美丽手中接过凯林时，她心里还有些慌张。凯林在她怀里眨着眼睛，攥着的小手忽左忽右地挥舞着。珊珊惊讶自己居然拥有这种掌控婴儿能力，心中暗暗欢喜。以前在上海也见过亲戚的新生儿，她都只是远远观望而已，从未有过这么亲近的接触。

"她真乖啊，谁抱都可以。"珊珊笑着对爱美丽说。

"才不是呢，她只让漂亮的人抱，看样子她很喜欢你。"一旁收拾东西的爱美丽回过头说。

珊珊抱着凯林在屋里转了几圈，然后在起居室里坐下。趁着爱美丽正在给厨房里的阿姨交代事项，她迫不及待地掏出手机，关了闪光灯后就开始拍自己和凯林的照片。抱左边，抱右边，亲脸颊，亲额头。怀中的凯林任由她摆布，每个姿势都配合着她，小孩真是可爱。珊珊在心里推算着：如果不出国，她也应该有个孩子了吧。

自从凯林来了之后，这栋房子就充满了生机。时间飞快，转眼六个月就过去了。凯林又能吃又能睡，身体长大了一个尺码的她会在床上爬来爬去了。最可爱的是她长出了许多头发，黄黄的软软的而且慢慢地打起了卷，活脱脱地变成了一个洋娃娃。每到周日，保姆不在家的时候，珊珊都会催促爱美丽赶快去和约翰约会，而她则推着婴儿车，带上凯林去附近公园里散步。众多路人投来的羡慕眼光，让珊珊很有满足感。一路上，她的眼睛从来不敢离开凯林，生怕别人偷走了她的宝贝娃娃。

在这段时间里，珊珊没有忘记她的承诺，周末也抽时间教爱美丽烹饪。考虑到约翰遵循外国人的饮食习惯，她主要教的都是偏煮炖而非煎炸的菜肴。即便是这样，爱美丽还是抱怨说，在厨房里会沾上一股油烟味，每次上完课都要立刻去冲澡。珊珊多少看在小凯林的面子上，并没取笑挖苦她。

爱美丽天资聪慧，很快就像模像样地学会了几样菜式。珊珊忘记后来为什么烹饪课会停了下来。好像是有一次凯林感冒发烧，几晚下来弄得大人筋疲力尽。随后爱美丽似乎也被传染上了，连续几个周末叫她，她都待在二楼的房间，不肯下来。

直到有天晚上，爱美丽过生日，切蛋糕的时候，珊珊突然注意到爱美丽左手的订婚戒指没有了。当着阿姨的面不好意思问，等到阿姨带着凯林上楼了，她边擦桌子边旁敲侧击地问道："自从约翰上次来看过凯林之后，已经很久没见过他了。"

爱美丽一边在沙发上叠着凯林烘干过的小衣服，一边语气平缓地说："你会慢慢习惯的。"

"不会吧？"珊珊丢下手中的抹布，跑到爱美丽的身边，睁大了眼睛望着她。

"他一个月前和我讲，他以前的女朋友回来找他了，他们有见面。"

珊珊脑中快速地思考着这句话的意思，然后脱口说道："可你们已经订婚了呀！"

"是，我也是这么想的，所以我把那枚戒指用快递收件人签字的形式寄回给了他。"

"为什么呢？"

"他要愿意，他可以再还给我。他要不愿意，还他自由。"爱美丽口气哀婉地轻声说道。

在灯光的照耀下，珊珊忽然间发觉爱美丽变老了。她漆黑的长发虽未改变，但她的眼角却多出了一道浅浅的皱纹。她叠衣服时不紧不慢的样子，失去她往日特有的青春活力，取而代之的则是成年人的一股沉稳之气。爱美丽抬头冲她一笑，像是要说点什么但又没有说出口。她目光里少了聪明锐利，多了些宽厚容忍。

这一切都让珊珊感到非常内疚。她早就有这样的担心，但她不敢告诉爱美丽。她不了解约翰，她没有必要向爱美丽分享她的直觉，更何况那是一种不祥的预感。她此刻心中更多的是对爱美丽的同情：作为一个女人，一手牵着爱情，一手拉着亲情；一面是未婚夫，一面是小凯林。两难的境地，艰难的取舍。

珊珊知道她应该在情感上支持好友爱美丽，她低着头安慰地说："我感到很难过，我真的感到很难过！"

"我们不需要故意考验爱情，但这并不意味着爱情不需要经受考验。没关系，我不后悔。现在我有了女儿凯林，每天回家，当我看到她的笑脸时，一下子就忘光一天的疲惫。我将会有新的爱情，一份可以接纳凯林和我的爱情！"爱美丽自信地说。

又是一个普通的工作日，珊珊还是早早地来到了公司。像往常一样，她打开了她的银行网络户头，准备付一些账单。吓她一跳，映入眼帘的账户余额居然是一个七位数字。珊珊揉了揉眼睛，确定自己不是在做梦，定睛仔细再看，数字真的是一百零七万。账户底下显现，有两笔电汇，每笔五十万，是昨晚寄到的。上个月妈妈要了她的银行信息，汇过一次一万元的款子，可今天怎么会这么多呢？香港时间还不是太晚，珊珊拿起电话拨通了妈妈的手机号码。

"我正要给你打，收到钱了吗？"

"收到了……"

"多少？"

"两次，总共是一百万。"珊珊不太习惯讲这么大的数字。

"噢，那就好，明天还有一个五十万，你收到后告诉我。"

"怎么这么多钱？"

"我这个公司赚了些钱，最近分的。你老住在别人家也不是个长久的事，赶紧用这笔钱买个房子吧。你今年马上就快二十八岁了。我上次回上海遇到你的同学舒英，人家的小孩已经三岁了，都能跑了。"

最近一段时间，只要同妈妈通话，丽秋总能把话题绕到别人身上。不是年轻的远房表妹结婚了，就是珊珊的女同学向她打听怎么去香港生二胎，诸如此类的话题，烦不胜烦。珊珊学会了闭嘴，由着她说。

"另外，哈喽，你在听吗？"

"在，在！"

"我向舒英打听到了小胖的消息……"丽秋继续在电话里讲着。

"哦……"珊珊认真地听着，前段时间还有想到过他。

"小胖有女朋友了。说是你的一个中学同学，大学附属医院里的一名医生。说了个名字，我没有记住……"

放下电话，珊珊心里一沉。小胖新年，春节都给她寄过贺卡，但没有提过女朋友。中学年级里的女同学中是有好几个上了医学院，谁去了大学的附属医院可就不知道了，想搞清楚是谁的念头一闪而过，不过这还有意义吗？

在男女的感情上，到底是男人更无情，还是女人更无情呢？女人往往指责男人心肠刚硬冷血，男人常常抱怨女人翻脸冷酷无情。经历过恋爱失败的人最终得出的一个普遍结论：对方才是那担当全责，铁石心肠的一位。

珊珊回想起是她拒绝了小胖，难道巴望小胖为了她而终身不娶吗？或许时间可以医治所有失恋人的创伤，如果还觉得痛，那只能是时间不够长而已。

不花时间惦记着没用的了。珊珊现在可是重任在身，她要鼓起勇气重返硅谷的房产市场。

珊珊当日就给以前买房的包经纪打了电话。她再一次满血复活地全身心投入到房地产市场中去。真是不看不知道，一看吓一跳。相比两年前，硅谷的房价又上了一个新台阶。平均房价至少上涨了百分之十。经过珊珊的一番比较，她发现更为有趣的现象是：本来房价就高的区域，价格涨得更快，涨得更多。像爱美丽房子所在的那个区域，同样大小的房子已经从一百八十万，涨到了二百二十万了。算下来她房子一年的涨幅，比珊珊的全年工资还多。而以前珊珊关注的价格偏低的几个城市的房子，因为地段和学区不佳，那里的房子只涨了七八个百分点。

看样子买房一定要买高端区域的才行。珊珊不肯离爱美丽和凯林太远，考虑到她工作地点以及各种生活设施的因素，她还是觉得买现在爱美丽附近的房子是一个最理想的选择。只不过这个小区最便宜的房子也都接近两百万了，她要买，需要用足妈妈的钱，再加上她向银行贷款，才能够符合购房资格。

珊珊的收入比刚毕业时上涨了不少。她很快就从银行办下了五十万元的贷款申请，凑够了买房的门槛。她和包经纪一起，特别留意爱美丽所在区域的房子。

就这样珊珊再次开启了在硅谷购房的征程，但这次市场明显比几年前要热络得多。因为是已经开发过的地区，市场上没有新建的房子，上市的房源数量有限，有几个在珊珊目标价格范围内的，去看过之后都不太满意。房子不是正冲着马路，就是紧靠着交通主干道。有一两个位置虽然还可以，但去了才发现是炒房的人买下来改建的，不是在车库里加盖了一个房间，就是在后院接出了一间平房。住惯了时尚大气房子的珊珊，眼光高了，一般的已经看不入眼。

好在珊珊有地方住，不是急着买。包经纪也安慰说，房价走高后，房源会越来越多，每一个新上市的好屋子，他都会及时出手下单。

可没过多久，珊珊的心情就迅速地卷入至硅谷买房固定循环的三个周期里了：兴奋、希望和失望。在那个区推出的房子中，没有一个例外，每一栋都有几个买家同时抢，每一栋卖得都比要价高至少十万元。珊珊刚开始还试图压低点房价，殊不知卖方连电话都懒得回一个。学乖后的珊珊也尝试加两三万元的价，但仍然还是买不到。每次看见喜欢的房子就会陷入莫名的兴奋之中，满怀着希望咬牙心痛地加价掷下买单，不久后就会发现那房子又被别人抢走了，两手空空地又陷入失望的境地里。

珊珊不知道的是，她正赶上了美国房地产的大牛市。一年多前的股市泡沫破裂之后，利率一直在慢慢降低，因为贷款的成本下降了，贷款不仅变得更容易，而且条件相同的情况下，贷款人可以负担更大额的贷款。因此房子价格开始上涨，而房价高涨又吸引了更多的人投资房地产，这样一个大循环正在硅谷悄悄地进行着。

几个月下来，珊珊被硅谷的房市弄得灰头土脸。终于有一个周末她和包经纪决定不再去看房子了，大家静下来认真讨论一下购房的方略。包经纪仔细想过之后问道："你的情况是你妈妈在香港，她给了你一百五十万美元买个房子。你凭借在美国的收入贷款了五十万，加在一起准备买一个两百万的房子。对不对？"

珊珊点了点头。

"这里面其实有一个挺大的问题。大多数人买房只需要付房价的百分之二十的头款，也就是说和我们竞争买两百万房子的人，大多是准备了四十万的现金，贷一百六十万的款。"

"这和我们有什么区别呢？"

"是，这的确没有什么区别。这就和你有一百九十九万现金要贷一万元的款一样，只要你通过银行贷款，对于卖家来说都是一样的。只要有银行参与，无论金额大小，买卖双方就一定要等信贷部门放款，这前后至少需要四十多天。我们其实并没有发挥我们坐拥大量现金的优势。如果你有两百万现金，我们完全可以对卖家讲，我们有能力立即付款，那情形就大不一样了。还记得爱美丽为什么那么顺利吗？就是因为她一次付清，无须经过银行审核，卖家不需要等一两个月的时间。"

珊珊一直以为爱美丽那次买房是运气好，完全忽略她全额付现这个细节。

"我在硅谷搞房地产许多年了，从来没有见过市场这么热络，看来硅谷的房价还会大涨。你能不能和你妈说说看，让她再寄个七十万元给你，我们直接现金抢房，一定能成功。按这个速度，几年后这二百多万的房子涨至三百万是绝对可能的。"包经纪信心满满地说道。

第二十五章

丽秋无论如何是不能理解为什么一百五十万美元在硅谷买不到一个房子。如果不是香港生意太忙，她真想跳上飞机自己跑去买。另外珊珊一定坚持要买爱美丽那个社区的房子也是完全没有必要，每人的情况不一样，何必要攀比！女儿除了会读书以外，其他的都不行，要和自己相比，可谓是差了十万八千里。丽秋耐住性子听完了珊珊的电话。有心批评她一顿，但女儿已经成年，况且她俩之间又隔着一个浩瀚的太平洋。吸取以往的教训，别说多了这位大小姐，万一脾气上来了，赌气不用她的钱买房了。丽秋考虑再三，最终还是忍下了涌到嘴边的话。

珊珊讲要再加七十万美元。这笔钱丽秋手头还真是有。这一年多来，香港的公司生意十分火爆，进出口额达到了几亿港元。负责国内业务的小赵神通广大，靠着以前各方面的关系，把国内积压的一批物资转售到了中东地区，这笔出口的大生意利润丰厚，公司的三个合伙人都赚了个盆满钵满。

丽秋原本打算是给自己也买套房子，为退休做些准备，但一直在选香港还是上海之间犹豫。如果再寄钱给女儿，那她买房的事就又要再拖延一段时间了。想着她们母女二人聚少离多。丽秋在电话里，不愿向女儿讲述这些情况。她对珊珊关心一向就少，而女儿恋爱又不顺利，现在二十八岁还一个人在硅谷漂着，她心中更多的是为孩子的将来担忧。丽秋把希望寄予小赵能够再从内地拉些大生意来，公司继续良好经营下去。她不行就再晚几年买房，帮女儿就帮到底吧。于是丽秋一咬牙又寄了八十万美元给珊珊。

再次收到妈妈汇款后，珊珊发觉包经纪现金买房的建议效果的确明显，受到的待遇和以往是截然不同。卖方经纪人对他们格外客气。青睐他们的主要原因是：虽然有的买家舍得加价，但他们的银行贷款都要通过审批。而金融信贷部门往往都会对房产进行比较保守的估价。特别是在房市快速上涨的时候，这种机构的估值落后于市场价格的情况会经常发生。卖方经纪人往往是忙活了几个月，到头来贷款被拒，买方无力偿付先前许诺的高额价位，买卖双方最终都是空欢喜了一场。经过一段时间的等待，珊珊遇到了一个做生意急于出手投资屋的卖家，虽然那房子被数个买主加价标高至二百六十万元，但那人急于套现，最终接受了珊珊的二百二十万元的现金。珊珊在硅谷火热的房地产市场里捡到了一个便宜。

珊珊终于如愿以偿，在硅谷买到了她一生中的第一栋房产。当从别人手中接过还温热钥匙的时候；当打开房子高挑大门的时候；当走进宽敞客厅的时候，珊珊心中充满狂喜之情。从此在地球上，她拥有了一块属于自己的土地；从此在宇宙中，她享有了一片属于自己的空间。人要生存就一定要有躲风避雨的栖息之地，漂泊四海越久的人越能懂得这其中的含义；人要发展就一定要有容纳繁衍后代的栖身之所，跋涉八方越远的人越能体会这其中的道理。拥有居所的幸福感，拥有住处的安全感，这一刻的珊珊终于站在高山之巅，回望过往，心潮起伏。

这栋房子给珊珊的生活带来了根本性的变化。变化之大远远超出了她的想象。

珊珊房子离爱美丽的房子很近，只离着两条小街，这让她向爱美丽开口讲要搬出去时，容易了许多，毕竟走路过来看她和凯林只需要七八分钟的时间。爱美丽为她感到高兴，大方地送给了她一些家具。

珊珊也就欣然接受了她的好意。

珊珊对她的房子十分满意。这倒不是因为房子的格局多有好，她满意的主要原因是她房子要比爱美丽的还要大上两百平方英尺。虽说都是四房三浴三车库，但她的一层的客厅更加宽敞和明亮，可以开大的派对。而且楼下还有一个房间，既可以做书房，又可以当卧室。珊珊计划把这房间留给妈妈，让她来这里长住。房子后院是一片绿色草坪，院子中央矗立着一座喷泉池。早上晨曦初露时，漂亮的小鸟排着队来那里喝水和洗澡；傍晚凉风袭来时，哗啦啦的水声悄悄地潜入屋中。珊珊偶尔坐在厅内，喝杯闲茶，烦恼皆抛之脑后，一人独享她的家园。

搬去新房后，珊珊很快面对着一个始料未及的人生状况：她持有了房产，现在也不用再给爱美丽交那份房租了。她在一家高科技公司上班，日常一个人的开销颇为有限。她过去切身感受过的，也是大多数硅谷人所面临的巨大经济压力突然间消失了。她从为生存而拼搏的境况里被解救了出来，她变成了一个有时间，有精力，有闲钱，可以去关注生活品质的人了。明白这一点之后的珊珊立即采取了行动，她贷款买了一辆新款日本四门汽车，总算是甩掉了那辆让她经常修理的旧车子。

珊珊另一个改变是她结交了一位刚毕业，来她公司上班的台湾女孩艾米。艾米是学市场营销的，与珊珊不是同一个部门。两人能在几千名员工的公司里碰上，多少有些偶然。

第一次见到艾米是在公司的餐厅里。艾米一身浅黄色的西装套服，手里端着托盘在找座位。珊珊主动移出了一个空位给她，大家彼此相互介绍。和以往珊珊认识的朋友不同，艾米外表挺有礼貌，但对人总保持着一定的距离，她似乎对珊珊没有任何兴趣。艾米从未问过珊珊在哪个部门就职，从哪个学校毕业，或是像大多数新人那样问问公司提供的医疗保险哪个计划最为划算。几个月下来，她们是那种偶尔用餐时坐在一起，随便聊聊天气好坏的普通同事。

十二月的一个周末下午，珊珊突然接到了艾米的一个电话。艾米说她与珊珊住在同一个小区里，现在她家里有急事，想请珊珊赶快来她那里帮个忙。

珊珊不知艾米的家离得这么近，两家居然在路口一左一右的同条街道上。珊珊进到艾米家，艾米还没来得及解释，马上就有两个穿着西装，打着蓝色领带的男人来敲大门了。平日里友善的艾米这次稍显傲慢，两个男人进屋后，她既没让座，也未倒水。而那两位四十岁的中年人也并不在意，他们每人手里提了一包礼物，笔挺站在客厅里，毕恭毕敬地说了一堆客套话："打扰了，祝圣诞快乐，请代问长官好。小姐如有什么事情，尽管联系我们。"说完后，他们放下东西就告辞走了。珊珊扫视了一眼桌上礼品旁留下的名片，他们原来是台北驻旧金山经济文化办事处的什么官员。艾米解释说她最反感这些送礼的人，跟他们讲了多少次不要来了，可这些人就是不听。今天她哥哥不在家，而前几日刚好回家时发现珊珊是个邻居，所以临时请珊珊过来解围。

自从那次出手援助近邻之后，艾米对珊珊内心敞开了许多。交谈中珊珊才发现难怪艾米对旁人冷淡，她实在是个大忙人。她是一位具有丰富阅历的旅游者。艾米给珊珊看她遍布世界各地的观光照片：春天的埃及金字塔，夏季的法国凡尔赛宫，秋天的日本富士山，冬日维也纳的新年音乐会。照片里艾米和几个女朋友乘坐热气球，品美食，泡温泉，阳光，白雪，香槟。珊珊看在眼里，痒在心中，非常羡慕这个只比她小四五岁的年轻人。青春还可以这样潇洒吗？生命还可以这样奔放吗？珊珊可是不曾见过这种绚丽多彩的生活，即便这种生活真实地存在，那也只属于他人，一切与她毫不相干。

谁承想，几周之后，这样的一个机会居然就跳到了她的面前。一天和艾米吃午餐，艾米讲起她和几个熟识的女孩子初夏要去瑞士，其中一个女孩现在有事退出了，她问珊珊有无兴趣同去。珊珊问清了这一周多的旅行费用，发现价钱要比想象的便宜，也就是她一个月的工资而已，于是就痛快地答应了。

那一年的瑞士之行，完全改变了珊珊生活的态度。让她震惊的不单单是阿尔卑斯雪山的壮美，真正震撼无比的是：在险峻的山巅之上，环绕于舒适的皮椅之中，透过眼前宽大的玻璃窗，俯瞰脚下的连绵山麓上覆盖的皑皑白雪，低头用银色的餐具切下一块浇着瑞士奶酪的香嫩羊排，优雅地放入口中。再次回望大自然的浩瀚美景，轻轻地咀嚼食物，伴随着奶汁做成的半凝固食品慢慢地融化，鲜美肉质在挤压下，从牙齿缝中释放出的少许油脂，混合后的汁液在口中徘徊游弋，这瞬间捕获得的快感，被不折不扣地传递给了珊珊的大脑。这是一种珊珊从未有过的奇妙享受！

让珊珊陶醉的不仅仅是日内瓦的湖光山色，真正触动她内心深处的是：坐在高档酒店露台的太阳伞下，欣赏着湖面上旭日东升时的那一束朝阳。晨光中品尝着侍者刚刚摆在面前新鲜出炉的奶油西点，小口喝着当地有名的牛奶咖啡，微苦的液体和略甜的奶油在不计其数的味蕾上的相互击撞，慢慢地交织融合在一起。这是一种从未体验过的神奇感受！这份来自大自然的宁静，配上静下心来的美食体验，让珊珊感官里的每一处神经末梢空前地战栗。

这次和朋友的旅行，彻底颠覆了珊珊对以往生活所有的认知。人居然还可以这样生活，辛勤地工作之后居然可以有这样的回报。珊珊开始怀疑她前半生是不是白白地浪费了生命？珊珊开始反思自己从前的人生旅程是不是一直被庸俗的事物所纠缠，虚度了本来可以用来好好享受的大好光阴？

瑞士旅行归来后，珊珊决心要开启一个新的篇章。她很快就为数月前，一时冲动购买的那辆日本四门轿车而感到懊悔。那车明明是中年妇女带小孩子上学买菜用的，她年纪轻轻的单身职业女性开那车实在太没有品位了。难怪只坐过她一次车的艾米会开导她说："人其实一辈子也开不了几辆汽车。应该尽量用一辆好的。"

珊珊不再迟疑，立马就把那辆车换成了一辆红色奥迪双门跑车。她终于可以大大方方地和艾米去见一同旅行的朋友了。这之后珊珊又把目光转向了她的服饰，很明显她的衣服配不上她的新跑车。既然都换了一匹好马，那配的马鞍也应该讲究一点。于是珊珊一口气把当初几乎所有从上海带来的衣物用品统统地捐给了慈善救济会，取而代之的是从精品专卖店里购买的外套、衬衫、鞋和手提包。珊珊最后一个决定是为了出国方便，节省办理各国签证的时间，她加入了美国国籍，这样去大多数国家就可以来一个说走就走的旅行。

珊珊在瑞士同行的一个女孩，在那年夏天又组织去意大利旅行。因为艾米入职不久，用光了假期，所以她不能去了。意大利是珊珊最向往的地方，更何况她已经办好了新的护照，哪有不试试的道理。

欧洲旅行还是那样精彩。珊珊还意外地发现另外几个女孩也都是旅游和美食方面的专家。闲聊之中，珊珊也是不经意间听到了大家的家庭背景：一个香港女孩，家里在广东有好几家组装工厂；另一个台湾女孩的父母在巴西拥有种植大豆的农场，而最有意思的是从别人口中听见了有关她自己的故事。一个心直口快的女生告诉珊珊说，她听到的是珊珊妈妈是香港一家有背景的贸易公司的老板。珊珊记得和艾米讲过一些她的家事，谁曾想传至众人耳朵里后，居然会这么夸张。

在五星酒店房间里和同伴聊天的珊珊，听过这些话，心中不禁暗暗自喜，她下意识地随手拉了拉身上穿着的高级睡衣。珊珊没有故意吹嘘抬高自己，但同时她也不愿辩驳澄清那有关她的动听传言。以她的人生经验来看，在这样的朋友圈里，谦虚低调未必是什么美德。既然如此，何必打扰？有这样的家庭光环围绕，多少也给她在同伴面前增添些自信和尊严，何乐而不为。

　　出于好奇，珊珊借机问了那女孩，没来的艾米家里又是干什么的呢？那个女孩说艾米的爸爸在中国台湾是职业军人。十年前还外派在华盛顿做过几年外交武官，回台后现在是一名握有实权的中将。这番背景介绍倒是印证了珊珊在艾米家看到的那一幕。珊珊想起那两位恭恭敬敬站立的官员样子，心中不免觉得好笑：看来中华文化源远流长，"送礼"之风深入两岸人民日常。

　　从新朋友那里，珊珊还打听到了另一个有趣的团体。原来这些女孩以前也相互并不认识，都是因为认识朋友的关系，先后被拉入了一个在湾区活跃的青年在职社团。这个社团最初是港台的留学生在校园里自发组成的联谊会，不过现今这个圈子的人早已从那里分离了出来。群里大部分人都是从名校毕业，家境富裕，留在硅谷或旧金山市工作的年轻人。他们大多是喜爱各种体育运动或是爱好旅游的一批比较优秀和幸运的同龄人。

　　与珊珊同行的女朋友个个都非常会玩。每一个人都会在去过一个地方之后，在各自的社交媒体上晒出些照片，这也算是对青春的一种记录吧。珊珊受了她们的影响，学着女友的样子把她出游的各种美景和美食照片也放在了她的网络媒体上，招来好多朋友的羡慕和称赞。

第二十六章

　　这群时尚的硅谷年轻人往往都会在周末举办一些聚会活动。据艾米讲，以前读书的时候，因为北加州各个大学分布得比较分散，加之学业压力也大，这些朋友多是选择在公共场所里聚一聚。但自从毕业以后，众人的闲暇时间增加了许多，所以就改到在个人家里聚集。这样时间灵活，可长可短。有空的人可以六七点就来，忙的人八九点到也不算晚。他们几乎每个人在湾区都有一处大房子，大家可以轮流做东。

　　珊珊第一次参加聚会是在艾米家。按照事先的约定，珊珊带了几桶不同口味的冰淇淋，早早地就赶去她那里帮忙。看不出艾米居然也能动手烹饪，她家的厨房里热气腾腾。炉头上左边炖了红烧牛肉，右边煮着热水。旁边的厨台上放着一台面条机。

　　在艾米的示范下，珊珊很快就学会了使用压面机。刚过六点，两个男生从屋外搬了些东西进来，放到了厨房。他们匆匆忙忙地只与艾米讲了句话，并没和站在一旁低头干活的珊珊打招呼。

　　等珊珊的面条都准备好了，艾米又打开烤箱，原来她还烤了两大盘的鸡翅和排骨。艾米看着厨房台子上刚才男生带进来的烤盘说："珊珊，我要给他腾出点地方来，麻烦你去外面问问天水，他这个玉米面包怎么烤呀？"艾米双手叉着腰，神态像是一名在排兵布阵的将军，审视着战场上的地形，琢磨着怎么调度她那几大盘食物。

　　"天水"这名字可有点意思。珊珊一边往外走，一边想着这个有些老气的名字。

客厅里空无一人，只见门厅里站着两个高高的男生正在说话。一个站在门口的男生说："彼得，对不起，今晚我要去到深圳出差，麻烦你把这一包网球还给帅哥。"那人致谢后挥手就走了。

珊珊侧面打量面前这个叫彼得的男人：他年龄应该三十岁左右，穿了一件米黄色的衬衫，下摆扎在了一条合身的蓝色牛仔裤里。一头整齐的短发，眼神清澈，鼻梁挺直，嘴角两边微微地向上翘。四目相对，男人微微一笑，露出雪白的牙齿。

珊珊感觉这人有种成熟男人的气息，她也微笑着说："你好，我叫珊珊。请问，谁是天水呀？"

那男人眉毛一扬，笑着说："怎么了？我就是。"

明明刚才那人叫他"彼得"，怎么这么快又变成了天水？珊珊没工夫细想："艾米想知道怎么烤你的玉米饼。"

"我还以为她会。"男人转身往里面走去。

这时艾米已经把烤箱腾空些地方。她介绍珊珊以后，边解围裙边说道："拜托，这都交给你们了。我可要上楼去洗个脸了。"

厨房里只剩下他们两人。天水在设定烤箱，闲来无事的珊珊好奇地问道："为什么有人叫你彼得，又有人叫你天水？"

天水转过身说："彼得是我以前的名字，认识我的老朋友改不过来了。像艾米这样的新朋友则叫我'天水'。你也叫我天水吧，我更喜欢这个名字。"

"这名字有什么特殊意义吗？"

"几年前，我曾经一个人徒步穿越中国的丝绸之路。在路过甘肃天水的时候，钱包和证件都被人偷走了。那时我走投无路，在一所放假的小学校里借住了两周时间。收留我的当地人告诉我说，天水这个地名来自一个天河注水的美丽传说，水意味着生命，而天水则代表着探寻生命的意义。我本来就很喜欢天水那个美丽的地方，经他这么一讲，便更喜欢那个名字了，所以就给自己起名叫天水。"

一个人穿越丝绸之路，这太神奇了！在生活中珊珊从未遇到过这样的人。她不由地心生敬意："我只是知道丝绸之路上有敦煌、酒泉和张掖。天水还是头一次听到。"

"世界上越出名的地方往往也越容易让人失望。而一些不知名的小地方，反倒更会让人有所触动。你说的那几个地方我都去了，没给我留下特殊的印象。当然这多半是我自己的问题，我生在美国，对中国的历史了解得不够。"

艾米的牛肉面真是好吃。珊珊不自觉地往碗里加了一勺辣椒酱，味道立刻提升了许多。珊珊以前并不吃辣，这个新习惯其实是受了小胖的影响，虽然珊珊从未意识到她这个细小的变化。

到七点的时候，已经来了二十几个人。当晚有 NBA 的篮球比赛，他们快快地吃完晚饭，跑去客厅看电视去了。原先也有三四个女生坐在客厅沙发上看比赛的，她们嫌大喊大叫的男生太吵，最终到楼上的房间去看了。

珊珊一直在厨房里帮助艾米收拾餐具。其他的食物都可以用纸盘纸碗，唯有这牛肉汤面必须要用瓷碗，艾米带着大手套，在热水池子里擦拭着碗，珊珊接过后，再一个一个摆进洗碗机。

珊珊一边干活一边小声说："这个天水可真有意思，他说他一个人走过丝绸之路。"

艾米用同样不大的声音回答说："嗯，他的故事可多了，不过……"艾米看了珊珊一眼，略带神秘地说："不过，他是一个不婚主义者！"

珊珊听了这话，心里咯噔一声，十分地失望。从见到天水开始，她脑子里就冒出一个大胆的念头，她感觉天水面相善良，可以把他介绍给爱美丽。没想到这个计划这么快就破产了。她尽量掩饰着自己的情绪，继续问道："他为什么会这样呢？"

"你没见过他以前的女朋友，是个讲一口流利中文的漂亮美国女孩。蒙上眼睛听她讲话还以为是中国人呢。那女孩爸爸是外交官，她在台北和北京都住过许多年。每次来参加派对，女孩都拉着天水的手，可主动了。但听说天水就是不愿结婚，后来女孩就搬去东部了。"

艾米绘声绘色讲述的表情，看起来有些好笑。和艾米待在一起时间久了，就会发现这个小女孩根本不像当初认识时的那样，对人冷漠。恰恰相反，艾米是一个非常喜欢八卦的人。群里人的底细好像没有她不知道的。难怪几个认识的女孩子都在背后叫她"小喇叭"。

"什么原因呢？"珊珊索性刨根问底。

"不知道啊！"艾米声调不高但又语带亢奋地说。

"他父母创办了一家全美国的中式快餐连锁店，有十几亿资产，在我们小区外的广场里就有一家。听说他父母好像离婚了，毕业后他去了湾区的一个联合国的什么机构。据说他家里给他设立了一个基金，他先是不领，后来领了钱就全部捐给他所服务的那家国际组织了。我和他也不是特别熟悉，这些都是从我哥哥那听来的。"珊珊接过了艾米递过来的最后一只碗，思量着她的话，随手把碗放进了洗碗机里。

比赛结束后，艾米把各式水果和甜点都端到了餐厅的大桌上，并摆好纸碗与塑料刀叉。珊珊也想起她带的冰淇淋，从冰箱里拿了出来。女生先围了过来，每人嘴上都说几乎同样的话：艾米今天的牛肉面太好吃了，实在是饱了，但每个人还是拿了些甜品才走开。

男生少了许多客套，一边往各自的盘子上盛着食物，一边继续谈论着球赛，听得出好几个是南加州湖人队的球迷。艾米借机会把珊珊介绍给大家。刚好有三个人是珊珊加大洛城的校友，聊过一会儿后就发现珊珊是当仁不让的学长，她比最大的男生也要高三届。

大家陆续回到客厅里。当艾米和珊珊进去的时候，女生都说二位今天辛苦了，站起身把她们让到了大沙发上。站在厨房半天的艾米真是累了，她也就不客气地拉着珊珊一起坐下。

这时大门打开了，门厅里走进来一个高个子的男孩子。淡淡的浅黄色的头发奔放有序地翘起在额头，波浪式的卷发刚好收在眉毛上方一寸的位置。他两侧的头发修理得极其工整，两只耳朵完全地露在了外面，左侧耳垂挂着的一条细小棱锥形的耳环，转身说话时，左摇右晃地闪着亮光。他白皙的脸上有一双圆圆的眼睛，虽不是很大，但与他的五官搭配在一起之后，给人一种非常讨喜的感觉。

屋内几个男生主动同那人打招呼，其中一个问道："帅哥，今天怎么这么晚才来呀？"那人弯腰脱下他款式新潮的白色运动鞋，笑着回道："今天下班晚，先看了比赛才过来的。"说完话，他直接起身，走进了客厅。

帅哥的装束也是与众不同，他的衣着把珊珊已经移开的眼睛又不自觉地拉回到他身上。他里面穿了一件宽大的白色圆领衫，下摆远远超出了身体外面穿着的黑色牛仔服，一直盖到下身裤子的裤兜。上身那件黑色牛仔服的右上方缝着三个银色小牌子，穿起来显得他格外精悍。男生脖子上挂着一根黑色的细绳子，绳子在胸前坠了一个手指大小的灰色犀牛角样的饰物。

帅哥和今晚大多数的男生相比，颇显招眼出众。也许感觉有人一直在看着他，帅哥说着话，同时往沙发女生这边扫了一眼，珊珊躲闪不及，两人的目光还是在快速搜寻和迅速闪避之中，意外地碰撞了一下。这就好像深夜里，在狭长公路上迎面行驶的两辆汽车，一辆车不经意地滑过了中线，瞬间和对面的车子远远地用车灯互晃了片刻，越界的车子飞快回到了原来行驶的道路，一切归于原状，看似什么都没发生过。

时间不早了，天水简单介绍了几个讨论的事项。在谈到明天和下周体育活动的安排时，帅哥站起身说：明天有喜欢打网球的人可以在他那里报名，他一共预约了三个球场，上下午的时间都有。几个男生和女生立刻举手，帅哥把名字和时间都记了下来，场地好像很快就排满了。

大家又讨论了一些其他事项，当晚活动大致结束。有事的人便起身告辞，更多的人还是留在原位，三五成群凑在一块儿聊天。珊珊侧着身和上次一同去瑞士旅行的女孩谈得正开心，忽然旁边传来了个男子的声音："你是珊珊吧。"

转身抬头看见帅哥站在她的面前。距离太近，似乎自己站起身就会碰到他似的，珊珊一时不知如何是好。帅哥对着两个女孩大方地说道："看过你们网上发过的照片，你们拍得真是漂亮。"

"是瑞士的风光漂亮，每一张都像是印刷的明信片似的。"珊珊接口说道。

"我指的不是瑞士风光，我指的是你们几个美女，拍得真是漂亮。"

已经感觉身边的女孩在笑了，珊珊觉得这个男生胆子挺大的。生活中的确存在着双重标准：如果是美国男人这样的表达，那他一定是个喜欢恭维女人的绅士；但如果要是换成中国男人的话，这种言辞的人多半有些轻浮。珊珊本能的反应就是要提高警惕了……但随即心中又跟来了另一个安慰她的声音：或许人家来美国时间长了，西化了呢。请别过度敏感，好吗？

"你们有没有时间，明天一起去打网球？"

"明天约了同事，我是不能去了。"旁边的女孩不无遗憾地说道。

帅哥转眼居高临下地望着珊珊说："那你呢，珊珊？"

瞬间，整个屋子里所有的人都听到了这个男人的问话，全部的人都在静静地等待着回答。珊珊顿时感觉浑身不自在，一个声音在她脑海中响起："这个明显比自己小几岁的小男孩哪里来的这样大的胆量和自信，为什么刚见面，就如此地咄咄逼人？"但那另一个声音又跳出来劝慰道："人家既然比你小那么多，你又担心什么呢？人家明明是在问两个人，你是不是单身久了，想得太多了？"

世界还是在默默地期待她的回复！珊珊把左右两个声音都压了下去，她避开了帅哥的眼光，轻轻地说："我明天也有事情，而且我也不太会打网球。"

帅哥听了一笑："不会打！没关系。我去问问艾米。"

还没等珊珊反应过来，帅哥提高声量，大声喊道："艾米小姐，请你过来一下，我们有事找你。"语气里显得两人好像十分熟识的样子。

大厅里有一半的人都离开了，艾米站在大门口应酬着客人。听到喊声，正好借机抽身回到了屋里。她走到帅哥的面前，面带笑容地说："什么事？"

"明天要不要和我们一起去打网球？"

"你不是三个球场都排满了吗？"

"我有一个私人球场。"帅哥略显神秘地说道，"杰夫不是回台湾服兵役去了吗，他把他家网球场的钥匙给了我。"

"我又不会，怎么和你们这些高手一起打呢？"艾米动了心。

"珊珊说她也不会，你们可以搭档，到时候我会教你们的。"帅哥把眼光又转向了珊珊。

艾米似乎这时才意识到边上珊珊的存在，她开心地说："那好，你说几点，我们明天一定准时到。"

第二十七章

第二天，珊珊把去看望凯林的时间改到了晚上，她开着红色跑车接了艾米，按照地址向西，往硅谷靠山的方向开去。

没等珊珊发问，艾米就讲起了她所知道的杰夫的故事。杰夫家原先是在台湾生产五金工具的，后来把工厂搬去了大陆，业务也扩展到了汽车零部件。生意做大后，杰夫初中时就随家人移民到了湾区，在硅谷山边处买了个豪宅。

杰夫为人随和，结交一群像他一样的朋友，大家经常在一起玩，日子过得很开心。据说他的变化发生在大学四年级的时候，突然有一天他跟大家说，他要回台湾去改变那里混乱的社会现状。朋友们并没当真，他的家人劝阻他，说如果回去他就必须先要服两年的兵役。但这也没能拦住他。从他提出到他真的回去，前后也不过就是三周时间。杰夫那年的行动把大家都给吓到了。

两人谈论着，车子很快开进了杰夫家所在的城市。沿着山路，绕着山丘不停地往山上开。珊珊从未到访过这个社区，一路上每栋房子的距离都挺远。从一处宅地到另一处，往往要绕过一个山头。车子开了一会儿，最终停在一个有并排四个车位宽的车库前。下车后，艾米指着边上其中一辆背着粗壮轮胎的越野车说道，帅哥已经到了。珊珊心想：这群年轻人开豪华汽车的不少，但开硬派吉普车子的为数并不多。

她们二人各自背着运动包，艾米走在前面，推开车库左侧的一扇小木门，顺着石子路往后院走去。右手边是一栋带着环形阳台的白色建筑，从阳台上可以俯视一片绿色的草坪，在走到看似尽头时，右转向下走了一段十几级台阶的楼梯，面前的平地上建有一个长方形的游泳池。再往里走，就隐约听见打球的声音了。艾米在一排小房子前停下，她介绍这是更衣室。说完她就选了一间进去了，珊珊也随手推门进了另一间。

两人换了衣服出来后，再前行右转走下一段楼梯，面前就是一个由高高护栏和铁网围起来的标准网球场了。帅哥正和一个男生比赛，两个人都已是满头大汗，在场子里前后奔跑。艾米领着珊珊往里面走，她们在球场外的一个太阳伞下的靠椅上坐了下来，一边看打球，一边在身上擦着防晒油。

比赛还挺激烈。帅哥的对手发球凶狠，常常弄得他接球失误。但帅哥移动敏捷，一旦接过对方的发球，靠着敏捷的步伐和出色的滑步技术，在几个回合的对攻中多半能够取胜。最后对方回球时触网下线，两人都哈哈大笑，拿着大毛巾擦着汗，从中间的小门走了出来。

轮到珊珊和艾米练球了。珊珊大学时选修过网球，有过一些基础训练。练习十几分钟后，已接近正午时分，直射的阳光让人有些睁不开眼。这时帅哥从侧门走进了球场。他先走到了艾米的身旁，指导她双脚像他一样站位，他右手攥着艾米的右手，教她怎样收臂摆动回撤，怎样发力回球。

过了一会儿，帅哥朝珊珊这边走过来，他从裤袋里拿出一个还装在塑料袋子的网球帽子，递给珊珊后说："你们再练会儿就可以比赛了。今天就比上一局。"他简单讲解了竞赛规则，最后补充了一句："按规矩，输了的人要请赢家吃午餐。"

就像有些中国人打麻将只有沾上点钱，大家才会认真玩一样。这最后一句话可是让珊珊听了进去。加之艾米的水平和珊珊相差不多，比赛开始后，她们的比分交替上升，珊珊把当初随便玩玩就好的想法抛之脑后，但凡有机会就必定杀球，但凡有希望就一定救球。

艾米显然感受到了珊珊这边的热度，对抗性的运动往往会挑起获胜的欲望，艾米现在也是不让寸分。两个男人休息完回来时，一对女孩的比赛达到了高潮，珊珊一个上网杀球，艾米回撤勉强救起，把球打回珊珊的后场，珊珊奋力奔跑回身再击，球打到艾米的身后。场中的艾米急着问男生是不是出界了，在听到二人都是否定的答复后，她像泄了气的皮球一般，手中的球拍滑落在地，全身竟然直挺挺地躺倒在球场上。珊珊知道获胜了，这时才想起来的路上本计划让艾米赢的，她赶紧跑过去，伸手把艾米拉了起来。

艾米的反应还算大度，嘴上说着她总算是找到了和她水平匹配的球友，这样打球才有意思。这时候，帅哥从小门处推过来一个盖着帆布的四轮推车，揭开后，原来是台自动发球器。女生出场休息，换上男生继续练球。

中午艾米和那男孩一起叫来了比萨饼，激烈运动过后真的饿了，珊珊一口气吃了三大块。吃过饭后，大家讨论了一会儿最新的体育新闻。下午一点时，那个男孩子有事先走了。帅哥问两位女生要不要试试发球机，珊珊没玩过，于是点头答应了。

帅哥重新进场，调整了角度也降低了些球速，然后让珊珊试着接球。珊珊不太习惯，射来的球都被她打飞了，有的球甚至飞出了对面三米多高的护网。边上的帅哥走过来，先是拿着拍子做了几个示范动作，然后像教艾米那样，伸手握住珊珊的右手，手把手地教她怎样在判断球的转向之后，调整手中的球拍角度，从而能在挥拍时压控回球的方向。珊珊本就聪明，因为先前见过帅哥和艾米肢体接触，现在也就大大方方，把比她高一头的帅哥当作上学时年长的体育老师，她专心地听着要领，挥拍时认真体会着每个动作的感觉，练了一会儿，果然进步很大，掌握了规律，回击的球统统落在了界内。

等艾米也练习完了，帅哥让女孩们去小房冲凉，他一个人推着两轮小车在满地网球的场子上捡球。珊珊要留下来帮忙，帅哥不让，讲他等会儿要锁门，让她们抓紧时间。这番举动留给珊珊挺好的印象。

等艾米和珊珊从换衣房出来，帅哥还走进去检查了一番，然后才锁好了几个小房间。他背着大的运动包往外面走，口中说道，以前这些收拾的事都是由杰夫来打理，他只管打球。如今杰夫走了，他其实是群里最为难过的一个人了。

珊珊认识了这么多新朋友之后，开心之余，心里总想把爱美丽也拉进群里。自从有了凯林，爱美丽更像一位年轻的妈妈，她不仅周末加班的次数少了许多，而且有时还要请假带凯林去检查身体。虽然珊珊邀请了她几次，爱美丽在听过珊珊对聚会的描述之后，并不是很感兴趣。她口中一直感谢着珊珊，但每次都推脱说下次在珊珊家举行的时候再去。

珊珊接连参加了六七次像艾米家那样的聚会。看多了房子之后，她还是会情不自禁地拿自己的房子和别人进行一番比较。她的房子虽然比不了杰夫家的豪宅，但和多数人相比，在学区、室内装饰和院子大小方面都还算是高端的。她的确有意在她家举办次活动。聚会主办家虽然是要排队，但和认识的女孩子调换顺序也不是什么难事。真正阻止珊珊行动的原因是她所谓的高端房子里空空荡荡，楼下好像哪里都能支起乒乓球台打球似的，没有什么像样的家具。

珊珊去店里看过了，置办一套招待客人的高档家具大概需要三万多块吧。在珊珊看来，这并不是什么大不了的事。她买房时想过，如果拥有了全款付清的房子，每月省下的房租都是一大笔钱，凭她在硅谷的收入，半年摆齐所有的家具应是轻而易举。

出乎珊珊意料的是搬进新房之后，她每个月剩下的钱却少得可怜。红色跑车的月供，国外旅行的费用，刷信用卡购买的名牌服饰，她每个月收到的账单越积越厚。花这些钱的时候，珊珊还是有算计的，感觉几乎每项开支都不是太贵，都在她可承受的范围之内。可不知为什么，当这些开销加在一起时，竟然变成一个巨大的数字。她每个月都是把工资花得一分不剩，甚至偶尔还要挪动妈妈存在她那里的钱，去支付一些水电的费用。时间飞快，她那购买家具的计划竟然变成一项耗时费力的任务。

既然召集众人一时半会儿不太可行，珊珊就动了单独请客的念头。前两位客人当然是爱美丽和天水了。他们年龄相仿，俊男靓女，相见会让人产生无限的想象。珊珊在犹豫，到底谁应该是最后一位宾客呢？是帅哥，或者还是在请客那天，世界上任何一个有空可以来的人呢？

每次见到帅哥，珊珊都被他的举动所吸引。然而珊珊每次都压制着心中忐忑，就是不向艾米打听。但她那压抑不住的愿望，偶尔也会燃起她变成一个隐身人的冲动，能让她有超能力潜入帅哥的住所，一览这个男生的衣柜里到底藏有多少衣服？她的这份好奇源自每次聚会的帅哥都打扮得蛮具特色的。他的每身衣服都样式新颖，感觉不是美国的品牌，而更像是日本或者韩国的风格。他非常会搭配色调，品位当属上乘。这些细节都会让珊珊在每次聚会时，小心翼翼地多看他几眼。

帅哥这样注重外表，搞得珊珊每次去聚会，也都对她的衣服精挑细选。她既不能太妖艳，也不能太朴素，她既不能让女生觉得自己是在刻意地打扮，更不能让男生忽视她的存在。年轻单身男女聚在一起，女人如何穿衣戴帽绝对是门大学问。如何穿着得体，扬长避短；如何端庄典雅，展露青春；如何预判同伴，稍领风骚！这里面如何把握，与其说是分寸，不如说是艺术！珊珊为这事可是花尽了心思，她周中下班就会一个人跑去商场，为的就是买身周末聚会的衣服。

　　直觉告诉珊珊，帅哥应该对她也有好感。每个周末打球的时候，她时常感觉有人从背后盯着她看，虽然她不能完全确定那人就一定是帅哥，而不是其他的男伴。不过好感终归是好感，珊珊不确定帅哥是否喜欢自己。至少每次打球，看不出帅哥对她和艾米有什么区别，他对谁似乎都挺热情。

　　珊珊思前想后，最终还是把这个不太确定的候选人从请客的名单上剔除了出去，换上了稳妥的艾米小姐。

　　珊珊照顾爱美丽有孩子，所以把晚饭时间定在六点。爱美丽是第一个到的人，她见珊珊在厨房里忙着，便习惯性地在餐桌上摆起了碗碟。他们两人已经许久没有一同共进晚餐了。当珊珊不经意地扭头瞅见那只围着桌子打转的小蜜蜂时，她突然感觉时光回溯，她们又回到了大学时代，涌入心中的那份欣喜与惆怅，无法用言语来表达。

　　天水和艾米是同时到的。天水带来了一束鲜花，而艾米做了一个蛋糕。珊珊接过了鲜花，转手就交给了爱美丽，然后接过蛋糕放进了冰箱里。

　　珊珊炒了一盘雪豆虾仁，连同其他几样菜一起端上了桌。大家入座就开始进餐了。

　　艾米是初次见到爱美丽，她饶有兴趣地问道："听说你和珊珊一直是室友，你们认识多久了？"

　　"真的很多年了，我们在南加读研究生的时候就是室友。"坐在珊珊旁边的爱美丽望着珊珊，然后转头冲着艾米说："那时候，我们有空也请客，就像今天这样，她做饭，我摆桌子。"

　　"天啊，我刚才也是在想这事。"珊珊脱口讲出了心里话。

　　爱美丽再转过头来时，眼眶里微微红润闪烁，但她随即微微一笑，举起右手，伸开手掌，在空中与珊珊笑而不语地对击了一下。

天水拿起桌上的酒杯，开心地说："来，我们举杯，愿友谊地久天长。"

四人举杯互相祝酒，当和爱美丽轻轻地碰杯的时候，爱美丽调皮地笑着说："要不要我今晚留下来洗碗呀？"

珊珊被逗得大笑。碍于有外人在，她忍住没有回嘴。

桌上的雪豆虾仁似乎也勾起了天水的回忆。他告诉大家他祖籍广东，他的童年是在旧金山中国城度过的。那时他天天跟着两个哥哥出去玩，总是玩到天黑，他们才饿着肚子回到父母开的快餐店里。他的妈妈总是自己吃店里当日没卖掉剩下的菜，但他总会跑进厨房，让帮厨的舅舅给他们几个兄弟炒盘新鲜的菜。其中雪豆虾仁就是他最喜欢的。等吃完饭，他们三个就在厨房里帮忙。他个子矮，可以坐在板凳上择菜，而哥哥们则要站在池子边干活，大家要忙至十点多才能收工。

珊珊的目光从天水移向爱美丽，看到她在认真听着。等天水讲完，珊珊就用勺子舀了一大勺雪豆，放到天水的盘子上说："那你就多吃一点吧，看是不是你童年的味道。"

聊到艾米时，天水问她为什么很久没有见过她哥哥了。这可打开了艾米的话匣子。她有声有色地讲述了她哥如何认识了一个女孩子，相处了几个月的时间，不久前他们相约去南加的迪士尼乐园游玩，哪知半路上天雷勾动了地火，他们路过当地的市政府时，两人就跑进去登记结婚了。艾米说完后就冲着天水抿嘴笑着问："我猜他做了一件傻事，你和他要好，为什么没有影响他呢？"

"影响他什么？"

"单身啊，不婚啊。"艾米口带挑战地说道。

天水显得还算平静："这纯属是我个人的观点，但我也不介意告诉大家。"

　　珊珊吃惊年轻气盛的艾米说话会这么直接，引出这样的话题。她给爱美丽介绍天水时，可没有提及此事。

　　天水放下筷子说道："我能做个简单统计吗？我们四位的父母有离婚的请举手。"说完他先举起右手。

　　看大家还有些迟疑，他解释道："这不是要知道隐私，也不是讨论谁对谁错，只是随机地做个统计。"

　　看到珊珊举起了手，天水继续说："我们四个人，其中两个人的父母离过婚，所以婚姻的失败率是百分之五十。这和世界上大多数国家的统计数字是相同的。换句话说，统计数字是真实可信的。"

　　"如果一个人买张飞机票或者是船票，票务公司告诉你，这个交通工具的失败率是百分之五十，我敢担保大多数人是不敢搭乘的。但我不能理解的是，人在其他事情上都这么小心，但到了婚姻这件事情的时候，明知婚姻失败率是这么高的情况下，还要这样地前仆后继去结婚？"

　　"那也许是因为飞机失事，大家真的丢了性命，而离婚，大家都还活着。"珊珊笑着说。

　　"很多离过婚的人形容是从地狱里走了一圈，离婚的过程中，也许肉体没有消亡，但精神上遭受了巨大的摧残。这样的悲剧怎样避免呢？"

　　"所以我认为，当今人类社会的婚姻制度是有问题的，婚姻制度必须改革。恩格斯说：婚姻是私有制的产物。婚姻实质上是早期社会中，占据财富的男性贵族，为了让他的子女继承他的财产，为了保护他的血统纯正，从而建立起来的一种社会制度。婚姻制度是由贵族们兴起，平民们仿效的一种习俗。婚姻本身在被设定的时候，其实是和爱情没有任何关系的，而现代人的婚姻基础是爱情。这两者之间是非常矛盾的。奢求婚姻里保持爱情，就如在月球上寻找空气，在太阳上寻觅水源，其结果是可想而知。"

珊珊知道恩格斯，但没有听过恩格斯这些理论，她仔细地听着。

"当相爱的两个人，在没有婚姻制度的保护下共同生活的时候，当双方都意识到在一起完全是对方此时此刻选择的时候，这种状态会促使双方相互的尊重，从而更加珍视彼此，这种状态能够让两人保持他们的爱情。"天水最后说道。

"女人是不是更想通过婚姻来保护自己以及婚姻中产生的子女呢？"爱美丽问道。

"女人在受过高等教育以后，在经济收入达到或者超过男人之后，不需要婚姻来保护自己。至于共同的子女，应由男女双方共同抚养。"

"这种没有婚姻的关系会不会对女性不利呢？女人在一定年龄时期之内，才可以生育子女，过了那段时间之后，会不会女性的价值就下降了呢？"艾米也插嘴问道。

"女人生殖儿女只是女性属性之一。随着年龄和阅历增加，生命更具色彩，为什么女人不用自己的智慧来吸引男人呢？"

"可现实生活中，中年男人再婚，往往都要找比自己小十几岁的年轻女人。"艾米边说边看着另外两个女人笑了笑。

"不应该怀疑成熟男人寻求精神伴侣的需求。你说的现象可以解释为男人和女人在现有的婚姻之中，忽略了对自我精神境界的提升，女性自身魅力过多地依赖于年龄而不是其他东西。"

"你说的这个理论的前提是：男女双方都要受过高等教育，并且在经济收入上达到平等，但在现实中，不是这样的。"爱美丽评论道。

"男女收入平等有两个指标，一个是绝对平等，一个是相对平等。绝对平等是指男女接受了同样的高等教育，做同样的工作，男女的薪酬应该等同。从这个角度看，社会还没有达到这一点。但是硅谷公司已经做到了男女相对平等。即同一个公司，同一个专业，女性博士的收入要高于男性的硕士。同理，女性的硕士要高于男性的学士。男女相对平等是社会的巨大进步。"

　　"你这个想法有违传统，但值得思考。或许像你说的，适合那些受过高等教育，思想前卫的男女。"爱美丽边想边说。

　　"不婚主义在法国和北欧的一些国家已经开始很久了，这是代替现有人类现存婚姻制度的一个希望。"

　　珊珊看大家讨论得还算平和。这种社会话题往往都不会得出什么结论。听到这里，她打趣地说道："咱们还是把什么主义放在一边吧，吃点甜点更为实际！"在几个人的笑声中，珊珊从冰箱里拿出了艾米带来的蛋糕。

　　天水一本正经地说："今天恰好是我的生日。"说完他就拿起刀，给每人切了一小块，而给他自己留下了一大份。

　　几个女生先是一愣，随即就笑着要他拿出身份证来。大家在嬉笑中结束了晚宴。

第二十八章

进入十二月后，加州渐渐进入了雨季。几场大雨之后，周末的年轻人聚会讨论的话题慢慢变成了滑雪。来自上海的珊珊，总觉得滑雪不太安全，对这项运动似乎有些先天的排斥。男生们多数喜欢滑雪，像天水和帅哥等人已经去过一次了。他们回来讲今年太浩湖的雪非常好，大家决定选个周末一同前往。

女生里艾米滑雪的经验最为丰富。她向珊珊形容说：感觉像在飞！见珊珊有些犹豫，艾米就鼓励她说到时可以领着她滑。既然有朋友相伴，珊珊最终也就动了心。

按照艾米的建议，为了不在滑雪场排队，她们在硅谷就租妥了滑雪设备。珊珊又去了体育商店，按照艾米所使用的品牌，购买了她所需要的用品。

一切都办妥后，珊珊突然想起了这种好事情应该也邀请爱美丽，于是晚上跑去爱美丽家里约她同去。珊珊如此热情，爱美丽不好推辞，只是说要去，她不能在外面过夜。珊珊立即就打电话去问天水，为她安排了行程。珊珊为自己出去玩，而且还能拉上好友爱美丽而感到十分高兴。

太浩湖在硅谷的东北方，四面环山，中间是一个天然形成的巨大湖泊。周六早上六点，他们一行二十多人，分六辆车子向滑雪胜地驶去。到了雪场，众人很快就散开了。天水陪着爱美丽去租滑雪板，那位小妹妹艾米连招呼也没打，就急不可待地跟着别人乘缆车上山去了。被孤零零留在山脚的珊珊，报名参加了滑雪初级班，她和十几个小孩一道，在等下一班的课程。

珊珊仰头望着湛蓝色的天空，看着满山的被皑皑白雪所覆盖的树林。坐在长凳上时间久了，还略有一丝凉意，珊珊站起身，在雪地上走了几圈，最后停在一个木栅栏边上看起了出租广告。

"你在这，我到处找你。"背后传来帅哥的声音。

珊珊回头一看，帅哥身上扛着滑板和滑杆，戴着蓝色滑雪帽站在不远的地方望着自己。珊珊不好意思地说："我不会滑，我在等滑雪课。"说完指着不远处人数又增多的那群孩子。

"我教你吧，滑双板很容易……"

珊珊双手揣在外套的口袋里，手里还拿着刚才购买的那张训练票，嘴上回着："谢谢，不用了，你去玩吧，我等一会儿上滑雪课。"

"你打过网球，你身体协调能力挺好，你不用和这些小孩们在一起。"

珊珊手里的滑雪票被攥得更紧了。心想：这票可不便宜啊。他教我，那票岂不是白买了，又不能退。

虽说珊珊近来吃穿用度大方了许多，但她还是不舍得这般浪费。

"你已经买了票？"帅哥猜了出来。

珊珊点了点头。

"拿给我看。"

珊珊伸出手把票递给了他。

"我先教你，你学不会再去上课。"说完帅哥把滑雪设备往广告栏上一靠，也没问过珊珊，就转身向售票处走去。远远地看见他沿着队尾，逐个地问询排队的人，很快就把票卖出去了。

帅哥迈着大步走了回来，珊珊心想：这个男生脑子转得还挺快。走到面前，帅哥一边把钱塞进珊珊手里，一边开玩笑说："学会了，你要请我吃饭啊。"没等珊珊回话，他扛起雪具就往山上走去。

珊珊跟着帅哥爬到了一个小坡上。帅哥拿过珊珊雪杖，连他自己的一同插进了雪地里："滑雪最重要的是学会怎么停下来。你把雪靴扣进你的雪板上。"

珊珊跟着把双脚锁进了雪板里，听见清脆的"咯咯"两声。

"任何情况下，你想停住，最简单的方法就是：身子向右侧转九十度，双脚一扭，双手双臂摆平，让身体顺着山坡的角度摔在地上。你倒地后不用担心雪板，它会自动地脱落。如果你滑行保持一定的速度，那摔倒时就不会疼的。"说完帅哥从小坡滑了下去，在不远处故意向右侧倾斜，倒在了厚厚的雪地里。

珊珊跟着滑出了几米，身子一侧，也倒在了白白的雪地上。珊珊按照帅哥的指点，随后又试了几次。在雪地上，不停向前滑行的身体确实感觉不到痛。

帅哥又领着珊珊回到了高处，站在她身边说："行了，我现在教你怎么正确地停下来。这也简单，身子稍微挺直，用腰腹的力量带动大腿，大腿带动小腿和脚，将身体用力扭转，把两个雪板摆横，身体自然就停下。"

珊珊试了一次，身体真的挺听话，向左侧扭过来后，身体带着些角度踩在两个雪板上，平行地往前冲了一点后，就像汽车踩了刹车一样，慢慢地就停住了。

帅哥大加赞赏地说："我平时看你打球，知道你身体灵活，有运动天赋，果然是一学就会。"

受到夸奖的珊珊信心大增。她又练习了几遍之后就开始学习怎么拐弯。大概半个小时后，帅哥高兴地说："你已经学会了，我们可以搭缆车上山了。"

滑正式的滑道，珊珊担心她还不太行，但她又不想让帅哥看出她的怯懦。等排队时才发现，身边的人很多都是像她一样的初学者，这才让珊珊放下了心。他们先后坐进单人缆椅，慢悠悠地被带到一处山顶。这时登高远眺，可以看到碧蓝色宽广的太浩湖，景色蔚为壮观。

戴好滑雪镜的帅哥笑着对珊珊说："滑下山需要控制速度，多做几个左右转向就会慢下来。你跟在我身后就行。"

帅哥说完后，猫着腰，顺着山坡斜着滑了出去，等看到追上来的珊珊后，就转变方向。两个人一前一后，速度平稳，身后留下了 S 形滑行轨迹。珊珊紧盯着帅哥的背影，模仿他的每一个动作。难以置信，五分钟后，她竟然毫发未损地滑到了山脚。

珊珊兴致大增，连忙又跑去缆车旁排队。凭着刚才找到的感觉，她一会儿左转，一会儿右转，上上下下地一连滑了四五次。等她再次在山底排队时，跟在身后的帅哥告诉兴致正浓的珊珊说："已经一点多了，应该去吃点东西了。"

两人扛着雪板往餐厅里走去。刚进餐厅就看见坐在右侧的一个圆桌边的爱美丽，她穿着红色羽绒服，手里拿着一杯咖啡，正和旁边的天水讲着话。

珊珊赶快转身问身边的帅哥："你想吃什么，我去买，我请你。"

"今天这种快餐店可不行，改日回硅谷，我要去选家像样的餐厅。你和他们聊吧，我去找我的朋友。"说完帅哥摆了下手，就向里面一群人走去。

正中下怀。这么多人在这里，她给帅哥买午餐，别人看见会误会。珊珊转头面带笑容走向爱美丽那边。

当天傍晚，大家找了家餐馆饱餐一顿。饭后天水要送爱美丽回家，艾米和珊珊把她们的行李从天水的车里移到了帅哥的吉普车上。在回酒店的途中，帅哥还绕到一段小路上，给车里的女孩们展示了他车子在雪地里的四轮驱动功能。晚上在房间里，珊珊收到帅哥寄给众人有关明天活动安排的短信，让人感觉旅行安排得井然有序，十分周到。

　　自从滑雪旅行归来，珊珊就养成了一个新的习惯，她每晚都会经常查看时间。像是在军营里服役的战士，九点半一到，无声的号角会让她放下手中的一切，快步走进卫生间漱口洗澡。十点整，她一定要打开台灯，靠着枕头，倚在床头，拿着手机，等待一天中那道迷人的霞光。

　　这个习惯是从回家后才开始。那晚也是在十点钟，帅哥发来了一个极短的信息，问她是否到家了。珊珊立刻就意识到短信里只有她一个人的名字。她其实是浑身酸痛，躺在床上准备睡觉。对于这份让她倍感惊讶的慰问，她左思右想之后，礼貌性地回答说，除了双腿酸痛之外，一切还好。帅哥立刻发来了一张照片，是一种香港制造的祛风油。他介绍说把油擦在痛的地方，效果很好，只要明早冲洗一下，上班就不会有任何味道。

　　礼节性的问候本可就此打住，谁知帅哥继续问她，晚上吃了什么？珊珊回程同车的人本要去一家餐馆，等一路塞车抵达硅谷时，大家实在太累，就决定各自回家了。珊珊告诉帅哥，她在家煮了一盘冷冻水饺。

　　无心的闲聊本该就此结束，谁知帅哥还追问她，冷冻水饺是什么牌子？说来奇怪，那晚原本随时可以睡着的珊珊，后来竟然一点都不困了，他们就这么你来我往，帅哥问一个问题，她回一个答案，说得不够清楚，她就再加些解释。这样的对话持续了很久，直至帅哥提醒已是十一点，珊珊才意识到时间很晚了。珊珊想告诉帅哥，谢谢他发短信，但感觉这话在那个夜晚的气氛里显得过于生疏，她于是也就回复晚安，就此告别。

　　就像罗马不是一日建成的，养成习惯何止一朝一夕。第二晚的同一时刻，珊珊又接到了短信。帅哥简单地问她腿还痛不痛之后，就聊起珊珊公司的餐厅怎么样。这可激起了珊珊一大堆的抱怨，因为她公司的午餐既贵又不好吃。她随手就发了张过去拍的照片：一小盒沙拉，生菜上面压着三条小手指细的鸡胸肉，边上是一块手掌大小的面包，这就九块钱，连个女孩子都吃不饱。

接下来，珊珊很自然地问起帅哥公司的午餐。帅哥公司的创始人是对中国夫妇，将近一半的员工都是亚裔，公司的中式午餐非常美味，在硅谷的大公司里颇有些名气。帅哥很快转发了三张他公司的午餐照片：中式炒米粉，红烧牛肉饭和虾仁意大利面。价格才几块钱。美食照片把珊珊都看饿了，放下电话后，不得不跑下楼找些饼干充饥。

珊珊还清楚地记得第三个晚上两人的短信内容。帅哥又发来他公司午餐的三张照片。随后提起，群里的年轻人要组织去日本看樱花的话题。珊珊讲她不能参加，她的年假已经用完了。珊珊自然不会说，她也是在为买那套相中的客厅家具攒钱。帅哥则告诉她，他来自广州，是高中时来美国参加夏令营，然后转成了学生身份留下的。现在公司在帮他申请居留身份，他不敢出国，担心会回不来。

就这样日复一日，在那春暖花开的季节里，珊珊每天都在期盼着夜晚的来临。在公司闲暇的时段，她一定会掏出手机，一个人重温他们晚上的对话。读到风趣好玩的段落，她会情不自禁地哑然失笑；看到关心的话语，她会油然心生一丝感动。她每晚都手捧着那部精巧的电子通信产品，灼热的机身给她带来无限的温暖，闪亮的屏幕给她带来无尽的快乐。她不知道每晚要谈什么话题，她无须准备，话题犹如夜空中的星星，无边无际。任何一个话题都是那么有趣，就像任何一颗星星一样，明亮发光。夜晚中的这段短信交流渐渐成了珊珊一天中最为期盼的时刻。

珊珊和帅哥还是保持着平日的交往。除了周末聚会，他们偶尔也打网球，偶尔也和许多人一起外出吃饭，外人看不出他们的关系与从前有任何的不同。只是珊珊心里明白，这位帅哥有着一种神奇的能力，他能够唤起她过往人生中任何回忆。每天夜里，每当说起一个新的话题，先是珊珊讲述她的故事，然后帅哥分享他的过去。珊珊童年的上海冰淇淋，帅哥小时候的广州烧鹅，珊珊连续六年的三好学生，帅哥初中时和同班男孩打架，珊珊作文偏弱但高考时却又超水平发挥，帅哥刚入美国高中时听不懂老师的讲课。两人互传照片，终有一天，珊珊发尽了手中每一张她过去的漂亮照片，换回了一本帅哥从小到大的成长影集。

他们每晚的话题都不会冷场。珊珊赞赏帅哥上周网球比赛救球真是漂亮，帅哥称赞最近聚会珊珊做的菜肴很有水准。帅哥给她看杰夫从台湾军营里发来的剃光头发的照片，珊珊给他看抱着凯林喂饭的录像。珊珊会渐渐地敞开自己，分享一点她个人的真实想法，群里有个男生说话炫耀富有，帅哥也会提出新来的一个女生化妆有些恐怖。珊珊每每都会惊奇地发现两个人的感受竟然会如此相同。

不是偶尔，而是每次，每当帅哥准时在十一点告别的时候，这举动都让珊珊感到非常不舍。这种不舍伴随着时间推移，越发强烈。那情景就如一名婴儿在饥饿地吸吮乳汁，但突然间被人粗暴地抢走奶瓶一样。婴儿可以放声大哭，而珊珊却无法宣泄心中那种苦涩的无奈。珊珊一边痛恨时间为什么会过得如此地快，一边真想把帅哥留住，哪怕只有短暂的一会儿。珊珊多次写下"再讲一会儿"的话，但每次她都又删掉换成了"晚安"作为结束语。她担心这也许是她利己的偏执，虽然隐约觉得这或许更像是一种依恋。人在恋爱的时候，或许就再也分不清什么是偏执，什么是依恋；一个人单向的爱慕或许就是偏执，两个人彼此相通的爱就是种依恋。

每次辞别星空，收起笑容，放下手机，回归寂静的时候，珊珊都会不断地问自己，她在做什么？他们两人又在做什么？她在和帅哥谈恋爱吗？她爱上这个男孩子了吗？假如果真如此，那么这个经常见面的男人还在等些什么？如果不是这般，那么这名小男生又意欲何为？前思后想，她耳热心跳；左推右敲，她困惑不解。

每次见到他，四目相对，帅哥都是神态自若，谈吐自如。白天里温文尔雅，夜深时无话不谈，面前的他仿若两人，早晚的他迥然有别。

久而久之，帅哥如此张弛有度的做法，影响了珊珊夜晚的睡眠。帅哥如此潇潇洒洒的行事，直惹得珊珊心生恨意。她有过这样的念头，去质问帅哥，去问他俩是什么关系？待等那口怨气消减之后，她又立即打消这愚蠢可笑的想法。那何尝不像是她站在大街上，去询问一个路人她自己究竟是男是女一样荒唐可笑。爱情不宜过于直白，隐晦虽然掺杂苦涩，但它却能保住女人的颜面。

珊珊几乎每晚都会像一艘小船一样，在起伏澎湃的情感大海里上下颠簸。珊珊顽强地与她的感情进行着搏斗，无论风浪再大，她都双手抓住桅杆绝不松手。她每夜都一点一点地耗干风暴的力气，她每次都一丝一丝地磨尽她的欲望。这不单单是维持她女性尊严，女人主动的爱情，男人多半不会珍惜，她有过这方面的教训，她要守住这个原则。她不是要让男人跪倒在她的石榴裙下，她是要让男人拥有追求获胜的快感。时间漫漫，她宁愿等待，路途崎岖，她宁愿坚持！

第二十九章

"在干什么？"闹钟刚好指在十点，珊珊久久期盼的短信如期而至。珊珊侧身把枕头往里推了推，靠在床背上的身子也坐高了一点，她开始认真地回复。

"刚洗完澡。"

"明晚在你家聚会？"

"是，这次轮到我。"珊珊脸上露出得意的微笑。几个月省吃俭用，终于完成了心愿。

"你会给大家做什么美食？"

"那么多人，我怎么准备得过来。我想烧锅牛肉，煮些米饭，买几样沙拉，剩下的叫外卖。"

"你的粉蒸排骨蛮好吃的……"

"你吃过？"

"你三个星期前做过一次，被大家一抢而光。"

"哦，是啊，我都忘了。"

"有件事情我一直搞不明白，你这么漂亮，厨艺又这么好，为什么你没有男朋友呢？"

未曾料到他会问这样的问题，珊珊斟酌之后，慢慢地写回道："没遇上合适的人吧。"

"你以前有过男朋友？"

珊珊还是第一次被一个男人如此直接地寻问这种事，她本想回："你为什么想知道这个呢？"已经收笔，她又感觉话语过重，不想伤到这个年纪比她小的男生。于是删掉了句子，简单地写成："有过。"

"为什么和他分开呢？"

提问一个接着一个，他居然还想知道分手的原因。对于自己喜欢的人也没有必要隐瞒什么，珊珊理清了思路，克制着情绪，尽力客观地写道："他是我初中的一个同学，我刚来硅谷的时候，他也在湾区读博士，于是增多了来往。他读的是文科，毕业时正赶上经济不景气，在这边找不到工作。因为他在国内找到了很好的机会，他就回国教书去了，我们就这样分开了。"

"哦。"

接下来的是一段长时间的静默。

"我也有件事情想问你，你到底有多少衣服呢？我看你每次聚会穿得没有重样的，真搞不懂你花多长时间给自己买衣服？"珊珊想说点轻松的话题，在句子后面加了一个笑脸。

"我父母在广州是做服装生意的，他们就是什么流行就做什么。所以每个季节都会去日本和韩国购买那里最新流行款式的衣服，回去后把衣服拆开后打板生产，然后再批发卖给本地或者内陆地区的商家。"

"只有日本和韩国？"珊珊好奇地问道。

"早年也仿制过意大利和法国的一些品牌，但销量并不好。一方面是因为欧洲的衣服材质要求比较高，在广东不容易找到匹配他们材料品质的货源，另一方面中国人对纯欧洲风格的衣服也比较难接受。后来他们发现，日本和韩国设计师其实已经借鉴了欧美最新设计，他们根据亚洲人的体型和口味进行了改进，所以我们直接用他们的就足够了。"

"哦，服装业还有这么多学问啊！"珊珊觉得挺有趣。

"那些被拆开的衣服用过后，我妈让人再缝起来，他们自己或者托人来美国的时候带给我。所以我是他们的试衣模特。”

难怪帅哥有这么多衣服穿，原来他是名业余模特。珊珊笑出了声，她回了句：“是这样啊，不过你穿着还是挺好看的。”珊珊没有立即发这条短信。她不想营造暧昧，重读几遍，认为还算稳妥，她才发了过去。

手机上回应的是一张笑脸。

“你就有过这么一个男朋友吗？”严肃的话题又回来了。

每一个人都有昨天，每一个人都有过去。伤痛往往与结束的恋情如影随形。不是时间铺平了心灵的创伤，而是人类大脑健忘的机制医治了伤口。这健忘何尝不是造物主的一份怜悯，好让世人更好地活在当下。

珊珊许久没有想过志嘉了。就像草原上的狮子，新长出的毛发已经完全遮挡住了往日的伤疤。一阵心痛之后，珊珊犹豫她是否应该向这个男生吐露她的一切。其实想想帅哥的情况，他也有二十六七岁了吧，他又有过几任女友呢？珊珊不想过问，因为她觉得这并不重要。

男人会在意女人的过去？男人关心女人的恋爱史？这到底是出于好奇心呢？还是男性其实更加关注女人以往的性经历？真正的爱情应该不会在意这些，因为无论她的过去丰富还是简单，这不都成就了今天这个站在面前的她吗？如果相爱，则不咎既往；如果情深，则欣然接受；如果大度，则学会包容。

“你还在吗？”帅哥的信息又来了。

珊珊决定把一切都告诉他，完完全全地告诉这个每晚她所信任的人。如果这个男人在乎她的过去，那么今晚就给他一个后撤的借口吧；如果这个男人不能接受她的全部，那么现在就给他一个逃跑的机会吧。她愿意展现一个真实的自己，因为她懂得爱情是相互欣赏，爱情是两情相悦！

珊珊长舒了一口气，右手梳理滑至额头的长发，她平静地回道："我还有过一段初恋，对方是我大学的同学。他成绩优秀，我妈和我都挺喜欢他。我们一同来美读研究所，我在西海岸，他在东边的波士顿，他后来选择了一位他的校友。"

过了许久，帅哥回复："哦，是这样。"

"你今天知道了我所有的秘密，我从来没向任何人讲过，我在你面前，现在已经是一个透明的人了。"珊珊有感而发。

"我知道了你的两个秘密，而你只知道了我的一个。"帅哥回道。

恋人之间使用短信，虽然免除了女性化妆和穿衣打扮的苦恼，但女人迟早会发现这种沟通方式明显的弊端：既听不到异性的声音，也看不见对方的表情，更猜不出男人的心思。隔着屏幕的交流，大幅地降低了女人那天生的细腻与敏感，严重地削弱女性那特有的敏锐和直觉。

他是在开玩笑吗？珊珊不能确定帅哥这话的意思，她只得回道："好像是哦。"

"你需要怎样补偿？"帅哥的回信。

珊珊想回："那你请我吃饭。"不好，这样太俗！

那换为："我能要什么补偿呢？"不妥，这样太傻！

要不改成："我要什么补偿，就能得到什么补偿吗？"不行，这样太骚！

正面的回复格外困难。解决难题的最佳办法有时就是绕过它去。珊珊灵机一动，语带双关地回道："我真的不知道。人的真诚是无法补偿的；人的真诚只能用同样的真诚来回应！"珊珊的视线有些模糊了。

时间凝固，沉静良久，珊珊收到的是："晚了，你睡觉吧，晚安！"

床头的闹钟是十一点零一分。珊珊心有不平。今晚这个男人再一次撞开她的心扉，拨动她的心弦，把她引至高处，然后又转身拂袖而去。她被留在高处，独享夜空中那一份空旷。

珊珊不想流露无奈，便匆匆地回了句："晚安。"

珊珊把手机放在床头柜上，心情亢奋难平。没想到今晚会讲起她的感情经历，而且毫无保留地讲给一个男人听。她重温着他们今晚的每一句对话，细细回味着其中的含义。感觉没有什么不妥的言辞，心境也就渐渐地平缓了许多。等再看钟的时候，已是十一点半了。明天还要早起，晚上还要在她家聚会。珊珊赶紧去了趟卫生间，快步回到床上，关了灯。手还未完全伸回来，就发现桌边的手机又亮了。

没再开灯，珊珊拿过手机，打开一看，黑暗里亮莹莹的字体格外地刺眼："我有跨进屏幕的冲动，想抱你，亲你，吻你！不给你说愿意，不愿意的机会。这就是我给你的补偿。这就是我对你真诚的回应。"

连续几个强劲有力的"你"字，瞬间汇成一股急流，漫过堤岸，长驱直入，所向披靡。顷刻之间，珊珊心底就已是满目沧海，汪洋一片了。

时钟的指针继续跳动，虽然只是一秒，但这却是从漆黑长夜迈入微红曙光的一秒。无论时光从身边流逝多久；无论岁月在脸上留下多深的痕迹；无论拥有过多少次甜蜜的亲吻；无论经历过多少回无情地抛弃；当爱情再次降临的时候，众生皆可逢春，悉数绿意盎然；万物皆能复苏，一切芬芳似海！

面对帅哥的示爱，珊珊激动得无言以对。她愿插翅飞到他的身旁，亲耳听这情意绵绵的表白。时间一分一秒地流逝，情感每分每秒地增温，当爱情达到了沸点，千言万语最终化成了短短三个字的回复："抱抱我！"

珊珊这周五的工作还算容易。在技术上，她对这家从前任职过的公司依旧熟悉。在硅谷创业公司锻炼过之后，再回到大公司的员工，大多会轻松一段时间。珊珊事先请了半天的病假，把她洗牙的门诊安排在了下午。她一口气忙到两点，写邮件汇报了工作进度后，就离开了公司。

回到家，她先是炖上牛肉，然后又审视了一遍楼下新置办的高档家具。虽然这次开销又大大地超出了她原先预算，但那典雅又略带复古风格的陈设以及端庄大气的沙发所营造的氛围，让她觉得一切都还是非常值得。还有那刚刚送来的最新上市的豪华落地彩电。虽然她很少看电视，但为了让那群男生观看体育比赛，珊珊还是购买了一台，安装了有线频道服务。巨型的彩电摆放在客厅里，足足占去了整个一面墙，配上周围她精心选购的装饰，宽敞的客厅焕然一新。很是气派！

五点多，艾米先到了，她用烤箱烤制她准备的食物。一过六点，珊珊就开始异常忙碌：客人来了，她要招呼；外卖到了，她要签收；有人找她要电视遥控器，有人问她洗手间在哪儿。电话也是铃声不断，有在路上的男生忘记了她的地址，有在街区里的女生拐错了方向，珊珊一边搅拌沙拉，一边偏头用肩膀夹着电话，回复着各样问题。总算忙完厨房里的事，又有个女孩子发来短信问她外地的哥哥到这边玩，能不能多带两个人来。珊珊当然说好，等放下电话，她才突然发现在桌上放置的杯子实在太少，赶紧跑进车库里去拿备份。

男人和女人对整洁各有各的标准，不尽相同。而这种所谓的整洁标准，即使对于同一个人来说，也带有极其强烈的地域性的特征。要想观看男性的凌乱美，最好的地方可能是男人的卧室；而要欣赏女性的凌乱美，最佳的地点应该是女人的车库。

珊珊的车库里塞满了各样杂物，眼花缭乱，纷乱不堪。靠左边墙的位置停放的是她那部汽车，这是珊珊在车库里十分确定而且能够随时找到的唯一的一件东西。车库中央是搬家公司堆放起来的几十个纸箱子，里面大概存放了珊珊读书时的笔记，过时的物品，或许可能还有一些烹饪的调料。纸箱后面是一片从屋里淘汰出来的，珊珊还没来得及处理的旧家具。车库里最后一块水泥地上摊满着：漂亮的鞋盒、运动器材、罐头、纸巾、卫生巾……各式各样的日常用品。

男人的乱一定是儿时没有养成良好的习惯，而女人的乱则多半另有其他的原因。珊珊车库的杂乱是因为她常常担心会在这光线昏暗的地方遇到老鼠，这种想象每每让她不肯在这里多停留一秒。

珊珊打开了灯，左蹦右跳尽力避开那些高高低低参差不齐摆放的物品，最后在车库的最深处找到了以前买来的那袋饮水杯子。她伸手提起来，心中又不自觉地许下了以后要收拾车库的诺言。转过身，还未迈步，她突然就看到有一个人悄无声息地一动不动地站在她刚才进车库的小门前。

昨夜考虑过他今天还会不会来？今早思考过他的冲动会不会被黑夜带走？上午渴望过和他再次见面，下午准备过和他见面的台词。人总以为会在爱情中成熟长大，人总相信会从爱情里学习从容镇定，然而当真爱来临之际，过往不复存在，一切皆归于混沌。珊珊感觉她还如当初一样的心慌意乱，她又变成一个傻气笨拙的孩子，无法掩盖自己的懵懂天真。

围在杂乱无章的零碎物品之中，陷在乱七八糟的心思里，珊珊立在那边不知所措。帅哥也未开口，两人相隔几米，僵在车库两头呆呆地望着彼此。

"珊珊。"屋内传来了艾米的声音。

如梦初醒的珊珊这才想起她是今晚聚会的女主人。她赶快右手拎起那包塑料杯的袋子，左手试图扶着任何可以支撑的东西，低头回想着来时的路径，小心地按照原路跳了回去。她在心里暗暗地祷告：

千万别在帅哥面前摔倒出丑。

当两脚总算一前一后地平安落地，还没等她站稳，帅哥上前一步，攥住她还在空中的手，往他怀里一拽，另一只手趁势搂住她纤细的腰身，她抬头还未开口，灼热的嘴唇就已经压住了她的双唇。没有任何多余的话语，没有丝毫的无谓抵抗，一股电流从头传至脚底，珊珊闭上双眼，安静而又乖巧地享受帅哥强壮有力的臂膀，情不自禁地回吻着他。

不知过了多久，只听见近在咫尺的门内艾米的声音："珊珊，你在里面吗？大家都到齐了。"

"我来了。"珊珊用力地推开了帅哥，弯腰捡起不知何时掉到地上的袋子，凝视着帅哥的双眼，迎合着他灼热的眼神，低声说："我要去忙了。"

帅哥双手抱着她的腰，急切地轻声问道："晚上，我能来找你吗？"

恋爱中的女人从来都能恰到好处地回答情人的问题："我先走，过一会儿你从那个门出去，绕进厅里吧。"珊珊指着通往院子的侧门。

珊珊伸手关掉了墙上的灯，微微推开车库的门，先把水杯袋子探了出去，然后快速地闪身进去，随即一把反锁上门。她梳理了一下头发，定了定神，然后大声说道："来了，我来了。"

第三十章

　　能够保持整洁生活的单身男人虽然不多，但在这个世界上还是零星存在的。帅哥的房间还算干净，这是珊珊初次走进他公寓时的印象。只是房间里弥漫着一股奇怪的味道，可能是久住的人习惯了，空气里有种淡淡的被喷雾香精压制下去的气味。

　　虽然已经有了心理准备，但帅哥的衣服还是多得超出了珊珊的想象。塞满的衣柜自不用说，连他的厅里也支着三个服装店才见到过的四轮衣服架子，上面也挂满了各式各样的衣服。卧室里还放了一个没打开的粗大旅行箱，帅哥讲那是他妈妈上周刚刚从广州托人带给他的。而在阳台的储藏室里，同样尺寸的箱子还堆着有五六个。帅哥解释说都是这些年积存下来的衣服，每年新款衣服送到了，他只是挑选一部分穿，剩下的就都放到那里去了。

　　最让珊珊无法接受的是小帅居然会直接穿上，这些刚从工厂里出来的衣服。打开墙角那新送来的尼龙箱，迎面扑来的是一股成衣厂里机器的味道，珊珊现在终于知道房间里的那股怪味是从哪里来的。珊珊坚持要把衣服带走，一定要把衣服洗过以后，再让小帅穿。

　　就这样珊珊把那箱衣服带回了家。每件衣服洗过之后再一件一件地熨平。熨衣服时，有次熨到了手。还有一次更危险，在一件厚质布料的衣领子里找到了一根断裂一半的针头。幸好让她发现了，否则伤到小帅怎么办。

　　衣服都整理好后，珊珊就把衣服分门别类地架起来。她想象小帅穿着每件衣服的样子，凭着她的喜好排出顺序，在衣服贴上数字作为记号。等如数奉还的时候，她会告诉小帅编号靠前的衣服是她最喜欢的，是她认为小帅穿起来最帅的衣服。从那以后的聚会，小帅都会根据她的选择出现在众人面前。每当此刻，躲在角落里的珊珊则把她的注意力转移至她身边女孩子们的脸上。她像位舞台剧的导演，演出时会更加关注台下观众的反应，而不是聚光灯中那位熟识的主角。当从同伴的眼光中确定小帅亮相成功的时候，欣喜之情充满了这位躲于幕后的女人，那快乐的程度远远超出了聚会本身，每次会让珊珊在派对之后的夜晚痴痴地不能入眠。

只可惜这种快乐并没有持续多久。一个月后他俩的秘密恋情就被女邻居艾米给揭穿了。面对女伴羡慕的眼光以及男生过火的玩笑，珊珊像大多数女人一样，显得要比帅哥拘谨许多。既然恋情公开了，珊珊也就不再和帅哥一起打网球了，她宁愿用周末的那段时光去中国超市买菜，精心为帅哥烹饪，等帅哥打完球回到她那里时，惬意地观看他狼吞虎咽进餐的样子。说来也奇怪，给爱美丽做饭的感觉和给帅哥的还是稍有不同，前者会感到疲倦，而后者只有甜蜜。

珊珊还发现帅哥真的比她小了整整两岁，不过他举止稳重，谈吐老成。有次周末用餐，妈妈丽秋打来视频电话，珊珊讲了一会儿后，叫来小帅，让他介绍自己。帅哥挺有礼貌，一口一个伯母好，谢谢伯母关心。等电话结束，珊珊借机就把一直压在心头的一件事情告诉了他。珊珊劝小帅是不是考虑不要再戴耳环了。珊珊不提她喜欢不喜欢，只是说虽然湾区比较开放，但大公司里有耳环的男性毕竟是少数，不要因为这些小节，影响他今后在事业上的升职和发展。

虽然这番字斟句酌的话是精心准备过的，但珊珊面对帅哥说出来的时候还是忐忑忑忑。让珊珊吃惊的是小帅出奇的平静，他讲他当初戴那东西纯粹是因为好玩，慢慢就习以为常了。既然珊珊不喜欢，那他就不要了。说完走进卫生间，把耳环摘了，从此再也不戴了。

男人的甜言蜜语或许偶尔能打动女人的芳心，但男人甘愿为爱人改变已有的习惯，这才可谓是显露真爱的确凿铁证。小帅的举动再次暖得珊珊的心烫烫的，没想到自己在他心里的地位这么重要。真没爱错人，珊珊真心愿意为他做任何的事情。

恋爱中的女人不仅漂亮而且聪明。就在那晚，珊珊在那餐桌旁有了一个非常大胆的主意。她抓住帅哥的手略显激动地说："我有一个好主意。你有这么多的衣服，我们在网上开个商店卖衣服吧。"

帅哥还是保持着平静："我父母和我提过许多次了，他们不断叫我在网上卖这些衣服。实在太麻烦。"

"我不怕麻烦，我来卖！"珊珊满脸兴奋地喊道。

当帅哥开着他的越野车把八九箱衣服分三次运到珊珊家里的时候，珊珊才意识到这个工程远比她想象的大得多。不过珊珊也总算是借此机会完成了她的那个诺言：清理了车库。她把一堆旧家具都送给了为她剪草的园丁，捐赠了全部用过的大学课本，扔掉了几十只空纸箱。最后买了一排分层的铁架子，把摊在地上的各式杂物统统摆了上去。

珊珊然后在棚顶安装上了几盏日光灯，一半的水泥地上铺了层塑料地板。腾空后的大半个车库变成了宽敞明亮的制作室。要想把帅哥所有的衣服全都挂出来是不可能的。珊珊就一箱一箱地打开。大多数衣服都是从未穿过的。珊珊学习了怎么在网站上卖衣服，最费时间的就是要给每件衣服拍照。珊珊又购置了相机和摄影灯具，练习怎样调整光源，拍摄出带有暖色调的衣服照片来，如何进行后期的修剪和美化。

从此卖衣服成了珊珊的副业。珊珊周末把拍好的衣服照片放到网站上，每件衣服注明尺码，她的标价总比网上相同款式便宜一些。每张照片再附加一句，在别的商家是用来促销的广告词，但到珊珊这里却是千真万确的："仅此一件，售完为止。"每个周中晚上，珊珊把卖单打印出来，包好包裹，等到周六上午就去邮局寄给各地的顾客。

　　忙碌两个月后，珊珊才发现网上的小生意并不是她想象的那么简单，不仅耗费大量精力，而且很难让客户满意。首先最难办的是帅哥家的每款样式衣服只有一件，而且那大小号码又是符合亚洲男人的身材特点，大多美国人买回去穿在身上都偏小，惹来了许多客人的退货。珊珊没办法，只得摊开衣服，每件都亲手测量一遍，然后在网页上注明准确的尺寸。这种烦琐的细节往往连续花掉她周中好几个晚上。而她每周才去邮局寄一次的安排也招来了网上顾客的不满，大家都抱怨收到的物品太慢，留下了长串的负面评语。几周下来，她的销售直线下降。后来的几周，每周也就只能卖出三四件衣服。

　　生意不顺利，这让在为帅哥卖衣服这事上费尽心力的珊珊十分沮丧。硅谷的邮局不多，每次去都要排大队。让她天天跑去那里也是不太现实。她卖的衣服一件才十几元，用其他快递的方法也不可行。想到不久前刚在小帅面前夸下海口"不怕麻烦"的珊珊犯起了愁，力不从心的她又不好马上改口，在周末看望小凯林的时候，珊珊忍不住向爱美丽大吐苦水。

　　什么难事到爱美丽那里都会变得容易。她建议珊珊去选家网卖店，委托他们去卖这些衣服不就行了吗？

　　珊珊一脸错愕，作为一名工程师，她可从来不知道还有这种新奇的服务。她张着嘴惊讶地问爱美丽是怎么知道的。

　　爱美丽脸上又浮现出学生时期的那股古灵精怪的神情来，她略带教训的口吻对珊珊说，其实她也不知道，但商业社会哪能事事靠自己动手。肯定别人之前也遇到过类似的困难。在硅谷这种推崇创新的地方，如果到现在还没人解决这个难题，那她俩就是下一对在硅谷创业发财的伙伴了。说完她拿过电脑，上网一搜，果然附近就有这样的服务点。

　　这可帮了珊珊一个大忙。从那以后，她就每两个星期跑趟网卖店，把具体销售都交给了商家。帅哥的衣服样式新颖而且价格便宜，几个月后所有的衣服就都卖光了。

又是一个周末的下午，听到帅哥回来的声音，珊珊便戴上一副厚手套，端着一大盆热气腾腾的砂锅，小心翼翼地从厨房里走到餐桌前。要放下的时候才发现桌上少了一个棉垫子，她站在那里，叫站在一旁的帅哥："快，给我拿个垫子来。"

放下了汤，珊珊才松了口气，指着热汤说道："这是我独创的沪粤联合煲汤，还不知道好不好呢。"

帅哥站在珊珊的身后，他伸出双臂，从珊珊的腰身两侧穿了过去，双手在她的腹部上合拢，用力抱紧她的身体，然后他慢慢地探过头来，轻轻地亲吻珊珊的脸颊，柔声细语地在她耳边说道："辛苦你了，宝贝……"

有没有经历过长时间下蹲，突然站起后的头晕目眩？珊珊此时就在体验着这种奇妙的感觉。血液不足的大脑瞬间丧失了一部分功能，仅仅保留了晕眩前最低限度的感知。这就像陪帅哥看过的一部战争电影一样，潜水艇为了躲避敌人追击，不顾一切地沉入深海，艇壁钢板在海水的重压之下，沉闷地发出"嗡嗡"的声音，这是种濒临崩溃的境地。珊珊怀疑她脑中的血管趋近枯干，她闭上双眼，双手不自觉扶在了帅哥的胳膊上。当刚刚熬过那极限的边缘，随之而来的是那种妙不可言的美妙时刻，珊珊抿着嘴，无声地感受着血液快速地回流，默默地体验短暂失灵的各部器官恢复着机能。迄今为止，这种大脑中类似恢复突然断电后的激荡，珊珊只有和帅哥在一起时才经历过。或许一个女人一生只会对一个男人拥有这般感受。珊珊此刻正幸运地靠在她那个男人的怀里面。

不知过了多久，才又听到帅哥的声音："你生日快到了，你想怎么庆祝？"

今年珊珊就要三十岁了，这真的让她不敢相信。好在她有了小帅，珊珊心里庆幸着。

"我随便，怎么都可以。"像大多数女人一样，珊珊说了句女性特有的口是心非的话。

"是在周四，我想请你去城里，在一个能看见海景的餐厅里庆祝。"

"好。"

"你还想请别人吗？"

"我每年生日爱美丽都会在。"

"那也邀请她。"

珊珊这时恢复了常态，她转过身面对着帅哥说："你和天水熟，他有可能和爱美丽成为情侣吗？"

"他们倒是年龄相近而且谈得来，只是天水有点……"

"有点什么？"

"他曾经休学一年去周游世界，而且去的都是穷乡僻壤的地区。我觉得他心理有点灰暗，好像受过什么刺激……"

"他受过什么刺激呢？"

"这种私事，自己不讲，别人怎能去问？"

"他们家不是拥有那个美国有名的中餐连锁店吗？"

"你怎么知道的？"帅哥好奇地问。

"艾米告诉我的，怎么了？"

"呵呵，又是艾米。她真是个小喇叭，什么事情都逃不过她的嘴……"

"想象不出那么有钱的人还会有什么烦恼。"珊珊自言自语地说道。

"嗯，我也想不出他会有什么烦恼。"帅哥单手抱住珊珊苗条的腰肢，另一只手揽起她纤细的双腿，腾空抱起后，把她揽入双臂之中。

"汤一会儿凉了，先吃饭吧……"珊珊俏丽的睫毛微微地抖动，含羞带笑地说。

"先吃甜点。"

趁着帅哥还没吻到她，珊珊赶紧在最后关头叮嘱道："那天也一定要请天水，别让爱美丽孤单一人……"

第三十一章

帅哥选的餐厅位于旧金山东边的码头。窗外是漂亮的海湾以及连接旧金山和奥克兰两个城市的大桥。安静的餐厅里隐约能听到钢琴的音乐声。每个靠窗的餐桌不但被摆放在最佳观赏海景的位置上，而且它的座椅也都是米黄色高靠背的皮质沙发，入座后便看不到周围其他用餐的客人。

四人欣赏了一会儿窗外的景色，服务生便呈上了精美的菜单。女士们选择了当晚主厨推荐的鳕鱼套餐，帅哥点了一瓶白葡萄酒。他特意告诉服务生今晚是他身边的这位女士生日，服务生殷勤地介绍说，餐厅有新鲜烤制的蛋糕，喜欢什么样式，可以去展柜里挑选。大家点完晚餐，帅哥起身跟随服务员去了前台。

珊珊今晚穿了一身深红的连衣裙，淡淡的粉妆娇柔妩媚。爱美丽称赞她漂亮之后就从包里拿出一个彩纸包着的礼物来，笑着递给珊珊说："生日快乐！"

珊珊道谢后，接过礼物正低头拆着，爱美丽又继续说道："总算有人接手帮你过生日了，我可真的给你变不出什么新花样了，是该换换人了。"

礼盒里面是一对漂亮的珍珠耳环。珊珊非常喜欢，她拿出小镜子，马上就对着镜子戴上了。今晚爱美丽又打了她那套先夸后贬的组合拳，看在漂亮礼物上，以及对面的天水，珊珊决定宽宏大量，不同她计较。珊珊一边收拾起礼盒，一边关心地问道："你工作怎么样？是不是还那么忙？"

"我准备换家事务所，现在的这家实在太累了。钱赚得虽多，但其实赚的是我根本不需要的钱。我和公司去年沟通过，他们许诺给我减轻任务量，不过一旦打起诉讼官司，管理层也的确很难掌控进度。我现在认识到这或许不是公司的错，是我所处的大环境造成的，或者说自从我有了凯林以后，我已经不适应这个公司了，应该主动改变的是我自己，而不是指望环境为我而改变。"爱美丽平和地说道。

天水看了眼爱美丽，流露出一丝赞赏："非常好的感悟。硅谷创造了很多财富，但同时也用这些财富绑架了在这里工作的人。年轻人多会被这里的财富神话所吸引来，等他们安家落户后，绝大多数人都会被这里高昂的房贷债务所捆绑，束缚在这个地方。即便一些所谓幸运的成功人士，其实也只是辛苦一生，赚了些他们根本不需要的钱。就像爱美丽说的一样。"

珊珊觉得天水的论调有些偏激，直言反驳道："这是个崇尚个人自由的国度，每一个人可以随时选择各自想要的生活，硅谷的人随时可以搬到其他地方嘛。"

"表面上看似自由，但当微小的个体融入一个庞大的系统当中时，变成了一台高速运转机器上的一枚螺丝钉的时候，那么一般人很少具备能看清这事物本质的能力。更何况即使拥有这样的洞察力，也极难有跳出这个系统，把自己从这台机器上拆解下来的勇气。感悟的智慧已经稀缺，而感悟后的勇气又远比那智慧更为可贵。"

眼见爱美丽赞同地点着头，珊珊知道她算是少数派，帅哥还没回来，她就随口换了个新话题："只知道你在联合国工作，你具体是在哪个部门呢？"

天水笑着介绍说："我是世界气象组织。我的部门主要是监测热带雨林对世界气候的影响。联合国机构听起来蛮唬人，但在里面待久的人就会知道，许多联合国机构已经沦落为了要饭组织。"

"要饭组织！"女孩子们一齐笑出了声。

"为什么这么说？"

"国际机构依赖为数不多的几个大国。以前世界气象组织里的经费主要是来自美国、法国和苏联。自从苏联解体后，美国就找各种各样理由拖欠它应给的经费。我们机构的主席天天赔着笑脸，追在美国政府后面讨债。这些年中国在崛起，表示愿意出资承担更多的研究项目，扩大在国际上的影响力。可笑的是拖欠巨款的美国还钱条件之一就是不能接受中国的资助。我们机构夹在中间，每每回绝愿意解囊相助的政府，天天追在不情不愿的国家身后要账。"

爱美丽笑着说："大国政治啊！应该去国际法院起诉美国政府。"

这时帅哥快步出现在餐桌旁，含笑坐回到珊珊的身边。珊珊赶紧说："怎么这么长时间，刚才上了开胃菜，我们一直在等你来。"

帅哥只是冲着爱美丽和天水笑了笑，举起酒杯说："来，我们祝珊珊生日快乐。"

生日蛋糕端过来的时候，幸好并没写任何的数字，上面只是插了一支蜡烛。圆形的蛋糕摆在中央。大家和侍者给她唱完生日歌后，帅哥让珊珊闭上眼睛在心中许愿。

刚刚合上双目，一只温暖的手便在桌子下握住了她。此时此刻，珊珊心存感激：来美国八年了，转眼跨入三十岁门槛，今晚庆幸她身边围绕着自己的恋人与朋友。假若好事如期而至，那今年就可带小帅回上海看望外婆；可如果去了上海，那去趟小帅家的广州也必不可少；既然到了广州，近在咫尺的香港岂不是也该去看看；据说香港是个美食天堂……

窗外三五成群的游艇慢悠悠地驶进海湾，十多艘白色的帆船紧随其后。天还未变黑，大桥上就已经点起了灯。桥身每隔几米的位置就亮着一盏黄色的灯。大桥两头桥梁支柱上悬挂的耸入微暗天空的钢缆，从顶部沿弧线一路滑下，在空中形成了两个半圆环。紫红色的晚霞映在天边，对岸的高楼若隐若现，在金色夕阳的照射下，横跨港湾的大桥光芒四射，勾勒出一幅美丽的图画。

女人的思维常常是天马行空，跳跃无章。珊珊突然察觉到她会不会让大家等得太久了。睁眼一瞧，面前的那根蜡烛都烧掉了一半。她腼腆地笑了笑，一口气吹灭了蜡烛。

吃完蛋糕，侍者撤去了多余的餐具，然后递过菜单介绍说这家餐厅的奶酪非常出名。爱美丽和天水今晚兴致甚高，一边喝着葡萄酒，一边谈论着时事。还未等珊珊发表意见，他们就选择了各自的喜好，珊珊也就随着大家，也要了份和爱美丽一样的蓝莓奶酪。

这家餐厅的甜品摆放得很具创意，清新悦目：盘底的一块白色奶酪被做成了一枚轮船船锚的形状，上面尖，下面宽。一条用黑色巧克力编织而成的锁链一头缚在铁锚上，另一头勾在上方停泊的一艘游轮的船头。盘中那用奶油绘制的大船惟妙惟肖，船中央矗立的烟囱还冒着浅褐色的青烟。盘中上方空余的地方用蓝莓组合成一条堤岸，而在下方的盘子边缘上，用巧克力汁配上了一条龙飞凤舞的长条图案。珊珊拿起叉子就准备吃，发觉另外三个人都直呆呆地望着自己。特别是对面的爱美丽，眨着大眼睛直勾勾地看着她。

珊珊赔着笑说道："你们怎么了？吃啊。"说完用叉子在海锚的边上切了一块，在众目睽睽之下，放到了嘴里。

"嗯，味道不错。"珊珊满意地说道。

爱美丽探过身子，小声说道："乡下小女孩，别光顾着吃，你仔细看看。"

有些纳闷的珊珊低头仔细比较她的盘子与别人的有什么不同，唯一的差异就只是她盘子边上多了一些巧克力汁绘制的花。她歪过头，定睛细看，那笔走龙蛇的图案竟然呈现成了一行英文字："嫁给我好吗？"

珊珊十分喜欢帅哥送的订婚戒指，没有一天不戴在手上。后来帅哥告诉她，戒指是用衣服销售款购买的。珊珊听后笑得合不拢嘴，她打趣说，这原来是自己的劳动所得，早知道是这样，当初每件衣服都应该卖贵些。帅哥的想法和她正好相反，帅哥说从利益最大化的角度看，获利最快的方法是每件衣服都卖便宜一点。反正成本是别人的，卖的价格越低，销量就会越高，单位时间内的销售额也会越高，这样珊珊赚到戒指也就会越快。珊珊觉得蛮有道理，夸奖帅哥聪明，极具商业头脑。

随后那周的聚会，不知道是谁给他俩定制了一个大蛋糕，珊珊和帅哥被推到了人群中央，一群女生追问珊珊：帅哥是什么时候开始骚扰她的？帅哥的好朋友则反问道：珊珊是什么时候开始接招反制的？帅哥还偶尔说上几句话，珊珊脸红得只会捂着嘴站在那里一个劲儿地笑。等到切蛋糕的时候，年轻人中的艺术摄影爱好者，则教他们两个要一前一后手握手地凝视着大家切蛋糕，面前二十多人拿着手机争相拍照，那场景让珊珊感觉像个影视明星的婚礼似的。当晚就有人把他们两人亲密的照片贴在了社交网站上，引来无数的点赞和好评。

周日，他们又一起正式地给各自的父母打电话，报告这个好消息。帅哥的爸爸话不多，只是简单地祝福了几句。而帅哥妈妈能言善道，一个劲地称赞珊珊不仅人长得漂亮，而且是位才女；不仅是硅谷精英，而且节俭贤惠。工作那么忙还帮小帅卖衣服，让她非常感动，有了珊珊可算是儿子的福分。电话讲了很久，弄得珊珊挺不好意思，听了一通她一生中最长和最高规格的赞美。不知道小帅会告诉他妈这么多关于他们交往的事情。感觉他和他父母的关系蛮融洽的。当得知珊珊的母亲下个月要到旧金山休假时，帅哥的妈妈则提出，现在婚事已经定下了，他们作为男方家长不能失了礼数，他们也要飞过来拜会亲家。

双方父母见面的时候，珊珊发现帅哥的妈妈要比电话里还要热情与友善。会面被安排在一家高级中餐馆。虽然总共才五个人，但小帅还是按照妈妈的意思，特意预订了个包间。帅哥的妈妈四十多岁，烫了头，描了眉，涂着深褐色的口红，脖子上挂了条白金项链，手腕箍着翡翠玉镯，一进房间就冲过来抱住了珊珊。夸她真人比照片更美，身材可以当模特，神情像内地的一位女明星。珊珊离开中国很久，没记住那人的名字，但听口气，应该是世人皆知的当红人物。

珊珊就这么近距离地拉着手听着小帅的妈妈称赞，插不进一句话。直到身后的丽秋走过来，帅哥的妈妈这才停住话，从名牌手提包里拿出了一个厚厚的红包，拍到珊珊手里说，这是阿姨给的见面礼。然后转手就拉住丽秋，大声称赞说：珊珊真是明白事理的好姑娘。她和儿子说过不知多少年了，男孩子不要戴耳环，会让人误会，平白无故地惹出麻烦。可儿子嫌他烦，从来不听她这个当妈的。没想到珊珊只用一句话就把她儿子的这个毛病劝过来了。儿子交给珊珊，她可是百分之百地放心。

说完了珊珊，帅哥妈妈又赞丽秋年轻漂亮。真是有什么样的女儿就有什么样的妈。看见丽秋穿的浅色套装就讲这是欧洲的经典款式，夸丽秋气质佳，带着老板的气场。帅哥的妈妈虽讲的是滔滔不绝，但都还算言之有物。在场的人带着笑，众星捧月似地围着她。多亏门口的服务生，探头张望了几次，最终忍不住走了进来问能不能上菜了，不然他们不知道还要站多久。

或许是帅哥妈妈健谈主导话题的缘故，或许还是受到旅途劳累的影响，同样是前天抵达的丽秋讲的话不是很多。她和邻座帅哥的爸爸相互交换了名片，然后接二连三地回答着帅哥妈妈有关她香港公司业务的问题。中间抽空拿出准备的礼物送给了帅哥，顺便询问了帅哥成长的经历，其余就没再开启其他的话题。

晚餐十分丰富，当服务生端上盘清蒸石斑的时候，小帅妈妈用公勺从腹部切下一大块鱼肉，放在了珊珊盘子里说，这道菜还是美国的好，国内大多是人工饲养的，而美国是从大海捕获的，味道大不一样。

珊珊眼前忽然浮现出一个架着眼镜笑嘻嘻的人。她已经好久没吃过这道菜了。正在她稍加犹豫的时刻，珊珊无意间撞见一旁妈妈丽秋射来催促的眼光，她乖乖地低头，尝了一口，甜甜嫩嫩的，依然是记忆中的味道。

第三十二章

吃过甜点，帅妈提议要拍照留念。她先是抱着珊珊，然后又挎着丽秋的胳膊每人都照上了好几张，最后又唤来了服务生给大家合影，这场聚会才算结束。

丽秋坐着珊珊的两门跑车回了家，一路上没有讲话。丽秋知道珊珊结交了些富裕家庭的年轻人做朋友，她也知道无钱莫入众的道理，花些钱提高一些生活品质也无可厚非。只是这次来，女儿的吃穿住用的奢华超出了她的想象。珊珊的衣服、手提袋、家具、室内装饰以及汽车无一不显露着一股高调的生活品位。相比之下，她这个在香港打工的老妈可真是相形见绌了。

丽秋想起这些就头痛：三十岁的女儿还这么不成熟。她省吃俭用是想帮助珊珊置办个物业，好让她安顿成家。没承想向来节俭的女儿，会突然一下子变得如此虚荣和浮夸。丽秋最近一年的生活变化很大，让她吃惊错愕的事情一件接着一件。现今又发现珊珊这么任性妄为，她可真有点承受不住。现在女儿马上就要结婚，她也应该收收心了。自己最近一直不顺心的事也要和她讲一讲，下点毛毛雨，给她降降温，让她懂懂事。

从前天把妈妈接到家里，珊珊就感觉妈妈有些不对劲。这是她初次见珊珊买的大房子，反差非常大的是妈妈并没像看到爱美丽的房子那样大加赞赏，除了说前院开的玫瑰挺好看之外，就再也没发表任何评论。珊珊一个劲儿地解释说，虽然这房子两百多万，但硅谷这波房市上涨猛烈，现今的估值已超过三百万了。之后将行李放在她的房间时，珊珊赔着笑脸说，屋子里全是新买的家具，知道妈妈腰不好，所以特意挑选了有记忆功能的高级新式床垫。丽秋听了，还是没什么反应。她只是走回到客厅，摸着那名牌真皮沙发问珊珊这家具大概要多少钱。珊珊心中发虚，犹豫了片刻，说出价格后，赶忙又追着补加了一句："买家具的钱都是我自己出的。"不过那时丽秋已经走进了厨房，不知道她听见了没。

成年的中国人大多会有一种感受，那就是平常父母不在身边的时候，总是会想念他们；但等真和父母朝夕相处的时候，又发现那其实是多少带些苦楚的体验。究其原因，大概是在中国文化里，父母总是极其善于批评，勇于充当指正晚辈的角色；而对真诚夸奖子女取得的成绩上又极其保守，过度吝啬。

才和丽秋相处了几天，珊珊已经感受到一种无形的隔阂与无法言表的压抑。从妈妈进门起，这种感觉就活生生的，如影随形地跟着她。也许因为丽秋是个女强人的缘故，珊珊总觉得妈妈对她做的任何事都会带有一丝的不屑，一种不管如何表现，怎么讨好都不被她认可和领情。珊珊与母亲似乎从来都不能在一个频道上交流，珊珊开心笑的时候，丽秋就一定是在沉着脸。两人永远是一个高，一个低，很难在共同的波段上产生情感的共振。

回到家，丽秋坐在客厅的沙发上休息。珊珊赶紧就给丽秋沏了杯茶，送过去小心地放在了茶几上。丽秋看了一眼说："这么晚喝茶，会睡不着觉的。"

珊珊心里别扭，拿起茶往回走，嘴上还是忍不住，小声嘟囔说："昨晚上问你喝什么，你讲喝茶，我就说会不会睡不好。你说你已经习惯了，现在又变了……"

丽秋想起来是有这回事，一时无言以对。

珊珊把茶倒掉，冲干净杯子，更换成杯麦茶，再端回来，又摆回了丽秋面前。

"我去年给你买的那对耳环呢？那可是我在九龙金店给你选的，怎么没戴几天就又换新的呢？"

珊珊下意识地摸了耳朵上的珍珠耳环，慌忙解释说："这对是我生日爱美丽送的，不是我买的。"

看丽秋没再说话，珊珊方才坐在对面的沙发上。妈妈年纪大了，脾气也变了，但还不至于因为这种小事而不高兴吧。

"你和外婆说，准备带帅哥回上海，你们准备什么时候去呢？"

"我是这么想的，从上次回去到现在也有三年了。但问了帅哥，他还在办身份，回去就怕回不来了，所以恐怕今年不能成行了。"

"不是我爱说你，你这么大的人说话要动动脑子，凡事安排妥当以后再和长辈讲。你早早地告诉了老太太，她高兴得不得了。又是打电话问我什么时候回去，又是担心那两间小房间住不下这么多人，她就又给她的两个弟弟打了电话。全上海的亲戚都让你折腾了一个遍。老人家现在都安排好了，你又不能去了。"

"那天打电话，外婆又问何时回去看她。我一高兴就顺口说了。唉，谁知道她……"珊珊也觉得自己话说得过于草率。

"你年纪这么大了，有必要买这种小跑车吗？结婚生了小孩往哪里放？你看看爱美丽，人家收入不比你高，我看她就开辆普通汽车……"这种当面批评，当场树榜样的中国式家长教育，珊珊从小就领教过的。中国的家长几乎人人都具有高度敏锐的观察力，总能在孩子平凡的生活中找到周围不平凡的人物和事迹而进行比较，每次抓出的楷模虽不至于能把孩子说个心服口服，但弄个哑口无言往往还是绰绰有余。

合着就没她看得顺眼的事情！珊珊心里开始烦躁，她皱了皱眉毛，尽力不流露出自己不耐烦的情绪："不行，到时就再换一辆大点的车呗……"

　　在父母面前，一切的掩饰都是徒劳的。听着女儿这满不在乎的口气，丽秋的气就来了，她压着火，也尽量平静地说："我问你，这两部车子，这一进一出要浪费多少钱呢？汽车只是个代步工具而已，你何必这么要面子，讲排场？"

　　"人这辈子也开不了几辆车子，为什么不能活得潇洒一点呢！"珊珊一着急，把从艾米小姐那学来的话搬了出来。

　　"潇洒一点！"这话可刺到了丽秋的痛处。她在香港勤俭，女儿却在这边潇洒。讲起话来还振振有词，一副什么都懂的样子。丽秋气得大声训斥道："那我一辈子也没买过一辆车，又怎么说？我不是也活得好好的吗？"

　　看到妈妈动了气，珊珊不敢再回嘴了。

　　"哎！这也都怪我，一直没和你提，我在香港的情况很不好……"

　　这句话倒是惊到了珊珊。虽然每周通电话，可她却从未听过妈妈讲起任何负面的话，难道出了什么事！"怎么了呢？发生了什么事？"

　　"因为离得远，我没告诉你，也是怕你担心，怕你有压力。这一年，我在香港公司的业务很糟糕。以前跟你说过，这公司是个贸易公司，其实就是我和小赵以及他找来的投资人办的一个空壳公司，这样的公司在香港多如牛毛。之所以我们能赚到钱，还是以前在部里那边带过来的关系。公司是投资人出钱做财务周转，小赵从国内拉生意，我在香港这边处理业务。当初的分红协议是投资人拿四成，我和小赵每人各拿三成。去年公司做的几个大单，赚了些钱，你买房的钱就是从那里来的。"丽秋停下喝了口水，一边看珊珊在仔细听着，一边整理着她的思路。

　　"赚了钱，小赵在香港买了房子，家人也从北京搬来，他留在香港的时间也就增加了许多。他慢慢也就发现香港的业务并不复杂，背着我，他小恩小惠地关照和拉拢了公司的秘书和两位管进出口的业务员，然后他就拉着投资人突然召开股东会。会上他提出，公司赚大钱的生意全是他从内地搞来的，以前分红协议不合理，他的新建议是：项目要独立核算，分红协议的投资人拿四成不动以外，谁拉来的项目，谁从项目里获益。"

"这法子不是完全针对你的吗？公司真的要这么做吗？"

"投资人都是他的人，他们事先都商量好了，我被蒙在鼓里，那天与其说是找我开会，不如说是通知我公司新章程。"丽秋无奈地说道。

"你以前不是说小赵这人还好吗？"

"人是会变的。以前国内的人对香港环境不了解，待久了就会发现能从国内拉来客户才最关键。公司的确是在靠他，他心里不平衡也并不奇怪。"

"那你也要在国内跑业务了？"珊珊睁大眼睛问道。

"你买房一年多，我都没来过，不都是因为天天在内地跑。也是年纪大了，我那老一套吃不开了。在国内和公家企业打交道拉关系，给回扣；和私人企业做生意，要喝酒，泡夜总会。我拉不下脸和那些人周旋，和那些老板勾肩搭背的事可做不出来。今年我只拿到了一笔小生意，根本没赚什么钱。在香港生活费高，我现在每个月都用以前的积蓄贴补过日子。以前还说要在香港或者上海买房，现在彻底不用想了。"

不知道妈妈在香港会这么困难，珊珊刚才胸中的闷气早已消失得无影无踪。想起自己最近的生活，她心里开始有些愧疚和自责。

"香港的事也算了，北京那头就更气人了。我在香港赚点钱的事也不知怎么传回了北京部里头。吹得是神乎其神，说我拿了几千万美元的分红，在香港买下了一幢楼。部里面有人眼红就要查我，我已经办了提前退休的手续，当然是查不到什么。他们转头就盯上部里分给我的那套单元房。口口声声、理直气壮地说：不能让个别人把两边的好处都占了。他们搞出了一个文件，说处级干部提前退休的，工龄不满三十年的人，分配的房子要交回去。我的工龄刚好二十九年，符合这条件的只有我一个。这文件分明就是给我量身定做的！"丽秋说这话声音都颤抖了起来。

"怎么会这么欺负人，你能不能找人说说？"

"找谁呢？全北京也没类似的规定，这是我们部里的土政策。"丽秋叹了口气，低下头，滑至嘴边的话，还是硬生生地咽回了自己肚子里。

年前，老汤已经从部里调到外省的一个大型国企当老总了。这也是一个多月后她回京从同事那里才知道的。丽秋没再对这段关系抱有什么幻想，但听到这消息时还是有几分失落。或许两个相爱的人分手后，就真的不能继续做朋友了。丽秋并不责备老汤，她只怪自己没从这个男人的影子里走出来。她可不想再厚着脸皮去和这个男人讲这事，男人的背影里隐藏着千万种理由，但归根结底是"不爱了"。丽秋经历过，心里很清楚这一点。

珊珊真的不知道怎么安慰妈妈。

"上海外婆的房子是公房，外婆要是走了，那房子也就没了。假如我在北京的房子被收回去，那么我工作了一辈子，到老连一个自己的窝都没有。"丽秋伤心地说。

"妈，你别这么说。你可以跟我们一起住啊……"

"别了，你自己还有一大堆的事情，你能管好你自己，我就谢天谢地，心满意足了……"

"妈，你别这么说……"珊珊快哭了。

看着珊珊这么激动，丽秋心软了，她声调稍稍委婉地说："说实话，我不太喜欢美国，房子虽然大，但周围连一个说话的朋友都没有。偶尔来这里住住还可以，养老总是要回上海的。"

珊珊擦去了脸上滑落的眼泪，心中的悔意并未减弱。

"你毕业也六七年了，现在很快就要成家，也算是成年人了。做事要考虑全面，工作上，还要拼一拼；生活上，过得去就行了，不要和别人攀比。"丽秋双手拍在真皮沙发的扶手上。

感觉女儿今晚听进了她讲的话，丽秋叹了一口气，缓和地说道："算了，不再讲了。也晚了，大家都去休息吧。"

说完丽秋慢慢地站起身，不自觉地用右手支着后背，嘴上喃喃地说："我现在坐什么高级沙发都不行了，腰都会痛。"

丽秋慢慢地走了几步，来到过道旁，她左手抓住墙边的扶手，微微驼着的背，在墙上斜拉出一个越拖越长的影子。

第三十三章

　　珊珊和帅哥坐在家里的餐桌旁，计划着两个月后的婚礼。珊珊非常喜欢面前的这本婚庆策划书。它装订精美得更像是艺术博物馆里的一本画册。策划书封面的正中间，镶嵌着她和帅哥宣布订婚时切蛋糕的照片，银色相框里的她是那么美，笑得那么甜。照片周围是远远近近，大大小小盛开的鸢尾花。整个画面温馨典雅，犹如梦境一般。

　　十几页的策划书是由温妮设计的。她是在湾区筹办婚礼庆典方面小有名气的专业策划人。据周末聚会的年轻女孩们讲，聘请她的情侣往往都需要预约排队，珊珊能够请到她还多亏艾米的帮助。温妮是艾米在台湾读书时的同学，而且不久前刚刚操办过艾米哥哥的婚礼。

　　虽然策划书的封面美轮美奂，但珊珊却生活在现实之中。当初的这个安排是在妈妈丽秋来美国之前决定的，现在再翻到后面几页的服务价目表时，珊珊的心情就会被高昂的费用拉低至谷底。粗略估算，整个婚礼的费用远远超出了她的预算。

　　世界上的母亲大致都是一样，往往都是嘴上唠叨着孩子，手下却做着相反的操作。丽秋临走时，留给珊珊一万块钱，并叮嘱说，这是妈妈送给珊珊的礼物。婚姻是人生中的一件大事，希望珊珊和小帅商量，举办一个既甜蜜又不太铺张的婚礼。看着妈妈真诚的样子，珊珊怕自己要是不收下，妈妈会觉得她是在赌气。珊珊心里盘算着婚礼尽可能节俭，余下的钱，以后可以还给她。

　　按照先前既定的计划，珊珊已经定制了高级的婚纱礼服。这笔六千元的开销是不能更改了。珊珊尚能改变的是过去从温妮那里听来的甚是温馨，但现在稍感奢华的诸多提议，如婚纱摄影只安排在影楼里，取消了外景拍摄。结婚当日现场的摄影师也从三个减到了一人。婚礼的场所虽然还是五星酒店，但改为靠近硅谷西边的一家，而不是先前考虑面朝太平洋的四季酒店。另外温妮曾筹划婚礼当晚，入住酒店的总统套房，在那度过他们的新婚之夜。温妮特别强调这总统套房平日里要五千元一晚，因为婚礼的缘故，因此半价优惠，这是系列产品中最为超值的一项。

这总统套房听起来还是蛮具诱惑力的，但珊珊狠了狠心最终还是选择属于中档价位的套房。温妮浪漫的花样可是不少，她还建议双方父母以及几位至亲好友，婚礼当晚也可住在同一家酒店里，婚礼次日早晨，大家一起在酒店顶层平台上共进早餐，饭后礼宾车送他们去机场，飞往夏威夷度蜜月。当心动的珊珊知晓这个提议的开销时，还是立即在心中摇了摇头。好在温妮善解人意，见珊珊面有难色，她便友善地解释说，她不是酒店的销售人员，她只是全方位地介绍市场上的各种服务，客人的文化以及侧重点各有不同，选与不选都没关系，不要有什么压力。

珊珊逐条逐页看着婚庆估价单，好像每一个项目都很需要，而且每一项价格也都还算合理，但加上服务费和销售税之后，算出的总额每次都会让她心惊肉跳。帅哥对筹办婚礼可是彻底撒手不管，他除了上班就是打球或者玩电动游戏。今天珊珊好不容易拉住他，两人一起商量具体的细节。

这时身边的帅哥总算是写完了，他拖延很久的他那边邀请参加婚礼的朋友名单。珊珊扫了一眼满满三页的纸，估算会有一百三十多人。她知道帅哥是在美国读的高中和大学，认识的人比较多，加之他又结交了许多球友。但无论怎样，这个数字还是大大地出乎了她的意料。如果再加上她自己的十几位亲戚朋友，总人数超过一百五十人了。依照温妮的经验，过半的宾客都会携带伴侣参加的话，婚礼的晚宴每人两百元，那仅这一项开支就要四五万。再加上蜜月旅行……珊珊不由得长长地叹了一口气。

"怎么了，亲爱的？"帅哥在旁边问道。

"我们的婚礼费用太高了。"

"没关系，不行，我管我妈要些钱……"帅哥轻松地说道。

"我不是那个意思，我们得省着花钱了……"珊珊欲言又止。

"为什么呢？"帅哥转过头来问道。

丽秋那晚上楼时的老态背影始终滞留在珊珊的脑海里。想到这么高昂的婚礼账单，愧疚感又在珊珊心中升腾起来。今天未婚夫在这里，她正好向他倾诉一番："哎，一直没机会同你讲，我妈生意那边出了些状况。她本是那家公司的三个股东之一，当初是她在香港创建的。现如今公司组建好了，上了轨道，另外两个人就联手算计了她。他们改变了公司章程，让她交出管理权，逼她回内地跑业务，她的情况大不如前了。"

"是这样……"帅哥有点吃惊。

"她本来在香港想买个房子，因为我需要全款抢硅谷的这栋房子，所以她后来就把那笔钱给了我，而她在北京的房子又要被收回。我妈说，她忙碌了一辈子，到老却连个落脚的地方都没有。她说这话，我听着心里实在是难受，但又不知道该怎么帮她……"

"哦，是这样……"帅哥低垂下他的眼神。

"当初买这个房子时，房契只写了我一个人的名字。我现在想，不行，就把她的名字也加在上面……"珊珊眼睛闪烁着亮光，凝望着帅哥。

"那为什么呢？"帅哥抬头问道。

珊珊激动地说："就是让她安心啊！让她知道自己有一个窝。我们先住在这，等攒了钱，我们在附近再买一个房子。她老了，愿意和我们住，就和我们在一起，不愿意呢，她住这里，我们和她做邻居！"

"哦，这样啊。"帅哥听明白了。

"你觉得这主意怎么样？我妈会不会高兴一点呢？"

"这我可不知道……"帅哥躲过了珊珊的眼神。

"爱美丽倒是还给我出了另外一个主意。"

"是什么呢？"

珊珊稍许有些犹豫要不要讲，毕竟爱美丽的想法过于美国化了。

"她说什么呢？说来听听。"帅哥追问道。

"她说既然这房子是我妈妈出的钱，我们可以签一个婚前协议……"

"婚前协议，什么婚前协议？"帅哥不解地问道。

"就是写清楚她是这所房子的拥有人。其实也是让她安心，有安全感。"珊珊小心翼翼地说道。

"再说吧，这可有点远吧……"

珊珊感觉今天的话题的确扯得有些太远了。好吧，还是先讨论眼前的事吧。珊珊顺手拿起婚庆策划书，翻到晚宴的那一页说："你看，晚宴每位客人的标准有一百元的，一百五十元和两百元的。我们现在是最贵的一种，能不能降低一点标准呢？"珊珊尽力把语气变得委婉些。

"我看看。"帅哥一把从珊珊手中拿过了册子，瞥了一眼，脱口说道："一百块钱的晚餐根本没法吃，就一个沙拉和一点意大利面条，怎么好意思请人吃这个呢！"

"你看看一百五十元的那个呢，三道菜，有牛排或者三文鱼……"

没等珊珊说完，"啪"的一声，帅哥把计划书丢在桌子上，瞪大了眼睛，大声对珊珊说："我不是说了，钱不够，我妈会出的。"

帅哥对珊珊说话向来都和颜悦色。每次两人外出，他都绅士地帮珊珊开关车门。若要在家中，那他更是一会儿抱一个，一会儿亲一口，爱意浓浓，呵护有加。珊珊今天没料到小帅会是这个态度，花他父母的钱不是和花他们两人的钱一样吗？珊珊心里有些委屈。可在筹备婚礼的事上，都是她与温妮忙前忙后地在张罗，她与小帅沟通得不够，他不知其中的原委和难处。

想到这，珊珊站起身，赔着笑脸，走到帅哥跟前，握住一只他搭在桌上的手，左右摇摆着他的胳膊，逗他开心地说："别生气嘛，这不是在和你商量嘛。好吧，选哪样菜单听你的就是了。"

帅哥从鼻子里喷出了一股闷气，坐姿稍稍向珊珊的方向移动了少许，脸色略微好转了一点。珊珊一只手拉着他，另一只手趁机指了指帅哥的邀请名单说："那麻烦你再看看你请的这些朋友。我只请了十来个最要好的，你这一百多位里，有许多女孩子的名字，能不能再考虑考虑，少请几位女士呢？"

帅哥的脸一下子涨得通红。他猛然站起身，大力甩开珊珊握着他的手，抄起桌上他的宴客名单，怒气冲冲地喊道："好，我再考虑考虑！"说完转身就往外走，拉开屋门，"砰"的一声，重重地撞上了大门。

"小帅，小帅……"珊珊先是一愣，吃惊帅哥怎么会有这般激烈的反应。她也是为了他们的新家好，有话好好说，干吗要这样吼她。她还未回话，他居然就这么甩手走掉了，珊珊心里顿时就有些后悔。等珊珊追出去的时候，帅哥早已倒车开上了马路，一踩油门，消失在路口的拐角处。

当晚珊珊给帅哥打了几次电话，他手机未开，只能留言。九点多，珊珊开始担心他会不会出了什么意外，开车去他的住所。他在二楼的公寓黑着灯，汽车也不在车位上。珊珊试着打电话给天水和帅哥几个要好的朋友，他们也都不知道他的下落。

都说女人爱发脾气，男人发起脾气来更可怕。珊珊回想下午两人在家的对话，开始怪自己太不会察言观色，他明明已经恼了，她还要催促减少他邀请的朋友，恐怕是伤害了他男人的自尊心。大概是因为小帅向来都表现得老成持重，所以她讲起话来，没有顾忌。不承想这次失了分寸。

等在小帅的公寓外面，珊珊坐在车里想东想西，直等到十二点也没见小帅的身影。珊珊只好再打电话留言说："我在你家楼下，你可让我担心死了。今天都是我不好，我向你道歉。你快回家休息吧，明天还要上班。"

过了三分钟，小帅回了短信，珊珊手忙脚乱地打开，只是简单一句话："我在朋友这，今天不回去了。"珊珊觉着这倒像是十几岁的儿子对妈妈所说的话，看样子男人也是需要让人哄才行。好在他还安全，珊珊就回复："不要睡得太晚，爱你。"

同一周的星期四中午，温妮约了珊珊去店里看她定做的婚纱礼服。珊珊本想让帅哥陪着一起去，但最后还是打消了那个念头。珊珊想起和女孩子们出去旅游时，艾米讲起一个有关男人的笑话：吵架的男友有时就像一只挣脱了勒绳的狗，女人越是在后面追，男人就跑得越快；女人越是纠缠，男人就躲得越远。反而是放平常心，由着他去。时间久了，狗会感到无趣，自然会摇着尾巴自己溜达回来的。

温妮的服务十分细致和贴心，她当初介绍这家店给珊珊时，就强调这里的设计师会根据亚洲女性的身材特点加强礼服的美感。镜中穿上婚纱后的珊珊堪称完美：苗条的腰身，平坦的小腹，胸部用纱状的材料制成了一个薄薄的夹层，胸前向上凸起的部位比平常更加漂亮。戴上白色花冠后的珊珊，无论正面还是侧面，都显得至善至美，像是童话中的公主。衣服还要做些细微的收边工作，周六就可以取。珊珊真有些舍不得脱下它来，温妮看出了她的心思，就用珊珊的手机从各种角度拍摄了许多照片。珊珊转着身体，想象着婚礼那天她走在绿色草坪时的样子，她真的快要醉了。

临近两点，珊珊才急急忙忙地赶回公司，连续参加了三个漫长的讨论会，会议一结束，她就拿着笔记本电脑从楼层的侧门溜了出去。冲进家门，丢下提包，打开手机，一张一张地欣赏她的照片。删掉那闭着眼的，排除那背后有人的，她精心挑选三张最满意的照片，稍加修饰就快快地发给了帅哥，后面还附加一颗红色爱心的图案。

直到这时，珊珊才突然发觉有些口渴。她倒了杯水，喝了一口，正琢磨今晚要吃点什么的时候，就听到电话声，珊珊拿起手机一看就笑出了声：是帅哥！果然他自己跑回来了！看了今天的照片，珊珊对她的美貌更有信心了。小帅是不会舍得她的……

"嗨……"珊珊柔声细气地问候道。

"哈喽！"

"看到我刚才发给你的照片了吗？"珊珊尽量不显得那么兴奋。

"看了。"回复远比珊珊所期待的要简短。

珊珊无法从自己高亢的情感中解脱出来："那家店真是像温妮说的，量身裁定的礼服真的挺好看。"

看小帅没搭话，珊珊继续说道："你决定穿什么了吗？是买新的燕尾服还是穿现有的西装？"

"还没决定。"

"哦，这个也不急，你还是先把邀请的朋友名单给我吧。今天温妮又问起这事。有了名单和地址，她才可以发邀请卡。统计总人数，然后好订……"

"我跟你说件事情。"帅哥打断了珊珊的话。

"你说……"珊珊顺势坐在了椅子上。

"我需要冷静一段，我们的婚礼应该推迟。"

珊珊不敢相信自己的耳朵："为什么？小帅……"

她本想继续说："你不要像小孩子一样，这么意气用事。"话到嘴边，她咽了回去。珊珊现在学乖了，不敢想什么就说什么。她把话最终改成为："我都道歉了，你不要再生气了。"

"你那天要求我和你签什么婚前协议，这绝对是对我和我家人的一种侮辱。我需要一些时间重新考虑我们的关系，再见。"对方不再和珊珊啰唆，一下挂断了电话。

珊珊手里还握着手机，听着话筒里传来的忙音。她的脑子像是被用球棍从后面打了一棒子，她一时有点反应不过来刚才到底发生了什么。

"婚前协议，是对他和他家人的侮辱。"珊珊默默地重复着小帅的话。

大脑渐渐地恢复了功能，记忆的碎片慢慢地连接在一起。好像她是说过一次爱美丽所提的婚前协议。可她从来没要求小帅去做啊。那只是话赶话，正好讲到那里。哪里有什么婚前协议？婚前协议印在哪张纸上？这是一个误会，这绝对是一个误会。不能再耽搁，珊珊立即就想和帅哥当面解释清楚。

珊珊抓起钥匙就往车库走，打开车库门，坐进驾驶室，发动起汽车。如果他现在不在家怎么办？小帅今天口气还是很不好，他现在能听得进去吗？珊珊犹豫着。

所以那天小帅发脾气就不是因为邀请客人的人数多少，而是他的自尊心受到了伤害，然后才借其他事情发泄出来的吗？想清楚了来龙去脉，珊珊心里反而好受了少许。小帅是一个成熟的男人，不会因为一些鸡毛蒜皮的小事和她赌气。相比之下，沟通上的误会反而更加容易解决，还是再等一等，等他气消了再说吧。珊珊把汽车的发动机又关上了。

一天，两天，三天，始终没有任何帅哥的消息。珊珊无时无刻不期盼着小帅的出现。如果说恋爱中的等待是牵肠挂肚，那带有负罪感的期待可就是度日如年。珊珊无时无刻不攥着手机，生怕错过小帅的电话，可是时间却在和她玩游戏，缓缓地踱着步子考验她的耐心。当周末再次去店里取回婚纱礼服时，珊珊完全没了兴致。她只是简单地试了一下，付完余款后就悻悻地回家了。

珊珊非常难受，在车子驶入小区的时候，她下意识地转向去了爱美丽那里，她实在想找个人讲些心里话。开门的爱美丽神采奕奕，像是变了个人似的。珊珊仔细打量才发现原来爱美丽剪去了披肩长发，换成裸露着双耳的短发。她气质成熟，清新素雅，一副干练的年轻妈妈样子。爱美丽正忙着收拾行李，她换了一家新的律师事务所，这周刚刚辞职，现在准备带上凯林和父母去墨西哥度假。

时光飞逝，转眼间凯林已经长成两岁的洋娃娃了。她见到熟识的珊珊就"咯咯"地笑，从几箱玩具里抽出一件拿给珊珊看。等珊珊伸手要接的时候，马上就转身跑开。跑到厅里的另一头，便站在墙边，转回身，冲着大人"啪"的一声，把那玩具重重地摔在了地上。

珊珊的心跟着一紧，不仅疼惜这昂贵的真木地板，而且感叹原先的瓷砖地也有瓷砖地的好处。旁边的爱美丽却没任何表情，看似早已习以为常。当凯林再次从身边跑过时，珊珊一把将她抱起来，放在腿上，一会儿捏捏她腿上的胖肉，一会儿亲亲她的小脸。凯林在她怀里继续笑着，露出几颗新长出来的雪白牙齿。爱美丽趁着有人和凯林玩，就上楼去拿旅行的衣物。

或许是爱美丽清爽亮丽的短发让珊珊分散了心思，或许是在怀里动来动去乐个不停的凯林感染了她，珊珊心情轻松了不少。当爱美丽问她婚事准备情况的时候，她没提和小帅闹别扭，她拿出手机，给爱美丽看那几张漂亮的婚纱照。在爱美丽家里待了一个多小时，看她下午还要出远门，珊珊也就告辞回家了。

一个星期后的周六早晨，小帅连续九天没有一点回音了，珊珊临近崩溃的边缘。在过去的周四那天，她就乱了阵脚。首先，她被迫取消了周末在影楼的婚纱摄影。为了保住延迟三周后的预约，她不得不先交了一半的定金。影楼老板讲她这样最后一分钟的变更，让他很难再找到替补的客人。实在是看在中介温妮的面子上，免除了珊珊应交的罚金。如果下次还不赴约，那他收的三千元可不能再退了。酒店的八千元场地费的定金也需交付了，珊珊刷了她的信用卡。大公司的合同可写得清楚，任何日期的改动都只能退款一半。就连平时沉着冷静的温妮也在电话里显露出焦虑的语气来，如果下周还不能给她提供宴客名单的话，那印刷请柬，邮寄送达，回函服务等等的后续服务都需要加急处理，都是要加倍收取费用的。

珊珊哭了好几次。从周一开始，她打电话、留言、发短信、写帅哥公司邮件，他都一概不回。去他家找他，他仍是不见人影。珊珊甚至试着去他公司的停车场，可是在一个停泊上千辆车子、有好几个进出口的停车楼找辆车子实在太困难了。周五傍晚，珊珊也去了这星期年轻人聚会的地方，坐在车里等帅哥。现在珊珊对小帅，是又爱又恨，又想又怕。世界上没有人，曾经这样让她寝食难安；世界上没有人，曾经这样夜以继日折磨着她。

珊珊昨夜几乎一夜未眠，眼睛都哭肿了。吵架这事，她没敢告诉妈妈，而爱美丽又恰好不在身边。她独处得越久，越认为这一切都是她的错。就像妈妈当面批评的一样，她做事老是没个计划，脑子一热，随口就说。上次电话里提回上海看望外婆就是一时心血来潮，结果惹得老人空欢喜。这次又是临时兴起，提起这八竿子打不着的婚前协议。妈妈既没向她要求过，她也从未考虑过。现在伤到了小帅的自尊心，这可真是自作自受！

在屋里的珊珊突然意识到今天是星期六，小帅打网球的日子。记得他会把高级网球拍摆放在公寓进门的壁橱里。如果要打球，他一定会回家取他的球拍。珊珊又燃起了一丝希望。一看时间，刚刚八点，现在去正好。珊珊随便吃了一片面包，立刻就往小帅家里赶。

十多分钟后，她来到了小帅的家，远远地就看到他的越野车停在楼下的车位里。珊珊三步并作两步地上了楼，屏住呼吸，敲响公寓的房门。

开门的正是朝思梦想的人。小帅套了一件浅黄色的短袖运动衣，下身穿着黑色运动裤，肩上斜挂着运动包，一副正要出门的样子。

"小帅！"珊珊高兴地叫道。

"是你啊。"

"小帅，我要和你谈一谈。"

小帅看了珊珊一眼，脱下背包，放在地上，转身走进客厅，随手把车钥匙丢在桌子的托盘上，背对着说了一句："好吧，你快说吧。"

珊珊关好门，尾随在他的身后。帅哥转过身，当珊珊面对这熟悉的高大身材，看到这陌生的脸庞时，她情不自禁地靠了过去，抱住了帅哥哽咽地说："小帅，是你误会我了。我根本没提什么协议，我也从未要求你签什么协议。"

小帅眼睛瞧向天花板，双手揣在裤兜里，任凭珊珊抱着他的腰身的胳膊左右晃动，一副不为所动地说："那就是我无理取闹了！"

"我也不是这个意思。"

"你心里这么想，也就罢了。你还偏偏要说成这是爱美丽的主意，借别人的口来试探我。你这个女人真是太有心计了！"帅哥冷冰冰地说道。

帅哥这般的冷漠已然让珊珊受不住了，万万没想到未婚夫居然还会这么揣测她。两人都要结婚了，她怎么可能会那样处事，而他又怎么会这样臆想她的为人？现在看来误会真是太深了，真让她有口难辩。珊珊抬着头，仰望着帅哥，哭着说："我真的没有这样，别这样对我。这都是误会，求你相信我。"

看小帅还是没有什么反应，珊珊真愿当场用她的双手撕开她的胸膛，在她的恋人面前展露她诚挚而又急迫的心。小帅今日冷若冰霜，这不仅让珊珊无比难过，而且也使她陷入前所未有的恐惧：她害怕误会伤到了他的心，她惧怕挽回不了他的爱，她恐惧他就此抛下自己。全世界的人都知道了她们临近的婚事，难道所有的人会最终发觉她孤零零地一个人站在婚礼的礼台上吗？珊珊不敢继续往下想，她胸口上下起伏，急着大声哭着说："小帅，我求你不要再这样对我，好不好！我爱你，我不能没有你。"

帅哥终于对身前这个楚楚可怜的女人有了一丝的反应。他慢慢地掏出了双手，伸臂抱住了珊珊的腰。珊珊踮起脚尖，闭上眼睛，主动地献上她的唇。吻了片刻，帅哥就双手用力，拦腰把珊珊腾空抱起，往里屋走去。珊珊紧紧地搂住爱人的脖子，继续在他的怀里抽泣。两人进了卧室，帅哥随即用脚把身后的门关紧，把珊珊放在了床中央，随手拉上窗帘，熟练地褪去了她的衣服。

珊珊静静地躺着那里，闭着双眼，脸上还存留着泪珠。两扇窗帘中间细小的缝隙中，依然透过一缕白亮的阳光，那条极窄的光束在珊珊洁白的身体上翻山越岭地横贯而过。这一抹残存的光线，最终也被完全遮挡住了。

帅哥今天少了以往的温柔与细腻，多了从未有过的粗鲁和霸道。珊珊只得两手搭在他的肩膀上，一会儿往外推，一会儿又往里抱，身体尽力迎合着他，嘴里喃喃地重复地说道："小帅，别这样对我，我真的爱你。"

第三十四章

　　珊珊用温暖的身体融化了那块严冬里的坚冰。身边燥热的男人渐渐地恢复了往日里的温情，慢慢地变回她所熟悉的那个人。帅哥随后陪着她下楼，一直把她送到汽车旁，他还探进车窗亲吻了她的脸颊。雨过天晴后的珊珊禁不住绽放出那久违的笑脸，她嘱咐小帅打完球后，下午把宾客的名单写给她，人数多少也都依他。没有时间就不用亲自送，寄电子邮件给她就好。小帅一边站在路边微笑着点头，一边摇手目送她离去。一切恢复了以往的平静与甜蜜。那天晚上，虽然没等到小帅的邮件，但他还是发来了晚安的短信。

　　但之后的两天，小帅又失联了。打电话不接，发短信不回。星期一的傍晚，珊珊下班后，又开车去了小帅的家。幸好他的车子依然像上次那样停在楼下的位置。

　　上楼后，珊珊轻轻地敲了敲门。打开门的是一位穿着花格子套头衫，戴着一条金项链，脑袋上套了一个透明的洗浴塑料帽子的中年女人。仔细一看，原来是小帅的妈妈。这次她既没描眉，也没涂粉，要不是那条粗粗的项链带回些记忆，珊珊差点认不出她来。

　　珊珊先是一愣，然后赶紧微笑点头说："哦，阿姨好，不知道您来了。"

　　帅哥妈妈的神情倒没显出意外。她左手抓住屋内的门把手，右手横插在她水桶般的腰间，上前半步，整个人像块小号的门板一样，堵住了房门的进口。她摆出一副在所不惜，誓将妖孽挡在家园之外的气势后，大声问道："怎么又是你，你来干什么？"

珊珊惊讶之余，不得不硬着头皮尴尬地回答说："请问小帅在吗？"

"没见过你这么不要脸的女人，三十多岁了，天天缠着我们家小帅，让他有家回不了，在外面东躲西藏。"

珊珊被这劈头盖脸的一顿骂给镇住了。

不给珊珊任何喘息的机会，杀伤力更大的炮弹接踵而至："就靠吹牛皮骗我们一家人，说什么在香港开了个大公司，现在露馅了吧。你们母女两个真是会演戏，一个装扮成富家千金小姐，另一个打工仔还端着个大老板的臭架子。"

又是连续左右开弓的几巴掌，珊珊的脸变得通红。

"在硅谷就有那么一处小破房，就把它当成皇宫王府了，还觍着个脸要签什么婚前协议，说出去真是让人笑掉大牙！"

血往上涌，两耳发鸣，珊珊已经听不到帅妈后面所说的话。眼前就是一张上下翻飞的嘴巴，有时还惊现一条前后蠕动的舌头，最为恐怖的是背景里那两块左右跳来跳去狰狞的横肉。人外表的变化，幅度之大，往往会超过任何一种想象。站在面前的女人，真的是那个曾经紧紧抱着她，夸她天生丽质，赞她聪明贤惠的人吗？珊珊的脸由红转白，由白转红，像街头一个短路的霓虹灯一样，快速地切换着颜色。当她的眼泪再也忍不住，快要流出来的时候，珊珊果断地转过身，下意识地伸手扶住身旁的墙壁。她要离开这里，她一秒也不想多待。

击退顽敌，乘胜追击。那女人跨前一步冲出战壕。她右手指着珊珊的后背，指尖几乎快要触碰到珊珊的长发，势态犹如随时随刻都会发生追尾事故一般："你别走，今天把话跟你说清楚，不要死缠着我们家小帅，像你这样的女人，我们家小帅一抓一大把，什么时候也轮不到你这个贱女人！"

随着重重的关门声，一股气流如同一只猛兽般的扑在了珊珊的后背，纷乱地掀起了她肩头的长发。珊珊视力模糊，她赶紧抓住了身旁冰冷的扶梯，一步步地往下走。还差最后三级台阶的时候，迈出的左脚多出了半寸，正踩在台阶的边缘，鞋底一滑，一个趔趄，两腿弯曲，全身前倾重重地摔在了水泥地面上。手机从包里被甩了出去，长方形的机身像是一台失控的赛车，在赛道上连翻了三四个跟头，一头扎进了几米外的绿化带里。

珊珊双手支撑着地，想赶快站起来。试了两下却没成功。小区里路过的两个人把她从地上搀扶了起来，其中的一个人帮她捡回了手机。珊珊完全没认清那两人的面孔，也记不清和他们说了些什么，只晓得他们把她护送到了她的汽车里。

坐在车里的珊珊神智异常清醒，这是一种长时间弥留在梦境之中后的幡然醒悟。刚才有一句刺耳但却是泄露天机的话打醒了她，刚才有一个窥探人心的信息唤起了她麻木的大脑。串起帅哥这十多天的所作所为，珊珊突然明白了她和帅哥分手的真正原因：什么子虚乌有的婚前协议，那纯粹是一个借口，什么对他和他家人的侮辱，那完全是一个谎言，真正的原因就是在香港的妈妈丢了高薪的职位，她们家没有以前有钱了。也正是这个原因，无论她再怎样卑微地哀求，无论她再怎样无条件地迁就，这段落花流水的感情终将是无法挽回的！

从那天她告诉小帅她家里的真实情况开始，从那天小帅夺门而出的那一刻，小帅已经毫不迟疑、毫无眷恋地结束了这段感情。这些天他躲着自己，对她不闻不问，分明就是下定要分手的决心。从他居然还有闲情逸致去照常打网球就可以看出他对感情破裂没有一丝的悲伤，没有半分的难过。这场婚姻对他和他的家庭来说，无非是一场利益交换，无非是一桩不折不扣的生意！现今发觉这笔买卖利润太少，回报太低，他要及时止损，撤资转身，全身而退了。

珊珊感觉她是一个不折不扣反应迟钝的木偶，一个沉浸在自己美好幻想世界中的傻瓜。更为可悲的是，她所守护的爱情，在金钱面前竟然这么不堪一击；她所付出的真情，在财富面前竟然这样一触即溃！这对于号称是世界科技中心、创造无数财富的硅谷来说，简直就是一种莫大的悲哀！

珊珊又想起了帅哥，这个二十八岁的男人爱过她吗？如果有的话，那么小帅真是很可怜！他对他曾经投入的感情，竟然能像扔掉一张擦手纸那样轻松，他对他曾经追求并拥有过的爱情，竟然能如此潇洒地舍弃！人究竟要心狠到何等地步，才能在对自身割腕断臂时不会发出一毫的犹豫？人究竟要冷漠到何等地步，才能在向自己手起刀落时不会感到一丝的痛楚？

当她再次睁开双眼的时候，床边的闹钟已经指向了九点。屋内非常安静，阳光从百叶窗四周的边缘渗透进来，屋内暗淡但又清晰。

珊珊稍微一动，下身就传来钻心的痛。她双手支起身子，才看到右侧小腿擦破了手掌那么大的一块皮，颜色已经从昨晚的鲜红色变成了黑紫色。而再往下的脚脖子则肿成了一个大馒头，上面是一大片青色的瘀血。左腿膝盖上也有一处擦伤，面积比右腿小一些。

意识到还活在这个世界上，珊珊立刻就想到今天是一个工作日。她伸手拿过床头柜上的手机，准备向经理请假。当拿到手中时才发现，弯曲变形电话的屏幕漆黑一团，根本无法开启。

珊珊忽然有感而发：不承想到她经历了这么大的打击，清晨醒来的第一件事竟然还是工作。也不知道公司会不会因为她这么有责任心而被感动。她不知道是要为硅谷工程师的敬业精神而感到骄傲呢？还是要为硅谷工程师的固化思维而感到悲哀！

人活着的意义是什么？有人说人活着没有意义，如果人活着没有意义，那人工作的意义又是什么呢？人到底是为了活着而工作，还是为了工作而活着？珊珊每天忙忙碌碌，从来没想过这样的问题。

珊珊又想起婚纱花费的钱应该是打水漂了；影楼的定金也拿不回来了；婚礼的预付款也丢了一半；不知还欠策划人温妮多少服务费，那余额还是应该给她的。珊珊躺在床上，想到这里时，陡然间又觉得自己有些好笑：遭此变故，她竟然想完了工作，又开始想钱。她不愧是受过高等教育生活在硅谷的现代人。身体与手机都摔坏了，可是脑袋和习惯都还一切正常。

苦笑过后，珊珊又长长地叹了一口气。她双手捂住脸，意识到这次她可算是身败名裂了。所有的朋友，无论在美国的，还是在中国的，大家都知道她婚事将近。现在怎么向别人解释？帅哥迟早会向群里的一两个好友，极不情愿地透露出那个婚前协议的故事：一个多么冠冕堂皇的撤身理由，一个为维护尊严而不得不迈出那艰难一步的朗朗硬汉，一个为摆脱以金钱为婚姻基础的正人君子！

珊珊突然想起前些日子妈妈来时，丽秋放在房间抽屉里的那瓶安眠药。一个让她吃惊的念头，沿着从未有过的路径，从极其细小的缝隙里，活生生地钻进了她的脑海里。珊珊现在可以体会到为什么有的女人会在婚恋失败后轻生：那些结束自己生命的女人不是因为她们傻，更不是因为痴情留恋负心的郎君，她们离别尘世的真正原因是生命有时太过沉重，死是一了百了最好的解脱！

珊珊想起身，去拿安眠药。可转念一想，她又笑了：急什么呢？既然都要死了，还着急什么呢？不如躺在这里，想想如果她悄无声息地离开，那之后的这个世界会是怎样的呢？

不用想帅哥了，他不会真的难过，他不会真的流泪。

妈妈可能会是最为难过的人！世界上就剩下她一个人了。这个不争气的女儿，这个让她操碎了心的人……珊珊想到这里，哭了出来。

外婆会怎么样呢？白发人送黑发人……还是不要让她知道这个消

息了吧！

爱美丽，爱美丽一定会为她感到悲伤。对于这位好友，珊珊心中依依不舍。

还有那个小凯林。柜子里还挂着一件给她准备在婚礼上做花童的白色连衣裙，现在再也用不上了。珊珊抹去眼角滑下来的泪珠。

公司里的同事呢？他们兴许会有一点点难过，如果发现她上几周写的软件代码还没存放进数据库的话，他们可能会难过更长一段时间。

还有谁？或许，或许还有那个此时此刻身处远方胖头胖脑的人。珊珊又深深地叹了一口气。现在回想起来，他是一个好人。

记得那时还住在公寓，有一次爱美丽周末不在家。珊珊不忍深夜让小胖开车回学校，就留他睡在外面客厅的沙发。因为是临时的决定，小胖并没有可换洗的衣物。珊珊找出一件她在公司团建分组玩游戏时用过的大号粉色圆领衫。当他穿上从浴室走出来的时候，那件珊珊套上像旗袍的衣服把小胖包裹得圆鼓鼓的，活像小布兜里装了一颗大白菜，那样子非常滑稽和可笑。

面对前仰后合地笑得眼泪都流出来的珊珊，小胖傻傻地并不知道她在笑什么。他只是站在卧室里原地不动。笑了很久之后，珊珊就手指着客厅告诉他，被子枕头都已经放在外面了。小胖听后依然是纹丝不动，珊珊问他还有什么事，小胖想了半天，然后支支吾吾一脸羞涩地说："我想要和你睡在一起。"

珊珊收起笑容，一脸严肃地说："那怎么可以！不早了，我要休息了，你赶快去睡觉吧。"

小胖就乖乖听话地转身离开，关掉客厅里的灯，老老实实地消失在沙发靠椅的后面。珊珊那时真想追上去，亲亲他，吻吻那个要和她睡在一起的大男孩。

居住在都市里的精英一族，根本无法在周末的任何时间里反思生活，因为周末是用来消费与娱乐的时段；栖身于都市里的精英一族，也无法在周中的任何时间里反思生活，因为那是用来维持他们周末消费与娱乐生活的打工时段。如果非要有所谓的扪心自问的瞬间，那往往一定是发生在打破常规的日子里。

在一个星期二正常工作日的上午，在硅谷高速公路堵塞最为严重的时刻，强忍着伤痛，被迫一动也不能动，静静躺在床上的珊珊心中浮现出了一个问题：如果妈妈早一点在香港开公司，如果她早两年给她那买房的两百二十万美元的话，她会不会同意和爱她的小胖一起回上海呢？

珊珊仔细斟酌，细心推演，最终的答案是她应该是会的。这笔钱在上海安家还是够用的。她可以拿出一半在市中心好地段买一套舒服的房子，另一半投资或者干脆再买套房子出租。生活上找个阿姨，有孩子以后，她也可以不用上班，小胖在大学里赚的工资就当日常开销，他们应该能过得比大多数人要好得多的生活。

珊珊会心地笑了笑。但几乎就在同时，一个可怕的问题随之而来。那到底是什么原因让她和小胖分手的呢？表面的原因是她不想回国过她习惯的生活，然而现今再看，她其实是不想回国过她自己习惯的穷日子。

珊珊从来没有认真思考过和小胖分手的原因，今天是她第一次回过头坦然审视自己的过去。在内心剧烈地挣扎之中，在反复为自己辩解之后，疲惫不堪的珊珊最终不得不承认：她和小胖分手是因为她没有钱，小胖也没有钱，而且在可预见未来的日子里，两人即使再努力工作，绑在一起也赚不到能让他们在上海过上理想富裕生活的钱，这才是他们分手的本质原因。

细心琢磨出来的答案，竟然让珊珊浑身不禁由上至下抽搐了两下，神经感受的痛感又迅速地由下至上反馈回了大脑。疼痛之强烈促使她伸出双手，用力压在大腿起伏的肌肉上，尽全力平复任何跟进的抖动。

一个不大的声音在心底油然而生，尖锐地质问着珊珊："在这两段恋情分手的事情上，你和小帅有什么不同吗？"

疼痛霍然消退，寒流涌进心头。这股声音竟如一把锋利的匕首直插进珊珊的心窝，让她全身瑟瑟发抖！

难道她和帅哥一样吗？难道她和那个贪财的、卑鄙的男人只有程度上的不同，但在本质上居然是一类人吗？他们都是选择了金钱，都是选择了物质，从而心甘情愿地舍弃真挚的爱情吗？

诚然在小胖离开的时候，她是恋恋不舍，泪打湿巾。而帅哥转身的时候，他是大步如飞，义无反顾。然而她那些眼泪又能说明什么呢？除了作为一个女人，她要比帅哥感情更加丰富以外，难道她的眼泪能够证明她比帅哥更加高尚吗？

珊珊不由得惊出一身冷汗，难道她自己真的这么丑陋，这么不堪，这么物质，这么拜金，这么软弱，这么世俗吗？珊珊被她一连串内心的质疑问得是哑口无言，珊珊被自己连番的良心拷问羞得是无地自容。

爱情或许从来不会教会我们什么，我们只能从中学会我们想要学习的东西。

第三十五章

"叮咚，叮咚……"楼下传来了门铃声。正躺在床上思绪万千的珊珊，现在可没有能力去楼下开门。如果是快递员，那有什么物品就放在门口好了。

来人按了两下之后就停了。又过了一会儿，听见后院里好像有人在讲话，侧耳细听，隔着窗户听不清那人在说什么。

"珊珊，珊珊，你在家吗？"有人大声冲着卧室的窗户叫她的名字。

原来是爱美丽。珊珊想张嘴回应，这时才发现喉咙里像是卡了一块什么东西似的，根本发不出一点声音。珊珊试着起身，刚挪动右脚，那股刺痛就又强烈地传递了上来。

珊珊现在不想死了，她要继续努力地活下去。哪怕是遍体鳞伤，她也要努力活下去。她忍着痛，双手插入大腿下侧，手指交叉合拢，然后就像起重机吊起一根刚刚被砍倒的原木一般，用足全力抬起了右腿。她把双腿移至了床边，双脚接触在木地板上，左手撑着床沿，右手扶住床头柜，用尽力气，站立了起来！

一股比刚才更猛烈的痛感向她袭来。低头往下看，却只能看到右脚的五个脚趾。她的脚腕肿得就像一个发面大馒头，遮住了全部的脚面。珊珊试图用左脚往窗户那边跳，只跳了一下便失去了平衡，上身一歪又跌回到了床上。珊珊放大声量，大喊道："我在这里。"可她不确定院内的人是否能够听到。

珊珊后悔当初为了省钱，没在家里装个有线电话；珊珊后悔她卧室里原本挺新的地毯被她换成了实木地板。现在这两米远的距离，她不确定能够凭着一只脚跳过去。正在犹豫要不要冒险一搏的时候，突然就听到爱美丽从楼下厅内传来的声音："珊珊，你在哪里？"

珊珊看见了曙光，她大力地喊道："我在这！"

上楼的脚步声由远而近，门猛地被推开。爱美丽满脸焦急地冲了进来，看到倒在床上的珊珊，开口就问："你怎么了，小女孩？"

"我不小心，摔了一跤，伤到了脚。"

爱美丽走前几步，拉开了百叶窗，温暖的阳光让屋内明亮起来。走到珊珊近前，她一边蹲下查看伤口，一边说："给你打了电话，你关机。公司的电话也没人接。我看你伤得不轻，还是去医院吧。来，我现在就带你去。"

爱美丽把珊珊从床上缓慢地搀扶起来，拉过珊珊的胳膊，搭在她的肩膀上，伸手扶住珊珊的腰。珊珊右脚向后翘起，用力撑在爱美丽身体上，小心翼翼地单腿往房门处蹦。只是试了一步，她便停住了。转头痛苦地说："我这条腿不够力。"

"还是叫天水吧……"

"他也来了？"珊珊有点惊讶。

"是他打电话告诉我你可能出事了。要不是他刚才从窗户爬进来，打开后厅里的拉门，我还进不来呢。"

"哦，是这样啊。"珊珊心里疑惑天水怎么会知道她有事。

"天水，你上来吧，麻烦你背珊珊下楼。"爱美丽冲楼下喊道。

只见天水快速地跑上楼来，看见珊珊也没说话，他转过身去，弯曲双腿，爱美丽扶着珊珊慢慢地靠了上去，天水两手从后托起珊珊的大腿，站起身，然后一步一步地走向楼梯。三人出了大门，珊珊与爱美丽坐在汽车后座，天水开着车驶向了医院。

珊珊在家休息了一个星期以后就挂着拐杖回公司上班了。

　　劳动是人类最为古老的一种行为。人类作为整体，必须依靠劳动才能生存。随着社会的发展和科学技术的更新，劳动本身虽未改变，但劳动的目的会冠以不同的名称：被强迫的劳动被叫作奴役；不计报偿的劳动被誉为奉献；为基本生存而劳动则称作打拼；而为更好生活而劳动则喻为奋斗。

　　经历风雨之后，重新回到岗位的珊珊，她对劳动的态度发生了一些微妙的变化。工作对她来说既不是奴役，也不是奉献；既不是打拼，也不是奋斗。她只是单纯地享受辛勤劳动本身所带给她的那份快乐。或许她过去经历过这种快乐，然而当这种纯朴的感受，在与当今社会中更为让人关注的股票、期权、加薪、升职以及周围人的看法混合在一起的时候，现代人对劳动的感知，根本无从触及劳动那最为本质的酬劳，那最为原始的奖赏。然而原始的未必就代表野蛮，低端也不见得就意味着粗陋。快乐渊源有自，而劳动恰恰是人类获得快乐的重要源泉之一。

　　每一个现代女性都应该有一份属于自己的劳动职业。这不简简单单只是为了自身的生存与独立，更为重要的是，当女性或早或晚走入荆棘密布的人生路段的时候，当需要疗愈伤痛走出阴影的时候，那份繁忙的劳动，将是一种最为有效的止痛方法，那份有意义的职业将是赖以康复的最快方式。

　　回到岗位上的珊珊，全身心地投入她的工作当中。恰巧她部门里的一个老员工麦克要退休了，经理就安排珊珊接手他掌管的项目。六十七岁满头白发的麦克是个大肚子的白人老头。他在硅谷这家大公司已经整整服务四十年了。据他自己说，与他一起入职的同事之中，出过一位公司总裁和四名工程部门的副总。任何人如果亲耳聆听麦克讲述这段历史的话，他们一定会注意到麦克会睁大他的眼睛，高声地强调说："我说的这些人可不单单只是我认识的人，更不是我见过的人，这些人都是同我朝夕相处，撸起袖子一起干活的人！就拿那位叱咤风云的公司第三任总裁来说吧，他当初刚入职的时候就坐在我边上，他和我近到共用同一个纸篓。"

虽然口中会时常提及公司里的这些大人物，但在麦克心底里，所有这些声名赫赫的人，其实都远远不如他这个干技术的老工程师来得成功。这些人毫无例外，不是多挣了几个钱早早地跑到一个小岛上退休，就是因为公司业绩下滑，被无情地赶走了。而他才是那屹立不倒的常青树。他这四十年，熬掉了包括公司创始人在内的八个总裁，数不胜数的公司高管，他才是真正笑到最后的那一位。

麦克的儿女早已长大，他本可以在多年前就退休。可他觉得退休以后会无所事事，所以他更愿意坚持上班。只是年轻人讨论的新技术，很久之前他就已经听不太懂了。好在公司大，不少老的代码需要保留，麦克就负责边缘化产品的维护，虽然有些烦琐，但他有耐心，因此倒也一直有事可做。

麦克是一个有话在公司全部讲完，回家后和太太说半句话都嫌多的人。可再有趣的故事听过几遍之后也会乏味，好在聪明的珊珊很快找到了应付这位老人的办法。在交接项目的那段时间里，珊珊总是事先把问题准备好，待到快十一点半的时候才去问他。

这样的安排，既可以给麦克足够多的时间回顾一段他所经历过的公司辉煌历史，又可以让他从容讲述他年轻时怎么参加的美国陆军；如何驻扎在西德与华约的军队对峙；他又是如何把他入职后不久的一次车祸赔偿金，连同他的退伍军人费加在一起，在硅谷买了他现在住的那处房子。讲到这，他肯定会仰头哈哈大笑地说：当初几万块钱买的小木屋，今天已经价值上百万美元了。做梦也想不到他这辈子居然能住上这么贵的宅子，这真是太不可思议了。十一点五十分左右，无须珊珊的提醒，麦克会自己绕回到珊珊刚刚提出的问题上。他会先解释一番当初设计的理念，再从他四五个一人多高的铁柜子里，找出一份多年前写下的技术文件交给珊珊。十二点整，麦克会准时站起身，他要去餐厅和他的几个老朋友吃午饭了。

就这样，珊珊不但担负着她以往的职责，而且也接手了麦克的一摊事情。等到给麦克开欢送会的时候，已经两个多月过去了。那天来参加麦克欢送会的人比珊珊想象的要少许多，毕竟和麦克熟识而且还在公司的人已是寥寥无几。加之平日经常和他开玩笑的老处长，那天因休假而没有来，因此少了一个能和麦克你来我往打哈哈的老伙计。不过当麦克打开大家给他准备的那个礼物，手捧着照相机时，他还是挺高兴的，他说要拿着它去周游世界。

除了工作之外，珊珊的生活变得越来越简单。她不再参加年轻人的聚会，多出来的时间要不去健身房锻炼，要不阅读些她以前从未涉猎过的人文领域方面的书籍。周末则带着凯林去附近的公园散步。久而久之，珊珊又萌生了搬回爱美丽家的念头。

不出所料，爱美丽是举双手欢迎。只是她告诉珊珊她上次换事务所时，动过从硅谷搬走的念头。也许以后有机会，她和凯林会搬回洛杉矶，搬到离她父母近的地方去生活。

珊珊想不了那么多。她只是感觉独自住在她的那栋大房子里，既没意思，也有些浪费。如果租出去，房租的钱可以攒下来给妈妈养老。主意已定，她就找来了买房的包经纪，把她的房子放到市场上。珊珊的家具太多，爱美丽那里根本放不下。于是包经纪提议，将这栋别墅和所有的家具一并出租。

很快珊珊的房子就租给了一位从英国来硅谷公司任职的高级主管。让珊珊惊讶的是：当她一年半前搬进她这所梦寐以求的大房子时，她是那么激动欣喜，而现在她从那里搬走的时候，她会为离开这所名义上属于她的豪宅，回归至她好友的身边而感到更加快乐。

搬回爱美丽家之后，珊珊感到生活里还是缺少了点什么，但她又不晓得那到底是什么。这就有点像烹饪时忘记放盐的菜，外表虽是好看诱人，但吃起来总觉得太过平淡。直到有天，带着凯林外出的时候，凯林帮助她发现她所缺少的其实是一条乖巧的小狗。

珊珊委婉地向爱美丽提出她的这个愿望。爱美丽可是说话做事都直来直去的人，只兜了半个圈子，她就明白了意思。她只是提出要养只对小孩子友善的狗。于是两人就去宠物店，最后选中一条长耳朵、短毛的比格犬。一个多月大的小狗可爱得不得了，因它全身漆黑，珊珊就起名叫它"黑森林"。带回家后，珊珊每周都带它去宠物店上训练课。两个月后就放心大胆地让它和凯林玩在一起，黑森林也成为珊珊每天早晨跑步，傍晚散步的好伙伴。

等到外婆快过生日的时候，珊珊请假回了国。三年不见的上海变化非常大，外婆所在市区的街口正在修建地铁站，马路也被挖开铺设辅助的管道。弄堂出口处的路面上搭建穿越深沟的过街木板桥。走在上面，桥板除了发出"嘎吱嘎吱"的响声外，上下还微微带些颤动。这让珊珊回忆起她童年的上海，那时夏季下过大雨后，每个人都在弄堂口，排着长队，在满是积水的马路上搭起的木板桥上穿行。

外婆看到珊珊回来十分高兴。当珊珊提出她要出资请所有亲戚为外婆在绿杨邨餐厅祝寿的时候，老太太更是眉开眼笑。毕竟是她带大的孙女，她特意嘱咐让丽秋安排这事，要让难得回家的珊珊好好休息。

丽秋还是很忙，她只能在沪停留三四天便要去跑业务。珊珊抽时间告知丽秋美国的房子租出去了，攒下的钱以后会为妈妈在上海买个养老的房子。丽秋是一脸苦笑，没料到女儿的情感之路比她还要坎坷。现在她再也不用担心女儿会成为一名大龄剩女了，珊珊现在已是实至名归。好在珊珊精神状态还好，在沪相处也就短短数日，丽秋不想也不敢在言语上刺激女儿，凡事她就都随口答应了下来。

珊珊相约与亲近的女同学见面。大家都已当上了妈妈。不知道是上海女人的老公都把家里打理得井井有条呢，还是大家都体谅珊珊仍在独身，几个女生在一起都是兴致勃勃地谈天说地，讲吃谈玩。最终有人开始筹划班级的同学聚会，当珊珊知道那个人也会来的时候，便找了个借口推脱不去。难为那位不知情的同学，再三地为珊珊更改时间，用光所有理由的珊珊最终只能讲，最近出来玩的次数太多了，她想在家多陪陪外婆，大家玩得开心，她看照片就好。

假期不长，临行的前一天下午，珊珊在收拾行李。外婆说有她的电话，珊珊就跑去了外婆的房间。

"喂，是我。"一个珊珊想听，但又不愿听见的声音。

"哦，你好。"珊珊不想显出迟疑，随口答道。

"听说你回来了，前天聚会没有见到你。"

"我有事，没去成。"

"我在你家楼下，我们一起在附近喝杯咖啡吧。"对方提出了一个请求。

珊珊不自觉地向窗边走去，才走出两三步就被座机的电话线拽住了。要不是桌上那盏老式笨重的台灯挡住，电话机肯定会被拉扯到水泥地上去。

小胖居然就近在咫尺。珊珊的心被狠狠地刺了一下。那感觉既不是痛，也不是喜；既不是悲，也不是恨，那是痛喜悲恨同时爆发的一瞬间。就犹如在漆黑的深夜里，站在空旷的地带，远处天边划过一道巨大的闪电，叠加树根状的雷电光影连在一起形成一片，看起来既有分支分叉，又是一个密不可分的整体。

"没别的意思，只是聊聊天。"小胖诚恳地解释说。

"恐怕不行，我一会儿要和外婆出门。"珊珊真的没说谎，三个小时以后她是要出去吃饭的。

"哦……"对方回道。

"听说你过得挺好，有了一个女儿了。"珊珊是从同学那里听来的。

"是，两个月了。"从声音中，珊珊看见了那副傻傻的表情。

"下次带来给我看看吧。"女人的情感和理智经常会缠作一团。偶尔刹那间的短路，直击人心，伤人伤己。

"好！我下次带她一起来。"

"你还有机会去美国吗？"

"去年开会，在旧金山待过一周。爱美丽告诉我，你挺忙，所以没去打搅你。"

"哦，是这样……"一股无名之火霎时烧亮了夜空，万般怒气好似那脱缰野马，狂奔不止。珊珊心中怨恨道：既然你那时没来见我，那今天我也不该见你。

"好了，我要走了，不能再聊了，谢谢你打电话来。"不容小胖反应，珊珊果断地挂断了电话。

熟悉的情感只会反复地发生在熟悉的人身上。放下听筒，珊珊立刻就陷入了后悔之中。她又莫名其妙地对小胖发脾气。女人有时对伤害她们的男人特别宽容体谅，而对宠爱自己的男人却又极度严厉刻薄。珊珊知道她有这个毛病，但小性子来了，她管不住自己！

怀着歉疚的心情，珊珊跑到暗红色的木头窗旁，向下张望。老式弄堂之间的过道很狭窄，不开窗探出头，在二楼是看不见下面小街站着的人。感应到小胖立在原处，正在向上张望，手里攥着刚刚被挂断的那部手机。两人就隔着一扇窗，一堵墙，默默地注视着对方。

珊珊不敢开窗，她不想认错。她脸靠在右边的窗帘上，从那角度斜望出去，可以看到整个弄堂的出口，她想瞧上一眼几年没见的小胖。时间一分一秒地过去了，珊珊目不转睛地守候着，生怕错过他的身影。

　　过了许久，珊珊突然想起她在电话里讲要出门。这个呆子不会就傻等在楼下吧。珊珊心软了，她怎么能这样对待小胖呢。要不下楼告诉他，他还是走吧？要不就说和外婆改了时间，现在她有空了？大大方方地去和他出去喝杯咖啡又怎么了呢？珊珊开始鄙视自己，骂她是一个心胸狭隘的人。一遍又一遍地自责之后，却还是不见小胖的踪影。珊珊撑不住了，她不能傻站着一动不动，她要去见小胖。

　　就在这时，小胖出现在了视线里。他穿了件米黄色的衬衫，扎了条黑色皮带，正背对着珊珊一步步地往街口走去。

　　珊珊想果断地推开窗户，大喊小胖的名字，然后旋风一般的冲下楼去，勇敢地跑上前，扑进他的怀里。她会一语不发，就那样和小胖拥抱在一起。既不是为了当初的无知而道歉，也不是为了现今的无奈而悔恨，更不是为了求得小胖内心里的谅解，她什么也不为！她就是想在这个时刻，用这个拥抱，她所唯一掌控的方式，来宣泄她心中压抑的感情；用这个拥抱，她所唯一能够做出的举动，来纾解分手后她积累下来的万般委屈。

　　时间不会为任何人停留，小胖慢慢地走出弄堂，踩上那颤颤的木板桥，走过了马路。或许人生错过了，就真的是错过了。以为分手时的眼泪最为苦涩，殊不知念念不忘才是钝刀子割肉最让人痛苦。

　　珊珊的假期结束了，她要回到属于她的地方。上海是她的故乡，但故乡不一定能够接纳每一位从那里走出去闯荡的孩子！

第三十六章

　　珊珊从上海回来后，又恢复以往有规律的作息生活。六点起床，领着黑森林去跑步，吃过早餐后洗澡，然后精神饱满地去上班。傍晚她都是直接回家，如果爱美丽下班早，她们就带着黑森林和凯林一起到附近的社区公园里去散步。

　　珊珊以前无法理解为什么有人能把狗当作家庭成员一般对待，直到自己结伴黑森林后，才真切地体会出狗对主人的那份真挚感情。每当清晨她下楼，黑森林像是能读懂墙上挂的石英钟一样，准时蹲在车库的门口，眼巴巴地等待着她。那眼神中始终如一的期盼，从未因时间的推移而有任何的消减。这往往能把开始新一天生活的珊珊感动得热泪盈眶。

　　黑森林和凯林是一对形影不离的好朋友。白天只要凯林不睡觉，黑森林不是在院子里和她玩，就是趴在屋里的沙发上照看着他的小主人。经常在厨房里洗碗的爱美丽还发现了他们之间的一个秘密：爱美丽每天晚饭后都会给凯林吃两颗儿童维生素软糖，不知道什么原因，凯林就是不喜欢吃这种东西。爱美丽有一次无意间发现，凯林嘴里被妈妈塞进软糖之后，会在屋子里转上一圈。在走到没人注意的角落时，就把那维生素吐到手心里，然后再喂给边上的黑森林。那位为她分忧解难的忠实伙伴，每次都会毫不犹豫地舔起带着凯林口水的软糖，一声不响地咽进肚子里去。爱美丽找机会偷偷地拍摄了这一幕，录像逗得珊珊哈哈大笑。

　　生活如当初珊珊没有搬出去的时候一样继续着。唯一不同的是天水几乎每个周末都会来爱美丽这里。他要不在客厅和爱美丽聊会儿天，要不则是买来外卖与她们共进晚餐。据爱美丽说，天水这样已经有一段时间了。

在家中遇到天水，珊珊开始还尽力回避，但天水和爱美丽似乎完全不在意她的存在。特别是天水带来食物的时候，珊珊也就受邀与他们一同进餐。她发现天水和爱美丽谈的话题包罗万象，有天水的工作，也有爱美丽办理的案例，凯林的趣事，美国的政治和历史，他们读过的文学名著，以及曾经旅游过的城市，他们还会因为新闻时事，争论些社会问题。

从珊珊这个第三者的角度观察，天水对爱美丽的拜访既不是男女的约会，也不是普通朋友的探望。这是珊珊从未见过的一种特殊的男女关系，似乎介于情侣和好友之间的感觉。两人敞开各自的内心世界，相互关心生活中的点点滴滴。这是外人看似有些暧昧，但他们却是坦荡而公开，轻松且惬意的交往。给予关心，不寻求回报，但对方的回应却恰好是自己最为喜欢的，是一种无须言表的默契。

一个傍晚，天水走后，等爱美丽安顿完凯林，珊珊再也忍不住好奇心，冲着在客厅里收拾东西的爱美丽说："靓女，想打听点你的隐私……"

还没等珊珊继续，爱美丽手中拿的一件玩具"啪"的一声落在了地板上，她满脸惊恐，双臂交叉快速地挡在她的胸前，声音急促而又颤抖地回道："你要干什么？要是非礼，我会喊人的！"

珊珊着实被吓了一跳。当看出爱美丽掩藏在嘴角那丝暗笑的时候，她才恍然大悟到戏精又在上演香港电视剧里的一个片段，珊珊被逗得仰天大笑。已经许久没有观赏爱美丽的即兴表演了，都快忘记她们曾经有过那么多快乐的时光。

直到擦去眼角的泪花，身体停止抖动，恢复平静的珊珊才又问道："你和天水到底是什么关系？"

对刚才流露天赋颇感得意的爱美丽这时也收起笑容，弯腰拾起地上的那件东西，风轻云淡地说："我和他什么关系？就是你看到的关系啊。"

"我看你们在一起，有说不完的话，讲不完的话题。"

"有共同的话题也许是真的，但我很多观点和天水都不一样。他的看法左倾，而我的比较偏右。不过我们都试图倾听对方的声音，尝试着从一个自己不太熟悉的角度去思考问题。"

"人家说男女之间没有纯粹的友谊。我觉得你们之间的关系既不是友谊，也不是爱情，是一种挺奇妙的东西。"珊珊大胆地说出了她的观察。

"我倒是没仔细想过……你现在这么一提，倒是有些道理。这是超过常人所谓的友谊吧，更多的是在精神层面的交流。"爱美丽说得很慢。

"你是说你们更愿意做精神层面的伴侣，而不是更加亲密的情侣吗？"

爱美丽停下手中的事，走到珊珊的对面，同珊珊一起坐下，思考了一会儿后才说："精神的伴侣可以是两个独立的个体，各自发展而不受限制。而一旦成为恋人，彼此就有了义务，失去了各自的自由。"

"这种精神伴侣的关系有什么好处呢？"

"这是一种状态，一种花儿各自盛开，彼此优雅地欣赏。这就好比我去社区公园，那里有漂亮的玫瑰，绿色的草坪，好玩的儿童滑梯。因为喜欢，我随时都可以去享用，但我并不拥有它。那个公园是独立并且开放给所有人的。假如有一天，我与公园结为情侣，那么这座公园将会变成一个只能我去的地方，公园要被装上铁门，周围竖起栏杆，公园会失去了它的自由，减少了它的美丽。"

"为了这种所谓的自由，你就情愿拒绝爱情？这样值得吗？"珊珊疑惑地问道。

"我没有拒绝什么。也许爱情近在咫尺,也许爱情远在天边。我只是现在不知道而已。"

"或许有另一种情形,同样是那个社区公园,漂亮的玫瑰,绿色的草坪,好玩的滑梯,然而这一切,都只被你一个人看到,都只被你一个人欣赏,保持你那种所谓的'自由',岂不是浪费了现有的时光,白白地阻挡了两个人相爱呢?"

"是有这种可能,但公园要自己意识到这个才行啊!也许有一天他从千万个拜访者当中选中一人,从此甘愿只为那人开放。"

"爱美丽,我真要诚心诚意地劝你一句,别和天水这样的人交往了,我看他会耽误你。索性不要和他来往,我不是说他坏,毕竟我们都三十多岁了,赔不起时间!"珊珊体恤地说。

"谢谢你的忠告,我会好好考虑的。"爱美丽点头说道。

斟酌了片刻,爱美丽双眼平静地望着珊珊,语气平缓地说:"我也有句话想和你讲。我们做很多事情,大多数时候只是关注一个结果;但在情感的事上,感受更为重要。婚姻是旅程中的新起点,而不是终点。在到达之前,我们应该尽力享受这段时光。"

"享受……"珊珊怀疑爱美丽是不是词不达意。

爱美丽伸手握住珊珊的手:"我知道你经历过许多人,遇到过许多事。这些都会帮助你认清你想要的爱情是什么。我希望你能够静下心来,放慢你的速度,感受这个过程的本身。我们单身也好,结婚也罢,这都是一段人生历程。"

一个周六的晚上,爱美丽在餐厅里大声斥责凯林。珊珊知道这一定是凯林又不好好吃饭了。一般遇到这种情况,只要珊珊有空,她都会从爱美丽手上接过这份差事。正好天水那天也来了,珊珊就让爱美丽去和天水聊天。

　　三岁多的凯林，吃饭是一天中最让大人头痛的时刻。这多半是因为那位有经验的上海保姆的缘故，凯林从小吃饭便养成了总是要人喂的坏习惯。而周末保姆不在家的时候，凯林就让爱美丽十分痛苦。爱美丽早被凯林磨掉了脾气，早些时候还坚持要凯林自己吃饭，凯林都是吃了几口后，就把饭碗扣在地板上。爱美丽只好也学着保姆的样子，给凯林喂饭。可让她生气的是爱美丽完全是按照保姆吩咐的配方做的饭，但凯林就是不肯赏光。爱美丽最终对着凯林甩上一句："不吃没关系，你就一直饿着吧。没见过这么不乖的小孩子。"

　　大多数人是对别人的小孩更有耐心。珊珊坐在凯林的婴儿桌前，左手拿个玩具，右手准备好一勺饭，先冲凯林做个鬼脸，然后再喂她一口。可是好景不长，凯林这样吃过几口后就腻了，任凭珊珊怎么摆弄手中的玩具，她也不肯再给面子。

　　珊珊手里端着沉沉的碗，也开始尝到做母亲的滋味了，真不知道那个阿姨是怎么对付这个小家伙的。没办法，珊珊放下手中的玩具，随手掏出口袋里的汽车钥匙，摆在凯林面前。小女孩没见过这个新奇玩具，抓过来在手里翻来覆去玩了几下。她胖胖的手指头开始试着按钥匙上的按钮，只听见车库里汽车的喇叭"嘀"的响了一声。凯林先是一惊，等她再按下按钮，汽车又响了一声。这回凯林开心地乐了。珊珊抓住时机，就往她张开的嘴里塞了口饭。车库里的汽车陆陆续续地响了几十次，凯林的晚饭总算是吃完了。

　　给凯林擦完嘴，抱起这个胖胖的小女孩，珊珊在她白萝卜似的胳膊上报复性地轻轻地咬了一口，这才抱着她去了客厅。

　　"你来得正好，听听天水拒绝升职的理由。"爱美丽招呼道。

　　"哦，这是怎么回事？"珊珊坐在了沙发上。

　　"这已经是第二次了。"爱美丽加重了语气说。

　　天水迎着珊珊投来询问的目光，笑着解释道："我在机构里久了，比较熟悉业务，他们提议让我当个部门经理。"

"那不挺好吗，为什么不愿意呢？"

"我只是不想承担那么多的责任，我挺喜欢现在这样，拥有许多个人的时间。"

"是有人只做技术，不善于和人打交道。不过你应该没问题啊。"珊珊肯定地说。

"谢谢。对了，还有件事，我正劝说爱美丽一起去参加旧金山的马拉松比赛呢。"天水的目光转回到他身旁的那个人身上。

早就听说过旧金山的马拉松比赛，珊珊满脸好奇地问道："跑马拉松比赛，经过金门大桥时，大桥真的不通车了吗？"

"以前是封闭一半的通道，从前年开始，因为参赛人数越来越多，大桥双向通道是全部停止的。你要不要一起去？"天水好像找到了一位潜在的队友。

"我没跑过马拉松，但听公司一个喜欢运动的同事提过。好像和一大群人跑步穿越市区挺酷的。"珊珊眼睛里亮着光。

"你算是说对了。从旧金山轮渡大厦开始，一路经过渔人码头、海边公园，穿过金门大桥，跑到桥那边绕个弯，再顺着大桥跑回来。路上风景如画，几百名为你在街道上站岗的警察，成千上万为你加油喝彩的观众，那根本不是一场比赛，那是一群远征归来的战士，凯旋般的荣归故里！"

爱美丽听到中间就忍不住笑了，等天水讲完就迫不及待地说："他和谁都是这套话，我现在再听第二遍了。"

"跑一圈多远啊？"

"二十六英里，大约四十多公里吧。"

"我一小时也就跑三四英里，即使我能坚持，跑完人家也关门了。"凯林在珊珊的怀里受到了忽视，她左右扭动着身体。珊珊只得边说边把她放在了地上。

"可以跑半程，十三英里。"

"哦，还有这个选择。"珊珊有点心动。

"你绝对可以的。马拉松分为全程、半程、十公里和五公里。五公里才相当于三英里远，连我们的凯林都可以跑下来。"天水趁凯林不备，双手把她抱了起来。

"五公里的路应该没问题。"爱美丽说。

"不过你想穿过金门大桥的话，你至少要跑半程的马拉松。"

"哦，还有这么多规矩啊，我以为每一组都能跑过大桥呢。"爱美丽转向珊珊继续说："我计划好了，如果去，就在身后背个小包，跑不动就把包里准备的衣服拿出来，套上混进人群，变成个游客。这样也不会不好意思。"

珊珊抿嘴笑着说："律师总是考虑得周全，什么事都先找好了退路。"

"我可以帮你们先报名。另外你们的健身俱乐部应该有跑马拉松比赛的训练课程。还有好几个月，好好准备，应该没问题。"

第三十七章

人生中的梦想值得珍惜。那所谓虚幻甚至可笑的憧憬，无非就是不合时宜地落入了一块贫瘠的土地里安睡。当苍白的脸庞渐渐转为红润的时候，那粒长眠的种子就会拱出新芽，绽放出它不屈的生命。

在金门大桥跑马拉松的念头一经进入珊珊的大脑就再也无法驱赶。这个偶然飘来的种子，生根发芽成长得如此之快让珊珊始料未及。随后的一周，她拉着爱美丽加入了健身俱乐部的长跑训练班。按照老师的推荐，准备了合适的运动球鞋。为了保护好膝盖，她每天早晨开车到附近的中学，在铺设塑料垫层的体育跑道上练习长跑。训练了六个星期以后，珊珊建立起信心，她可以跑完旧金山的半程马拉松比赛。

让珊珊觉得可笑的是早晨喊爱美丽起床去运动并不是很顺利。爱美丽抱怨说早起弄得她这个夜猫子全天没精神，才试了几天，她就放弃了。至于马拉松，她也只报名了五公里的比赛。珊珊高兴地发现在跑步方面，她超过了这个处处比她强的朋友。这更加增强了她要实现这个梦想的意愿。

因为旧金山建在临海的山上，这里的马拉松有众多坡度很大的赛段。在离比赛日还差几周的时候，天水所在的长跑俱乐部，在硅谷一个山地公园里组织热身跑步。珊珊参加了几次，认识了不少长跑爱好者。在众多的女性之中，珊珊居然算是比较年轻的一位，当不同肤色从事各行各业的人知道她是初次尝试这项运动的时候，大家都给予她许多的鼓励。

比赛的那天早上，因为全程比赛和半程比赛被分别安排在早上五点半和六点半开跑，珊珊三点就起床。她轻手轻脚地下楼，为了不打扰爱美丽和凯林，她昨晚已将车子从车库移到了大街上。她开车到一所高中学校与众人集合。俱乐部给每人准备了早餐，大家在巴士上边吃边聊，气氛像是去郊游一样。车子行至旧金山城东，一个离比赛最近的街区，珊珊跟随天水下车，沿着路标，朝轮渡大厦走去。

天空还是一团漆黑，昏黄色的街灯下可以清晰地看见从港湾那边吹过来的白色雾气。旧金山夏日的清晨带着一丝凉意。珊珊听从天水的建议，除了穿着运动服以外，身上还套了件厚实的旧外套。她双手插在兜里，快步地汇入人流之中。

凌晨轮渡大厦的广场已是灯火通明人山人海。集体拍照留念后，天水让珊珊把多余的物品放进寄物袋。当他发现珊珊把比赛的计时器绑在手腕上时，一边帮她解下来，一边说这小东西里面有块电池，被汗水浸过后就会短路。他拿出自己的来，示范地将计时器系在了球鞋上。

刚过五点，跑全程的人开始进场。珊珊目送天水一行人走进了铁栅栏围起的入口，然后又和她跑半程的朋友取景拍了些照片。快七点时，珊珊所在的小组也要开跑了。每组运动员有两三百人，跟随在这组领队员高高举起的牌子后面，缓慢前行。快跑出起点街区的时候，珊珊见识了天水先前所描述的一幅有趣的场景：在马路两边越来越宽的护栏旁，各种颜色各种样式的衣服堆积成山，高低有序地连在一起形成了一道风景线。这都是刚刚出发的运动员留下的。珊珊也脱下身上的外套，在连绵起伏的画卷上，淡淡地增添了她的一笔。

火红的朝阳穿过厚重的雾气，海湾迎来了黎明。队伍浩浩荡荡地进入了渔人码头。平日里熙熙攘攘的地方在晨光中格外安静。数不清的白色的海鸥旋转在头顶，惊讶地发出"嘎嘎"的声音，打量着这么多的不速之客。身体渐渐暖和起来，珊珊掌握着速度，控制着呼吸，海风轻轻吹来，她脑后马尾式的长发一左一右有节奏地摆动着。

白色的浪花拍打在岸边参差不齐的堤石上。薄雾渐渐散去，天色越来越亮，右手边忽地跳出了红色的金门大桥。桥身静静地挂在海湾中间，岸边的桥柱在旭日照射下散发着金黄的光芒，而远离城市另一端的桥柱却还隐藏在白雾之中，延展的桥身慢慢地探入了一个云雾缭绕的未知世界。

队伍开始变得稀散，顺着路旁的比赛指示牌，路线开始向左转向，慢慢地爬上一个山坡，踏上笔直的引桥。强劲的海风刮得更加猛烈，珊珊戴上准备好的防风眼镜。今天珊珊状态非常好，经过认真的训练，她就要首次飞越旧金山的海湾，这个不寻常的举动让她亢奋不已。

珊珊最终跑在金门大桥的桥面上，那座她小时候就印象颇深，闻名遐迩的标志性建筑。海风更加猛烈，猛烈到珊珊能感觉她马尾辫已经直直地顺风飞了起来。伴随着身体跑动的每一步，脚下的大桥竟然产生微微的颤动，像是在回应它的每位到访者。这种一应一合的细微感应，就犹如一对刚刚陷入恋情的情侣，相拥时敏锐地感知彼此的心跳。

右边远处的海面上，行驶着进港的货轮。头顶上露出了一片蔚蓝的天空，一朵朵的白云漂浮其中。这久违的云朵，珊珊不由得想起刚来硅谷时和爱美丽一起攀登的那座"使命山"的经历。依旧记得年少时她曾有过的人生感悟："高山就是浮云，浮云就是高山。"那时压在心头的硅谷房子，现今由高山变成随风而去的浮云。而她所向往的爱情，今天是朵白色浮云，还是依旧是座巍巍高山呢？

珊珊的眼睛变得有些模糊不清！也许是猛烈海风的缘故吧，珊珊心中猜测着，脚下继续着行程。

对于许多人来说，十分难理解有些人愿意不远万里参加世界各个城市举办的马拉松比赛；这大概就像许多人不理解有些人愿意通宵达旦地在牌桌上打麻将是同一个道理。跑在金门大桥上的珊珊突然间感悟出那群足迹遍布各地的长跑爱好者的情怀：要真正欣赏一座都市的美，就必须一步一步地从它里面穿过；要真心拥抱一种生活，就必须一点一点地在它里面经历。参赛马拉松并不代表着一定要获得奖牌；登上一座高山同样不意味着非要把高山踩在脚下，身体付出努力，汗水洒在沿路，心灵经历磨炼，这也许就是追求过程中宝贵的回报。

海风猛烈地刮着，吹散了金门桥北山上的浓雾，显露出更为宽广的蓝天。对岸红色承重的桥柱显露在眼前，珊珊不停地向前奔跑。在桥北的观望塔转了个大圆圈后，重新踏上了大桥。珊珊今天唯一的遗憾是爱美丽不在她的身边，估计她的那组比赛也该开始了吧。

跑下金门大桥，半程马拉松已完成了一半。珊珊很快意识到下半程的比赛才更具挑战，旧金山市区内许多近乎直上直下的陡坡很快打乱了她保持的运动节奏。正午的阳光直射在她的身上，汗水渐渐地湿透衣服。她先是呼吸急促，酸痛的双腿变得越来越沉重。在经过一段长长的水泥路段时，脚与地面接触时的震动引得她两边的太阳穴隐隐作痛。

珊珊大口喘着粗气，放慢了她的速度。脑中慢慢地形成一片空白，城市的街景，路边的观众，众人的喝彩，闪烁的警灯，鸣叫的车辆，这一切从她的感观里渐渐地消失殆尽。她眼中紧盯着路线的指示牌，坚持奔向她的目标。

标明比赛剩余距离的牌子从七公里变成六公里。数字虽然后来递减为五，但所花的时间却越来越长。珊珊觉得剩余的每一公里的距离都相当于刚才一公里的两倍。当跑过四公里标志的时候，珊珊忽然担心起美国人的数学普遍不靠谱，会不会组委会在英制和公制换算时出了差错？这种对举办方能力怀疑的态度帮助了她，当珊珊证明剩余距离公制和英制换算没有问题的时候，比赛已经进入了最后一程。

赛道拐进了公园，两旁的人越来越多，终于看见了远处终点的牌子。珊珊咬紧牙关冲刺，最终完成了她人生中的一项壮举！

冲过终点，迎上前的志愿者递过来一块长方形的尼龙布。珊珊学着前面的人把它裹在了身上，原来这是为了防寒保暖用的。随后一位笑容满面的人，在她脖子上挂了一块黑铜色的金属奖牌，上方印着这届马拉松比赛的年份，下面配着金门大桥的图案。

沿着道路再往前走，终于看到了几张熟悉的面孔。珊珊和队友们相互祝贺，拥抱合影后就一起去领取存放物。珊珊在更衣室换好衣服，最后工工整整地把那奖牌骄傲地挂在了她的胸前。

时间尚早，其他比赛还在进行。珊珊站在草地上喝着饮料，这时兜里的手机震动，拿出来一看是个不认识的号码。珊珊没去接，过了半分钟后，手机增加了一个留言。语音信息居然是马拉松体育协会，告知爱美丽在金门公园的临时医院里，接到通知后让珊珊赶紧去那里一趟。

为什么爱美丽会被送进医院？惊慌失措的珊珊急忙拦住了一个从身边走过的工作人员，那人问清原委之后，就给珊珊叫来了一辆高尔夫车。车子顺着公园内的小路，很快把她送到了一个停车场。

像是电影里的野战医院一样，停四五十辆的车场被一整排大帐篷占得满满当当。珊珊快步走进了一个挂着急诊牌子的大帐篷。前台的接待员就是刚才打电话的医护人员，看到珊珊慌张的样子，她赶紧安慰珊珊说：爱美丽今早在比赛队伍中突然晕倒，还好周围的人扶住了她。现在她在后面休息。因为登记比赛亲属栏里填写的是珊珊，所以医生要求和她谈一下。护士让珊珊去角落边的白色帘子后面等医生。

用帘子隔开的房间很小，里面刚好摆下两把高脚圆椅。等了不久，便从外面走进一位中等身材头发花白的白人老头。他穿着医生的白大褂，胸前挂着几十枚运动奖牌。走路时，叠在一起的金属左右摆动，发出轻微叮叮当当的响声。

进屋的老医生立刻就对珊珊胸前的奖牌产生了兴趣。得知珊珊只跑了半程比赛，他随即告诉珊珊只要能跑一半，那就一定可以跑全程。说完他低下头，从一大堆金属牌里找出了一块，托在手中感慨地说："这是我三十年前第一次参加旧金山马拉松比赛的奖牌。就像你今天，也是一半的赛程。"

老人发出爽朗的笑声，开始滔滔不绝地讲起他每年都参加旧金山马拉松的赛事，他曾多次登上当地的报纸和杂志。不过因为几年前的腰部手术，他不得不停止了这项在他家门口举行的赛事，现今他为比赛当志愿医生，以这种方式继续参与他所最为喜爱的体育盛事。当老人开始提及他最好的那次成绩的时候，珊珊终于忍不住插嘴道："爱美丽的情况怎么样了？"

老人皱了下眉毛，嘴角微微地上翘。这细微的反应让珊珊联想起了她那位退休的同事，当麦克在公司里被人打断他所讲述过往事迹的时候，也常常会出现这样的表情。

老人这才移身坐上椅子。他把手中的文件压在大腿上，掏出白大兜褂里的那副老花镜，戴上后扫视了一下记录，开口问道："你是她什么人？"

"我们是朋友……"

老人抬眼仔细地看了看珊珊，目光中带着一丝混沌。

"我们住在一起。"珊珊解释道。

"这个世界变化得越来越快，反正我是落伍了……"老人欲言又止，但还是不自觉地摇了摇他的头。

"好吧，言归正传吧。跑马拉松晕倒可能会有很多种原因，我不是说晕倒这事情很正常，我也不是说晕倒这事情很不正常，我是说晕倒这事情会有很多种原因。你明白我的意思吗？"

老医生没留间隙给珊珊回答，他按照惯例问完手中单子上所有健康问题后，站起身，但似乎又想起了什么："你知道她家里亲属的病史吗？严重病情的那种？"

"她爸爸得过癌症，手术之后好了。"

"什么癌？"

"好像是胃癌。"

"你知道不知道你的伴侣有没有定期检查身体？直系亲属有病历，以她的年纪，她应该开始定期做胃镜检查了。"

"你的伴侣"，这话听着有点奇怪。珊珊突然明白老医生误会她说的"我们住在一起"的意思了。旧金山是美国自由派的大本营，今早出发前，还见过两个女人抱着亲嘴。老人应该是想多了。不过事已至此，也没必要再解释了。

老医生告诉珊珊，爱美丽在十号观察室，再待十分钟就可以走了。出了隔间，珊珊顺着医生手指的方向，穿过一条窄窄的走廊找到了房间。从帘子上一个透明塑料的窗口往里望，盖着一条黄色单子的爱美丽躺在一张床上，双眼无奈盯着天花板发呆。

"靓女，你这是怎么了？"珊珊掀起帘子，走进去问道。

爱美丽高兴地立起身子："没事，可能今天起得太早了吧，跑步的时候忽然头晕。"

爱美丽瞧见珊珊胸口的奖章，她站起身，走到身前，将奖章捧在掌心，正反面翻看着说："你真了不起！我为你自豪。"说完伸过双手，抱住了珊珊。

珊珊笑得浑身抖动。心想万一这时候老医生刚好从门外经过，看到这一幕，又不知会作何感想了。她拉着爱美丽坐到床边，从头到尾地讲了一遍和白发医生的对话。讲完两人大笑起来。

笑罢之后，爱美丽一甩短发，看着珊珊说："他是对的，我一直把你当作我会煮饭的老婆……"

珊珊哪肯让爱美丽占自己便宜，反驳道："这是什么话，你洗衣服洗碗，明明我是你丈夫。"

她们又像年轻时一样，为了谁更像丈夫争论了一会儿。停下来的时候，珊珊长叹一声地说："如果我要是个男人，早就娶你做太太了。我一直在想，如果以后我生个女儿，我一定起名叫她爱美丽……"

没等爱美丽回答，一个护士出现在了窗口。她进来后给爱美丽测量了血压和心跳。爱美丽签过字后，便告知她们可以离开了。

第三十八章

马拉松比赛结束后，珊珊把她挂着奖牌的照片摆放在她办公室的写字台上。虽然许多同事看到后，都给予她很多的称赞，但对珊珊而言，这些与以往她去欧洲旅游时所拍摄的相片不同，那时潜意识里还多少夹杂着向世人含蓄地炫耀她多彩的生活。而如今她只是向自己展现她的追求，照片不仅记录她为生活所付出的努力，而且也是纪念这份辛勤耕耘后所收获的喜悦。生活是活给自己的，台下的观众可多可少，有无外人的喝彩其实与生活本身并无关联。

经历过这次不寻常的挑战，珊珊和天水的关系拉近了不少。仔细回想，她还从来没有为天水那天背她去医院看摔伤而感谢过他。表达真实的情感其实是一件蛮困难的事情，这不仅需要语言技巧，而且需要有合适的时机。和爱美丽相处多年，珊珊在表达情感上已经改进了许多，但对一个异性朋友，她还是不知如何拿捏其中的分寸。

如果一个人只能选择学习一项才艺，那烹饪绝对应该排在首位。掌握它的人不但每天都可尽情地表演三次，而且还能用它释放内心中的情感。既然天水经常来家中探望她们，珊珊也就决定施展她的特长，在饭桌上表达她对这位客人的谢意。

又是一个周末，当珊珊把最后一道菜从厨房里端出来的时候，爱美丽和天水坐在桌旁等着她。令珊珊惊讶的是平日里最为拖拉的凯林居然是那天第一个吃完晚饭的人。自从爱美丽带她上游泳课后，她的胃口改善了许多，浇上红烧烤麸的一碗米饭吃得一干二净。凯林骄傲地把碗推置一旁，溜下椅子，跑去和黑森林看电视去了。

　　珊珊其实状态不佳。她尝了尝烤麸，不但口感偏硬，而且味道也不够浓。一定是她刚才分心，煮的时候火用急了。还好那位小公主没吃过正宗的本邦菜，这回算是把她糊弄过去了。

　　珊珊没跟上爱美丽和天水的话题。她低着头，想着心事。

　　就在这时，珊珊听见爱美丽在问她："小女孩，你这周过得怎么样？"

　　珊珊抬头遇到两人投来的关切目光，心中好受了一点。在知心朋友面前，也没什么应该隐瞒的。于是她脱口说道："我在纽约的爸爸来了，明天约我和他见面。"

　　"你爸爸，从纽约来？没听你提起过。"爱美丽惊讶地重复道。

　　"是，他住在纽约。我的绿卡就是他给办的。但我至少十几年没见过他了，我恐怕快认不出他来了。"

　　天水听完这话，眉毛抽搐了一下，好像嘴里的饭卡住他的食管似的，赶紧抓起桌上的杯子，喝了一口水下去。

　　"你不是和几个女孩子去纽约玩过嘛，那时没有和他见面？"爱美丽记忆力挺好。

　　"是，三年多前，我去过一次纽约。我都到了他所住的城市，当然不能不看望他，于是提前告诉了他。我在纽约待四天，让他选择见面时间。他约在星期一，说只有那天他才有空。"说到这里，珊珊放下筷子，回忆深藏心底的过往，往往都会连带出冰凉彻骨的伤痛，她的眼圈不禁泛起了红光。

　　"也是我对纽约没什么概念吧。那次就跟着同伴住在了市中心。星期天晚上他打电话教我怎么换几路地铁去他住的布鲁克林中国城和他吃午饭。等到第二天我好不容易十一点多赶至他说的那家中餐馆门口的时候，他又打来电话说他有事不能来了。电话里他非但没有歉意，讲了几句后，他反而就不耐烦了，怪我一个早上都不接他改变主意的电话。他打给我的时候，我在地铁里，手机根本没有信号……"珊珊的眼泪止不住，还是快速地滑落了下来。

那一天打完电话，二十八岁的珊珊右手挡住脸，站在布鲁克林市里的一条忘记街名的道路旁，哭出了声来。在往回走的路上，不停流泪的她，引来许多行人的目光。快进地铁站时，珊珊才想起背包里还有带给爸爸的两桶他喜欢的茶叶，她打开包，连同那个精致的手提袋一起抓了出来，随手丢进垃圾桶。她发誓一辈子再也不来纽约了，远离这个冷酷无情的城市。

爱美丽递过来一盒纸巾，珊珊抽出了几张，拭去脸上的泪水。

"他在纽约做什么呢？"天水问道。

"他以前是个工程博士，早年在东部一家有名的大厂里上班，后来因为和经理闹矛盾丢了工作，再之后没能找到相关领域里的事，就改行做了旅游生意……"

天水似有感触，他低头盯着自己眼前的盘子，声音低沉地说道："我也是多年没有见过我的爸爸了。他和我两个哥哥经营着一家很大的中式连锁快餐公司，可我不想与他们有任何瓜葛。"

天水的话把深陷伤心泥潭的珊珊拉了出来。她平静下来，静静地倾听着天水的诉说。

"其实第一家类似的中餐店开在旧金山的中国城，我就是在那家店里长大的。我妈在前台招呼客人，我爸在厨房炒菜，我们三个小孩放学后则挤在后面的储物间里写作业。我妈妈是福建人，她两个弟弟随后也到了美国，落脚在我们那里。我妈十分关照他们，安排一个做了大厨，另一个做了抓码，等他们在美国站稳脚跟，在经济上也帮助他们各自成了家。那家老店，位置好，生意旺，攒了些钱后，因为家中人手多，我爸就带上大舅一家人去附近的城市开了新店。刚开始时，新开张的那家店一直在赔钱，大家都是靠我妈经营的老店所赚的钱支撑着。"

天水停顿了一下，屋子里非常安静，客厅里隐约传来凯林观看卡通剧的声音。

"后来新开的店慢慢有了盈利，我爸就手把手教给刚从福建来的新移民来经营，等他们上手后，再去另一个城市开下一家。当开到十几家店的时候，我爸就请了一个英文流利、有美国快餐店管理经验的女人来负责日常的营运。那人的确能干，餐馆业务成长迅速。只不过管着管着，她就和我爸生了一个小孩，等我们知道的时候都已经三岁了。"

"听着像是一个国内乡镇企业家的故事。"珊珊心中自言自语道。

"公平地说呢，那女人对公司转型有贡献。她上任后，新开的店就变成了美国式的店长经理制，菜单、烹饪以及餐厅的装饰都走上规范化的道路，也创造出一个中式快餐的品牌。那些先前由福建移民管理的餐厅，有的是到期不续约收回，有的就让他们改名字后卖给了他们。等我爸向我妈提出离婚申请的时候，公司已有三十多家分店了。

"我爸要离婚，我妈当然是不同意，两个舅舅和我们三个兄弟坚决站在我妈这一边。双方都聘请律师，来来往往打了一年多官司。可时间拖长了，大家的态度慢慢都起了变化。先是舅舅，隔三岔五就来劝我妈一次，说我爸一个人在外面打工极为辛苦，身边多个女人照顾他的生活起居也情有可原，以前福建老辈人下南洋的也都是这样，让她不要想不开。随后我哥哥也加入他们的阵营，劝解我妈不要再诉讼，否则家里的钱都让两边黑心的律师赚走了。当时只有我一个人和妈妈住在一起，我的哥哥们则开导我说，家里以前开快餐厅时都是收取现金，像大多数生意人一样，爸爸偷漏了很多税款。现在我妈这边的律师要给公司估值，天天催着要查过往营收的账目。再这么闹下去，爸爸会被抓去坐牢，大家都会完蛋的。他们让我劝妈妈接受那边的离婚协议。"

"居然会这样！"爱美丽唏嘘道。

"这些变故使我妈的糖尿病变得更加严重，她只得在家休养。那年端午节，她包了些粽子让我送给住得不远的小舅舅。我去了正赶上他们在吵架。因为舅舅动手打人，哭天抹泪的舅母就告诉我说：舅舅经常在外面赌博，欠的几万元的高利贷是我爸刚刚帮他还上的。气头上她说了这些还不过瘾，她大声指证说是她亲耳听到的，我爸爸让这个舅舅去劝他姐姐离婚，事成之后就把旧金山的那家老店送给他！"

"天啊！"珊珊也忍不住说了一句。

"怪我那时太年轻，回家忍不住就和我妈讲了这件事。她起初不信，叫来小舅舅当面质问。他扛不住，最后都承认了。他不但扯出另一个舅舅也拿了钱，也会得到一家店，而且连带一起捅出我两个哥哥早就和那个女人和解，不仅拿了公司的股份，而且还全都辞职去那里加盟任职了。弄清这些背着她的勾当之后，我妈伤透了心。亲人都弃她而去，站到了那个有钱的女人身边，她觉得活着没什么意思。从那以后，她就拒绝按医嘱吃药，几天之后因为高血压昏迷，住院后就再也没醒过来，两周后就去世了……"天水已是泣不成声。

珊珊站起身来，走上几步，把刚用过的纸巾盒，放在了天水的面前。想说些什么，但又没有什么合适的话语安慰他。

倒是对面的爱美丽说了句："这不是你的错，你不必责怪自己。"

天水拿了纸擦着眼泪说："也是那一年，我休学周游了世界。毕业后，他们叫我去加入他们。我不去，他们就分给我那家公司股份并设立了一个基金，但我把每年分得的红利都统统捐掉了。我不愿为金钱而出卖我的灵魂，我不想和这些人有往来。"

珊珊看着眼前这个男人，颇有些同病相怜的感觉。没想到他也经历过这么多坎坷。或许每个现代人都习惯性地戴上各自的防护面具，从而隐藏成长过程中落下的伤疤。

第三十九章

　　珊珊选择了一处位于高速公路边，交通便利的商业中心与爸爸见面。当珊珊走近约定超级市场大门口的时候，远远地看到一位中年男子，他身后还站着个女人和孩子。从轮廓上看，那人应该就是生父。珊珊听说他已再婚，但不确定他是否又有了小孩。她一边朝那个方向走，一边仔细地打量着边上的两个人。

　　还是男人先认出了她，迎上前招呼道："是珊珊吧？"

　　见到珊珊点着头，他高兴地说："我是爸爸。"

　　珊珊确信没有弄错。她把左手提的包挎到了右肩上，可走出一步后，就不知如何摆放她腾出来的双手。来个热情的拥抱是否过于夸张从而显得做作？而简单的握手会不会又太过正式而凸显生疏？贴上这两种选项的轮盘在脑海中不停地旋转。情急之下，珊珊的右手重新抓住挎包上的椭圆形吊带。她外表强装镇静，走到那人近前时，抬起左臂，在空中挥动了一下手，微笑地说："你好。"

　　男人身后的那个中等身材的女人这时已经走上前，大声说道："你爸一直讲在加州有个女儿，原来这么漂亮啊。小弟，还不赶快叫姐姐。"说完她扭头叫身后的那个比她矮一头的小孩。

　　不太情愿的男孩慢吞吞地移上前，看了一眼珊珊，没有任何表情地说了声："哈喽。"

　　紧握吊带的手心居然出了一层的细汗。珊珊和他们打过招呼后，笑着介绍说："你们玩了一天，一定累了吧。这里餐馆选择比较多，不知道你们喜欢什么口味？"

"我喜欢吃辣，哪家辣就吃哪家吧。"女人给晚餐定下了主题。

珊珊领着他们朝广场一侧的峨眉酒家走去。路上和这位她叫阿姨的女人聊了聊今天去过的景点。直至走进餐厅，众人入座，呈上菜单之后，珊珊这才腾出时间，借着房间里的灯光，端详着她对面的爸爸。

上一次这么近的和他接触应该是在上海，一晃十多年了。记忆中他那有棱角的男式分头发型已经变成了极短的小平头。脑顶中央的头发像是家中后院角落里浇不到足够水的草坪一样，长得颇有点力不从心。而站立起的白发与黑发，犹如疆场上两支混战厮杀陷入胶着状态的军队一般，全然一副不分胜负的架势。他戴着老花镜，但似乎看着菜单还是有点费力，厚实的镜框挡住了他眼角边上的皱纹。

珊珊细看身旁的这位阿姨。她四十多岁，没有化妆，嘴唇微薄，讲起话来不但快而且吐字清楚。她想要一条豆瓣活鱼，侧头问服务生店里有什么鱼，鱼大概有多重。点完之后，她又在催促男孩要吃什么。男孩正玩着手中的游戏机，对打扰他的人十分不耐烦，他怨声怨气地回话说：只要一桶可乐。仅凭男孩的身高，珊珊猜不到他的年龄，也推测不出他是爸爸婚后再生的，还是阿姨带过来的？想仔细察看男孩的相貌五官，但他又始终低着头。"罢了！这男孩是否与我有血缘关系有那么重要吗？莫非还要跑去向妈妈丽秋报告这事不成？"珊珊心中苦笑地说。

趁他们还忙着点菜，珊珊借着去洗手间的机会，从前台要了一个红包，往里面放了一百元钱。回到餐桌后，就大方地送给小弟弟做见面礼。收到礼物的男孩虽然没有显出任何的惊讶，但态度还是转变了许多，友好地说了一声："谢谢姐姐。"相望时，孩子的眉宇之间似乎有一丝父亲的痕迹。

阿姨又开始讲述这几天的行程安排，一刻不停地追问珊珊他们有没有漏掉北加州著名的景点。言语中透露出虽然从事旅游业，但他们夫妻却极少有机会自己出来玩。直到她的豆瓣鱼端上了桌，她才拿起筷子同男孩子一起大口吃起来。

借着这个空当，爸爸才开口问珊珊的工作情况。听得出，他对硅谷的大公司不太熟悉和了解。

珊珊也关心地问他："你最近身体怎么样？"

爸爸边吃边点头说："我能吃能睡，身体还行。"

"前段时间经济不景气，有没有影响你的旅游生意？"

"现在内地来的人多，生意挺好的。"

桌旁吃饭的女人显然不同意她所听到的话，不顾嘴里嚼着的食物，急忙插嘴道："这生意是我帮你爸开的，风险可大了。上个月你爸开面包车去机场送个团，回来的路上，车翻进了路沟里。幸好车里没乘客人，否则还不得赔个精光！"

"严重吗？有没有伤到？"珊珊望着爸爸问道。

提到这事，男人明显很不好意思，他尴尬地说："没什么，路滑，拐弯时车速稍微快了点。呵呵……"

干笑的脸上，连挤带凑地堆出一点不太自然的笑容。见到爸爸这副表情，珊珊心中颤然一动，她移开目光，不忍再看。

四人都在进餐，桌上陷入一阵沉默之中。过了一会儿，珊珊换了个话题问道："你们还住在布鲁克林那个区吗？"珊珊讲话不再用单数人称的"你"字了。

刚好咽下一口饭，男人用餐巾擦了擦嘴，挺直着身子说："你弟弟快要上初中了，靠近新泽西州那边的公立学校比较好，我们在那买了个房子，你有机会……"

旁边的女人在桌底轻踩了一下他的鞋面，打断他的话说："新泽西那里的房子不值钱，出了小区就都是玉米地。哦，对了，珊珊，你来硅谷这么多年，你有买房子吗？"

珊珊没料到话题这么快就转回到自己身上，她迟疑片刻后说道："有。"

"哦，房子多大？"

珊珊不太情愿地回道："三千尺吧。"

数字引发了女人极大的兴趣。她往嘴里夹了一口菜问道："这么大，那得多少钱？在硅谷恐怕要一百多万吧？"说完话，她双眼紧盯着珊珊。

珊珊心里叹了一口气：人可以选择朋友，但不可以选择亲戚。这个道理珊珊在上海时就深有体会。只不过离开家乡久了，一个人生活惯了，她都快要忘记这个人生经验了。不过今日与爸爸见面，气氛还算融洽，现在不回答这位阿姨的问话显得不尊重她。成年人所谓的修养，其实简单地说就是对外界环境的忍耐能力而已。珊珊低垂双眼，小声地回道："两百多万吧。"

"两百多万！"女人发现了新大陆，眼睛都撑大了一圈，脱口而出地问道："月供得多少钱？"

珊珊开始低头吃饭了。如果回答了这个问题，那下一个问题多半就是："你一个月挣多少钱？"

"菜凉了，菜凉了。"男人把桌上离他太太最远的一盘菜换到了她面前。

那女人见珊珊没回答，倒也并不介意。她兴致犹存，转头便冲着她丈夫说："要知道珊珊的房子这么大，我们何必在外头住旅馆呢！"

盘中的菜吃得差不多了，这时男孩吵着要吃冰淇淋，因为店里没有，便换成了中式汤圆。等到账单被拿来的时候，女人总算是进入了今晚少有的静音模式，她安静地靠在椅背上，像个陌生人看热闹似的，瞧着父女二人从服务生的手里争抢着账单。

最后还是珊珊的爸爸抢到了手，他压上几张大额现金正准备交给侍者的时候，珊珊带着微笑，最大限度地克制自己的情绪，轻声说："爸，还是让我来吧。我工作这么多年，从没请您吃过一次饭呢。"这个久违的"爸"字，这个今晚第一声亲密的称呼，脱口而出时倒是相当地自然与平顺，只是跟在后面的那句话，声音略微地有些颤抖与起伏。

爸爸踌躇片刻，在与女儿双目对视一秒之后，他垂下头，顺从地把单子转手递给了珊珊。

等大家走出餐厅的时候，天已经完全黑了，不远处高速公路上的汽车川流不息，夜色中飞驰而过的红色汽车尾灯拉出了一条接力的长龙。珊珊面对着十多年来第一次见面，现如今又要匆匆告别的父亲，心情异常沉重，神情也变得严肃起来。那女人似乎察觉到异样的气氛，知趣地拉着孩子往远处多走了几步，留给父女二人短暂的独处时光。

珊珊追忆起她的童年，想起身在远方的丽秋，脑中浮现出他们为数不多但却又万分清晰的影像。虽然当初聚少离多，但一家三口生活在一起的印象却还是深深地印在了她的脑海之中，一生一世挥之不去，不能忘怀。与过往共同生活的岁月相比，现如今的他们可谓天各一方，冷暖自尝。亲眼见到生活里无奈的爸爸，联想起孤帆远影的妈妈，再回想蹉跎岁月中的她自己。记忆中父女相拥相抱的零星画面，往昔里两人你来我往的欢言笑语，无数凌乱的碎片汇集成为这无法向人诉说的苦涩洪流。这情感的波涛在她心中翻滚回荡。此时此刻，除了这眼中强忍的泪水之外，她无法向对面的亲人表达哪怕是她内心中万分之一的情感。与人类丰富的感情相比，人类的语言是何其贫乏！它既无法舒展那刻骨铭心的爱，也不能载录那无以名状的悲伤。

珊珊的爸爸走上半步，举起的双手之后就迟疑地停在了半空中。他对这个站在自己面前亭亭玉立的女儿不知所措。此情此景，又能说些什么呢？他脑中飞快地串起了哈军工，北京的中科院，上海的老宅子；还有丽秋、女儿、岳母……每一处地方对他都是那么遥远，每一个人对他都是那么陌生。年轻时以为"虚度年华"会是人生中最大的悔恨，殊不知老了之后才明白比那糟糕百倍的"不堪回首"才是真正横穿心灵的利剑！

万千的情感对于经历沧桑的人来说，不仅是沉重的枷锁，而且也是严厉的刑罚。为了逃避伤痛与责任，大多数的人不得不早早地将这痛苦的源泉从生命中剔除干净。今晚他无意间拾起往日大树上掉落下的一根枝条，现在他便要悄无声息地把它完完整整地放回到原处。男人双手缓缓地落在了珊珊的肩头，没有再讲一句话，转身走回了他的世界。

度过了一个极其不寻常的周末之后，跟许多硅谷上班的同事一样，星期一早上九点，珊珊拖着稍许疲惫的身躯，走进她的办公楼。当她去公共休息室里倒咖啡的时候，才意外地发现那里聚集了很多人。与往常轻松的气氛不一样，大家都表情严肃，三三两两地小声说着什么。

没过多久，消息还是传到了珊珊的耳朵里。原来退休才四个月的老员工麦克，昨天晚上去世了。从几个人那里听来的情节虽然有些出入，但大致是麦克退休后因为情绪低落抑郁，在家里染上了酗酒的毛病。

等到中午，从与麦克要好的老员工那里听到了更多的细节。刚退休的时候，麦克挺开心的。为了庆祝新生活的开始，他还和太太乘邮轮环游了一圈欧洲大陆，沿途寄给朋友许多各地的景色照片。而等旅行回来后，麦克仍保持着以往生活习惯，有几次早晨八点就开车去他的公司上班了，全然忘记了退休这回事。

当意识到他的职业生涯已经彻底结束了之后，麦克突然发现这些年来，他不但在生活上没什么朋友，而且从未培养一样能够让他投入多余精力的兴趣和爱好。而这种烦恼在他过去的四十多年里根本就不存在。在工作上，他总能找到事情可做，也可以随便找个老伙计或者年轻人聊聊他和公司共同的辉煌时代，而现在他所面对的是一个不太懂得他做过什么的太太以及一台无法交流的彩色电视机。他人生的大部分时间都和硅谷那家科技企业绑在了一起。那间供养他一家人生活的公司，那个他为之奉献了一辈子的地方，现在居然再也不需要他了。这个被发现的冷酷现实令麦克非常沮丧。

麦克试着调整生活，他加入了他家附近的一个医院志愿者的团体，每周去医院几次当义工。只去了一周，麦克发现与病人打交道使他的心情变得更坏，他宁愿每天审视不会说话的电脑代码，也不愿意和滔滔不绝地讲自己哪里不舒服的病人在一起。麦克怀念他以前的工作，那才是他习惯的生活，一个他所熟悉，他所依赖的世界。

有人看到过麦克找过老处长，听说他是想来找个临时工的职位，因为没有名额而作罢。他也曾申请过去大卖场或者是加油站当个售货员，但这个年龄在社会上和年轻人竞争岗位，他都不占优势，商家都拒绝了他。麦克从一个受尊敬的老工程师变成了一个没人需要的人，这是麦克无法接受的现实。

这之后的几个月，因为烦躁，麦克夜里开始出现失眠。在家人的坚持下，麦克开始去看心理医生。去过几次后，效果也很一般。于是麦克尝试了自己的治疗办法。年轻当兵喝过酒的他又恢复了这个已经戒掉多年的习惯，他每晚都小酌一杯，说这样能帮助他改善睡眠。就在刚过的周末晚上，喝了酒的他在家里摔了一跤，摔破酒杯的玻璃碎片划破了他颈部上的一根血管，等被送到医院的时候，就因失血过多而去世了。

珊珊听完了麦克的故事很为他难过，那个挺着大肚子，说起话来声音洪亮的男人仿佛就在她的眼前。还清楚地记得他曾自豪地说：他熬过了公司的六任总裁和无数个工程部的副总裁，他是一个在职场上笑到最后的胜利者。

固然劳动是一件光荣的事情，但当工作占据生命中绝大部分的时候，这何尝不是一种霸占？人生的骄傲和悲哀有时就是一码事，有人深处悲哀，而不自知。

第四十章

跑完马拉松比赛以后，珊珊没忘记那位胸前挂满奖牌老医生的建议，她一而再，再而三地催促爱美丽去看肠胃科医生。听够了每隔几日就被提醒一遍的爱美丽，最终由珊珊陪同去做了胃镜检查。

胃镜是个费时较长的体检项目。那天爱美丽早晨空腹来到医院，医生给她实施全身麻醉后，推她进了检查室。一切顺利，检测的结果都还正常。医生只是讲爱美丽的胃部下方长了一些常见的息肉，应该做一个预防性的手术，把这些体内不好的物质清除掉。

胃镜检查后的爱美丽再也不愿做什么手术了。每当珊珊再提此事，她脸上就会显得极其痛苦，嘴中绘声绘色地描述胃镜检查是多么恐怖：一根粗大的管子塞到她的嘴巴里，然后像蚂蚁爬一样慢慢地捅进胃里面。说着她还会浑身上下打一个冷战，左手托住腹部，右手掩住嘴，一副随时要呕吐的样子。

不过这并没换来珊珊的一丝同情。瞧见爱美丽皱起的眉，嘟起的嘴，煎熬难忍的表情让她很快就想起几天前，因为感冒发烧但却又不肯吃药的小凯林。她猜到爱美丽又在演戏了。说什么胃里被放进粗管子，珊珊就质问这个律师，病人全身都麻醉了，怎么会这么清醒地记住这些细节呢？

两人因为这事，隔三岔五地交火一次。转眼过了三个月，当爱美丽快办完一件诉讼案子，准备计划度假的时候，珊珊终于说服了她，在周五这天去做这个延迟的小手术。

　　还是同一家医院，同一个候诊室，珊珊带着电脑，坐在椅子上回复了些邮件。她看了一会挂在墙上的电视，翻了几本时尚杂志，又计划回家的路上要不要去超市买些周末吃的蔬菜。不知不觉过了四个多小时，这次的时间要比上回长很多。

　　快到三点的时候，才出来一位戴口罩的中年女医生。她确定珊珊是病人亲属后，就领她走进了医务区。

　　两个人相互问候，随即便拐到了一间摆放着各种电子仪器的房间里。女医生态度和蔼地说："手术非常成功。不过，在这里……"

　　后面一大串的医学词汇都是珊珊听不太懂的，医生也看出来了，说话放慢了速度："没什么要担心的，我只是告诉你我今天发现的东西。在清除息肉的时候，在胃的底部，连接'什么'的地方，有这么一个五十毫米的充血囊肿……"

　　她边说边用鼠标指在电脑屏幕中央的一个黑白色凸起的物体上，旁边黄色刻度尺显示的数字是 49.56。

　　珊珊拿出手机，让医生重复那个听不懂的单词。她迅速地查出她所指的地方是"十二指肠"。直觉告诉她这个囊肿不是什么好东西，她便临时冒出一句："为什么上次胃镜检查时没有发现呢？"

　　女医生在电脑上，调出爱美丽以前的报告，仔细看过后说："上次的医生的确没提……"

　　她停顿片刻，转头望着珊珊继续说道："你不能引用我现在所说的话……"

　　看珊珊点过头后，她继续说道："从囊肿的大小来看，应该不是那次检查之后才长出来的，但病人胃里有息肉，胃镜看不到后面的状况也是有可能的。"

　　"这意味着什么呢？"珊珊显出了更大的焦虑。

　　"这个我回答不了，她需要看专科医生，进一步检查。"

看着珊珊越发担心的样子，医生安慰说："如果是良性肿瘤，那就没什么事。"

珊珊知道英文良性肿瘤的意思，她尴尬地笑着问："如果不是良性肿瘤，那要怎么办呢？"

女医将刚才的照片打印出来，拿出一个黄色牛皮纸袋，放进去后说："恶性肿瘤可以切除。不用担心，医学有许多的方法。尽快来看专科医生吧，医生的信息我都放在这里面了。"说完就把袋子交给了珊珊。

穿过走廊，去爱美丽的休息室有一小段距离，珊珊拿着烫手的纸袋子，心中七上八下。走了蛮长的一段时间，也不知道是不是心理作用，当看见躺在病床上爱美丽的时候，珊珊立刻觉得她脸色苍白。从早晨到现在，她已经两顿饭都没吃了，脸色哪能好呢？

轻轻地走近爱美丽，珊珊微笑地问还闭着眼睛躺着的爱美丽："好点了吗？"

爱美丽眼睛一睁，立刻就支着床沿，翻身坐起来，大声地说："等你好久了。没有手机，否则我早就打给你了。赶快走吧。"

两人下楼的时候，爱美丽像小凯林一样，几次甩开了珊珊伸过来要去搀扶她的手，快步地走去了停车场。

珊珊打消了去超市买菜的想法。到家后，她让爱美丽上楼休息，然后叮嘱凯林不要去吵妈妈。原本她计划按照医院的要求，给病人煮些流质食物，但现在担心上海稀饭恐怕不合广东人的胃口。和保姆打过招呼，她还是开车去附近的香港酒楼买她们喜欢的鸡片粥或是皮蛋粥吧。

买完晚餐，跑回家的珊珊发现爱美丽在楼上又开始用电脑上班了。要是平常，珊珊一定会抓住这个机会，好好地挖苦这个不听话的同伴："手术拖了半年多，不就是因为手术很痛苦嘛。今天不是一根大管子和一把小剪刀捅进你的胃里。怎么还没听到你喊着难受呢？"可是现在，珊珊轻轻地推开半掩的房门，柔声细气地告诉爱美丽赶快下来吃晚饭。

看到爱美丽开始进餐，珊珊这才又开车去附近的超市。她买了一大车营养丰富且容易消化的食物，等把十几袋的食物搬进厨房，分门别类地放进储藏室和冰箱之后，已是九点多了。爱美丽和凯林都已睡觉，珊珊这才提着手提包，轻手轻脚地回到她的房间。

打开灯，关上门，拽过椅子，坐在写字台前，拉开皮包拉链，小心翼翼地从隔层里抽出那个压在最下面的纸袋子，飞快地掏出报告。那气氛，紧张得像是潜伏的特工拿出上级刚刚发来的最新指令；那心情，忐忑得犹如大学高考的学生打开自己的应试成绩单。

报告并不复杂，一共就三页。第一页是病人的基本信息；第二页是女医生的诊断书以及她推荐的专家医生；而第三页是她已经看过的那张照片。珊珊打开电脑，把诊断书中不认识的医学名词全部都查了一遍，还好未发现什么新的内容，她完全理解了女医生所讲的病情。

珊珊上网查找类似病人的案例，好像是看得越多，心情就越发地好。患消化系统疾病的人还是蛮多的。至于说肿瘤，无论是良性或者是恶性的，普遍都是发现得越早，治愈的可能性就越大。珊珊也阅读不少病人写的个人经历，看到每一个病人都是健康地恢复了身体，再想到爱美丽还年轻，精力旺盛的样子，珊珊感觉她或许过分担心了。

第二天，珊珊在厨房里忙了大半天，用小火给爱美丽炖了一锅鸡汤。晚上天水来的时候，饭菜比以往丰富。当天水问起爱美丽手术怎么样时，爱美丽调皮地歪着头，若有所指地说："我是被人绑架去的医院，不去不行啊！"

人在心情好的时候，总是非常大度。面对爱美丽言语上的挑衅，珊珊优雅地笑着回敬道："靓女，这是我的荣幸。"已经见过两个姐妹唇枪舌剑的天水被珊珊的幽默表达逗笑了，竖起他的大拇指，称赞道："很好的回答。"

隔天的星期日下午，凯林和黑森林在公园的草地上相互地追逐着。珊珊推着婴儿车，与爱美丽并肩不紧不慢地在散步。铺着石子的小径蜿蜒围绕着中央区域的草坪，首尾相连地构建成为一条环形的行人步道路。公园旁的棕榈树上，伸展开来几米长的绿色叶子，在阵阵微风吹过之后，左右微微地摇摆着。

珊珊像是一头藏在丛林里狩猎的豹子，沉着地观察着她身边的目标。爱美丽则是一边走，一边不时地转头望一眼不远处的女孩。她偶尔驻足，等待着停下来玩耍的凯林。

猎豹弓下身子，腹部贴着地面，悄悄地匍匐推进几步，开始试探进攻。珊珊声音平淡，面色坦然，闲聊式地问道："你去新律师事务所很久了，那里怎么样？"

"挺好，这家名气小，压力没以前那么大。"

"你的主管是谁？怎么没听你提起过呢？"

"罗伯特，是我以前的同事，是他先跳槽过来这里的。"

"他姓什么？去年你带我参加你们公司的新年晚会，我有见过他吗？"

"他姓瑞琦，瘦瘦高高的，那次晚会他好像不在。"

猎豹又往前挪动一小步："哦，在我的公司，只要知道一个人的全名，总机就可以帮助找到那人。你公司也是那样吗？"珊珊抬头看了一眼爱美丽。

爱美丽有点迷惑，眨着眼睛迟疑地说："不知道耶，我从来没试过。"

"你为什么问这个？"爱美丽反问道。

猎物似乎有点警觉。珊珊笑了笑说："没什么，随便问问。"

珊珊拿出手机，看过时间，是该往回走了。她停住脚步，转身招呼后面的黑森林，等它跑回到身旁，就给它系上遛狗的绳子。随后又抱起跟在小狗后面的那个女孩子，把她放进手推车。爱美丽拿出几张湿纸，抓住凯林的两只小黑手，帮她擦干净。收拾停当，珊珊手中拽着狗绳，爱美丽推着车子，三人往家的方向走去。

在过一条马路斑马线的时候，珊珊关心地问爱美丽："你父母怎么样？"

爱美丽紧盯着行人通行的绿灯，一边催促停在路中央的黑森林继续前行，一边随口地回道："他们是老样子，我爸身体不太好，我妈在照顾他。"

"他们还是以前的那个电话？"

"是，他们的电话一直没变。"

走上便道，还没等猎物反应过来，猎豹就发起了第二轮的攻击："伯母吗？您好，我是珊珊。许久未见，您近来身体还好？……"

爱美丽被这番操作弄得是一脸茫然，珊珊以前也偶尔问候她父母几句，但那都是她和父母通电话快结束的时候。珊珊可从未像今天这样主动联系他们。现在又不好打断，她只得竖起耳朵，乖乖地听着她们的对话："她挺好的……她还是很忙……我会……我会提醒她的……"

珊珊一手拿着电话，一手拉着走在前面的小狗，气定神闲地好像在和她亲妈聊天似的。完全把身旁的爱美丽当成了空气。恰巧这会儿又是一段上坡的道路，爱美丽费力地推着小车，心里一肚子的气，但又不能发泄。

这时又听到珊珊说："凯林长高了。凯林，来和奶奶讲句话……"说完，珊珊把电话交给凯林，女孩抓住电话，笑着用她那磕磕碰碰的中文与梁母交谈。

爱美丽忽然之间觉得自己怎么有点像是给别人家带小孩的保姆，一向站在舞台中央的她，现在变成一个边缘化打杂的人。再仔细端视身旁的人，向来语调柔和的珊珊，今日说话带着十足的自信，口气里隐约夹杂着一股掌控一切的味道，这让她多少有点不太适应。

她们三人回到了家中。等爱美丽在车库把手推车收好，再走进屋子的时候，珊珊已经站在客厅里，双眼注视着她，表情严肃，手中拿着一个黄色的纸袋。

"请你坐下，我有件事情要和你说。"猎豹一跃而出，口气不容商量。

爱美丽被这气势镇住了，惊讶地瞪大双眼，顺从地坐在了离她最近的一个沙发上。

"你星期五手术的时候，医生发现你胃里面有个囊肿，她建议你立刻去看专科医生，做进一步的检查。医生的电话在这袋子里。"珊珊说完，把黄色袋子递至爱美丽的面前。

没有给对方留下任何喘息的机会，珊珊继续说道："明天早晨十点之前，我要你打电话与这位医生预约一个他最早的门诊。"

"星期一我很忙，安排得满满的……"落入陷阱的猎物，还在自不量力地试图反抗。

珊珊打断了爱美丽的讲话："如果你星期一早晨，不按时完成这个任务，那么罗伯特·瑞琦下午就会接到我的电话。如果他还不起作用的话，那么我晚上就把这事告诉你的妈妈。"

爱美丽终于醒悟过来，她又气又笑地说："你这是在要挟！你这是在胁迫，你这是在勒索！"

"随你怎么叫吧，对待你这种人，我只能用这种办法。"

"我这种人，你在说什么？"爱美丽的声量提高了许多。

珊珊站起身，向楼梯走去。气不过的爱美丽跟在她的身后，还想与她理论。

扶住楼梯栏杆的珊珊转过头来，一字一句清楚而又坚定地说道："记住了，从现在开始，你得听我的。记住了，明早十点！"

任凭爱美丽怎么叫她的名字，往楼上走的珊珊都没有停下她的脚步。

第四十一章

时间一秒一秒地流逝着，珊珊和爱美丽坐在医院三楼的一个房间里，焦急等待着那位专科医生的出现。

健康的人大多不会对医院产生什么兴趣，直到有一天不得不走进它的大门。这座银灰色的医院大楼就在高速公路边上，珊珊上下班几乎天天都会从这里经过。每当塞车的时候，珊珊都会花五六分钟的时间才能从它前面的路段缓缓地驶过。虽然经常看见它，但珊珊却从来没有注意过这栋八层高的建筑。

这已经是她们第二次来这所医院了。医生是一位巴基斯坦裔的中年男子。他个子不高，皮肤略显棕黑色，嘴巴上面留着一撮八字小胡子，说起话来一翘一翘的，有点滑稽。

初次见面时，这名医生可有些与众不同。在获知爱美丽的职业是专利律师之后，他用略带口音的英文，详细询问申请专利的流程以及相关的费用。那场景让珊珊觉得不是别人走进他的诊室，而是他怀揣着多项重大的发明，正在爱美丽的办公室里，讨论如何保护他的研究成果。他一会儿这个如果，一会儿那个假设，等到爱美丽仔细回答了所有的问题，他才满意地停下来。大概是珊珊焦急的眼神触动了他，他这才似乎醒悟对面是他的病人，于是大笔一挥，在七八张不同颜色的化验单上签下他的大名，交给女孩，让她们去预约做进一步的检查。交代完毕，他起身就想走。

爱美丽则是叫住了他，笑着同他讲，现在轮到他解释诊断流程的时候了。男医生站着友善地讲解每张单子的目的：有的是验血，有的是胸部 X 射线，腹部断层扫描。他指着最后一张单子说，这是胃镜的切片检查，并叮嘱说因为不能麻醉，所以检查时需要病人配合。

其后的几周里，爱美丽按照要求，完成了每一样检查。珊珊也利用时间，在网上查了许多资料，熟悉不少复杂的医学名词，也搞清楚胃镜的切片检查是医学上最为重要的检测手段，是从爱美丽的肿瘤上，刮下一小点物质，进行病理分析，判断肿瘤是不是癌症最为可靠的方法。

时间一秒一秒慢慢地消逝着，两个人坐在医院三楼的一个房间里，急切地等候着那位八字小胡子的专科医生。她俩像是一对犯人，坐在法院的被告席上，静候法官宣读那类似判决书的检查结果。

又过去了一分多钟，屋里很静，静到隐隐地能听见远处高速路上飞驰而过汽车透过玻璃传进来的微弱的声音。珊珊默默地吸了一口气，她不敢去看爱美丽，于是左右环视这个不大的房间。她的目光被墙上挂着几个木制证书的镜框所吸引，原来这医生毕业于东部巴尔的摩的那所著名医学院，肠胃专科证书也是从那里获得的。

在现代社会里，名校的文凭有时会起到意想不到的效果。在这种紧张的气氛之下，珊珊这时突然对这个医生增加不少的好感，上次门诊，医生对申请专利表现得那么有兴趣，那多半不是他一时兴起的闲聊，而是借此让病人和家属放松心情，是有意而为之的举措。

"当当……"有人敲门，穿着白大褂打着领带的医生推门走了进来。和两人握过手后，他坐在靠窗户边的转椅上。右手把一个厚厚的文件夹放在桌子上，身体微微地向前侧。他看了一眼前面的爱美丽和她身后的珊珊，然后平静地说："漂亮的女士们，我首先要告诉你们的是，不要担心，不要担心，这不是什么世界末日……"

珊珊心里咯噔一声，担心的事还是发生了。

"这个十二指肠的肿瘤被证实是一个恶性的神经内分泌肿瘤。"他不紧不慢地说。

"你是说，这是癌症？"爱美丽问道。

"是这样。我再说一遍，不要担心，这不是什么世界末日，有许多种方法来解决这个问题。不用担心。"

看不到爱美丽的脸，只是见她点了点头。

医生双臂压住转椅的扶手，双手合十，摆在他的膝盖上，继续说道："重要的是在你的十二指肠的下方，也就是胰腺上还发现了另外一个小一点的肿瘤。我无法确定两个肿瘤之间有没有相互的关联。"

"你的意思是说，我身体里有两个肿瘤，一个是恶性的，另一个还不知道？"

医生抬头看着爱美丽："你从事高科技专利申请工作的，你应该能够理解，发现一个问题，准确地而且是彻底地定义这个问题的性质和边界，这个过程往往要比解决那个问题更花时间。现在我们就是要丝毫不差地划定你身体里癌细胞的范围，找出病因，然后再制定出有针对性的治疗方案。"

说完话，他打开夹子，拿出一张印刷好的彩色图片：是医学上显示的人体各个内脏部位和血管脉络图。医生指着图片继续说："你需要做一个放射性元素的断层扫描，这个测试简单地说就是把一种和你十二指肠这种癌细胞存在反应的放射性物质打进你身体里，再用感测器在你身体里追踪这些放射性物质，这样就能断定十二指肠这个神经内分泌肿瘤的癌细胞是不是扩散至胰腺，得出两个肿瘤之间有没有关系的结论。"

珊珊拿出纸笔，身子带动着椅子向前凑近了一点，想记录下这医学名词。

"我已经写下来了，会给你们一份的。这个检查比较复杂，我们在这里做不了。你们要去专门的肿瘤医院，他们有这样特殊的设备。好在我们生活在硅谷，旧金山就有一家这样的医院。这些都在报告里了。你们还有什么问题吗？"他手拍了拍那个厚厚的夹子，扫视着面前的女孩子们。

没等爱美丽开口，珊珊抢先问道："她还应该上班吗？"

"这个因人而异，有人工作到手术之前的前一周。但一般来说，压力和劳累会加速癌细胞的繁殖。我通常建议病人休息，这期间要注意饮食，锻炼身体。"

医生停顿片刻，盯着爱美丽说道："无论以后是化疗还是手术，对你体力消耗都会很大。病人和照顾病人的家庭成员都可以申请州政府的短期残障保险。这方面的信息也在这个文件里。"医生边说边站起身。

"谢谢。"珊珊对医生的回答十分满意。

爱美丽接着问道："您还有什么其他建议吗？"

医生想了想说："旧金山的肿瘤医院很好。但巴尔的摩医学院附属医院的胰腺癌临床经验在全美是最为丰富的。当然这是我个人的观点，因为我是从东部来的。不过它是在东部，交通上对你们不太方便。"

走出诊室，爱美丽双手在怀中抱着厚重的病历，跟在珊珊的身后，两个人乘电梯，下至停车场。靠近汽车时，珊珊不自觉地快走几步，赶至副驾驶的一侧，像个专业司机一样，拉开车门等候着乘客。跟近的爱美丽有些诧异这不寻常的举动，她隔着车门，半开玩笑地说："我是病得连车门都打不开了吗？"

珊珊一时不知如何应对，这个笑话她接又接不住，捧又捧不起。她只得假装没听见，只等同伴坐稳，才轻轻地关上了门，从车后绕回驾驶座一侧，默默深吸一口气，才进到车里。狭小的空间再次陷入了一片静默。

右手边，车中央放着瓶装水，珊珊拿起一瓶，拧开后，转头想问爱美丽要不要喝一点。这时才注意到爱美丽的脸上已经挂满了泪水，珊珊鼻子也是一酸，但马上又把心一横，忍住了自己的眼泪。她红着眼眶说："还好啦，我们会有办法的。"

说完伸开双臂把爱美丽拉进她的怀里，让她的头靠在自己的肩膀上："就像你以前告诉我的一样，没有人会一帆风顺的，我们好好面对就是了。"

回家后的爱美丽，可能是因为有凯林围在身边的缘故，没再显出任何的难过，一切都是平常的样子。爱美丽一旦决定的事，就会雷厉风行地行动起来。她隔日就通知了律师事务所，拿着医生的诊断书，开始申请州政府的短期残障保险。

珊珊最近一个多月已经用了许多天病假，考虑以后的日子会更加忙碌，因此她也在公司里申请了相同的政府保险。可是她这边的申请没那么顺利。公司的人事部门经理听完她讲的情况以后，解释给她说，照顾病人的短期残障保险只能适用于亲属或者配偶。像珊珊这样照顾朋友，只能按私人事务处理，按公司规定，她可以申请无薪假期，但最多只有三个月，超过就只能按自动离职处理。

随后女经理关心地说，残障保险的好处非常多，除了每月拿一笔基本生活收入以外，还可以继续购买现在公司的健康保险，而且公司必须保留她的职位两年，这期间，她随时都可以回来。女经理进而含蓄地表示，她工作多年，见过不少类似的情况。很多同居多年的伴侣，面临这种情况就干脆去登记结婚。生怕珊珊没听懂，她还特别强调，同性也可以在政府机关里登记。虽然不叫婚姻，但法律效力是一样的。手续简单，当天就能拿到证明。

珊珊知道人事经理又误会了她与爱美丽的关系。她和爱美丽这种亲密的友情，在成年女性当中的确不多，让外人误解也是难免。听得出那人是出于善意，但珊珊不再特意解释。也许人成熟的标志之一就是不再需要别人来理解自己的生活。

　　珊珊和她谈完以后，花了几分钟时间，写了一封辞职信，寄给了她的经理。一切都是这么顺理成章，没有丝毫的纠结。三十多岁的她一直是个听话的女孩子，一路做着长辈认为她该做的事。现如今，她长大了，愿意顺从自己的内心，去做她喜欢的事。

　　人生真是奇妙。一个人在被爱充满的时候，在被外人看来是牺牲的举动，但对本人而言，恰恰是无以名状的幸福。这是一种放手展臂，凭着信心自由自在地飞翔；这是一种风从耳边轻轻飘过，从空中俯瞰整个世界，不计过往，不愁将来的潇洒。一生未曾经历过这种释放的人，很难懂得在空中翱翔的惬意，而有过一次体验的人，同样也很难再顺服地回归过往地面上的束缚。这就犹如一只破茧而出的蝴蝶，但凡在蓝天下，哪怕只抖动过一次翅膀，便再也无法重回在枝头上爬行一般。

　　周末天水来的时候，爱美丽把检查结果告诉了他。癌症这个词多少还是让天水有些惊讶。当他们讲到旧金山肿瘤医院的时候，天水提起他的表姐在那家医院工作。珊珊虽说来美国多年，知道看病不需要走门路托关系，但此事特殊，于是立刻催着天水给亲戚打电话，想了解那家医院的情况。

　　无论什么社会，人与人之间都是一张相互牵连的关系网。在这张网中，任意两点之间是既可长，也可短，距离的长短完全取决于所选择的路径。天水知道的是表姐在那所医院，而他不知道的是表姐已嫁给了那里的一位病理科医生。这个新认识的表姐夫看过爱美丽的病历以后，则说爱美丽十二指肠的神经内分泌肿瘤是极为罕见的疾病，在美国得病率只有十万分之三。根据他的经验，从病人的年龄和胰腺上肿瘤的大小来推断，两个肿瘤应该没有关系，胰腺上的肿瘤即便是恶性的，也是单独形成的。他见过许多类似的情况，手术切除病灶是最有效的方法。他还推荐了一位医院里这领域最好的大夫戴维斯。

这位横空出世英雄式的亲戚可算是一场及时雨,浇灭了藏在大家平静表面下不安的火焰。爱美丽心情放松了好多,记得她父亲也得过胃癌,手术后,这么多年生活得也还好。珊珊则是对这个好消息颇感意外,恢复说笑的爱美丽也感染了她。珊珊对那家人万分感激,备上一份厚礼,无论天水怎么推辞,她还是坚持送了过去。

珊珊证实了戴维斯医生的确挺有名气。他最早的预约已经排至四周以后。两位好友在硅谷生活多年,现在还是第一次有这么多共同的闲暇时光。珊珊每天早上和爱美丽到健身房游泳,下午带着凯林和小狗黑森林去公园散步,晚上搭配做些有营养好消化的晚餐。

一个星期后的傍晚,她们在洗衣房里一起叠刚刚烘干的衣服,珊珊体恤地说:"趁着有空,不如你带上凯林回洛杉矶看看父母吧。"

"哈哈,我也正好在想这事,我们一起去。"爱美丽笑着答道。

爱美丽大胆的想法挑动了珊珊的心:是啊,为什么不来次三人的旅行呢?

任何浪漫的旅行都离不开周密的计划。对于居住在人口稠密大都市的人来说,一场说走就走的旅行并不容易。然而当愿望大到不再计较花费的时候,一切皆有可能。珊珊最后选定一家位于中加州依山傍海的旅馆。两人收拾行李,把黑森林交给天水,第三天一早,跳上车子出发了。

她们沿着海岸线的公路一直向南,既没目标,也没安排。往往是沿途哪里好看,就在哪里驻足:沙滩上堆积的枯木,山丘上遗弃的木屋,招牌惹人注目的小店,山顶瞭望大海的灯塔。珊珊无意中还发现爱美丽有了一个新习惯,她居然不再用手机拍摄照片了。爱美丽带着智慧的口吻解释说:她现今更愿意把一切风景和图像都存入她容易忘却的大脑。数字化照片确实可以清晰地记录美好的瞬间,但当存储的照片多到她从未有空暇回头去看第二遍的时候,这些牢固的记录又有什么意义呢？还不如将一切都交付给那个随机记忆的大脑，也许在脑中留下的那些为数不多的影像，才恰恰是能算作真正值得珍藏的记忆。

随后的两天，她们住进了一家每个房间都面向大海的旅馆。海浪拍打着近在咫尺的沙滩。早餐过后，她们换了泳衣，涂上防晒霜，拿着浴巾躺在遮阳伞下的椅子上休息。凯林在不远处的沙滩上建造着她的城堡。海风习习，吹拂在身上凉爽而又舒适。

珊珊从家里带来了一本闲书。不过这打发时间的读物，对于结伴出游的女人来说，绝对算是多此一举。两人没有空隙地讲着各种话题，不知不觉地绕到了男人身上。爱美丽说起珊珊和帅哥热恋时，小胖来过旧金山，向她打听珊珊的情况。这让珊珊记起了在上海与小胖的那次电话。她告诉爱美丽，小胖的事业在中国发展得挺顺利，不但结婚而且还生了个女儿。现在家中的车库里，还放着两箱凯林穿小了的衣服，是她准备以后送给小胖的。

提到小胖，就自然扯到了约翰。珊珊问爱美丽是否见过前男友。躺椅上的爱美丽动也没动，手枕在头下，平静地说，在校友联谊会上见过一面，只打了个招呼，但并未交谈。珊珊继续追问那男人是否结婚？爱美丽这时摘下墨镜，胳膊支着头，侧着身子，面带笑容地问道："怎么，你也想让我给他准备一箱小衣服，是吗？"

这问题可谓问得新颖出奇，这笑话可谓讲得入情应景。爱美丽机智地调侃，逗得两人都会心地开怀大笑。笑声中带有一丝她们彼此才能体会得到的潇洒，空气中弥漫着成年人特有的豁达。她们可以这样轻松地谈论过往的恋人。没有辛酸，没有悔恨，发生的事情都已过去。随着岁月的增长，生命的成熟，她们可以这样风轻云淡地过着她们的生活。

结束海边的休假，离洛杉矶就只有三四个小时的车程了。在一个休息站喝咖啡的时候，爱美丽告诉珊珊，她的病情还没有告诉父母，希望珊珊先不要讲。珊珊强调只要爱美丽遵循医嘱，也是没必要现在就开始让他们担心。还沉浸在度假状态中的她们，谁都不愿再继续这个话题。

当晚到了梁家。见到孙女凯林，两位老人是笑逐颜开。一会儿亲，一会儿抱，吃过晚饭以后，就留凯林睡在他们那里，让爱美丽和珊珊住在附近的酒店。

随后的几天里，她们和凯林去了附近的迪士尼乐园。上次来时凯林还是坐在婴儿车里。现如今能跑能跳的她对什么都感兴趣，每到一处她能玩的设施，她都要试一试。珊珊也鼓励爱美丽去玩一些大人的游戏项目，谁知道这还真勾起爱美丽的兴致，她玩了一个，又一个。几个来回以后，爱美丽不愿让珊珊只身一人带着小孩，于是二人轮流选择各自喜欢的节目。夏天，游客多，排队久，本计划在乐园玩一天，结果最后变成了三天。每个人都把自己的游乐项目试了一遍。

假期即将结束，晚上等凯林睡着以后，梁母把爱美丽叫到身边说梁父讲凯林长大了，应该带她去看看她的父亲。爱美丽本来也有这样的打算，只是担心这会让父母难过，一直犹豫是否要和他们讲。既然现在提了出来，那就索性一同去吧。

第二天早晨，他们开车来至洛城东面的陵园，沿着山路向上，在一处小山的山顶停住。因为是个斜坡，梁父不能再坐他的轮椅。他在离墓地最近的地方下了车，由梁母和爱美丽左右搀扶，慢慢地走到了草坪上。

身处室外，梁父完全是一副古稀老人的样子。他头发稀疏，眉毛已经全白了。以前圆圆有神的眼睛，现在因为眼角塌落下来的眼皮而变小了许多。脸颊上还生出了不少褐色的老年斑，阳光照射下，很是显眼。他步伐极慢，两旁的人随着他小步挪动，几米远的距离，走了足足有四五分钟。珊珊牵凯林的手，跟在他们后面。大家朝着一块靠着小湖的平地走去。

人工湖的南岸有一块不小的梁家陵地。这是当初梁父生意发达时为梁家后人买下的。按照传统，广东人对百年之事非常重视，梁父当年还请了风水先生，特意选择这依山近水的地段。在一大片绿色草坪的中央，地面上平放着一块长方形崭新的石头墓碑。

爱美丽把一束鲜花插在墓前，另一束则交给了凯林。梁母也在墓前摆放了些水果。梁父站在前排中央，左手拉着凯林，右手被梁母扶着。爱美丽余光中瞥见珊珊一个人站在后面，于是她就后退几步，和珊珊并排而立。

众人站定，梁父声音微微颤抖地说："爱伦，凯林和我们来看你了……"

老人擦着眼泪，转头冲着身边的孙女说道："凯林，快给爸爸献个花，行个礼吧。"

被嘱咐了多次的凯林，上前一步，弯腰摆上了鲜花，站直后又恭恭正正地鞠了一个躬。

大家行过礼后，梁父转身，对着面前的爱美丽说："美丽呀，这几年辛苦你了。爸爸代爱伦谢谢你。"说完了就向爱美丽鞠了个躬。

爱美丽早知道带老人来，免不了会触景生情掉些眼泪，但还是没料到爸爸会有这般举动，她哽咽地说："爸，你不要这么说……"

梁父望着女儿，好像想再说几句什么话似的，他张了张嘴，没能说出来。停了片刻，又向站在旁边的珊珊说："珊珊，我也谢谢你。"说完又要鞠躬。

珊珊这次已有准备，没等他行礼，就抢先一步，扶住老人的胳膊说："我们都是一家人，您不要太客气。"

梁父听了这话，安慰地点着头说："好，我们都是一家人。"说完慢慢地转身朝向了身边的凯林，单手摸着凯林的头说道："还好，我们梁家还有一个凯林！"

第四十二章

从洛城回来后的一个中午，珊珊坐在一家咖啡店里，一边查看手机，一边在等着天水。自从爱美丽开始治疗肿瘤之后，她就偶尔约天水在外头见面，商量一些不太方便当着爱美丽面讨论的话题。

爱美丽在肿瘤的就诊上进展得十分顺利。在与十二指肠专家戴维斯医生会面后，就进行了那个追踪放射性元素的断层扫描。

那个医疗测试好像也没什么特殊的，相当于一个超长时间的断层扫描检查。据做完后爱美丽的描述，她被安排躺在一个厚重的金属容器里，一只胳膊伸在外面，穿了防护服的医生在她手背打上一针。医生退出房间，观测的机器每隔几分钟，就从头到脚地扫描她身体一次。

要说不同之处，就是这检查报告的结果被装订在一本厚厚的塑料册子里。册子中的每一页不但都编上了排列字母与数字相混合的序号，而且首页还印有查询的索引。腹腔内每处的器官都有六张从不同角度拍摄的高清晰扫描图。每张图片上都有分层次的红、绿、蓝颜色的带状条形光斑。一百多页册子的封底还附加了一叠整齐排放的存储光盘。

拿到结果后，翻看时爱美丽不解地问为什么这个册子装订得这么花哨和复杂？同样是一无所知的珊珊则开玩笑地说，大概是医院借此安抚病人，这样当收到天价账单的时候，患者会减轻付款所带来的痛苦感吧。

"你来了很久吗？"一个声音打断了珊珊的思绪。她抬头，天水已经站在她的身旁。

"我也刚到。给你买了你喜欢喝的咖啡。"珊珊说着把一杯咖啡递了过去。

"谢谢。昨天和医生谈得怎么样？"天水坐在了对面。

"病理报告证实了是两处独立的病灶，治疗方案是进行手术。"

"这倒是和我们知道的一致。"

"因为是两台独立的外科手术，医生们对手术的先后顺序有些分歧。"

珊珊从身边的背包里抽出厚厚的一个大本子，翻开后递给了天水说："我请两位医生都写了一份诊断书。"

天水接过来低头一看，打印好的办公用纸一左一右地摆放在专用的透明塑料套里。厚厚的本子下面保存着各种大大小小的照片和检查报告。医生戴维斯的报告写得挺详细，讲述了为什么第一台手术应该是十二指肠的几个原因，而另一位叫贝克的医生只说了清除胰腺肿瘤所要采用的方法。

"这贝克是谁？"天水问道。

"胰腺方面的外科医生。"珊珊拿过册子，翻到后面的一页，指着三维空间的照片说："根据他的说法，胰腺的手术要在腹部打四个小洞，而爱美丽在十二指肠的肿瘤位置很偏，也必须进行一次类似的手术，也要打四个小洞。"

听完这话，天水立刻觉得自己肚皮上凉飕飕的，他不由得在椅子上转动了一下身体，关切地问道："爱美丽也知道这些细节吗？"

"知道，她也在场。"

"她情绪还好？"

"哎……"珊珊只能叹口气，她无法描述当患者以及家属知道主治医师们意见不合时，所感受到的巨大压力以及那种压力下煎熬的心情。她一脸严肃，眉头紧锁在一起。

"我还是没搞懂，医生有什么分歧呢？"

"医生们没明说，但大概的意思是：两部腹腔手术的间隔时间非常短，第二次就必须要避开前次还未完全愈合的伤口，这不但增加了难度，而且还加大危险性。"

天水思索了片刻后，建议道："你以前提过，考虑过让爱美丽去看那个在巴尔的摩有名的医生，现在也许可以试试？"

"这个我已经问过了，安德森医生不再接收新的病人。"

"哦，是这样啊。"

"戴维斯医生并不介意我们去咨询别的治疗方案。他知道安德森医生不收病人后，也深感遗憾。他说安德森医生是业内公认的专家，他们下周还会见面。"

"下周见面？"天水睁大了眼睛。

"下周二，在芝加哥举行癌症协会的年度大会，安德森是这次会议的执行主席。"

"嗯，这么权威的大夫一般是不容易约到的。不行那就再找别人吧。我再去问问我的表妹夫。"天水宽慰着珊珊。

虽然没和天水找出什么好办法，但回家后珊珊的心情还是改善了一些。在家中，她毕竟处在一个安慰爱美丽的位置上，她必须坚强，至少要让周围的人感到她很坚强。

星期六的晚上，珊珊在房间里正和妈妈通电话的时候，突然来了天水的电话插播："我在你家外面，你把整理好的病历带出来，我有事跟你讲。"

想到天水或许从他的那位亲戚那里得到了什么好办法。珊珊于是和妈妈又聊了几句便结束了通话。她把那本册子装在一个宽大的尼龙袋子里，轻手轻脚地溜出了房间，不声不响地从车库的旁门走到屋外。隔着三个房子的街道上停着天水的车子。

"什么事？"珊珊一进车子就着急地问道。

"我有个办法可以见到安德森医生。"

"怎样？快说！"

"不是下周在芝加哥开癌症年会吗？我带着资料去现场找他，找个机会问他。"

"但你又不是医生，你怎么进去呢？"

"注册选项里有'未来的医学院学生'，我就以这个名义去。"

"这倒是个办法……"珊珊想了想，继续说，"要不还是我去吧。"

"你在家照顾爱美丽。我都计划好了：我带着你这本病历快去快回。看他有没有可能再收一位病人；如果不行，那就求他看看现有的治疗方案，问他有什么建议。只是你更了解病情，麻烦你给我讲解清楚。"

珊珊心里明白，她其实没有什么更好的选择。她联系过东部几家医院，有名的大夫都至少等上一个月的时间。天水这法子的确可以一试。于是她点头说："那就辛苦你跑一趟吧。"

第四十三章

手术的这一天终于如期而至了。今日上午十点，珊珊要送爱美丽到市中心的肿瘤医院办理入院手续。

珊珊站在家里的大门旁，心里很急！

眼看时间快到了，可现在却是状况频出。一向准时的爱美丽今早有点反常，行动磨蹭迟缓不说，吃过早餐，她就跑上楼，关在她房间里很久。再次下楼后，不是穿衣出门，而是又独自一人跑到了院子里。跟在她身后的珊珊，发现爱美丽蹲在她种植的花丛旁边，举着手机，与那盛开的鸢尾花一起拍照。

等她再回到屋内，一向乖巧的黑森林就开始一个劲儿地叫。上一次黑森林有这样类似的举动，是因为一只壁虎误闯误撞地跑进了房子里。可是今天一切都挺正常，珊珊试图用各种手势指令让黑森林安静下来，可这根本不管用，他继续冲着大家叫着。

也不知道是被这叫声吓到了呢，还是凯林感受到了她朋友黑森林的不安，凯林随后也跟着哭了起来。任凭大人在她手中替换各式的玩具，她都哭得不停。犬吠加上哭声又把二楼的妈妈丽秋招惹了下来。

丽秋快步跑到凯林身边，抱起凯林就拍她的后背。爱美丽不好意思对这个长辈说些什么，可珊珊看得清楚，孩子已经长高了，妈妈那种婴儿的抱姿根本不对，这弄得凯林很不舒服。哭闹的小孩应该交给保姆去哄，现在可好，凯林哭得更凶了。

丽秋是三天前来的。见面后，珊珊就把爱美丽的病情详细地告诉了她。没承想刚刚说完，妈妈就眉头紧锁，推托说忘了吃药，上楼回了她的房间。

今天是工作日，开往市区的高速路肯定会堵车。四十多分钟的车程，珊珊打算花一个小时。因为还要把小衣服送给小胖，为了节省时间，她昨晚已经把那箱子装进了车子的后备厢，并且把车移到了车库外。

这个小胖也真是来添乱的。早不来，晚不来，偏偏上周打来电话，说他今天从东部飞旧金山，然后转机回上海。他听说爱美丽生病，又提出要来看望爱美丽。珊珊有心推掉，但那电话又偏偏让边上的爱美丽听到了，于是他们两人聊了一会儿，爱美丽也就接受了他来看望的要求。

黑森林还在叫，凯林还在哭，妈妈还在拍着女孩，保姆还是傻站着。当珊珊用急迫的眼神催促爱美丽该出发时，她这才发现靓女今早不但淡淡地化了妆，而且这时眼睛还有些红润。珊珊一手捏着车钥匙，一手扶着挂在身上的背包，站在大门口心里这个着急啊，快九点了，今天一定会迟到！

珊珊坐在住院处办公室的椅子上，心里很慌！

今天手术，可这么大的一件事情，却还未告知梁父和梁母。虽然再三和爱美丽商量过，但爱美丽还是坚持先不要讲，但面前医护人员刚才的一番话，实在让珊珊惶恐不安。

这名办理入院手续的年长老太太，和她俩讲解了十二指肠手术的具体过程，最后她提醒说，这手术属于腹腔外科手术级别最高的一级，病人和家属现在以书面形式被告知此次手术潜在的危险性，说完就递过文件，请他们签字。

爱美丽签字时，那人还不忘加上一句："这不是必须的，但医院通常会建议患者在手术前，立下遗嘱，以防万一。"

"遗嘱"，珊珊和爱美丽可是从未触碰过的话题。有生就有死。对于每一个人来说，从来没有人获得过机会来商讨自己的生，但多数人会有机会谈论自己的死，然而对于这项权利，人们却往往更愿意缄口不言。

珊珊靠在医院病房外走廊的墙上，脑子很乱。

爱美丽正在房内进行手术前最后检查，下午三点才会结束。明天除了再做一些常规检查之外，后天早上八点，进行十二指肠的腹腔手术。

珊珊想起主治医师戴维斯曾说过，第一台的手术要为以后胰腺腹腔手术预留出位置来，因此手术时间会很长。

珊珊想起天水在芝加哥找到的安德森教授也是评论说，这两台手术难度都非常大。

珊珊想起那位病理科的亲戚讲过，上午八点是这所医院最早的一台手术，也往往是当天最为复杂的手术。

珊珊想起今早老太太提到手术的风险，有可能会穿孔而导致内出血。

珊珊想起下午三点爱美丽才能结束检查，是不是应该提前告诉小胖，否则他来了，也见不到爱美丽。

既然要打电话，是不是应该先打给梁母呢？后悔没将手术这事告诉他们。万一有什么意外，她怎么向两位老人交代？

珊珊想起她在通知梁母的事上犹豫过几次。起先是不愿违背爱美丽的意愿，后来又是知道妈妈要来美国，家中只有一间空房，如果大家都来的话，要不妈妈住酒店，要不妈妈和她睡一个房间。在这事上，她是不是又私心作祟呢？

对了，她安排天水下午四点，带妈妈和凯林来医院看望爱美丽。明天好像他们就不能再探视病人了。是不是这样，珊珊又拿出刚才护士给她的文件看了一眼，流程上是这么写的。

对了，说起房间，珊珊按照医院的推荐，在附近订了两晚酒店。

酒店十分近，乘出租车只要五分钟。这样她不用在家里和医院之间来回跑，可以好好地休息。

对了，五分钟的车程，是不是走路就能到呢？她最近一直睡不好觉，即使睡着了也经常做梦，现在走路过去会不会对今晚的睡眠有所帮助呢？

对了，旧金山市区安全不安全呢？别因为走这段路，自己被别人抢劫或者性侵……

珊珊的脑子很乱，整个头就如同一个极度膨胀的氢气球，不是在下一秒瞬间爆炸，就是下一秒拖着她的身体飞上天空！

停！珊珊憎恨她这天马行空的胡思乱想，珊珊仇视她这遇事手忙脚乱、无所适从的样子。

千错万错都是那个死胖子的错！他非要赶在爱美丽住院这一天来凑热闹。珊珊恨得牙根痒痒的。要是他在身边，她一定会开口小声地骂他一顿。记得以前小胖陪她在硅谷看房时，她心情也曾是这么大起大落。珊珊经常会把怒气发泄在小胖身上。那时小胖多是一言不发，开车绕道给她买杯珍珠奶茶或者西式糕点。说来也神奇，珊珊每次吃完那带些糖分的饮食之后，烦躁的心情都会有所缓解。

珊珊昂起头，挺直身子，抵住墙壁，闭上双眼，呼出一口长气，心中告诫自己："要冷静，现在要冷静。今天这些事和小胖没一点关系，把情绪放在一边，好好想想下一步要做什么。"

几分钟后，珊珊拿出手机拨通了梁母的电话，声音柔和地说道："伯母好，嗯，我们都挺好的……"

"今天，我陪爱美丽做一次体检……是医生要求的，常规的体格检查。"

"……不用担心，晚上我们再打给您……嗯……好……晚上见。"

给梁母打完电话，虽然没有讲出实情，但珊珊的情绪平稳了稍许。下面就联系小胖吧。小胖在旧金山转机，他特意赶来看望生病的朋友，算是有情有义了。珊珊给小胖发了一条信息。

　　等她忙完了这些事后，已经是下午一点了。珊珊下楼去医院的咖啡厅，随便买了一个三明治和饮料，等快吃完的时候，小胖回复了，说他飞机刚刚降落，最快也要三点多才能到。

　　珊珊决定去那家酒店看看，熟悉一下环境。她问过一楼的服务台，接待人员也给了她一张医院附近的地图，像是猜到她的顾虑，服务人员告诉她，旧金山是旅游城市，这个区的治安很好，白天是绝对安全的。

　　珊珊沿着路线，发现酒店的确不远，一路上有许多商店和高级公寓楼。住在硅谷的珊珊对旧金山市区并不太熟悉，这个社区还是不错的。酒店在一处拐角处，一幢八九层高的红砖楼房，进到里面看了看，房间干净整洁，在这里休息还是比在医院里要好。

　　当珊珊下午赶回病房的时候，爱美丽半躺半靠在宽宽的病床上，正和医生戴维斯交谈。戴维斯也向珊珊点点头，介绍道："今天的检查是为了再次确定肿瘤的位置和大小，如果一切正常的话，我们按照计划后天进行手术。"

　　珊珊本想借机开个玩笑："她可是我家全智能的全自动洗碗机，拜托你别弄丢任何的功能，要完整如初地还给我。"可说完"洗碗机"这个词，她的声音就变得沙哑了。珊珊低下头，眼睛盯着地面，后面的话再也说不出口。幽默是一回事，而夹杂着情感的幽默则是另一回事。

　　还好就在这时，护士送来了两个花篮，摆放在进门墙角的圆桌子上。珊珊走过去一看，每个花篮上都插着一张卡片。一张来自爱美丽的事务所，而另一张是前男友约翰。珊珊把两张卡片都抽出来，转身笑着对爱美丽说："约翰来慰问你了。"说完走过去，递给了她。

　　爱美丽打开一看，咯咯地笑了，转手递给珊珊说："他一向是蛮会讲话的人。"

珊珊接过来，小声地读道："送给漂亮而且坚强的女孩，一位活在世间的天使。"

"活在世间的天使。"这话让珊珊不太舒服，但又说不出到底哪里不合适。这或许是东西方文化的差异？这属于小胖研究的范畴。她脑中杂乱，没工夫细想，匆匆地把卡片放回了花篮里。

珊珊等着爱美丽问约翰是怎么知道她住院的，但过了许久，爱美丽都没再提此事。珊珊先是稍许失望，但马上又陷入不安之中。难道人生行至一定的阶段，这些生活中拐弯抹角的烦琐细节就变得不重要了吗？珊珊不敢再往下想了。

随身的手机响了，珊珊的耳朵里传来一个熟悉的声音："哎，是我，我在一楼。"

"好，你等着，我马上来。"珊珊放下电话，打过招呼就退出了房间。

一楼的大厅里有三部电梯。小胖手里拿着一束玫瑰，站在离电梯不远处，等待着珊珊。

其实小胖不想这么站着，特别是手持一束玫瑰花站着等待珊珊的到来。是的，这鲜花不是给她的。是的，他们已经分手，而且他也已经结婚。可他还是不想手捧一束玫瑰去与过去的女友会面。这和他想要的重逢不太一样。

在打电话之前，他已仔细观察了四周环境，选定好了他所希望的场景。就在刚才，他是坐在大厅正对着电梯的一张沙发上，而玫瑰则是摆在身旁的茶几。从这个角度，他会早早地看见珊珊，等她走近的时候，他才会不早不迟地站起身，迎上两步，握手寒暄。等要上楼时，他才准备回身拿起那玫瑰。这样的安排，不但大方得体，不易产生误会，而且不卑不亢，凸显二人彼此平等的关系。

然而小胖的人生中不可控的因素实在太多。就在一分钟前，大厅里来了一位行动不便的老人。周围为数不多的几个位子都是上些年纪的人，小胖只好让出座位，手中拿着玫瑰，站在这里等待珊珊。

中间那部电梯顺畅地左右打开，珊珊一眼就看见了迎面站立的小胖。怎么他还捧着一束玫瑰花呢？迈步往前走，他也看见了自己，脸上也有了笑容。小胖的脸比以前又胖了一点。头发整齐，穿着得体，像是一位青年学者的样子。又走近几步，看得更加清晰，他还戴着当初自己给他买的那副眼镜。珊珊不禁感叹：多年之后，这个自己曾依赖过的男人身上，依然还留存着一丝她雕琢的痕迹。

中间那部电梯的门迟迟地左右打开，小胖一眼就看见了珊珊。看到她的微笑，顷刻间他兴奋了起来。珊珊还是那么美丽，容颜未改，就如同初次在表姑家见到她时一样。杏圆的眼睛，长发飘飘。又走近几步，看得更加清晰，珊珊衣服下饱满的胸部，伴随着她的脚步在一颤一颤地上下抖动。那可是他最为留恋的地方，他那篇获奖论文的灵感就是来自那里。小胖不禁感叹：多年之后，这个自己所深爱过的女人身上，依然还留存着一段他炽热的青春。

"你好，小胖。"珊珊大方地打着招呼。

"你好，珊珊。"小胖见珊珊右手握着手机，他举到一半的右手在空中拐弯，顺势下移，顺手接过了左手的花束。

"你飞上海的飞机是几点？"

"晚上十二点的。"小胖一直注视着珊珊，百般追逐，渴望着瞬间眼神的碰撞。

"那还好，我们上去吧。"说完珊珊转身就往电梯走去，她琢磨着下午的各项事情，推算着时间，计划着各种安排。

小胖的目光落在珊珊的身后。珊珊今天上身穿着一件白色衬衫，下面是条蓝色的紧身牛仔裤。小胖似乎已经看到了雪白的背部肌肤，苗条的腰身，浑圆翘起的臀部，还有那纤细的大腿。

小胖无法克制他狂乱的思绪。他并不认为自己心里龌龊，这最多也只算是不太合时宜。毕竟这是在医院，而他是来看望一位病痛的患者。但三年未见，他不愿放过一秒去观赏这幅来之不易的动态美景，他要把眼前的画面与记忆进行细致地比较。

记得有一次在和珊珊温存之后，他很快睡着了。醒来的时候，珊珊已经不在身边。屋里漆黑一团，只有浴室的门缝里露出一束亮光。见没有动静，他便赤着双足，走过去打开了浴室门。看到的就是出浴不久珊珊的背影：雪白的背部肌肤，苗条的腰身，浑圆翘起的臀部，还有那纤细的大腿。

那晚听到响声的珊珊，转身回望小胖，先是吃惊浴室门为什么没有锁好，随后就在心里暗笑小胖满脸的傻里傻气。她快速地用一条长长的浴巾遮住了自己，慌乱中赤裸的身体在毛巾后面左躲右闪，眼神里流露着惊恐和无奈，嘴里面发出埋怨与斥责。

艺术来自生活。这一幕让小胖彻底领悟到东方人审美的真谛。研究传统文学多年的他，之前始终无法完全理解中国古人所描述的女人犹抱琵琶半遮面的美。就是在那晚，当他看见珊珊半隐半现的胴体，抽象的艺术竟然这般活生生地展现在他的眼前！和西方审美相比，东方女人身体的美，有阴有阳，阴阳相合。这种美不像西方表达得那么直接，那么奔放，但含蓄之中方能持久，隐藏之后才有想象。这是种只可意会，不可言传的意境。珊珊身体所带给小胖的冲击，远不只是感官的刺激，那是一种无法形容的灵魂震撼。

小胖跟着珊珊走进电梯。

电梯缓缓上升，珊珊随口问道："为什么要买玫瑰呢？一楼的花店里不是有很多种选择吗？"

小胖不好意思地笑笑，撇了一下嘴说："我是在飞机场里买的，那家店里只有这一种。"

要是几年前，珊珊一定会说："机场的东西又贵又不好，既然去医院，哪一家医院没有个花店。你怎么就不动动脑子呢！"从一开始认识小胖，珊珊就发现他虽是上海人，但缺少都市人的精明，或许这就是他可爱的地方吧。算了，这个男人现在已属旁人，不用她来操心。

电梯缓缓上升，小胖隐隐地嗅到女性头发的一股香气，这让他想起珊珊有每天洗头发的习惯。小胖无意间看到了他举着鲜花的左手上所戴的结婚戒指，这一刻他意识到生活同他开了一个玩笑，当初他爱的女人，现在怎么会孤单一人？而他怎么又已娶妻生女了呢？

小胖这时想起了他的太太。在那个世界里，小胖从未关注过那个女人的容貌或身材。这倒并非意味着他太太长得有多丑，而是因为他们的结合与那些因素根本扯不上一点的关系。如果非要深究是什么促成了小胖的这段婚姻，那归根结底恐怕就是因为他太太也是非常喜欢吃，是一位略胜他一筹的美食家。

刚刚回上海的那阵子，母校奖励他这位青年归国人员，破例给他安排了一套一室的住房。他住在校园里，不但忙着备课，而且继续写着他的学术论文，起早贪黑地有做不完的事。闲暇时，小胖每周也都会尽力控制着篇幅，写封书信给珊珊，报告着他在上海点点滴滴的新生活。

这样过了九个月，小胖的妈妈开始抱怨说，儿子回国，可根本见不到人，还不如身在国外，至少每周还有个电话。于是小胖就每个周末都回家。一个星期天，妈妈让他陪着去看一位阿姨。在那里遇到了老朋友的女儿，而且是跟小胖在同一所大学里就读的女博士。快到午饭的时候，阿姨和妈妈都说不饿，催促女博士带小胖去吃点什么。小胖下了楼，跟着女孩来到了不远处的一家扬州餐馆。

正值周末，那家餐厅等位的人都排到了街上。女博士经验老到，不慌不忙地领着他进了隔壁的一家面馆，叫了两碗一会儿带走的红烧面，然后也不看什么菜牌子，随口就点了几道扬州馆子里的招牌菜。

小胖暗自为这种从未见过的操作称奇，也开始关注身旁这位点菜颇有些水准的女博士，然而真正让他佩服的是随后女博士对每道特色菜的点评。她竟然画龙点睛地讲出菜品的精髓与内涵，她用极为朴素的语言展示了她对中国历史的了解，对淮扬文化的参透，对调料搭配的见解，对烹饪技巧的熟悉。女博士的一番话说出了小胖多年来对这四大菜系之一似懂非懂，不能言表的内心感触。一顿饭下来，小胖深深地感到，除了他在饭量上还占些优势以外，无论是理论基础，还是实际操作，他同女博士都不在一个实力级别上。不吃不相识，虽然仅仅四道菜，却吃出了差距与不足，吃出了要迎头赶上的决心，吃出了红尘中难觅佳肴知音的感觉。

午餐过后，两个人已经相互敞开心扉，交换了彼此所熟识的上海滩美食据点。无奈小胖已留洋六年，他对女博士所分享的一大批浦东新区崛起的餐饮新贵全然不知。女博士热情地说，她读博是最后一年，现在有很多空闲时间，她已知晓小胖喜欢吃辣，便主动相约小胖下周去品尝一家有名的新派川菜。如果要约去看电影、逛画展、观话剧的话，小胖心有所属，一定会婉言谢绝。但对于这切磋美食真谛的邀请，他实在没有回绝的理由。从此女博士就带着小胖，把黄浦江两岸的中国五湖四海的餐馆，由南到北，由东到西吃了一个遍。其后再跟随着上海国际化浪潮的步伐，又在舌尖上领略了日本、韩国、越南、泰国、马来西亚、新加坡及美英德法意等各国餐盘中的各种风味风情。

这种口腔全负荷的运动持续了大半年的时间，事态渐渐超出了小胖以食会友的初衷。突然在一个相约的周末，女博士从她实习的医院里得到极为可靠的消息，数年前在上海盛行的传染病现今有大举反扑的趋势，外出进餐已不再安全，今晚要临时改在她家。

也是在那一天，小胖这才搞清楚那女孩原来是医学博士，而不是他所想象的烹饪博士。面对这紧急的动议，面对面的小胖转身就走似乎不太礼貌，他只好接过女博士已为他准备好的两盒礼物，随她而去。可等到小胖真坐在女方家餐桌旁的时候，盛情款待他的那位阿姨，终于吐露出长期压抑在她内心里的声音：既然两个人相处这么久了，而且又这么投缘，那就应该抓紧把喜事定下来。

小胖心中一惊，筷子夹着的一块红烧肉，掉到了珊珊给他买的那条浅白色的西裤上，留下了一方再也擦不去的油渍。难道对美食的共同爱好竟然能发展成人生伴侣的理由？这个推演可让他始料不及！难道餐桌上味蕾的幸福快感竟然也能顺理成章地延伸至卧室的床上？这个逻辑可让他匪夷所思！小胖只听说过在上海，有的女人只因爱慕虚荣而嫁给了不爱的人，难道他要成为上海滩上第一个只因贪恋美食而奉旨成婚的男人吗？

小胖抱着一线希望，借出差美国开会的机会，来见爱美丽。爱美丽先是在电话里讲得有些含蓄：珊珊很忙，没有时间。但最后让小胖死心的是在与爱美丽吃午餐的时候，爱美丽只得对这个无论是用中文还是英文都无法听懂她意思的小胖，直白地说："珊珊已经订婚了……"

电梯门打开了。两个人一前一后向病房走去。珊珊一路在简要地介绍着病情，并再三叮嘱小胖不要说什么消极的话，不要影响爱美丽的情绪。当她察觉到一直低着头，跟在身后默不作声的小胖的时候，珊珊可是生气了。她一向不喜欢自己讲话的时候，小胖没有反应。于是她突然停住脚步，转过头，脸上带着威严，霸气地紧盯着小胖，不怒自威的眼神里带着命令的口吻催问道："我在讲话，你听见了没有？"

还在回忆往事的小胖，不留神差点撞到停住的珊珊。他连忙从自己是如何被迫失身的记忆中挣脱出来。他抬起头，笑了笑，带着极其真诚的歉意回复道："听到了，我听到了，你放心，你尽管放心。"

珊珊从小胖那里获得了满足。她转过头，加快脚步，直奔病房。

相逢后短短的几分钟，珊珊完全恢复了她所习惯的角色，小胖也回归到他所固有的位置上。往日时光重现，他们一起回到了从前，一切仿佛都不曾中断过似的。

或许有人看作这是一种卑微，或许有人认为这是一份真情。每个人的感受都会因人而异。感觉是卑微的人可以决定离开，体会是真情的人可以选择留下。这其实都没有什么，然而让人难过的是，世间就是有这样的人，欲求这种卑微却终不能得，心存这份真情而无处安放！

第四十四章

当看到珊珊身后的小胖出现在病房里的时候，爱美丽坐直身体，笑容满脸地伸出双手欢迎着小胖。小胖快步向前，热情地和爱美丽拥抱在一起。场面十分地温馨，这让身旁的珊珊感到一丝丝的欣慰，放松地长舒了一口气。

珊珊给小胖搬来一把椅子，又从爱美丽手中接过那束玫瑰，把它同先前收到的花篮摆放在一起。借着爱美丽和小胖攀谈的空隙，她走到窗边，查看她手机里的信息。天水已经在路上了，看看时间，应该快到了。珊珊把房间的号码和登记信息写给了天水，这样她就不用下楼去接。

写完短信，小胖和爱美丽还在有说有笑地聊着。想起他人胖，平日特别爱出汗，从飞机场赶来，一定口渴了。珊珊拿起一瓶矿泉水，拧开盖子，左手托在瓶底，一边只言片语地随声附和着他们的话题，一边慢慢地靠近小胖的身旁。小胖没向她这边多望一眼，很自然地伸手拿了过去，一仰脖子就把一瓶水全部喝光了。珊珊一直站在原地，悬着的手随后接住了放回来的空瓶子。

又过了一会儿，病房门上的小窗户里露出一张男人的脸，大门一开，天水右手拉着门，左手捧着一束鲜花，几乎就在同时，凯林抱着一大束鲜花连蹦带跳地冲进了房间，后面跟着的是丽秋。凯林一路小跑来到床前，把花举到爱美丽的面前说："妈妈，祝你早日康复。"

这束花与花店里买的明显不太一样。外面包着的不是常用的塑料透明薄膜，而是几张被揉皱的黄色手工纸。整个花束由一半粉红色的玫瑰和一半蓝紫的鸢尾花组成，左右壁垒分明地被绑成一团。珊珊怎么看怎么觉得眼熟，忽然间想起这些花都是自家后院里的，这一定是妈妈丽秋准备的。

小胖见到丽秋有些惊讶，早早地站起身。丽秋知道小胖会在这里，和他打了个招呼，就立马上前拽住想要爬上床的凯林。小胖主动和天水握手，介绍自己是爱美丽的朋友。然后他很快地斜睨了一眼珊珊，小心翼翼地加了一句："我和珊珊是在上海读书时的同学。"

珊珊不在意小胖如何介绍他自己。她这时被爱美丽叫住，靠在床头的爱美丽，左手拿着凯林送来的鲜花，右手举着手机，冲着珊珊示意说："你看……"

珊珊的目光停留在了屏幕上，那是一张爱美丽和一朵盛开的花的照片，花美人俏。珊珊夸奖道："嗯，好看，靓女真好看！"

"你看小女孩，今早我照相的那朵花，他们给带来了。"

珊珊定睛细看，照片里的鸢尾花和面前花束中的原来是同一朵，那紫蓝色花瓣下方有三片绿色的嫩叶子，样子清晰可辨。妈妈居然剪下了爱美丽今早选中的花。珊珊紧绷的神经又不安地跳动了一下。

这时天水和小胖结束了交谈，天水走至床边把他带的花送到了爱美丽的怀里。爱美丽左拥右抱两大束鲜花，她笑着对大家说："今天很高兴，这么多爱我的人在我身边。"说完还情不自禁地向墙角小桌上的花篮望了一眼。

屋内只有珊珊知道爱美丽在看什么。为什么她听靓女讲话有告别的味道？为什么妈妈偏偏剪下爱美丽今早喜欢的那朵鸢尾花？一种不祥的预感笼罩在心头。珊珊握住了床边的结实钢柱架子，默不作声。

大家又聊了一会儿。小胖用眼光征询过珊珊之后，就走近爱美丽与她告别。他跟大家说他今晚要乘飞机回上海。凯林不停地打断大人的谈话。爱美丽一边示意凯林安静一点，一边和小胖握手。然后她转头嘱咐珊珊说："请帮我送他一下。"

珊珊抓住这最后的机会接话道："爱美丽知道你也有了一个女儿，她准备了一箱凯林穿小的衣服送给你。"

小胖赶忙致谢。爱美丽只是点头示意，抿着嘴没讲一句话。

凯林还在闹，珊珊就让丽秋带着小孩去楼下餐厅买点零食。四个人一起往外走，只留下天水陪着爱美丽。

众人进了电梯里，珊珊反复叮嘱丽秋说餐厅是在一层的左手边，要先左转走到底再右转。丽秋心里嫌女儿啰唆，但当着小胖，又不好意思讲什么。门打开时，她紧抓着凯林的手走了出去。她对旁边一直毕恭毕敬说着客气话的小胖点了下头，丽秋心里很烦，没心情和这个以前的准女婿过多地客套。

电梯继续下降。珊珊心里想着快五点了，如果天水他们现在开车回家，一定会堵在高速路上，不如大家一起去不远的中国城吃个晚饭。这次妈妈来，她太忙了，连一顿像样的晚餐都没吃过。刚才又少说了一句话，没告诉妈妈别给凯林买太多东西吃，否则晚饭又吃不下了。

电梯继续下降。小胖想起过去热恋时，相似的情景。也是他俩独乘一部电梯，他突然从旁边亲吻珊珊的脸颊，得逞后的他被人推开，珊珊告诉他，头顶有监控系统。小胖刚回上海后，每次乘电梯时都会在眼前浮现出那张含羞带笑的脸。任何场景都随时有可能唤起他对珊珊的思念。生活中的美，往往是瞬间，而记忆中的美，则是永恒！

门打开了，走出电梯的珊珊看了一眼墙上的停车标记，判定好方位后，便走向她的停车位。去中国城吃饭，开几辆车去呢？最好大家都坐一辆车，然后再把她送回这里。

门打开了。小胖跟在身后，等着珊珊领路。以前出双入对的时候，每次都是由坐在副驾驶位子上的珊珊指挥行车路线。两人在一起时，小胖习惯性地跟随这位高中全校的理科女状元，一切都听珊珊的安排。当然凡事都有例外，小胖是从不需要珊珊的指导就可以轻而易举地找到硅谷任何一家曾经去过的餐馆，这个他自己都不知道的优点还是珊珊发现的。往昔的时光就像打开闸门的洪水一般，从封存的记忆里倾泻出来。婚后小胖渐渐筑起的堤坝在不知不觉中被快速地浸泡崩塌，感情的波涛漫过了新生活所建起的围墙，世界已经完全地沦陷，小胖的眼中只有一个珊珊。

小胖早就知道自己爱珊珊要多一点，但感情这种东西，从来都不是一种等价交换，所以他并不在意。他只记得珊珊曾亲口告诉过他，她也是爱他的。经历过与珊珊的这段恋情之后，小胖只能感慨中国古人对男女之恋的总结千真万确：成就爱情的既不是什么浓情蜜意，也不是男女任何一方的所求所想，真正能成就爱情的是那看不见摸不着的缘分。他和珊珊的恋情就是一个最好的例证，小胖心存怨气地感叹：苍天对他不怜，命运对他不公！

珊珊汽车里的旅行箱非常漂亮。那是珊珊留学美国时，在中百一店里挑选的最为时尚的一个款式。箱子外观依旧如新，但那时所用的材料过于厚实，里面装的东西并没外表看的那么多。这次让小胖把它带回上海，也算是物尽其用，身归故里。珊珊最后望了一眼陪伴她多年，束之高阁的老伙伴，向她的青葱岁月做一次最后的告别。

小胖站在珊珊身边，这是今天他离珊珊最近的一次。他有强烈的冲动，想一把抱住珊珊，亲口告诉她，自己依然还爱着她，自己的心从未改变过。

"你这个箱子需要托运，应该还来得及。"珊珊冲着脸上没有任何表情，还呆呆地望着她的小胖说。

"箱子里有个锁，密码是我的生日年份……"珊珊双手用力，把箱子提了出来，放在了地上。

小胖点头说："哦，这个不会忘的。"

"这里所有的衣服我都洗过了，可以直接穿。凯林还有许多衣服，以后有机会我再带给你们。"

"以后"，不知为什么，小胖悲观地想到应该没那么多以后了吧。今天见面之前，小胖以为他已经放下了这个女人。

珊珊这时又想起了一件重要的事，她直视着小胖说："一直没有机会和你讲，我们在一起的时候，我对你态度有时不太好，感谢你对我的包容！"这是珊珊和帅哥分手后的一个感悟，她应该告诉小胖，而今天又差点忘了。

这是见面后，珊珊第一次提起"我们"！

"我从来没有这么觉得啊！我喜欢和你在一起。"说完这话，小胖忍不住，眼泪猛地流了出来。他感动，因为珊珊心里还是有他的。

小胖用手擦着成串的泪水说："我心里很难过，看到你今天的样子，我心里真的不好受……"

"生病的又不是我啊，是爱美丽！我不是挺好的吗？"小胖的反应让珊珊有些莫名其妙，没料到小胖会突然这样。

"我也不知道我做错了什么，非要得到这样的惩罚。"小胖抬起了右手，用胳膊挡住了他的一双眼睛。

小胖此时此刻意识到：他与珊珊的分手不是在过去，而是在现在！三年前的那天，他转身走开时没流下一滴眼泪。现如今再回首，那时的他与其说是潇洒，不如说是年轻；与其说是大度，不如说是无知！那时的他心中还抱着希望，想以一个绅士的姿态在心爱的人面前表演一场优雅的离别戏。殊不知，戏如人生，带着什么心情去演并不重要，重要的是人生如戏的情节可是千真万确地在发生。那次的分开就是他们的分手，那次的拥抱就是最后的诀别。人生就如大江东去，浪花激荡，不能回头！他们两个人再也回不到过去了！

珊珊没见过小胖这样哭过。这个世界怎么了，一向活泼的爱美丽躺在楼上的病床上，一向大度笑嘻嘻的小胖哭得像一个孩子，而自己身边只剩下幼小的凯林和年迈的妈妈！

珊珊走上一步，慢慢地抱住小胖的身体，轻轻地拍着他的背，小声说道："好了，我要上去了。"

停了一秒，她补上一句："你多保重。"说完转身就走。

走了五六步，就听到身后传来的喊声："下辈子我们要在一起！"

这受伤男人的声音犹如一支脱弦的箭，瞬间贯穿了珊珊的心房。珊珊身体一震，迟疑片刻后，继续往前走，不敢回头。

"你听见了没有？"小胖站在那里继续喊着，像是一个被父母第一次丢在幼儿园里的孩子，让人心疼！

珊珊猛地转身，蒙眬的眼睛已看不到小胖的身影，她还是没有停下脚步，一边双腿继续向后退着小步，一边朝着小胖声音的方向大喊道："听见了，下辈子我们要在一起！"说完她又转回身，继续前行。

人其实没有下辈子，因为那是一个不折不扣的谎言；人应该有下辈子，因为那是一个美丽缤纷的寄托！这个人类千百年长存下来的谎言，不是为了欺骗，而是为了希望。在残酷的世界里，接受一个带有希望的，而且永远不能被揭穿的谎言是一件多么幸运的事情。经历过的人懂得：平静的生活需要谎言来维持，过度的清醒只能带来无尽的痛苦！

跨进电梯，珊珊把过往留在了身后；门慢慢地关上，珊珊重新回到她的现实生活。她拿出纸巾，借助着电梯墙上的镜子擦干了残余的泪水。现在要做什么呢？去一楼看看丽秋和凯林吧。珊珊按下了楼层的按钮。

餐厅里的人不多，一眼望去就发现妈妈和凯林在靠窗的儿童区。漂亮的凯林正骑在一个电动米老鼠的玩具车上，双手握着两只扶把，一上一下地晃动着，不时还发出咯咯的笑声。丽秋站在凯林旁边，低头看着手机，胳膊里夹着凯林的一件衣服，应该是凯林玩的时候脱下来的吧。

妈妈大概有段时间没染发了，她鬓角的一些头发根部已经变得灰白。这次妈妈来和珊珊讲了，她在香港的生意还是没什么起色，她也不愿再看合伙人的脸色，准备回去就辞职不干了。妈妈还不无伤感地提到，珊珊认识的那个汤叔叔出了事。他的妻子与一家南方的私人企业合伙集资时，因为项目违规而被查封，为了逃避债务，她只身跑去了国外。身为大型国企老总的汤叔叔也因此受到了牵连，被免除职务，接受调查。讲起最近的这些情况，丽秋语气沉重，眉头紧锁。

听了这话，珊珊语带宽慰地告诉丽秋，她们出租的那个房子情况还好。租客是从英国来硅谷任职的一位高层经理，人很友善。房子的大小修理事项，都由他找人打理。珊珊除了每个月按时收到房租以外，平日甚至都会忘记她还有这么一栋出租屋。房子是带着家具出租的，每月收入不少，珊珊把全部的租金，连同自己这一年的积蓄，加上妈妈放在她那里的钱都一起交给了丽秋，让她想办法在上海买个房子过退休生活。珊珊没向丽秋解释，她缴纳了那房子租金相应的税金。妈妈老了，珊珊为她做点事，何必要过多地解释。

丽秋抬起头看到走近身旁的珊珊："你来得正好，凯林的生日是哪一天啊？"

丽秋一边把珊珊告诉她的日期输进手机，一边口中说道："那她应该是属老鼠的吧。"

边上的凯林听到了，她骑着玩具转头说："不是老鼠，是米老鼠。"

珊珊不由得脸上露出了笑容，长得跟洋娃娃似的小凯林，开口讲中文是这么标准和好听，真是一个聪明的孩子。

珊珊给丽秋讲了今晚去中国城吃饭的计划，让她们再玩一会儿就带凯林上楼来找她。丽秋摊开手掌说："快了，还有一个游戏币就结束了。"

离开餐厅，珊珊返回到爱美丽的楼层。出了电梯，就看到一个男人在走廊一端背着手踱着步子。他听见了脚步声，转过身，看见珊珊，就连忙走过来，走廊里的灯光明亮，那人正是天水。

天水近来与珊珊生疏了许多。自从他从芝加哥回来后，天水就一直觉得非常愧疚。他那次的行程可谓是无功而返。尽管他在研讨会散场后找到了安德森医生，尽管他竭尽全力地向这位医学专家展现了他迫切的心情，可那位名医安德森在看过天水带去的那本病历以后，除了说这的确是复杂的腹腔手术以外，便推脱说他不便评判业内同行对患者的治疗方案，没有再回答天水所准备的任何问题。与珊珊讲起这事时，他能感受到珊珊十分失望。珊珊不无遗憾地说，错过了这么好的一次机会，她当初应该亲自去，那或许会有不同的结果。自那以后，也不知道是珊珊照顾爱美丽太忙了呢？或者还是因为其他的缘故，珊珊与天水的联络明显地减少了。

天水停住脚步，站在珊珊的面前。他眼睛望着珊珊，想说什么但又不知道该如何开口。他有些尴尬地笑着说："珊珊，你来了？"

天水的话让珊珊一头雾水，摸不着头脑。不是刚才见过面吗？听着好像天水是在陪着爱美丽，而她是初次来医院探望似的。

见珊珊没讲话，天水慢慢地说道："我想跟你讲件事……"

"好，你说吧。"

天水继续赔着笑："是这样，爱美丽想让我问你一个问题……"

"爱美丽让你问我一个问题……"这话让珊珊更加困惑了。珊珊突然有点担心，往不远处的病房望了一眼，然后急切地问道："她怎么了？"

"她没事，别担心，她挺好的。她只是想让我替她问你一个问题……"

"替她问我一个问题！她好好的，为什么不直接问我呢？"珊珊心里顿时有了一丝不悦……

"或许，或许她觉得不方便吧，这问题是有关凯林的……"天水尽力解释着。

珊珊听懂了，女人的第六感让她猜到了那是一个什么样的问题。一股对爱美丽强烈的不满在珊珊的胸中瞬间爆发！这个一向直来直去的靓女，这个她朝夕相处多年的爱美丽，为什么今天要找一个外人，来向她问这件事情呢？她感觉这是一种羞辱！她真的无法接受！

"你不要讲了！"珊珊以一种完全命令式的口吻打断道。

天水吓了一跳，他没见过珊珊这么严肃的样子。

"她有什么话，她应当直接同我讲。别人传的话我不听！"珊珊的眼泪在眼眶里打转，说完她绕开天水，快走几步，拉开病房门冲了进去。

屋内很是安静。爱美丽转过头有些惊诧地看着怒气冲冲的珊珊。两人对视片刻，爱美丽开口问道："怎么了？小女孩？"

珊珊尽量让自己平静一点，她没讲话，只是快步走到床前。

"天水跟你说了？"

"他要讲，我没让他说……"珊珊哽咽地说道。

"你这是怎么了？"

"怎么了！你有什么话，为什么不直接同我讲？"收不住的眼泪还是流了出来，珊珊的心里极度委屈。

"那好，我想把凯林的监护人写成你，不知道你同意吗？"

"这还要问吗？那当然应该是我！"珊珊呜咽地说道。这事她虽未和爱美丽提过，但她认为爱美丽是应该知道的。

"我让天水问，是怕你当着我的面不好意思拒绝。"爱美丽抓住了珊珊的一只手，眼睛也红了。

"我父母都老了，凯林一直在你身边。万一我真的不在了，交给你，我才放心……"爱美丽的眼泪也掉了下来。

"你放心，只要有我在……"珊珊说不下去了，她伸手抱住爱美丽。

两个人相拥地靠着头，爱美丽哽咽地说："你带着凯林，弄不好会影响你以后的婚姻。"

"什么狗屁的婚姻，我不要了！"珊珊身体抖动着，激动地回答道。

流泪的两个女人都没有再讲一句话。从大学找房的初次见面，到学生公寓里的打打闹闹；从搬至硅谷的各自打拼，到情感路上的坎坎坷坷。两人一同，曾经风雨，也遇彩虹；曾沐骄阳，也见晚霞。她们的汗水固然苦涩，但她们却经历了这沸腾燃烧的生活；她们的泪水固然酸楚，但她们却见证了这飞扬无边的青春。

房门一开，进来的是凯林。这次她手里拿着一个冰淇淋，一边走一边还伸出舌头舔着她的小火炬。跟在身后进房间的丽秋，立刻就感受到室内异样的气氛，正在犹豫要不要拉着凯林退出去。

珊珊擦去泪水。拍着爱美丽的肩膀，信心十足地说道："就这么一言为定，你会好起来的。"说完她就往外面走。珊珊要去洗个脸，不想让人看到她这双红肿的眼睛。

拉开门，天水还站在外面，珊珊低下头从他身边走了过去。走出七八步远，就听见丽秋跟在身后叫道："珊珊，你等等！"

追上来的丽秋压低声音地问道："刚才，爱美丽跟你都说了些什么呀？"

没想到妈妈会这样地直白，也不知道刚才她推门进来时看见了什么。现在三言两语怎么能讲清楚，珊珊于是淡淡地回道："没说什么……"

丽秋心里感叹这么大的事，女儿居然对她这个当妈的守口如瓶。孩子真是长大了，行事这么有主见。这举手投足之间，竟然能让她看到自己年轻时候的影子。只可惜爱美丽这么年轻，得了这个病！女儿要怎样，随她吧，她还是问些有用的："凯林是什么时辰生的呢？"

"什么时辰？"珊珊被问得莫名其妙。

"我意思是她几点生的？"丽秋踩着小碎步，跟在珊珊身后。

"是早晨……"

"是早晨几点？"丽秋追问道。

"妈，你问这个干什么呢？"珊珊站住转身望着丽秋问道。

丽秋被女儿的眼光盯着，她也只得把心一横，丑人总得有人做，谁让她是妈妈呢："是这样，我在香港认识一位命理大师，他算命真的非常准。我想请他为凯林算一卦。"

看女儿没有反应，丽秋继续说："你看凯林出生不久，她爸爸就去世了。这刚和姑姑生活了几年，爱美丽又生了这样的病，我想求大师……"

珊珊这次倒是十分冷静，她知道丽秋是一片好心："妈，真的不用了。你找大师去算命，如果算出凯林的命是好的，那她本来命就好。如果算出凯林的命真的不好，那我就把我的命和她绑在一起，我要帮她改！好与坏都不用麻烦什么大师。"说完这话，珊珊不再回头，径直走进了洗手间。

"你看你这孩子怎么这样倔呢！人家命理大师有法子帮你破解……"心里着急的丽秋不依不饶地跟了进去。

第四十五章

第二天医院的病房只允许一个人探视，而且时间也限定为十五分钟。进了房间里的珊珊注意到床边多了几个悬挂的吊瓶，爱美丽已开始禁食，身体完全依靠营养液。

爱美丽精神挺好，说了几句话后，就拿出了一个白色的信封，信封正中央画了一颗大大的爱心。珊珊知道那是什么，也明白要做手术的人应保持平稳的情绪，她接过信封，把它小心地放进了她的皮包里，然后轻松地说："这个先由我保管，等你回家了，就立刻还给你！"

爱美丽不忘叮嘱道："还有就是凯林姓梁，我父亲和我说过，如果我结婚，也还要让凯林继续用这个姓氏……我在这文件里写了这段话。"

"好，那是当然的。"

爱美丽有点歉意地笑笑说："这是他们老人家的一个坚持。"

"嗯，你放心。"

爱美丽好像还是不放心，目光转回到珊珊的脸上："如果以后你有了小孩，实在忙不过来，那就送凯林去好的寄宿学校，我的人寿保险和存款，负担一切费用应该足够了。"

珊珊决定不再继续这个话题，她把手轻轻地放在爱美丽打着点滴的胳膊上，平静地说："我们一起看着凯林长大，至于她愿意去哪个地方读大学，让她自己决定好了。我们不用操那么多的心。"

珊珊没等爱美丽继续说下去，就故意瞥了一眼手表，像是想起什么事似的说道："我还要去下前台，拿出院护理的材料。你好好休息，我明早再来看你。"

爱美丽冲珊珊笑了笑，没再讲话。她只是挺直身体，伸出另一只不受拘束的臂膀抱住了珊珊。珊珊外表迎合，内心却想逃走。她尽力规避着爱美丽的眼神，快快地抽出身子，站起身，走了出去。门关上时，再回头偷眼去看，玻璃小窗内的爱美丽还是保持着刚才的那个姿势，一动不动地朝着门的方向望着。

隔天的中午时分，珊珊回到医院。爱美丽的手术还在进行。比起设施齐全的酒店房间，珊珊更愿意等在休息室里。这里离爱美丽更近，这让她稍稍地多一份踏实感。

快到三点的时候，自动门打开了，出来的护士在叫珊珊的名字。珊珊三步并作两步跑了进去。戴维斯医生就站在不远处，他头戴一顶蓝色的圆帽子，身穿一件露出半截胳膊的手术服。摘掉了口罩的他，露出了灿烂的笑容。

"是个好消息，手术非常成功！"戴维斯对跑到面前的珊珊说道。

"天啊！"珊珊真想上前抱住这个男医生。

"一切很顺利，担心的情况都没发生。能够完成这么复杂的手术，我感到挺欣慰。"戴维斯话语中带着自豪。

"谢谢，医生，太谢谢您了！"

"你今天还见不到她，最早也要后天下午才有可能。她不能正常进食，至少还要在医院再待五天才可以。"戴维斯嘱咐珊珊说。

再一次谢过医生和护士后，珊珊快步走出大门，把好消息报告给天水和妈妈。打完电话，长舒了一口气，她突然想到家中还有很多任务，她现在要赶快去做出院的准备。

赶回家后，珊珊顾不上休息，她把爱美丽住的主卧房重新收拾了一遍。所有爱美丽工作用的书籍统统装进箱子，放去了车库。她又叫来天水，照着医院所给的护理单子，一项一项地落实。一是卧房内，床对着的墙上要安装一台可以调节角度的电视。另外就是在卫生间好几处地方，都要加装结实牢靠的不锈钢扶柱，最后就是在屋内各处配上病人呼叫的报警器。天水拿着纸笔，一边和珊珊讨论，一边在相应的墙壁位置打上记号，商量好后，他随即就去请工人。

即使在家中做了精心的安排，爱美丽出院的那天还是出现了一个意外。天水把爱美丽接到家后，珊珊扶着爱美丽慢慢地向楼上走，才挪动了三四级台阶，爱美丽就满头大汗，吃力地说她腹部的伤口异常疼痛。这可难坏了大家，十几级的台阶才走了一小半而已，现今停在半路，进也不是，退也不是，上不能背，下不能抱。慌乱中的珊珊只得打电话给医院，护士说只要不是剧烈的运动，病人登两层楼的台阶应该还是可以的。她建议爱美丽再吃两片止痛片。就这样，爱美丽站在楼梯上，吃了药，休息了半个小时，最终总算是一小步，一小步地蹭上了二楼。

从那天起，珊珊脖子上就挂了一个细绳，上面坠着主卧房门的钥匙。这副样子倒是勾起了她的童年回忆，放学后的她一个人走路回家开门写作业的感觉。装了门锁的卧室，可以防止凯林意外地跑进去，这样才能让爱美丽更好地休息。

爱美丽的每餐饭都由珊珊做好后，放在托盘里送上楼去。吃的东西也都是完全煮烂的流食。丽秋知道女儿在烹饪方面有些天分，但看久了也还是会发表一点她的不同意见：诸如炖的鸡汤里不应放香菇，煮的稀粥里不该放鱼片……妈妈给出的理由是，香菇和鱼片都是"发物"，对刚刚手术过的人不好。珊珊虽然不完全明白发物到底是什么，也不太理解这有什么科学依据，但既然妈妈这么讲了，她也就听进去了。已经做好的汤和粥就留给大家，她重新准备一份新的送给爱美丽。

爱美丽恢复得挺快。十天后，她可以从楼上自己走下来，坐在院子里晒太阳了。三个星期后回医院复查，十二指肠的恶性肿瘤被彻底清除干净了。

新的主治医师贝克告诉她们，从检查结果上看，大概十三周以后就可以进行胰腺手术。珊珊这回可吸取了教训，一定要将这事通知梁父梁母。爱美丽知道如果告诉了父母，他们一定会赶来北加州，梁父身体又是那么不好。二人商量后的结果是等到手术之前再和他们讲。

梁母是在手术前一周飞到了硅谷。爱美丽轻描淡写地告诉她，医生安排她进行一个小手术，梁母看爱美丽气色还好，所以她不是那么紧张。她还向珊珊解释了梁父这次不能来的原因。

丽秋已经回了香港，珊珊借机让梁母和凯林多多亲近。凯林快四岁了，九月就要开始上幼儿园了。

这台手术的流程和上次一样。爱美丽也是提前两天住进医院，手术安排在周一的早晨。或许是因为有过一次手术的经历，或许是因为建立起了对这家医院医生的信心，不管是爱美丽还是珊珊，两人这次都轻松了许多。恢复精力的爱美丽忙着打电话为凯林寻找幼儿园，而珊珊也同时在修改她的履历，开始留意就业市场了。

珊珊这次也不打算住医院附近的酒店。手术当天，她早上五点起床，七点多就赶到医院。她手中举着一束鲜花，在隔着玻璃窗的长廊里，对着爱美丽挥舞。十点半，天水和梁母也来了，珊珊坐在梁母身旁，听她讲爱美丽儿时的一些趣事。

手术在十二点准时结束。贝克医生因为要准备另一台手术，他的助手与珊珊三人简单地交谈了一会儿。那位年轻医生讲，爱美丽要在加护病房住六天才可以出院。

梁母听后，心里有些吃惊。她清楚美国医疗成本昂贵，除非必要，通常留院观察不会这么久。她本想问问珊珊，但见她忙着安排各样事项，于是就把嘴边的话咽了回去。

爱美丽按时出院。有过上次爬楼梯困难的经历，医院这回给他们准备了一副特制的拐杖。这拐杖的底部有一圈环形的多头支脚，好几处与地面接触的附着点不但加强了稳定性，而且减轻了使用者肩膀下的支撑力。爱美丽夹着拐杖，双手撑着扶把，珊珊护在前面，天水挡在身后，边走边休息，花了二十分钟，总算是爬上了二楼。

虽然顺利地登顶，爱美丽已是非常疲惫。进了房间就躺下睡觉了。直至晚上九点多才醒过来，给她喝了一瓶医院提供的液体食物，吃过医院提供的药物就又休息了。

再次醒来已是周日的中午，梁母和珊珊进到房间。爱美丽说屋里很闷，梁母便打开了空气滤清器，然后又选了离床最远的一扇窗户，稍稍打开了一张薄纸的缝隙。珊珊扶着爱美丽进卫生间，那墙壁安装的钢管扶手再次派上了大用场。爱美丽连抓带扶，珊珊则是连拉带拽，两人在卫生间里折腾了很久才出来。

好不容易站起身来的爱美丽，在浴室里照起了镜子，还让珊珊拿出她常用的护肤霜。珊珊耐着性子静静地看着爱美丽用温水洗脸，对着镜子细心地用霜膏涂抹着她的脸颊。几分钟后，珊珊还是忍不住提醒了她，长久站立可对伤口不好，爱美丽虽然嘴上答应着，但身子却一动不动，仍然是一丝不苟地继续。直等到梁母端着一碗鸡汤进屋，珊珊借机有意提高声量地催促，爱美丽这才乖乖地停下。

回到卧房，爱美丽坚持要在她平日的办公桌旁吃早饭。珊珊赶紧在椅子上铺了一层毯子，扶她坐稳，爱美丽边喝汤边和梁母聊天，大意是梁父身体怎么样了，梁母来也快三周了，是不是再过几天就可以回去了。

正说着，梁父的电话就来了。这天是星期日，住家的阿姨不在，珊珊担心凯林，便退出了房间。凯林和小狗黑森林正在看电视。珊珊又叮嘱了女孩子，妈妈刚刚出院，现在上楼去看她，可千万不能乱摸乱动。

估摸着电话打得差不多了，两个人一起上楼，凯林走在前面，珊珊牵着她的手跟在后面。进了房间，爱美丽就伸出双手迎向凯林。凯林小步走上前，轻轻地和爱美丽拥抱，没等爱美丽开口，她就抢先说道："妈，你肚子上有多少小洞洞了呢？"

笑只是一闪而过，爱美丽的脸马上变成了极为痛苦的表情："妈妈现在不能笑，一笑肚子上的小洞洞就会疼。"

"为什么要开小洞洞呢？"

"因为要接几个管子进到肚子里。"

"你现在还有吗？让我看看？"

"现在盖上了纱布，看不见了。只要妈妈好好地睡觉，小洞洞就会长好，所以凯林也要好好睡觉，这样才能长得高。"

"小洞长好了，那管子是不是就留在肚子里了呢？"凯林不解地问道。

童言无忌，爱美丽双手抓住椅子的扶手，尽全力忍住不笑。珊珊在凯林的耳边讲了一句话，女孩就和爱美丽又抱了抱，随后两人便退出了房间。

午后，爱美丽又喝了一瓶营养液，服过药物后，珊珊搀着她上床休息。爱美丽一觉就睡到了晚上六点多，醒后的爱美丽说她很饿。珊珊仔细读过出院指南的小册子，按照要求做了一小碗白粥端给了爱美丽。碗摆在卧床的小桌子上，爱美丽靠着枕头，一小口，一小口慢慢地吃完了。

不知是天热，还是粥烫，用餐后的爱美丽出了一些汗。珊珊给她拿来了热毛巾，擦干了她额头上细细的汗珠，又帮着爱美丽躺下，然后她才拿着空碗下了楼。梁母因为怕狗，所以她只带着凯林一人出去散步了。珊珊打开冰箱，拿出几样食物，开始准备大家的晚餐。

突然间屋内趴着的黑森林耸起了他的一双长耳朵，随即便四脚站立了起来。几乎就在同时，连接着爱美丽房间的遥控警铃"嘀，嘀"地响了起来。警铃刚装好时，凯林经常偷偷地拉响警报吓唬大人。但爱美丽出院以后，这还是第一次。

珊珊用毛巾擦了擦手，快步上楼，用钥匙打开门锁，推门一看，爱美丽正坐在床边，左手撑着床头柜，右手按在胸口处，见到珊珊，她刚想说什么，但猛地就身子一歪，张嘴吐了一口东西出来，然后便哗啦啦地更大口地呕吐，地上积满了白花花一摊。

珊珊自责没有在房间里准备一个小盆子，现在只得踮着脚尖，躲过呕吐物，快步走到爱美丽的身边，伸手拉过一个枕头，让她脸朝上地靠着。还没讲话，爱美丽又翻身呕吐，珊珊双脚尽力向后靠，左手托着她的肩膀，右手轻拍她的背部，这样又持续了一两分钟，直至爱美丽只剩干呕，但再也吐不出任何东西时才完全停住。珊珊低头看地上，最后吐出来的是泡沫状的黑褐色的东西。

珊珊又扶她躺回床上。爱美丽闭着双眼，脸色惨白。珊珊决定让她先休息，她轻手轻脚地走出屋子，跑下了楼，从厨房抄起一卷吸水纸，随手抓了一个小盆，就再次奔上楼。

这时的爱美丽身子已经扭转了九十度，横卧在双人床上，她头朝向窗户，双脚露出床外，怀中抱着一个枕头，不停地滚来滚去，嘴中低沉地发着痛苦的呻吟声。

这着实吓到了珊珊，床这边的地上全是呕吐物，根本没法落脚。珊珊把手中的东西丢在地上，快步绕至床的另一头，手摸着还在翻滚的爱美丽肩膀说："你怎么了？"

爱美丽面容扭曲，抬起头半睁着眼睛，右手用力压着她身上的枕头，痛苦地说："我胃疼……像火烧一样，我受不了了……"

珊珊的脑子"嗡"的一声，眼前就是一黑，脑子一片空白。不知过了多久，她的眼睛才渐渐地再次看见光亮，醒来后的珊珊慌乱说道："你坚持一下，我去叫人。"

说完她就往门外跑。刚跑出几步，就一脚踢飞了刚才她丢在地上的塑料盆。飞起的盆子"砰"的一声，撞在了门边的墙上。这时跑到门边的珊珊，脚面虽然疼痛，但脑子却清醒了许多，她扶住门框，转头冲爱美丽喊了一句："你等着，我去叫救护车！"

忍着痛，跑出了房间的珊珊，一摸兜里，居然发现手机还不在身上。珊珊像救火员一样冲进了厨房，找到手机后，却又找不到医院那本出院手册。因为要严格遵照手册的饮食规定，所以珊珊把那本小书特意挂在了高层橱柜上，一个小凯林够不到的地方。珊珊发急地在厨房里转了几圈，忽然才记起来是梁母下午拿去了她的房间，她又急忙转身跑回了二楼。

爱美丽还在屋内呻吟着，珊珊也顾不上了，直接跑进梁母的房间，抓起那十几页的小册子，不停地翻看着。她明明记得有一个紧急电话，她还特意在那页纸上的边上画了一个五角星，但现在怎么也找不到了。珊珊又开始骂自己关键时刻不争气，重要关头掉链子！

一刻也不能再耽误了，直接打911电话吧。珊珊接通了求救电话，告诉了她的地址和病人的情况。放下电话，她又想起来，爱美丽可不能随便送到一家附近的医院，还是应该回市区的肿瘤医院。想罢，珊珊收起那册子，冲进她房间，拿起了她的背包。

珊珊又拨通了天水的手机，简短地讲了几句话，告诉他立即过来。屋内这时已经能听到社区外大街上由远至近的警笛声，珊珊跑下楼，打开大门，一辆警车刚好停在了房前的马路上，关闭了警报的警察，一左一右地下了车，朝着房子这边走来。

珊珊讲明情况，一个光头的警察说道："救护车马上就到。"

"我妈带着我女儿出去散步了，我要同病人一起去医院，请你们在这多待一会儿。"

　　这时不远处的街口就又传来了警报的声音，拐进小区的一台红白色的救护车暂停了警报器，但车顶的一排蓝色警灯还是一直闪着，车冲过来，停在了警车的后面。

　　珊珊带着大家上楼，屋里的爱美丽满头大汗，瘫在床上，已经没有力气喊叫了。救护员拿着一副担架。他们把爱美丽移了上去，胸前和下肢处都固定好，两名警察在前，两个救护员随后，四个人把爱美丽运下了楼。他们把担架放进了救护车里。珊珊也跟着坐进车内侧排座位，叮嘱司机要送往市区的肿瘤医院。

　　车中的救护员很快给爱美丽戴上氧气面罩，又是量心跳又是测体温。珊珊一直握着爱美丽的手，在她耳边说道："好了，我们现在就去医院。"

　　救护车警笛响起，汽车在小区路口处左转时稍稍停下，透过车门后窗的玻璃，珊珊刚好看到梁母和凯林从社区公园那个方向走回来，凯林指着又亮灯又鸣笛的救护车，一副十分好奇的模样。

　　救护车沿着高速公路，风驰电掣向旧金山市内驶去。还好是周末，汽车比平时少了许多。在路上，珊珊又拿出医院的出院手册，终于找到了那个她做过记号的紧急电话。

　　电话里，医院的医护人员简单询问了爱美丽的个人信息和发病状况，然后就告诉珊珊，车子应该从医院北门，也就是急诊部的入口进去。

　　救护车下了高速，很快就拐进了医院。车停下后，救护员把担架移到了一辆四轮推车上，珊珊跟着他们快速地把爱美丽推进了大门。一名护士已在里面等候，确定是爱美丽以后，就急匆匆地推进了医护区。

　　爱美丽被送进了一个明亮的大房间。透过门上的窗口，珊珊看见一名护士正在为她接上各种仪器，一位护士正在她的手臂上注射。一位背对着她的医生，俯身靠近爱美丽，做着检查。过了一会儿，医生转过身。几米外的爱美丽平躺在那里，脸上又戴上了呼吸面具，她一侧的短发盖住了她半只耳朵。

诊室的房门一开，医生从屋内走了出来。这是那位珊珊见过的年轻大夫，他也认出了珊珊。他仔细询问了一遍今晚发病的过程，当听到珊珊提及最后的呕吐物里有一些褐色东西的时候，他不禁皱了皱眉。等珊珊全讲完后，他开口说："症状像是急性胰腺炎。贝克医生已经在路上，我们会再做进一步的检查。"

珊珊恨不得抓住这个医生的手，求他救救爱美丽。大概是看多了急诊室里病人的家属，年轻医生安慰地说："你到外面等吧，我们会尽力的。"

珊珊只得点头。等她转身，再去望刚才房间的时候，那里已是空空荡荡，爱美丽已被推走了。

站在急诊室外，珊珊的手机响了，打来的是天水。

"珊珊，情况怎么样啊？"

"你在哪里？"

"我在家里，我现在想去医院。"

"凯林呢？"

"凯林刚刚睡下。"

珊珊犹豫了要不要让他来。

"好吧，让梁伯母陪着凯林，你还是来吧。"珊珊觉得多个人，遇事可以有个商量。

天水到医院已是晚上十一点。珊珊和他几次去向护士询问爱美丽的情况，但每次都得到同样的回复：仍在抢救之中。

凌晨五点多，急诊室的大厅里空无一人。斜靠在椅子上，闭着眼睛的珊珊隐约感觉前方有人影晃动，她睁眼一看，面前走来的正是昨晚的那位年轻的男医生。珊珊从椅子上弹了起来，连带也惊醒了旁边的天水。

医生上前一步，压低了声音说道："实在对不起，爱美丽因为内出血，几分钟之前去世了……"

珊珊像是被雷电击中了一般，全身僵在那里，说不出话来。

医生继续讲述着，但珊珊眼前一片模糊，有人从旁边扶住了她。

一切来得太快，没有一声道别，没有一个拥抱，没有一句嘱托。

珊珊仍有知觉。她能够清晰地感受到头上两边太阳穴一起一伏快速的脉搏。眼前虽是白茫茫的一片，但此时脑海中飞快地闪过的是无以计数与爱美丽共同生活的画面，迅速地回放着无穷无尽彼此交往的场景，然而让珊珊感到神奇的是，记忆中那最终定格的情景竟然是十个小时之前的爱美丽。

今早喜欢漂亮的爱美丽，平静地站在洗浴间的梳妆台前，洗过脸后的她侧着头，眼睛凝视着镜中的自己。左手的手掌中捧着一团白色的霜膏，右手食指的指尖沾上了少许。她优雅地微微转动她的头，双眼仔细地观察着她所熟悉的每一寸肌肤，待到从各个角度审视之后，她抬起右手，恰到好处地在脸上轻柔地抹擦。她那专注的目光，她那全心投入的神情，完全像是一位精力充沛但尚未成名的青年画家，在她的那幅旷世杰作的画布上，再次增添极其重要的一笔颜色。

青春易逝，但在爱美丽的生活里却找不到一丝这样的痕迹；红颜易改，但在爱美丽的生命中却看不出一丝那样的踪迹。她对美丽保持的执着追求，展现的是她对生命的真诚与热爱。正是这股发自她内心的力量，让她自己乃至她周围所有的人都不曾怀疑过她的美貌，正是她这股强大的自信，让她的每段生命都能绽放出她那独有的流光溢彩，每时每刻都迸发出她那熠熠生辉的女性魅力！

第四十六章

丽秋回上海生活三个月了。让她倍感惊讶的是，她内心对于回归故乡的欣喜，一点也不亚于当初义无反顾地离开这块土地时的快慰。年少不懂得为什么有的人要叶落归根，这就犹如人类不明白三文鱼为什么要从大海洄游归入出生的山涧河溪。人生是一个循环，有起点，就有终点。无论在世界领略了多少风光，人最终还是要回归平淡。斗转星移之后，当终点再次与起点相会，那熟悉的环境，那可贵的亲情，那记忆中所珍藏最深的故乡，恰恰能带来那一份久违的舒畅。

丽秋返沪定居，在上海的大学同学还为她举行了欢迎会。召集聚会的是丽秋的好友秀兰。自从老汤上调北京，这位在上海市中心甲级医院当党委副书记的秀兰就成了同学会中最为重要的人物了。用秀兰自己的话说，不是她有多大本事，而是这帮同学们都进入了老胳膊老腿的阶段，对专家门诊的需求与日俱增。

聚会那天非常热闹，十几个在沪的同学凑在一起。秀兰举着酒杯向同学介绍说，欢迎班里的大美女，年级的尖子生，在北京中央部委曾经任职的技术处处长，在香港创业有成的女企业家丽秋同学荣归故里。坐在桌旁的丽秋笑而不语，像是在聆听别人的故事一样，任由心直口快的秀兰当众拿她开心。大家都是多年的朋友，聚聚实在难得。

酒过三巡，大家也自然而然提起了不在场的老汤。丽秋可是竖着耳朵静静地听着每一个字。从北京同事那边打听的消息，老汤还在接受审查。但席间一个同学得到了最新的传闻：因为证据不足，老汤已从最初要定的渎职罪，改成了党内警告处分，待遇降级，提前退休了。大家纷纷议论说，老汤在上海和北京都担任过职务，而最后又是在外地的国有大企业任职，他能被安排在哪个城市退休就搞不太清楚了。

几个和老汤熟悉的同学忍不住为他说话，都讲老汤能力强，守本分，是个好人。本应是这届同学里做得最好的，不成想让他的老婆给拉下了马。倾听中的丽秋，先是难过，后是心疼。心里想着随着众人附和几句，但胸中压抑得怎么都说不出口。

吃过晚饭，秀兰叫了出租车送丽秋回家。丽秋东拉西扯地问了问今晚另外两个没露面同学的情况，等快到家时，她才不经意地说道："老汤真是惨了点，你人脉广，你帮着留下心。"

"这是要帮谁留心啊？"秀兰笑着问道。

丽秋迟疑地望了一眼秀兰，没能接上话。

"我刚刚就觉得奇怪，同学里就你和老汤共事过，就你一个人一声不吭。原来是把老领导放在心底里了。"

秀兰话里有话，酸味十足，好在车里没别人。丽秋躲过秀兰投来的半讽半笑眼神，回她道："看你说的，同学之间就不能有一点关心吗？"

"关心不关心我不知道，但我刚才在酒席上，可是留了一个心眼。我本想提醒大家：丽秋现今还是单身。可看到你对老汤一言不发，我都话到嘴边了，临时又改了主意。万一我说了那句话，在场的这位未必会领情，不在场的那位多半要生气。你说我又何必多这个嘴，里里外外都讨人嫌呢？"秀兰眉飞色舞地越说越来劲。

人其实不会成熟，而所谓的"成熟"无非就是戴了一副面具而已。面前笑得前仰后合的秀兰跟在大学时是一模一样的。她的父亲是位军队中的老干部，读书的那会儿，她就是这么一个什么都敢说的女人。

这么多年的历练，现在骨子里居然还是那副老样子。丽秋板起面孔，不再理她。

丽秋对付秀兰的老法子依然挺管用。汽车停到小区，丽秋礼貌地和秀兰告别，打开门就要下车。倒是秀兰沉不住气，向外探出身子，小声地说道："你放心，我会留意的。"

丽秋的新居是一室一厅，户型不大，但地处市中心。这里离外婆的住处只有一站地，天气凉快的时候，丽秋可以走到她妈妈家那里。房子里每件家具都由她精细挑选，摆设不多，简洁明快。

有些人的生活在退休的那天翻开了一个新的篇章；有些人的生活则是从退休的那天开始黯然失色。在现代社会里，退休后所面临的挑战远比绝大多数人想象的要艰巨得多，过往的成就越高，经受的考验就越大。这就犹如一名叱咤疆场的将军脱下了满身铠甲，一名大权在握的文官卸掉了顶戴花翎，当一个人洗去铅华回归本色的时候，有人走不出过去的影子，有人却从此生机盎然。

评判一个国家的教育质量的好坏，不仅仅要审视毕业学生在专业领域里的表现，如能追踪那些退休后学生的行为举止，那才不失为一项极其重要的指标。好的教育不单教会一个人生存技能，而且更要赋予个人高雅的情趣。那些当初在校园里看似毫无用处的课程，恰恰是接受教育者后半生赖以依托的人生宝藏。

丽秋上大学时有过一门美术课。那时校园里气氛宽松，学院还从社会上邀请了几位有名的画家来授课。其中一位老者十分风趣地介绍了中国国画历史和流派，虽然时间很短，但给丽秋留下了极深的印象。退休之后的丽秋拾起了这门三十多年前的课程，享受教育所带来的快乐。

丽秋找到了一位国画老师，每周都去上课。虽然她人老了，眼花了，手硬了，但绘画却让丽秋心静了，气顺了，神闲了。这让她忘记了在北京工作几十年被收回去的那套房子；这让她忘记了在香港开公司时的恩怨是非。沉浸在艺术中的她能够平等地看待这个大千世界，内心的平静与外界的沉浮渐渐脱去了关联。

这天上午丽秋从老师那里回到家。还没打开大门，就听见屋内急促的电话铃响，跑进去一听，原来是秀兰的秘书，对方挺客气，请她稍等片刻。

"你这是跑到哪儿去了？找你一上午，家里没人，手机也不开……"电话传来的是秀兰埋怨的声音。

"对不起，刚才出去了。"丽秋上课的时候都把手机关掉。

"你现在赶快打车过来吧，老汤在我们医院检查身体呢！你直接去门诊大楼，到了叫我，我来找你。"

和秀兰上次见面已经两个多月，她今天突然被告知这个消息，这让丽秋一时慌乱。看看墙上的挂钟，已是十一点半了，会不会检查快要结束了呢？丽秋在镜中匆忙地照了下自己，她没换衣服，转身就出了门。

医院不远，十分钟以后，丽秋在门诊楼的大厅里，见到从大门外大步赶来的秀兰。秀兰穿了一身浅褐色的套装，手上还搭着件白大褂。她一边穿上那件医用制服，一边带着丽秋往里面走。

一路上总有医护人员主动向她打招呼，直到穿过长廊，走进了员工电梯，关起门后，秀兰才开口说："我很少到门诊大楼来，今早是陪同市里的一个联合检查团。在五楼时看见一个人，怎么看怎么像老汤，我过去和他讲话，果真就是他。他说今天市委机关安排离退休干部来这里体检身体，他就跟来了。"

"哦，那是几点？"丽秋有些着急地问道。

秀兰脸上滑过一丝微笑："我和门诊主任讲了，这是我的老同学，刚从外地搬回来，现在要他们好好帮他检查。"

　　四下无人，秀兰压低声音说道："我让他们加了心电图、脑电图、肺功能、肝功能、肾功能。要是再找不到你的话，下午就再给老汤查查他妇科方面有没有什么毛病……"

　　两个女人都哈哈地笑了起来。电梯门一开，秀兰立即收起了笑容。她出门右转，快步走到一间挂着门诊主任牌子的办公室前，秀兰轻轻地敲过门后，就推门进去了，朝向外面坐着的主任见到秀兰后就立即站起身，门还没完全关上就又被他从里面拉开了，只听到他说："在，在，人还在。"

　　跟在身后的秀兰小声说："找到他就行，他该做什么做什么，不用打搅他。"

　　三人再向走廊深处，来到一个科室门前，那人进门后很快就退了出来："病人在里面，正等着检查呢。"

　　秀兰笑着回道："谢谢主任，我要有事一会儿再找你。"

　　主任走远后，秀兰转过身来望着丽秋，语气平缓地说："进去吧，什么事都慢慢讲。他现在关系转到了这里，我们随时都可以把他叫过来。你不用急，他跑不了了。"

　　又是这么直白的话语，但丽秋这次听到却心中暖暖的。承蒙老同学这样尽心尽力，自己已是一个闲人，实在是无以为报啊！秀兰没等她开口，转身走开了。

　　丽秋站在原地，深深地吸了口气，轻轻地推开了门。房间不大，左手边有六七排蓝色的塑料椅子。中午时分，等候的人不是很多。老汤坐在第一排最里处靠边的一张椅子上。他穿了一件灰色长袖衫，下身是一条深蓝色长裤，脚上穿着一双平底布鞋。他身体前倾，双手支撑在腿面上，低着头在看一张报纸。他右边的空位子上放了一个印着这家医院院徽的红色尼龙手提袋。

　　丽秋小步朝他那个方向走去。来到老汤的身旁，站在那里，却突然没了主意，一时不知道该如何是好。

对于丽秋来说，这个她爱过的男人深藏在她的心底，已经是一件珍藏的往事。就像一艘沉船静静地躺在黑暗的海底，生命中爱过的人也许很难忘记，但时间可以像海里的泥沙，沉淀中慢慢地掩埋住船体，让人不会轻易察觉它的存在。

世事无常，没想到今天会在这里遇到他，丽秋既有些惊讶，又有些欢喜。人世间绝对没什么有口无心！为什么想要打探这个男人的消息呢？这个问题，丽秋无法面对。为什么要向好友流露对他的关心呢？这个问题，丽秋无力回答。

从今早接到秀兰电话开始，她就进入了一种莫名的亢奋状态，她火急火燎地跑到这里来做什么？她匆匆忙忙赶到这里意欲何为？丽秋被自己一连串的问题问得语塞，她被自己盲目的冲动惊到了，她被自己丧失理智的行为给吓到了。都快六十岁的人了，毫无方略地，不计后果地，火急火燎地跑来究竟为了什么呢？

也许，也许这就是爱情！疯狂的血液直冲大脑中血管的管壁，桀骜不驯的性情踩踏一切阻拦，无法控制的情感碾压前进中任何障碍。她真的还爱着老汤？难道秀兰在车里不是开玩笑？丽秋的心快要跳出来了，她面颊顿时泛起了红晕。

爱情是不受年龄限制的，它从来不只属于年轻的人。当她再次降临在年长者头上的时候，所有人都会惊讶地发现，爱情依旧像火山岩浆般的炽热，与初次时的体验没有丝毫差别。人或许疮痍满目，但冰冻的芳心仍可被不朽的爱情所融化。丽秋一阵晕眩，她伸手抓住了椅背。

椅子的响声惊动了一直专注的老汤，见到身边有人站立，他不好意思地拿起空座位上的手提袋，随手把它放在脚下。他身子又往边上靠了靠，继续低头读他的报纸。

丽秋顺势坐在了他的身边，侧身继续观察着老汤。他衬衫的领子挺干净，裤子和鞋也算搭配，印象里的老汤，一向衣着整洁得体。再转眼看他手中的报纸，居然是份《新民晚报》，而且还是都市生活版。

想起和老汤在北京断断续续一起生活的那一年，闲暇时他们还讨论过如何读报这个话题。老汤偶尔从部里下班直接去她那里。吃过晚饭后，他会从公文包里抽出一大叠厚厚的报纸，把几份大报放在一边，唯独留下参考消息，花些时间读里面的文章。

丽秋处里也订报纸，她每天都还阅读大报的头版，一来是关心国家大事，二来也是看看政治风向，而身为副部长的老汤居然不这样，于是丽秋好奇地向他讨教。

老汤放下报纸和她讲，如果读报只是为了消遣，那读什么都没关系。但机关干部要想通过看几份大报来感受政治风向，那既不是一种十分有效的方法，也不会对日常工作产生任何实质性的帮助。重要的政策自然会知道，具体的实施则更需要领会上级的意图。老汤说他在闸北工厂里当副书记的时候，他有订阅大报，但他从来没工夫看。工作上，他紧跟领导的步伐，全部精力都放在抓具体事务的贯彻和落实，而他那份大报都是垫在家中的餐桌上，吃饭时才用得到。

老汤是从基层历练出来的，说话自有他的道理。丽秋眼睛里透着欣赏的目光又问老汤，那为什么还要看参考消息呢？老汤解释说，参考消息则不同，该报可以帮助开阔视野，类似的问题可以借鉴国外是如何解决的。很大程度上，可以起到扩展干部思路的作用。

回想起两人过去的生活细节，眼见老汤捧着《新民晚报》的副刊聚精会神读报的样子，不知道这男人现在又发展出什么新理论。丽秋定睛扫了一眼报纸内容，黑字的大标题是"家庭君子兰的种植和培护"。丽秋心中笑道：曾经掌管几千亿资产的国企老总真是回归平民本色，悠然自得在读这般市井气的闲情文章。

"老汤，你好啊。"

老汤听到有一个既陌生又熟悉的声音在叫他，他诧异地抬起头。边上是一位五十多岁的烫了头发的漂亮女人，柳叶眉下的一双大眼睛正望着自己。

对面的人眼熟，应该不是认错人了。老汤放下报纸直起身子再次端详，眼前竟然是丽秋！前几天还想起过这个女人，今天就在这里碰上，天下居然还有这么巧的事！老汤吃惊得说不出话来。

看着老汤呆呆地瞅着自己，丽秋继续问道："你回来了？"

老汤一年多前把手机中能删掉的人都删掉了，几个月前回到上海，他谁也没联系。他忙碌多年，需要好好休息。另外毕竟他是犯了错误的人，他不想给别人找什么麻烦。生活虽然平静如水，但偶尔有个女人会不受约束跳出来在眼前那么晃动一下。

他还记得上一次见到这个女人是在北京一家酒店的咖啡厅里，是帮她出主意从部里退休。几年不见，她变化不大，还能从人群中轻易地认出来。看见老朋友是件高兴的事，老汤随意地笑着回答道："是，回来了！"

"你不走了？"丽秋神态自若地问道。

这问题问得有点好笑，老汤右手轻轻一拍椅子扶手，自嘲地说："还要去哪里啊？再去就要去提篮桥了，现在这样就已经很好喽！"

丽秋见过许多领导都是拿得起，却放不下。老汤神情泰然，举手投足之间没一般在官场失意人的丢魂落魄。

"你也回来了？"

"是，回来了。"

"你也不走了？"

"那要看那个人对我好不好了。"丽秋被自己脱口而出的话吓了一跳。她一个女人，和老汤多年未见，怎么开口就说出这种没有缓冲余地的话。即使她年轻时也绝不会如此地冒失与莽撞。她今天哪来的这股勇气？难道她真的疯了吗？

老汤听得清楚，但不敢相信他的耳朵。丽秋今天讲这句话是什么意思？那个人指的是谁？难道是我？不是我的话，她跟我讲这个干什么呢？

老汤认识丽秋三十年了，丽秋这个女人长得漂亮，品学兼优，一向是个心高气傲的女人！她怎么会这般表达？老汤双手抓紧扶把，仔细盯住身旁这女人的脸。

四目相视，丽秋既不退缩，也不躲闪，眼睛带着光，发着亮。神情中没有犹豫，有的只是勇敢。她充满爱意的眼神里，褪去了少女的羞涩，留下的是经过风雨之后对爱情的向往与追求。

老汤确定那个人是谁了。多年前和眼前这人有过肌肤之亲，情浓蜜意时，曾经情不自禁地说过"我爱你"。只不过后来的情况改变了，他不得不找个机会让丽秋去了香港。说抛弃她也好，说支开她也罢，反正他当时想不出别的方法。他没有后悔过当初的那个决定，其实那应该算是最好的结局了。

人生很短！这是活在今日，老汤切身的感受。时间一晃而过，从他上大学，分配回上海，再到在飞机制造厂先搞技术，后做党务，再调至市委，随后又去北京，现在摊上点事，又回到家乡。往昔的情景历历在目，人这一生就是一转眼的事，百川终归入海，他现今也算是回头上岸。

人生很长！这是活至今日，老汤真切的体会。岁月无边，回想他家境一般，身边的丽秋是他年轻时的偶像，和她相爱完全是不敢想的事情。但世间竟能如此峰回路转，今天轮到她来向自己表白，只能说是星辰异位，天地倒转。苍天实在对他不薄，厚土对他情有独钟。

走过千山万水，穿越时光隧道，他爱的人依然没有改变，爱他的人依旧在等候。大家虽然各有各的经历，但两颗相爱的心仍然相互牵挂，在这个年纪居然还能够碰撞出火花。他内心感慨道：这真可谓失之东隅，收之桑榆啊！

"到你了……"丽秋指着不远处在叫老汤名字的护士。老汤这才想起他是在检查身体，他赶紧应道："来了，来了。"

丽秋也站起身，非常自然接过他提的那个红色尼龙手提袋，体恤地说："快点去吧，我在这里等你。"

老汤没再说话，笑了笑，快步向护士那里走去。

第四十七章

凯林坐进车子，嘟起小嘴，翘着鼻子，任凭前排的珊珊怎么说好话，她都一言不发地把头转向窗外。汽车不一会儿开进了一处停车场。刚刚停稳，车旁的一部面包车的侧门就打开了，从里面跳出一个小男孩，车的另一侧走出一位中年妇女，他们一起走向一幢白色的小楼。

珊珊拉开车门，满脸堆笑地说："走吧凯林？去看看你的新学校！"

"小姨，我不想去……"凯林一脸的委屈，语调中带着乞求。

珊珊低头探身进到车里，一边给凯林解开安全带，一边安慰地说："昨天不是讲好了吗，你和小朋友玩一会儿，我中午就来接你。"

凯林极不情愿地从车里走下来，接住珊珊伸过来的手，无奈地牵着向前走。

找到凯林的班级，教室里已经来了七八个小朋友。昨天见过她们的那位老师主动同凯林打招呼。凯林面无表情，躲在珊珊的身后，紧紧抓着小姨的手。珊珊只好选了靠墙的一排空椅子坐下，害羞的凯林挤进珊珊的怀里，依靠在大人的腿上，不安地偷窥着周围这个陌生的环境。

班里的人越来越多。那位老师手里拿了件玩具靠过来，热情地邀请凯林过去和大家一起玩。熟悉这些小把戏的凯林，扭过头不去理睬。这让身旁的珊珊很不好意思，频频向着老师微笑致歉。

挂钟的指针指向九点，老师让孩子们收起玩具，准备上课。珊珊不得不站起身，小声对凯林说："你在这玩一会儿，我中午就来接你。"

凯林低下头，双手抱住珊珊的一条大腿不松手，嘴里倔强地说："我不，我要跟你回家……"

那老师这时已走到了凯林身后，弯着腰在凯林的耳朵边轻声说："和我们一起玩拼图游戏吧，一会儿妈妈再来接你。"看着凯林没有什么反应，老师从后面抱住凯林，向珊珊朝房门的方向努了努嘴。珊珊挣脱了一双小手的纠缠，转身往外走。

身子还没跨出门槛，就听到凯林的哭声。珊珊冲出教室，快走几步，拐过走廊，然后就再也走不动了。屋内传来凯林的哭喊声："我要回家，我要找妈妈……"这句话中每个字都像钢针一样刺痛着珊珊。她眼前先是浮现出爱美丽在病床上，母亲不得不离开自己孩子时，那饱含依依不舍的神情，后又想起爱美丽对她投来的充满信任的目光，两幅场景交替显现，此刻极度煎熬着珊珊。

凯林入学日期被一拖再拖。现在保姆走了，珊珊也要找工作，凯林一定要开始上学了。昨天珊珊刚把凯林领进教室，凯林就开始大哭。因为开学好几周了，班里其他的同学早已适应。大家都在笑这个哭天抹泪的女孩子，加之进进出出送学生的家长，被凯林抱得不能动弹半步的珊珊颇感狼狈，于是她和凯林妥协，讲好今天再来。

凯林还在呜咽地喊着"找妈妈，我要找妈妈……"，这声音唤起了不久前爱美丽的棺木入土下葬时的一幕。凯林那时也是重复着这句话，女孩那撕心裂肺的哭声让在场的人无不动容，以至于身边的梁父和梁母不得不收起他们的悲伤，俯身安慰这个孙女。这么小的凯林生下来就没了爸爸，现今又失去了爱美丽，这对于一个幼小孩子来说，是何等创伤，何等残酷！

教室里的凯林已经哭了很久，虽然气力稍有减弱，但夹杂喃喃自语的哭声仍是不绝于耳。这么小的一个孩子可别哭坏了身体。再有就是凯林是被上海保姆带大的，平日里都是同她讲中文，现在突然把她丢在这里，她会不会有沟通的问题？

珊珊忍不住小步往教室那边走去，偷偷从半敞开的大门里望进去，凯林还坐在刚才的位子上，身体一起一伏地哽咽着。还在犹豫下一步怎么做的珊珊，被抬起头的凯林瞧个正着，她低沉的声音再次高昂起来，不停地在原地跺着脚，张着双臂，朝着珊珊大哭。珊珊忍不住，迈步向前，推开房门，蹲到凯林面前，抱住她小声说道："好了，不哭，不哭了。"珊珊不敢再看旁人，她抱起凯林，快步逃出了教室。

回到家后，小狗黑森林很是高兴，他摇动尾巴围着凯林跳来跳去。珊珊像个泄了气的皮球，瘫软在沙发里。又白忙了一个上午，带一个小孩子，远比她想象的困难得多。

手机在震动，是天水的短信："今天怎么样？"

"没有成功。"珊珊追加了一个苦脸的符号。

天水一直对她们十分关心，爱美丽过世后，他忙前忙后地办理爱美丽的丧事。珊珊渐渐习惯了他的关心，每天和他讲讲话，这会让她好受许多。

"为什么呢？"

"她在教室里一哭，我就受不了……"

"哦。"

"看她哭，我心里难受，感觉实在是对不起爱美丽的托付。凯林太可怜了。"

"可以理解。我来想想办法。明早，我们一起去送她。"

"好吧。"这时候的珊珊非常愿意接受帮助。

第二天早上八点多的时候，珊珊收到了天水的电话："你先打开车库门吧，过几分钟以后你们再出来。"

等珊珊拉着凯林出现在车旁的时候，她们都惊奇地发现，车子里已经并肩挤着两位大人。仔细观瞧，后排中间座位上的是一个和成年人一样高的大棕熊，棕熊圆球般的大脑袋上匀称地长着一双半圆形的大耳朵，脸中央是一对黑色顽皮的眼睛，深色的大鼻头上还有些短胡须，鼓鼓的大肚子上扣着汽车的安全带，这个玩具熊做得惟妙惟肖，非常招人喜欢。

看到大棕熊的凯林，露出了笑脸，没等别人催促，便自己爬上车后排的儿童座椅。珊珊在扣安全带的时候，天水开口说："凯林，我想给你介绍一下我的朋友，汤姆。"说完他抬起一只汤姆的粗胳膊，伸过棕熊的大手向凯林致意。

凯林微笑地招了下手，然后不解地问："你的朋友？为什么以前没听你提起过它呢？"

"哦，它住在我那里，你不知道它，可它知道很多有关你的事。"

汤姆的大脑袋冲着凯林，一副认真在听的样子。

听着天水和凯林的对话，珊珊暗暗地庆幸今天可以当个配角，她迅速钻进驾驶室，启动了汽车。

"我可以和你的朋友汤姆玩吗？"

"当然可以，汤姆一会儿去上学，它今天下学以后就可以和你一起玩。"

"汤姆也要去上学？"凯林瞪大了眼睛问道。

"每个人都要上学，这样才能长大呀！"

像是听懂意思的凯林不再出声。等车子再次停下来的时候，天水一边帮凯林解开安全带，一边柔声细气地说："我们送完你，还要送汤姆。等你们都放学，就可以一起玩了。"

"它认识我家吗？"凯林有些担心。

"放心吧，汤姆放了学，我会把它送到你家的。"

凯林这才安心地点了点头。

天水一手抱着大熊，一手牵着凯林，四个人走进幼儿园。来到教室门口，凯林要和汤姆一起拥抱告别。这番举动引起了屋内一群孩子的骚动，大家都跑到教室门口，羡慕地看着他们。几个小朋友不约而同地问凯林，和她拥抱的那人是谁，凯林满脸自豪地说这是她新交的朋友汤姆。

趁着凯林在与同学交谈，天水悄悄地拽了一下珊珊。天水双手举着棕熊一步一步地往后退，珊珊则是右手搭在天水的肩膀上，不时地回头观望退后的路径，引导着天水一尺一尺地往外移。这种近乎滑稽的情景，迅速勾起路过家长们不久前的那段记忆，有人发出了善意的笑声，有人甚至还为他们拍手叫好。直到拐过墙角，放下那只笨重的棕熊，两人这才会心地相视而笑，真有一种如释重负的感觉。

中午，匆匆赶回家的凯林果真看到在客厅里等待她的大棕熊汤姆，她拿出最好的玩具给她的新伙伴。眼见孩子如此快乐，心血来潮的珊珊偷拍了几张汤姆与凯林玩耍的照片，发给天水。

傍晚天水来的时候，他进门就大声说他要接汤姆回家。珊珊不知道这里面又有什么玄机，不敢搭腔，只是听着天水和凯林讲，汤姆要回家做作业了，明天再和她一起去上学。凯林就和汤姆约定明早再见面。

自己搞不定的事，让天水给解决了，珊珊顿感心情转好了许多。等孩子睡着以后，她忍不住写了一条短信给天水："谢谢你和汤姆的帮助！"

刚刚发出去，就收到了天水的回复："应该做的，凯林是个好女孩，你也是个好妈妈。"

　　话虽不多，但对珊珊却是个非常大的鼓励。她默默地重复道："对，我也是个好妈妈。"

　　转眼间一个多月过去了。天水每天早上都陪着送凯林，晚上来接灰熊汤姆回家。虽然他住得不远，但还是挺让珊珊感动。有过那么一两次清晨的时光，当三人走进学校的时候，凯林一手牵着珊珊，另一手抓住天水，两个大人默契地一起用力，凯林像荡千秋似的，悠进了有两级台阶的大门里。阳光明媚，绿草如茵，凯林的笑声不绝于耳，珊珊霎时间感到有一股幸福的滋味在她心底涌动，生活不只仅有阴雨连绵，而且也有艳阳高照的那一面。

　　然而珊珊没精力去仔细回味那飘忽不定，略带一丝甜意的感觉到底是什么。雨天的闪电在白昼里留不下任何痕迹，而当雷声传至人们耳膜的时候，忙碌的人往往早已重新沉浸于生活的琐碎之中。

　　珊珊眼下在找一个比较轻松的，一个可以照顾家人的工作。但在硅谷，这个要求远比申请一个收入丰厚的职位要困难许多。珊珊应聘了几家公司，都与她的期望有蛮大的落差。与以往求职截然相反，珊珊这次不是在不停地修改她的简历，而是在不断地删减她所会的技能，以便找到一个符合她要求的岗位。

　　一天在去幼儿园的路上，凯林突然问天水，汤姆多大了？它的生日是哪天？什么时候给它过生日？珊珊忍住笑，从后视镜里看天水怎么回答小孩子这些刁钻的问题。天水说汤姆快一岁了，至于它的生日，要回家去查一查。孩子的戏言，无意间倒是提醒了珊珊，天水的生日快要到了。于是她打电话告诉天水，汤姆生日就和他的安排在同一天好了，她与凯林给他们一起庆祝生日。

　　星期六傍晚，珊珊和凯林一起来到了天水的家中。珊珊带来了两个蛋糕，大的是给天水的，珊珊在上面插了三支蜡烛。突然想起去年这个时候，爱美丽还围着餐桌跑前跑后，那一幕犹如就在昨日一般，珊珊垂下双眼，不想让别人注意到她的哀伤。

"为什么你只用三支？为什么我生日用的蜡烛比你还多呢？"凯林好奇地问天水。

"因为一根代表十岁，否则我的蛋糕上放不下那么多蜡烛啊。"

"你什么时候开始用四支蜡烛呢？"

这个问题倒是吸引了珊珊，她从怀念的思绪中回过神来，侧耳倾听天水的回答。

天水数了数手指头："还有五年。"

原来天水比她大三岁，这和她估计的差不多。一丝不易让人察觉的微笑之后，珊珊很快就陷入了自责，她最近脑子怎么老是会想一些乱七八糟不着边际的东西呢？看来自己还是应该出去上班，免得在家胡思乱想。珊珊赶走了那无缘无故的笑意，她给汤姆的小蛋糕上也插了一支蜡烛。

这时听到身后的房门传来了"叮咚"的门铃声。天水似乎也猜不出这个时间有谁会来，他拿下生日帽，随手放在餐桌上，走过去，手搭住门把，从门孔里向外望了一眼，他停顿几秒后，打开了大门。

从珊珊的位置望过去，门口站立着一个身高和天水差不多的男人，天水的头挡住了那人的脸，看不到他的容貌。只听来人友善地说道："嗨，彼得，生日快乐！这是爸爸和我们送给你的礼物。"说完递给天水一件东西。

听声音，是位中年人。珊珊想起天水以前讲过他家的事，那人应该是他的哥哥。

天水把打开的房门关小了一点，冷淡地说："谢谢，你以后不用来了，也不要送我什么礼物。我这里现在还有客人。"说完话，他接过礼物，缓慢地关上了门。

天水转过身，在大家的目光下，他略显尴尬。他拿着一个长方形的金色礼盒，走进了厨房，把它放在了微波炉旁的橱柜上，然后又坐回了餐桌边上的位子。

珊珊连忙张罗让天水再戴上生日帽，用打火枪点亮了蜡烛，大家一起唱起生日歌，天水一口气吹灭了蛋糕上所有的蜡烛。在天水切蛋糕的时候，珊珊示意凯林拿出她们准备的礼物。

凯林拿出一个包装盒，双手捧着递到了天水的面前，高兴地说道："生日快乐，天水叔叔。"

天水接过去打开一看，里面是一个前后都印有凯林照片的咖啡杯子。天水连声道谢，看着满脸笑容的凯林，天水探过身子抱了抱漂亮的她。珊珊为这个礼物花了好多心思。送天水衬衫、领带、皮夹好像都不太合适，而带有凯林相片的礼物，既实用贴心，还表达她和孩子的感谢之情。

天水把蛋糕切好分给大家，珊珊尝了一口，就夸奖凯林选的蛋糕味道真好。桌旁的凯林这时还是没有动她的叉子，她手指向厨房的方向说："那里还有一个礼物，你可别忘记打开啊……"

天水朝那边瞥了一眼，十分平静地说："我不收我不认识人的礼物。我会把那东西寄回给他们。"

"他认识你，刚才叫了你的名字……"

"好了，凯林。大人的事情，你不懂了。"珊珊碰了碰凯林的胳膊，示意她不要多嘴。凯林天资聪慧，在家中与她相关不相关的事，她都要插手管一管，今天又管到天水这里来了。珊珊不好意思地转头冲天水笑了笑。

与天水的目光短暂地相遇，珊珊知道他的不幸，也能够理解他这么做的原因，可毕竟那边是他的父亲和兄弟，一家人竟然到了这互不来往的地步，这实在是让人难过。但作为天水的普通朋友，她也不太好开口劝导他什么。

　　凯林终于熟悉了学校的环境，她不但受到老师的喜爱，而且结交了新朋友。目睹孩子的成长，哪怕这细小的进步也使珊珊感到莫大的欣慰。短短几个月身为人母的生活，可谓是有苦有甜，这切身的感受与珊珊过去的想象大相径庭。女人蜕变成为母亲是一个不可逆转的过程，这其中每人的感受虽各有不同，但如果退一步纵观全景，成长后的女性会惊奇地发现，在这个浩瀚的宇宙之中，在这个缤纷的世界之上，在无数光年的尘埃里，在风云莫测的时代中，曾经有过这么一个幼小的生命，曾经有过这么一段不被外界打扰的时光，她不会纠结你的过往，她不能评判你的成败，她对你没有丝毫的怀疑，新生的曙光完全依托在你的手中，点亮的朝阳成为彼此的全部。这种感受真是奇妙，这是一次女人成为世界中心的体验，这是一段人类延续生命的伟大历程！

　　接近年底，学期即将结束的时候，幼儿园邀请学生家长参加孩子们的汇报演出。珊珊也邀请了天水参加。活动是星期五的下午，在社区的活动中心举行。

　　演出那天，珊珊挑选了一件漂亮的衣服，还化了淡淡的妆。这个幼儿园位于硅谷富裕阶层的社区，每天送孩子的家长多半都是开着大型豪华汽车，许多妈妈都打扮得花枝招展，珊珊自然也要装扮一番。

　　能容纳一百人的活动中心布置得很有节日氛围，舞台上装饰着鲜艳又亮丽的彩带，每排阶梯式座椅的入口处都绑着五颜六色的气球。珊珊找到她的位子，刚刚入座，就发现前排是凯林同班好朋友的妈妈詹妮弗。詹妮弗为人友善，每天早上都主动和珊珊打招呼，珊珊偶尔也会停下脚步，与她聊上几句有关孩子的话题，两人渐渐地熟络了起来。

　　两个女人正说着话，天水和一名男子沿着前后座椅的过道，同时朝着她们这边走过来。詹妮弗笑着向走到她近前的那位男士说道：

"这就是女儿好朋友凯林的妈妈，珊珊。"

然后她又转头冲着珊珊说："这是乔治。"

珊珊莫名其妙地很喜欢这种简短的介绍方式，她与乔治握过手后，也有样学样地说道："这是彼得。"

显然是高兴得太早了，旁边女人随后的一句话，很快让她陷入了窘境。

"彼得可是一个好爸爸，每天早上都送女儿。"詹妮弗羡慕地夸奖道。

什么是有口难言的尴尬，珊珊算是瞬间体会到了。还好天水的回答解除了她的难堪："我是在一直努力。"

天水自然得体的话，让珊珊忍不住偷看了他一眼。

舞台响起了音乐声，天水问珊珊为什么还空着一个位子。珊珊想起老师强调大家一定要对号入座，于是解释说，那多半是留给凯林的。

最先演出的是凯林所在的小班，十几个穿着白色衬衫的小朋友排成一排，每人的头顶箍着一顶竖着一对小耳朵的黑帽子，他们的眼睛和眉毛都描上了重重的色彩，嘴边还画上了长长的胡须，每人都被装扮成一只乖巧的小猫咪。在老师的指挥下，伴随着音乐声，小朋友们一边唱一边跳。站在中间的凯林，双手攥紧握成拳头，两臂像转轮一样绕着胸前的一个中心打着圆圈，一会儿顺时针，一会儿逆时针。她每一次的翻转都准确地踩着音乐的节拍，样子不但活泼而且奔放。凯林敏锐的乐感结合她快捷的动作，与身边的同龄人形成了鲜明的对比，她的表演在人群中异常亮眼。凯林继承了爱美丽演艺方面的基因，越是在舞台上，越是受人关注，就越是不由自主地亢奋。

三四个节目之后，在大家热烈的掌声中，众人谢幕退下了舞台。凯林沿着过道走来的时候，许多家长一边收腿给她让路，一边轻拍凯林的肩膀，夸奖她出色的表演。走到近前，天水移出了中间的座位。看到凯林，珊珊紧紧地抱住她，先亲了凯林的左脸，然后也为爱美丽亲了她的右颊。

这时舞台上大班的小朋友又排好了新的队形，他们的合唱表演开始了。应该是大家非常熟知的曲子，台上的孩子们唱得十分投入，台下的家长也伴随着节拍，左摇右摆拍着巴掌。珊珊是来美国读研究生的，这些儿歌她都没有听过，只是感觉音乐节奏感挺强，让人有点坐不住的感觉。唱过几首之后，音乐换成了圣诞歌曲《铃儿响叮当》。珊珊熟悉这首歌，她也融入这欢快的韵律之中，像大家一样，一边小声地跟着唱，一边轻摆自己的身体，仿佛一下子年轻了不少。

气氛越发热烈，这时校长手持麦克风，走上舞台，她大声地说道："我的小天使们，现在我请你们每一位，拥抱你身边最爱你的人，告诉他们，你爱他们。好，一二三，开始。"

凯林转过头，笑容拉动了她那三对翘着尾巴的胡须，而那两只下端安装了弹簧的耳朵，也在不停地左右颤动着。凯林伸手抱住珊珊的脖子，轻声说："我爱你。"真情流露何需那千言万语，珊珊心中充满暖意。珊珊也抱住凯林，但不敢久视孩子那纯真的眼神。

抱完珊珊，凯林转身又大力地去抱天水。她白色衬衫下的双臂像是一条雪白的围巾一般，绕在天水的脖子上，这夸张的拥抱，逗得天水哈哈大笑。珊珊不禁又想起了爱美丽，如果她要是看到这一幕，也一定会这么高兴。

这时候现场人声鼎沸：背景里的圣诞音乐，舞台上孩子们的歌声，周围小朋友与父母的拥抱，邻座的家长们相互大声地攀谈。突然间，坐在中间的凯林抖动起她的身体，这还不够，她又拉了拉珊珊和天水的胳膊，珊珊转头定睛一看，原来是前排的詹妮弗闭着双眼，半侧着她的头靠在椅背上，正在和探过身来的乔治接吻。

儿童不宜，珊珊下意识地伸出手掌，挡在了凯林的眼睛前。还好只是片刻，那两个人很快地就分开了。珊珊这时抬头发现天水正望着自己，她不自然地笑了笑。谁知天水竟然站起身来，弯下腰，一只手撑在她的椅背上，头朝她这边越凑越近。

"天啊，他不是要那什么吧？"珊珊吃惊到不知所措，边上还有小凯林，这样恐怕不好吧。周围声音嘈杂，可珊珊此时却掉入了一个白色的世界里。现在推也不好，又避不开，她整个人一时僵在了座位上，清晰可见男人那刮过胡子的脸越靠越近，珊珊十万火急地闭上了眼睛，等待着宇宙中的下一秒的来临。

"圣诞快乐！"天水在她耳边暖暖地说了一句，然后在她脸颊上轻轻地亲了一下。等珊珊再睁开双眼的时候，天水已经退回了他的座位，而旁边的凯琳正在咯咯地傻笑。

珊珊用手把一侧的头发梳理到耳后，心中有些难堪。见天水还在望着她，于是强装镇静地笑着回道："圣诞快乐。"

第四十八章

新年过后，幼儿园很快又开学了。恰巧天水的部门启动了一个观测热带雨林的新项目，他被派去巴西出差，于是天水就和母女二人商量，把大熊汤姆安顿到了她们家里，这样好与凯林做伴。

在入学这事上，珊珊算是领教了小孩子的变化无常。短短几个月，凯林从不肯去上学变成了不愿意离开学校。每天放学后，她都要留在校园里与好朋友再玩一会儿才肯回家。珊珊只得在院中的阴凉处站着等她。

一天中午，珊珊站在树下，正看着几个小孩子在玩游戏。离着老远，詹妮弗就向她招手。等走到身旁，詹妮弗热情地邀请凯林下星期去参加她女儿的生日派对。

珊珊刚刚答应，詹妮弗忽然话锋一转问道："怎么最近没有见到彼得了？"

珊珊抓住这个机会，连忙澄清道："他去出差了。另外他不是我丈夫，我们只是朋友而已。"

"这我当然看出来了……"詹妮弗满脸含笑地望着珊珊说。

珊珊心中一怔，她不由得定睛细看面前这个白人女性。詹妮弗应该比她年长几岁，她有着一双非常迷人的蓝色眼睛，脸上玲珑标致的鼻子十分招人喜爱。虽然有过两个小孩，但她身材依然苗条，衣着讲究，是一位风姿娇美的女人。

"这个男人看上去还不错，你下手最好要快一点……"詹妮弗压低了声音说道。

詹妮弗说话的神情相当认真，不像是在开玩笑。这让珊珊颇感意外。都说美国人尊重隐私，不爱管别人的私事。不过这条规则大概不适用于有了小孩的女人吧。詹妮弗一向对她友善，珊珊于是试探地说道："他条件挺好，不愿意结婚。"

"在开放的社会，如果男人既不太看重金钱，又不缺性，那要让他们向女人承诺一桩婚姻也的确是挺不容易的。"詹妮弗停顿了片刻，然后问道，"彼得的父母是不是离过婚？"

"是，离过。"

"嗯，和乔治一样。这种男人一般会在婚姻的大门口犹豫不决。要不里面的人拉他一把，要不外面的人踹他一脚。总之要刺激他一下才行。我给你出个主意吧，你干脆买个戒指向他求婚好了。"

珊珊笑着回道："哪有女人向男人求婚的。"

"怎么没有。"詹妮弗伸出左手，闪了闪她手指上硕大的钻石戒指，颇感自豪地说："我就是向我丈夫求婚的……"

"花那么多钱买个钻石戒指，男的要是不干怎么办呢？"

詹妮弗的脑袋左右不停地晃动着："没说让你买钻戒，你就买个普通的男式戒指送给他，他要是同意了，自然会给你买你要的。"

"也是啊，我怎么就绕不过这个弯呢。"珊珊不禁在心中笑自己傻。片刻之后，又问道，"万一男人不同意，那多丢脸呢！"

"这有什么丢脸不丢脸的。现今社会，女人的幸福要靠自己努力争取才行。站在那，傻等着对方开口，那多被动！"

"你的丈夫乔治那时是怎么说的呢？"女人之间的八卦往往像瘟疫一样，但凡开始就极易传播。这其中的原因也很简单，一旦被别人问出了一些自己的隐私，如果不能从对方那里讨回点相应的作为回报，那岂不是吃了大亏。作为女人的珊珊免不了也打探起了詹妮弗的过往。

"他说他有想过，只是不知道怎么启齿。我就说你现在可省事了，说声'愿意'就行了。"詹妮弗一脸胜利者的神气。

珊珊咯咯地笑个不停，还没听说过有这样的事，看不出这女人胆子可真大！

不知不觉院中玩耍的孩子越来越少，当凯林再次从面前跑过，珊珊叫住满脸是汗的她，跟她讲该走了。在与詹妮弗告别的时候，詹妮弗还伸出小臂，握紧拳头，一边冲着她做了一个向内拉的动作，一边鼓励道："要勇敢，只管去做就对了！"珊珊一时被这个热心的女人所打动，向她感谢地点点头。

春节之后，珊珊找工作也有了进展。一位以前认识的同事主动联系她，说他所在德克萨斯州的公司正在奥斯汀招人，愿意帮她投简历。

随着硅谷的房价不断上涨，一些家庭成员渐渐增多的人会选择搬离湾区。珊珊听说过南方的奥斯汀是一个不错的地方，但真要从北加州搬走时，她心里还有点不舍，她于是就婉言谢绝了人家的好意。不承想那人坚持说那公司在硅谷也有分部，可以在湾区先入职，以后再搬到德州也行，希望她一定要试试。

珊珊面试还是挺顺利的。经理对她挺满意，还花时间推荐这家公司的移民方案。作为过来人，他了解许多人都在抱怨硅谷高昂的住房成本，以及由此导致糟糕的生活质量，可真遇到搬离湾区机会的时候，又往往发现离开这个地方是一件非常困难的事情。亲戚、朋友以及孩子的教育，方方面面的因素都会影响搬到外州的决定。因此公司为了方便员工，特别推出了这个过渡计划。入职两年内，公司都可以补贴员工的搬家费用。就算将来不能搬去，也可以在硅谷继续工作。

詹妮弗女儿的生日派对被安排在周六的下午。当珊珊把凯林送至她家的时候，已有十几位小朋友在那里了。詹妮弗家的后院十分宽敞，铺了褐色石子的一片空地上竖立着两个一人多高的木制滑梯，滑梯之间隔着三四米的距离，由一条木板搭建成的吊桥相连接。看到别的小朋友正抓着护栏的绳索在空中走来走去，凯林急不可待地跑了过去。珊珊和詹妮弗以及认识的家长聊上几句，便抽身离开了。

回到家中，珊珊随手拾起客厅地上凯林丢下的玩具。刚刚从外面进来，倍感室内的空气浑浊沉闷，她于是打开了通向后院的拉门。

昨夜下了一场大雨，空气中弥漫着一股湿润的味道。天早已放晴，二月份硅谷的阳光暖暖地照在脸上。珊珊换了一双拖鞋，踩着有些湿漉漉的草地，走进了冬日里不常来的院子。后院左右两侧种的是鸢尾花。春天离得不远了，万物都在慢慢地复苏。鸢尾花长长伸展开来的绿叶上存留着一些水珠，阳光下显得玲珑剔透。院中树的枝头上发出了许多新鲜的嫩芽，满眼望去都是嫩绿的颜色。虽然院中还未有待放的花蕾，但孕育中的生机却随处可见。珊珊忽然想转身去叫屋内的爱美丽，让她也来看看她所钟爱的花卉。她像是从未离开过这里，院中的每处都留有她漂亮的身影，音容笑貌常伴于花丛之中。逝去的人走了，留给爱她的人无尽的回忆！

珊珊不忍再往下想，转身往回走。进屋时才发现她脚上的袜子被草地给弄湿了。以前硅谷冬季下雨的时候，爱美丽都会把车库内的自动浇水系统关掉。久而久之，那就变成爱美丽在家中的一项任务，无须珊珊留意。现在她不在了，这件事情也没人做了。

袜子湿得蛮厉害，脱下后居然能拧出水来。珊珊光着脚丫，一步步走上了楼梯。来到二楼正对着的就是爱美丽的房间。门开着，阳光透过窗户照在她的书桌上。桌前还摆放着大学时代她和爱美丽的那张头碰头、脸靠脸的照片。那两张绽放的笑脸犹如一对盛开的鲜花。往事历历在目，只是房间里少了那位靓女。爱美丽走后，珊珊从未移动过她房间内任何一处布置，从未触摸过她衣柜里的任何一件衣服，从未翻看过她桌子里任何一个抽屉。珊珊宁愿相信爱美丽有一天还会回到这里，她现今只是在进行一次远行，一次暂不知晓归期的远行。

　　叹了一口气，珊珊回到她的房间。刚刚换好一双干净的袜子就听到门铃声。珊珊走下楼梯，透过门孔看到来人是天水。珊珊的手还有点湿，没办法，她只好学着凯林的样子在自己的衣服上擦了擦，打开了大门。

　　"嗨，刚才打电话给你，你没有接……"天水这周三刚从巴西回来，这还是他旅行后第一次见面。

　　"刚才去送凯林了，回来后在院子里，不小心弄湿了脚。"

　　"院子怎么了？"

　　"下了大雨，我又忘记关掉喷水了，院子草地里积了一些水。"

　　"我来看看。"天水说着便大步走进屋里，拉开后院的纱门，进到了院中。

　　珊珊看天水在院子的草地上走来走去，也不知道他在干什么。知道他和爱美丽一样，都喜欢喝咖啡，于是走去厨房。机器嗒嗒作响，刚刚打好一杯咖啡，就听到天水在院子里喊道："找到了，在这里。"

　　珊珊也不知道找到了什么，走到纱门边，看到天水叉开双脚站在草地的一个角落，冲着她招手说："在这里，你来看。"

　　珊珊和爱美丽都是让园丁公司来管理庭院，她对院子里的活计并不熟悉，也想不出该去看什么。珊珊回屋找了一双球鞋，换上后才走出了屋子。她这次小心翼翼地只朝天水的方向走了三四步，便停在了那里。

　　天水正弯着腰，在一处积水的地方不停地用手把一些树叶、树皮之类的杂物从水底捞出来，顺手扔到旁边高处的花圃上。原来草坪最低洼的一处下水口被堵住了，草地里的雨水排不出去。管道通畅之后，居然能听到水流快速排放时嗖嗖的声音。

　　地上的水越来越少，珊珊退回到拉门外的水泥地面上。她跺了跺脚说:"你弄完赶快进来吧,我给你做了一杯咖啡。"

珊珊回屋拿出一些凯林喜欢吃的曲奇饼干,摆放几样在盘子里。珊珊平日里只在公司里喝咖啡,今天天水来,她也来了兴致,又按动咖啡机的按钮。珊珊将新冲更热的一杯放在天水要坐的位置前,把先前的那杯留给了自己。

天水回到屋旁,靠在门框边,脱了他的运动鞋,用力甩着上面的脏水。珊珊注意到他鞋帮上沾满了杂草和碎叶,于是赶紧问道:"你的袜子有没有湿?"

"袜子还好,没想到那块草地的水积得这么深。"天水把鞋子放在了外面。

珊珊本想说:"你把鞋留下来吧,我给你刷一刷。"这话滑到嘴边,但还是被截住了。他如果真把鞋留下,那他今天穿什么走呢?珊珊于是改口说道:"进来吧,喝点东西吧。"

走进屋的天水一边在厨房的池子旁洗手,一边转着头说:"可以和剪草的人讲一声,让他们再看看。"说完就接过珊珊递来的毛巾,擦干手后就坐到了餐桌前的椅子上。

珊珊并不清楚要让园丁看什么,现在去问天水会显得她太笨。反正今天是修好了,下次坏了再问也不迟。珊珊拿了方糖瓶子和液体奶精,一块摆在了天水面前的桌子上。

"你自己放糖和放奶精好了。"珊珊重新加热了她的咖啡,把杯子放在圆形托盘上,端着也坐了过去。

天水闻了闻从杯中飘起的热气,小心地浅啜了一口,然后称赞道:"这咖啡的味道真好。"

"是哥伦比亚的咖啡。爱美丽可是位喝咖啡的行家,要求可高了。那机器能现打现磨咖啡豆,有各式各样的功能,可花哨了。"

天水顺着珊珊的手指方向,望了望那台占去厨房不少空间的不锈钢咖啡机。

"她刚买回来那东西的时候，我数落了她好几天。"

"那又为什么呢？"

"爱美丽是个冲动型的消费者，她出门时说去买个电脑连接线，回家时就搬来了这么一台大物件。"

"是这样啊。"两人都笑了起来。

很久没看到珊珊的笑容了，天水暗暗地仔细打量她。珊珊的头发今天束成了一个马尾辫，辫子上系着一根粉红色的丝带。一双漂亮的大眼睛里闪烁着欢悦的目光。笑声中，眼眶两侧隐约露出了几条浅浅的鱼眼纹。珊珊上身穿了一件质地厚实的套头衫，领口微大，左侧肩头露出一条胸衣浅黄色的带子，胸前隆起的曲线展现着成熟女性的魅力。

女人是何其敏感，珊珊察觉到天水投来的异样目光，看就看吧，珊珊挺直身体，迎着他的目光望回去。

天水微微地笑了笑，低下头去喝咖啡。

珊珊凝视着这个男人。天水浓密的头发下，是他白皙的额头。两道粗黑的眉毛，一双圆圆的眼睛。在与他对视的时候，他的眼光总能让人感到他是一个可以被信赖的人，很是让人舒服。珊珊在艾米家初次见到他时就有这印象。

虽然女人爱上一个男人需要时间，然而怦然心动却往往只是一刹那。回想起来，珊珊对这个男人确定无疑的冲动就来自一起去送凯林上幼儿园的那一天。天水举着一人多高的大灰熊汤姆挡在他们两人面前，他弯腰弓着身子，撅着屁股，一步一步地沿着长廊往后退。就在那一刻，珊珊完全忽视了整个世界，她完全沉浸于那种警察拿着盾牌解救人质时的紧张气氛之中，当他们退至末端，转进拐角没人处的时候，当他们四目相视，不约而同地笑出声的时候，珊珊既钦佩天水这极具童心的创意，又笑他那极其笨拙而又夸张的姿态。阳光下的他是那么灿烂可爱，活脱脱一个大男孩的模样。珊珊被这个男人所折服，连同身边的大棕熊，珊珊想抱住两人，轮流亲上几下。

"这台咖啡机挺花俏，是挺高级的。"天水继续着话题。

"不过说实话，这台和我第一部车子差不多价格的咖啡机，我真的分辨不出它的味道要比普通的机器好在哪里。"

"还是有差别的。爱美丽没给你介绍吗？"

"她花了不少工夫给我讲解咖啡的种类，泡制的技巧，如何在苦的味道中辨别香气。"

"那你没学会？"天水好奇地问道。

"我懂得食不厌精这个道理。可是人的精力有限，能力也会有高有低。我对咖啡的鉴赏并不敏锐，我也不想花心思在那个上面。能欣赏固然很好，不能也没关系。年龄大了，不能事事求精。"

"是，简单也有简单的好处。"天水点头同意道。

"巴西怎么样？你有去热带雨林吗？去过的朋友告诉我，那里可美了。有许多世界上珍稀的昆虫和植被。"珊珊一边端起她的咖啡杯，一边问道。

天水身体往后仰，双手合十地放在脑后，用力地靠着椅背说："这次没有。如果要进热带雨林的话，要打好几种防疫针，不过下次我会去的。"

"下次……"珊珊把咖啡杯移到嘴边，喝了一口。

"我们这个联合国的项目为期三年，我以后会常驻巴西。"

珊珊从来没有玩过高空坠落的游戏。她现在就像是被别人从身后推进了深渊一样。爱美丽不在了，天水也要搬走。她的身体在加速地下坠，幸好咖啡杯挡住了她的脸，珊珊的手在发抖，她急忙伸出另一只手，托住咖啡杯的底座。口里的咖啡又苦又涩，里面好像混入了杂质。现在吐出来又太晚，珊珊一闭眼，硬生生吞下了一生中最难喝的一口液体。

"这咖啡好苦啊！"珊珊放下杯子，皱紧了眉头。

天水收回身子，推了一下桌上的方糖罐子："要不放点这个？"

"我不用这种。"珊珊低着头，站起身来。人在说谎的时候大多不敢看别人的眼睛。

走进厨房，触碰到橱柜前冰冷的大理石桌面，摸至一扇门的把手，随手拉开，珊珊感觉刚刚被一棒子打昏了头，此刻眼前模糊。悬崖边的谷底没有尽头，她还在翻着跟头往下坠，越来越暗，下面是一个深不可测的无底洞。

世界上，没有什么会比这个消息更让珊珊感到失望了。天水每天的陪伴，让她慢慢地在心里有了一丝不敢去想、不敢去正视的希望。一直在告诫自己不要心急，不断提醒自己要顺其自然，现在他要搬走，一切不切实际的幻想在这个时刻都破灭了。

在夜深人静的时候，珊珊偶尔会想起天水。他是一个喜欢小孩的男人，一个有责任心的男人。半年来，只身带着凯林的经历让她深深地体会到单亲母亲的艰辛和苦楚。孩子固然需要被人呵护，但她自己的内心又何尝不需要有人慰藉？在爱美丽床前照顾凯林的誓言固然充满激情，但再多的激情也会被日常的生活消耗干净。她也渴望别人的爱。

不久前，詹妮弗有关求婚的那番话搅动过她的心。在晚上不能入睡的时候，珊珊也反复琢磨过天水为什么会围在她们母女身边？他肯定不是为了钱，他也不是找不到女伴。除了爱情，珊珊想象不出这个男人鞍前马后陪伴她的原因。珊珊遐想过她和天水将来的温馨场面会是什么样子。经过反复思考，珊珊决定还是不要主动，要等到他开口的那一天。

如果天水真的向她主动，她要如何应对呢？珊珊辗转反侧地规划了很多个夜晚。为了他，为了他们的将来，珊珊觉得一定要给他开出几个条件，只有这个男人全都答应，她才能同意这门婚事。想到这，她会被她的推演给逗笑，她会被她的深情所感动。现在好了，她就是一名在硅谷异想天开的痴情女，一位在湾区天天做白日梦的大龄女青年，珊珊浑身颤栗，气自己的荒唐，笑自己的愚蠢，恨自己的多情，骂自己的做作。

高空坠落终于抵达谷底，理智的缆绳最终勾住了珊珊自由落体般的思绪，依靠着缆绳强劲回弹的力量，珊珊的身体开始向上回升。眼前又慢慢地亮了起来，珊珊终于恢复了视力。她找到爱美丽用的低热量糖袋，随手抓住几枚，紧紧地攥在手心。清晰的大脑中，理智渐渐占据了上风。珊珊心中的那团怨气减少了许多，她不应过分责怪天水，他是一个规规矩矩的人，从未越过雷池半步，从未许下过什么承诺。人家平日里好心帮你，难道还帮错了不成？

珊珊双手撑住橱柜上的花岗岩台，在心里深深地吸了一口气，强装镇静，转身笑着说道："那你什么时候走呢？"

天水望着她，迟疑了片刻，然后才说："日期还没有定。"

"哦，我也有一个消息，我接受了一份工作，我和凯林要搬到德克萨斯州的奥斯汀去。"珊珊故作潇洒，迈着近乎时装模特一样的步伐，走回餐桌前，坐到她刚才的位子。

珊珊想象她可以轻松撕开一个糖包，不紧不慢地把那白色的粉末抖进杯中，用汤匙在里面轻轻搅动几圈，悠闲地把汤匙放在茶碟边，平缓举起杯子，优雅地抿上了一口。稍稍侧起头，面带微笑看着身边这个男人，五味杂陈地在心中对他大声说一句："没关系，你走吧！"

女人由爱至恨好像不需要时间转换，这就犹如交流电的正负极，每秒可以变换几十个来回一样。珊珊也被自己的变化吓了一跳。但内心中喷涌出来的那种由衷的快感，让她非常解气。只可惜，她的肢体远远跟不上她情感的变化，尤其是那双藏在桌下不争气的手，还在微微地颤动。她的报复行动只能在脑海里进行，但即便是这样，有还是比没有的好。

"你搬去德州，怎么从来没听你说过呢？"天水疑惑地问。

"我也是刚刚才决定的。"这句话倒是千真万确。

"爱美丽走了，硅谷已经没有什么可以值得留恋的了。这个房子拥有太多的记忆，我需要向前走。"珊珊身体往后靠，眼睛扫视四周，黯然伤感地说。

天水看了一眼珊珊，没再说话。

绳索的弹力是极其有限的，回升在半空高点的珊珊又被地心引力拉回至下沉的方向。她想起了在爱美丽病床前说过的话：婚姻，她不要了！她不曾怀疑过当初自己发出那近乎誓言的真挚和勇气，但时间才刚刚过去半年多，她又无可救药地陷入了一场爱情泡沫剧，最为可笑的是，在这部自编、自导、自演的连续剧里，她居然是剧中的唯一演员。她心存杂念，说过的话言犹在耳，可她马上就又开始儿女情长。自己难道不知言出如箭，有力难拔的道理吗？或许离开硅谷，搬去德州的确是一个尚好的选择。她需要在一个陌生的地方，过一种清静的生活。

"我给你讲一个好玩的事情吧。"珊珊突然来了一股兴致。

没等天水说话，她继续说道："我出生在中国，小的时候，我妈妈告诉我，人活着要坚强，不要轻易流泪，因为这样会被别人看成软弱。我那时接受了她的教导，所以我出国前，遇事都尽量不哭。

"后来在美国读研究所的时候，遇上爱美丽。她又建议我不要过分地压抑自己，眼泪是用来释放内心的情感，为什么要压制人性中的本能呢？我接受了她的观点，此后我想哭的时候就会哭。

"再后来，经历了生死离别，我体会还是当初妈妈说得对。成年人必须坚强，周围的人都在依靠着你，你哭了，身边的人可能因此就站立不住，就此倒下。"

珊珊没有看天水一眼，眼睛转向窗外，自顾自地继续说："现在年纪更大了，我又觉得还是爱美丽说得更有道理，趁着人还有眼泪的时候，想哭就哭吧。人生不易，需要善待自己，善待生命。更何况经历得越多，眼泪就会越少。人老了，不是不哭，也不是不想哭，而是没有了眼泪。所以不用再纠结什么哭与不哭，在意什么对与不对。"

珊珊轻松撕开一个糖包，不紧不慢地把那白色的粉末抖进杯中，用汤匙在里面轻轻搅动几圈，悠闲地把汤匙放在茶碟边，平缓举起杯子，优雅地抿上了一口。她已经尝不出是苦是甜。稍稍侧起头，面带微笑望着身边这个男人，平静地说："你要不要再加一点咖啡，天水？"

第四十九章

天水抬起头，珊珊果断地移开了她的目光。拙劣的演员最多只能短暂地模仿一小段戏码，真要她完全入戏，去演绎那位她凭空想象出来的洒脱女子，珊珊根本无法驾驭那样的角色。

珊珊知道她有凡心不死的毛病。以前不理解为什么有的女人要去出家，难道一定要待在寺庙里才能六根清净？难道就不能在生活中，做到出淤泥而不染吗？经历多了，她现在算是明白当尼姑绝对是有其必要。在尘世上下漂泊之中，个人是很难自我了断。她自己就是一个最佳的例子，她这棵古木是逢雨便当春，但都落得个新枝吐旧芽的结局。

"另外就是……"天水开口说道。

伴随着震动，桌上手机的铃声响了起来。是詹妮弗，离约定的时间还差一个多小时。珊珊急忙接起了电话。

"嗨，詹妮弗……"

"珊，真的不好意思，刚才凯林在和几个小孩子玩的时候，不小心撞了一下，鼻子流血了，现在哭着要回家……"

高空跳跃的游戏戛然而止，珊珊的双脚重新踩回到地面。一股寒意由下到上向她袭来，珊珊已无心听后面的话了，女儿现在对她比以往任何时候都更加重要，那是她唯一的依靠。

"好，我马上来。"珊珊挂了电话，急忙站起身，拿起车钥匙，心急地说，"凯林撞伤了，我现在要去接她。"

"要不要我同你一起去？"

珊珊又看到天水那真诚的目光。珊珊一直认为和成熟的男人交往远比和年轻人要好，但她今天却有了不同的感受。年轻男人的目光中没有隐藏，女人可以轻易知道他们在想什么。而像天水这样的男人，女人始终猜不透他们的心思。在这种男人的身边，女人会像她一样，不知不觉地陷进那份暧昧之中。

"不用了。"珊珊一口回绝了他的好意。她一边把挎包挂在她的肩膀上，一边快步往外走。走至大门旁，她转过身，明知道这样很不友善，但此刻珊珊就是忍不住，她尽力用最婉转的语气说道："你要有事，就先从侧门走吧。"珊珊拉开了大门，迈开大步，头也不回地走了出去。

珊珊在心里告诉自己，她要和这个找不到一丝瑕疵的男人保持距离，她不想再给她自己任何一次犯错的机会。

第二天下午，珊珊一个人牵着小狗在公园里散步。黑森林似乎注意到今天的路程比平日多出了好多，而且领着它的人心情欠佳。黑森林不敢打搅，只是在偶尔驻足时，晃动几下尾巴，不失时机地提醒女主人它在身边。

珊珊一边低头走路，一边想着心事。昨天当她风风火火地跑到詹妮弗家的时候，凯林已经安静了下来。她的两个鼻孔里都塞着棉花团，新穿的蓝色衣服上还留着斑斑的血迹。她一人坐在屋角，样子既狼狈，又可怜。看到珊珊后，就满脸委屈地跑了过来。

十几个孩子都从院子里叫进了房间，屋内吵吵闹闹的。詹妮弗带着抱歉的表情向她解释说，孩子们从两个滑梯同时在悬木桥对着跑，凯林和一个男孩子撞了个满怀。要是往常，珊珊多少会说上一句没有关系的话，但在昨天，她却装不出客套。她不顾人家的挽留，很快把凯林带离了那里。

坐进车子，珊珊却不愿马上回家。突然想起几天前女儿还闹着要去冰淇淋店，于是就开车去了附近的商业区。珊珊这时忘记了之前拒绝凯林的理由：天气冷，吃冰淇淋会伤害小孩子的胃。

在店里，珊珊静静地望着凯林手拿粉红色的匙子，一口口吃着她喜欢的冰淇淋。珊珊还是第一次注意凯林红红的小嘴巴，居然能张得那么大，吞下满满的一大匙甜食。她们生活在一起这么久了，居然还能发现孩子身上新的细小特征，可见养儿育女的确是一件长期带来乐趣的旅程。珊珊心中这样安慰着自己，她拿起纸巾不停地擦着女儿嘴角蹭到的奶渍，口中时不时地提醒着要吃慢一点。

这场景猛然间让珊珊想起了丽秋。她的童年也曾与妈妈有过这样温馨的一幕。一切仿佛就在昨日，眼前的女儿一定比她那时可爱。这次她换工作，应该借机带凯林回一次上海，让她看看故乡，而她也去拜见那位妈妈现今经常提起的汤伯伯。

凯林吃完一整碗的冰淇淋，珊珊这才收到了她等待的短信："我先走了，有事打电话给我，我改天再来看你。"

珊珊长舒了一口气，现在终于可以回家了。她随手删除了短信。她不会再去麻烦那个人了，那个男人也没必要来看她。如果他的关心不是出于爱情，那又何必要平添那份多余的温存。她既不需要同情，也不需要怜悯；她接受过高等教育，也有体面的职业，她完全可以独立地生活，无须依靠任何男人。珊珊忘记了送凯林上学时的束手无策，忘记了一个人带小孩时的艰辛，她此刻心中充满了自信与豪迈。

脚下的道路还在延伸，珊珊抬起头辨别着回家的方向。一切正常，一切都在按照她的计划进行着。今天早上，她给她的新公司发了封邮件，不但接受了工作，而且还注明愿意马上就搬去德州。她又写了封短信给房产中介包经纪，告诉他安排出售爱美丽的这幢房子。

那个似乎是二十四小时待命的包经纪反应迅速。他回信中，大加称赞爱美丽这所靠近湾区著名大学的房子，一个劲地强调他手上就有排队的客人，专门在等这个小区的房子，他一定会帮卖个好价钱。信的结尾强调说，大家都是老主顾，手续的费用都好商量。

虽然从未向外人提及，但珊珊一直都为她能快刀斩乱麻地抢到这栋硅谷的房子而感到骄傲。回忆起那段买房经历：她每天早晨起床的第一件事就是打开电脑，去网站查看最新的上市屋。在她关注的区域里，她对社区的位置，所在学区的评分，房子大小的格局，标价是否合理都了若指掌。等她为爱美丽抢下这个房子的时候，她已成为一个没有执照但深谙市场脉动的地产专家了。同样是那段时间，她也承受着为自己购房的煎熬，那种眼见硅谷的房子一周一周地往上涨，而她的购房标准不得不一点一点降下来的窘境，那种让人既无奈又痛苦的感觉，至今回想起来仍是记忆犹新。她和小胖最终分开，硅谷高昂的房价也是一个巨大的因素。

那时的她的确被买房这座大山压得喘不过气来，情绪总是被拖入无法自拔的焦躁之中，对生活失去信心，对前途产生怀疑。而现如今回过头看，她生长在物质匮乏的年代之中，她这代人的血液里似乎夹杂着对贫穷与生俱来的一种恐惧，而这种挥之不去的恐惧又被她的想象无穷地放大，形成的心理负担最终远远超过了买房这件事本身。

今天的珊珊终于能够坦然面对物质的多寡。以平常心对待生活中暂时的穷困，这只曾经对她张牙舞爪的野兽，这只曾经对她为所欲为的怪物。过去年纪轻轻的她与其说是害怕清贫和困苦，不如说是未经世事的她更加向往奢侈与豪华。经历过磨炼后，现如今的她可以接受简单朴素的生活，内心的富有才是人生真正可以依托的财富。明白了这个道理，她再也不会被伪装的事物所恐吓。对于任何装扮成妖怪的勒索，她只要勇敢地直视那貌似强大怪物的双眼，就可以击退它们那用心险恶的攻击，把它们打得落花流水，直至逃得无影无踪。

社区公园的小路弯弯曲曲，湾区的冬天温和而又湿润。绿色的

草坪伸展至远方，地上积累了数不清的黄色叶子。掉落的叶子随机
地相互叠加在一起，在地面上起伏有致地堆积成行。当黑森林踏在
上面的时候，发出沙沙的声音。周围有很多树，沿着小路两旁默默
地站立着，像站岗的哨兵一样注视着每一位路人。树枝上还零星残
留着几片树叶，在没风的下午，纹丝不动地在阳光照射下继续萎缩
着，身在高处的它们正在竭尽全力作出俯瞰世界的最后挣扎。偶尔一
片坚持不住的叶子，无可奈何地松开与枝头的连接，在那枯黄根茎的
断裂中，摇摇摆摆地飘了下来，无声无息地坠落到它们那最后归宿的
地方。

　　珊珊抬起头仰望着天空，不禁想到她的归宿又在何方？头顶上飘
着几朵浮云，漫无目的地悬在空中。她和女儿不可能像妈妈那样回上
海定居。奥斯汀和硅谷又有什么差别呢？人的一生大致就是始终沉浸
于迷茫之中，刚刚爬至一座高山的山顶，就立刻会有另一座更高的山
浮现在眼前，迷雾缭绕，不能辨别前行的方向。

　　珊珊牵着小狗黑森林往回走。冬日里的白天短暂，夕阳西下，金
灿灿的阳光斜照在脸上，让她的眼睛有些睁不开。路上行人不多，偶
尔有一辆汽车从街道中央路面上驶过。黑森林玩的兴致也比来时减少
了许多，再也不像刚才那样左闻闻右嗅嗅。

　　离家差一个街区的时候，远远地看见靠近十字路口的行人道上站
着一个人，那人穿着件白颜色的厚绒衣，戴着衣服上连体的帽子，双
手揣在兜里，不停地朝两边张望。当瞧见珊珊以后，便朝她们这个方
向走了过来。

　　很快珊珊认出那是天水。昨天晚上，他发来过短信询问凯林的情
况。珊珊对她下午的行为略感歉意，于是就没有迟疑地回复说：凯林
只是鼻子流了点血，并没有伤到。

　　说罢凯林，也不知道她的哪根神经又抽起了疯，珊珊不自觉地又
加上一句："我决定把住的房子卖掉。"

女人的情感和理智并不统一。她们多半是被一对连体姐妹所操控，有时姐姐说要去东，可妹妹却偏偏往西跑，同一时间里各唱各的调。发完那条短信，珊珊立刻就后悔不已。她明明要疏远这个男人，可现在又主动提及个人私事，这不是去招惹人家，又是什么？珊珊恨她的不长进，收回那话已是太迟，她又怕越描越黑，于是索性找了个借口结束了对话。

天水这时已走到了面前，黑森林也认出了来人。小狗昂起头，关心地提示着主人。

"你怎么来了？怎么不打个电话？"

"刚到，我猜这个时候你在遛狗，只是附近有两个公园，不知道你去了哪一个。"

"两个地方对我来说早就没有了差别，我现在都是走到路口，让黑森林去选择它要去的地方，我只是跟着而已。"

黑森林站在二人中间，像是听懂正在谈论它似的，脸上的表情颇有些无辜。

"凯林呢？她怎么没和你在一起？"

"她去詹妮弗家了。"

"昨天的那个？"

"是。今早詹妮弗打来电话，说她女儿昨天特意留了一块生日蛋糕给凯林，今天要请她单独过去玩一会儿。"

彼此对望一眼，似乎除了孩子以外，一时找不到其他的话题。珊珊感觉有些冷，把露在外面的一只手揣进了外套的兜里。

两人就在大街上站着。太阳低垂，珊珊不自觉地向边上挪动了一下身体，好让天水的头挡住那落日的余晖。天水今天穿的这件外套下摆挺长，盖住了他的蓝色牛仔裤。他这副样子看上去有点像个学生，比平日里要显得年轻。

"你什么时候走？"

"应该在你之后吧。"天水回道。

珊珊这才想起她那最新制订的计划。她尽力掩饰着尴尬。此时她脑中忽然闪过一个念头，她可以礼貌地邀请天水以后去看望她们。不过这次脑中掌管理智的妹妹果断地采取了行动，坚决否定了她这个自找麻烦的念头。

天水把头上的帽子推至脑后，望着珊珊说："能不能考虑和我一起搬去巴西呢？"

金色阳光再一次照在珊珊的脸上，她眼睛的瞳孔骤然缩小，心跳急速加快，嘴唇微张，她情不自禁地伸手捂住自己的嘴。非常确定自己没有听错天水的话，她一时不知该如何是好。镇静了片刻，她压住兴奋的情绪问道："我去巴西做什么呢？"

"我已经都看过了。凯林可以去上那里的国际学校。你也可以找到工作。我们生活在一起。"

"你这是求婚吗？"珊珊盯着天水问道。

天水深吸了一口气，迟疑片刻回道："就算是吧。我们没必要拘泥于那个形式。"

"那个形式！"珊珊在心中默默地重复着这四个字。她高高悬起的心也缓缓地往下沉。生活只有按部就班，童话里才有那不可思议的白马王子从天而降的故事。

虽然珊珊听懂了天水的意思，但她依旧不甘心，她挑战性地追问道："我们在一起，算什么呢？"

天水无言以对，陷入了沉默之中。

女人对男女情感关系的判断一般都很精准，天水的反应正如所料。珊珊心中长叹一声，然后语气趋于平淡地说："你要是求婚，我倒是会认真考虑。如果只是同居，那可不行。"

"其实结不结婚没有什么不同！"天水试图劝说。

"那当然不同。东方文化一向认为婚姻乃人生大事，而西方也视婚姻为神圣之举，许多人都要在教堂里完成婚礼。我很早就告诉过自己，我结婚一定要举行一个婚礼。"

"那只是一个仪式而已。况且再盛大，再隆重也不能保证婚姻的幸福与持久。婚礼是一种风俗，婚姻也只是一个传统，两者本身并没有实质性的意义。"

"事物本身没有意义，但我们完全可以赋予其意义！我们的婚礼不仅是个仪式，而且我希望我们能得到双方父母的祝福，我要请你的父亲和两个哥哥一起来参加。这是我的一个心愿。"

"这我就更搞不懂了，我们的婚事跟他们有什么关系？"天水没有料到珊珊会提出这样的要求，一脸的诧异。

"我要因我们的婚姻，让你和你的家人言归于好，我要让你借我们婚礼这个契机，试着原谅他们。"

天水低下了头，思考了一会儿，不情愿地说："真的有这个必要吗？"

"我没有让你成为他们的朋友，我只是让你尝试去原谅他们。无论他们以前做错过什么，我都希望你能在内心里宽恕他们，其实宽恕别人就是宽恕自己。为什么要让怨恨锁住你的心？为什么不能放你自己一条生路？"

珊珊凝视着天水，可惜没能与他的目光相遇："你说得对，我们结婚，以后或许也未必一定能白头偕老，但如果你能借助我们的婚礼与他们和解，那我们的仪式就充满了意义。我们的婚姻会帮助你成为一个更好的人，成为一个更为快乐的人。"

天水没料到珊珊能讲出这么思虑周密的计划。现在他不知如何是好了。

这是珊珊在夜深人静的时候，独自一人冥思苦索的想法。其实说出口的美丽憧憬只不过是她筹划的一小部分而已。然而美好的理想终归是天马行空，与现实的距离往往是天壤之别。珊珊面前的天水，既没有单膝跪倒，呈上那准备好的漂亮钻戒；也没有手捧鲜花，来番饱含深情的爱情表白。珊珊只好在心里留下了一个最大愿望，那就是结婚之后，她希望能有个孩子，如果是个女孩，就给她取名叫爱美丽。这是她与一个人的约定。不过现在看来，这种犹如空中楼阁般的幻影已经无关紧要，她无须再浪费情感，到头来感动的只是她自己一人！

"结婚，结婚我还没准备好。"天水面露难色。

"哦。"珊珊极不自然地挤出一丝微笑。她知道天水说的是实话。

"可你要是搬走了，我担心会就此失去你。"天水叹气道。

这句表达爱意的话，此刻并没有打动珊珊。凝视眼前这高个子男人，她不禁有许多感慨。认识天水好多年了，他人挺好，但不知为什么一直总觉得模模糊糊地看不清楚他。今日仿佛天上突然掉下来一副度数刚好的眼镜，他的轮廓终于清晰地呈现在珊珊的眼前。

"我有段时间，希望把你介绍给爱美丽。你们的成长环境十分相近，在我看来非常般配。你们没有走到一起，我还曾为此感到遗憾。"

天水抬起头，静静地听着。

"现今回头看，我终于明白。你和她不一样，你对感情生活缺乏热情，是一个活在过往阴影里走不出来的人。爱美丽虽然经历过同样的挫折，但她始终保持着满腔高昂的热忱。我更愿意做她那种人，做一个勇敢的，不害怕未来遭遇失败的人。"

珊珊挺起胸。她讲这话时语调平和，冷静的目光转向了远方，平静的脸上没有哀怨。

小狗黑森林四条腿蜷缩地趴在草地上。不经意间触动到的绳索让它站立起来。它左右晃动了几下它的头，张开嘴用舌头舔舐两边的脸，一团白色的热气从它口中吐了出来，在傍晚的微冷的空气中快速地消散开来。

已经看不到金色的阳光，但西边的天仍是红彤彤的一片。街道两旁非常寂静，身边走过一位路人，擦肩而过的时候，礼貌地向他们打了声招呼。世界像往日一样的平静，沉寂中渐渐地靠近明天那新的起点。